Schalkie van Wyk
Keur 9

Drome van liefde
Êrens is daar liefde
Vlam van verlange

Melodie

Eerste uitgawe van:
Drome van liefde: Ons Eie-Boekklub, 1983
Êrens is daar liefde: Melodie, 2007
Vlam van verlange: Melodie, 2008

Melodie
is 'n druknaam van
NB-Uitgewers,
Heerengracht 40, Kaapstad 8001
© Die skrywer 2012
Alle regte voorbehou

Omslagfoto: Gallo Images
Geset in 11.5 op 15 pt Bembo
Gedruk in Suid-Afrika deur
Interpak Books, Pietermaritzburg

Eerste uitgawe 2012

ISBN: 978-0-624-05477-1
Epub: 978-0-624-05478-8

Drome van liefde

Rondom die verbreking van Sanet Grové se verlowing met Nardus van den Berg is daar 'n donker geheim wat sy tot elke prys wil bewaar. Sy sou nooit weer, met enige man, 'n ernstige verhouding aanknoop nie. Toe sy dus agterkom dat haar baas en beste vriend, Tertius Lindeque, ernstig oor haar begin voel, besluit sy om te vlug.

Sy moet haar oorlede broer se twee weeskinders versorg en dit gee haar die ideale verskoning om Bothasrus toe te verhuis. Dat haar oom Lukas 'n huishoudster nodig het, gee haar meer rede om vinnig die pad te vat . . . maar weer kom 'n man se liefde ongevraagd Sanet se kant toe. Sy ontmoet die prokureur Jean-Pierre du Pont, wat dadelik op haar verlief raak, terwyl sy weet sy mag nie aan haar hart vrye teuels gee nie.

Maar langs oom Lukas woon tant Ellie van Duuren en haar bedorwe dogter, Elrina, wat self 'n ogie op Jean-Pierre het. Sy gaan uit haar pad om 'n verhouding tussen Sanet en Jean-Pierre in die kiem te smoor. Alles werk in haar guns terwyl tant Ellie se giftige tong onmin saai so ver as wat sy gaan.

Maar toe begin dinge verander . . .

Êrens is daar liefde

Die dag toe Lara Wiese haar werkgewer, oom Ryno, saam met die verleidelike Monette Wiegand in sy kantoor betrap en hy kort daarna in 'n ongeluk sterf, word dié geheim 'n ontsettende las in haar lewe.

Want hoe moet sy oom Ryno se vrou se beskuldigings weerlê dat sy wat Lara is vir sy dood verantwoordelik was, sonder om die waarheid oor sy ontrou te verklap?

Haar enigste getuie is die enigmatiese Wiehahn wat saam met haar by oom Ryno se kantoor aangekom het. Met sy silwerblou oë vind sy hom onweerstaanbaar aantreklik, maar wie is Wiehahn werklik? En wat is sy verbintenis met die pragtige Monette?

Uiteindelik, moet Lara leer, ken slegs die hart die ware antwoorde.

Vlam van verlange

Op twee-en-twintig is Carli van Eeden die enigste erfgenaam van die Van Eeden-miljoene. Ná haar ma se dood is sy nou wel alleen, maar haar lewe is uitgesorteer — sy weet immers van kindsdag af sy gaan trou met Vincent Schoeman, die buurseun, hoewel sy ma haar nie kan verdra nie.

Maar toe die aantreklike Meyer Feldtmann in sy ou geroeste bakkie by Carli se glaspaleis van 'n huis opdaag, gooi hy haar wêreld heeltemal deurmekaar.

Sy ontdek sy het 'n tante — haar ma se suster, Emma de Winter, wat ook Meyer se grootmaakma is.

Daar skuil nóg geheime in die De Winters en Feldtmanns se geskiedenis, maar wat Carli die graagste wil weet, is of sy haar hart aan Meyer kan toevertrou.

Inhoud

Drome van liefde   7
Êrens is daar liefde   171
Vlam van verlange   341

Drome van liefde

1

Tertius Lindeque haak die silwergeverfde voëlkoutjie aan die staander langs die yskas in sy kombuis en draai om. Hy wil iets sê, maar swyg wanneer hy Sanet Grové hurkend voor die mandjie van 'n groot, wit kat sien sit.

Sy blik rus 'n oomblik lank op die meisie se hand wat liefderik oor die kat streel en kuier dan op haar glansende, heuningblonde hare, haar fyn, egalige gelaatstrekke en haar sagte, vol lippe wat so maklik glimlag. Sy kyk op asof sy bewus is van sy blik op haar, en haar oë is groot en wolkgrys, omraam met digte, donker wimpers.

"Lag jy omdat ek soos 'n sentimentele oujongnooi 'n hartroerende afskeid van my kat neem?" vra Sanet, 'n ligte blos op haar wange terwyl sy opstaan.

"'n Oujongnooi ... jý?" Hy kyk bewonderend na haar slanke figuur. Sy is langer as gemiddelde lengte, maar haar slankheid en fyn liggaamsbou laat haar korter lyk, mymer hy; of dalk is die enkele ry sproetjies op haar neusbrug verantwoordelik vir sy nouliks beteuelbare drang om haar in sy arms te neem en haar te beskerm.

"Ek was twee weke gelede reeds vyf-en-twintig. My tant Das het juis in die Kerstyd gesê vir slim en geleerde vroue het sy hope respek, maar dis 'n baie dom vrou wat sê sy het nie 'n man nodig om haar gelukkig te maak nie." Sanet glimlag, die uitdrukking in haar oë peinsend. Sy sug en sê: "Arme tant Dassie ..."

9

"Tant Dassie is jou ma se suster wat nooit getroud is nie?" vra Tertius en verwens homself oor sy papbroekigheid. Hy weet reeds vier jaar lank wie tant Dassie is. Sy is doktor Dorothea de Bruyn, jare lank skoolhoof aan 'n bekende Afrikaanse meisie-skool en nou reeds afgetree. Waarom vra hy dan so 'n onnodige vraag? Waarom neem hy nie liewer Sanet in sy arms en vertel haar dat hy lankal nie meer haar vriend is nie, maar dat hy haar liefhet?

"Ja . . . sy het 'n woonstel in Pretoria en omdat sy ook maar alleen is, bring ek graag die Kerstyd saam met haar deur," ant-woord Sanet en haar oë rus op die groot, wit kat in die mandjie. "As Lida dalk 'n oorlas word, gee haar vir mense met 'n huis, maar moenie haar . . ." Sanet sluk en byt op haar onderlip, maar sy is nie in staat om haar vrees in woorde om te sit nie.

"Domkop!" berispe Tertius haar glimlaggend en lê sy hande met 'n vertroostende gebaar op haar skouers. "Ek kan nie wag om die manne Saterdagmiddag op die gholfbaan te vertel dat ek nou twee meisies het wat my woonstel met my deel nie. Daar is Lida die kat en Esmé die kanarie. Vanselfsprekend sal ek nie sê dat hulle 'n kat en 'n kanarie is nie," vervolg hy skertsend.

"Jy is 'n dierbare vriend, Tertius." Haar grys oë is troebel en hy wonder of hy 'n tranereën kan verwag. Nee, Sanet het die kuns jare gelede reeds aangeleer om haar emosies volkome te bemeester . . . Vier jaar gelede, maar hy raai net, want om haar uit te vra, sal 'n oortreding wees. Hy het al die jare gehoop dat sy eendag self met hom sal praat oor dit wat sy agter 'n koue verskansing daagliks saam met haar dra, maar daardie dag het nog nie aangebreek nie.

"Wat pla jou, Sanet?"

Haar glimlag is vinnig en vol warmte en stel hom gerus. "Jou liewe ding, jy is soos my eie ouboet. Dalk is ek nie so dapper as wat ek voordoen nie, want om as 't ware 'n nuwe lewe in die

10

vreemde te begin . . . Ek ken my oom Lukas Grové nouliks, want hy en my pa is nie groot vriende nie, en as kind het ek hom uiters drie keer saam met my ouers besoek. Die afgelope nege jaar het ek hom nooit gesien nie, en nou moet ek skielik Kaap toe, Bothasrus toe, maar ek wil nie gaan nie. As dit nie vir die tweeling was nie . . ."

"Jy kan hier in Johannesburg bly, Sanet." Sy skrik vir die erns in sy stem, kyk hom skerp aan en trek haar asem in wanneer sy 'n emosie wat sy vrees 'n oomblik lank in sy oë ontbloot sien lê. Haar vrees laat 'n sluier van uitdrukkingloosheid oor sy gesig sak. Dan draai hy weg en kyk na die kanarie in die voëlhokkie.

"Moet ek regtig Esmé se hokkie elke aand skoonmaak?" vra hy sonder om na Sanet te kyk.

"Alle meisies hou van skoon kamers," skerts sy. Hy draai terug na haar en merk haar waaksaamheid, asof sy hom nog nie volkome vertrou nie.

"Is ek welkom op Bothasrus?" vra hy gelykmatig.

"Vanselfsprekend, maar jy sal nie dikwels daar kom nie want dis 'n bietjie uit die pad."

"Dis nie so ver van Cradock af nie. As ek nie kan gholf speel nie, vang ek vis en as ek nie hoef losies te betaal nie, geniet ek my vakansies meer. Jy het mos gesê jou oom Lukas het 'n yslike, ou huis?"

Sanet antwoord nie, maar haar oë rus met deernis op die lang man voor haar. Dierbare Tertius . . . die enigste man by wie sy op haar gemak kan wees. Hy is die enigste man wat sy kan liefhê soos 'n broer sonder om te vrees dat hy haar liefde verkeerd sal vertolk. Vier jaar gelede het sy hom laat verstaan dat daar net een ding vir haar oorgebly het, en dis 'n lewe van werk. Dit het Tertius, toe reeds 'n man van twee-en-dertig, volkome gepas, want hy het 'n goeie rekenmeesteres vir sy maatskappy nodig gehad, nie nog 'n meisie wat graag met die baas wou trou nie.

11

Tog wonder sy dikwels waarom Tertius nooit getroud is nie. Hy is aantrekliker met sy donkerbruin hare en groen oë, sterk, hoekige gelaatstrekke en groot liggaamsbou. Sy bankrekening is moontlik sy grootste bate, maar hy ken genoeg ryk meisies sodat hy nie hoef te vrees dat sy finansiële posisie sy enigste aantrekkingskrag is nie. Het Tertius dalk ook 'n liefdesteleurstelling gehad?

"Jy sal altyd welkom wees, maar . . ." Sy byt weer op haar onderlip en vryf selfbewus met 'n wysvinger langs haar neus. "Dalk is dit beter as ek daar in die Kaap voor begin met 'n nuwe lewe."

"'n Nuwe lewe wat nie jou ou vriende sal insluit nie?" vra hy bruusk.

Sy kyk skuldig op na hom.

"Ek wil so graag vergeet, Tertius," pleit sy.

Hy knik begrypend. "Ek verstaan, maar ek was nooit deel van . . . van dít wat jy wil vergeet nie. Jou broer het jou na my toe gebring en omdat ek 'n rekenmeesteres nodig gehad het, het ek jou aangestel. Ek was nog nie spyt nie, maar as ek dertig jaar jonger was, het ek dalk gehuil omdat ek jou nou moet laat gaan. Ek gaan jou mis, Sanet, daarom wil ek die versekering hê dat ek nie 'n onwelkome gas op Bothasrus sal wees nie. Is dit te veel gevra?"

Sy sug en skud haar kop. "My vriende sal altyd welkom wees." Haar glimlag spot met hom. "My enigste vriend sal welkom wees. Noudat ek weggaan, het ek vir die eerste maal besef ek het net een vriend."

Hy glimlag nie, sy oë vol erns op haar gesig. "Daar op Bothasrus sal dit anders wees, Sanet. Jy gaan vriende maak . . . almal leer ken, want op die platteland is die mense gasvry en vriendelik. Dalk is dit omdat hulle meer tyd het om hulle oor hulle vriende te kwel."

12

"Te kwel en te skinder," sê Sanet met onverwagte sinisme. Sy merk die frons op Tertius se gesig en druk sy arm gerusstellend. "Moenie jou oor my bekommer nie, Tertius. Ek gaan die tweeling hê om my voltyds besig te hou, en dan is daar oom Lukas. Hy was al vyf-en-sewentig en hoewel sy stem oor die telefoon nog sterk en seker klink, is hy 'n ou man. Ek sal ma speel vir die twee seuns en verpleegster speel vir oom Lukas. Ek sal beslis genoeg te doen hê sonder om heeldag oor en weer by die bure te kuier."

"Ek kan my ou nie in so 'n rol voorstel nie," sê Tertius nadenkend, sy blik op haar slanke postuur in haar koel somerrokkie terwyl sy wegstap van hom. "Jy lyk soos 'n bekwame, professionele vrou, nie 'n moeder van vele nie."

"Bedoel jy my moederinstink is onderontwikkel?" vra sy geraak, steek in die deur na die gang vas en kyk oor haar skouer na hom.

"Nee, want ek het jou dikwels met die tweeling sien speel wanneer ons Gerhard en Hermien besoek het, maar . . ." Hy swyg en stap tot by haar, kelk haar ken in sy regterhand en kyk af in haar oë. "Sanet, glo jy dat jy nooit weer sal kan liefkry nie? Ek glo dit nie, want Gerhard het my vertel hoe jy was voordat . . ." Haar oë blits en sy breek sy sin stomp af en laat sak sy regterhand. "Ek het net gewonder wat jy met die tweeling gaan doen as jy die dag besluit om te trou."

"Sal ek hulle weeshuis toe stuur?" vra sy met skielike vyandigheid.

"Ek weet jy sal nie, maar jy het tog gesien wat nou gebeur het. Anton en Magda was bereid om hulle groot te maak, maar ná nouliks drie maande het Magda besef sy gaan binnekort ma word, en wat gebeur? Anton besluit die tweeling moet elders 'n heenkome vind. Glo jy as jy die dag trou, sal dit nie ook gebeur nie?" vra hy.

"Magda is 'n vrou van sewe-en-dertig, daarom is dit vanself-sprekend dat sy baie rus en kalmte nodig het. Hoe kan jy haar en Anton verkwalik as hulle net probeer om die kindjie wat hulle al so lank wil hê al die kanse te gun om wel gebore te word?" vra sy driftig.

"Maak ons rusie?" Tertius glimlag terwyl hy sy hande uitsteek en haar liggies om haar boarm vashou. "Ek verkwalik niemand nie, Sanet. Ek was net so verlig en dankbaar soos jy toe Anton en Magda ná die motorongeluk waarin die tweeling se ouers dood is, aangebied het om die kinders groot te maak. Wat ek eintlik wil sê, is as jy ooit voel die seuntjies het 'n pa nodig, kan jy my laat weet as jy meen dat ek in die rol van 'n goeie stiefpa sal pas."

Sanet verstyf onder sy aanraking. Sy wil liewer glo dat hy haar terg.

"Dankie," antwoord sy ligweg. "Ek sal die saak met Gerrie en Peet bespreek en as hulle meen jy is die regte stiefpa vir hulle, stuur ek hulle hierheen."

"En jy kom saam?" vra hy en sy oë lag nog.

"As ek 'n vriend nodig het, sal ek terugkom," beloof sy, maar sy kyk nie na hom nie, want sy is bang dat hy meer van haar sal eis. Sy kriewel onder sy aanraking en kyk op haar polshorlosie. "Ek het te lank gedraai. Ek het Magda beloof ek kom help met die aandete."

Hy hou haar stywer vas. "Jy gaan my nie saamnooi nie? Dit is Nuwejaarsdag en 'n gesellige aandjie ..."

"Jy het slaap nodig, want gisteraand was gesellig genoeg," val sy hom in die rede en glimlag om te vergoed omdat sy nie aan sy versoek kan voldoen nie. "Ons gaan almal vroeg slaap, want ek wil voor sonop Kaap toe vertrek. Tot siens, Tertius."

Dis asof haar groet hom laat skrik. Dan neem hy haar liggies onder die elmboog en vergesel haar na die voordeur van sy woonstel.

14

"Moenie saamkom na die hysbak toe nie," pleit sy wanneer hulle die voordeur bereik. Sy kyk op na hom en voel 'n pynsteek in haar keel. Sy wil huil, maar haar snikke sit in haar keel vas en haar oë bly droog ondanks die trane wat agter haar ooglede brand.

Sy durf nie huil nie, maan sy haarself, want as sy toelaat dat haar trane wen, sal Tertius haar in sy arms neem en haar van sy liefde vir haar vertel. Tertius het haar lief – sy weet dit en vrees dit. Sy het 'n plig teenoor haar oudste broer, Gerhard, se weesseuntjies, maar haar grootste motivering om êrens in die vreemde 'n nuwe lewe te begin, is Tertius se ontwakende liefde vir haar.

Sy mag nooit weer liefhê nie, want liefde bring pyn, onthou sy en glimlag wrang. Sy het 'n vlugteling van liefde geword, want liefde laat haar wegvlug van die enigste vriend wat sy die afgelope vier jaar gehad het.

"Eendag kom ek jou haal," sê Tertius en hy buk en soen haar op haar lippe. Hy laat haar nie toe om op sy woorde te reageer nie, maar maak die voordeur oop, stoot haar na buite en trek die deur toe voordat sy na hom kan omdraai.

"Tot siens, Tertius," fluister sy. Haar vingers streel liefkosend oor die ligblou oppervlak van die deur, asof sy hom aanraak. 'n Traan val op haar uitgestrekte arm. Sy frons en vlug na die werklikheid van haar motor wat in die straat op haar wag.

Sanet probeer haar doof hou vir die luide geraas van negejarige tweelingseuns op die agterste sitplek van haar motor.

Anton en haar suster, Magda, verdien medaljes vir hul selfbeheersing om drie maande lank oorlede Gerhard en Hermien se kinders op te pas sonder om hulle fisieke leed aan te doen of self in 'n senukliniek te beland, dink sy grimmig.

"Gerrie? Gerrie! Gerrie . . .!" skree Sanet om haarself hoorbaar te maak.

"Gompie, maar jy kan darem skree, Sanet! Is jy nie bang ons oortromme bars nie?" vra Peet onthuts en gluur Sanet aan.

Sanet kyk na die beeld van die donkerkopseuntjie met die groen oë – die ewebeeld van haar oudste broer – en haar frons word deur 'n gevoel van opstuwende hartseer uitgewis.

Sy was nog op skool toe die tweeling gebore is, maar was oud genoeg om Gerhard en Hermien se stralende vreugde te deel. Gerhard, destyds 'n senior lektor wat so pas sy professoraat aanvaar het, het van sy eie prestasies vergeet en saam met Hermien ge-oe en ge-a oor die wonder van hulle tweelingseuns, ure lank met hulle gespeel en daarop aangedring dat hy sover moontlik help om die twee seuns te bad en te voed.

Sy liefde vir die seuns het met die verloop van tyd net toegeneem, veral toe dit blyk dat 'n dogtertjie, waaroor hy en Hermien graag gesels het, net 'n droom sou bly. En toe, 'n bietjie meer as drie maande gelede, het 'n voorband van sy motor gebars juis toe hy 'n brug nader. Hy is op slag dood en Hermien het gesterf voordat die ambulans sy bestemming bereik het.

"Tannie Magda sê dis lelik om op kinders te skree . . . veral arme weeskinders," roep Gerrie se skril stemmetjie haar terug tot die hede.

"Hoe het Magda julle stil gekry?" vra Sanet met 'n glimlaggie.

"Tannie Magda," help Gerrie haar reg. "Hoekom moet ons haar 'tannie' noem, as jy sommer vir haar Magda sê?"

"Omdat sy my suster is, soos julle pa my broer was. Ek is heelwat jonger as Magda, daarom het julle my nooit 'tannie' genoem nie," verduidelik Sanet. Sy is dankbaar om vrae te beantwoord in plaas van om na hul nabootsings van musiekinstrumente te luister.

"Nou is jy ons ma, nè, Sanet?" vra Peet nuuskierig.

"Moenie laf wees nie, man, Peet," argumenteer Gerrie vies. "Ons ma is dood, daarom is sy ons stiefma. En ons stokou oom

16

Lukas is ons stiefpa. Sanet, jy kan mos nie met oom Lukas trou nie, of kan jy?"

"Beslis nie," antwoord Sanet geamuseerd.

"Dalk moet jy maar, want toe tant Dassie laas by ons gekuier het, het sy gesê jy is nou klaar 'n oujongnooi. Tant Dassie het gesê sy sal graag vir jou 'n man wil soek, maar nugter weet waar 'n mens vandag nog 'n deugsame man sal kan kry, want die hele ou spul is deugniete," vertel Gerrie gretig.

"Bly nou stil, Gerrie, anders kry ek weer nie kans om iets te sê nie," betig Peet hom. "Onthou jy wat oom Anton gesê het? Jy is my tweelingbroer en ons . . ."

"Aag, man, ons praat nou oor Sanet," val Gerrie hom ongeduldig in die rede. "Tannie Magda het gesê jy het 'n man, maar jy wil nie met hom trou nie. Is dit waar, Sanet?"

"Nee, Gerrie. Ek en Tertius is goeie vriende . . ." begin Sanet, maar Peet val haar in die rede:

"Tertius! Ja, dis sy naam. Ek onthou net altyd dit klink soos tertjies, al ken ek hom al vandag ek klein was, want hy het baie by Pappa kom kuier. Gaan jy met hom trou, Sanet?"

"Nee, Peet, ek gaan met niemand trou nie. Ek gaan saam met julle by oom Lukas woon en vir julle drie mansmense sorg," antwoord Sanet met valse opgewektheid. Is dít wat sy van die lewe verlang? Om haar bejaarde oom en haar twee nefies te versorg? Sal sy nie wyser wees as sy net hier omdraai en terugry na Johannesburg en Tertius nie?

Dit was Gerhard wat haar vier jaar gelede na Tertius toe gebring het. Tertius het haar verhaal geken, maar tot vandag toe het hy nog nooit daarna verwys of haar daaroor uitgevra nie.

Daardie eerste dag op kantoor het Tertius haar hand geskud en dit toe in albei syne vasgehou. "Ek wil jou vriend wees, Sanet, want Gerhard is 'n goeie vriend. Dink jy jy het 'n goeie vriend nodig?" het Tertius gevra.

17

"Net 'n goeie vriend?" het sy eers met vrees in haar gevra.

"Net 'n goeie vriend," het hy beaam. "As jy my liefkry, hardloop ek, want ek hou van baie meisies en aan 'n ewige en onverganklike liefde glo ek. Reg?"

"Ons het dieselfde geloof, daarom sal ons goeie vriende wees," het sy geantwoord.

"Sanet, man!" skree Gerrie hard in haar oor en laat die stuurwiel in haar hande ruk. "Sjoe, maar jy is darem doof! Kan jy nie hoor as ek jou roep en roep nie?"

Sanet bring haar motor langs die ryvlak van die teerpad tot stilstand en sluit die enjin af.

"O, kriekies, nou gaan sy ons seker warm klap," voorspel Peet benoud.

"Slaan jy aan arme wesies, Sanet?" vra Gerrie met engelagtige onskuld.

Sanet gluur hom ontsteld aan, Gerhard en Hermien se skokkende dood weer soos 'n rou seerplek in haar. Hoe kan die twee so gevoelloos oor hulle ouers se dood wees? Hulle maak selfs misbruik van die feit dat hulle wees agtergelaat is, want hulle het reeds geleer dat grootmense hulle maklik bejammer.

Sy wil hulle met haar tong kasty, maar Peet spring haar voor: "Kan ons maar uitklim en 'n bietjie rondhardloop, Sanet? Pappa het altyd stilgehou sodat ons van ons energie ontslae kon raak. Dis 'n mens se energie wat jou so lastig maak, nè, Sanet?" vra hy pleitend.

Gerhard sou daaraan gedink het dat kinders kan moeg word van 'n lang motorrit, besef sy en voel skuldig oor haar onredelike woede jeens die tweeling. Hulle het nie vir Gerhard of Hermien vergeet nie, maar hulle aanvaar hulle nuwe werklikheid met die eerlikheid wat so eie aan kinders is. As sy net weer 'n kind kon wees en ook haar verdriet kon uitvee ...

"Hardloop net soveel soos julle wil, maar moenie té ver gaan nie. Ons is byna daar en as julle nou van al julle oortollige energie ontslae raak, gedra julle julle dalk stemmiger by oom Lukas. Julle sal onthou dat hy nie meer jonk is nie?" vra sy hoopvol.

"Jippie! Kom ons hardloop, Gerrie. Ek wed jou ek is eerste by daardie groot boom!" roep Peet en peul by die motordeur langs hom uit.

"Sies, jy kul! Jy het eerste weggespring!" maak Gerrie beswaar en storm agter Peet aan.

Arme oom Lukas Grové, dink Sanet en sug. Besef haar groothartige oom watter sorge hy homself op die hals gehaal het met sy aanbod dat hy vir die tweeling 'n heenkome sal gee? Oom Lukas was wel sy lewe lank 'n onderwyser en skoolhoof, maar hy het tien jaar gelede reeds afgetree. Miskien moet sy maar hoop hy is so doof soos 'n kwartel, anders sal hy nooit weer die rustige lewe van 'n oujongkêrel ken nie.

Sanet vee Peet se rooi, natgeswete gesig en vuil hande met 'n klam doek af en gee 'n glas koejawelsap aan hom.

"Ons sal nie nou iets eet nie, want eet julle nou weer koekies of toebroodjies, eet julle weer vanaand nie julle kos nie," sê sy en loop om na Gerrie te gaan soek. "Kom nou, Gerrie. Ek moet eers jou hande en gesig skoon kry voordat ons verder ry. Wil jy nie koeldrank hê nie?" vra sy aan die seuntjie in die motor.

"Ek kom mos, Sanet," antwoord Gerrie mompelend en klim vinnig uit die motor.

Sy vryf sy gesig en hande met die klam doek skoon en kyk hom verras aan wanneer hy nie een keer kapsie maak teen haar gevryf om sy hande skoon te kry nie.

"Maak ek jou nie seer nie?" vra sy verwonderd.

"Net 'n bietjie, maar as jy net my ore uitlos, sal ek op my tande byt," antwoord hy bedees. "Dankie, Sanet," sê hy hoflik wanneer sy sy koeldrank aan hom gee.

19

"Ek hoop julle onthou julle goeie maniere wanneer ons by oom Lukas aankom," sê Sanet terwyl sy die leë plastiekglase in die piekniekmandjie terugpak en die bagasiebak sluit.

"Pappa het altyd gesê 'n mens moet net die eerste dag soet wees, net om te wys jy het maniere, maar dan mag jy weer jouself wees," lig Peet haar ernstig in.

"Ons gaan van nou af baie soet wees," sê Gerrie en klim langs Peet in die motor.

Sanet antwoord nie, skuif agter die stuurwiel in en skakel die motorenjin aan. Sy ry 'n paar kilometer in die stofpad aan en draai dan regs wanneer 'n padwyser aandui dat Bothasrus drie-en-twintig kilometer ver is.

"Ons is nou-nou daar," sê sy met 'n gevoel van verligting wat vertroebel word deur 'n onsekerheid oor die toekoms wat daar op haar wag.

Haar moeder is dood toe sy nog op hoërskool was, maar hulle was altyd baie na aan mekaar, moontlik omdat sy die jongste − 'n laatlammetjie − was. Haar pa was 'n ingenieur wat dikwels rondgereis het en die band tussen hulle was nooit baie sterk nie. Daarom het dit haar nie werklik ontstel toe hy drie jaar ná haar moeder se dood weer getroud is nie. Hy en sy nuwe vrou, tant Monica, woon al die afgelope nege jaar in Peru en tot dusver het hulle nog net een keer − sowat vyf jaar gelede − weer huis toe gekom.

Sy en haar pa is vreemdelinge vir mekaar, besef sy en sy voel 'n verlies, sonder om te weet wat sy verloor het. Gerhard het altyd gesê haar pa sal permanent terugkeer sodra hy aftree, maar op ses-en-sestig het hy nog nie en met sy laaste besoek het sy die indruk gekry dat hy nie van plan is om sy lewe in die vreemde ooit vaarwel toe te roep nie.

Sal oom Lukas die leemte kan vul wat haar vader se weggaan in haar lewe gelaat het? Of is hy soos haar pa wat kan glimlag en vriendelik wees sonder om enigiets van homself te gee? tob sy en frons onwillekeurig.

"Is jy kwaad, Sanet?" vra Gerrie wat haar in die truspieëltjie van haar motor dophou.

Sy kyk op en glimlag vir sy spieëlbeeld.

"Nee, ek dink sommer net. Ek hoop ons kom almal goed klaar met oom Lukas," sê sy en probeer om haar twyfel vir hom te verberg.

"Ek weet nie so mooi nie," kom dit onseker van Gerrie terwyl hy sy neusie op en af wikkel en sy mond op 'n plooi trek. "As 'n man nie van katte hou nie, sal hy nie van kinders hou nie. Jy het mos gesê jy moes jou mooi, wit kat weggee omdat oom Lukas nie van katte hou nie."

"Hy hou van katte, maar die kathare gee hom hooikoors," verduidelik Sanet.

"O . . ." Gerrie se oë ontmoet hare vinnig in die truspieëltjie, maar dan kyk hy weer weg. "Dan sal ons seker vir ons troeteldiere moet soek wat nie een enkele haar het nie."

"Soos 'n skilpad," stel Peet voor.

"Of 'n akkedis," meen Gerrie.

"Slange kan ook troeteldiere wees, nè, Sanet?" vra Peet onskuldig.

Sanet wens sy kan omkyk na hom, want as Peet klink asof hy op pad is om in die kerkkoor te sing, weet almal daar kom moeilikheid.

"Slange is gevaarlike troeteldiere, Peet," antwoord sy.

Die tweeling bars uit van die lag, flap op die agterste sitplek rond en skop met hulle bene in die lug om te wys hoe uiters vermaaklik hulle haar antwoord vind.

"Is dit só snaaks?" vra Sanet vies.

"Nie regtig nie, Sanet, maar meisiekinders kan sulke dom dinge sê. 'n Ou klein tuinslangetjie is niks gevaarlik nie. As ek

21

'n ou tuinslangetjie ... haai, kyk, ons is klaar op die dorp!" roep Gerrie verras uit en druk sy neus plat teen die motorruit.

Sanet bring haar motor voor 'n kafee tot stilstand en soek na haar handsak op die sitplek langs haar.

"Waar is my ...?" begin sy, draai om en sien Peet met haar handsak op sy skoot sit. "O, jy het dit. Gee my handsak asseblief aan, Peet. Ek wil vir julle 'n groot bottel koeldrank gaan koop, net ingeval oom Lukas nie koeldrank in die huis het nie."

"Ek sal vir ons koeldrank ..." bied Gerrie gretig aan, maar Sanet raap haar handsak op en klim uit die motor.

Sy swaai haar handsak oor haar skouer, loop die trap op na die sifdeur van die kafee en bly staan wanneer 'n lang, donker man dit oopstoot en dan in die deur vassteek, sy oë vasgenael op haar linkerskouer.

"Sê my, juffrou, weet jy van hom, of is hy 'n ongenooide kuiergas?" vra die man. Hy sien die vraende uitdrukking op haar gesig en verduidelik: "Die molslang," juis wanneer sy bewus raak van iets kouds en glibberigs wat om haar nek krul.

2

Die groot, donker man in die kafeedeur voor haar het nie regtig van 'n molslang gepraat nie. Die koue, glibberige gewaarwording om haar nek is net haar verbeelding, maak Sanet haarself wys. Sy knyp haar oë styf toe, maak haar mond oop om te gil, maar sluit dan weer haar lippe ferm opmekaar.

"Ek ... s-sal nie gil nie, want dan p-pik hy my," stotter sy en haar oë pleit om hulp terwyl sy opkyk na die vreemdeling.

"O, 'n ou molslangetjie se byt is onskadelik," stel die man haar gerus. "Maar het jy geweet jy het twee oulike, goudbruin spikkels in die irisse van jou oë, juffroutjie? Stukkies goud . . . net soos die sproetjies op jou neus. Hmm, ek hou daarvan . . . ek hou werklik daarvan. Ek is Jean-Pierre du Pont, en jy is . . .?" stel hy homself bekend en steek sy regterhand na haar uit om te groet.

"Meneer Du Pont," fluister sy, te bang om hard te praat en die slang om haar nek te laat skrik, "ek lyk dalk nie so nie, maar ek kan sterf van vrees! Vat die slang weg en maak hom dood voordat ek 'n toeval kry!"

"Maar juffroutjie, waarom sal ek 'n onskuldige molslangetjie doodmaak, as . . ." begin die man, maar hy kry nie die kans om sy sin te voltooi nie.

"Sê haar, oom!" skree Gerrie met skrille verwyt in sy stem langs haar, steek sy hand uit en laat die molslang toe om oor sy hand en om sy arm te krul. "So ja, jy is nou weer veilig, ou Jannie. Sy naam is Jannie, oom, maar my . . . my ma sal hom ver- moor. Sal oom asseblief vir my ma sê klein slangetjies soos ou Jannie is nie giftig nie?"

Sanet, wat nog roerloos voor Jean-Pierre bly staan, te bang om asem te haal selfs nadat Gerrie die molslang verwyder het, sien verwonderd hoe die glimlag op Jean-Pierre se gelaat vin- nig plek maak vir wisselende uitdrukkings van teleurstelling, ongeloof en afkeer.

"Jou ma? Genugtig, jy was seker 'n kinderbruid . . . of liewer, 'n kleuterbruid," sê hy misnoeg.

Wat 'n onopgevoede lummel om so 'n persoonlike aanmer- king te maak, dink Sanet terwyl 'n gloed van verontwaardiging oor haar nek en gesig kruip. As Gerrie net wil padgee met sy molslang, sal sy haar genoeg vererg om die verwaande vreemde- ling op sy plek te sit.

"Gerrie meen sy is ons stiefma, oom," verbeter Peet op Ger- rie se leuen, klim uit die motor en draf nader. "Oom weet mos hoe kwaai is 'n stiefma, maar ou Sanet is boonop verskriklik wreed! Oom se ma sou mos nooit ons arme ou Jannie vermoor het nie, nè, oom?"

Sanet merk hoe snel die uitdrukking van misnoeë van Jean-Pierre se gesig verdwyn terwyl hy beurtelings na haar en die tweeling kyk. Hy glimlag hartlik vir haar en sy sluit haar oë vinnig sodat sy nie na hom of die molslang hoef te kyk nie.

"Dan is die molslangetjie jul troeteldier?" verneem hy belangstellend.

"Ja, oom, want hy het nie hare nie, sien?" verduidelik Gerrie. "Ons oom Lukas Grové kry hooikoors, daarom mag ons nie 'n kat of 'n hond of . . . haai, Sanet, wat van ons? Moet ek en Peet ook al ons hare afskeer, of sal ons nie vir oom Lukas hooikoors gee nie?" vra hy bekommerd.

Sanet hou haar oë styf toegeknyp en ril aanhoudend, nie seker of dit net haar verbeelding is wat haar nek nog koud en glibberig laat voel nie. Sy is nog haar lewe lank bang vir alle reptiele. Selfs paddas maak haar half waansinnig van vrees, maar 'n werklike, lewendige molslang . . .!

Sy sluk droog, ineens naar, en veg om haar gevoelens onder beheer te kry. As die tweeling maar weet hoe sy slange vrees, sal hulle haar lewe ondraaglik maak, daarom mag sy nie vir hulle wys hoe bang sy is nie. As die vreemdeling net wil padgee, sal sy moontlik weer dissipline oor die seuns kan handhaaf, want hy is klaarblyklik hulle bondgenoot.

Gelukkig het sy nog altyd geweet hoe om van lastige mans ontslae te raak, dink sy, maak haar oë oop en kyk vas in Jean-Pierre se glimlaggende gesig. Sy is woedend.

"Kinderbruid . . . gmf!" snou sy, maar merk uit die hoek van haar oog dat Gerrie sy arm met die molslang na haar uithou en vergeet van haar besluit om van Jean-Pierre ontslae te raak. Sy swaai vinnig om en slaag daarin om met 'n vertoon van verontwaardiging na haar motor te stap en die deur agter haar toe te slaan en te sluit.

"En julle twee bly net daar totdat julle van daardie molslang ontslae geraak het!" roep sy dreigend deur die oop motorvenster, draai dit dan vinnig toe en gluur Jean-Pierre en die tweeling deur die voorruit aan.

Sy sien hoe die tweeling na die molslang en dan na haar beduie, sien hoe Jean-Pierre iets sê en wens sy kan hoor wat hulle te sê het oor haar. Stiefma . . . verbeel jou! Wat het in die twee seuns gevaar? En dat 'n vreemde man die vermetelheid het om haar 'n kleuterbruid te noem!

Sy kyk met halfhartige belangstelling na Jean-Pierre du Pont. Hy is 'n baie lang man, breedgeskouerd en met die voorkoms van 'n donker Fransman, soos sy naam aandui. Sy neem aan 'n Hugenote-voorouer het vir sy swart hare, swartbruin oë en sterk aristokratiese gelaatstrekke gesorg, maar dit was beslis 'n Hollandse of Duitse voorvader wat vir sy forsheid van gestalte verantwoordelik is. Sy skat hom nie jonger as vyf-en-dertig nie, hoewel sy glimlag hom baie jonger laat lyk. Sy hou van sy glimlag, flits die besef deur haar bewussyn en sy vererg haar onmiddellik vir haarself. Heel waarskynlik is hy jare lank reeds getroud, loop haar gedagtes verder en sy merk met verligting dat hy nie 'n troupand aan sy ringvinger dra nie. Baie mans dra nie trouringe nie, wys sy haarself tereg, en 'n man soos Jean-Pierre wat 'n vreemde meisie trompop loop en vertel sy het stukkies goud in haar oë . . .

Sanet sug en loer in die truspieëltjie, maar dan ruk sy om na die passasiersdeur links van haar en sien hoe Jean-Pierre op die sitplek gaan sit en gemaklik regskuif asof hy van plan is om lank te kuier.

"Ek was nie 'n kleuterbruid nie!" snou sy hom toe en bloos vuurrooi omdat sy soos 'n katterige kleuter klink en oor iets rusie maak wat die vreemdeling tog nie kan raak nie.

25

Wat skort met haar? Sy was reeds drie dae voor Kersfees vyf-en-twintig, en almal wat haar ken, bewonder haar oor haar ysige selfbeheersing en kille waardigheid; daar is selfs enkele mans wat haar opreg bejammer oor haar onkreukbare selfdissipline, want hulle voorspel 'n eensame oudag van oujongnooiskap vir haar.

Watter vreemde invloed het Jean-Pierre du Pont op haar dat sy van 'n koue, professionele rekenmeesteres in 'n twisgierige kind kan verander? vra sy haarself af en blik ongemaklik na hom.

Hy glimlag vir haar en sy glimlag laat haar onmiddellik vergeet wie of wat sy is. Dit laat haar vergeet van haar woede jeens hom en van die tweeling se molslang, want daar is soveel warmte en opregte belangstelling in sy glimlag dat sy vir die eerste keer in baie jare voel asof sy nie langer alleen buite in die koue staan nie.

"Ek is so bly, want nou kan ek jou mý bruid maak," antwoord Jean-Pierre en nou vonkel sy glimlag onnutsig.

Dan is hy een van daardie soort mans, dink sy teleurgesteld. Hy is die soort wat elke tweede meisie vra om met hom te trou, omdat hy te onnosel is om 'n interessante gesprek te voer. Gelukkig het sy op vyf-en-twintig geleer hoe om alle soorte mans te hanteer, daarom is Jean-Pierre dalk 'n bietjie lastig, maar geensins 'n probleem nie.

"Meneer Du Pont, ek is vanoggend voor dagbreek uit Johannesburg weg en teen hierdie tyd is ek moeg en honger en nie lus vir sottepraatjies nie. As jy uit my motor klim, kan ek en my nefies na my oom Lukas Grové se huis gaan soek," sê sy styf.

"My naam is Jean-Pierre en as jy regtig van plan is om 'n plattelander te word, vergeet dan jou stadsmaniertjies en noem my op my naam. Ek gaan jou beslis nie juffrou Grové noem nie, want dan klink jy sommer klaar soos 'n oujongnooi, al is jy nog nie een nie. Reg, Sanet?" vra hy.

En sy weet hy het haar op die een of ander manier beledig, maar hy hou aan glimlag en sy begin aan die getuienis van haar eie ore te twyfel.

"Dis wat oom dink!" praat Peet onverwags langs Jean-Pierre en steek sy kop deur die oop venster. "Arme Sanet is klaar 'n oujongnooi, oom, want sy was al vyf-en-twintig en ons tant Dassie sê as 'n meisie eers vyf-en-twintig is, is dit uit en gedaan met haar, want al wat vir haar nog oorbly, is 'n ou wewenaar of dalk 'n geskeide man."

" 'n Ordentlike, geskeide man, maar hulle is maar skaars," verbeter Gerrie op Peet se vertelling. "Ons tant Dassie sê as vroumense nie so geduldig was nie, was daar net geskeide mans. Het oom gesien hoe lank is Sanet? Dink oom sy is lankmoedig genoeg om nie te skei as oom instem om met haar te trou nie?"

Sy ken haar tweelingnefies nege jaar lank – altans, sy het geglo sy ken hulle. Hulle was Gerhard en Hermien se oulike babas, dierbare kleuters en kostelike seuntjies, want hulle het gewoonlik buite in die tuin of in hulle speelkamer gespeel. Hulle was werklik oulik . . . tot vandag toe. Waarom het sy nooit agtergekom dat die oulike babas intussen grootgeword het nie? vra Sanet haarself met 'n gevoel van verleentheid en ergernis af.

"Hoekom klim julle nie solank in daardie wit motor en wag daar nie? Julle het mos gesê julle wil graag voel hoe ry my motor," stel Jean-Pierre taktvol voor.

"Dan moet oom net gou maak, want ons is al moeg om net te sit en te sit," maan Gerrie en draf agter Peet aan na die groot, Duitse motor wat 'n entjie verder voor die slaghuis geparkeer staan.

"Gaan jy hulle ontvoer?" vra Sanet hoopvol.

"Ek kon, ja, maar ek twyfel of jy bereid sal wees om 'n losprys vir die twee snippe te betaal," skerts hy.

Sy kyk na hom en 'n glimlaggie pluk om haar mondhoeke.

"Dan ken jy my oom Lukas Grové?" vra sy. Sy wil nie met Jean-Pierre gesels nie, sy wil hom nie leer ken nie. Waarom sy so 'n teësin in 'n vriendskap met hom het, is vir haar nog duister.

"Hy was twaalf jaar lank my skoolhoof, want ons skooltjie spog nog met een laer- en hoërskool. Hy het my vertel julle kom hier woon en toe ek die tweeling saam sien, het ek geweet wie julle is, want hul foto is in oom Lukas se studeerkamer." Hy swyg en Sanet merk met 'n gevoel van ongemak die vonkeling in sy oë voordat hy vervolg: "As ek kon kies, het ek liewer jou foto in my studeerkamer laat pryk."

"Weet jou vrou dat jy ongetroude meisies so graag komplimenteer?" vra sy bitsig.

"A-ha, en nou gaan ek sê ek het nie 'n vrou nie, en dan is jou nuuskierigheid oor my ook bevredig," treiter hy haar. Hy lag sag wanneer 'n donker gloed van verleentheid oor haar gesig stoot.

"Dit sal seker vir 'n man met jou verwaandheid ongelooflik klink, meneer Du Pont, maar ek stel nie in jou of jou vrou of enigiemand anders op Bothasrus belang nie. Ek is hier om my oom Lukas en my nefies te versorg, maar ek soek beslis nie na 'n man nie. Ek sal dit opreg waardeer as jy onmiddellik uit my motor klim en in die toekoms uit my pad bly."

Sy wag dat hy hom vererg en uit haar motor klim, maar hy bly sit, sug diep en klik sy tong simpatiek.

"Tsk, tsk . . . Dan het oom Lukas gelyk gehad – dat jy aard na jou tant Dassie. Sy was glo net so 'n giftige ou skepsel op haar dag. Dan hou jy sowaar nie van mans nie?" vra hy bekommerd.

"As oom Lukas jou so breedvoerig oor my ingelig het, waarom vra jy my uit?" vra sy nydig. Sy voel verneder omdat haar oom haar met 'n wildvreemde man kon bespreek het.

"Omdat ek amper seker is dat oom Lukas êrens 'n fout begaan het, want geen meisie wat soos jy lyk, kan 'n giftige ou skepsel op vyf-en-twintig wees nie. Inteendeel, jy lyk . . ."

"Meneer Du Pont!" roep sy uit en gluur stip na sy voorkop sodat sy die lag in sy oë kan miskyk. "Gaan jy nou dadelik uit my motor klim, of sal ek uitklim en by die polisie hulp gaan soek?"

"Sulke drastiese optrede is glad nie nodig nie, Sanet. Ek neem nou die tweeling na jou oom toe en al wat jy hoef te doen, is om agter my aan te ry. Ek ken in elk geval die pad beter as die sersant en sy twee konstabels, want ek woon my lewe lank op Bothasrus," antwoord Jean-Pierre gemoedelik en klim uit die motor. "Volg my net, hoor!" roep hy nadat hy die deur toegemaak het. Hy loop met lang hale na sy motor.

Sanet hoor haar harde asemhaling in haar ore, merk dat haar hande liggies tril en dwing haarself om stadiger asem te haal.

Waarom laat sy haar so ontstel deur 'n eenvoudige, onbeskofte plaasjapie soos Jean-Pierre du Pont? Hy lyk soos 'n boer met sy gespierde, songebruinde arms en donkerbrons gelaatskleur, maar as hy op die dorp woon, is hy heel waarskynlik 'n bouer of 'n steenmaker of die een of ander arbeider. Hy is beslis nie 'n pennelekker nie, want daarvoor is hy te bruingebrand, mymer sy. Sy vervies haar vir haarself omdat sy soveel tyd op 'n onbelangrike plattelander mors.

Sy sien die wit motor vertrek, maar wend geen poging aan om hom te volg nie. Sy sal koeldrank gaan koop en sommer die kafee-eienaar vra waar oom Lukas woon. Sy kom al vier jaar lank baie goed sonder die hulp van 'n man klaar. Tertius is natuurlik die uitsondering, maar noudat hy nie langer daar is nie, het sy beslis nie 'n plaasvervanger nodig nie, veral nie iemand soos Jean-Pierre du Pont nie, besluit sy en klim uit haar motor.

Die huis is oud met Victoriaanse torinkies en traliewerk, maar die houtwerk is goed versorg, soos die ruim grasperke en die tuin. Sanet stap na die voorstoep van oom Lukas se woning. Sy klim die trap op en merk eers dan oom Lukas wat op 'n riempiesbank op die voorstoep sit met die tweeling weerskante van hom.

Oom Lukas lyk presies soos sy hom uit haar kleintyd onthou, dink sy wanneer hy opstaan en sy hande uitnodigend na haar uitstrek. Hy is 'n lang, skraal man – sy weet sy het haar lengte van die Grové's geërf – met silwerwit hare, 'n reguit neus en 'n mond wat net so maklik soos haar eie glimlag. Sy oë is blou en wakker, asof vyf-en-sewentig somers te kort was om die jeug uit sy oë te verdryf.

"Sanet," sê hy en glimlag, en sy weet dat hy bly is dat sy gekom het. Hy soen haar op die wang en hou haar dan op armlengte weg van hom.

"Dag, oom Lukas." Sy wonder of hy haar gaan uitvra oor die dinge van vier jaar gelede. Almal lees tog koerante, selfs die mense van Bothasrus. Lees Jean-Pierre ook koerant? vra sy haarself af, en weet dis 'n belaglike vraag, maar wens vurig hy het nooit leer lees nie.

"Jy is 'n klein Grové, Sanet, en ek praat nie net van jou lengte nie. Jou blonde hare en jou gesig . . . Dis net jou oë wat jy by 'n onbekende voorvader gekry het, want ons Grové's het almal blou oë en jou ma se mense is donker . . . almal met groenbruin of donkerbruin oë, soos jou tant Dassie," sê hy opsommend, 'n tikkie trots en goedkeuring in sy stem.

"Sanet aard baie na tant Dassie, oom Lukas," merk Peet van die riempiesbank af op. "Sy sukkel ook om 'n man te kry en sy is klaar 'n arme oujongnooi."

"En jy meen alle oujongnooiens is arm, Peet?" vra oom Lukas en wend hom tot die seuntjie. "Of glo jy ons moet 'n oujongnooi jammer kry?"

"Ek sal net vir Sanet jammer kry, maar nie vir tant Dassie nie. Oom weet, sy is so agterbaks. Sy gee 'n mens sommer so 'n vinnige klap as jy nie kyk nie. Ek wed dis waarom sy nie 'n man kan kry nie, want sy klap hulle te vinnig," kom dit vies van Peet.

"Sy het my al in die kerk geknyp toe ek net so 'n bietjie rondgeskuif het," gooi Gerrie ook 'n stuiwer in die armbeurs.

"Is nie. Jy het tant Dassie eerste met 'n speld gesteek, daarom het sy jou geknyp," verdedig Peet.

"Daar is 'n bottel koeldrank in my motor as julle dors is," sê Sanet met die hoop om van die tweeling ontslae te raak sodat sy oom Lukas oor die molslang kan uitvra.

"Gaan haal jy die koeldrank, Sanet, want ek en Peet wil nog 'n bietjie alleen met oom Lukas gesels," stel Gerrie voor en hou haar kwellend dop.

Sanet merk dat Gerrie sy hand in sy regterbroeksak hou, wonder of dit sy vingers is wat in sy broeksak rondkriewel, maar voel haar nekhare rys en weet dat hy die molslang in sy broeksak versteek.

"Oom Lukas, die tweeling weet van oom se hooikoors en . . ." begin sy en lê haar hande in 'n pleitende gebaar op sy arm.

"Oom Lukas, sal oom aspris vir Jan van Riebeeck dood-maak? Oom sal mos nie, nè, oom? Oom weet moes hoe 'n belangrike ou was Jan van Riebeeck?" skree-praat Gerrie haar tot stilswye.

"Oom hoef niks bang te wees vir ou Jannie nie, want hy het nie een ou haartjie op sy kop nie, daarom sal hy oom nie hooi-koors gee nie," pleit Peet, spring op en kom langs oom Lukas staan.

Sanet sien hoe Gerrie opstaan en hou haar hand gebiedend op.

"Sit, Gerrie! Ek weet daardie molslang is in jou broeksak en as jy naby my kom . . . Gerrie, ek kan baie harder as tant Dassie klap!" waarsku sy.

Oom Lukas vee 'n glimlag met sy groot hand weg en kyk na Gerrie wat onseker op die riempiesbank bly sit.

"Jean-Pierre het my vertel dis sommer nog 'n klein ou molslangetjie, Sanet, maar as jy nie van so 'n troeteldier hou nie, is dit beter dat die seuns hom in die tuin loslaat. Toe, Gerrie, die slang kan nie baie gelukkig in jou broeksak voel nie. Laat hom in die tuin vry," beveel oom Lukas.

"Ja, oom," antwoord Gerrie bedees. Hy lyk afgehaal, maar stap weg om die huis na die tuin. 'n Ewe besadigde Peet volg hom.

"Kan ons nie liewer die slang doodmaak nie, oom? Ek kan die goed nie verdra nie en as ek weet daar is 'n slang in die tuin . . .?" Sanet ril en staar na die hoek van die huis asof sy verwag dat die molslang sy verskyning sal maak.

"'n Molslang is 'n nuttige reptiel, want hy leef van muise en rotte en daarom sou dit dom wees om hom dood te maak. Hy is nie giftig nie en jy hoef ook nie bang te wees dat hy jou sal aanval nie. Boonop sal die bure se katte die arme slangetjie gou verwilder. Jean-Pierre het my verseker dis 'n molslangetjie," antwoord oom Lukas gerusstellend en beduie na 'n glas lemoensap op die klein tafeltjie langs die riempiesbank. "Sit en drink eers iets. Jy is seker moeg en dors ná die lang rit."

Sanet wens sy kan daarop aandring dat die molslang liewer in 'n ander tuin vrygelaat word, maar onderdruk haar vrees en gaan sit op die riempiesbank om haar koeldrank te drink.

"Dankie, oom. Dit smaak vorentoe," sê sy en hou oom Lukas dop terwyl hy peinsend voor hom uitstaar. Sy kyk vinnig af wanneer hy onverwags na haar draai. Sy ken hom nie, besef sy. Behalwe dat hy haar sterk aan haar pa herinner omdat hulle albei blond en lank is, is oom Lukas vir haar 'n volslae vreemdeling.

"Ek het die huis gekoop toe ek nog 'n jongman was, maar dit was eers nadat ek afgetree het dat ek uit my woonstel in die skoolkoshuis weg is. Ek het toe hier kom woon en Marthie Breytenbach en haar man, Lourens, het die woonstel in die agterplaas gehuur en sommer vir ons almal se etes gesorg," begin oom Lukas te gesels asof hy haar vreemdheid aanvoel en haar op haar gemak wil stel.

"Gerhard het my vertel oom het 'n huishoudster," merk Sanet op.

Oom Lukas sug diep. "Hy was 'n goeie seun, oorlede Gerhard. Nogal my peetseun, hoewel ek nooit 'n goeie peetpa vir hom was nie, want ek onthou nie verjaardae nie. Maar nou kan ek tog vir hom en Hermien iets doen ..." sê hy en kyk Sanet skerp aan. "Lourens Breytenbach is verlede November dood en omdat dit so hoort, is Marthie toe weg na een van haar dogters toe, want skindertonge het nie respek vir ouderdom nie. Daarom kon sy nie langer in die woonstelletjie aanbly en vir my huishou nie."

"Ek is bly dat ek kon kom om met die huishouding te help, oom Lukas," sê sy en wonder hoeveel die skindertonge van Bothasrus van háár verlede weet.

"Dis waaroor ek wou praat, Sanet, voordat ons finale reëlings tref," sê oom Lukas ernstig. "Gerhard het voorsiening vir die kinders gemaak en ek is nie 'n arm man nie, daarom sal jy 'n ordentlike salaris kry. Jy is ..."

"Maar ek verwag geen betaling nie, oom Lukas! Die tweeling is tog my broer se kinders," maak sy beswaar.

"En jy dink jy is 'n voël van die lug af of 'n lelie van die veld? 'n Mens koop nie klere en ander benodigdhede met goedhartigheid nie. Jy sal nie so 'n groot salaris kry soos waaraan jy gewoond was nie, maar jy sal ordentlik kan aantrek. Maar eers moet ek sekerheid hê oor jou toekomsplanne. Wat van jou jongetjie in Johannesburg?"

Sanet frons en staar hom onbegrypend aan. "Van wie praat oom?"

"Die Lindeque-seun – Tertius Lindeque. Jou suster, Magda, het my van hom vertel toe sy en Anton vroeg in Desember hier kom kuier het. Dis toe dat hulle my vertel het van hulle probleem om langer vir die tweeling te sorg. Jy en Tertius het nie dalk trouplanne nie?"

Sanet glimlag wrang. "Ek sal nooit trou nie, oom. Tertius is 'n goeie vriend, maar dis ook al," antwoord sy met finaliteit.

"Dan spook die ander een nog by jou?" vra hy.

Oom Lukas se woorde ruk deur haar, ruk haar hand wat die glas koeldrank vashou, en sy sien die geel lemoensap teen die wande van die deursigtige glas opspat. 'n Stormagtige see van lemoensap, mymer sy, stormagtig soos die gisters wat sy moet vergeet. Sy wag totdat die lemoenkoeldrank weer 'n kalm oppervlakte weerspieël en plaas die glas op die tafeltjie langs haar neer.

"Ken die mense van Bothasrus my storie, oom Lukas?" vra sy, haar stem sag, ingehoue.

"Nee, Sanet, want ek het niks gesê nie. As daar iemand is wat onthou, sal dit nie saak maak nie. Op een-en-twintig was jy 'n bang kind met groot oë en 'n vae gesiggie langs 'n swart koerantopskrif, maar op vyf-en-twintig is jy 'n beeldskone en trotse vrou. Niemand sal glo jy is daardie kind met die bang oë nie."

"Ek is nie beeldskoon nie, oom."

"Vir my is jy. Maar miskien is dit waar dat jy nie beeldskoon of trots of selfversekerd is nie. Jy is nog altyd die bang kind wat wegvlug van die liefde en die seerkry van jare gelede. Dis wat Gerhard by geleentheid aan my gesê het en Magda het dit bevestig. En nou het jy hier na my gevlug. Dis goed so."

Sy merk sy begrypende glimlag. "Oom is ook nie getroud nie. Beteken dit oom het ook eenkeer seergekry en toe aanhou vlug vir die liefde?" vra sy en hoop haar woorde gesel hom omdat hy met woorde 'n ou seer in haar binneste oopgehaak het.

34

"Ja, Sanet," antwoord hy eenvoudig. Sy rustige antwoord blus die opstandvure in haar en sy ken die skaamte van 'n kind wat onder 'n gebed gelag het. 'n Blos van verleentheid vlek haar wange rooi en sy kyk hom sku aan.

"Ek is jammer ek het gevra, oom," sê sy skuldig.

"Ek is nie, want so leer ons mekaar beter ken en verstaan." Sy glimlag stel haar gerus en hy staan op. "Vertel my eendag wanneer jy geleer het om my te vertrou of jy daardie man nog liefhet. Maar nou kan jy my jou motorsleutels gee sodat ek jou bagasie kan gaan haal."

"Ek kom saam, oom," sê sy en neem hom aan die arm terwyl hulle die stoeptrap afklim. Sy weet hy het nie haar hulp nodig nie, maar dis sy wat hom wil vashou, omdat sy vir die eerste maal in baie jare nie langer alleen voel nie.

Gisteraand was sy te moeg om die agterplaas te verken, maar met die tweeling nog vas aan die slaap en 'n molslang wat 'n hele nag tyd gehad het om 'n veilige wegkruipplek in die tuin te soek, kan sy dit seker waag om in die boord rond te loop, dink Sanet. Sy asem die vars oggendlug in en drafstap tussen die vrugtebome deur na die suidelike ringmuur.

Sy het vergeet om oom Lukas oor hul bure uit te vra, want ná aandete het sy en die tweeling gaan bad en dadelik gaan slaap. Dit sal aangenaam wees as een van hulle bure darem nog jonk is, want sy sal graag 'n vriendin wil hê, dink sy en onthou hoe lank gelede sy reeds van al haar ou skool- en studentemaats vervreemd geraak het.

Sy hoor 'n vrolike gefluit agter die suidelike ringmuur op-klink en loop gretig nader, maar bly teleurgesteld staan wanneer sy besef dat sy tog nie lank genoeg is om bo-oor die ringmuur te kyk nie. Op 'n ingewing spring sy teen die muur op, gryp die boonste bakstene vas en trek haarself op.

"Goeie môre," groet Jean-Pierre, wat oor die ringmuur kan kyk sonder om op sy tone te staan. "Ek wou jou nog sê ek gaan met jou trou. Reg so, Sanet?"

3

Die skok om Jean-Pierre van aangesig tot aangesig op haar nugter maag te ontmoet, laat Sanet byna haar houvas op die boonste ry bakstene verloor, maar sy versterk haar greep en sis: "Jy is simpel!" voordat sy haar voete weer tot op die grond laat sak.

"Dis moontlik," beaam Jean-Pierre wat teen die ringmuur uitklim en homself bo-op die muur tuismaak, geensins van stryk gebring deur haar bitsigheid nie. "As my beste vriend my gisteroggend vertel het ek gaan gistermiddag my toekomstige bruid ontmoet, sou ek ook gesê het hy is simpel. Maar dis nie belangrik nie, want intussen het ek jou ontmoet ek nou weet ek dat ek eendag met jou gaan trou."

"Eendag?" vra sy nuuskierig.

Wat weet Jean-Pierre van haar wat sy self nie weet nie? Hoe kan hy met soveel sekerheid sê dat hy eendag met haar gaan trou? Hy lyk doodernstig, maar moontlik is hy altyd ernstig wanneer hy 'n meisie vir die gek hou, dink sy en gluur wantrouig op in sy oë wat haar vonkelend betrag.

"Ja, eendag – sodra jy ja sê. Dit hang natuurlik alles af hoe gou ek jou kan leer om my lief te kry," antwoord hy doodluiters, steek sy regterhand uit en pluk 'n rooiwangperske van die boomtak bokant Sanet se kop af.

"Regtig? Watter ander grappe ken jy, meneer Du Pont?" vra sy sarkasties.

36

Hy vryf die perske teen sy hemp skoon en begin smaaklik te eet.

"Lekker! Het jy al oom Lukas se Alberta-perskes geproe? Ek sou hierdie een vir jou gegee het, maar 'n meisie wat weier om my naam te onthou, verdien nie 'n perske nie. Of hou jy regtig so min van my dat jy nie eens my naam wil onthou nie, Sanet?"

Sy staar hom stom aan. Wat 'n vreemde man is Jean-Pierre du Pont. Hy ken haar nouliks, maar het klaarblyklik klaar besluit hy gaan met haar trou. Nee, so iets is te vergesog om waar te wees, besluit sy. Daarom weet sy vir seker hy hou haar vir die gek. Sy frons, lig haar ken en begin haar wegdraai.

"Jy is 'n hopelose plattelander, want jy kan nie eens jou buur-man oornooi vir 'n koppie vroeë oggendkoffie nie," verwyt hy haar, maar sy ignoreer hom en begin wegstap totdat hy waar-skuwend uitroep: "Staan stil, Sanet! Ek dink dis die seuns se ou molslangetjie wat teen jou rug opseil!"

"Jieeergh!" gil sy, swaai om en storm terug en reg in Jean-Pierre, wat van die ringmuur afgespring het, se arms.

"Salig," sug hy en hou haar in sy arms vas. "Ek vergeet soms hoe onweerstaanbaar ek eintlik vir die vrouegeslag is. Beteken dit jy gaan tog met my trou?"

Ysige rillings jaag teen haar ruggraat af wanneer hy liggies met sy vingerpunte oor haar rug streel, en sy klim byna teen hom op in haar poging om van die molslang op haar rug weg te kom.

"W-waar is hy? W-waar is die s-slang?" klappertand sy. Hy frons en kyk haar skerp aan, asof hy vir die eerste keer bewus word van haar vrees.

"Kom nou, Sanet, jy kon tog voel dat daar niks teen jou rug rondkriewel nie?" vra hy en skud haar liggies aan haar skou-ers. "Ek het jou net geterg, maar as jy werklik so 'n vrees vir slange het, vra ek om verskoning. Ek is jammer, Sanet. Is ek vergewe?"

Sy behoort kwaad te wees, want geen man maak misbruik van 'n meisie se vrees om haar in sy arms te kry nie, dink Sanet en wonder waarom sy nie eens 'n klein bietjie vies is nie.

Sy kyk op in sy gesig wat nou baie na aan hare is, sy hou van die geboë lyn van sy digte, swart wenkbroue en die skerp afge-etste kurwe van sy ferm lippe. Hy het 'n hoë voorkop en die lig in sy oë is wakker en intelligent, maar dis die aanraking van sy hande wat haar betower en van haar 'n gewillige gevangene maak.

Of is dit die warmte in sy glimlag wat weerklank vind in die koue stiltes van haar siel waarin die dooie, gryswit as van haar jongmeisiedrome so lank reeds vergete in 'n hoekie bly lê het? Kan sý lag en warmte en liefde weer vlamtonge uit die dooie kole haal en haar jeug en liefdesdrome aan haar teruggee? Kan sy weer jonk wees, liefhê en in 'n môre glo?

Nee, om lief te hê is waansin en vir die dwaasheid van 'n oomblik boet die mens 'n ewigheid. Jy word 'n vlugteling van die liefde.

"Kom terug na my toe, Sanet. Jou gedagtes is nie aangename geselskap nie," roep Jean-Pierre se stem haar terug tot die werklikheid.

Sy sug liggies en staar hom stil aan, onbewus daarvan dat haar oë sonder woorde pleit om bevryding. Hy lees haar pleidooi in haar oë, maar omdat hy nie weet waaroor dit gaan nie, buig hy nader en soen haar op haar lippe. Die aanraking van sy lippe op hare is soos 'n vlam.

"'n Soen vir my bruid," sê hy met iets soos eerbied in sy stem en wonder oor die hartseer wat nog in haar oë skuil.

"Het oom Lukas jou nie vertel nie? Ek sal nooit trou nie," sê sy, verstom oor die alledaagse klank van haar stem in haar ore.

38

"So alle Josafat!" skril 'n skel stem. Sanet ruk haar kop op na die westelike ringmuur. "Jean-Pierre, wat soek jy met 'n vreemde meisiemens in jou arms? Wat gaan Elrina daarvan sê?"

Sanet sien oor die ringmuur die kop en skouers van 'n skraal vroutjie wat sy in haar vyftigerjare skat. Die vrou het helderpienk en koningsblou haarkrullers in haar gekleurde, rooibruin hare, en met haar geplukte wenkbroulyne en sonder 'n tikkie grimering herinner sy Sanet aan 'n kaalgeplukte hoender. Die vrou, wat heel waarskynlik op 'n leer staan, hou haar donkerrooi kamerjas met 'n kuis gebaar teen haar keel toe en klou met haar regterhand aan die ringmuur vas.

"Al gehoor van die slang in die Paradys?" vra Jean-Pierre gedemp en kyk na die nuuskierige buurvrou wat verder oor die ringmuur leun om tussen die takke en blare deur te sien presies wat hy en Sanet doen. "Môre, tant Ellie! Gaan trek 'n mooi rokkie aan, dan stel ek tante aan oom Lukas se niggie voor," roep hy hartlik.

"Dan het die meisiekind gekom, nè? Kom 'n bietjie hierdie kant toe sodat ek haar behoorlik kan sien, Jean-Pierre. Wat klou jy haar so vas, hè? Ou meisietjie, Jean-Pierre het jou seker nog nie vertel nie, maar dis 'n uitgemaakte saak dat hy en my dogter gaan trou, daarom kan jy maar ophou ogies maak vir hom. Toe, toe, Jean-Pierre, stel die meisiekind aan my voor dat ek darem ook kan sien hoe sy lyk," beveel tant Ellie ongeduldig.

"Ek kan nie nou nie, tant Ellie. Die arme meisie het haar enkel verstuit, en ek was juis van plan om haar huis toe te dra," antwoord Jean-Pierre, buk effens en swaai die oorblufte Sanet in sy arms op. "Hou vas om my nek, anders ruk jy my van balans af," fluister hy. "En kreun so 'n bietjie, net om tant Ellie tevrede te stel."

"Nee, los my! Ek is te swaar en . . . en . . ." protesteer Sanet, haar wange gloeiend van verleentheid, en klou Jean-Pierre werktuiglik om sy nek vas wanneer hy met lang, vinnige hale tussen die bome deur na die agterdeur begin stap.

"Swaar? Jy?" Sy oë lag haar uit. "'n Bietjie benerig en maer, maar niks wat gesonde boerekos nie kan regmaak nie. Ek kan nie toelaat dat my bruid ondervoed lyk nie."

"Is Elrina ondervoed? Jou aanstaande skoonmoeder lyk soos 'n visgraat," sê sy. Sy probeer skerts, maar klink katterig. Sy weet lankal reeds sy sal nooit trou nie, maar dit het tog 'n klein bietjie getroos om net oomblikke lank na 'n towerwêreld te ontsnap en te glo dat 'n man soos Jean-Pierre haar kan liefkry en haar as sy bruid begeer. Maar sy liefde was 'n grap en sy woorde leeg soos al haar môres, besef sy en kriewel ongemaklik in sy arms, bewus van haar eie hande wat hom styf om sy nek vashou.

"Mooi, my meisie is reeds jaloers op een van my ou nooiens. Maar moenie kwel nie, Sanet. Ek is 'n gewilde man en jy gaan nog hope van my ou meisies raakloop. Wanneer gaan jy my van al jou ou liefdes vertel?"

Hy sit haar op haar voete voor die kombuisdeur neer en kyk haar laggend aan, maar sy vermy sy blik. Hy kan skerts oor sy baie liefdes, maar as sy die dag eerlik moet praat . . . Sy steek haar hand na die deurknop van die agterdeur uit.

"Gaan jy nie vanoggend werk toe nie? Of gee jou baas nie om dat jy laat kom nie?" vra sy kil.

Hy antwoord nie dadelik nie, en hy kyk haar lank aan. "Ek wil lag omdat ek liefhet, Sanet, maar as jy glo ek skeer die gek . . ." Hy steek sy regterhand uit en streel met 'n vingerpunt liggies oor haar wang en ken. "Die tweeling het my verseker jy het niemand anders lief nie. Is dit dan nie waar nie?"

"En as dit waar is?" vra sy.

"Dan vra ek jou of ek jou mag leer om my lief te kry, want ek gaan met jou trou," antwoord hy.

"Maar jy het my nie lief nie! Jy ken my nie," sê sy verbysterd, vir die eerste maal seker van sy eerlikheid.

"Ek het jou gistermiddag liefgekry daar voor die kafee," antwoord hy. "Snaaks dat jy my nie liefgekry het nie, want ek het vanaf die eerste oomblik geweet jy behoort by my. Het jy dit nie ook aangevoel nie?"

"Ek het 'n molslang om my nek gehad," herinner sy hom en glimlag teësinnig.

"Maar intussen het ek jou gesoen en in my arms gedra. Is jy nog nie lief vir my nie?" vra hy ernstig.

Sy hou van hom . . . sy hou so baie van hom, dink Sanet. As sy haarself kon toelaat om lief te hê, sou dit so maklik gewees het om hóm juis lief te kry. Nee . . . Nee, sy is immuun teen die liefde, want liefde bring net vernedering en pyn, waarsku haar verstand en verdryf die stil verlange uit haar oë.

"Ek is seker daarvan dat Elrina vir jou 'n ideale vrou sal wees, meneer Du Pont. Sien, ek is 'n meisie met 'n verlede, daarom soek ek nie vir my 'n bruidegom nie," sê sy gelykmatig en begin die agterdeur oopmaak.

Sy hand skiet uit, sluit om haar pols en dwing haar hand weg van die deurknop. "Ons het almal 'n verlede, goed of sleg. En wie het nie 'n ratelende geraamtetjie in die kas, soos die Engelse sê nie? Is dít wat jou kwel?" vra hy dringend.

Sy kyk na sy groot hand op haar pols, voel sy krag en weet in 'n flitsende oomblik dat sy altyd veilig sal wees as sy sterk hand hare vashou. As sy maar net kon . . . smag haar hart, maar haar magteloosheid om haar hand uit te steek en sy droom van liefde te aanvaar, laat 'n gevoel van onredelike woede in haar binneste opstu.

"Laat my gaan, meneer Du Pont. Ek stel nie in jou of jou ligsinnige liefdespraatjies belang nie." Sy probeer haar arm losruk.

Hy los haar hand en kyk haar 'n paar oomblikke lank stil aan.

"Hy het jou baie seergemaak, nè? Anderdag vertel jy my van hom, maar nou moet ek eers gaan. Tot later, Sanet," groet hy. Hy kyk haar besorgd aan en draai dan weg.

Sy staar hom verslae agterna en wonder of hy tog nie weet van dít waarvan sy so lank reeds wegvlug nie, en gaan die kombuis binne.

Oom Lukas kom by die voordeur uitgestap, 'n kierie in sy hand, juis wanneer Sanet met 'n skinkbord met koffie die voorportaal binnekom.

"A, 'n lekker koppie koffie is net wat ek nodig het," sê oom Lukas en stap nader. "Môre, Sanet. Dan is jy ook vroeg op?"

"Ja, oom. Môre, oom Lukas. Ek was in die boord, maar ... e ... Gaan stap oom elke oggend?" vra sy en voel haar gesig warm word wanneer sy aan haar ontmoeting met Jean-Pierre in die boord dink.

"Elke oggend, winter en somer, klokslag sesuur," antwoord hy en gaan sit op 'n stoel langs 'n muurtafeltjie in die voorportaal om sy koffie te drink. "Ongelukkig weet Ellie van Duuren, my buurvrou op linkerhand, dit ook en word ek elke oggend van my lewe deur 'n bleek gesig met krulpenne in die hare voorgelê."

"O ... O ja, tant Ellie," prewel Sanet en sluk aan 'n mondvol koffie. Sou tant Ellie dalk iets van haar en Jean-Pierre gesê het? wonder sy en kyk sku na oom Lukas. "Is ... is tant Ellie 'n weduwee?" vra sy en staar stip na die koppie in haar hand en voel hoedat haar wange warmer gloei en wens sy kan aan 'n verskoning dink om haar uit die voete te maak.

"Ja, tot my sonde en ergernis. Sy was jare lank met Abraham van Duuren getroud. Hy was 'n slim man en 'n vooraanstaande boer tot sy dood, sowat vyf, ses jaar gelede, het hulle op die plaas gewoon," vertel oom Lukas en proe weer aan sy koffie.

"Ek het tant Ellie vanoggend daar langs die ringmuur gesien, maar ons . . . e . . . ek het nie met haar gepraat nie," lig sy oom Lukas in.

"Nee, sy vertel my toe jy en Jean-Pierre het mekaar daar in die boord vasgeklou en sy het hoeka snaakse dinge begin dink, maar toe hoor sy jy het jou enkel verstuit. Watter enkel is dit, kindjie?" vra oom Lukas vroom terwyl hy met oordrewe belangstelling na haar enkels staar.

"My enkel makeer niks nie, oom," Sanet frons. "Jean-Pierre is 'n stuitige . . . e . . . pierewaaier, en tant Ellie soek net geselskap. Ek het oom gesê ek stel nie in mans belang nie."

"Dis waar, ja. Ellie soek geselskap en dat sy 'n skindertong is wat Elrina, haar en Abraham se enigste kind, dikwels in die verleentheid stel, is nie altemit nie. Maar jy begaan 'n groot fout as jy meen Jean-Pierre is 'n stuitige pierewaaier wat graag agter meisies aandraf. Daarvoor is hy in elk geval te besig, want hy is prokureur hier op die dorp, en het ook sy erfplaas, La Provence, daar langs die Groot Visrivier. Hy het jou seker daarvan vertel?"

Sanet skud haar kop woordeloos terwyl sy die nuwe inligting oor Jean-Pierre probeer verwerk. Hy is 'n geleerde man. Met 'n erfplaas, sy eie praktyk en 'n dorpshuis kan hy nie arm wees nie. Nogtans verspeel hy sy tyd saam met haar in die boord en vertel haar dat hy haar liefhet en met haar gaan trou. Hoe rym dit? wonder sy.

"Ons boer hier langs die Groot Visrivier met Durum-koring, of spaghetti-koring, soos ons boere dit noem, want ons kweek dit spesiaal vir die fabriek op Worcester waar hulle allerlei pastas maak. Ek het self 'n plasie langs die rivier, maar Jean-Pierre se plaasbestuurder bewerk my grond ook, want my jare van hard werk en sweet lê agter die rug." Oom Lukas glimlag en kyk na Sanet wat hom luisterend dophou. "Dan het Jean-Pierre niks van sy plaas gesê nie?"

"Nee, oom. Ons het sommer gepraat oor . . . oor die tweeling se molslang en . . . en so aan. Woon Elrina saam met tant Ellie hier langsaan?" vra sy, weet dat sy geensins belangstel in Elrina van Duuren nie, maar besef terselfdertyd dat sy kan sterf van nuuskierigheid oor wie en wat Elrina presies is.

"Dalk moet ek dit stel dat Elrina hier langsaan woon en Ellie woon by haar." Oom Lukas glimlag geheimsinnig en skud sy kop. "As jy oorlede Abraham se moeder, ou tant Christina van Duuren, leer ken, sal jy weet wat ek bedoel. Tant Christina is 'n vorstelike vrou, 'n ongekroonde koningin, wat haar man, haar enigste seun, haar huis en haar plaas met 'n ysterhand regeer het. Almal het na haar pype gedans, selfs die predikant en die kerkraad, maar toe gaan trou Abraham met Ellie Steen van Dorpstraat . . ."

"Tant Ellie was nie die vrou wat oom Abraham se ma vir hom sou gekies het nie?" vra Sanet, belangstellend in die bure se geskiedenis ondanks haar onverklaarbare gevoel van vyandigheid jeens die onbekende Elrina.

"Kind, daar was amper 'n rewolusie op ons dorpie. Tant Christina en haar getroue trawante wou met geweld Abraham en Ellie se huwelik nietig verklaar, want dat 'n meisie van Dorpstraat in die onderdorp met die enigste seun van Christina van Duuren kon trou, was 'n misdaad en 'n gruwel. Maar die twee was wettig getroud en tant Christina se vyande kon lank en hard lag omdat Abraham sy ma so lekker uitoorlê het."

"Het tant Christina hom nie onterf nie?" vra Sanet nuuskierig.

"Sy sou as sy kon, maar ou Awie van Duuren, haar oorlede man, het die plaas aan Abraham bemaak en sy het net vruggebruik van die grond gehad. Nou ja, die mense het aanhou lag totdat klein Elrina grootgeword het . . ." Oom Lukas sit sy leë koppie op die muurtafeltjie langs hom en lag geamuseerd. "Jy sal haar nog self ontmoet, die jong Elrina van Duuren. Sy is haar ouma Christina se ewebeeld en as jy na die ongekroonde koningin van Bothasrus soek, is dit Elrina van Duuren."

"Is sy baie mooi, oom?" vra Sanet.

"Mooi? Nou ja, aristokraties aantreklik is miskien 'n beter beskrywing. Seker mooi ook, want sy het groot, donker oë en digte, swart hare. Sy is ook 'n lang meisie, nes jy, maar . . . e . . . sy het 'n bietjie meer gewig as jy," sê oom Lukas en Sanet bloos en onthou dat Jean-Pierre haar maer en benerig genoem het.

"Wat doen sy, of het sy nie nodig om te werk nie?" vra Sanet en byt kwellend aan die binnekant van haar lip. Hoe kon sy so dwaas gewees het om Jean-Pierre se stories te glo? Met 'n meisie soos Elrina as sy aanstaande bruid weet sy dat hy haar net vir die gek gehou het.

"Sy het 'n BA-graad, maar almal weet sy is net op aandrang van haar ouma Christina universiteit toe, want behalwe dat sy op elke dankbare en ondenkbare komitee dien, die armes van die dorp ophef en die rykes regeer, het sy niks anders te doen nie. Haar ouma Christina sorg dat sy soos 'n mannekyn aantrek, 'n blink motor ry en haar flikkers vir Jean-Pierre gooi."

"Dan het sy en Jean-Pierre trouplanne?" vra Sanet en kug agter haar hand omdat haar stem ongewoon skor klink.

"So vertel ou Christina, Ellie en almal wat weet, maar Jean-Pierre swyg soos die graf," antwoord oom Lukas. "Daar is mense wat meen dat Jean-Pierre glo Elrina is te jonk vir hom, want sy is maar twee-en-twintig, terwyl hy al 'n man van vyf-en-dertig is, maar ek glo nie so 'n probleempie sal in die pad van die liefde staan nie, veral as 'n mens onthou dat Elrina se erfgrond en Jean-Pierre se plaas aan mekaar grens."

45

"Ja, dit maak alles so maklik," beaam Sanet en vlieg orent asof haar gedagtes haar brand. "Nog 'n koppie koffie vir oom?"

"Dankie, Sanet, maar een koppie is genoeg. Sal ek jou met die ontbyt kom help?" bied hy aan.

"Nee, dankie, oom. Ek gaan net eers kyk of die tweeling al wakker is," maak sy verskoning en verlaat die voorportaal, gretig om alleen te wees om haar posisie as oom Lukas se huishoudster en Jean-Pierre se buurvrou in oënskou te neem.

Dis wonderlik wat harde werk, gesonde kos en voldoende slaap vir 'n mens se gemoedsrus kan doen, dink Sanet terwyl sy die soldervenstertjie oopstoot en dan deeglik afstof voordat sy die ruite met seep en water begin afwas.

Sowat 'n week gelede het sy op Bothasrus aangekom en so byna geglo dat sy op hul buurman verlief geraak het, maar dit was 'n week gelede. Intussen het sy die boord en die tuin vermy, gesorg dat oom Lukas of een van die tweeling alle telefoon-oproepe beantwoord en weggebly wanneer kuiergaste opdaag. Gewapen met 'n stoffer, 'n skropborsel, water en seep, het sy die ou Victoriaanse woning binnegevaar en van hoek tot kant afgestof, skoon geskrop, uitgevee en opgevryf.

Nou bly nog net die solder oor, maar as sy na al die rommel om haar kyk, sal sy minstens nog 'n week nodig hê om orde in die stowwerige wanorde te skep, dink sy met 'n tevrede glimlaggie.

Sy weet Jean-Pierre kom gereeld kuier, loop haar gedagtes oor die suidelike ringmuur na die buurhuis, en haar hand wat die nat vadoek vashou, beweeg stadiger oor die ruit. Drome dryf soos ligte somerwolkies haar oë binne en die herinnering aan 'n lang man wat haar sy bruid wou maak, verf 'n glimlag om haar lippe. Sy sug, leun op haar arms op die vensterbank en staar met nikssiende oë oor die voortuin uit.

46

"Daar is sy nou, Peet! Help my met die leer, jong. Toe, man, ek en die oom kan nie alles doen nie," klink Gerrie se ergerlike stemmetjie onder Sanet op, maar sy hoor hom praat sonder om werklik in te neem wat hy sê.

As sy daardie verskriklike nag van vier jaar gelede kon uitwis, as sy haar seer en vernedering oor haar liefde met een beweging van haar hand kon wegvee, sou sy dan kon glo dat Jean-Pierre ernstig was toe hy gesê het hy gaan eendag met haar trou? Sou sy kon leer om hom lief te kry? Of sou haar liefde spontaan wees . . .?

'n Harde stamp teen die vensterbank ruk haar terug tot die werklikheid en sy leun by die soldervenster uit en sien die bo-punt van 'n lang metaalleer teen die vensterbank aanleun.

"Haai, Gerrie, wat doen julle?" roep sy en leun versigtig 'n entjie verder by die venster uit.

"Ek, Peet, man, nie Gerrie nie," roep Peet vies. "Ek en Gerrie het net vir oom Jean-Pierre gehelp om die leer teen die muur te sit. Moenie so ver uitleun nie! Netnou val jy op jou kop en dan is jy kinds!"

"Dankie vir die waarskuwing," antwoord Sanet vies en wens sy het die moed om verder uit te leun en te sien wat Jean-Pierre doen, maar haar hoogtevrees laat haar die vensterbank vashou voordat sy vra: "Waarom sit julle die leer teen die muur?"

"Oom kan maar opklim. Ek en Gerrie sal die leer vashou," sê Peet duidelik onder haar.

"Nee! Meneer Du Pont, ek het nie jou hulp nodig om die solderkamer skoon te maak nie. Bly net waar jy is, of anders kan jy alleen die solderkamer skoonmaak!" waarsku sy en voel soos 'n bakvissie wat nie weet hoe om 'n situasie te hanteer nie. Sy sien nie kans vir 'n konfrontasie met Jean-Pierre nie.

"Bly net daar, Sanet!" skree Peet waarskuwend. "As oom Jean-Pierre jou nie kom haal nie, gaan die slang jou byt!"

47

Sanet ruk om en haar oë soek paniekerig agter opgestapelde rommel na haar onsigbare vyand.

"W-waar is die s-slang?" vra sy, haar stem yl en nouliks hoorbaar.

"Buite, voor die solderdeur," antwoord 'n diep stem vlak langs haar.

Sy swaai vinnig terug na die venster en kyk in Jean-Pierre se glimlaggende gesig vas en besef dat hy intussen teen die leer opgeklim het, maar haar vrees vir die slang laat haar van haar vrees vir hom vergeet.

"O . . . jy het gekom. Ek is bang vir hoogtes. Sal jy my help om by die venster uit te klim?" vra sy en beweeg gretig tot in die sirkel van sy uitgestrekte arms.

"As jy beloof om eendag met my te trou . . ." begin hy en laat sy sin onvoltooid.

"En Elrina dan?"

"Ons sal anderdag oor haar praat. Kry ek eindelik my belofte? Ek wag al 'n week en ek is lankal nie meer geduldig nie," sê hy en trek haar nader aan hom.

"Maak nou gou, oom!" roep Gerrie ongeduldig van die voet van die leer af. "Oom het gesê ons kry elkeen vyf rand as ons oom help om by Sanet uit te kom. Gaan oom ons nou dadelik betaal, of moet oom eers bank toe gaan? Dis Woensdag en oom weet mos die bank maak Woensdae vroeg toe."

Sanet verstyf in Jean-Pierre se arms. "Dan is alles beplan?" vra sy bitsig.

"Hoe anders? Jy vermy my asof ek die pes het. Daarom moes ek aan 'n plan dink om jou weer te siene te kry. Dis vreeslik romanties om 'n prinses van verre te hê, maar ek is 'n man van vlees en bloed, daarom hou ek meer van jou in my arms," antwoord hy rustig.

"Dis hy en sy, Elrina!" skel 'n skerp stem onderkant hulle.

"Toe, wat het ek vir jou gesê? Jy draf van die een komitee na die ander vereniging, en intussen draf hy agter die nuwe meisie aan. Jean-Pierre, klim dadelik af en kom hier. Elrina wil met jou praat."

"Nie sonder my aanstaande bruid nie, tant Ellie," antwoord Jean-Pierre binnensmonds, gryp Sanet en gooi haar met 'n brandweergreep oor sy linkerskouer, en begin vinnig afklim.

4

Sanet versluk haar aan haar eie asem toe sy skielik kop na onder oor Jean-Pierre se skouer hang, sien tant Ellie van Duuren se skerp rotgesiggie onder haar, kry 'n flitsende beeld van 'n slanke, welgevormde meisie in 'n modieuse tabberd langs tant Ellie en besluit dis die regte oomblik om flou te word. Sy kreun gevoelvol, sluit haar oë en hang slap oor Jean-Pierre se skouer om ook hom van haar floute te oortuig.

"Sanet?" roep hy, sy stem skerp van kommer. "Sanet, het jy pyn?"

"Nee, oom," sê Gerrie wanneer Jean-Pierre se voete grond raak, "maar ek dink sy is dood, want sy het net haar oë omgedop en so slap geword. Kyk, sy het die nat vadoek wat in haar hand was, ampertjies op my kop laat val."

"Sies, Gerrie, man, jy weet dis nie lekker as iemand doodgaan nie. Sanet is mos nie dood nie, oom?" pleit Peet.

Sanet voel skuldig oor haar valse floute, wens sy kan ongemerk vir Peet knipoog om hom gerus te stel, maar durf dit nie waag onder tant Ellie en haar dogter se skerp oë nie.

"Moenie jou kwel nie, Peet," kom dit gerusstellend van Jean-Pierre terwyl hy Sanet van sy skouer laat afgly en haar dan in sy

49

arms optel. "Die arme meisie het net flou geword van die skok oor die slang, maar ek sal haar nou weer by kry."

"Nou wat staan jy met die meisiekind in jou arms en klou haar vas asof jy bang is jy sal haar laat val?" vra tant Ellie nydig en trippel nader om Sanet van naderby te beskou. "Lyk nogal na haar oom Lukas, nè? Hy is natuurlik 'n baie aantreklike man, maar ek sal haar nou nie juis mooi noem nie – doodgewone ou gesiggie, sou ek sê." Sy draai haar kop na Elrina en roep oor haar skouer asof Elrina effens hardhorend is. "Jy het niks om jou oor te kwel nie, Elrinatjie. Die ou meisietjie lyk maar vaal en alledaags."

Sanet oorweeg dit om met 'n skielike stuiptrekking die buurvrou 'n gevoelige skop in die maag te gee, maar besluit daarteen.

Haar floute het darem 'n voordeel: sy lê in Jean-Pierre se sterk arms en luister na die ritmiese geklop van sy hart. Laat ou tant Ellie haar maar vaal en alledaags noem – solank sy in Jean-Pierre se arms kan wees, sien sy selfs kans om met die voortreflike Elrina vriende te wees.

"Hallo, Jean-Pierre. Wat presies het hier gebeur?" vra Elrina en Sanet voel 'n stekie van jaloesie, want Elrina praat met 'n sagte, diep, sensuele stem wat Jean-Pierre se naam soos 'n intieme liefkosing laat klink.

"Dis tog duidelik Sanet het flou geword," antwoord Jean-Pierre en Sanet wonder of sy arms al begin moeg word om haar vas te hou, want hy klink geïrriteerd.

"Lê haar op die gras neer, Jean-Pierre," beveel tant Ellie. "Netnou verrek jy 'n spiertjie of iets, want so 'n lang meisiekind weeg seker dieselfde as 'n sak mielies. Lê haar sommer net hier neer, en jy, boetie, bring vir my die tuinslang," beduie sy aan Gerrie wat naas haar staan. "Daar is niks wat so vinnig vir 'n floute help soos 'n bietjie koue water nie."

"Tannie soek moeilikheid," waarsku Gerrie. "As tannie Sanet met 'n tuinslang natspuit, klap sy tannie se ore vuurwarm!"

"Ons moet haar hospitaal toe vat," besluit Peet gewigtig. "Maar ons sal haar eers moet bad, want sy is darem vreeslik vuil en vol stof, nè, oom Jean-Pierre? Moet ek oom Lukas gaan roep sodat hy haar kan bad? Hy kuier by oom Gideon, hier op die hoek."

"Dit sal nie nodig wees nie, dankie, Peet. Ek sal mond-tot-mond-asemhaling toepas," antwoord Jean-Pierre bedees, buig sy kop nader en soen Sanet vol op haar lippe.

Haar oë vlieg oop en sy ruk haarself orent in sy arms, vlamme van verontwaardiging gloeiend op haar wange.

"Hoe durf jy, meneer Du Pont?" vra sy driftig en spartel in sy arms sodat hy verplig is om haar op haar voete te laat staan.

"Maar jy het mos daarna gesoek, Doringrosie," antwoord hy. "Ken jy nie jou sprokies nie? Jy is veronderstel om innig dankbaar te wees omdat my soen jou wakker gemaak het, en om onmiddellik met my te trou."

"Sulke stuitigheid!" laat hoor tant Ellie wat soos 'n veglustige bantamhaantjie uit loutere ergernis heen en weer tussen Jean-Pierre, die tweeling en Elrina rondtrippel, telkens voor een van hulle vassteek en dan verder trippel. "Elrina, het jy niks te sê nie? Kan jy nie sien Jean-Pierre is van die duiwel besete nie? Hy tree soos 'n skoolseun op, nie soos 'n man met 'n praktyk wat ten gronde gaan terwyl hy by die buurmeisie rondlê nie?"

Sanet betrag tant Ellie met openlike nuuskierigheid asof sy heeltemal seker wil maak dat die stekelrige vroutjie van vlees en bloed is, en nie net iemand wat in haar verbeelding bestaan nie. Wat 'n uitgesproke mens, dink sy, en kyk simpatiek na Elrina. Dank die hemel sy het nie 'n ma wat haar so in die verleentheid kan stel nie.

Sanet besef met die eerste oogopslag dat Elrina van Duuren nie haar simpatie nodig het nie. Ondanks haar jeugdigheid is

Elrina 'n meisie met 'n selfversekerdheid wat by 'n veel ouer vrou pas.

Sy is onberispelik volgens die jongste mode geklee en haar haarstyl kom uit 'n haarkapsalon. Haar grimering is met professionele kundigheid aangewend.

In 'n ander era sou Elrina beslis 'n skoonheid gewees het, maar selfs nou slaag sy daarin om haar sterk, byna manlike gelaatstrekke met slim grimering te verbloem, en beklemtoon die besondere skoonheid van haar groot, swartbruin oë en die volheid van haar sensuele lippe.

Geen wonder Jean-Pierre het gesê sy is maer nie, want in haar stowwerige langbroek en bloesie en met 'n blou doek om haar kop om haar hare skoon te hou, voel sy soos 'n voëlverskrikker, dink Sanet en kyk met 'n tikkie afguns na Elrina.

"Sanet," sê Elrina met 'n kopknik en 'n glimlaggie wat die volheid van haar mondjie beklemtoon. "Dan is jy oom Lukas se nuwe huishoudster?"

Sanet wil Elrina iets katterigs toevoeg, maar besef dan sy is wel haar oom se huishoudster.

Maar waarom kan sy nie byvoeg dat sy ook 'n bekwame rekenmeesteres met 'n B.Com-graad is nie? wonder Sanet grimmig, maar besluit dan dat dit dalk veiliger is dat niemand weet dat sy 'n rekenmeesteres is nie, want iemand kan dalk net 'n koerantberig van vier jaar gelede onthou.

"Sanet is ons stiefma," kondig Gerrie met 'n vername stemmetjie aan, oortuig daarvan dat Elrina Sanet beledig het, maar nie seker hoe sy dit gedoen het nie. "Is jy ook iemand se stiefma, tannie?" vra hy vir Elrina.

Elrina se lag is koel. "Ek is veels te jonk om nou al aan moederskap te dink. Ek glo dat 'n geëmansipeerde vrou haar geleerdheid en haar talente moet gebruik voordat sy aan 'n huwelik dink, anders verval sy te maklik in die antieke rol van

onderhorige kneg vir die man," antwoord sy, haar blik bete-
kenisvol op Sanet.

"Sy lyk nie jonger as jy nie, Sanet," merk Peet vies op. "Ek
wed sy was al lankal dertig, want sy is baie vetter as jy."

"Stil, Peet," sê Sanet berispend, maar innerlik verheug oor
Peet se woorde omdat Elrina haar so duidelik laat verstaan het
sy is 'n onderhorige kneg. "Gaan speel julle twee nou. As julle
my almal sal verskoon . . ." Sy raak aan haar kopdoek. "Ek was
besig om die soldervensters te was."

"Wat van ons geld, oom Jean-Pierre?" vra Gerrie en frons
hewig. "Het oom onthou om die geld te trek, of moet oom nou
eers weer bank toe gaan?"

"Nee, ek het die geld saamgebring," antwoord Jean-Pierre en
haal twee vyfrandstukke uit sy hempsak. "Een vir elkeen. Baie
dankie vir julle hulp."

"Oom moet net sê as oom weer met Sanet wil praat," sê
Peet en glimlag van oor tot oor terwyl hy die vyfrandstuk in
sy hande ronddraai en behoorlik beskou. "Solank oom ons vyf
rand betaal, sal ons haar elke dag vir oom vang."

"Nou wat praat die kind alles, Jean-Pierre? Haai, boetie, kom
terug! Kom vertel my . . ." roep tant Ellie, maar Gerrie en Peet
klap die tuinhekkie agter hulle toe en kies koers winkel toe om
hulle groot beloning te gaan uitgee.

"Dit klink vir my ook na 'n interessante manier om geld te
maak," sê Elrina spottend. "Betaal jy enigiemand vyf rand om
Sanet vir jou te vang, Jean-Pierre? Mag ek saamspeel?"

"Ek sal dit waardeer," sê Sanet vinnig. "Sanet is die naam van
'n oulike molslang wat eers aan die tweeling behoort het, maar
omdat ek nie van slange hou nie, het hulle hom aan meneer Du
Pont gegee. Die molslang kruip op die oomblik êrens in die huis
rond. Ek sal jou met liefde tien rand betaal as jy hom vir my kan
vang, juffrou Van Duuren."

Elrina glimlag meerderwaardig. "Lyk ek vir jou soos 'n meisie wat ter wille van tien rand agter 'n slang gaan rondkruip?" vra sy.

"Die ou slangetjie is reeds veilig in sy hokkie," sê Jean-Pierre en lê sy hand liggies onder Sanet se elmboog. "Kom, Sanet, ek wil sommer daardie boeke wat oom Lukas by my geleen het, in sy studeerkamer gaan haal. Sien julle, tant Ellie . . . Elrina?"

"Moenie van ons afspraak vanaand vergeet nie, Jean-Pierre," herinner Elrina hom. Sy glimlag met die selfversekerdheid van 'n meisie wat weet sy hoef haar nie oor die lojaliteit van haar toekomstige man te kwel nie. "Tot siens, julle," groet sy en stap sonder meer weg.

"Elrina, hoe kan jy die twee saam vertrou? Waarom kan jy nie wag totdat Jean-Pierre sy boeke en die slang gekry het nie? Ons kan hom vra om middagete saam met ons te eet, anders kuier hy dalk . . ." kerm tant Ellie in haar dogter se ore en draf agter die elegante Elrina aan.

"Ma . . . asseblief! Bly net stil, dan sal niemand agterkom Ma is 'n onderdorper nie, soos ouma Christina altyd sê!" sis Elrina bytend. Sy hou haar stem gedemp, maar Sanet en Jean-Pierre wat op die grasperk voor die huis bly staan, hoor haar.

Sanet kyk onwillekeurig op na Jean-Pierre. Asof hy haar blik op hom voel, kyk hy na haar en hy glimlag. "Oulike bure wat jy het," sê hy sardonies.

"Ek wonder wie 'n mens die jammerste moet kry, tant Ellie of Elrina?" antwoord sy.

"Jy bedoel dit tog seker nie, Sanet? Tant Ellie het haar bes gedoen om jou te beledig, omdat sy doodbang is ek stel dalk werklik meer in jou as in Elrina belang. Elrina was net haar gewone, hooghartige self. Die arme meisie het so 'n opinie van haarself dat goeie maniere vir haar onbelangrik is. Maar sy is nog bitter jonk . . . sy sal moontlik nog leer."

"Het haar ouma Christina ooit geleer?" vra Sanet sonder om na hom te kyk.

"Dan ken jy Elrina se geskiedenis?" vra hy, versterk sy houvas op haar arm en dwing haar om saam met hom na die voordeur te stap.

"Oom Lukas het my vertel van die trotse tant Christina en die arme oom Abraham wat toe met tant Ellie van die onderdorp getroud is. Tant Christina het beslis daarin geslaag om Elrina te leer om haar eie ma te minag," sê Sanet afkeurend.

"Dit verg groot liefde om tant Ellie se uitgesprokenheid te vergewe en tant Christina het gesorg dat Elrina nie veel liefde vir haar eie ma het nie, want sy het Elrina grootgemaak. Tot 'n jaar of wat gelede het tant Ellie en Elrina nog op die ou familieplaas gewoon, maar nadat Elrina haar graad behaal het, het haar ouma vir haar die huis op die dorp gekoop. Tant Ellie het net saamgekom om vir Elrina huishoudster te speel," vertel hy.

"Is daar werklik 'n slang voor die solderkamerdeur?" vra Sanet en probeer haar arm wegneem, maar hy versterk sy greep en trek haar effens nader aan hom.

"Dis jý wat oor die naam van die slang gejok het, nie ek nie," spot hy. "Ek het die waarheid gepraat toe ek gesê het die ou slangetjie is reeds veilig in sy hokkie, want die tweeling het my al daardie eerste middag gevra of ek hulle sal help om 'n hokkie te maak. Ek het 'n voëlhokkie met sifdraad toegespan en die molslangetjie het 'n blyplek gekry."

"En . . . waar hou hulle die slang?" vra sy en loer benoud na die voorportaal asof sy verwag om enige oomblik die slang te sien nader seil.

"In my een buitekamer. Nee, wag, moenie voorspooksels maak nie, want daardie molslang word so vet gevoer met allerlei insekte en maalvleis wat die seuns vir hom aandra, dat hy nie eens die moeite sal doen om te ontsnap nie, selfs al kon hy," probeer hy om haar gerus te stel.

"Maar julle gaan tog nie die arme slang vir altyd in 'n buitekamer toegesluit hou nie?" vra Sanet, haar emosies wisselend tussen jammerte vir die slang en kommer oor haar eie veiligheid as die slang dalk sou ontsnap.

"Die slang is net 'n nuutjie en sodra die skool begin, sal die tweeling wel iets anders kry om hulleself mee te vermaak. Maar ek het nie tien rand betaal om oor 'n lawwe molslang te gesels nie, my stowwerige bruidjie. Wanneer gaan jy by my kom eet?" vra hy, lê sy hand op haar ander arm en laat haar voor hom staan sodat hy haar gesig kan dophou.

"By jou?" Sy staar hom aan. "Meneer Du Pont, ek waardeer jou humorsin, maar oom Lukas het my reeds vertel van jou en Elrina. Jy hoef nie langer die vriendelike buurman te speel wat probeer om my tuis te laat voel nie. Ek is klaar tuis hier op Bothasrus."

"En elke sin is 'n leuen . . . tsk, tsk," klap hy sy tong terwyl hy haar betrag. "Oom Lukas kon jou niks van my en Elrina vertel het nie, want sy dra nie my ring nie. Daarby kan jy onmoontlik tuis voel op Bothasrus, want behalwe die Sondagoggenddiens in die kerk, het jy nog nie jou neus by die voordeur uitgesteek nie. Is jy bang vir mense?"

Hy laat haar skrik en sy wonder of hy dalk daardie koerantberig van vier jaar gelede onthou. Sy voel 'n gloed van verleentheid op haar gesig en kyk skuldig af.

"Dis byna etenstyd. As jy nou asseblief die molslang sal verwyder . . ." dwing sy hulle gesprek in 'n ander rigting.

Hy lig sy regterhand, laat 'n blonde krul wat onder haar kopdoek uitgekruip het speels om sy wysvinger krul en vee dan liggies met sy vingerpunt oor haar wang.

"My vuil meisie . . . maar so pragtig soos 'n sprokiesprinses.

Dalk moet ek jou tog nie vet voer nie, want dis makliker om jou rond te dra as jy soos 'n sprinkaan lyk," sê hy en laat dit soos 'n kompliment klink.

"Dankie. Ek waardeer dit as iemand my 'n sprinkaan noem. Wat noem jy Elrina? 'n Vetgevoerde ruspe?" vra sy gekrenk.

"A-ha, al weer die jaloesie! Sanet, my skat, jy wil dit nie erken nie, maar jy hou tog 'n klein bietjie van my, daarom raak jy so katterig teenoor die onskuldige Elrina. Besef jy wat daardie meisie alles vir ons dorp doen? Dis 'n komitee vir 'n nuwe kerkklok, 'n vereniging vir vet vroue wat maer wil word, 'n klub vir kinders wat op hulle ouers se senuwees werk. 'n Meisie wat soveel tyd aan ander se welsyn kan afstaan, verdien 'n medalje. Stem jy nie saam nie?"

"Gaan gee dan vir haar 'n medalje en bly uit my pad, meneer Du Pont," antwoord sy kwaad omdat sy wel jaloers voel op 'n meisie wat haar geen leed aangedoen het nie.

"Noem my Jean-Pierre en beloof my plegtig jy sal eendag met my trou, anders soen ek jou hier voor die voordeur en hoop tant Ellie sien ons," treiter hy.

Sy kyk na hom en haar blik word 'n liefkosing, want diep in haar rank 'n nuwe besef op: sy hou van hom . . . sy hou so baie van hom. Hy terg haar omdat hy dit geniet om haar kwaad te maak; spot met die liefde asof hy nog nooit ervaar het dat liefde angels het wat pyn pleks van vreugde bring nie. Miskien moet sy daardie ver gister vir goed begrawe en saam met hom lag oor die liefde, want solank 'n mens nie liefhet nie, kan jy ook nie seerkry nie; solank liefde net 'n woord bly, dra jy geluk in jou hande.

"Nee," sê sy dan en besef nie sy praat hardop nie. "Nee, nie weer nie . . . nooit weer nie." Sy kyk in sy oë, besef dat sy haar gedagtes hardop uitgespreek het en voel verleë. Sy hande vat aan haar boarms en sy oë is byna swart van erns.

"Ek het hardop gedink . . . ek is jammer," maak sy verskoning.

"Was jy baie lief vir hom?" vra Jean-Pierre asof hy haar verskoning nie gehoor het nie.

Sy knik stom en vervolg aarselend: "Hy was my eerste liefde en dalk . . . dalk verwag 'n mens te veel van die liefde as jy jonk is. Ek het verwag dat hy . . ." Sy glimlag ongemaklik en tree weg van hom. "Ek het nog nooit met 'n vreemdeling daaroor gepraat nie."

"Ek is nie 'n vreemdeling nie, Sanet. Ek is Jean-Pierre, die man met wie jy eendag gaan trou. Of sal hy terugkom en jou kom haal?" vra hy.

"Niemand sal my kom haal nie," antwoord sy.

"En as jy trou, sal dit met my wees?" vra hy dringend.

Sy lag oorwonne. "Ja, Jean-Pierre," antwoord sy en vlug weg om die hoek van die huis toe hy sy arms gretig uitsteek om haar te vang.

Sanet stap in die gang af na die studeerkamer, hoor stemme in die voorkamer en loop die voorportaal binne. Sy het die hele oggend, soos die vorige vyf dae, haar tyd in die solder deurgebring om dit in 'n speelkamer vir die tweeling te verander. Wanneer oom Lukas besoekers het, is dit seker haar plig om hulle te gaan groet en dan te gaan tee of koffie maak, dink sy en bly in die deur van die sitkamer staan.

"Môre, tant Ellie," groet sy met 'n halfhartige glimlaggie toe sy tant Ellie op 'n rusbank teenoor oom Lukas sien sit, en wens sy het liewer nie by die sitkamer ingeloer nie.

"Dis lankal middag, want dis byna etenstyd. Het jy darem al begin met die middagete? Ek verneem die twee seuns boer by Jean-Pierre en pla die arme Marie-Louise tydig en ontydig . . . eet haar glo uit die huis uit. Wat staar jy my so aan asof jy nie

58

mooi verstaan wat ek sê nie? Jy weet tog Marie-Louise is Jean-Pierre se jonger suster en orreliste van ons kerk. Sy gee musieklesse ook . . . 'n geleerde meisie, net soos Elrina. Jy het haar tog seker al ontmoet?" vra tant Ellie met 'n skrilheid in haar stem asof sy liewer met Sanet wil rusie maak as om rustig te gesels.

"Ek weet van Marie-Louise, tant Ellie, maar ek het haar nog nie ontmoet nie. Sal ek tee of koffie gaan maak, oom Lukas?" vra Sanet met 'n kalm glimlaggie.

"Nee wat, my kind, dan sit ou Ellie net langer en kritiseer boonop die tee wat jy agter haar aandra," sê oom Lukas en lag oor die venynige kyk wat tant Ellie in sy rigting flits. "Ja, toe, Ellie, ek ken jou mos al langer as gister en daarom hoef jy nie gekrenk te lyk nie. Jy hou nie van my niggietjie nie, want sy is 'n mooi kind en jy kwel jou oor die moontlikheid dat Jean-Pierre dalk meer van Sanet as van Elrina hou."

"Oom Lukas . . ." verwyt Sanet gedemp.

"Ek het g'n rede om my te kwel nie, Lukas Grové," sê tant Ellie en lig haar ken terwyl sy haar hande vroom op haar skoot saamvat. "Elrina is 'n geleerde meisie met 'n graad, nie 'n ryk familielid se huishoudstertjie nie. En daarby weet almal dat my dogter eendag skatryk gaan erf wanneer haar ouma Christina sterf, want sy is haar ouma se enigste erfgenaam. Jean-Pierre sal 'n dwaas wees om vir hom 'n ander bruid te kies."

"Jean-Pierre het nie ou Christina se geld nodig nie, Ellie, want hy het genoeg. En 'n bietjie geleerdheid pla Sanet nie, want sy het self haar B.Com-graad," antwoord oom Lukas, en 'n tikkie skerpte in sy stem verraai sy ergernis aan Sanet.

"En wat vir 'n graad is dit? Ek het nog nooit van so 'n graad gehoor nie. Gaan 'n mens universiteit toe daarvoor?" stel tant Ellie haar onkunde ten toon.

"Ja, Ellie. Sanet is 'n rekenmeesteres en as sy wil, kan sy môre weer haar ou pos in Johannesburg kry. Haar baas het juis al twee of drie keer gebel sedert sy hier woon. Hy is baie gretig om haar weer in diens te neem," antwoord oom Lukas nadruklik.

Sanet staar hom verras aan. Waarom het oom Lukas haar nie vertel dat Tertius gebel het nie? Sy hoor die telefoon dikwels lui, maar omdat sy geen oproep verwag nie, het sy nog nooit belang gestel om uit te vra oor wie gebel het nie. Of het oom Lukas sommer 'n storie versin om tant Ellie se mond te snoer? Sy kyk na tant Ellie wat ineens met valse vriendelikheid glimlag.

"Sowaar, nè? Nou kyk, Sanet, waarom gaan jy nie liewer terug na jou ou werk toe nie? Jy is 'n stedeling en julle is tog nooit gelukkig op die platteland nie. Ek het gedag jy lyk darem te intelligent om sommer net jou oom se huishoudstertjie te wees," kom dit stroperig van tant Ellie.

"Ellie, as jy met jou eie oë kan sien die meisie is intelligent, hoe verwag jy dan dat sy na jou bogstories sal luister?" vra oom Lukas ergerlik. "Wat gaan van die seuns word as Sanet sou besluit om pad te gee?"

"Maar Lukas, ek het jou mos uitdruklik gesê ek sal jou huishoudster wees en net saans hier langsaan by Elrina slaap, want ek is darem 'n vrou wat my goeie naam moet beskerm. Ek kan dan sommer 'n ogie oor die twee seuntjies hou en sorg dat hulle nie langer 'n oorlas van hulleself by Jean-Pierre en Marie-Louise maak nie. Sodra die skool begin, sal Marie-Louise weer musieklesse gee en dan sal sy nie tyd hê om saam met die tweeling te baljaar nie. Wat sê jy, Sanet? Jy is seker al lankal moeg vir die stil lewe hier op ou Bothasrus, nie waar nie?" vra tant Ellie glimlaggend.

"Ek hou van die lewe op 'n dorpie, tant Ellie," antwoord Sanet gelykmatig. "Verskoon my, oom Lukas. Ek gaan net kyk waar die tweeling is."

"O, hulle boer al weer langsaan by Marie-Louise, glo my vry," kom dit vies van tant Ellie. "Dis waarom ek die hele tyd vir jou oom sê jy is te jonk om die kinders op te pas, want hulle kom en gaan soos hulle wil en maak van hulleself 'n oorlas by die bure. Elrina kan nie meer 'n woord privaat met Jean-Pierre praat nie, want die seuns hang om sy nek en weier om hulle alleen te laat."

"En dís waaroor jou hele argument gaan, nè, Ellie?" Oom Lukas lag gedemp en staan op. "Nou ja, ons ken nou jou klagte en daarom kan jy nou maar teruggaan huis toe en sorg dat Elrina haar middagete kry. Wat help dit as jy oor die kinders rusie maak, as jy self by jou bure rondlê wanneer dit etenstyd is, hè?"

"Jy kan darem ook so stuitig wees, Lukas Grové . . . 'n mens kan amper nie glo jy is 'n geleerde man en 'n afgetrede skoolhoof nie," sê tant Ellie en stap neus in die lug die sitkamer uit.

Terwyl oom Lukas tant Ellie na die voordeur vergesel, glip Sanet in die gang af na die agterdeur. Sy draf deur die boord, klouter op 'n vaatjie en dan bo-op die suidelike ringmuur. Links van haar sien sy die leer waarop Jean-Pierre daardie eerste oggend, byna twee weke gelede, gestaan het, en klim daarmee af in die bure se erf.

Die tweeling het al herhaalde kere met uitnodigings van Marie-Louise om te kom kuier by die huis aangekom, maar tot dusver het sy haarself onder die skoonmakery van oom Lukas se huis begrawe. Die tweeling het haar verskonings aan Marie-Louise oorgedra en sy het laat weet dat sy graag sal kom kuier sodra Sanet haar oornooi.

Sy het gehoop om die besoek aan Marie-Louise so lank moontlik uit te stel, want sy wil nie toevallig in Jean-Pierre vasloop en later hoor dat sy by haar buurman kuier nie, maar ná tant Ellie se klagtes is sy verplig om oor die tweeling se kuiertjies met Marie-Louise te praat.

Sanet hoor die tweeling se skril stemmetjies terwyl sy die agterdeur nader, huiwer voor die toe onderdeur en kyk vas in die warm, vriendelike gelaat van 'n meisie met besondere diepblou oë en swart hare soos Jean-Pierre. Iets aan die vorm van haar gesig herinner ook aan hom, maar haar gelaatstrekke is vroulik fyn soos haar kort, skraal figuurtjie. Jean-Pierre het haar verniet 'n sprinkaan genoem, want sy suster is niks vetter as sy nie, dink Sanet en glimlag spontaan vir die meisie.

"Jy is definitief Sanet Grové," sê Marie-Louise en kom nader om die onderdeur oop te maak. "Jean-Pierre het jou haarfyn beskryf. Hallo, Sanet. Kom binne. Ek is Marie-Louise."

"Bly te kenne," glimlag Sanet en frons toe sy Gerrie en Peet aan die kombuistafel gewaar, besig om toebroodjies en koeldrank te eet. "Maar kom julle nie by die huis eet nie?" vra sy.

"'n Mens wonder, nè?" vra 'n stem wat Sanet nie verwag het nie, en sy draai na die gangdeur en sien Elrina teen die deurkosyn aanleun, elegant in 'n tabberd wat haar effens vol figuur vlei en haar dun middeltjie beklemtoon. "Maar dis hoe Marie-Louise is. Sy ontferm haar oor die wesies terwyl Jean-Pierre hom oor hulle tannie ontferm."

"Het ek ontferming nodig?" vra Sanet ingehoue.

"Jean-Pierre meen so. Hy weet van die verskriklike liefdesteleurstelling wat jy gehad het. Daarom doen hy sy bes om jou op te beur en 'n bietjie aandag aan jou te gee. Hy vertel my jy het 'n kompleks oorgehou. Wat presies het gebeur?" vra Elrina en wag belangstellend op Sanet se antwoord.

5

Elrina se woorde val smalend op Sanet se ore. Jean-Pierre bespreek haar agter haar rug met Elrina. Hy vertel haar vertroulike sake, soos haar erkenning oor haar eerste liefde, met smaak oor aan sy slim modepoppie. Hy lag heel waarskynlik oor die arm-salige oujongnooi en haar komplekse wat nou vir oom Lukas Grové huishoudster speel.

Jean-Pierre doen sy bes om haar op te beur en 'n bietjie aandag te gee, het Elrina gesê. Maar sy het hom vertrou! Hy is die man wat ná vier eensame jare die puntjie van die sluier vir haar kon lig wat voor 'n onmoontlike droom hang. Hy het haar weer 'n droom gegee, besef sy, al was dit net 'n sprokie oor 'n onmoontlike eendag wanneer sy sy bruid sou wees.

Maar dit was alles toe jammerte! Agteraf het hy en Elrina ge-lag omdat hy moontlik agtergekom het dat sy eindelik teenoor hom begin ontdooi het. Geen wonder hy kon haar so maklik voor tant Ellie en Elrina soen nadat sy voorgegee het dat sy flou geword het nie. Elrina het mos geweet hy probeer net 'n oujongnooi met haar komplekse help.

Marie-Louise merk hoe Sanet bleek word en sê vinnig: "Jy weet meer as ek, Elrina. Wanneer het Jean-Pierre jou van Sanet se liefdesteleurstelling vertel?"

Elrina glimlag lui, geamuseerd, en stap die kombuis heup-swaaiend binne, haar stap grasieus en sensueel.

"My liewe ding, jy besef tog ek en Jean-Pierre het geheim-pies wat ons nie met jou deel nie?" Elrina se lag is diep en veelseggend, maar haar oë is hard en vyandig toe sy na Sanet kyk. "Vanselfsprekend het die arme Sanet 'n liefdesteleurstelling gehad, want geen regdenkende meisie met 'n universiteitsgraad kom kruip op 'n dooierige plekkie soos Bothasrus weg as sy nie 'n baie goeie rede het nie. Oom Lukas het my ma vertel dat jy 'n rekenmeesteres was voordat jy hierheen gekom het, Sanet. Ek hoor jou baas bel so gereeld."

"Wat is 'n liefdesteleurstelling, Marie-Louise?" vra Gerrie nuuskierig. "As Sanet so 'n ding het, het sy dit nog altyd vir ons weggesteek, want ons het dit nog nooit gesien nie."

"Moenie laf wees nie, Gerrie," wys Peet hom tereg. " 'n Mens kan nie 'n liefdesteleurstelling sien nie, want dis soos 'n siekte . . . ek dink amper soos 'n virus of iets."

"O, soos masels?" kom dit fronsend van Gerrie. "Ek hoop net jy steek ons nie aan nie, Sanet, want dis te warm om in die somer in die bed te bly."

"Hoe vermaaklik," kom dit geïrriteerd van Elrina. "Hoekom eet julle twee snippe nie liewer julle kos en bly stil terwyl ons grootmense praat nie?"

"Toe nou maar, Elrina, die tweeling is my gaste," tree Marie-Louise vir hulle in die bresse. "Wat van 'n koppie tee, Sanet? Ek was juis van plan om vir ons almal tee te maak."

"Ja, dan wag jy sommer totdat Jean-Pierre huis toe kom vir middagete, Sanet," nooi Elrina, haar stem druipend van sarkasme. "Jy het seker behoefte aan 'n jonger man se geselskap, want dit kan nie juis aangenaam wees om dag in en dag uit met 'n ou oom te gesels nie. Jean-Pierre het my beloof om jou aan 'n paar oulike jongmanne voor te stel . . . eintlik 'n paar wewenaars, want vir 'n meisie van jou ouderdom is daar nie juis jongmans beskikbaar nie."

Sanet sluier haar eie ontsteltenis oor Jean-Pierre se verraad agter 'n masker van geamuseerde onverskilligheid.

"Ek waardeer jou verduideliking van Jean-Pierre se ongewone gedrag, Elrina," sê sy met 'n onskuldige glimlaggie. "Ek kon nie verstaan waarom hy so opdringerig teenoor my was nie . . . so asof jy hom begin verveel het en hy na nuwe weivelde begin soek het. Maar as dit alles net goedbedoelde simpatie en goeie buurmanskap was, sal ek hom vergewe en voortaan minder hard probeer om uit sy pad te bly."

Elrina se woede bars in 'n donker gloed op haar wange uit en smeul van verterende nyd in haar oë, haar aanloklike lippe ineens 'n smal streep van nouliks beteuelde woede.

"Insinueer jy dat hy meer in jou as in my belangstel?" vra sy, haar stem skor en ingehoue. "Jou arme ding, jy weet nie waarvan jy praat nie! Jean-Pierre hou van baie geld en baie mag, en hy weet as hy met my trou, sal hy eendag die rykste man op Bothasrus wees. Wat kan jy hom bied, behalwe jou oujongnooiskap?"

"Elrina." Marie-Louise se stem is sag dog gebiedend. "Dalk het jy vergeet, maar op die oomblik kuier Sanet in my huis, daarom is sy my gas. Jy wil tog nie hê ek moet jou vra om liewer huis toe te gaan nie?"

Elrina lig haar ken trots. "Ek kan seker geen lojaliteit van jou verwag nie, nè, Marie-Louise? Jy was nog altyd jaloers op my, maar nou ja . . . ek en jou broer gaan trou en ons sal jou nie as ons huishoudster nodig hê nie. Julle twee oujongnooiens kan mekaar maar geselskap hou," antwoord sy en stap in die gang af na die voordeur.

"Hoekom klap jy haar nie, Marie-Louise?" vra Gerrie vies terwyl hy sy mond met sy handrug afvee. "As ek groter was, het ek haar geklap, maar sy is 'n bietjie groot en vet . . . Is jy rêrig ook 'n oujongnooi, Marie-Louise?"

"Lankal. Ek was al agt-en-twintig," antwoord sy en haar oë vonkel onnutsig. "Het julle klaar geëet?"

"Ek wil nog eet, maar ek kan nie meer nie," kreun Peet, maar steek nogtans sy regterhand na die koekbordjie uit. "Mag ek 'n paar koekies saamvat, asseblief, Marie-Louise?"

"Deel die koekies tussen jou en Gerrie," antwoord Marie-Louise en kyk verontskuldigend na Sanet. "Hulle sal tog nie nou die middagete eet wat jy berei het nie, daarom sal 'n paar ekstra koekies geen skade doen nie."

"Ons gaan nou eers weer vir ou Jannie insekte vang. Tot siens, Sanet! Ta-ta, Marie-Louise!" roep Gerrie en draf agter Peet aan by die agterdeur uit.

"Ou Jannie is hul molslang wat hulle in die een buitekamer hou," verduidelik Marie-Louise ongemaklik. "Jy weet mos van hom?"

"Ja, hy is as 't ware 'n ou vyand." Sanet glimlag halfhartig en vervolg met 'n ligte frons: "Jy moenie toelaat dat die tweeling misbruik maak van jou goedheid nie, Marie-Louise. Ek het hulle seker 'n bietjie afgeskeep, want ek het van vroegdag tot sononder huis skoongemaak, maar ek is nou klaar en van môre af sal ek hulle probeer besig hou."

"Watter kind kuier ooit lekker by sy eie huis?" vra Marie-Louise met 'n begrypende glimlag. "Moenie jou oor my of die tweeling kwel nie, Sanet, want hulle is welkome geselskap vir my. Jy het mos gehoor Elrina het gesê ek is 'n oujongnooi en ek veronderstel dis een van my komplekse wat veroorsaak dat ek dol oor kinders is."

"Ek was nog altyd lief vir kinders, selfs voordat ek die onbenydenswaardige status van oujongnooi verwerf het," spot Sanet.

"Ek ook, maar dít sal die jeugdige, slim Elrina nie glo nie." Sy frons en sê ongemaklik: "Jy moenie te haastig wees om al Elrina se stories te glo nie, Sanet. Sy aard maar na haar ma Ellie, selfs al kyk sy op haar neer. Ek is self nie dol oor tant Ellie en haar bitsige tong nie, maar ek kry haar tog jammer, want Elrina gee nie om waar of wanneer sy haar verneder nie," sê Marie-Louise.

"Gee Elrina ooit om wie onder haar giftige tong deurloop?" vra Sanet en probeer om die beeld van Jean-Pierre se gesig met 'n ergerlike veeg van haar hand voor haar oë uit te wis.

"Glad nie, veral nie as sy jou as 'n bedreiging beskou nie." Marie-Louise betrag Sanet stil en sê huiwerig: "Ek kan my net verbeel, maar ek het die indruk gekry dat Jean-Pierre werklik van jou hou."

"Jammerte is 'n wonderlike motivering," antwoord Sanet sinies.

66

"My liewe mens, jy glo tog nie daardie stories van Elrina dat Jean-Pierre jou as 'n oujongnooi met komplekse beskou nie?" vra Marie-Louise onthuts.

"Ek was al vyf-en-twintig," antwoord Sanet afgetrokke.

"En ek het jou reeds gesê ek is agt-en-twintig, maar ek het geen noemenswaardige liefdesteleurstelling gehad nie behalwe dalk toe ek in graad agt op die hoofseun van ons skool verlief was." Marie-Louise lag vonkelend. "Deesdae trou meisies nie meer almal voordat hulle mondig is nie. Liewer alleen en gelukkig, as getroud en 'n kandidaat vir 'n egskeiding. Of dink jy werklik ek is te maer en verpiep en te onaantreklik om 'n man te kry?"

"Jy?" Sanet giggel. "Moenie laf wees nie, mens. Jy is baie mooier as Elrina."

"Dankie, jy is my lewenslange vriendin," grinnik Marie-Louise. "Gaan jy nou saam met my 'n koppie tee drink?"

Sanet kyk op haar polshorlosie en trek haar asem hoorbaar in. "Goeiste, nee, dis al byna halftwee! Oom Lukas sal wonder waarom betaal hy my 'n salaris as ek by die bure rondkuier in plaas van om vir hom middagete te maak. Ek moet dadelik gaan," sê sy ontsteld en stap vinnig na die agterdeur.

"Maar jy sal weer kom kuier?" roep Marie-Louise agter haar.

"Kom kuier jy liewer by my," antwoord Sanet en drafstap weg na die ringmuur.

Marie-Louise is 'n skat van 'n mens. Daarom het sy so hard gepoog om haar te verseker dat Elrina die stories uit haar duim gesuig het. Maar net Jean-Pierre weet van haar liefdesteleurstelling, daarom kan net hy gesorg het dat Elrina daarvan te hore gekom het.

Hy gaan eendag met haar trou, het hy gesê. Hy het haar sy bruidjie genoem en dit het gelyk asof hy dit bedoel. Hoe kon sy so dwaas wees om hom te glo? vra sy haarself af, 'n harde trek van bitterheid om haar lippe.

67

Maar nie weer nie, beloof sy haarself en klim oor die ring-muur en hardloop tussen die bome van die vrugteboord deur huis toe.

Oom Lukas plaas 'n skinkbord met twee koppies op die teewaen-tjie neer, trek die waentjie tot voor Sanet wat op 'n gemakstoel in die sitkamer sit, en gaan sit skuins teenoor haar op sy gelief-koosde stoel.

"So ja, nou voel ek minder skuldig, want ek het die middag-ete en die tee gemaak," sê hy ingenome.

"En ek het rondgeloop. Oom laat my soos 'n stokkiesdraaier voel," kom dit verleë van Sanet terwyl sy vir hulle tee inskink.

"En hoe moet ek voel?" Oom Lukas neem die koppie by haar en volg haar met sy oë terwyl sy terugkeer na haar stoel. "Jy werk soos 'n slaaf om die huis van hoek tot kant skoon te kry en dan wil jy boonop vir die etes ook sorg. Dit kan nie so aanhou nie, Sanet. Die huis skitter nou van voor tot agter en ek hoop jy sal voortaan meer dikwels by die bure kuier. Ek verwag mos nie dat jy elke dag moet tuis sit en bediende speel nie."

"Ek geniet dit, oom Lukas," antwoord sy gelykmatig.

"Jy bloos wanneer jy jok. Daarom moet jy liewer die waar-heid praat." Oom Lukas glimlag goedig toe sy hom gekrenk aankyk. "Dalk sal jy dit nog meer geniet om kos te kook as een van jou ou vriende vir 'n naweek kom kuier. Daardie jongman Tertius Lindeque het nou al drie keer gebel om met jou te praat, maar omdat jy gesê het jy wil geen telefoonoproepe hê nie, het ek maar elke keer die praatwerk gedoen."

"Dan het oom nie vir tant Ellie gejok toe oom gesê het Ter-tius het gebel nie?" vra sy verras.

"En waarom sal ek jok?" Hy kyk haar verwonderd aan en ver-volg: "Die seun wil kom kuier, en noudat die huis skoon is, kan jy hom seker toelaat om te kom. Dalk sou dit ou Ellie se groot mond snoer . . . verbeel jou, om jou 'n oujongnooi te noem! Haar opgesmukte modepop van 'n dogter lyk maklik dertig of ouer, al is sy nog nie behoorlik droog agter die ore nie."

"Elrina is 'n mooi meisie en sy weet hoe om aan te trek," sê Sanet met eerlike bewondering.

"Maar dink jy 'n man wil nie weet met wie en wat hy trou nie?" Hy betrag haar 'n paar oomblikke lank van kop tot tone, proe aan sy tee en vervolg: "Jy het 'n skoon gesiggie, daarom kan enige mens sien hoe jy werklik lyk. Maar soos wat gaan Elrina lyk as sy daardie grimering afkrap?"

"Ek grimeer my gesig ook, oom, hoewel ek deesdae te besig is om daaraan te dink. E . . . wanneer laas het Tertius gebel?"

"Was dit nou gister? Nee, eergisteraand. Maar hy het beloof om weer te bel, want toe hy nou die derde keer bel, het ek hom laat verstaan dat jy nie lus voel vir telefoonpraatjies nie. Hy klink soos 'n verstandige mens, want hy het gesê hy wil maar net weet of dit nog goed gaan met jou, en dat hy weer sal bel. Is die man verlief op jou?"

Sanet sug en skud haar kop stadig. "Nee, oom, maar ek dink hy verbeel hom dat hy my liefgekry het," antwoord sy. "Gerhard het nog vir my die werk by Tertius gekry ná al daardie dinge van vier jaar gelede toe ek uit my ou pos bedank het. Tertius het die berigte oor my . . . en die dinge in die koerant gelees en Gerhard het met hom daaroor gesels, maar hy het my nogtans as rekenmeesteres van sy maatskappy aangestel."

"En hy het van jou . . . van daardie man geweet?" huiwer oom Lukas.

"Van Nardus van der Berg?" Die naam rol met gemak van haar tong af en sy besef dat dit die eerste maal in baie jare is dat sy sy naam hardop uitspreek. Sy besef ook dat sy naam die ou towermag om haar innerlik ineen te laat krimp, vir goed verloor het.

Wanneer het dié wonderwerk gebeur? vra sy haarself af. Jare lank het haar gedagtes weggevlug voor daardie naam, maar nou kan sy dit noem en aan hom dink sonder om die pyn van vernedering te ervaar.

"Ja, dit was mos die jongetjie se naam," lok oom Lukas se stem haar terug tot die werklikheid. "Het jy Tertius van hom vertel?"

"Nee, oom, want hoewel ons uit die staanspoor vriende was, het ons nooit oor persoonlike dinge gepraat nie. Tertius het my laat verstaan dat hy nie in nog 'n ligte flirtasie of 'n vurige liefdesverhouding belanggestel het nie, en ek was maar te dankbaar daaroor, want ek het 'n vriend nodig gehad, nie nog 'n man wat my sou seermaak nie. Ons was vier jaar lank goeie vriende, maar die laaste paar maande het Tertius se houding 'n subtiele verandering ondergaan en . . ." Sy swyg en soek na die regte woorde.

"Hy het jou liefgekry?" vra oom Lukas reguit.

"Ek glo nie, maar hy dink hy het my lief. Tertius was al ses-en-dertig en hy is soos 'n liewe, ouer broer vir my. Ons deel heelwat belangstellings, ons kan lekker gesels en soms net saam sit en niks sê nie, omdat ons mekaar verstaan. Maar dis nie liefde nie, oom. Ek glo ek het 'n gewoonte in Tertius se lewe geword, en omdat hy niemand anders liefhet nie, glo hy hy het sy gewoonte liefgekry," spot sy met 'n skewe glimlaggie.

"As Tertius 'n goeie gewoonte is, as hy 'n meer betroubare man is as wat daardie Nardus was, waarom trou jy nie met hom nie?"

"Sonder liefde, oom? Ek kan nie glo dat so 'n huwelik ooit 'n sukses kan wees nie."

"Jy kan leer om hom lief te kry, want hy het dit klaarblyklik reeds geleer," redeneer hy.

Sy skud haar kop beslis. "Nee, oom Lukas. Ek sal altyd bang

wees dat hy eendag, dalk tien jaar later, die regte meisie sal raak-loop, en dan? Wie weet, dalk het ek dan reeds geleer om hom lief te kry. Dalk is daar kinders, maar in so 'n geval sal ek hom sy vryheid moet teruggee, want ek weet mos nou hy het my nie werklik lief nie."

"Jy klink baie seker van jou saak." Oom Lukas swyg met 'n peinsende uitdrukking op sy gelaat. "Dan weet jy hoe dit voel om opreg lief te hê? Dan was jou gevoel vir Nardus so groot dat niks dit kan vervang nie?"

Oom Lukas se woorde bring 'n storm van verwarring in haar binneste. Sy besef wat sy vir Nardus ervaar het, was 'n jeugdige heldeverering gepaard met 'n oordosis van verliefdheid. Maar liefde? Ewigdurende liefde?

Jean-Pierre se gesig verrys voor haar geestesoog. Nee, Jean-Pierre is 'n verraaier wat van haar vertroulikheid humorlose grappe maak, wat haar agter haar rug bespreek met 'n meisie wat haar agting nie werd is nie. Maar waarom kan sy hom dan nie haat nie? vra haar hart.

"Nardus behoort tot die verlede, oom Lukas, en al kon ek, sou ek hom nooit weer deel van my lewe wou maak nie."

"Dis goed as jy dit werklik glo, want as die liefde van 'n leef-tyd in jou lewe kom en jy trou nie met die een wat jy liefhet nie ... My lewe was nooit leeg nie, maar soms kyk ek terug na die verspeelde lente van my lewe en dan wonder ek waarom het ek nie maar met my tweede keuse getrou nie. Sou ek nie dalk gelukkiger gewees het as ek vandag 'n getroude man en die oupa van kleinkinders was nie? Dan voel ek jaloers op ou Gideon Hanekom hier op die hoek, maar ander kere, as ek na sy vrou, ou Ans, se geneul luister en na ou Ellie hier langsaan kyk, dan is ek maar dankbaar ek het 'n oujongkêrel geword," sê oom Lukas.

"Ek en Magda en Gerhard het dikwels oor oom gewonder ...

waarom oom nooit getroud is nie. Dan was daar tog 'n beson-
dere meisie in oom se lewe?" vra Sanet nuuskierig.

"O ja, daar was."

"Maar sy wou oom nie hê nie?" vra Sanet en voel gekrenk
dat enigiemand so dwaas kon wees om oom Lukas se huweliks-
aanbod van die hand te wys.

"Klaarblyklik nie, want toe ek haar vra om met my te trou,
het sy my aan 'n ander nooi probeer afsmeer – so asof ek nie
oud genoeg was om te weet wat ek wil hê nie. Ek was toe al
'n man van drie-en-dertig. Ek het geweet wie ek liefhet en sy
was self nie meer 'n kind nie, daarom het ek net daar padge-
gee."

"En oom het nooit teruggegaan na haar toe nie?" vra Sanet.

"Om wat te doen? As 'n meisie jou liefhet, sê sy ja, anders
mors sy almal se tyd. Sy wou my nie gehad het nie en ek het
gesorg dat ek haar nie weer lastig val nie, hoewel die ander mei-
sie kort daarna getroud is en jare lank gelukkig getroud gebly
het."

"En oom se meisie?" wil Sanet weet.

"Nou, wat van haar geword het kan my nie raak nie, want ek
het gesorg dat ek die afgelope veertig jaar uit haar pad bly en
ek is van plan om dit vir die volgende veertig jaar ook te doen,"
antwoord hy.

"En tant Ellie, oom?"

Oom Lukas se ruie, grys wenkbroue wurm saam in 'n diep
frons van ergernis. "Nes 'n keffertjie ... daardie klein rotgesiggie
met die rooi geverfde haartjies. Sanet, wat sukkel party vroue
tog so om te aanvaar dat hulle oud word? Hoe sal ek nou lyk as
ek besluit om my hare te kleur?" vra hy misnoeg.

"Hoe sal tant Ellie lyk as sy besluit om te skeer, oom?" vra
Sanet met 'n onnutsige glimlaggie.

"Um, ook 'n antwoord op alles, nè?" Hy glimlag. "Nou ja,

ek gaan nie daaroor stry nie, maar die arme Ellie maak net 'n groter spektakel van haarself met haar rooi haartjies. En om my huishoudster te wil speel . . . Kind, die mens sal my mos tot raserny dryf, want sy praat 'n sloot in die grond . . . en dan sê sy eintlik niks nie."

"En daarby is sy 'n onderdorper, nè, oom?" spot Sanet.

Oom Lukas se oë vernou terwyl hy deur die venster staar, en sy stem is ernstig toe hy antwoord: "Daar woon goeies en slegtes in die bo- en onderdorp, daarom oordeel ek nie. Is Elrina werklik anders as ou Ellie omdat sy in die bodorp woon?"

"Seker nie," beaam Sanet en voel verleë. "Goeie en slegte mense kan seker nie in streke verdeel word nie, maar . . ." Sy breek haar sin af en kyk afwagtend na oom Lukas wanneer die gelui van die telefoon in die studeerkamer hoorbaar word.

"Ek sal gaan," sê hy, staan op en loop die sitkamer uit terwyl Sanet die leë teekoppies op die skinkbord pak.

Sanet loop in die gang af en by die studeerkamer verby, die skinkbord in haar hande, en steek verras langs die deur vas toe sy oom Lukas bulderend hoor roep: "Maar, goeie genugtig, Dassie, het jy nie ore aan jou kop nie? Bly stil en laat ek klaar praat."

Sanet sit die skinkbord op 'n muurtafeltjie en gaan die studeerkamer haastig binne. Oom Lukas kyk op, gewaar haar en skree weer in die spreekbuis:

"Hier is sy nou. Praat self met haar!" Hy neem die gehoorstuk van die telefoon weg van sy oor en hou dit uit na Sanet. "Vat, kind, en kyk of jy enigiets in daardie domastrante vroumens se kop kan kry. As daar een vrou is wat 'n paar warm klappe verdien, is dit jou tant Dassie de Bruyn!"

"Ja, oom. Dankie, oom," antwoord Sanet gedweë, maar haar oë vonkel. Sy neem die gehoorstuk by hom en bring dit na haar oor. "Middag, tant . . ."

"Sê vir die ou swernoter dat ek gehoor het wat hy sê, Sanet!" skel tant Dassie in haar oor. "Jammer dat ek my verspreek het, maar daar is mense wat dit moeilik maak vir ander om hulle opvoeding en agtergrond te onthou. Sanet, jy besef die rusie gaan oor jou?"

"Was dit net 'n rusie, tannie? Dankie toggie! Ek dag dis 'n volskaalse oorlog!" antwoord Sanet treiterend.

"Jy is nes die tweeling, Sanet. Jy het nog nooit werklik respek of ontsag vir my gehad nie . . . en in Augustus word ek sewentig," verwyt tant Dassie.

"En ek word oor elf maande of wat 'n hele ses-en-twintig. Dis baie erger as om sewentig te word, tannie, want almal weet tannie is 'n oujongnooi, maar almal waarsku my dat ek besig is om een te word. Wanneer is 'n mens klaar 'n oujongnooi, tannie? Op vyftig, of is ek té optimisties?" skerts sy en knipoog vir oom Lukas.

"Dis juis wat ek gaan verhinder, Sanet. Een oujongnooi in die familie is meer as genoeg. Ek het so pas daardie selfsugtige Lukas Grové duidelik laat verstaan wat ek van hom dink om 'n bloedjong kind soos jy as sy slaaf te laat werk. Verbeel jou: 'n huishoudster vir jou oom, terwyl jy nou jonk moet wees en jou lewe moet geniet. Sanet, dit sal nie deug nie, daarom het ek besluit om . . . ."

"Maar my liewe tant Dassie, ek het aangebied om oom Lukas se huishoudster te word en hom te help om die tweeling groot te maak. Tannie weet tog Magda kan nie langer die seuns versorg nie, want haar gesondheid en die koms van hulle baba laat dit nie toe nie. Ek het tog alles Kersfees aan tannie verduidelik?" val Sanet haar in die rede.

"Nee, dis nie die volle waarheid nie," sê tant Dassie met die streng stem van 'n skoolhoof en laat Sanet onwillekeurig glimlag. "Jy het my alles vertel, behalwe van jou plan om Lukas Grové se huishoudster te word. As jy my tóé daarvan vertel het, sou ek beslis 'n stokkie daarvoor gesteek het."

"En dis juis waarom ek niks gesê het nie, want Pappa het my jare gelede vertel tannie dink oom Lukas is 'n verwaande ou mofskaap wat . . ."

"Wat sê jy daar, Sanet?" bars oom Lukas bulderend uit. "Noem my 'n mofskaap agter my rug? Die ou aasvoëlwyfie! Gee daardie gehoorstuk hier!"

"Sy het afgelui, oom Lukas," jok Sanet en sit die gehoorstuk haastig op die voetstuk neer.

"Jý het afgelui, nè, kind?" beskuldig hy.

"Ja, oom, want een van oom-hulle gaan 'n aartjie bars, en ek wil nie die oorsaak wees nie. Ek gaan spoel net gou die koppies uit," maak sy verskoning en ontsnap uit die studeerkamer.

Iemand moet oom Lukas waarsku dat dit nie 'n man van vyf-en-sewentig betaam om op 'n vervelige Saterdagmiddag te gaan tennis speel terwyl die tweeling in die bure se swembad baljaar en sy lus voel om te huil omdat sy die enigste vreemdeling op Bothasrus is nie, dink Sanet bedruk terwyl sy op die voorstoep uitstap en die stoeptrap stadig afklim na die tuinpaadjie.

Sy woon al drie weke lank op die dorp, maar tot dusver ken sy nog net tant Ellie, Elrina, Marie-Louise en Jean-Pierre . . . en eintlik wil sy net vir Marie-Louise ken, want van Jean-Pierre en sy meisie het sy meer as genoeg gehad. Sy bly langs 'n roosboom in die voortuin staan en buk vooroor om aan 'n roos te ruik.

"Het jou! En dié keer kom jy nie los nie!" roep 'n stem wat sy meer as 'n week laas gehoor het, en dan sluit Jean-Pierre se arms om haar en hou haar gevange.

Sy gil verskrik, word rooi van ergernis omdat sy soos 'n bak-vissie geskree het, en begin in sy arms spartel. "Los my, Jean-

Pierre! Los my, anders skree ek kliphard sodat jou liewe, vet Elrinatjie kan kom kyk wat aangaan!" dreig sy.

"Soen haar, jongman, want as sy so katterig oor jou ander meisie is, is dit mos 'n duidelike bewys dat sy halfpad verlief is op jou," sê 'n koel, beskaafde stem en sy hoef nie op te kyk om te weet dat haar tant Dassie de Bruyn ongenooid kom kuier het nie.

6

Sanet hou op spartel en staar oorbluf na tant Dassie wat deftig in 'n beige somertabberd en met 'n bypassende beige hoed op haar kop en 'n sambreel in haar hand aangestap kom.

" 'n Soen vir my bruid," skerts Jean-Pierre, wat Sanet nog in sy arms gevange hou. Hy soen haar op haar oor, waarop sy haar kop vinnig wegruk.

"Moenie stuitig wees nie, meneer Du Pont," sê sy misnoegd, dankbaar dat sy die malse geklop van haar hart en hierdie vreemde heerlikheid wat sy aanraking in haar binneste laat ontwaak, agter 'n frons van ergerlikheid kan verberg.

"As jy wil rusie maak, is ek heeltemal bereid om dieselfde te doen," sê hy, sy stemtoon ineens stroef. Hy neem sy arms weg van haar en verander voor haar oë in 'n grimmige vreemdeling wat haar met koue, afkeurende oë betrag. "Elrina vertel my dat jy my agter my rug met haar bespreek het. Is dit waar, Sanet?" vra hy.

"Ek? Wie het eerste stories . . .? Eina!" roep Sanet uit toe tant Dassie haar met die sambreel liggies in die ribbes prik. "Vervlaks, tant Dassie, eendag gaan tannie nog een van my oë met daardie simpel sambreel uitsteek!" bars sy uit, bewus van die

76

dansende lag in Jean-Pierre se oë, asof hy tant Dassie se handeling volkome goedkeur.

"Soen my dag, Sanet," beveel tant Dassie ongesteurd en draai haar wang vir Sanet.

Sanet gehoorsaam en draai haar terug na Jean-Pierre om haar onderbreekte rusie voort te sit, en stik byna van ergernis wanneer sy in sy glimlaggende gesig vaskyk.

"Ek is bly om te sien jy luister soms na jou meerderes," treiter hy haar.

Sanet maak haar mond oop om iets te sê, maar tant Dassie spring haar voor: "Stel jy my nie voor aan die gawe jongman nie, Sanet? As ek nou eers weet wie hy is, kan ons hom vra om my bagasie uit my motor te gaan haal, want ek twyfel of die mankolieke Lukas my swaar tasse sal kan dra."

"Sy naam is Jean-Pierre du Pont, Tannie. Meneer Du Pont, dis doktor De Bruyn," voldoen Sanet aan haar versoek.

"Almal ken my as tant Dassie, Jean-Pierre, daarom kan jy my ook so noem," sê tant Dassie terwyl sy sy hand skud, skynbaar blind vir die moorddadige kyk wat Sanet in haar rigting flits. "Hier is my motorsleutels. Jy kan solank my tasse gaan haal, terwyl Sanet my na my kamer toe neem."

"Ek maak so, tant Dassie, en bly te kenne," kom dit met 'n innemende glimlag van Jean-Pierre.

"Maar oom Lukas . . ." begin Sanet halfhartig protesteer.

"Stil, Sanet. Ek wil eers 'n koppie sterk, warm tee drink voordat ek oor daardie ou parasiet praat. Kom, ek wil 'n slaapkamer met 'n noordelike uitsig hê," beveel tant Dassie en kyk nie om te sien of Sanet haar volg nie, maar stap vooruit na die voordeur.

"Pas op vir haar sambreel," waarsku Jean-Pierre op gedempte toon en knipoog vir Sanet toe sy met blitsende oë omswaai na hom. Sy lig haar ken op en stap neus in die lug agter tant Dassie aan die huis binne, maar voel tog soos 'n verloorder, want sy weet dat haar ergerlikheid tant Dassie en Jean-Pierre ewe min imponeer.

Sy kon dit verwag het, dink Sanet gekrenk wanneer sy tien minute later 'n skinkbord met koek en tee na die sitkamer toe dra. Jean-Pierre het besluit hy kuier en tant Dassie behandel hom reeds soos haar gunstelingnefie.

"Ek sal die skinkbord neem," sê Jean-Pierre galant en loop op haar af. "Hmm, die melktert lyk heerlik. Het jy dit gebak?"

"Nee, die oond het," antwoord Sanet bot en weet sy is onbeskof, maar geniet dit.

"Sien jy nou, Jean-Pierre?" vra tant Dassie en lyk stralend gelukkig oor Sanet se swak maniere. "Dis presies wat ek verwag het. Ou Lukas gebruik Sanet as sy bediende, en wat gebeur? Sy verloor haar goeie maniere en vergeet van haar verfynde agtergrond en opvoeding. Hoe verwag die ou man dat 'n kneg nog trots kan oorhou?"

"Is ek 'n kneg?" vra Sanet oorbluf.

"Bly stil, Sanet, ons ouer mense praat nou," gebied tant Dassie. "Aangesien Jean-Pierre 'n man van die wet is, sal hy my met raad en daad kan bystaan om al die wetlike implikasies van hierdie saak te ondersoek."

"Watter saak?" vra Sanet nuuskierig en wens dan sy het dit liewer stilgebly, want tant Dassie kyk na haar en ignoreer haar dan.

"Jy het gesê die afgelope drie weke, sedert Sanet haar intrek by haar oom Lukas geneem het, was sy nog net drie keer in die kerk?" vra tant Dassie streng.

"Ja, tannie. Sy woon altyd die oggenddienste by," antwoord Jean-Pierre sedig.

"Is dit nodig om daaroor rusie te maak?" vra Sanet onthuts.

"Ek kon nie saans kerk toe gaan nie, want die tweeling raak in die kerk aan die slaap. Tant Dassie, waarom stel tannie skielik belang in my gereelde bywoning van die kerkdienste?"

Tant Dassie sug met lankmoedige geduld.

"Ek begryp nou wat tannie bedoel," kom dit gewigtig van Jean-Pierre. "Sanet raak soos tant Ellie van Duuren hier langsaan. Sy is haar dogter se huishoudster en sy is net soos Sanet. Sy kan net nie stilbly nie, selfs al vra 'n mens haar."

"O, jou . . .!" sê Sanet, haar gesig rooi van verleentheid.

"Verstaan jy nou waarom ek rede het om my oor jou welstand te bekommer, Sanet?" vra tant Dassie ernstig.

"Nee, tannie, want al gaan ek net soggens kerk toe . . ."

"My liewe kind, ons bespreek nie jou kerkbywoning nie. Wat my kwel, is dat jy reeds drie weke lank by ou Lukas Grové woon, maar nog nie een aand saam met hierdie aangename jongman – of enige ander jongman – uitgegaan het nie. Sanet, jy was reeds vyf-en-twintig en as jy nie nou jou taktiek drasties verander nie, word jy 'n oujongnooi soos ek," waarsku tant Dassie.

"En as ek verkies om 'n oujongnooi te word?" vra Sanet uitdagend en wonder waarom haar oë soos twee koppige esels telkens in Jean-Pierre se rigting wil loop.

"Kyk na my," beveel tant Dassie.

Sanet gehoorsaam en beskou tant Dassie asof sy haar nog nooit tevore gesien het nie. Waarna moet sy nou eintlik kyk? wonder sy.

Tant Dassie se somertabberd is beslis smaakvol en heel waarskynlik peperduur, maar sy koop net altyd die beste klere. Verder lyk sy soos altyd: 'n vrou van nege-en-sestig, lank en donker, met 'n goed versorgde figuur en 'n onberispelike voorkoms. Sanet onthou die ou album in tant Dassie se woonstel. Daarin is foto's van 'n jong Dassie de Bruyn, 'n pragtige meisie met groot, donker oë en klassieke gelaatstrekke. Tant Dassie is nog aantreklik, maar tyd het die unieke skoonheid van die jeug vir goed uitgewis.

Jeug is die meesterbeeldhouer, want dit skep net die volmaakte; maar tyd is 'n ou man met bewende hande wat probeer voortbou op die skepping van die meesterbouer, maar net daarin slaag om rimpels en plooie uit te beitel en van die ouderdom 'n makabere masker te maak.

Sanet ril en probeer haar somber gedagtes afskud, want sy weet wat sy eintlik vrees: dat sy eendag, soos tant Dassie, oud sal wees sonder dat sy ooit die geleentheid gekry het om diep uit die beker van jeug te drink.

"Ek hou van tannie se nuwe somertabberd," gooi Sanet 'n rookskerm.

"Moenie vir my jok nie, Sanet," berispe tant Dassie haar. "Jy het gesien ek is 'n oumens, byna al sewentig, en ek voel reeds die skadu van die sipresbome op my val . . . maar ek was eenkeer jonk soos jy en ek het geglo die ouderdom is soos die dood deurdat dit net met ander mense gebeur. Ek was jonk en trots en so seker dat ek nie die liefde van 'n man nodig het nie – veral nie van 'n man wat nie na my pype wou dans nie. En toe ek weer eendag in die spieël kyk, toe lyk ek soos my ouma en toe besef ek ek het te lank gewag om te sê ek is jammer en dat ek hom liefhet."

"Maar ek het niemand lief nie, tant Dassie!" protesteer Sanet heftig en wens sy het die moed om Jean-Pierre te vra om in sy eie huis te gaan rondlê. Hoe kan die man so dikvellig wees? wonder sy driftig. Kan hy nie hoor dis 'n private gesprek tussen haar en haar tante nie?

"Mooi, want ek was bang jy sou daardie eerste vriend van jou nooit vergeet nie," kom dit ingenome van tant Dassie. Sy wend haar tot Jean-Pierre. "Dan het ons geen verdere probleem nie, Jean-Pierre. Ek is nou hier om die huishouding waar te neem en die tweeling te versorg, en jy kan voortgaan en vir Sanet 'n man soek."

"Maar, tant Dassie ...!" protesteer Sanet en hoop dat sy nie in trane van verleentheid gaan uitbars nie.

"Ek is beskikbaar, tant Dassie. Ek sal sommer vanaand begin om Sanet uit te neem en haar te leer om my lief te kry," bied Jean-Pierre met vonkelende oë aan.

"Jy kan haar uitneem, jongman, maar in 'n aangeleerde liefde het ek geen geloof nie. Sanet, is jy lief vir Jean-Pierre?" vra tant Dassie reguit.

Sanet sit haar koppie op die tafeltjie langs haar neer en staan op. "Tannie het my laas hoor vloek toe ek nog 'n kind was, maar intussen het ek baie nuwe woorde bygeleer. Ek dink ek loop liewer voordat ek al daardie lelike woorde sê," antwoord Sanet beheers en wens sy het bly sit en liewer lelik gepraat wanneer Jean-Pierre uitbars van die lag terwyl sy die sitkamer uitstap.

Sanet hou tant Dassie dop terwyl sy 'n goudbruin gebraaide skaapboud en aartappels uit die oond haal en in die lou-oond bêre.

"So ja, nou is die vleis ook klaar," sê tant Dassie geesdriftig, haal haar vrolike voorskoot af en glimlag vir Sanet, wat haar aangluur met 'n uitdrukking van koppige onvergenoegdheid.

"Moenie frons nie, Sanet, dit gee jou plooie," waarsku tant Dassie en hou haar kop skeef toe die tweeling se luide geroep en die geblaf van 'n hond hoorbaar word. "Die seuns is terug. Ag, ek hoop net hulle ontstel nie die liewe Bismarck nie."

"Goeistetjie, tannie het tog nie tannie se poedel saamgebring nie?" vra Sanet.

"Vanselfsprekend. Ek het Jean-Pierre gevra of hy veilig in die voortuin sou wees en hom toe buite gelaat. Arme hond. Hy geniet dit só buite, want hy is sy lewe lank nog 'n woonsteldiertjie. Ek self geniet die ruimte van Lukas se groot huis en . . ."

"Tant Dassie! Tant Dassie!" jubel die tweeling uitgelate, gryp haar arms vas en druk soene op haar mond en wange. "Hallo, tant Dassie! Hallo, tant Dassie!" groet hulle asof hulle heeltemal seker wil maak dat sy hulle hoor.

"Dis nou genoeg, Peet," sê Gerrie. "Ons het nou klaar ge-groet en nou kan ons maar vra of tannie vir ons lekkers saam-gebring het?"

"Tog net nie weer sjokolade vir ou babatjies nie, tant Dassie. Ek hou van taai toffies, want hulle hou langer," pleit Peet en wag hoopvol op 'n antwoord.

"Waf-waf!" blaf 'n groot, sjokoladebruin poedel en Sanet sien hoe Bismarck omswaai na die gangdeur en dan teen oom Lukas se spierwit tennisbroek opspring.

"Voertsek, jou vervloekte . . .!" Oom Lukas laat sy sin on-voltooid en steek in sy spore vas toe hy opkyk en tant Dassie met die seuns weerskante van haar in die middel van die ruim kombuis sien staan.

"Middag, Lukas. Ek is dankbaar om te sien jy het intus-sen ook 'n ou man geword," groet tant Dassie en bekyk hom krities.

"Oud?" Oom Lukas se helderblou oë vernou tot strepies er-gernis. "Ja, Dorothea, oud is ek wel, maar ons mans word mos aantrekliker met die jare, terwyl daar niks leliker as 'n ou vrou is nie."

"Oom Lukas . . ." verwyt Sanet en tree vinnig nader aan hom. "Tant Dassie is tog my eie ma se suster. Mag sy dan nie by my kom kuier nie?"

"Jy het my niks van die slim professor-vroumens vertel nie, Sanet. En daardie kuierstorie glo ek nie, want ou Ellie van hier langsaan het my klaar ingelig dat die geleerde doktor genoeg bagasie vir 'n weeshuis saamgebring het en dat sy van Jean-Pierre verneem het dat ek nou 'n huishoudster met 'n doktorsgraad in geskiedenis gekry het," antwoord oom Lukas en kyk vyandig in tant Dassie se rigting.

"Waf-waf!" blaf Bismarck en spring weer teen oom Lukas se bene op.

"Voertsek, jou . . .!" bulder oom Lukas, sien hoe Peet die poedel vang en vashou en beduie met 'n swaai van sy arm na die agterdeur. "Gaan sluit daardie onwelriekende gedrog in die buitekamer toe, seun. As hy weer in my huis kom, sit ek hom deur die vleismeule!"

"'n Mens kan nie van 'n hond wors maak nie, oom," wys Gerrie hom vies tereg. "Boonop is Bismarck nie 'n hond nie, maar 'n kind. Of het oom nie geweet oujongnooiens se kinders lyk almal soos katte en honde nie?"

"Vat nou maar vir Bismarck agterplaas toe, Gerrie, anders kry die arme oom Lukas dalk 'n aanval van apopleksie," versoek tant Dassie en stoot die seuns in die rigting van die agterdeur.

"Apo-wat, Tannie?" vra Gerrie nuuskierig.

"Beroerte, Gerrie," sê Sanet ongeduldig en hoor die kombuisdeur agter haar toegaan. Sy kyk moedeloos na oom Lukas. "Sal oom 'n koppie tee of 'n glas lemoensap drink?" probeer sy die gesprek in 'n ander rigting dwing.

"Waarom glo vroumense altyd 'n man wat briesend is, vergaan van die dors? Nee, ek is nie dors of honger nie en ek wil ook nie sit nie. Ek bly net hier staan en wag totdat doktor Dassie aan my verduidelik waarom sy skielik besluit het om haar geleerde siel oor my te ontferm. Of het jy al jou geld op die perde verloor, Dassie?" knor oom Lukas.

"Jy kon my nog nooit vergewe omdat ek my studies voortgesit en my doktorsgraad verwerf het nie, nè, Lukas? Twaalf jaar gelede, op oorlede Daleen se begrafnis, het jy ook smalend daarna verwys. Jy kon mos ook verder geleer het?" vra tant Dassie rustig.

"Dit gaan nie oor jou geleerdheid nie, maar oor jóú, Dassie. Net omdat my broer met jou suster getroud was, beteken dit nie dat ons familie en boesemvriende is nie," grom hy.

"Gelukkig nie, Lukas, maar Sanet is toevallig my susterskind en daarom gaan ek nie toelaat dat jy van haar 'n oujongnooi maak nie. Die gawe prokureur het my klaar ingelig oor hoe hard die arme Sanet moes werk om jou vuil huis skoon te kry. Drie weke lank, en sy was nog nie een dag saam met 'n jongman uit nie. Dit kan nie so voortduur nie, Lukas, want een oujongnooi in 'n familie is meer as genoeg," sê tant Dassie.

Oom Lukas kyk haar wantrouig aan en vra ongelowig: "Dan probeer jy sê jy het nie jou oujongnooiskap geniet nie?"

"My lewe was niks eensamer as joune nie, Lukas," antwoord tant Dassie. "Ek was altyd bedrywig, het altyd nuwe belangstellings bygekry, maar vandat ek afgetree het . . . dalk bly die mens 'n halwe mens as jy nooit trou nie."

"So, nè?" Oom Lukas lyk agterdogtig. "Jy het nie dalk self 'n man kom soek nie, Dassie?"

"Ek hoef nie te soek nie, Lukas, want ek ken 'n eerbare man met wie ek sal trou as hy my sou vra. Maar nou moet . . ."

"Nogal 'n ou flerrie ook, en dit op nege-en-sestig! Wie is hy? Hoekom het jy hom nie saamgebring nie? Of kom jy hier in my huis wegkruip sodat die ou man jaloers kan word en jou gouer kan vra om met hom te trou?" neem hy haar in kruisverhoor.

"Lukassie . . .! Joe-hoe! Meester Lukas, waar kruip jy weg?" roep tant Ellie se skel stemmetjie in die gang agter oom Lukas.

"Nou wat de joos . . .?" bars die onvoltooide vraag met 'n diep gegrom uit oom Lukas se keel, terwyl 'n donker gloed van ergernis oor sy gelaat sprei.

"Dis tant Ellie, oom Lukas se dierbare buurvroutjie, tant Dassie," sê Sanet gedemp en grinnik soos 'n stout kind toe oom Lukas haar boosaardig aangluur.

"O, hier is jy, Lukassie," koer tant Ellie en vat-vat aan haar hare om te voel of elke krulletjie nog op sy plek is. Sy loer met flikkerende wimpers na oom Lukas wat oor haar troon. "Ek het gekom om jou nuwe huishoudster te ontmoet, Lukas. Is dit nou sý?" vra tant Ellie en beskou tant Dassie onbeskroomd nuuskierig.

"Ellie, moenie my Lukassie noem nie, want dit laat my onbe-skryflik naar voel," versoek oom Lukas.

"Dis jou gal wat jou so naar maak, Lukas. Jy drink te veel koffie. As ek nou jou huishoudster was, sou ek jou niks anders as rooibostee laat drink het nie," gesels tant Ellie sonder om haar oë van tant Dassie af te neem. "Jy is doktor Dassie de Bruyn, nè? Ja, 'n mens kan sommer sien jy is 'n slim vrou, maar weet jy darem iets van huishou? Jean-Pierre vertel my jy is 'n oujongmeisie wat jou lewe lank skoolgehou het. Waar het jy leer kook?"

"In 'n kombuis," antwoord tant Dassie met 'n liewe glimlag-gie. "Is dit nie waar jy ook leer kook het nie, Ellietjie?"

'n Proeslaggie glip deur Sanet se neus en sy bring haar hand vinnig na haar mond om haar lag vir tant Ellie te verberg. Sy sou nooit kon glo dat haar waardige, statige tant Dassie daartoe in staat kon wees om 'n opdringerige mens soos tant Ellie op haar plek te sit nie, dink sy. Sy kyk met nuwe oë na tant Dassie.

"Dan gaan jy sommer nou twee huishoudsters hê, Lukas?" vra tant Ellie. " 'n Mens wonder maar net waar jy al die geld kry om die salarisse van jou twee huishoudsters te betaal. Maar ek wou sê wanneer jou geldjies die dag opraak, laat my weet, want ek bied lank genoeg aan om verniet vir jou huis te hou. Ek kan nie arm familielede verdra wat op die rykes teer nie."

Oom Lukas kyk rustig van tant Ellie na tant Dassie en dan

weer terug na tant Ellie, en dan merk Sanet 'n skielike vonke-ling in sy oë.

"Ellie, ja, ek sou nie weet nie, maar sodra ek en Dassie ons sommetjies klaar gemaak het, sal ons jou laat weet wie van ons twee die rykste is," antwoord hy byna gemoedelik.

"Ag, so?" Tant Ellie bekyk tant Dassie van kop tot tone en sê geniepsig: "As jy na haar verlepte ou rokkie kyk, sal jy nie dink sy het geld nie. Nou, dan loop ek weer. Tot siens, Lukas, en laat my maar weet as jy my nodig het."

"Ek hou liewer 'n poedel aan," sê tant Dassie wanneer tant Ellie in die gang wegstap.

"Wat laat jou dink ek hou haar aan?" blits oom Lukas. "Sy woon hier langsaan en daarom sit ek met haar opgeskeep."

"Ja, dis nogal moeilik, Lukas, want dit lyk my jy kan nie jou bure of jou huishoudster kies nie," sê tant Dassie. Sy lees die op-stand in oom Lukas se oë en vervolg vinnig: "Op pad hierheen het ek by julle enigste eiendomsagent op die dorp gehoor dat daar darem 'n huisie of twee beskikbaar is as ek dalk sou besluit om vir my 'n plekkie te koop. Ons kan dan vir Sanet en die kinders laat kies by wie hulle die graagste wil woon."

Vir Sanet lyk dit of oom Lukas langer word, want hy troon oor tant Dassie en lyk soos 'n roofarend wat op sy prooi gaan afduik.

"Dis afdreiging! Dorothea de Bruyn, dis loutere afdreiging!" rammel oom Lukas soos onweer bokant hulle.

"Nee, Lukas, dis uitmuntende strategie. Nou ja, Sanet, dis dan afgehandel. Kom ons gaan dek die tafel vir aandete," sê tant Das-sie ineens saaklik en stap by oom Lukas verby na die eetkamer.

"As oom meen oom sal werklik nie met tant Dassie oor die weg kan kom nie, sal ek . . ." begin Sanet paaiend.

"Jy het niks te prate nie, Sanet. Wat laat jou dink dat ek nie daarvan hou om afgedreig te word nie?" vra oom Lukas. Sy oë blink met jeugdige genot voordat hy omdraai en in die gang wegstap met 'n nuwe veerkragtigheid in sy tred.

Tant Dassie kyk op van die boek wat sy lees toe Sanet die woonkamer binnekom en klop-klop met haar hand op die rusbank naas haar. "Kom sit. Ek probeer nou al vier dae lank om ernstig met jou te praat, maar jy is altyd op 'n drafstappie op pad êrens heen," nooi tant Dassie met 'n tikkie verwyt in haar stem.

"Ek wou eintlik materiaal vir nuwe gordyne vir die seuns se solder-speelkamer gaan koop het . . ." protesteer Sanet en sug dan oorwonne. "Ek kan seker nie aanhou weghardloop nie, nè, tannie? Soek ons nog 'n man vir my?"

"Jy het dikwels oor Tertius Lindeque daar in Johannesburg gepraat, maar ek het nooit die voorreg gehad om hom te ontmoet nie," val tant Dassie met die deur in die huis.

"O . . . Wat laat tannie nou aan hom dink?" vra Sanet verwonderd.

"Lukas het my vertel die jongman bel gereeld om te hoor hoe dit met jou gaan en dat hy net op 'n uitnodiging wag om by jou te kom kuier. Jy weet tog daarvan?" vra tant Dassie.

"Ja . . . ja, dis alles waar, tannie, maar ek is nie lus vir kuiergaste nie. Om die waarheid te sê, ek weet nie meer waarvoor ek lus is nie, want ek het klaar die huis skoon en aan die kant, en met tannie hier bly daar nie veel vir my oor om te doen nie. Noudat die skool heropen het, is die tweeling ook nie langer lastig nie. Ek weet nie meer hoe om myself besig te hou nie," kla Sanet, bewus van 'n hinderlike gevoel van onvergenoegdheid.

"Jy is verlief. Daarom kan jy aan niks kom nie. Ek het mos al gesien hoe jy 'n boek begin lees. Jy lees net een paragraaf of minder, en dan sit jy met oop oë voor jou en uitstaar en droom. En dis presies ook wat gebeur as ek jou vra om groente te help skil of beddens op te maak. Jy vergeet om jou werk af te handel

87

en dink aan daardie belangrike man in jou lewe," sê tant Dassie en klink soos 'n kenner van verliefde meisies.

Sanet luister eers onthuts en dan met toenemende ergerlikheid na tant Dassie en vra bitsig: "Regtig, tannie? En tannie ken my groot liefde se naam ook?"

"Ek meen so, Sanet, maar omdat ek wil seker maak, het ek by die belangrikste moontlikheid begin en dis jou goeie vriend, Tertius Lindeque," antwoord tant Dassie, glad nie van stryk gebring deur Sanet se sarkasme nie.

"Tannie het hom tog nie gebel nie?" vra Sanet ontsteld.

"Ja, kind, ek het. Hy het sy telefoonnommer aan Lukas gegee en ek het die jongman toe sommer gisteraand by sy woonstel gebel en hom genooi om te kom kuier. Toevallig is hy hierdie naweek vry en hy het gesê ons kan hom reeds Vrydagmiddag hier verwag, want hy sal vroeg die oggend van Johannesburg af vertrek," vertel tant Dassie ingenome.

"Wie kom kuier, tant Dassie?" vra Peet, wat nog in sy skooldrag om die deurkosyn loer.

"Sanet se vriend, Tertius Lindeque. Hy kom die naweek by ons kuier ... eintlik by Sanet. Daarom moet julle nie lastig wees nie. Dalk moet ek maar met Marie-Louise reël dat julle die hele Saterdag by hulle swem," antwoord tant Dassie nadenkend.

"Aag, oom Tertius hou van my en Gerrie, want ons ken hom vandat ons klein was. Hy sal nie omgee as ons lastig is nie ... ek wed hy sal liewer saam met ons by Marie-Louise wil gaan swem as om hier te sit. Ek wens darem oom Lukas bou vir ons ook 'n swembad," kom dit verlangend van Peet.

"Peet, kom nou, man! Naas het gesê ons moet gou maak as ons die ding wil leen, want hy gaan krieket speel," roep Gerrie.

Peet verdwyn in die gang en tant Dassie staan op en betrag Sanet met 'n tevrede glimlaggie.

"Ek gaan solank sorg vir skoon lakens en handdoeke in die

groen kamer. 'n Man hou gewoonlik meer van groen as van geel. Jy kan gerus solank jou hare gaan was, want môre is dit Vrydag," stel tant Dassie voor en glimlag asof sy Sanet 'n guns bewys het.

Sanet kyk tant Dassie met troebel oë agterna, sug en wonder wat tant Dassie sal sê as sy moet hoor dat sý die enigste man finaal verdryf het wat wel saak gemaak het. Want dis wat gebeur het. Sedert tant Dassie se aankoms en openlike verklaring dat sy 'n man soek vir Sanet, het Jean-Pierre skielik besluit dat hy dringende sake in die Kaap het en dieselfde dag nog vertrek. Tant Ellie en Elrina is saam met hom, onthou Sanet.

"Is dít waar die mooi meisiekind sit? Op 'n vaatjie teen die muur om haar blink haartjies droog te maak?" Jean-Pierre se stem is vol warmte en lag. Hy spot selfs 'n bietjie met haar, maar Sanet is net bewus van die vreemde gewaarwording in haar binneste.

"Dan . . . dan is julle terug?" stotter sy en wens sy kan ophou met glimlag, want sy is tog nie bly dat hy en Elrina terug is nie. Sy onthou dat Tertius vanmiddag kom kuier.

"Veilig terug met 'n verloofring in my sak," antwoord hy en haal 'n wit ringdosie uit sy hempsak en klap die dekseltjie op. "Gee my jou hand, Sanet. Of dink jy ek gaan toelaat dat Tertius Lindeque jou voor my neus wegraap?"

7

Sanet steek haar hand agter haar rug weg met die impulsiewe gebaar van 'n kind wat gesteelde lekkers probeer verberg, terwyl sy verdwaas na die diamantring en dan na Jean-Pierre staar.

Sy oë lag nog in hare, maar daar is 'n vasbeslote trek om sy mond wat haar duideliker as woorde oortuig van sy erns om aan haar verloof te raak.

"Nee," sê sy en skud haar kop aanhoudend en kyk weg. "Nee, jy ken my nie."

Hy lig haar ken op en dwing haar om in sy oë te kyk. "Jy het gelyk: ek ken jou nie, maar wie se skuld is dit?" verwyt hy. "Ek wil jou ken, maar jy vlug voortdurend weg van my. Waarom, Sanet?"

"Ek het jou reeds vertel ek is 'n meisie met 'n onsmaaklike verlede . . . jy onthou die Engelse se spreekwoordelike geraamte in die kas?" probeer sy spot.

Sy het nie daarna gesoek of daarvoor gevra nie, maar sy het die groot man met die swartbruin oë liefgekry soos sy niemand ooit tevore liefgehad het nie.

Sy wil hom haat, koud en gevoelloos teenoor hom staan, maar as hy by haar is, sing haar hart 'n vreugdelied; en haar bloed pleeg verraad teenoor haar en bruis met 'n feestelike ge-jubel deur haar are. Haar hart word die trom wat die eeue oue dans van die liefde met ongetemde tromslae uitbasuin en voer haar weg na die duiselende hoogtes van ekstase wat slegs aan die kinders van die liefde bekend is.

Sy het eenkeer geglo dat sy aan 'n gebroke hart sal sterf toe Nardus sy rug op haar gekeer het, maar die pyn van haar ver-geefse verlange na Jean-Pierre se liefde is 'n vlammesee van ly-ding wat geen genesing ken nie.

"Is dit nodig dat ek van daardie geraamtetjie hoef te weet?" vra Jean-Pierre ernstig.

"As jy weet, sal jy my verwerp," antwoord sy. "Daarom verkies ek dat jy die gawe meneer Du Pont bly, want dis veiliger."

"Maar jy kan Tertius Lindeque met die verhaal van jou on-gunstige verlede vertrou?" vra hy geraak. "Waarom het jy jouself op 'n dorpie soos Bothasrus kom begrawe, Sanet? Was dit met die hoop dat Tertius dan sal besef hoe onmisbaar jy is? Hoop jy hy bring 'n verloofring vir jou saam?"

Sy staar hom onthuts aan.

"Jy maak met my rusie, meneer Du Pont, en jy ken my nie eens nie!" maak sy beswaar.

"Waarom nie? Ek het jou liefgekry sonder om jou te ken en ek is van plan om vandag nog aan jou verloof te raak. Of is Tertius die man wat jou eenkeer seergemaak het? Het jy hom nog altyd lief?"

"Tertius is die man vir wie ek vier jaar lank gewerk het. Hy is die beste vriend wat ek nog gehad het," antwoord sy eerlik.

"Ek weet hy was jou baas, want wat tant Ellie my nie vertel het nie, het die tweeling uitgelap. Jy sê hy is 'n vriend? Het jy hom lief?" vra hy dringend.

Sy antwoord nie dadelik nie, maar wonder of sy hom nie liewer onder die indruk moet laat dat sy wel vir Tertius omgee nie. Daardeur sal sy haarself beskerm, want moontlik sal hy haar dan in vrede laat, maar die gedagte bring geen troos nie.

"Hoe weet jy dat Tertius vanmiddag kom kuier? Jy en Elrina en tant Ellie was Kaapstad toe en Marie-Louise het my laat verstaan dat julle tot aanstaande week in die Kaap sou kuier," verander sy die onderwerp.

"Die tweeling het Marie-Louise van die geagte Tertius se komende kuiertjie vertel en Marie-Louise het my onmiddellik gebel. Dis waarom ek ondanks tant Ellie se geskel en Elrina se verwyte vroeg vanoggend teruggekeer het." Hy kyk na die ring in die dosie. "Is dit nie mooi genoeg vir jou nie, Sanet?"

Sy kyk na die ring en probeer glimlag, maar haar glimlag val plat. "Dis 'n pragtige ring ... die mooiste wat ek nog gesien het," antwoord sy. "Waarom gee jy dit nie aan Elrina nie? Almal op Bothasrus weet mos sy is jou toekomstige bruid."

Hy kyk na die ring asof dit ineens baie belaglik vir hom is, en klap dan die dekseltjie toe voordat hy dit in sy sak steek.

"Elrina stel nie daarin belang om nou al my ring te dra of my bruid te word nie. Sy is 'n geëmansipeerde vrou wat glo dat sy ten volle gebruik moet maak van haar vryheid dat sy die gelyke van die man is. Ek het die ring vir jóú gekoop, Sanet, nie vir haar of enige ander meisie nie," sê hy nadruklik.

Maar sy hoor hom nouliks, want sy besef dat Elrina Jean-Pierre se liefde verwerp het. Daarom soek hy nou troos by haar.

Of dalk hoop hy om Elrina jaloers te maak en haar in 'n huwelik met hom te dwing. Moontlik het hy Elrina saam Kaap toe genooi sodat hulle 'n verloofring kon uitsoek, maar toe Elrina weier om sy ring te dra, het hy uit weerwraak vir haar 'n ring gekoop.

Ja, dit is die enigste, logiese verklaring, want geen man koop 'n peperduur ring vir 'n meisie wat hy nouliks ken nie, maak sy haarself wys. Sy kyk na hom en probeer nie om haar weersin te verberg nie. "Die jongmeisie het jou verwerp en daarom kom soek jy troos by die oujongnooi, nè, meneer Du Pont?" vra sy sinies.

Hy frons. "Waarvan praat jy, Sanet?" vra hy bruusk.

"Dis die waarheid, nè, meneer Du Pont? Elrina weier om aan jou verloof te raak en daarom koop jy uit leedvermaak vir my 'n ring en hoop jaloesie sal haar dryf om tog met jou te trou. So 'n taktiek kan soms slaag . . . as die meisie jou liefhet, maar ongelukkig sien ek nie kans om intussen jou verloofring te dra totdat Elrina jaloers genoeg is nie. Watter verduideliking sal ek aan Tertius gee wanneer hy vanmiddag hier opdaag?" vra sy, verstom oor haar vermoë om ligharig, selfs geamuseerd te klink.

"Jy glo sowaar ek is tot so 'n laakbare daad in staat?" vra hy, sy stem bedrieglik sag. "Jy glo dat my liefdesverklaring aan jou net deel was van 'n set om Elrina in my arms te dwing?"

"Ja, meneer Du Pont," antwoord sy gelykmatig.

Sy oë vernou. "Wees dan gewaarsku, Sanet, want ek sal alles doen om te keer dat jy met Tertius Lindeque trou. As jy dan glo ek is 'n man sonder eer, sal ek soos een optree . . . moenie dit vergeet nie," dreig hy.

"Wat hoop jy om te doen, meneer Du Pont? Sal jy my ge-raamtetjie uit die kas opdiep? Tertius ken die geraamte en daar-om skrik hy nie meer daarvoor nie."

Haar woorde vergroot sy toorn, want sy sien hoe die spiere langs sy kake uitbult wanneer hy hard op sy tande kners, asof hy om selfbeheersing veg, en merk 'n spiertjie wat hoog teen sy wangbeen spring en sy spanning verraai.

"Tertius weet . . . maar ek mag nie weet nie?" vra hy skor.

"Jy mag, maar dis nie nodig dat jy weet nie," antwoord sy. Sy woede laat haar soos 'n verstote kind voel en sy draai om en stap deur die boord weg na die huis.

Hy roep haar nie terug nie. Hy kom nie agter haar aan nie en sy wonder of hy die moeite doen om haar agterna te kyk. Maar sy hou aan loop, selfs al weet sy dat sy vir altyd uit sy lewe loop.

Tant Dassie gee 'n koppie tee en 'n stukkie vrugtekoek aan Sanet, wat 'n niksseggende dankie mompel, en stap dan na haar gewone sitplek op die een rusbank in die woonkamer.

"Is jou haartjies heeltemal droog?" vra oom Lukas besorg. "Hoe lyk dit my jy het koue gevat toe jy daar buite in die ag-terplaas jou hare drooggemaak het?"

"Lukas, los die kind," beveel tant Dassie. "Sanet is oud genoeg om haar eie probleme op te los en as ons nou inmeng, bemoei-lik ons dit net. Maar as jy tyd het om jou te kwel, bekommer jou liewer oor my dierbare Bismarck."

"En wat het nou weer met Biscuit gebeur?" vra oom Lukas met vrome belangstelling.

"Sy naam is Bismarck, Lukas, maar dis seker vanselfsprekend dat 'n man van jou jare dit moeilik vind om so 'n eenvoudige naam soos Bismarck te onthou," sê tant Dassie nydig.

"Ja, Dassie." Oom Lukas vervolg byna gemoedelik: "Jy sal nooit kan raai hoeveel dinge ek wil vergeet as ek daardie bruin brak voortdurend op my rusbank langs jou sien lê nie . . . Dat 'n slim vrou soos jy soveel tyd en aandag aan 'n liederlike brak soos Biscuit kan vermors, so asof jy nie weet die dom ding het nie eens 'n siel of 'n gewete nie. Is jy self nog reg wys, Dassie?"

"Ek gaan terug Johannesburg toe," sê Sanet skielik. Haar woorde skok oom Lukas en tant Dassie uit hulle argument oor die poedel en hulle staar haar aan asof hulle aan haar geestestoestand twyfel.

"Nou wat praat die kind nou weer?" vra oom Lukas onvergenoegd. "Jy is nie rêrig verlief op die Lindeque-seun nie?" verneem hy.

"Nee, oom, maar . . ." begin sy halfhartig en wens sy het liewer niks gesê van haar voorneme om saam met Tertius terug te keer na Johannesburg nie.

Hoe kan sy aan oom Lukas en tant Dassie verduidelik dat sy nie wil weggaan nie, maar dat haar liefde haar verplig om as 't ware op vlug te slaan? Sy het Jean-Pierre opreg liefgekry, vir die eerste maal met volle oorgawe liefgekry, maar omdat sy nooit syne sal wees nie, mag sy nie langer hier bly nie.

"Absolute onsin!" verklaar tant Dassie, sluit haar lippe ferm en lig haar ken strydlustig terwyl haar oë 'n waarskuwing aan Sanet flits dat sy geen weerstand sal duld nie. "Jy, Sanet, het 'n plig teenoor die tweeling en teenoor my en daarom durf jy ons nie nou in die steek laat nie."

"Maar ek kan die tweeling saam met my terugneem na Johannesburg, tant Dassie," argumenteer sy.

94

"En jy glo hulle sal tevrede wees om terug te gaan en êrens in 'n woonstelletjie te gaan woon?" vra tant Dassie uitdagend.

"Jy kan dit nie aan die kinders doen nie, Sanet," maan oom Lukas. Sy stem is rustiger, maar nie sonder verwyt nie. "Hulle is gelukkig hier by my en hulle hou van hulle nuwe skool en baie maats. Jy kan tog nie die tweetjies opnuut ontwrig nie?"

"As hulle dan verkies om by oom te bly . . ." Sanet sluk en word oorweldig deur 'n gevoel van algehele verlatenheid.

As sy weggaan, sal sy oom Lukas, tant Dassie en die tweeling vir goed agterlaat, want hulle sal nooit na haar toe kom nie. En daar in Johannesburg? Tertius sal daar wees, maar sy het hom nie lief nie. Haar oudste ousus Magda was nog altyd vir haar 'n aangename vreemdeling, moontlik omdat hulle twaalf jaar in ouderdom verskil. Maar as sy hier bly . . .

Hier sal hartseer voortdurend haar deel wees, want Jean-Pierre is hier, waarsku haar hart.

"As die seuns bly, moet jy bly, Sanet," sê tant Dassie ferm. "Ek en Lukas is aangetroude familie en daarom kan ons nie sommer saamwoon soos onbeskaafde mense nie. Of dalk sal die goeie Ellie vir jou oom kom huishou en na die tweeling omsien," gooi sy 'n hoek uit en hoop dat oom Lukas die aas sal sluk.

"Soms sê jy net sulke onsinnige dinge soos ou Ellie, Dassie," kapittel oom Lukas haar. "Ek het jou reeds gesê jy kan 'n skaap- boud en 'n rugstring gaarmaak net soos my oorlede moeder dit kon doen, en daarom hoop ek dat jy nog lank met die groot- maak van die seuns sal help. En jou melktert hoef ek darem nie skelmpies in die vullisblik uit te krap, soos ek altoos doen wanneer Ellie met haar offerandes opdaag nie . . . hoewel dit so 'n klein bietjie soeter kan wees, as jy dit nou wil maak soos my oorle moeder dit gemaak het."

"En jy verwag ek moet met jou oorlede ma wedywer, Lukas?" vra tant Dassie geraak.

"Nee, Dassie, maar aangesien jy die moeite gedoen het om al die pad van Pretoria af agter my aan te ry, kan jy net sowel verder moeite doen om my gelukkig te maak. Jy moet darem onthou 'n man van my leeftyd laat hom nie maklik ompraat om te trou nie. Daarom moet jy maar jou beste voetjie voorsit," tart hy. Sy uitdrukking is sedig, maar sy oë vonkel onnutsig.

"Kom ons gaan pak ons tasse, Sanet, want ek laat my nie so beledig nie," sê tant Dassie gekrenk en staan vinnig op, maar steek in haar spore vas toe die luide geroep van die seuns en die benoude tjankblaf van 'n hond agter die huis hoorbaar word.

"Bismarck! Kom terug! Bismarck, moenie simpel wees nie! Bismarck . . .!" brul Gerrie en Peet wanneer hulle om die hoek van die huis kom.

"Au-au . . .!" tjank Bismarck en gly-gly oor die stoep na die oop voordeur.

"My arme ou diertjie . . ." begin tant Dassie ontsteld, maar dan bly haar mond oop hang.

Sanet staar oorbluf na die poedel wat kaal geskeer is, behalwe 'n klossie hare op die punt van sy lang, dun stert.

"Gu-gu," lag oom Lukas diep uit sy bors, terwyl die verskrikte Bismarck op die rusbank spring, homself in 'n klein bondeltjie opkrul en bewend van ontsteltenis die deur dophou.

"Bismarck! Wat het hulle met jou aangevang?" vra tant Dassie en storm na die rusbank, gaan sit en tel die poedel in haar arms op.

"Koddige dierasietjie," sê oom Lukas en ruk weer van die lag. "Lyk alte veel na 'n maer ou skapie in die skeertyd . . . darem vreeslik naak, is hy nie, Sanet? Jy kan hom nie langer Bismarck noem nie, Dassie, want dis om enige man te beledig. Noem hom Biscuit, want hy herinner 'n mens nogal aan 'n gemmerkoekie."

Sanet byt haar lag weg en kyk beurtelings na die besorgde tant Dassie wat soos 'n kloekende hen oor haar poedel tekere gaan, en oom Lukas wat nie eens probeer om op te hou met lag nie.

"Ek is jammer, tant Dassie. Die tweeling het seker gemeen hulle kan Bismarck net so goed skeer soos enige hondesalon," sê Sanet verskonend en sy voel skuldig omdat haar hartseer veroorsaak dat sy nie genoeg aandag aan die tweeling gee nie.

"Ag, is nie, Sanet," sê Gerrie. Hy skuifel die woonkamer onseker binne en bly langs haar staan. Hy kyk na Peet wat ewe halfhartig die vertrek binnekom en by hom kom staan, en verduidelik: "Ons het maar net gemeen ons sal oom Lukas help om nie hooikoors te kry nie en toe het ons Naas van Tonder se haarknipper geleen."

"Gerrie jok nie, Sanet," beaam Peet plegtig. "Ons sou gistermiddag Naas se haarknipper geleen het, maar toe is sy ma by die huis. Ná pouse oefen ons nog die hele tyd sport en daarom het ons gou-gou saam met Naas huis toe gegaan en die haarknipper gaan haal."

"Terwyl julle eintlik by die skool moet wees?" vra oom Lukas en lyk vir die eerste maal afkeurend.

"E . . . ons het klaar gehardloop, oom, en ons was bang as ons nie vandag die haarknipper kry nie, gaan Naas dit nooit vir ons leen nie," verduidelik Gerrie en staan nader aan Sanet se stoel.

"En weet oom hoeveel moes ons betaal vir die leen van die haarknipper? Drie rand! Eers het die skelm Naas gesê dit sal net een rand kos, maar toe ons by sy huis kom, het hy gesê dis nou drie rand, want dis 'n elektriese knipper. Weet oom hoeveel lekkers kan 'n mens met drie rand koop?" vra Peet, diep verontwaardig oor hulle vriend se skelmstreke.

"Drie rand is 'n hoop geld om vir jou hooikoors te betaal, Lukas," praat tant Dassie onverwags. "Ek meen jy skuld die seuns drie rand."

"Wil jy die kinders boonop in hulle kwaad sterk, Dassie?"

97

blaf oom Lukas. "Hulle draai stokkies, skeer jou brak poedel-nakend en . . ."

Sanet giggel en dit laat oom Lukas frons. "Poedelnakend, oom . . . dis nogal letterlik in Bismarck se geval," sê sy verskonend.

"Oom hoef nie die drie rand terug te gee nie," sê Gerrie vin-nig. "Sien, ons moes iets vir Bismarck voer terwyl ons hom daar in die buitekamer geskeer het, en toe vat ons die bak maalvleis in die yskas. Gelukkig het oom-hulle tee gedrink en toe het Peet gou-gou die maalvleis kom haal."

"En Bismarck het daardie hele bak vleis geëet?" vra tant Das-sie en staar die poedel op haar skoot verbysterd aan.

"En drie van my lekkerste toffies," lig Peet haar in en kyk kwaai na Bismarck. "Maar hy is so 'n vraat dat hy sommer die toffies heel ingesluk het. En toe ruk hy los en hardloop huis toe."

"Dalk kan oom sommer sy stert met oom se elektriese skeer-mes kaal skeer, want ons sal nou vinnig moet deurdraf skool toe en die haarknipper vir Naas gee. Of sal Bismarck se bietjie hare nie vir oom hooikoors gee nie?" vra Gerrie belangstellend.

"Hooikoors," sê oom Lukas en skud sy kop asof die woord hom verbyster. "Los maar my hooikoors, seuns, en hoop maar die ou gemmerbrakkie kry nie verkoue en longontsteking noudat hy so poedelnakend deur die lewe moet gaan nie . . ." Hy merk die breë, ingenome glimlagte op die seuns se gesigte en bulder onverwags: "Draf, julle onnutte! Nee-a, ek sal nie toelaat dat julle dros nie!"

Die tweeling vlieg die vertrek uit asof oom Lukas se woorde vuur onder hulle voete gemaak het, en Sanet luister na die geklap van hulle skoene op die geplaveide tuinpaadjie en die metaalge-klingel van die tuinhekkie wat oopgeruk en toegeslaan word.

"Miskien moet ek hulle liewer met die motor skool toe vat en aan die skoolhoof verduidelik wat presies gebeur het," sê Sanet bekommerd.

"Ek sal gaan, want hulle het Naas van Tonder se haarknipper vergeet. Ek sal sommer die knipper saamneem en aan Louw du Plessis verduidelik dat die seuns se oortreding ter wille van my hooikoors was," sê oom Lukas en staan op.

"Ek wonder tog oor daardie hooikoorsstorie, Lukas," kom dit agterdogtig van tant Dassie. "Toe jy jonk was, het jy nooit hooikoors van dierhare gekry nie."

"Toe ons jonk was, Dassie, het jy ook nie van soggens vroeg tot saans laat met 'n orige poedel op jou skoot gesit nie. Ek kan my so vervies vir 'n oujongnooi met 'n skoothondjie . . . daar is mos genoeg mense in die huis om lief te hê sonder om jou tyd op 'n liederlike brak te mors!" sê hy kwasterig.

"Daar is 'n besondere band tussen my en Bismarck, Lukas, want hy is al tien jaar lank soos 'n kind in my huis . . . Miskien het 'n man dit nie nodig nie, maar as 'n vrou alleen woon, is dit goed om te weet daar is darem nog 'n asempie in die huis om die eensaamheid buite te hou."

"Natuurlik kan ek dit verstaan, maar ek praat van nou. Hier is 'n huis vol mense en dit is seker nie nodig dat jy nog so oor die brak tekere gaan nie. Laat hom op die grond lê – die mat is sag genoeg – en moenie hom alewig vashou asof jy bang is hy sal val nie. Honde hoort in elk geval buite," snou oom Lukas en begin wegstap.

"Jou siel is ongetwyfeld kleiner as dié van 'n mier, Lukas Grové," verklaar tant Dassie met kille waardigheid, onbewus daarvan dat oom Lukas breed glimlag en vir Sanet knipoog voordat hy uitstap.

Sanet vee Bismarck se bruin poedelhare wat oor die vloer van een van die buitekamers versprei lê bymekaar en gooi dit in die vullishouer voor die agterdeur.

"Haai, wag vir my, Sanet!" roep 'n meisiestem skuins agter

haar. Sy kyk om en sien Marie-Louise deur die boord aange-
hardloop kom.

"Dis 'n verrassing." Sanet glimlag bly en weet sy voel getroos
oor Marie-Louise se besoek omdat sy Jean-Pierre se suster is. "Is
jy lus vir 'n koppie tee?"

"Dis te warm, dankie, en ek het nou net koeldrank gedrink."
Marie-Louise kyk na die agterdeur en dan na 'n groen tuinbank
onder 'n peperbessieboom in die agterplaas. "Sal ons daar gaan
sit? Dis koeler hier buite," stel sy voor.

"Seker," willig Sanet in en stap saam met haar besoeker na die
tuinbank. "Ek wou jou reeds iets gevra het," vervolg sy terwyl
sy op die bank gaan sit.

"Nie voordat jy my vraag beantwoord het nie," sê Marie-
Louise glimlaggend en vervolg nuuskierig: "Wat het jy met my
broer aangevang? Hy het in die dierbaarste stemming denkbaar
tuis gekom, oor die ringmuur geklouter om jou te kom groet
en 'n halfuur later teruggekeer en gedreig om moord en self-
moord te pleeg. Is Jean-Pierre verlief op jou, Sanet?"

"Hoe moet ek weet?" vra Sanet oorbluf en voel hoe sy bloos.
"Ek bedoel, ons weet almal hy gaan met Elrina trou."

"Dis wat Elrina en tant Ellie en 'n paar ander oningeligtes
glo, maar ek twyfel lankal al daardie storie. Jean-Pierre was reeds
vyf-en-dertig en daar is niks wat keer dat hy vandag nog trou
nie. Elrina het haar studies 'n jaar gelede reeds voltooi, maar
hulle is nog nie eens verloof nie. Lyk Jean-Pierre soos 'n man
wat sal toelaat dat 'n meisie hom aan 'n lyntjie hou?" vra Marie-
Louise nugter.

"As 'n man 'n meisie werklik liefhet . . ." Sanet huiwer en
praat dan vinnig: "Jean-Pierre het gesê Elrina glo sy is 'n ge-
emansipeerde vrou wat haar vryheid bo 'n gelukkige huwelik
stel. Ek kan verkeerd wees, maar ek glo Jean-Pierre flankeer met
my omdat hy Elrina in 'n haastige huwelik wil dwing."

"Dit is natuurlik moontlik, maar waarom het hy dan aan my gesê dat hy met jou gaan trou?"

Sanet se oë rek wyd van ongeloof. "Het hy dit . . . sowaar gesê?" Sy sluk droog en byt hard op haar onderlip, byt totdat sy seerkry, asof sy hoop dat die werklikheid van haar pyn haar van haar droom sal laat vergeet.

"Ja, maar ek weet nie meer wat om te glo nie. Hy het my daardie eerste dag, toe jy en die tweeling hier aangekom het, vertel hy gaan met jou trou, maar tot dusver het hy jou nog nooit uitgeneem nie en nou was hy vier dae lank saam met Elrina en tant Ellie in die Kaap. Jou tant Dassie vertel my julle verwag jou vriend van Johannesburg, daarom het ek gewonder . . . Gaan jy met Tertius trou, of hou jy maar net van hom?"

Sanet staar voor haar uit en wonder watter antwoord sy aan Marie-Louise moet gee. Sy soek met rustelose oë na 'n oplossing tussen die bome van die boord skuins agter haar. Sy sien 'n beweging en sy snak na haar asem en spring vinnig op.

"Jean-Pierre?" roep sy en loop stadig om die bank na die dik stam van 'n stokou pruimboom.

"Ja, Sanet?" Jean-Pierre kom agter die stam te voorskyn en eet smaaklik aan 'n pruim en betrag haar met vriendelike belangstelling.

"Jean-Pierre, jy is ook 'n aap!" bars Marie-Louise uit. "Ek doen al die moeite om Sanet oor haar gevoel vir Tertius uit te vra, en jy kom luister ons soos 'n stout kind af."

"Ek is 'n haastige man, want daardie meneertjie van Gauteng kan nou enige oomblik hier opdaag en intussen loop ek met my meisie se ring in my sak rond. Komaan, Sanet, raak verloof aan my," pleit hy en haal die ringdosie uit sy sak. "Ek verwaarloos my slaap, my etes, my praktyk en my boerdery . . . en dis alles jou skuld. Toe, meisie met die droomoë, gee vir my ook 'n droom," versoek hy met speelse erns.

"Haai, wanneer het jy die ring gekoop, Jean-Pierre?" vra Marie-Louise nuuskierig.

"Hy en Elrina het dit saam gekoop, maar sy wou dit nie hê nie en daarom probeer hy dit aan my vinger kry," spot Sanet.

"Dis nie Elrina se ring nie," sê Marie-Louise terwyl sy dit uit die satyn lig en aan haar eie vinger steek. "Kyk, Sanet, dit pas vir my en jou vingers is net so skraal soos myne. Het jy al gesien hoe dik is Elrina se vingers? Dis waarom sy so graag handskoene dra."

Sanet trek haar asem sag in, probeer die saadjie van hoop in haar binneste doodsmoor, maar pleit met haar oë dat Jean-Pierre Marie-Louise se vermoede sal bevestig.

"Is . . . dit waar, Jean-Pierre?" vra sy.

Hy kyk nie na haar nie, maar sy gesig verstroef en hy neem die ring by Marie-Louise en prop dit in sy broeksak.

"Ek neem aan dis jou vriend, Tertius Lindeque. Sal jy ons voorstel, juffrou Grové?" vra Jean-Pierre vyandig en kyk oor haar kop na die agterdeur.

8

Sanet draai stadig om en kyk vas in Tertius se glimlaggende gesig. Hy bly staan en hou sy arms uitnodigend na haar uit en sy huiwer nie, maar storm teen sy bors aan.

"My mooiste meisiekind . . . ek het so verlang na jou," praat sy stem sag en warm in haar oor, sy arms beskermend om haar terwyl hy haar teen hom aandruk.

"Tertius . . ." fluister sy en voel vir die eerste maal werklik veilig sedert daardie middag, byna 'n maand gelede, toe sy hom in sy woonstel gegroet het.

Hy was vier jaar lank haar enigste vriend, vier jaar lank die man wat haar gevreesde geheim geken het sonder om ooit daarna te verwys. Vier jaar is 'n lang tyd om vriende te wees . . . lank genoeg om lief te kry.

Sy huil sonder dat sy dit besef, en voel dan hoe haar snikke haar skouers laat ruk. En sy weet sy huil oor die verwarring en hartseer wat 'n nuwe liefde in haar lewe gebring het, en klou Tertius vas asof sy glo dat hy haar enigste redding is.

"Sanet . . . Sanet . . . hoe dan nou?" vra Tertius. "Hier, gebruik my sakdoek, en vertel my wie laat jou so vreeslik huil."

Sy lig haar kop op, neem sy sakdoek en droog haar trane af.

"Beter?" vra hy, hou haar op armlengte aan haar skouers vas en lag in haar oë. "Is dit ek wat jou laat huil het?" vra hy met 'n tikkie kommer in sy stem.

Sy glimlag sku. "Nee . . . nee, ek is sommer net laf . . ." Sy sluk droog, kyk ongemaklik by Jean-Pierre verby, skaam om sy oë te ontmoet, en vervolg: "Dis Jean-Pierre du Pont en sy suster, Marie-Louise. Hulle is ons bure."

"Bly te kenne," groet Jean-Pierre formeel, skud Tertius se hand en gaan haastig voort: "Jammer ek kan nie langer vertoef nie, maar my vennoot kan nie al die werk alleen behartig nie. Sien julle."

"Ons verstaan," antwoord Tertius tegemoetkomend. Hy kyk reeds na Marie-Louise. "Ek verkies in elk geval die meisies se geselskap," skerts hy en steek sy hand na Marie-Louise uit. "Hallo. Ek is dankbaar om te hoor die aantreklike ou is jou broer en nie jou man nie. Mag ek jou maar op jou naam noem?"

"Asseblief, ja. Hallo, Tertius," groet Marie-Louise en kyk onseker na Sanet, asof sy bang is dat Tertius dalk te vriendelik met haar is en haar hand net 'n bietjie te lank vashou. "As julle my sal verskoon . . . julle het seker baie dinge om oor te gesels."

"Niks wat nie tot later kan wag nie," sê Sanet vinnig en kyk na die klein, fyn buurmeisie en die lang, breedgeskouerde Tertius. "Hou asseblief vir Tertius geselskap terwyl ek vir ons iets te ete en te drinke gaan haal, Marie-Louise. Tertius, stel jy belang in 'n warm melktert en tuisgebakte konfyttertjies?"

"Stel ek nie belang nie!" korswel Tertius en lê sy hand op Marie-Louise se arm. "Kom ons sit hier onder die boom en dan vertel jy my intussen waarom jy nog nie 'n blink ring aan jou vinger dra nie. Of is mooi meisies so volop op Bothasrus?"

Sanet gee Marie-Louise nie die geleentheid om haar versoek te weier nie, maar laat haar en Tertius alleen en draf weg na die agterdeur. Waarom moes Tertius op so 'n kritieke oomblik sy verskyning maak? tob sy terwyl sy die ketel vol water tap. As Jean-Pierre net die geleentheid gehad het om haar te verseker dat hy die ring wel vir haar gekoop het . . .

Jean-Pierre glo sy het Tertius lief, maar as sy Tertius in Marie-Louise kan laat belangstel, sal Jean-Pierre gou besef dat Tertius nie die man is wat saak maak in haar lewe nie. En wie weet, dalk hou Tertius werklik van Marie-Louise. Dalk kry hy haar selfs lief en dan sal sy nie nodig hê om hom weer 'n keer te sê dat sy net in sy vriendskap, maar nooit in sy liefde sal belangstel nie.

Tertius bly onder die peperbessieboom op Sanet wag terwyl sy Marie-Louise na die gebruiklike oorklimplek langs die ringmuur vergesel. Hy speel met 'n teelepel teen sy leë teekoppie en glimlag lui en nadenkend toe Sanet weer by hom aansluit.

"Dis Jean-Pierre du Pont, nè, Sanet?" vra hy. Dis nie werklik 'n vraag nie, maar 'n stelling.

"Ek . . . weet nie wat jy bedoel nie," stamel sy ontwykend.

Hy steek sy hand uit en trek haar op die tuinbank langs hom neer.

"Ons is te lank vriende om vir mekaar halwe waarhede te vertel, Sanet," sê hy, met 'n ondertoon van verwyt in sy stem.

"Ek het jou lief en daarom is ek seker oorgevoelig oor die dinge wat jou raak. Net een kyk na jou en die donker man, en ek het geweet jou hart behoort aan iemand anders." Hy lê sy hand op haar arm en gee dit 'n begrypende drukkie. "Het hy jou lief, Sanet?"

"As jy dit so maklik kan sien . . . dink jy hy en Marie-Louise weet ook ek het hom lief?" vra sy ontsteld.

"Hulle ken jou nie vier jaar lank nie – en dalk is hulle nie lief vir jou soos ek jou liefhet nie," glimlag hy.

"Moenie dit sê nie, Tertius. Ek is ook lief vir jou, maar . . ." maak sy skuldig kapsie.

"Ek weet. Daarom gaan ek nie 'n dramatiese liefdesverklaring aan jou doen nie." Hy skud sy kop en laat met 'n speelse gebaar haar blonde krulle deur sy vingers gly. "Daar in Johannesburg het ek my die afgelope maand wys gemaak ek kan nie 'n dag langer sonder jou leef nie, dat ek Bothasrus toe sou kom en jou sou vra om my vrou te word. Ek het selfs 'n ring gekoop . . ."

"O, nee . . .!" roep sy ontsteld uit.

"Kom nou, Sanet, jy weet mos ek kan 'n ring bekostig," spot hy. "Ek het besluit ek vertrek nie sonder jou nie, of met ten minste die belofte dat jy voor die einde van die jaar met my sal trou nie. En wat gebeur?"

"Jy verstaan nie, Tertius, want al . . ." begin sy, maar hy lig sy hand en beduie sy moet eers wag.

"Ek kry my meisie onder 'n peperbessieboom en haar oë is vol hartseer en verwarring en die aantreklike man langs haar lyk asof hy moord kan pleeg . . . en ek kry die gevoel ek sal die slagoffer wees. En toe, om alles te kroon, huil sy haar hart uit in my arms en toe weet ek sy het iemand anders liefgekry," sê hy en Sanet soek bang na verwyt in sy oë, maar vind net begrip.

"Hoe het jy geraai?" vra sy sag.

"Ek ken jou, Sanet. Ek was vir jou soos 'n liewe pa, want jy kon na hartelus huil en my vasklou, want jy het troos by my gesoek. Dit was jou trane wat my laat besef het ons sal net altyd goeie vriende wees."

"Maar jy is nie kwaad nie?" vra sy onseker.

"Hoe kan ek jou verkwalik omdat jy liefgekry het? Jy was nie kwaad toe ek geglo het ek het jou lief nie . . . Maar het Marie-Louise se broer nie iemand anders nie?" vra hy.

"Maak dit saak? Jy ken my storie. Gerhard het my verseker dat hy gesorg het dat jy geweet het ek is die Sanet Grové oor wie die koerante geskryf het, anders sou ek destyds nie die moed gehad het om 'n pos in jou firma te aanvaar nie," antwoord sy met 'n tam stem.

"En wat het die storie met jou liefde vir Jean-Pierre te doen?"

"Hoe kan jy nog vra? Die storie . . . die koerantberigte was die rede waarom my verloofde ons verlowing verbreek het. Ek onthou die oggendkoerante was vol daarvan en nog voordat ek werk toe kon gaan, was hy voor my woonsteldeur met 'n dringende bevel dat ek sy ring aan hom teruggee, want my skandes kon sy loopbaan skaad . . ."

"Die lae lak! Hy kon jou nie baie liefgehad het as hy so 'n onbenulligheid . . ." bars Tertius verwoed uit.

"Nee, Tertius." Sy glimlag en lê haar hand paaiend op sy arm. "My verloofde was 'n wetenskaplike, 'n man wat aan feite geglo het. Daarom is dit moontlik vanselfsprekend dat hy ook in my geval eerder die feite as die waarheid kon glo. Ek verkwalik hom nie, wat dis heeltemal waar: hy kon my nie baie liefgehad het nie. Ek weet in elk geval nou dat ek hom nooit met 'n volwasse liefde bemin het nie."

"En nou vrees jy dat Jean-Pierre jou ook nie sal glo nie? Dat hy ook liewer sensasiesoekende verslaggewers se koerantstories sal wil glo?"

"Dit was feitelike beriggewing. Daarom kan ek die verslaggewers nie verkwalik nie. Maar jy het gelyk as jy sê as Jean-Pierre met my trou, moet hy met my verlede trou, en dít sal ek nooit van hom verwag nie. Daar is 'n soort liefde wat die ander se geluk eerste stel, selfs al voel dit asof jy binnekant sterf . . ." Sy kyk hom stil aan. "Ek hoop jy kry eendag so lief, Tertius, want dan sal jy verstaan waarom ek nie met jou kon trou nie."

"Moenie jou oor my kwel nie," troos hy en gee haar 'n speelse drukkie. "Jy moet net . . ."

"Haai, Elrina, het Jean-Pierre al ooit vir jou sulke pragtige storietjies vertel?" laat tant Ellie Tertius sy woorde insluk terwyl hy en Sanet vinnig opkyk in die rigting van die agterdeur. 'n Modieuse Elrina, met elke haartjie op sy plek en haar grimering vars, seil soos 'n pronkende pou op haar en Tertius af.

"Die twee ou duifies koer, nè?" vra Elrina met 'n glimlag. "Hallo, Sanet. Die tweeling het ons kom vertel jou vriend het opgedaag en daarom het ons oorgekom om kennis te maak." Haar oë staar intiem in dié van Tertius, wat opgestaan het. "Ons plattelanders is mos bekend vir ons gasvryheid, Tertius."

"Ja . . . dis waar, ja," antwoord Tertius, effens van stryk gebring deur die onverwagte besoek van twee vroue wat hom op sy voornaam ken, maar van wie se bestaan hy tot dusver onbewus was.

"Tertius, dis tant Ellie van Duuren en haar dogter, Elrina. Hulle huis is hier links van ons – hulle is ook bure," stel Sanet hulle bekend en kyk wantrouig na Elrina.

"Bly te kenne," groet Tertius, terwyl hy Elrina en tant Ellie se hande skud.

"Ag, ons wou eintlik nie kom pla nie," maak tant Ellie verskoning, trek 'n wit tuinstoel nader en plof ongevraag daarop neer, opsigtelik van plan om Tertius en Sanet lank te pla. Sy vra nuuskierig: "Dan is dit sommer praatjies van die tweeling dat hulle gesien het Jean-Pierre het 'n verloofring vir jou gekoop, Sanet?"

"Asseblief, Ma!" kom dit geïrriteerd van Elrina. "Hoeveel keer moet ek nog verduidelik dat Jean-Pierre vir my 'n ring gekoop het, maar ek toe geweier het om aan hom verloof te raak?"

"As dit waar is, het jy minder tussen jou ore as wat jou oorle pa gehad het, en hy was maar baie onnosel . . . dis waarom ek hom so maklik kon ompraat om met my te trou . . . kê-kê-kê!" lag tant Ellie skel oor haar eie grappie.

Arme tant Ellie, dink Sanet simpatiek. Die hele dorp glo oom Abraham van Duuren was nie heeltemal nugter die dag toe hy met Ellie Steen van die onderdorp getroud is nie, maar dít besef tant Ellie ná al die jare nog nie.

"Waarom het jy en Jean-Pierre toe nie verloof geraak nie, juffrou Van Duuren?" vra Tertius belangstellend en gee Sanet se skouer 'n bemoedigende drukkie.

"Ag, lyk die ou tweetjies nie alte gelukkig nie, Elrina?" trek tant Ellie los voordat Elrina Tertius se vraag beantwoord. "Ek het mos vir jou gesê jy kwel jou verniet oor Jean-Pierre, want as 'n jongetjie al die pad van Johannesburg af kom kuier, het hy vir seker trouplanne. Die twee seuntjies het seker maar daardie storie oor die ring uit hulle duim gesuig."

"Ma, bewys ons almal 'n guns en bly stil of gaan gesels met oom Lukas," snou Elrina haar toe en wag nie op 'n antwoord van tant Ellie nie, maar glimlag met net 'n tikkie meerderwaardigheid vir Tertius. "Jy lyk vir my soos 'n intelligente man, Tertius, daarom sal jy my standpunt oor 'n huwelik verstaan. Dankie, ek sal sit," sê sy wanneer hy vir haar ook 'n tuinstoel nader bring.

"Niemand het vir ons koek en tee aangebied nie, maar ek kan seker maar 'n stukkie melktert kry. Nee, sit, sit, Sanet, ek gebruik sommer een van die vuil koekbordjies, want julle is almal skoon mense. Haai, hoekom is hier drie koekbordjies? Wie het saam met julle tee gedrink?" vra tant Ellie terwyl sy 'n groot stuk melktert vir haar uitskep.

"Marie-Louise, tant Ellie," antwoord Sanet en veg teen haar lus om te lag oor die boosaardige uitdrukking op Elrina se gesig.

"Glo jy aan die emansipasie van die vrou, Tertius?" sit Elrina haar gesprek met hom voort. "Glo jy elke vrou het die reg om vry en ongebonde te wees? Die vrou is té lank as die man se mindere, selfs sy willose slaaf gesien, terwyl sy dieselfde en soms 'n hoër intelligensie as die man het. Waarom is die grootste kunstenaars en die beroemde leiers deur die eeue altyd net mans? Omdat die vrou minderwaardig aan die man is? O nee, omdat die vrou nooit die geleenthede van die man gehad het nie. Ek is 'n voorstander vir volkome gelykheid vir die man en die vrou, en ek glo elke vrou wat haar verstand kan gebruik, sal met my saamstem," sê Elrina effens kortasem, asof haar toespraak haar uitgeput het.

"Dan glo jy nie aan die huwelik nie?" vra Tertius geamuseerd.

"Haai, skaam jou, boet," sê tant Ellie en sluk 'n mondvol melktert in sodat sy hom kan kapittel. "Ek het my dogter reg grootgemaak, maar haar ouma Christina het haar kop vol . . ."

"Ma!" roep Elrina haar tot stilswye en draai met 'n glimlag na Tertius toe. "Vanselfsprekend glo ek aan die huwelik, maar ook dáár moet die vrou haar gelyke regte kry. Omdat ek nog baie jonk is, stel ek nie in 'n haastige huwelik belang nie. Daarom is Jean-Pierre 'n bietjie omgekrap op die oomblik." Sy glimlag simpatiek vir Sanet. "Moenie dat hy jou dalk onder die verkeerde indruk bring met sy stories oor 'n verlowing aan jou nie, Sanet, want hy het my lief. Maar ek waarsku jou seker verniet, want ek kan sien jy en Tertius is dolverlief op mekaar."

"Nogal 'n ryk man ook, so vertel die seuns my," sê tant Ellie. "Ek hoor jy is 'n fabriekeienaar, Tertius. Nogal in die staalnywerheid . . . Elrina, dink jy nie hy is dalk ryker as Jean-Pierre nie? Jy het mos al dikwels gesê as jy nie vir Jean-Pierre wou vang nie, het jy liewer in 'n stad gewoon."

"Moet Ma altyd my woorde verdraai?" vra Elrina nydig en kom vinnig orent. "Ek sal baie graag nog met jou wou gesels het, Tertius, maar my ma is vir my 'n verleentheid. Tot siens. Kom, Ma!"

"Maar hier is nog 'n hele stuk melktert oor, Elrina. Kan ons nie 'n bietjie langer kuier nie?" vra tant Ellie.

"Neem die melktert sommer so in die tertbord saam, tant Ellie. Tannie kan later die bord terugbring," sê Sanet.

"Nou, dis darem dierbaar van jou, Sanet. Baie dankie," sê tant Ellie, gryp die tertbord en draf agter Elrina aan na die agterdeur.

Tertius staar Sanet 'n oomblik lank verdwaas aan en bars gedemp uit van die lag. "Bestaan hulle werklik?" vra hy geamuseerd.

"Dis wat ek myself ook afgevra het nadat ek hulle die eerste keer ontmoet het," erken Sanet. "Elrina is net twee-en-twintig, baie jonk en bewus van haar ouma Christina se rykdom en status, en grootgemaak met die idee dat sy beter as enigiemand anders is. Die arme tant Ellie kon ná dertig jaar nog nie haar stand van onderdorper afskud nie en daarom is sy 'n verleentheid vir Elrina en al die Van Duurens. Ek is jammer vir tant Ellie omdat sy basies 'n dom, eerlike mens is, selfs al kan sy soms venynig met haar tong wees."

"Dan is dít hoe die hef in die vurk steek? Elrina is Jean-Pierre se aanstaande bruid?" vra Tertius simpatiek.

"Dit het vir my ook so geklink," antwoord Sanet met 'n skewe glimlaggie en pak die vuil koekbordjies en koppies terug op die skinkbord. "Kom, oom Lukas-hulle het ons seker lank genoeg alleen gelaat. Ek moet tant Dassie met die aandete gaan help."

Tant Dassie bekyk Sanet, wat besig is om 'n sjokoladekoek uit die oond te haal.

"Ek verstaan dit nie," verklaar tant Dassie uit die bloute.

"Die oondhitte is die belangrikste, want dan is die koek altyd 'n sukses," antwoord Sanet terwyl sy die laagkoek op 'n draadstaander omkeer om koud te word.

"Goeie genugtig, Sanet, ek praat nie van die koek nie. Ek is 'n ervare koekbakster wat geleer het hoe om dit te doen!" bars tant Dassie uit terwyl sy 'n vadoek ergerlik rondswaai. "Ek praat van jou en die jongman!"

"O . . . Tertius." Sanet glimlag. "Ek het 'n vermoede hy gaan binnekort leer wat liefde werklik is."

"Regtig? En hoe meen jy om hom te leer as jy hom in Marie-Louise se arms dryf? Gisteraand het julle tot middernag by haar gekuier en vanoggend moes ek hoor jy het gesit en lees terwyl hy en Marie-Louise gekuier het, want Jean-Pierre was saam met Elrina uit. En vanoggend het hulle tot net voor middagete saam tennis gespeel en op die oomblik swem hulle saam. Ek sal my glad nie verbaas as Tertius sommer vanaand daar eet en slaap nie!" kom dit onstuimig van tant Dassie.

"Dis een bed minder vir my om op te maak," antwoord Sanet bedees.

"Maar, Sanet . . ." Tant Dassie draai dié kant toe en daardie kant toe uit pure ongeduld en vra dan reguit: "Is jy dan nie lief vir die jongman nie?"

"Nee, tant Dassie, nie soos tannie wil hê ek moet hom liefhê nie," antwoord sy. "Tertius is net 'n baie goeie vriend wat my bygestaan het toe ek bitter alleen was, maar van liefde was daar nooit sprake nie . . . nie van daardie spesiale liefde nie."

"Maar hy het so gereeld gebel. Lukas was oortuig dat die seun jou liefhet, want hy het elke keer uitgevra of hier nie jongmans by jou kuier nie," redeneer tant Dassie verwonderd.

"Net voordat ek hierheen gekom het, het Tertius hom skielik begin verbeel hy wil met my trou, maar dit was seker maar net

111

'n reaksie omdat ons soveel jare lank vriende was en hy bang was om my te verloor. Ek het geweet hy het my nie lief nie, want ek was net 'n aangename gewoonte in sy lewe. En dit lyk asof ek gelyk gehad het, want as ek al ooit 'n verliefde man gesien het, is dit Tertius Lindeque!" vertel Sanet laggend.

"Maar . . . jy het dan so pas gesê hy het jou nie lief nie," kom dit verward van haar tante.

"Nie vir my nie, tant Dassie, maar vir Marie-Louise!" Sy lag weer. "Ek dink Marie-Louise is 'n skat van 'n meisie en al wat werklik pla, is dat ek haar as buurvrou sal verloor as sy en Tertius trou."

"Glo jy hulle is ernstig?" vra tant Dassie oorbluf.

"Tertius was sy lewe lank baie seker van homself en sy gelukkige oujongkêrelskap, maar ná ons kuiertjie gisteraand by Marie-Louise, het hy my tot halfdrie wakker gehou om oor 'n meisie te praat wat ek in elk geval ken," sê Sanet.

"Sanet, ek praat nie graag oor die dinge wat lankal gebeur het nie, want dit het tog geen nut nie, maar as ek mag vra, het jy dalk nog daardie Nardus van der Berg lief?"

Sanet glimlag. "Nee, tannie, beslis nie. Ek begryp volkome waarom hy destyds so opgetree het en daarom verkwalik ek hom ook nie langer nie. Hy was net nie die regte man vir my nie, dis al."

"Dis goed so, want as jy iemand anders ontmoet en liefkry, is jy nou vry om te trou," sê tant Dassie tevrede.

"Nee." Sanet skud haar kop. "Hoe kan ek, tannie? As 'n man enigsins waarde aan sy goeie naam heg, sal hy nie met my kan trou nie, want daardie koerantstories . . ."

"Maar, kind, dit was net 'n klomp bogstories wat die koerante opgedis het! Ons wat jou ken, weet wat die waarheid is. En 'n jongetjie wat jou liefkry, sal ook nie aan die waarheid twyfel nie," val tant Dassie haar heftig in die rede.

"Ek weier om die man wat ek liefhet . . ." begin Sanet, maar swyg wanneer sy swaar voetstappe en 'n luide gemiaau in die gang hoor. "Is dit oom Lukas?" vra sy, dankbaar dat sy nie haar gesprek met tant Dassie hoef voort te sit nie.

Oom Lukas kom die kombuis binne met 'n groot, spierwit kat met lang hare en blou oë in sy arms.

"Dag!" groet hy kortaf, loop na die kombuiskas en haal 'n poedingbordjie uit. Hy sit die bordjie op die yskas neer, streel met 'n groot hand oor die kat se kop en sê troetelend: "Toe nou maar, oubaas se katte. Is jy honger, hè? Ek gaan vir jou 'n lekker bakkie melk en 'n groot stuk vleis gee. Oubaas se mooi ou dogtertjie sal nie honger ly nie. Kom, ons sit jou neer en kry die melk en vleis."

"Lukas Grové, is jy heeltemal van lotjie getik?" blaas tant Dassie verontwaardig.

Oom Lukas ignoreer haar, maak die koelkas oop en haal die melk en 'n pak vleis uit en hou die vleis na Sanet uit.

"Sny dit vir my ou meisietjie in klein stukkies, want sy sal net verstik as 'n mens haar 'n groot stuk gee. Ek sal haar self voer," sê hy en gee vir die kat 'n bakkie melk en gaan sit dan op die naaste kombuisstoel om haar met 'n tevrede glimlaggie dop te hou.

"Waar kry oom die kat? Sy lyk baie soos my Lida wat ek moes weggee voordat ek hierheen gekom het. Ek het skoon vergeet om Tertius te vra hoe gaan dit met Lida en my kanarie, Esmé," gesels Sanet terwyl sy 'n mes uit die laai haal.

"By die Neethlings. Hulle trek mos aan die einde van die maand, want Bertus het 'n verplasing Bellville toe gekry en toe vra hy my of ek nie van iemand weet wat 'n kat wil hê nie. Dis nou hoe ek Dorothea present gekry het," vertel oom Lukas en beklemtoon die kat se naam, maar kyk nie na tant Dassie nie.

"Dorothea?" vra tant Dassie, haar stem ongewoon skril, terwyl onweer oor haar gelaat skuif. "Lukas Grové, waarom noem jy jou vet kat na my?"

"Jy sal jou wat verbeel, Dassie." Oom Lukas gluur haar aan. "Toevallig het die kat aan Bertus se vrou, Thea Neethling, behoort, daarom het ek die kat na haar genoem, want sy is Dorothea gedoop."

Tant Dassie lyk afgehaal en verklaar vies: "Dis 'n simpel gewoonte om diere na mense te noem."

"Juistement, Dassie, maar wie het daarmee begin? Of glo jy oorle Bismarck was nie 'n mens net omdat hy 'n Duitser was nie?" vra oom Lukas sober.

"Maar wat dan van oom se hooikoors?" probeer Sanet 'n wending aan die gesprek gee.

"Um, dis nogal toevallig, maar dit was Dassie wat my laat besef het dat ek my hooikoors ontgroei het, want haar poedeltjie het my nie gepla nie. Ek dag toe ek het nou net mooi genoeg gehad van 'n oujongnooi en haar gekeer oor 'n geraamtetjie van 'n brak, daarom sal ek vir my 'n kat aanskaf en probeer agterkom waarom Dassie aldag en heeldag so oor haar ou gemmerbrakkie tekere gaan. Nou ja, ek is sommer klaar lief vir Dorothea, want sy is darem so sag en wollerig. Katte is darem baie skoner diere as honde, nè, Sanet?"

"Vermakerig . . . nes 'n kind!" ontplof tant Dassie. "Ek waarsku jou, Lukas Grové, as daardie kat aan my Bismarck raak, is daar oorlog!"

"Juistement, Dassie, want ek laat nie 'n kaal brak my kat verwilder nie. Ons sal wel 'n huis vir jou poedelbrak kry, daarom hoef jy jou nie onnodig te kwel nie," stel oom Lukas haar gerus.

"En wat laat jou dink dat ek my ou seuntjie sal weggee? Lukas, ek is 'n vrou van vrede, maar as jou kat . . .'"

"Pssst!" sis Gerrie voor die oop kombuisvenster bokant die

wasbak. Sanet weet hy trap weer al die verf van die rioolpyp af om by die venster in te loer, en stap vinnig na hom.

"Klim af, Gerrie! Wat wil jy hê?" vra sy.

"Vir jou!" fluister hy en verdwyn buite sig.

Agter haar begin tant Dassie 'n nuwe tirade, maar sy gee die stukkies vleis op 'n bordjie vir oom Lukas en draf by die kombuisdeur uit.

"Kan jy nie gou maak nie?" vra Gerrie wanneer sy by kom en gryp haar hand vas. "Kom, jong, ek is haastig! Sy is daar onder by die ringmuur!"

"Wie? Waarom?" vra Sanet terwyl sy saam met hom deur die vrugteboord draf.

"Marie-Louise. Ek weet nie wat gebeur het nie, maar ek dink iemand het haar geklap, want sy huil haar byna dood en sê jy moet haar asseblief kom help," antwoord Gerrie. Hy steek in sy spore vas wanneer hulle die onderpunt van die boord bereik en Marie-Louise op die houtvaatjie langs die ringmuur sien sit.

9

Gerrie ruk sy hand uit Sanet s'n los en staan tru. Hy kyk na Marie-Louise wat kop onderstebo op die houtvaatjie sit en nog onbewus is van hulle.

"Ek hou nie daarvan as 'n meisiekind huil nie, want dit laat my so dom voel," kla hy. "Kan ek maar loop, Sanet? Ek en Peet speel krieket saam met tant Ellie hier langsaan," sê hy en loer weer ongemaklik na Marie-Louise.

"Krieket? Tant Ellie?" vra Sanet oorbluf en vergeet 'n oomblik lank self van Marie-Louise.

"Ja, man, ek sê mos so. Sy is 'n goeie kolwer, maar sy laat my al die veldwerk doen, want sy maak asof sy kastig te oud is om agter die bal aan te hardloop. Ek het juis ons krieketbal kom haal wat sy oor die muur geslaan het. En toe sien ek Marie-Louise daar by die ringmuur sit en huil," vertel hy en sukkel 'n rooi krieketbal uit sy broeksak. "Kan ek nou maar loop, hè, Sanet?"

"Ja, maar jy dra nie stories aan by tant Ellie nie. Jy sê nie 'n woord oor Marie-Louise wat gehuil het nie, verstaan?" sê Sanet streng.

"Aag, wie wil nou oor huilerige meisiekinders praat?" vra Gerrie vies en draf weg.

Sanet kyk hom 'n oomblik lank agterna, nog verstom oor die inligting dat hy en Peet saam met tant Ellie krieket speel. Sy waardeer tant Ellie se belangstelling in die tweeling, maar dis natuurlik ook hoe alles wat tuis gebeur tant Ellie en Elrina se ore so vinnig bereik, besef sy. Sy sug en merk dat Marie-Louise van die vaatjie af opgestaan het en haar inwag. Marie-Louise se trane het opgedroog.

"Het jy geweet tant Ellie speel saam met die tweeling krieket?" vra Sanet en weet dat die meisie se trane geen verband hou met krieket nie, maar kan aan niks anders dink om te sê nie.

"Sy is die beste albasterspeler in die straat en niemand kan 'n beter vlieër as sy maak nie," vertel Marie-Louise en kyk vir die eerste maal in Sanet se oë en glimlag. "Dis pret om haar saam op 'n piekniek te neem, want sy hou die kinders besig en kry dit gewoonlik reg om minstens een keer uit 'n boom te val of in die rivier te beland, klere en al. Sorg net dat Elrina nie saamgaan nie, want sy bederf tant Ellie en al die ander piekniekgangers se pret."

"Arme tant Ellie . . . en ek haat haar heimlik omdat sy gesê het ek is sommer 'n vaal ou meisietjie met 'n doodgewone ou gesiggie. Dis seker maar moeilik om die waarheid oor jouself te hoor as jy vyf-en-twintig is en hoop iemand anders dink jy is baie mooi," antwoord Sanet en hoop die meisie raai nie haar geheim nie.

Marie-Louise se gesig versomber en sy kyk skuldig af toe Sanet haar vraend aankyk. Sanet merk die diep blos op Marie-Louise se gesig, sien die senuagtige spel van haar vingers met haar bloesie se kraag, en frons onbegrypend.

"Wat kwel jou, Marie-Louise? Tertius het nie dalk iets gesê wat jou ontstel het nie? Gerrie het my kom roep omdat hy gemeen het jy huil . . . As jy wil verduidelik?" Sanet swyg en sy kyk simpatiek na Marie-Louise wat pynlik ongemaklik lyk.

"Tertius het niks gedoen nie. Hy is die wonderlikste . . . e . . . dierbaarste . . . e . . . hy is vreeslik gaaf en . . . en aangenaam en ek dink jy is baie gelukkig om so 'n vriend te hê," stotter sy en bloos wanneer Sanet haar met vonkelende oë betrag.

"Ek is niks minder gelukkig om jou as 'n vriendin te hê nie, want jy help my al die hele naweek om Tertius besig te hou. Ek is lief vir hom, maar darem nie só lief om elke uur van die dag vir hom gasvrou te speel nie. Swem hy nog?"

Marie-Louise knik. "Hy gesels met Jean-Pierre daar langs die swembad, maar . . ." Sy lek oor haar lippe en knyp haar oë toe en vervolg desperaat: "Ek weet nie hóé om verskoning te vra dat ek Tertius die hele naweek opgeëis het nie, maar Jean-Pierre het my netnou eenkant toe geroep en my uitgeskel vir alles wat sleg is onder die son. Ek het dit nie so bedoel nie, Sanet, maar Tertius was so gaaf . . . ek het skoon vergeet hy is jou vriend, dat hy jou liefhet en . . . en . . ."

"En dis waarom jy gehuil het?" vra Sanet.

"Ja, want ek het besef hoe gemeen ek was en dat . . . dat jy seker baie ontstel is omdat Tertius gisteraand en vandag by my gekuier het. Jean-Pierre het gesê . . ."

"Ek wil nie weet wat Jean-Pierre gesê het nie," val Sanet haar

117

in die rede. "Was Tertius die hele tyd gaaf teenoor jou . . . soos gisteraand toe julle gesels het?"

"O, ja. Ons het sommer net gesels en tennis gespeel en daarna geswem. Hy is so 'n gawe maat. Hy het my gehelp met die middagete. Hy sê op ses-en-dertig ken hy al die beste resepte en geen vrou kan hom leer kook nie, maar hy was dol oor die hoenderpastei wat ek gemaak het," vertel Marie-Louise, en wonder of sy nie te geesdriftig klink nie en voeg bedees by: "Ons het sommer oor alledaagse dinge gesels, Sanet . . . niks persoonliks nie."

"Moenie jou kwel nie, Marie-Louise. Hy sal jou wel vra om met hom te trou voordat hy teruggaan na Johannesburg," sê Sanet doodluiters.

Marie-Louise snak na haar asem. Haar oë is rond van skok en ongeloof. Sy maak haar mond oop om te protesteer, maar geen geluid kom oor haar lippe nie. Dan skud sy haar kop stom terwyl sy diep bloos.

Sanet lag sag en plaas haar regterarm vertroostend om die korter meisie se skouers. "Domkop! Moenie lyk asof jy 'n moord gepleeg het nie. Is dit dan sonde om lief te kry?" terg sy.

"Nee!" Marie-Louise ruk haar weg. "Sanet, as ek die indruk geskep het dat ek jou vriend . . . Ek is so bitter jammer, Sanet. Ek weet nie wat anders om te sê nie," maak sy verskoning.

"'n Meisie hoef net jammer te wees oor haar liefde as die man haar nie ook kan liefhê nie," antwoord Sanet en lees die onbegrip op haar gesig. "Besef jy dan nog nie dat Tertius jou ook liefgekry het nie? Dis waarom ek sê hy sal jou wel vra om te trou voordat hy teruggaan na Johannesburg."

Marie-Louise word bleek.

"En . . . jy dan, Sanet?" vra sy.

Sanet lyk 'n oomblik verward en lag dan.

"Is dít wat jy gedink het? Dat ek en Tertius 'n verhouding het?" vra sy.

"Jean-Pierre en Elrina het gesê ..." protesteer sy.

"Jean-Pierre kan so onnosel wees dat ek soms dink hy verdien iemand soos Elrina," sê Sanet bitsig en merk die uitdrukking van verbasing op Marie-Louise se gesig. "Al wat jy moet weet, is dat Tertius die liefste vriend is wat ek ooit gehad het en dat ek hoop dit sal so bly, veral omdat hy met jou gaan trou. As Elrina sy keuse was, was dit heeltemal 'n ander storie."

"Hy het nog niks van trou of ... of selfs liefde gesê nie, daarom ... Sanet, dink jy regtig hy hou so 'n klein bietjie van my?" vra sy.

"Glad nie. Hy is dolverlief op jou. Wees maar geduldig. Hy sal dit wel voor môreaand aan jou sê. Wat doen julle vanaand? Het jy hom al gevra om by julle te eet?"

"Nee, ek durf nie, want Jean-Pierre ..." Marie-Louise swyg en gryp Sanet se hande met hare vas. "Sal jy nie saam met Tertius by my en Jean-Pierre kom eet nie? Dan kan my broer mos nie sê ek konkel jou kêrel af nie."

Sanet huiwer en haal haar skouers dan op. "Goed, ons maak so. Moet net nie dat die tweeling van ons afspraak hoor nie, want dan daag hulle beslis saam met Elrina en tant Ellie daar op," waarsku sy.

"Dankie ... vreeslik dankie, Sanet. Sien jou vanaand so teen sewe-uur!" roep sy en klim met die leer aan die ander kant af in haar eie agterplaas.

"Ek moet oom Lukas vra om vir ons ook 'n leer te koop," sê Sanet aan haarself, bo-oor die stadige, ritmiese gebons van haar hart in haar ore.

Sy wil nie bly wees nie, mag nie bly wees nie, maar haar hart sing sy eie bandelose lied van hoop en verlange; haar hart weet dat sy vanaand by Jean-Pierre sal wees, na hom sal kyk en hom lief sal kan hê.

'n Veraf liefde is 'n leë droom, waarsku haar verstand, maar haar hart bly doof en dryf haar bloed tintelend deur haar are, verf die helder son van liefde in haar oë, en tower 'n glimlag van afwagting om haar lippe. Vannag sal sy fees vier en môre sal sy rou oor 'n onmoontlike droom, solank sy vanaand kan glo dat môre nooit sal aanbreek nie.

Sanet sien tant Dassie die woonkamer binnekom en wonder of die aandete gereed is. Sy blik na oom Lukas wat agter sy koerant verskuil sit. "Moet ek die tweeling gaan roep, tant Dassie?" vra Sanet en kom orent in haar stoel. "Hulle speel seker nog krieket hier langsaan by tant Ellie."

"Ons eet nie voor sesuur nie, en dis nou eers kwart oor vyf," antwoord tant Dassie. Sy kyk nie na Sanet nie, maar beweeg tot byna teenaan oom Lukas se koerant en bly dan met haar voete netjies langs mekaar voor hom staan.

"Nou wat loer jy vir my met sulke kwaai swart ogies bo-oor my koerant, Dassie? Of probeer jy saam met my koerant lees? Kan jy nie wag totdat ek klaar is nie? Hoekom vra jy nie die seuns om vir jou jou eie koerant te gaan koop nie?" sê oom Lukas wat sedert sy rusie met tant Dassie oor sy kat, Dorothea, een en almal om hom ignoreer.

"Dorothea is weg, Lukas," kondig tant Dassie aan.

Oom Lukas laat sak sy koerant en frons. "Watter Dorothea, Dassie?" vra hy afgemete.

"Jou kat, Lukas," sug tant Dassie.

"Dis hy!" bars oom Lukas bulderend uit en slaan met sy vuis op sy stoelleuning. "Dis daardie naakte gebroedseltjie van 'n brak wat my arme Dorothea die wildernis ingejaag het! Ek het geweet dit sal gebeur, want daardie skaamtelose brak ken natuurlik nie 'n ordentlike kat as hy een sien nie! Wie gaan my Dorothea soek? Nie dalk jý nie?"

"Die seuns soek al 'n uur lank na jou kat, Lukas, maar tot dusver kon hulle haar nog nie opspoor nie," antwoord tant Dassie. "Maar dit was nie Bismarck wat jou kat verwilder het nie, want sedert die seuns my arme diertjie so kaal geskeer het, hou ek hom liewer in my kamer en gaan stap gereeld met hom vroegoggend of laat saans."

"Foei, ja, die ou gemmerkoekbrakkie ly seker aan 'n kompleks noudat hy so haarloos deur die lewe moet gaan ..." Oom Lukas lag diep uit sy bors. "Ek is darem dankbaar ek hoef nie meer twintig keer op 'n dag in jou brak se gevreet vas te kyk nie ... kon my so vervies as die dingetjie die hele tyd op my rusbank lê, so asof hy ook nou belasting betaal en stemreg het. Soms kry ek lus om met jou te gesels, maar as ek alewig in 'n brak se gesig moet vaskyk, verloor ek sommer my lus om te praat."

"Wat van jou Dorothea, Lukas?" vra tant Dassie asof sy nie een van oom Lukas se beledigende aanmerkings oor Bismarck gehoor het nie. "Dit word laat en as ons nie almal nou begin soek nie, is dit netnou donker. Miskien moet jy maar na die Neethlings toe stap en hoor of hulle kat nie dalk ... En nou?"

"Honk-honk! Gonk-gonk!" klink dit voor die voordeur en dan storm Gerrie met 'n groot, wit eend in sy arms die woonkamer binne en sit die eend voor oom Lukas se voete op die mat neer.

"Sy naam is Ben Potgieter en oom Bertus Neethling sê oom moet liewer vir Ben Potgieter vat, want hy het niks hare nie, net vere," vertel Gerrie met 'n trotse glimlaggie terwyl die eend sy nek lank uitrek en oom Lukas eers met sy linkeroog en dan met sy regteroog agterdogtig betrag.

"En dis Donsie, Ben Potgieter se vrou, oom Lukas," sê Peet uitasem by die deur en sit 'n tweede eend op die vloer neer. "Sy lê elke dag 'n eier en tannie Thea het gesê ek en Gerrie kan beurte maak om die eiers te eet."

"En die kat?" vra tant Dassie terwyl haar uitdrukking duideli-

ker as woorde sê dat sy nie weet hoe sy in hierdie dieretuin be-
land het nie. "Het julle nog nie vir Dorothea opgespoor nie?"

"Ja, tannie, die kat is terug by oom Bertus-hulle. En sy naam
is Wollie, nie Dorothea nie. Oom Bertus sê hy het Wollie net 'n
rukkie vir oom Lukas geleen, want hy en tannie Thea is baie lief
vir ou Wollie," vertel Gerrie en keer sy eend wat aan een van
Sanet se blommerangskikkings op 'n lae tafeltjie begin vreet.

Sanet byt op haar onderlip om nie hardop uit te bars van die
lag toe sy die verontwaardiging op tant Dassie gesig sien nie, en
kyk na oom Lukas wat ineens erg aamborstig raak en weer sy
koerant oopvou.

"Gaan sit die eende in die hoenderhok. Ek hou van gebraaide
eend en Chinese rys," sê oom Lukas en hou sy koerant soos 'n
skild tussen hom en tant Dassie.

"Die huigelary, darem! En jy, 'n ouderling, Lukas Grové! Ek
wonder wat dominee Roux daarvan sal sê . . . Jy is sowaar van
bedrog aanmekaargesit!" vaar tant Dassie teen hom uit. Sy druk
die koerant plat sodat sy in sy gesig kan kyk. "Lukas, skaam jy
jou nie oor jou leuens nie?"

"Nee, Dassie, maar ek gaan my vererg as jy weer my koerant
opfrommel," waarsku hy, maar kyk nie na haar nie. Hy bloos van
skuld en ongemak.

"Lukassie! Koe-ie! Hoe-hoe! Lukassie!" roep tant Ellie skril
uit die voorportaal en Sanet hoor haar in die gang aftrippel ter-
wyl sy aanhou roep.

"Hier, tant Ellie," sê Sanet en kyk na die tweeling wat die
eende gevang het, maar nuuskierig na die rusie tussen oom
Lukas en tant Dassie staan en luister. "Gaan sit nou eers die
eende in die hoenderhok en gaan was julle hande, Gerrie en
Peet. Dis amper etenstyd."

"Wag, nou, Sanet, ons wil eers sien of sy een gekry het," mom-
pel Gerrie en hou die deur gretig dop.

122

Tant Ellie wip die vertrek binne met 'n klein, rooi katjie in haar hande en hou dit na oom Lukas uit.

"O, hier is julle almal, nè? Hallo, Lukassie. Ek het toe vir jou 'n nuwe katjie gekry. Die ou dingetjie het net sulke rooi haartjies soos ek, daarom moet jy haar maar Ellie noem." Tant Ellie giggel skaam. "Nou het jy 'n Dorothea en 'n Ellie, nè, Lukas?"

"Goeie genugtig . . .!" Oom Lukas smyt sy koerant langs hom neer en gluur tant Ellie en tant Dassie onstuimig aan. "Kan julle vroumense nie 'n man in vrede laat nie? Ellie, vat jou ellendige kat en gaan terug huis toe. En jy, Dassie . . . gee sommer net pad voordat ek my behoorlik vererg." Hy vlieg orent. "Nee wag, laat ek liewer loop. Dan is ek minstens seker dat ek nie 'n neulende vroumens in my ore sal hê nie."

"Goeie genade . . ." sê tant Ellie asof sy haar eie ore nie kan glo nie. "Nou wat het nou in die goeie man gevaar? Ek woon al 'n jaar lank langs hom, maar ek het hom nog nooit in so 'n bui gesien nie. Hy sukkel nie dalk met sy bloeddruk nie, Sanet?"

"Nee, tant Ellie, net met sy hooikoors," antwoord Sanet. Sy is self verwonderd oor oom Lukas se ongewone ergerlikheid. "Toe, julle seuns, vat nou die eende hoenderhok toe."

"Ons gaan hulle liewer by tant Ellie se hoenders sit, want oom Lukas het gesê hy gaan hulle slag en opeet. Ons kan mos maar, nè, tant Ellie?" vra Peet en kyk hoopvol na die buurvrou.

"Maar natuurlik, boetie." Tant Ellie glimlag verskonend vir Sanet en tant Dassie. Sy kyk na die rooi katjie in haar arms en vra met 'n hulpelose glimlaggie: "En wat maak ek nou met klein Ellie? Ek het klaar drie katte en bring ek nog een huis toe, kry Elrina 'n oorval."

Sanet huiwer, jammer vir die ou buurtannie wat met die patetiese hulpeloosheid van 'n kind beurtelings na haar en tant Dassie staar.

"Gee maar klein Ellie vir my, Ellie," sê tant Dassie en hou haar hande uit. "'n Kat is altyd nuttig, waar daar muise is en niks is geselliger as 'n kat wat voor 'n vuurherd lê en spin nie."

"Haai, dan weet jy van al die dinge, al het jy nooit 'n huis en 'n man en kinders gehad nie?" vra tant Ellie terwyl sy die rooi katjie vir tant Dassie gee. "Foei tog, ja, dit moet darem verskriklik wees om 'n oujongmeisie te wees."

"Nie so verskriklik as om dom te wees nie, Ellie," antwoord tant Dassie, nie van plan om beledig te word nie.

"Ja, dom mense kry seker maar die swaarste," beaam tant Ellie en kyk na die rooi katjie in tant Dassie se hande en dan na Sanet wat 'n glimlag moeilik onderdruk. "En wat sit jy hier terwyl jou jongetjie langsaan by die Du Ponts rondlê? Ek loer van vroegmiddag al oor die muur om te sien wat daar aangaan, en dis die hele tyd net Marie-Louise en die ryk, jong kêreltjie wat saam swem en gesels en vir mekaar in die son lê en koer. Het julle dan rusie gehad?"

"Nee, tant Ellie," antwoord Sanet sedig.

"Nou kyk, ou hartjie, dan is jy seker maar dom en klaar op die pad om 'n oujongmeisie nes jou arme tante te word, want as jy gesien het wat ek met my ou oë gesien het . . . Nee a! Jy moet liewer gaan kyk wat hier langsaan aangaan, anders is jy nog jou kêreltjie kwyt," waarsku tant Ellie. "Nou ja, dan loop ek maar. Pasop net dat jy nie klein Ellie te veel voer nie, want so 'n klein katjie kan verskriklik maagpyn kry en dan hou sy julle die hele nag uit die slaap. Tot siens, julle."

Sanet groet en kyk met 'n glimlag na tant Dassie wat met die katjie in haar arms speel.

"Arme tant Ellie bedoel alles so goed," sê Sanet.

"Onsin, Sanet. Ellie is 'n lelike ou vroutjie met 'n geniepsige tong wat hoop om met Lukas te trou . . . maar daarvoor het die man gelukkig te veel verstand. Ellie is maar soos ons almal 'n mengelmoes van goed en kwaad. Ek twyfel nie dat sy 'n liewe maat vir die tweeling kan wees nie. Haar grootste probleem is dat sy dom is, sonder om te besef sy is dom . . . dis waarom 'n mens nie kan kwaad bly vir haar nie. Maar ek het ook gewonder wat boer Tertius so by die bure as hy eintlik by jou kom kuier het?"

"Ek het vir tannie gesê ek het hom nie lief nie – nie soos ek hom moet liefhê as ek met hom wil trou nie. Ek glo hy en Marie-Louise pas bymekaar en daarom hou ek duim vas dat hy vir haar 'n ring gaan koop voordat hy terugkeer Johannesburg toe."

"Maar dis môre Sondag. Al die winkels is toe," kom dit van tant Dassie.

"Ná Sondag kom Maandag." Sanet glimlag ondeund. "Hy is sy eie baas, tant Dassie. Verskoon my asseblief, maar ek gaan nou eers bad en aantrek vir die ete by die bure."

"Dis Jean-Pierre, nè, Sanet?" vra tant Dassie uit die bloute en laat Sanet, wat reeds weggedraai het, vinnig omruk na haar.

"Wat van hom, tannie?"

"Dis oor hom dat jy so hartseer lyk . . . so lusteloos aan jou kos peusel en met oë vol drome voor jou uitstaar. Ai, kind, kon jy nie iemand anders gekies het nie? Die jongman gaan met El-rina trou," sê tant Dassie met 'n tikkie verwyt in haar stem.

"Dalk moet ek my dom hou soos tant Ellie en glo dat hy nie met Elrina gaan trou nie . . . in elk geval nie vanaand reeds nie," skerts Sanet en vlug die vertrek uit voordat tant Dassie haar verder in kruisverhoor kan neem.

Sanet maak die voordeur oop en voel haar hart ruk van vreugde wanneer sy in Jean-Pierre se gesig vaskyk. Hy staar haar aan met 'n ligte frons tussen sy wenkbroue.

"Goeienaand, Sanet. Ek het jou vir die ete kom haal."

"O . . ." Sy is so bly dat sy hardop wil lag, maar sy stroefheid demp haar vreugde en sy sê verskonend: "Dit was nie nodig nie. Ek sou sommer oor die ringmuur geklim het."

"Met daardie mooi rokkie aan?" vra hy, sy uitdrukking nou waarderend, maar sonder die bekende warmte. "Sal ons gaan?"

"As ek net my handsak kan kry . . . Ek is nou terug," antwoord sy en draf na haar slaapkamer. Marie-Louise het heel waarskynlik daarop aangedring dat Jean-Pierre haar kom haal, want dit sou haar en Tertius 'n paar minute van privaatheid gee, redeneer Sanet. Maar Jean-Pierre kon geweier het. Miskien wou hy tog graag gekom het.

En tog . . . en tog, waarom het Elrina gesê sy het geweier om nou al Jean-Pierre se verloofring te dra? Hoe sal sy ooit weet of Jean-Pierre werklik vir haar omgee solank die ryk en aanloklike Elrina so seker van sy liefde is?

"Ons kan maar loop," sê sy.

"Ek het met die motor gekom. Het jy al die rivier gesien? Ek kry die indruk dat jy nooit buite die vier hoekpale van jou oom se erf beweeg nie," sê hy terwyl hulle in die tuinpaadjie afstap na die motor wat voor die deur staan.

"Ek was 'n bietjie besig vandat ek hier aangekom het," sê sy ontwykend en klim in die motor toe hy die deur vir haar oophou.

"Jy is nie meer besig nie, maar jy kruip nog altyd weg," sê hy terwyl hy agter die stuurwiel inskuif. "Jy is bang om nuwe vriende te maak en daarom ken net ek en die opdringerige Van Duurens jou. Kruip jy nog altyd vir jou geraamtetjie weg?" spot hy terwyl hy die motor in beweging bring en by die eerste dwarsstraat afdraai na die rivier.

"Ek het 'n huis vol mense om mee te gesels en ek en Marie-Louise kom lekker klaar. Ek hoef seker nie met die hele dorp bevriend te wees nie?" vra sy. Sy is ineens seker waarom hy haar die rivier wil gaan wys. Hy het tyd nodig om rusie te maak, nie

126

om haar in sy arms te neem en haar opnuut te verseker dat hy met haar wil trou nie.

"Marie-Louise," sê hy stroef en bring sy motor teen die skuins rivierwal tot stilstand. Hy staar tussen die wilgebome deur na die donker water. Sanet sit gespanne en wag, haar blik op sy nouliks sigbare profiel.

Hy draai onverwags na haar en vra met hoorbare drif in sy stem: "Met watter speletjie is jy nou weer besig, Sanet? Jy en daardie Gautenger gaan my suster baie seer laat kry en ek gaan jou verkwalik. Waarom dwing jy hom aan Marie-Louise op? Sy hou van hom – ek sal selfs sê sy het die man liefgekry – en sy gaan seerkry wanneer sy besef dit was alles net 'n speletjie. Is jy so seker van Tertius dat jy nie omgee dat hy ure lank in Marie-Louise se geselskap deurbring nie?"

Wat verwag hy moet sy sê? Dat dit haar nie kan traak as Tertius met die koningin van Patatrand trou nie? Dat sy haar lewe lank een man sal liefhê, maar dat sy nooit met hom durf trou nie, juis omdat sy hom liefhet?

"Jy kan nie jou liefde vir hom ontken nie, Sanet," gaan Jean-Pierre voort met kilheid in sy stem. "Ek het met my eie oë gesien hoe jy in sy arms hardloop en hom vasklou asof . . . Jy kon my vroeër van hom vertel het."

"Jy het geweet hy kom kuier en as jy moet weet: ja, ek het hom reeds vier jaar lank lief. Kan ons nou maar huis toe ry? Ek sien uit na die ete wat Marie-Louise vir ons gaan voorsit," antwoord sy en ook haar stem is sonder warmte.

"Ek sal sorg dat Marie-Louise daarvan weet sodra ons tuis kom," sê hy grimmig en sluit die motorenjin aan.

"Doen dit gerus," antwoord sy styf. "Maar aangesien ons persoonlik is, was jy baie ontsteld toe Elrina weier dat jy vir haar 'n verloofring koop? Was dit uit leedvermaak dat jy toe vir my 'n ring gekoop het?"

Sy kan sy oë op haar voel gloei en dan trek hy weg en ry terug huis toe asof die duiwel op sy hakke is.

Hy praat nie weer met haar nie en sy swyg koppig. Sy is nie van plan om hom oor Marie-Louise gerus te stel nie. Vanself-sprekend sal hy hom oor sy suster kwel.

"Hulle is seker in die sitkamer," sê hy terwyl hulle die huis binnegaan en regs draai na die sitkamerdeur.

"Sanet!" roep Marie-Louise wat voor die vuurlose kaggel in Tertius se arms staan. "O, Sanet, hy het my klaar gevra om ver-loof te raak! Ek en hy ry vroeg Maandagoggend na Bloemfon-tein om ouers te gaan vra."

"Dis toevallig," sê Jean-Pierre, en druk voor Sanet in en hou haar met sy een hand agter hom, asof hy bang is dat Tertius of Marie-Louise haar sal raaksien. "Ek en Sanet het so pas op die rivierwal verloof geraak. Gaan jy my gelukwens, Tertius?"

10

"Sowaar? Maar laat ek my meisiekind gelukwens," reageer Ter-tius met spontane blydskap op Jean-Pierre se aankondiging en kom saam met Marie-Louise nader.

"E . . . nie so haastig nie. Ek en Sanet gaan net gou haar ver-loofring in my studeerkamer haal – dat ek so onnosel kon wees om dit tuis te vergeet . . . Ons is nou terug," maak Jean-Pierre verskoning en stoot Sanet by die deur van die sitkamer uit, gryp haar hand en trek haar in die gang af agter hom aan na sy stu-deerkamer. Hy druk die deur agter hulle toe en slaak 'n sug van verligting.

"Sjoe, dit was amper!" sê hy benoud.

"Amper wat?" vra sy, merk sy verbasing en vervolg onthuts:

128

"Is dit hoe jy Elrina behandel? Jy stamp en stoot haar sommer rond asof sy 'n sak mielies op 'n kruiwa is, en verwag dan dat sy moet inwillig om jou ring te dra? Meneer Du Pont, waarom jok jy voortdurend oor jou gevoel vir my? En waarom dwing jy jou verloofring aan my op? Jy het met my rusie gemaak daar op die rivierwal, nie aan my verloof geraak nie. Skaam jy jou nie oor al jou leuens nie?"

Jean-Pierre luister geduldig na haar uitbarsting, knik selfs 'n paar keer bevestigend sy kop, en sê gelate: "Moenie ophou nie, Sanet. Ek weet dis net die reaksie op die skok wat jy gehad het. Daarom voel jy nou lus om rusie te maak. Jy kan maar huil ook as jy so voel – ek sal verstaan."

"Watter skok?" vra sy oorbluf.

Hy sug, leun teen sy lessenaar aan, kruis sy arms op sy bors en bekyk haar simpatiek. "Jy hoef nie langer voor te gee nie, Sanet. Ek besef dit moes vir jou 'n geweldige skok gewees het toe jy op Marie-Louise in Tertius se arms afkom en toe boonop moes hoor dat hulle verloof is . . . Ek moet seker vir jou sê jy het daarna gesoek, maar dis beter dat Tertius nou sy ware kleure wys, as om eers met jou te trou en jou dan in die steek te laat."

"O . . ." antwoord sy. "Is dít waarom jy aan Tertius gesê het ons het op die rivierwal verloof geraak?"

"Hoe anders? Ek kon nie toelaat dat Tertius sien dat hy jou hart gebreek het nie. Daarom het ek besluit dat ons onmiddellik verloof moet raak. Marie-Louise sal ook baie gelukkiger voel as sy kan glo dat jy nooit vir Tertius omgegee het nie."

"Pragtig! Met al jou reëlings het jy nou vir Tertius en Marie-Louise so gelukkig soos twee varkies in die semels. Wat nou van my?" vra sy en gee nie om oor die sarkasme in haar stemtoon nie.

"Jy gaan my verloofring dra en . . ."

"En dit gaan my gelukkig maak?" val Sanet hom driftig in die

129

rede. "Meneer Du Pont, ek het al dom mans ontmoet, maar nog nooit so 'n onnosele man soos jy nie. Lyk ek vir jou soos 'n liefdadigheidsorganisasie wat ter wille van ander se welsyn alles op die altaar gaan lê? Hoe raak dit my hoe Tertius of Marie-Louise voel? En waarom moet ek jou troos omdat Elrina nie jou verloofring wou hê nie? As ek die dag aan 'n man verloof raak, sal dit ter wille van liefde wees, en om geen ander rede nie!"

"Maar jy wou dit nie hê nie!" skree Jean-Pierre terug. Hy skrik vir die volume van sy stem en vervolg fluisterend: "Ek het jou my liefde aangebied daardie dag toe ek jou ontmoet het, maar jy het dit versmaai. Hoe anders moet ek jou oorreed om aan my verloof te raak?"

"Hoe kan jy my liefhê as jy nog 'n dag of wat gelede aan Elrina wou verloof raak?" vra sy en kyk hom wantrouig aan.

Hy vee met 'n groot hand oor sy gesig, staar haar dan in stilte aan en glimlag. "Jy glo dit tog nie werklik nie, Sanet? Waarom sal ek met 'n bedorwe kind soos Elrina trou as ek 'n meisie soos jy liefhet? Ek is vyf-en-dertig en té volwasse om die beïndrukte bewonderaar of die goedige vaderfiguur in Elrina se lewe te vertolk. En na twakpraatjies oor die emansipasie van die vrou luister ek nie."

"Dan glo jy die vrou is die man se mindere?" vra sy onthuts.

"Dis nie wat ek gesê het nie, maar ek weet 'n vrou kan deur net vroulik te wees veel meer vermag as 'n militaristiese vrou. Ek weet my moeder sit haar lewe lank op my arme pa se kop, maar sy doen dit so slim en onopsigtelik, dat hy al die jare nog glo hy is koning in sy eie huis. Dis die kuns van vrouwees, nie 'n oordonderende geskree oor gelyke regte nie."

"Wat van gelyke salarisse en . . .?"

"Sanet, kan ons op 'n ander dag daaroor stry?" val hy haar moedeloos in die rede. Hy kom nader en vat haar liggies om haar boarms. "Ek vra jou nie om my nou al lief te hê nie, maar as jy my ring sal dra . . . Ek het jou lief en eendag gaan ek met jou trou. Jy weet dit tog al?"

Die diep, ryk klank van sy stem spoel oor haar soos 'n liefkosing, laat haar opkyk in sy oë, en sy voel haarself wegduisel in die raaiselagtige dieptes van sy kykers. Die houvas van sy hande op haar arms is sag dog besitlik, asof hy vir seker weet dat sy reeds aan hom behoort en hy weier om haar ooit weer te laat gaan.

Haar asemhaling word vlakker, opwinding in die sneller tempo van haar hartklop wat haar bloed die bruisende, ongetemde lied van verlange en liefde deur haar are laat sing. Haar hande tree op met 'n wil van hulle eie en lê teen sy bors, hou hom teë en smeek terselfdertyd om genade.

Dis die toweroomblik waarop elke meisie 'n lewe lank wag, besef sy.

"Sanet . . . lieflike meisie, ek is lief vir jou," praat sy stem saam met die bruising van haar bloed. Sy sluit haar oë wanneer hy vooroor buig, sy lippe soekend na hare.

Haar oomblik van blindheid is haar redding, want sy sluit haar oë en wis 'n droom uit. Sy sien swart koerantopskrifte en hoor 'n stem uit die verlede sê: "Ek is jammer, Sanet, maar 'n meisie met 'n swak naam sal my toekomstige loopbaan onherroeplik skade aandoen. Dis baie jammer, veral so op die vooraand van ons huwelik, maar ek het geen ander keuse nie. Ek moet ook aan my ouers dink."

Sy verstyf in Jean-Pierre se arms en haar oë ruk oop, terwyl sy soos 'n vasgekeerde dier in sy arms begin spartel.

"Vervul ek jou dan met weersin? Kan jy my nie eens toelaat om jou te soen nie?" vra hy en neem sy hande weg van haar en laat sy arms slap langs sy sye hang.

"Nee, Jean-Pierre," sê sy, onbewus dat sy hom op sy naam genoem het. "Nee, maar . . . ek durf nie."

Hy kyk haar stil aan en merk haar pyn en verwarring.

"Dan is dit tog . . . Tertius?" vra hy skor.

"Nee . . .!" Haar trane loop haar oë vol en spoel oor haar wange. "Jy is dom, Jean-Pierre. Ek het Tertius lief, want hy was jare lank my enigste vriend, maar nie só lief nie. Marie-Louise weet dit, daarom was sy nie bang om my seer te maak toe sy verloof geraak het nie."

"En jy, Sanet? Wie het jy lief?" vra hy dringend.

Sy kyk verby hom, want sy wil hom nie sien nie.

"Vir 'n meisie met 'n verlede is daar nie liefde nie, selfs al sou sy dit wou hê." Sy kyk hom in die oë. "Elrina sal wel verander as jy met haar trou en haar die regte leiding gee."

"En ek lyk vir jou soos 'n jeugleier wat ons jongmense wil rehabiliteer?" vra hy met 'n onverwagte barsheid in sy stem-toon. "Genugtig, Sanet, hoeveel keer moet ek jou nog sê dat jou verlede my nie raak nie, dat wat jy ook al gedoen het nie erger kan wees as wat ek moontlik self gedoen het nie? Het jy moord gepleeg? 'n Bank beroof? Was jy 'n meisie met losse sedes? Ver-trou my net met jou geheim, en ek sal besluit of my liefde groot genoeg is om alles te vergewe."

"Sou jy my lief kon hê as ek 'n moordenares en 'n vrou van losse sedes was?" vra sy, haar stem byna onhoorbaar.

"Ek sou dit nie van jou kon glo nie, maar as dit wel so was . . . Dis nie langer so nie. Ek het nie die ander Sanet lief nie. Ek het jou lief. Ek het nie die reg om jou te veroordeel nie, daarom is my vergifnis nie nodig nie . . . net my liefde."

Sy staar hom stil, verwonderd, oorweldig deur die grootsheid van sy gevoel vir haar. As sy na die stem van haar hart kon luister en in sy arms kon storm . . . dáár sal sy rus vind.

Maar hoe lank sal haar rus duur? Hoe lank sal sy liefde 'n aanval van buite kan weerstaan? Want eendag sal iemand hoor dat sy die meisie was oor wie die koerante geskryf het en Jean-

Pierre sal deel word van haar skande. Nee, dan liewer nooit die volheid van sy liefde ken nie, dan liewer 'n vreemdeling, want wat nooit hare was nie, sal sy nie kan mis nie, dink sy en tree weg na die deur.

"Marie-Louise sal na ons kom soek as ons nie nou teruggaan sitkamer toe nie," sê sy met haar hand op die deurknop.

Hy is by haar, neem haar ken en draai haar gesig na hom toe. "Jy kan my nog nie met jou geheim vertrou nie?" vra hy.

"Nee, Jean-Pierre. Dalk troos dit om te weet dat ek nog op hierdie oomblik jou agting en respek het. Ek sal dit graag langer wil behou."

"Maar Tertius ken jou geheim?"

"Ja, maar hy is nie van belang nie," antwoord sy en draai nie haar gesig weg wanneer hy vooroor buk en haar op haar voorkop soen nie.

"Solank ek saak maak vir jou . . . Sanet, ek gaan rondsnuffel, navraag doen, al jou mense verpes, maar ek gaan vasstel wat jou geheim was."

"En jy sê jy is lief vir my?" vra sy bitter, haar uitdrukking dié van 'n vyand.

"Juis omdat ek jou liefhet. Ek glo ek het die reg om te besluit of jou oortreding werklik so onvergeeflik was, maar ek gaan nie langer die galante heer speel en my deur jou laat voorskryf nie," antwoord hy beslis.

"Dan is jy nie langer my vriend nie," dreig sy.

"'n Vriend wou ek nog nooit wees nie, maar die man met wie jy eendag gaan trou. Kom ons gaan vertel daardie twee ons het besluit om ons verlowing 'n rukkie uit te stel, anders kry hulle nie al die aandag en bewondering waarop hulle geregtig is nie," stel hy voor, maak die deur oop, maar raak haar nie aan terwyl hulle na die sitkamer terugkeer nie.

Tertius lê met sy hande agter sy kop, skuins op sy bed, en kyk hoe Sanet sy hemde een vir een uit sy hangkas haal, netjies opvou en in sy tas wegpak. "Jy is 'n skat van 'n kind om my so te bederf, Sanet. Weet jy hoe haat ek dit om hemde op te vou?" gesels hy terwyl sy oë elke beweging van haar volg.

"Dink jy ek hou daarvan?" Sy glimlag. "Ons meisies aanvaar maar net ons moet al die aaklige werkies doen, soos beddens opmaak en klere inpak, want die mans doen dit tog nie. Maar hoekom het jy soveel klere saamgebring? Was jy van plan om 'n maand te kuier?"

"Nie hier nie, maar ek het nou verlof . . . of liewer, ek het myself verlof gegee, want ek was nie Desember weg nie. Ek wou so lank moontlik hier by jou kuier, want ek het gemeen 'n visvangvakansie so naby jou is nogal 'n aanloklike proposisie. Maar toe ontmoet ek Marie-Louise . . ." Hy swyg, 'n frons van onbegrip op sy gelaat. "Sê my eerlik, Sanet, is jy lief vir Jean-Pierre, of het hy gisteraand sommer net 'n grap gemaak toe hy gesê het julle gaan verloof raak?"

"As dit 'n grap was . . . ek lag nou nog nie," antwoord sy sonder om na hom te kyk.

"Maar jy is lief vir hom?"

Sy sug en haar hande word stil terwyl haar oë na syne soek. "Sal dit enige verskil maak, Tertius? Ek durf nie met hom trou nie, want eendag gaan iemand vasstel ek is daardie Sanet Grové en dan . . . Daar sal altyd 'n stigma aan my kleef, al is my vriende bereid om my woord te glo."

"Dis jou gewese verloofde wat dit aan jou gedoen het," sê Tertius, sy stem ysig van afkeer. "As hy 'n man was, as hy net naastenby besef het wat liefde is . . . Jy sou gelukkig getroud gewees het en die verlede sou lankal nie meer by jou gespook het nie."

"Miskien," stem sy halfhartig saam. "Ek onthou hy is binne 'n maand nadat hy ons verlowing verbreek het, met 'n ryk meisie van die Vrystaat getroud. Dalk was sy liefde vir my baie oppervlakkig. Ek weet nou dat ek hom nooit liefgehad het nie. Ek was verlief, ja, en toe hy my verwerp, het dit gevoel asof die einde van die wêreld aangebreek het, maar ek het dit gou genoeg vergeet." Sy glimlag. "Jy was daar om te troos. Ek is so bly jy het eindelik liefgekry, Tertius, want jy verdien dit."

"Solank Marie-Louise dit glo, het ek geen klagtes nie." Hy word verleë. "En ek het twee dae gelede nog planne beraam om jou te oorreed om met my te trou. Maar jy het gelyk gehad dat liefde nie 'n kunsie is wat 'n mens aanleer, of 'n goeie gewoonte nie. Dis iets groter as die mens self, byna soos 'n wonderwerk."

"Nogtans weet jy dis waar en as Marie-Louise jou nie kon liefhê nie, het jy vir die res van jou lewe 'n halwe mens gebly," sê sy begrypend.

"Ja . . . dit is hoe ek oor haar voel. Ons hoop maar haar pa dink ek is 'n goeie skoonseun. Jy weet hy is 'n prokureur op Bloemfontein?"

"Ja, oom Lukas het my vertel. Haar ma is 'n musiekonderwyseres en daar is nog 'n jonger broer wat op universiteit is. Jean-Pierre se oupa het op La Provence geboer, maar sy pa wou nooit enigiets van boerdery weet nie, daarom het Jean-Pierre die plaas van sy oupa geërf," vertel sy.

"Jean-Pierre het die plaas net gekry op voorwaarde dat hy 'n landbougraad agter sy naam kon skryf en hier op Bothasrus as prokureur praktiseer. Marie-Louise sê dat Jean-Pierre van jongs af 'n boer wou word, maar omdat sy pa daarop aangedring het, het hy ook sy graad in die regte gekry. Arme man . . . om 'n pa en 'n oupa tevrede te stel, kon nie maklik gewees het nie," sê Tertius met 'n simpatieke laggie.

"Jean-Pierre is so. As hy iets wil hê, sal hy sorg dat hy dit kry," sê sy.

"Dalk moet jy dit onthou, Sanet," sê Tertius en sit orent. "Jean-Pierre is lief vir jou en hy gaan nie toelaat dat jy deur sy vingers glip nie."

"Ek mag nie met hom trou nie," sê sy ferm.

"Vertel hom die waarheid oor daardie koerantberigte en gun hom die geleentheid om self te besluit wie hy wil glo. Jy gee om vir hom, Sanet, selfs al wil jy jouself nie toelaat om dit te erken nie. Ek glo dat jy hom lief kan hê. Ek kon jou liefhê ondanks dít wat gebeur het – hy is 'n beter man as ek, daarom sal hy dit ook kan doen."

"Jy moes 'n advokaat geword het, nie 'n ingenieur nie."

Sy lees die medelye op sy gelaat en draai vinnig weg na die kamerdeur. "Ek gaan vir ons tee maak. Pak jy jou los goedjies in en kom eet en drink iets voordat julle ry," nooi sy en loop die kamer uit om 'n einde aan hul gesprek te maak.

Oom Lukas sit aan die hoof van die eetkamertafel en hou Sanet dop, wat van stoel tot stoel loop en vir almal tee inskink. "Jy het jou misgis, Dassie," sê hy aan tant Dassie wat regs langs hom sit. "Die meisie treur oor Tertius, want sy lyk skoon siek van die hartseer."

"Lukas, jy weet nie alles nie," sê tant Dassie ergerlik terwyl sy vir hom 'n stukkie warm melktert op sy koekbordjie uitskep. "Wat van 'n stukkie suurlemoentert?"

"Daardie koue goed? Nee, dankie, my oorle ma het tert in 'n oond gebak, nie in 'n yskas nie."

"Ek sal oom Lukas se stukkie suurlemoentert eet, tant Dassie," sê Gerrie gretig en hou sy koekbordjie na haar uit.

"En ek sal Sanet s'n eet, want sy wil nie so vet soos Elrina word nie," sê Peet onskuldig en tel sy koekbordjie ook op.

"Sanet sal die tert eet, want sy word by die dag dunner . . . begin al nes 'n vlagpaal lyk," besluit oom Lukas. "Sit nou, Sanet,

136

en laat ek self sien dat jy minstens twee stukkies tert eet. Met die kerk toe ganery het Dassie skoon vergeet om die braaiboud in die oond te sit en sy sê ons gaan vandag nie voor twee-uur eet nie. Ek wonder net waarom het Jean-Pierre nie oorgekom om tee te drink nie? Jy sê mos hy gaan voortaan hier by ons eet totdat Marie-Louise terugkom van die Vrystaat af, nè, Dassie?"

"Hier by ons?" vra Sanet verras, besef dat 'n blos van verleentheid oor haar gesig stoot en neem kop onderstebo langs oom Lukas plaas. "Gerrie, gee die suiker aan, asseblief."

"Hoekom? Jy drink nooit suiker nie. En hoekom is jou gesig so rooi? Is jy bang oom Jean-Pierre gaan sy verloofring saambring as hy hier kom eet?" vra Gerrie nuuskierig.

"Hoekom weet ek niks van 'n verloofring nie?" kom dit strydlustig van oom Lukas.

"Toe maar, oom, dit was eintlik Elrina se verloofring, maar toe sy dit nie wou hê nie, toe probeer oom Jean-Pierre dit aan Sanet afsmeer. Hoeveel geld wou hy vir sy ou ring hê, hè, Sanet? Jy moet dit nie koop nie, want Elrina sê dis nie eens 'n regte diamant nie," waarsku Gerrie haar.

"Ek het dit toe nie gekoop nie," antwoord Sanet gelykmatig, innig dankbaar dat Gerrie sy eie vertolking van die situasie het.

"Iets klink nie pluis nie, want ek ken mos darem ook vir Elrina van Duuren. Sy sal met liefde vir die verloofring betaal as Jean-Pierre net bereid is om dit aan haar vinger te steek," sê oom Lukas agterdogtig.

"As jy jou aan kinders se praatjies steur, raak jy maklik kinds, Lukas," sê tant Dassie en ruk ineen asof iemand haar met 'n speld steek. "Vervlaks, dis weer klein Ellie met haar skerp naeltjies wat my om die enkel beet het. Gerrie, klim onder die tafel in en gaan maak haar in die opwaskombuis toe."

"Goed, tannie," stem Gerrie gretig in, duik onder die tafel in en begin kliphard te miaau. "Miaau-miaau! Kom, Ellie, kom ons gaan kombuis toe. Woef-woef! Njar! Pas op, ek is 'n hond en ek gaan jou opvreet! Woef-woef!"

"Gerrie!" roep Sanet uit en sluk haar asem weg toe die klein katjie teen haar been opklouter en 'n pienk neusie onder die tafeldoek uitsteek. "Klein karnallie! My sykouse is seker weer van bo tot onder geleer . . . Gerrie, hou op blaf en miaau! Ek sal Ellie in die opwaskombuis gaan bêre."

"Gee Doortjie vir my," beveel oom Lukas en neem die rooi katjie in sy groot hand. "Ek is seker klein Dorothea sal van 'n stukkie melktert hou."

"Maar haar naam is mos Ellie, oom Lukas," wys Gerrie hom tereg en peul tussen oom Lukas en Sanet se stoele uit. "Tant Ellie het haar mos vir oom gegee."

"Ek hou nog my lewe lank meer van die naam Dorothea, daarom noem ek my kat so. Boonop is sy nou my kat en ek kan haar noem net wat ek wil," sê oom Lukas beslis en kyk tevrede hoe die katjie 'n stukkie melktert van sy vingerpunt af eet.

"Haai, dis snaaks," kom dit verwonderd van Peet. "Tant Dassie sê sy is ook Dorothea gedoop, maar haar pa het haar die bynaam Dassie gegee. Het oom Lukas geweet tant Dassie se regte naam is Dorothea?"

"Ek weet dit al veertig jaar lank," antwoord oom Lukas en kyk onverwags op na tant Dassie en sien hoe sy bloos.

Sanet kyk beurtelings na die twee bejaardes en trek haar asem stadig in. Het sy hulle geheim geraai? Haar pa is oom Lukas se jonger broer, en haar oorlede moeder was tant Dassie se jonger suster. Is dit moontlik dat oom Lukas tant Dassie meer as veertig jaar gelede liefgehad het?

Maar waarom is hulle nooit getroud nie? Wat het gebeur dat hulle nie met mekaar getrou het nie? Daar kon nie iemand anders gewees het nie, want nie een van hulle is ooit getroud nie. Het hulle mekaar miskien nog ná al die jare lief? Sanet wens sy

138

durf hulle uitvra, maar die tweeling se teenwoordigheid maak dit onmoontlik.

"Lukassie . . .! Koe-ie! Ek het kom kuier, Lukassie!" roep tant Ellie skril uit die ontvangsportaal en Sanet sien hoe oom Lukas ergerlik opkyk na die gangdeur.

"Tant Dassie, gee tog gou vir my nog 'n stukkie melktert, want tant Ellie eet alles op as sy eers begin," pleit Gerrie en draf na sy stoel langs tant Dassie om sy koekbordjie na haar uit te hou.

"Vir my ook, asseblief, tant Dassie. Sommer suurlemoentert ook asseblief, tannie," smeek Peet en loer bekommerd oor sy skouer na die gangdeur.

"O, julle sit vandag hier in die eetkamer en tee drink en lekker koek eet, nè?" vra tant Ellie met 'n nuuskierige kykie na die tertborde. "Dit lyk my ek het 'n bietjie laat gekom, want alles is amper opgeëet."

"Ellie, gee jou skoonmoeder Christina jou nie meer genoeg geld vir die huishouding nie?" vra oom Lukas, 'n donker toon van misnoeë in sy stem.

"Hoe meen jy dan nou, Lukas? Skoonma sorg goed vir ons, want Elrina is mos haar erfgenaam," antwoord tant Ellie en staar hom verwonderd aan.

"Nou hou dan op om te aas en bak vir jouself 'n melktert. Nee a, jy sal die kinders laat hik as hulle so gulsig moet eet wanneer hulle jou hoor aankom. Sanet, vat jy vir klein Doortjie en maak haar in die opwaskombuis toe, want haar ou pensie is nou trommeldik van die melktert. En dan bring jy sommer 'n koppie vir Ellie, want 'n mens moet darem jou gasvryheid onthou," versoek oom Lukas en sit die katjie in Sanet se arms.

"Doortjie? En wat se ge-Doortjie is dit nou ewe skielik?" bars tant Ellie gekrenk uit. "Lukas, die kat se naam is Ellie, want sy het net sulke rooi hare soos ek."

"Onsin, Ellie. Jy het muisvaal hare, of liewer, hulle is nou byna almal grys. As die kat grys was, het ek haar Ellie genoem, maar aangesien sy eintlik na niemand lyk nie, noem ek haar Doortjie omdat dit vir my so 'n mooi naam is," antwoord oom Lukas.

"En waarom nou juis so 'n naam? Dit was nie dalk jou oorle moeder se naam nie?" vra tant Ellie, slim genoeg om oom Lukas se verwysing na haar kleur hare te ignoreer.

"Dis tant Dassie se naam, tannie," lig Gerrie haar in. "Oom Lukas weet al veertig jaar lank tannie Dassie se naam is Dorothea. Dis amper soos geskiedenis, want dis nog voordat ek en Peet gebore is."

"Gee vir die kind nog 'n stuk melktert, Dassie. Hy praat genoeg vir drie meisiekinders," sê oom Lukas vies.

"So, nè?" Tant Ellie snuif beledig. "Jy het my laat verstaan Dassie is jou skoonsuster, Lukas, maar nou hoor ek ander stories . . . Nou goed, vernoem dan maar vir klein Ellie na jou Dorothea, maar ek sal jou een ding sê, Dassie: my oorle Abraham het met my getrou, nie sy katte na my vernoem nie."

"Hy was nie romanties genoeg nie, Ellie," spot oom Lukas terwyl Sanet 'n koppie tee voor tant Ellie neersit. "Wat van 'n stukkie melktert om jou soet te maak? Jy klink vanoggend galbitter vir my, ou Ellie."

"Haai, reken, ek het juis vandag so 'n gal aan my . . . ek sal maar 'n paar dae lank nie koffie drink nie. Dankie vir die tee, Sanet." Tant Ellie proe versigtig en hou Sanet met skrefiesoë oor die rand van haar koppie dop. "En toe loop jou kêreltjie saam met Marie-Louise weg? Ek hoor hulle is voor sewe vanoggend hier weg Vrystaat toe, glo om ouers te gaan vra. Ag, Dassie, gee tog maar 'n stukkie melktert ook, want dit lyk my die seuns kan nie meer inprop nie."

"Hier, Ellie." Tant Dassie skuif die melktert oor die tafel na tant Ellie en gaan met die koel saaklikheid van 'n skoolhoof voort: "Sanet sal trou met die man wat sy liefhet, Ellie, en om geen ander rede nie."

"O, dan trek sy haar neus op vir rykdom? Jean-Pierre kuier juis nou by Elrina en hy sê Tertius is 'n skatryk man." Tant Ellie kyk nydig na Sanet. "Jy is ook maar half onnosel om liewer jou oom se huishoudstertjie te wees, in plaas van om met 'n ryk man te trou."

"Sanet het nie 'n ryk man se geld nodig nie, Ellie," sê tant Dassie gelykmatig, maar die helder vlekke op haar wange verraai haar ergernis. "Sanet is my erfgenaam en ek is nou nie juis 'n kerkmuis nie. Ek het nogal heelwat deur die jare versamel."

"En die meisiekind is my erfgenaam ook, want ek het nie veel erg aan haar suster, Magda, nie . . . te puntenerig en foutsoekerig, meen ek," kom dit bedaard van oom Lukas.

"Nou wil jy meer, nè?" Tant Ellie staar Sanet verdwaas aan en lag kekkelend: "Jy kan amper bid dat die twee oumense doodgaan sodat jy kan erf, nè, Sanet?" vra sy.

Langs Sanet lui die telefoon en sy spring op, lig die gehoorbuis na haar oor en sê ingehoue: "Goeiemiddag. Sanet Grové hier."

"Sanet! My meisie, as jy net weet hoe lank soek ek al na jou! Weet jy wie praat? Kan jy my stem nog onthou?"

Sanet voel hoe 'n yskoue doodshand haar hart vasklem voordat sy antwoord.

"Kan ek dit ooit vergeet?" vra sy bitter. "Middag, Nardus. Wie het jou vertel ek woon nou hier?"

11

Sanet hoor Nardus na sy asem snak en weet dat haar kille reaksie hom onkant gevang het. Haar eie hand wat die gehoorbuis vashou, is kneukelwit van spanning. Moet sy die spreekbuis neergooi en haarself wysmaak dat Nardus nooit gebel het nie?

"Tertius Lindeque het jou telefoonnommer vir my gegee," antwoord Nardus in haar oor. "Maar ek het nie so 'n kille ontvangs verwag nie, my skat. Verkwalik jy my dan nog altyd oor die dinge van vier jaar gelede? Ek besef nou ek was te oorhaastig, te jonk en miskien te trots, maar ek het al bitter berou daaroor gehad. Sanet, sal jy my nie die geleentheid gee om te vergoed vir dít wat ek verbrou het nie?"

"Tertius?" vra sy verbysterd. "Maar hoe ken jy hom?"

"Ek het hom nouliks 'n uur gelede ontmoet," vertel Nardus. "Ek is toevallig ná afloop van die oggendkerkdiens saam met my skoonouers na goeie ou vriende van hulle, oom Jean du Pont en sy vrou. Oom Jean is ook ons prokureur en dis toe daar by hulle dat ek die Du Ponts se dogter, Marie-Louise, en haar verloofde ontmoet het. Jy kan raai hoe groot was my verbasing en my blydskap toe ek hoor dat Tertius eintlik by 'n vriendin op Bothasrus gaan kuier het, en sodoende Marie-Louise leer ken het . . . en om te dink jý was al die tyd die vriendin!"

"Ja, dink net," antwoord sy sinies. "Die wêreld is kleiner as wat ek gehoop het. Het Tertius jou gevra om my te bel?"

"Ek het hom vertel ek en jy het mekaar jare gelede geken en dat ons goeie vriende was . . . Dit het nie gelyk asof jy ooit oor my met hom gesels het nie, want my naam was vreemd vir hom, daarom het ek niks van ons verlowing gesê nie," dreun Nardus se stem voort in haar oor.

Nee, Nardus sou niks van die verlowing gesê het nie, want dit was mos iets waaroor hy hom so grensloos geskaam het. Sy er-

142

vaar vir 'n oomblik weer die ontroosbare hartseer van 'n meisie wie se liefde verwerp is.

"My vrou, Marietjie, is elf maande gelede dood en op die oomblik woon ek by my skoonouers op die plaas. Ek het aan Tertius gesê ek sal jou bitter graag weer wil besoek, en toe het hy jou foonnommer vir my gegee. Ek moet jou weer sien. Sal ek welkom wees, Sanet?" kom sy stem oor die lyn en Sanet weet dat sy vraag net 'n hoflikheidsgebaar is, want hy het klaar besluit hy sal met ope arms verwelkom word.

"Jammer, Nardus. Dit pas my nie. Dit was bedagsaam van jou om ons te laat weet dat Tertius en Marie-Louise veilig op Bloemfontein aangekom het. Tot siens," groet sy en plaas die gehoorstuk terug op die mikkie. Sy is bly dat sy met haar rug na die eetkamertafel staan, sodat niemand haar skok en ontsteltenis kan raaksien nie.

"Haai, was dit iemand wat gebel het om te sê die verloofde paartjie is al klaar daar in Bloemfontein?" vra tant Ellie wat elke woord van Sanet se gesprek afgeluister het. "Dit was nie dalk Jean-Pierre se pa of ma nie? Glo vreeslike deftige mense . . . skatryk ook. Elrina het hulle al ontmoet, maar sy wil my nie aan hulle gaan voorstel nie, want sy sê sy skaam haar morsdood vir my platvloersheid. Eer jou vader en jou moeder, sê ek aldag vir haar, maar sy maak haar eie gebooie."

"As jy net kan leer om stil te bly, Ellie, sal Elrina haar baie minder vir jou hoef te skaam," sê oom Lukas en kyk vraend na Sanet wat langs hom aan die tafel gaan sit. "Ek is bly die kinders is veilig. Mag ek nog tee kry, asseblief, Dassie?"

"Seker, Lukas."

"En julle sê Sanet is julle erfgenaam, Lukas?" vra tant Ellie, glad nie van stryk gebring deur oom Lukas se vermaning oor haar baie praatjies nie. "Nou kyk, dan het ek darem hoop vir jou, Sanet, want as 'n meisie dan nie 'n man kan vang nie, kan sy met genoeg geld vir haar een koop. Gelukkig was ek 'n beeld van 'n vrou in my jong dae, daarom het ek nie geld nodig gehad om oorle Abraham te vang nie."

"Was tannie regtig mooi toe tannie jonk was?" Gerrie staar haar ongelowig aan. "Ek wed tannie sal nie nou meer 'n man kan kry nie, selfs al wil tannie hom koop."

"Nee, Gerrie," betig Sanet hom.

"Wat het ek nou weer verkeerd gesê?" vra hy gekrenk. "Tant Ellie het eerste gesê jy moet vir jou 'n man koop, het sy nie?"

"Ek is bly tant Ellie het nie 'n man nie, want getroude vroue het nie tyd om krieket te speel en boom te klim nie. Sanet, het jy geweet tant Ellie kan rietfluitjies met 'n knipmes maak? Sy sê dis oorle Abraham se knipmes, maar dit was haar oorle pa wat haar rietfluitjies leer maak het. Tannie gaan mos vir my 'n rietfluitjie maak, nè, tant Ellie?" vra Peet en kyk hoopvol na haar.

"Natuurlik sal ek, want jou tant Dassie is te styf en geleerd om sulke dinge te doen en ou Lukas speel net heeldag skoolmeester in plaas van om met julle seuns te baljaar. Lukas, dis 'n jammerte dat jy nie jou verstand kan gebruik nie, want ek is nou eers vyftig en ek sal jou self kan versorg as jy eers behoorlik oud en mankoliekig is. 'n Ou man moet met 'n jong vrou trou, anders gee dit 'n groot gesukkel af as hulle die dag hulleself nie langer kan help nie," waarsku tant Ellie.

"Dankie, Ellie, maar ek huur liewer 'n verpleegster van agttien as ek die dag so hulpeloos is as om op my nugter maag in jou gesiggie vas te kyk," antwoord oom Lukas. Hy is bewus van die vonkellag in tant Dassie se oë, asof 'n huwelik tussen hom en tant Ellie haar baie amuseer.

"Nog tee vir jou, Ellie?" vra tant Dassie.

"Nee wat, want die tert is nou opgeëet en ek drink maar net tee om die koek mee af te sluk." Tant Ellie vee haar mond met groot omhaal aan 'n papierservet af, leun terug op haar stoel. "En nou wil ek eers weet wat met my kookkuns skort, Dassie? Ek besef jy het meer boekgeleerdheid as ek, maar in 'n kombuis is ek beter as my naaste. Ek het mos al ook 'n slag of wat 'n prys op die skou gewen."

"Het ek jou kookkuns gekritiseer, Ellie?" vra tant Dassie onbegrypend.

"Nie nou sodat 'n mens kan hoor nie, Dassie, maar jy het Jean-Pierre omgepraat om by julle te eet terwyl Marie-Louise by haar ouers kuier. Dink jy nie dis my voorreg as sy aanstaande skoonmoeder om intussen vir sy etes te sorg nie?" vra tant Ellie.

"Tant Ellie kook sulke lekker taai soetpatats en pampoen, amper net soos tameletjie, en sy gooi baie botter in die rys, dan proe dit net soos poeding. Hoekom kan tant Dassie nie ook sulke lekker kos kook nie?" vra Peet, wat nog hoop om spoedig 'n rietfluitjie te kry.

"Sien jy nou, Dassie? Die seuns dink klaar ek kook beter as jy. Jean-Pierre dink ook so, maar hy is natuurlik te hoflik om dit te sê," kom dit vermakerig van tant Ellie.

"Marie-Louise het my gevra of Jean-Pierre hier kan eet totdat sy terugkom, Ellie, maar dit staan jou vry om hom te nooi om by julle te eet," antwoord tant Dassie.

"Nou, dan sê ek vir Jean-Pierre hy hoef nie langer hier te kom eet nie," sê tant Ellie en staan op. "Ek kry mos al die indruk dat jy dalk vir Sanet 'n man probeer soek, Dassie, maar jy moet mooi onthou my Elrinatjie en Jean-Pierre het hoeka trouplanne. Dankie vir die tert en tee, Dassie. Tot siens, julle. Tot siens, Lukas," groet sy oom Lukas.

"Ons kom saam, tant Ellie!" roep Gerrie en Peet stamp byna sy stoel om in sy haas om tant Ellie te vergesel.

"Nes 'n krimpvarkie ... die ene stekels waarmee sy een en almal prik," merk oom Lukas op en glimlag hoofskuddend. "Maar die seuns is dol oor haar, seker maar omdat sy te dom is om werklik volwasse te wees."

"Hou jy van tameletjie-patats, Lukas?" vra tant Dassie agterdogtig.

"Ja, Dassie, maar as 'n man vyf-en-sewentig is, sê sy winkeltande vir hom wat om te eet en tameletjie in enige vorm laat my tande aan mekaar vassit," antwoord hy sedig.

Tant Dassie sien die onnutsige vonkeling in sy oë en 'n glimlag plooi om haar mond. "Snaaks, ek het dieselfde probleem," sê sy en lag.

Sanet hou hulle dop. Is hulle besig om mekaar lief te kry? wonder sy en voel opgewonde, maar terselfdertyd hartseer oor so 'n moontlikheid. Waarom blom die liefde vir tant Dassie op nege-en-sestig, terwyl sý op vyf-en-twintig 'n stiefkind van die liefde bly?

Nardus wil terugkom. Nardus, die man wat haar vier jaar gelede verwerp het. Nee, sy sal nie aan hom dink nie. Sy sal nie weer haar seer en vernedering onthou nie, besluit sy.

Oom Lukas sit sy leë koffiekoppie op die tafeltjie langs sy stoel neer en rank orent. "Julle kinders sal my verskoon?" vra hy aan Sanet en Jean-Pierre. "Ek het nog nie tyd gehad om vandag my koerant te lees nie. Nag, Jean-Pierre."

Sanet hoor Jean-Pierre groet, kyk oom Lukas agterna wanneer hy by die sitkamerdeur uitstap, en skuif ongemaklik na die punt van sy stoel, gretig om self pad te gee.

Jean-Pierre is kwaad vir haar. Waarom, weet sy nog nie. Omdat die middagete laat was, het hy en oom Lukas lank in die studeerkamer gesit en gesels en toe hulle eindelik eetkamer toe kom, het Jean-Pierre se houding teenoor haar 'n subtiele verandering ondergaan. Hy was nie onhoflik nie – miskien té hoflik.

Maar telkens wanneer sy skielik opgekyk het, het hy na haar gekyk met 'n vreemde, byna vyandige, opsommende blik wat haar spoedig haar eetlus laat verloor het.

Vanaand aan tafel was sy gedrag presies dieselfde en as sy aan 'n verskoning kon dink, het sy lankal padgegee, maar tant Dassie het daarop aangedring dat sy die koffie sitkamer toe neem en oom Lukas het geëis dat sy bly sit en gesels.

"Dan het Nardus van der Berg vanmiddag gebel?" laat val Jean-Pierre die bom sonder enige waarskuwing.

Sanet trek haar asem in. "W-wat . . . weet jy van hom?" vra sy ontsteld.

"Sy skoonouers is vriende van my ouers," antwoord hy, sy oë borend in hare. "Tant Ellie het voor middagete daar by die huis aangekom en met smaak vertel dat jy 'n oproep van 'n jonge-tjie, ene Nardus, gehad het. Vanselfsprekend het ek gewonder of dit dieselfde Nardus is wat ek al een keer by my ouers aan huis ontmoet het. Daarom het ek oom Lukas vanmiddag in sy studeerkamer oor jou spesiale Nardus uitgevra."

Wat presies het oom Lukas hom vertel? wonder Sanet en besluit om die waarheid te praat.

"Ek was eenmaal aan hom verloof," sê sy.

"So vertel oom Lukas my, maar dit was voordat hy getroud is, nie waar nie?"

Sy insinuasie dat sy 'n verhouding met 'n getroude man sal aanknoop, maak haar woedend. Sy spring op uit haar stoel en staan 'n oomblik lank bewend van ontsteltenis voor hom.

"Jy is laakbaar, meneer Du Pont! Jy is 'n tweede Nardus van der Berg en daarom verafsku ek jou!" Dan swaai sy om en storm by die voordeur uit.

Sy is nouliks bewus daarvan dat sy die tuinhekkie agter haar toeklap, hoor nie die geklap van haar voetsole op die sypaadjie nie en besef eers dat dit reën wanneer sy die water uit haar oë moet vee om te kan sien waar sy loop. Sy ril, bly 'n oomblik lank staan, en kies dan koers in die rigting van die rivier.

Agter haar hoor sy die duidelike weerklank van swaar voetstappe, kyk oor haar skouer na die donker gestalte wat op haar afstorm en hardloop dan weg.

Wat het haar besiel om sommer die donker in te loop? Dis Sondagaand en die strate is verlate en die stormreën hou die mense weg van die voorstoepe. Wie anders as 'n boosdoener drentel dié tyd van die aand op straat rond? En nou het hy haar gewaar en besef watter maklike prooi sy is, jaag haar gedagtes. Sy rek haar treë en storm blindelings die bult af na die rivier.

Die sypaadjie raak eensklaps weg onder haar voete en sy struikel, trap skeef en sak met 'n pynkreet op die nat straat neer.

Die gedreun van sy voetstappe laat haar omswaai en dan struikelend orent kom. "Gaan weg! As jy aan my raak, skree ek!" gil sy vreesbevange, haar hande afwerend voor haar uitgestrek.

"Vervlaks, Sanet, dis net ek!" Jean-Pierre is by haar en neem haar in sy arms. Haar verligting om veilig teen sy bors aan te leun, laat haar in trane uitbars. Sy huil dat haar skouers ruk, haar gesig styf teen sy bors.

"Jou arme, nat kind," sê hy troetelend bo die gedruis van die reën op die sinkdakke om hulle. "Ek is jammer ek het jou laat skrik, maar ek is nog jammerder omdat ek jou beledig het. Dit was jaloesie . . . 'n verterende jaloesie omdat jy gepraat het met 'n man wat jy eenmaal liefgehad het. Ek weet jy gaan eendag met my trou, maar soms . . . soms vrees ek dat jy iemand anders sal liefkry, en dan word ek baie jaloers."

"Ek gaan . . . my doodhuil!" ruk haar snikke.

"Ek sal dit nie toelaat nie," sê hy, lig haar gesig op na hom en soen haar op haar oë. "Sanet . . . mooi meisie . . . wanneer gaan jy my liefkry?"

Hy noem haar mooi, terwyl haar hare in nat, krullerige slierte aan haar kop en gesig vasklou; kyk in die gloed van die straatlig na haar en sê hy gaan met haar trou, dink sy verwonderd. Dan moet hy haar liefhê, want op die oomblik voel sy nat en koud en lelik, maar dis liefde wat die uitdrukking in sy oë versag en teerheid in die glimlag om sy lippe skilder.

"En as ek jou liefhet?" vra sy byna onhoorbaar.

"Dan word jy my bruid," antwoord hy.

"Nooit nie, Jean-Pierre," sê sy en besef nie hoe hartseer sy klink nie.

"Nooit bestaan net vir die mense van Nimmerland, nie vir my en jou nie. Sanet, hoe lief is jy vir my?" vra hy.

"So lief soos al die reëndruppels," antwoord sy en gee dan vinnig pad uit sy arms. "Ons moet huis toe gaan. Netnou soek oom Lukas na my," sê sy senuagtig.

"My reënjas . . ." begin hy.

"Nee, hou dit aan, want ek is tog nat. Gelukkig het ek my enkel nie baie seergemaak nie . . ." sê sy en kyk vraend op wanneer hy haar hand vat. "Het tant Ellie jou nie gevra om by hulle te eet nie?"

"Sy het, ja, maar ek het my spysverteringstelsel liewer as vir haar, daarom eet ek by tant Dassie. En ek het jou lief. Wat het jy en Nardus gesels? Waarom het hy gebel?"

"Om te sê dat Tertius en Marie-Louise veilig aangekom het . . . en dat hy nou 'n wewenaar is en wil kom kuier," antwoord sy.

"Is hy welkom?" vra hy bruusk.

"Nee, ek het gesê dit pas my nie."

"Waarom nie, Sanet? Is jy bang jy het hom nog lief?"

"Nee, ek krap nie graag tussen gister se afval in die vullisblik rond nie," antwoord sy koud, neem haar hand weg uit syne en stap vinniger om te kenne te gee dat sy niks meer oor die onderwerp te sê het nie.

149

"Nag, Sanet," groet hy gedemp wanneer hulle die trap van die voorstoep bereik.

"Jean-Pierre . . ." Sy bly op die onderste trap staan en staar hom pleitend aan en haar tong soek na die regte woorde, maar gister kom en staan met breë skouers tussen hulle en druk haar woorde op haar lippe dood. "Nag, Jean-Pierre," groet sy verslae en gaan die huis binne.

Oom Lukas kom in sy tennisdrag die sitkamer binne en steek viervoet in sy spore vas toe hy tant Dassie en haar poedel op die rusbank gewaar, met Sanet op 'n gemakstoel naas hulle.

"Griet verdriet . . . wat nog?" rammel die vraag uit oom Lukas se bors. "Dassie, bedrieg my oë my, of het jou gemmerkoekbrakkie 'n blou truitjie aan?"

"Dis eintlik 'n blou jassie, Lukas. Ek het dit gebrei sodat die ou dingetjie nie dalk koue kry nie," sê tant Dassie en kyk deernisvol na haar welgeklede poedel.

"'n Blou jassie . . . vir 'n liederlike brak! Dassie, het jy gesien dat ek 'n jassie vir my kat brei? Nee, natuurlik nie, want so simpel sal geen man ooit wees nie!" sê hy. "Dis waarom 'n man nooit lus voel om langs jou te kom sit en 'n bietjie met jou te gesels nie, Dassie, want kyk ek na jou, kyk ek in ou Biscuit se gevreetjie vas! Hy slaap seker ook saans langs jou, die onwelriekende gedierte!"

"Nou is jy beledigend, Lukas, want jy weet net so goed soos ek dat Bismarck in sy mandjie in die opwaskombuis slaap. Dis jou kat wat gereeld op jou voete slaap, nie my hond nie. En nou kan jy maar alleen gaan tennis speel, want ek draf nie agter 'n tennisbal aan as ek eintlik lus voel om jou met die raket oor die kop te foeter nie. Geniet jou tennis, Lukas. Ek meen Ellie sal maar te gretig wees om jou tennismaat te wees."

"Ook maar vermakerig nes 'n kind, nè, Dassie? Daar is genoeg vroue wat saam met my sal speel ... Ellie is nie die enigste weduwee wat 'n aantreklike man soos ek raaksien nie," antwoord hy ewe vermakerig en stap die sitkamer uit.

"Maar tannie het so uitgesien na die tennis vandag. Oom Lukas sê Donderdae is eintlik die lekkerste dag vir die ouer mense by hulle tennisklub," sê Sanet.

Tant Dassie sug diep en lê haar hekelwerk op haar skoot neer. "Selfs 'n esel stamp sy kop net een keer, maar ek is koppiger as enige esel, kind," erken tant Dassie. "Waarom is 'n mens so trots? Waarom is 'n mens so liggeraak en kleinsielig? Ek weet Lukas geniet dit om my oor Bismarck te terg, maar elke keer vererg ek my en tree soos 'n bedorwe kind op. Asof ek werklik soveel vir Bismarck kan omgee as vir ..." Sanet sien hoe sy bloos.

"Ek het al dikwels daaroor gewonder, tannie: Is oom Lukas dalk die man wat tannie eenmaal liefgehad het?" vra Sanet aarselend, bang dat tant Dassie haar oor so 'n persoonlike vraag sal verkwalik.

"Dalk sal ek jou vraag beantwoord as jy vir my eerlik sê hoe jy oor Jean-Pierre voel, Sanet," antwoord tant Dassie, haar oë op Sanet gerig.

"Jean-Pierre is 'n ... 'n gawe buurman," sê Sanet.

"Dan is die hartseer in jou oë ter wille van Nardus?" vra tant Dassie reguit. "Ek en Lukas het saam besluit om jou nie oor daardie oproep uit te vra nie, maar nou het ek lank genoeg geswyg. Dit was Nardus van der Berg wat Sondag gebel het?"

"Ja, tannie. Tertius weet ek was verloof, maar hy het nooit my verloofde se naam geken nie, daarom het hy my telefoonnommer vir Nardus gegee. Nardus se skoonfamilie is goeie vriende van die Du Ponts daar in Bloemfontein en hulle het gekuier toe Tertius en Marie-Louise daar opdaag," vertel Sanet.

"En toe bel Nardus jou. En sy vrou?" vra tant Dassie. "Ek herinner my mos iets dat hy binne 'n maand nadat hy julle verlowing verbreek het met 'n ryk meisie van die Vrystaat getroud is."

"Marietjie Badenhorst, ja, maar hy sê sy is reeds elf maande gelede dood." Sy lees die vraag op tant Dassie se gesig. "Ja, hy wou kom kuier het, maar ek het geweier. En dis al wat ek tannie kan vertel."

"En nou treur jy oor hom? Is dít waarom jy deesdae so luste-loos aan jou kos peulsel en ure lank verdwyn om êrens oor hom te gaan sit en droom?" val tant Dassie haar aan.

"Ná al die hartseer wat hy in my lewe gebring het?" Sy staar haar tante onthuts aan. "Nardus was 'n baie onvolwasse jeug-liefde, tannie. Ek is darem 'n bietjie meer as vier jaar ouer."

"Mooi," sê tant Dassie en vou haar hande met 'n tevrede gebaar op haar skoot. "Dan bly net Jean-Pierre oor, want ek is heeltemal seker daarvan dat jy Tertius nooit liefgehad het nie. Jy is dus lief vir Jean-Pierre, maar jy soek redes om jouself onge-lukkig te maak."

"Hoe kan tannie so iets sê? Almal soek tog geluk. Waarom sal ek dit nie doen nie?"

"Dalk net loutere domastrantheid. Ek weet self nie, maar ek weet hoe dit voel om twee-en-veertig jaar lank vir 'n dwaasheid van my jeug te boet," antwoord tant Dassie, haar stem ineens oud en moeg. Sy staar stil voor haar uit. "Ek en Daleen het Pie-ter en Lukas Grové by vriende in Johannesburg ontmoet."

"My oorlede ma? Praat tannie van haar?" vra Sanet gretig.

"Ja, kind. Jou ma wat toe met Pieter Grové getroud is, maar eers nadat ek die grootste fout van my lewe begaan het." Sy sug en vertel verder: "Ek was al 'n meisie van sewe-en-twintig en Daleen was toe pas mondig . . . sommer nog 'n kind. Ons ouers is dood kort nadat ek myself as onderwyseres bekwaam het. Hoewel ons finansieel goed versorg was, het ons nie ander fa-milie na aan ons gehad nie, en ek was maar altyd soos 'n tweede ma vir Daleen. Daarby was Daleen nie 'n gesonde kind nie en ná 'n kwaai aanval van rumatiekkoors het sy ook 'n swak hart oorgehou."

"Mamma is aan haar hart dood," onthou Sanet.

"Ja, maar veertig jaar gelede was 'n hartkwaal as 't ware 'n doodvonnis, want die mediese wetenskap was toe nog nie tot soveel wondere in staat nie. Ek het Daleen soos 'n kleinood vertroetel en die drie huweliksaansoeke wat ek voor daardie tyd ontvang het, het ek ter wille van haar geweier. Ek het my maar deurentyd oor haar gekwel, want ek was bang dat ek haar nie langer so goed sou kon versorg as ek 'n man gehad het wat al my liefde en aandag vereis het nie . . . en daar sou later ook kinders kom, en dan sou ek nog minder tyd vir Daleen gehad het."

"Maar Mamma was tog nie 'n invalide nie?" vra Sanet verwonderd.

"Nee, Sanet, maar sy was 'n sagte, afhanklike mens en omdat ek so gesond was, het ek haar moontlik oorbeskerm en selfs opgepiep. Nou ja, toe ontmoet ons die Grové-broers en daarna het hulle gereeld by ons kom kuier en ons saam uitgeneem. Daleen was dol oor Lukas . . . so het dit altans vir my gelyk, want sy het die graagste met hom gesels, voortdurend vir hom geglimlag en gesorg dat sy altyd langs hom in sy motor sit. Ek was volkome oortuig daarvan dat sy Lukas liefgehad het."

"Maar eintlik was sy vir my pa lief?" vra Sanet, haar oë helder van belangstelling.

"Ja, kind, maar hoe moes ek dit kon raai? Lukas het my nouliks twee weke geken toe hy my vra om met hom te trou en ek, dwaas wat ek was, het hom verkwalik en gesê my suster het hom lief en dat dit sy plig was om met haar te trou, aangesien sy 'n hartlyer was."

"O, nee . . . En toe, tannie?"

"Lukas Grové was net jonger, maar niks minder koppig of

153

trots as wat hy nou is nie. Hy het opgepak en elders vakansie gaan hou en 'n maand later het Pieter en Daleen hulle verlowing bekend gemaak. Lukas was daar vir hulle troue, maar hy het skaars twee woorde met my gepraat . . . en ek was te trots om aan hom te erken dat ek hom liefhet. Maar ná hom kon ek nooit 'n ander liefkry nie . . . selfs nie ná twee-en-veertig jaar nie. Dis waarom ek hierheen gekom het, Sanet, want behalwe dat ek van diens kan wees, het ek nou die voorreg om saam met Lukas oud te word, want ek het hom nie minder lief as twee-en-veertig jaar gelede nie."

"Onnosele Dassie de Bruyn," sê oom Lukas ineens uit die sitkamerdeur. "Twee-en-veertig verspeelde jare . . . en jy het my nooit gesê nie. Dassie, klap daardie gemmerkoekbrak van die rusbank af voordat ek dit doen, want ek gaan my regmatige plek langs jou inneem!"

12

Tant Ellie deurboor 'n snytjie sjokoladekoek met haar koekvurkie, 'n nydige trek om haar mond en oë, en sy prop die koek in haar mond en gluur al kouende na oom Lukas en tant Dassie wat aan die bopunt van die lang eetkamertafel sit en veelseggend in mekaar se oë staar.

"Onnodige spandabelrigheid!" ontplof tant Ellie wanneer sy tant Dassie se hand met die glinsterende diamantring in oom Lukas s'n sien rus. "Pure stuitigheid van twee oumense om so 'n duur verloofring te gaan koop! Môre is julle dood en begrawe, maar intussen moet die ringetjie blink en die ogies skitter . . . 'n horingou vrou soos sy . . . gurmff!"

"Ouderdom is soos die liefde, Ellie. 'n Mens kan dit nie keer

154

nie," sê tant Dassie asof sy simpatie met tant Ellie se jaloesie het.

"Ou Ellie probeer die ouderdom met haar rooi geverfde hare keer, maar as 'n mens se gesig eers soos gekreukelde wasgoed begin lyk, help die kleursel ook nie meer nie," sê oom Lukas geniepsig.

"Dis waarom ek Ma nooit saamneem na my vriende toe nie," kom dit misnoeg van Elrina, wat links van tant Ellie langs Jean-Pierre aan die eetkamertafel sit. "Hou tog op om so opsigtelik jaloers op tant Dassie te wees, Ma. Ons weet mos nou sy en oom Lukas het mekaar jare lank lief."

"Ja, toe, Elrina, bly jy maar stil, want ek weet darem ook jy sal Sanet met graagte in die rivier verdrink as jy net kon ... jy is 'n mooi een om van jaloesie te praat! Het jy nie nou-nou nog pas voor ons gekom het, gesê jy hoop Lukas raak nou van Sanet ontslae aangesien hy as 't ware 'n getroude man is en nie langer 'n huishoudster sal benodig nie?"

"Wonderlik!" Jean-Pierre lag. "Sodra Marie-Louise en Tertius trou, sal ek 'n huishoudster nodig hê. Sanet, ek het eerste opsie op jou."

"Haai, tannie Elrina, hoekom is jy so vies vir Sanet?" vra Gerrie voordat die blosende Sanet kan reageer. "Sien jy, Peet? Dit lyk of tannie Elrina vir Sanet wil byt!"

"Hoeveel keer moet ek nog sê my naam is Elrina, nie tannie Elrina nie?" vra Elrina en kyk onvergenoeg na die tweeling. "Hoekom noem julle nie vir Sanet 'tannie' nie?"

"Dis seker maar omdat tannie net soos 'n tannie lyk," antwoord Gerrie nadenkend. "Sien, as jy 'n tannie is, is jy altyd skoon en netjies nes 'n regte grootmens. Tant Ellie is die enigste tannie wat ons ken wat nie 'n regte grootmens is nie, want sy kan nog boomklim en albaster speel en alles doen."

"Swem," sê Peet nadruklik. "Tant Ellie sê sy swem net as sy

per ongeluk met haar klere en al in die rivier val. Oom Lukas, kan ons maar môre gaan piekniek hou langs die rivier? Toe, oom, dan maak ons asof dit oom-hulle se verlowingspiekniek is," smeek hy.

Oom Lukas kyk met 'n vraende glimlag na tant Dassie.

"Hoekom nie, Lukas? Dis klaar reeds Maart, en as ons nie nou piekniek hou nie, bekruip die herfs ons en val die winterryp voordat ons tyd gehad het om die somer te geniet," antwoord tant Dassie.

"Soos ek en jy, Dassie?" vra oom Lukas. "Die winterryp lê sneeuwit in my hare en vir jou sal die somer ook nooit weer kom nie. Ja, 'n mens moet die somerdae saam geniet voordat die winter jou oorval."

Sanet kyk op wanneer sy Jean-Pierre se blik op haar voel en lees iets soos 'n aantyging in sy oë. Probeer hy aan haar sê dat sy besig is om hulle lentedae te verspeel?

"'n Mens het seker berou oor die dwaasheid van jou jeug as jy ná soveel jare vasstel dat die liefde tog altyd daar was, maar dat trots jou weerhou het om dit te erken," sê-vra Jean-Pierre en kyk na oom Lukas.

Oom Lukas swyg 'n paar oomblikke lank peinsend en skud dan sy kop. "Nee, ou seun, dis nie hoe ek redeneer nie. Ek is 'n man van vyf-en-sewentig en ek leef in my geleende jare. Maar elke dag met Dassie aan my sy is 'n stukkie genadegawe, 'n krummel geluk wat ek van my Skepper ontvang sonder dat ek dit ooit verdien of verwag het. As ek wil weet hoe groot my geluk is, dan onthou ek dat ek oor 'n paar jaar daar onder die sipresse kon gaan rus het sonder dat ek ooit een dag saam met Dassie deurgebring het. Dan weet ek hoeveel rede ek tot dankbaarheid het, want 'n oumens soos ek het 'n lentedroom present gekry," sê oom Lukas met iets soos ontsag in sy stem.

Daar heers 'n paar oomblikke lank stilte in die vertrek en dan word 'n luide gesnik en gesnuif aan die onderpunt van die tafel hoorbaar.

"Ag, my grote dierbaarheid toggie, is dit nou nie om van te ween nie? Sulke pragtige woorde . . . laat my sommer grens soos 'n groot baba," snuif tant Ellie en gebruik haar servet om haar trane te droog. "Elrina, dis 'n jammerte jou pa Abraham was nie 'n geleerde man nie, want hy kon nie so mooi van die liefde praat nie – amper soos iemand wat versies opsê. Jy is 'n gelukkige vrou, Dassie, maar aan die ander kant is jy ook 'n geleerde vrou, daarom pas Lukas eintlik beter by jou . . . net jammer jy kan nie so lekker soos ek kook nie."

"Toe maar, Ellie, ek sal al jou resepte by jou kry," antwoord tant Dassie gemoedelik.

"Die dag as jy begin tameletjie kook soos . . ." rammel oom Lukas soos dreigende onweer.

"Toe maar, Lukas, ek sal my eie diskresie gebruik," sê tant Dassie paaiend.

"Ja, ek het ook 'n drukkastrol, maar as ek jou kan raad gee, moenie die ding gebruik nie, want dit laat die kos darem té laf proe, amper soos 'n vadoek wat per ongeluk in die sop geval het," maan tant Ellie.

"As ons gaan piekniek hou, moet tant Ellie haar eie kos saambring, want sy eet vinniger as ek en Peet en dan kry sy altyd die meeste. Hoor, tant Dassie?" vra Gerrie en kyk verontreg na die groot stuk aarbeitert wat vir tant Ellie uitgeskep word.

"Ek sal meer as genoeg eetgoed inpak, Gerrie," beloof tant Dassie. "Sal jy ook daar wees, Elrina?"

"As Jean-Pierre onthou om my te kom haal," sê sy en glimlag op in sy gesig.

"Nee, dankie. Jy slaap tot elfuur en as ek piekniek gaan hou, sorg ek dat ek teen sonop by die rivier is. Sal ek julle seuns kom haal?" vra Jean-Pierre vir die tweeling oorkant hom.

"Ja, oom. En vir Sanet, want sy staan net so vroeg op. Mag ons pap en wors vir ontbyt kry? Ons kan 'n vuur maak op die rivierwal en koffie maak en vleis braai en visvang en swem en . . ." beduie Gerrie geesdriftig en swaai sy koekvurkie in die lug rond.

"Stadig, Gerrie, anders steek jy my oog uit," waarsku Sanet. "Ontbyt langs die rivier klink baie aanloklik. Sal oom en tant Dassie ook daar wees?"

"So teen sewe-uur, ja, as alles klaar is," antwoord oom Lukas met 'n ondeunde knipoog aan tant Dassie. "Maar as ons môre piekniek gaan hou, moet julle kinders ons eers verskoon . . . en jy ook, Ellie, want ek en Dassie gaan nou by dominee Roux kuier, sodat ons gebooie Sondag kan begin loop."

"Ag, ja, boonop 'n kerktroue . . . Weet jy, Elrina, as jou ouma Christina nou nie so suinig en hooghartig was nie, kon ek en jou oorle pa ook in die kerk getrou het, maar, nee, ek was mos nie goed genoeg vir haar ryk seuntjie nie. Toe trou ons maar in die landdroskantoor en ek dra my ou kerkrokkie," vertel tant Ellie selfbejammerend.

"Kom ons loop, Jean-Pierre," sê Elrina wanneer oom Lukas-hulle die vertrek uitstap en ignoreer tant Ellie. "Daar is iets wat ek met jou wil bespreek."

"Seker." Jean-Pierre kom orent, groet almal en volg Elrina.

"Nog 'n stukkie aarbeitert, tant Ellie?" vra Sanet ontsteld oor die hartseer op tant Ellie se gesig.

"Sy sal nie vir Jean-Pierre kry nie, al dink sy sy is beter as haar eie ma," voorspel tant Ellie bitter. "Jy is 'n liewer kind as sy, Sanet. Daarom sal jy hom kry as jy hom wil hê. Ja, gee maar nog 'n stukkie tert, dankie, hartjie."

Sy sal hom kry as sy hom wil hê, herhaal Sanet tant Ellie se woorde in haar gedagtes. As die liefde maar so eenvoudig was, was oom Lukas en tant Dassie reeds twee-en-veertig jaar getroud en het sy nie met 'n droom in haar binneste rondgeloop nie.

Jean-Pierre en Sanet pak koeke, terte, klein koekies, worsrolletjies en koeldrank op die twee opvoutafels onder die wilgeboom langs die rivier uit terwyl oom Lukas en tant Dassie hulle vanaf hulle stoele langs die boomstam dophou.

"Dis 'n wonder my ma het nog nie weer kom aas nie," sê Elrina, wat opsigtelik vererg en uit haar plek in haar deftige tabberd en hoëhakskoene nie die piekniek geniet nie.

"Ek stem saam. Jou ma kan 'n beproewing vir enige mens wees, maar dink jy nie 'n bietjie aanmoediging en begrip sal meer uitrig as voortdurende kritiek nie, Elrina?" vra oom Lukas streng.

"Moenie vir my preek nie, oom Lukas. My ma is 'n ou vrou en sy is beslis nie van plan om enigiets te leer nie – in elk geval nie goeie maniere nie," antwoord Elrina geraak.

"Hier kom sy en die tweeling nou," sê Sanet, bewus daarvan dat Elrina se humeurigheid veroorsaak is deur Jean-Pierre se openlike belangstelling in haar. Sedert Elrina kort ná elfuur by die piekniekplek opgedaag het, sit sy nog verveeld eenkant op 'n stoel, terwyl sy en Jean-Pierre eers saam geswem en toe met die regmaak van die middagete begin het.

"Kom, julle. Hier is papierborde vir almal," nooi Jean-Pierre en hou 'n papierbord en 'n servet na Gerrie uit.

"Maar kan oom nie sien nie?" vra Gerrie en beduie met die uitgeholde wit brood en halfbottel koeldrank in sy hande. "Dis die lekkerste poeding in die wêreld! 'n Mens sny net die een korsie van die brood af, en dan gooi jy koeldrank in en eet en eet totdat jy maagpyn kry! Tant Ellie sê dis die onderdorpers se Sondagpoeding, want hulle het nie geld vir roomys en ingelegde vrugte nie."

"Ek kon verwag het die onderdorp sou saam kom piekniek hou!" snou Elrina. Haar stem is skor van ergernis en minagting.

Tant Ellie ignoreer haar en kyk na 'n klein, blonde meisie wat op mollige beentjies nader draf en voor Sanet bly staan.

"Nou waar kom die oulike dingetjie vandaan?" vra tant Ellie aan niemand in die besonder nie.

"Is jy tannie Sanet?" vra die kind.

"Ja, ek is. En wie is jy?" verneem Sanet verras.

"Ek is Malike van del Belg. En my pappa het gesê hy is sekel jy sal vir my ook 'n lekkel teltjie gee. Asseblief, tannie?"

Sanet word koud. Hy het tog niks van 'n kind gesê nie . . .

Dan sien sy hom agter 'n boom uitgestap kom, 'n lang, skraal man met donkerblonde hare en groen oë. Hy is jonger as wat sy verwag het, dink sy, en onthou dan dat hy destyds pas vier-en-twintig was toe hulle verloof geraak het.

"Toe tog, tannie. Kly ek nie 'n teltjie nie?" pleit Marike.

"Ek sal jou help, poppie," sê Jean-Pierre en buig oor na haar. "Wys jy vir my waarvoor jy lus het en dan pak ek dit op 'n bordjie."

"Hallo, Sanet," groet Nardus van der Berg wanneer hy haar bereik en steek sy hande na haar uit. Sanet vergeet om te groet, vlug na oom Lukas en tant Dassie se stoele en sê vanaf 'n veilige afstand:

"Dis Nardus van der Berg, oom Lukas . . . Oom-hulle het al van hom gehoor. En dis sy dogtertjie, Marike. Nardus, dis my mense. Oom Lukas Grové en tant Dassie de Bruyn."

"O, die jong wewenaar wat 'n ma vir sy dogtertjie soek?" vra oom Lukas en sy oë waarsku Nardus dat hy in sy pasoppens moet wees. "Gelukkig kon Jean-Pierre my alles van jou vertel. Maar het Sanet jou dan nie gevra om liewer weg te bly nie?"

"E . . . dag, oom . . . tannie." Nardus lek oor sy lippe en lyk heeltemal ontsenu deur die muur van vyandigheid waarin hy

160

hom vasloop, en kry 'n agterdogtige kyk van Jean-Pierre en draai na Elrina.

"Kom sit gerus, Nardus," nooi Elrina hartlik. "Ek is Elrina van Duuren en ek hou van jong geselskap. Boonop geniet ek dit nie om in vuil rivierwater te swem en met nat, ongekamde hare rond te loop nie," sê sy met 'n betekenisvolle kyk na Sanet.

Nardus laat hom nie twee keer nooi nie, maar val dankbaar op die stoel langs Elrina neer, terwyl Jean-Pierre en Sanet voortgaan om aan almal eetgoed te verskaf.

"Is dit liefde of ontsteltenis wat jou so lusteloos aan die lekker Hertzoggies laat peusel?" vra Jean-Pierre 'n rukkie later en gaan sit langs Sanet op 'n boomstam, 'n hele entjie van die ander piekniekgangers af.

"Het jy al ooit gedroom jy stap in jou nagklere die kerk tydens 'n Nagmaal binne?" vra sy somber.

"Nee, maar ek kan my voorstel hoe dit voel," glimlag hy.

"Dis hoe ek nou voel. Ek voel lus om op vlug te slaan . . . om êrens in 'n donker hoekie te gaan wegkruip totdat hy weggegaan het."

"Omdat jy hom assosieer met die dinge waaroor jy skaam en vernederd voel?" vra hy begrypend.

Sy kyk hom verskrik aan.

"Het oom Lukas jou alles vertel?" vra sy skor.

"Nee, maar hy en tant Dassie weet dat ek jou liefhet en met jou wil trou. Daarom het hulle my vertel Nardus het julle verlowing destyds oor sekere koerantberigte verbreek. Oom Lukas het gesê jy sal wel eendag die volle verhaal vertel sodra jy my liefkry en my met jou hartseer sal kan vertrou," antwoord hy. Hy laat haar veilig en beskerm by hom voel, selfs al raak hy haar nie aan nie.

"Ek durf nie met jou trou nie, Jean-Pierre. Ek wens jy kon dít verstaan," sê sy.

"Waarom vertel jy my nie wat . . ." begin hy en swyg wanneer Nardus doelgerig op hulle afstap.

"Jammer om te steur, Jean-Pierre, maar Elrina soek na jou en ek sal graag alleen met Sanet wil gesels," sê Nardus met 'n fronsie tussen sy wenkbroue.

"Elrina sal maar moet wag, want ek laat nie my aanstaande bruid alleen om met enige man privaat te gesels nie," antwoord Jean-Pierre rustig en laat sy tande in 'n skilferkors-konfyttertjie wegsink.

"Jou aanstaande bruid?" Nardus se frons verdiep tot 'n trek van vyandigheid. "Elrina het my laat verstaan jy en sy . . ."

"Elrina bou graag lugkastele en verf hulle sommer ook as sy genoeg tyd het. Wat wou jy aan Sanet gesê het, Nardus?" vra Jean-Pierre reguit.

"Aangesien ons verloof was en trouplanne gehad het lank voordat sy jou geken het, het ek seker die reg om daarop aan te dring dat jy ons alleen laat," antwoord Nardus styf.

"Jy verstom my, Nardus." Jean-Pierre betrag hom en skud sy kop. "Jy het jou verlowing aan Sanet verbreek, haar verwerp omdat sy niks anders as 'n skandvlek op jou naam was nie, maar nou, vier jaar later, kruip jy terug en verwag sy moet jou met ope arms ontvang."

"Dit was vier jaar gelede . . . en ek was jonger, miskien dommer . . . Sanet, asseblief, ek weet jy het baie om te vergewe, maar as jy my net die geleentheid gun om my hart teenoor jou uit te praat, om jou te vertel hoe diep berou ek gehad het omdat ek jou destyds nie wou glo nie. Jy sal na my luister?" pleit hy.

"Ek is jammer, Nardus. Dis soos Jean-Pierre sê, ons het trouplanne, daarom sal 'n gesprek 'n vermorsing van tyd wees. Maar ek is dankbaar jy het intussen besluit dat jy aan my onskuld glo . . . Dis nogal vleiend, want al die bewyse was teen my," antwoord Sanet. Sy weet sy is sinies, maar kan haarself nie verhelp nie.

162

"Dan sal julle my seker verskoon? Elrina is nogal aangename geselskap," sê hy bruusk, draai om en keer terug na sy stoel langs Elrina.

"Ons het dus tog trouplanne?" terg Jean-Pierre Sanet.

"Vir 'n onmoontlike eendag," antwoord sy en staar verwese voor haar uit.

Sanet sit op die voorstoepmuurtjie, haar kop teen 'n dik, ronde pilaar aangeleun, en tuur na die ontwakende nag.

"Dink jy aan jou sonde?" vra Elrina onverwags langs haar en sy skrik, maar kyk nie op nie. "Wie weet, as ek jy was, het ek seker ook die meeste van my tyd met nabetragting deurgebring, want 'n meisie met jou verlede kan nie 'n skoon gewete hê nie."

Nardus het gepraat, besef Sanet, maar sy bly nog roerloos sit. Dis tog wat sy die afgelope drie dae verwag het.

Nardus is nie 'n goeie verloorder nie en Elrina nog minder, want haar ouma Christina het haar van jongs af haar sin gegee. Watter beter wraak kon hy neem as om haar goed bewaarde geheim aan Elrina en die praatsieke tant Ellie te vertel? Voordat die son môreoggend ondergaan, sal die hele Bothasrus en die distrik weet van haar ongunstige verlede, dink Sanet, maar sy voel vreemd afsydig, asof al die dinge met iemand anders gebeur.

"Ek het vanmiddag 'n ou koerant by die biblioteek gekry en 'n afdruk van 'n koerantberig gemaak," sê Elrina en bring haar terug tot die werklikheid. "Ek het dit saamgebring, want ek sal graag wil hoor hoe gretig is Jean-Pierre om met jou te trou nadat hy die berig gelees het."

"Jy sal 'n bietjie moet wag, want hy is 'n rukkie gelede kafee toe en ek het hom nog nie sien terugkom nie. Hy het sommer gestap," sê Sanet bedaard.

"Jy en die miljoenêr Nick Frankenberg het meer as twee

jaar lank 'n verhouding gehad voordat julle daardie nag op die snelweg 'n ongeluk gehad het," sê Elrina met genoegdoening in haar stem. "Jy was destyds maar een-en-twintig toe hy die nag op die snelweg sterf. Dan kon jy niks ouer as negentien gewees het toe jy met jou ongure verhouding met 'n getroude man begin het nie."

"Skokkend, is dit nie?" vra Sanet en wonder of sy langer moet bly sit, of sommer dadelik moet opstaan om haar tasse te gaan inpak. Arme oom Lukas en tant Dassie . . . Elrina se stories sal hulle ongetwyfeld in die verleentheid stel.

"Ek sou so dink! Om te dink jy het selfs 'n woonstel onder 'n vals naam gehad . . . Hoe kon jou ouers dit toelaat? O ja, die berig sê jou pa woon êrens in die buiteland . . . As jy enige selfrespek oor het, behoort jy ook na die buiteland te emigreer, want niemand sal 'n meisie soos jy wil ken nie."

"Dis nie 'n slegte voorstel nie, Elrina. Watter land het jy in gedagte gehad?" vra sy met vrome belangstelling.

Elrina trek haar asem skerp in en Sanet kyk haar vraend aan en sien hoe haar oë glimmende skrefies van nyd in die half-donker vorm.

"Baie snaaks, maar nie vir baie lank nie, liewe, onskuldige Sanet. Ek het jou goed dopgehou en ek het lankal agtergekom dat jy vir Jean-Pierre 'n strik gestel het, maar gelukkig is hy nie so dwaas as wat die jong, goedgelowige Nardus was nie. Jean-Pierre kon sien jy is 'n meisie met losse sedes, daarom het jy jou net vir die gek gehou . . . selfs kastig vir jou 'n verloofring gekoop! Jy, die goedkoop vrou wat aan die arme Nardus verloof kon raak, terwyl jy 'n buite-egtelike verhouding met 'n mil-joenêr gehad het! Dis net 'n gewetenlose mens wat . . . wat nie selfmoord pleeg nadat die koerante so iets oor jou geskryf het nie!" tier Elrina met veragting in haar stemtoon voort.

"Weet jy, Elrina, jy laat my so vuil voel dat ek lus is om my tande te gaan borsel," sug Sanet en klim van die stoepmuurtjie af.

"Dalk moet jy sommer Elrina se mond met seep uitwas, want die dinge wat sy van jou gesê het, maak my ore bloedrooi van skaamte," sê tant Ellie uit die donker en kom van agter 'n struik naas die stoep te voorskyn.

"Naand, tant Ellie," groet Sanet. "Waarom is tannie vies? Die dinge staan mos alles in die koerant, nie waar nie?"

"Dis alles goed en waar, kindjie," sê tant Ellie en klim die stoeptrap op, "maar toe my oorle Abraham op die sestiende te sterwe kom, toe berig die koerant hy het op die sewentiende heengegaan. As 'n koerant jou op die verkeerde dag kan laat doodgaan, kan hy seker oor enigiets jok."

"Sanet het niks ontken nie, Ma! Nardus het destyds daarop aangedring dat sy 'n lastersaak teen die koerante maak, maar sy het geweier – omdat sy skuldig was!" kom dit van Elrina.

"Of om 'n ander rede wat sy aan die koerante en aan mense soos jy moet verswyg, Elrina," sê Jean-Pierre rustig uit die oop dubbeldeur van die woonkamer wat op die stoep uitloop. Hy kom tydsaam nader, bly agter Sanet staan en sit sy arm om haar.

"Jy glo tog nie wat jy daar sê nie, Jean-Pierre?" vra Elrina skel. "Die feite is alles hier in die koerantberig! Ek het 'n afdruk saamgebring sodat jy dit met jou eie oë kan lees."

Sanet kry beurtelings koud en warm, en wens sy kan uit Jean-Pierre se arms loskom. Maar asof hy haar gedagtes kan lees, sluit sy arms haar stywer teen hom aan en sy stem klink seker en vas in haar ore wanneer hy weer praat:

"Ek het die berig lankal op aandrang van oom Lukas gelees, Elrina, maar nogtans dankie vir jou moeite. Ek glo Nardus raak al ongeduldig om alleen tuis op jou te wag, daarom groet ek vir eers. Nag, Elrina, en probeer om ondanks jou gewete rustig te slaap."

"Ek sal sorg dat die hele dorp weet wat sy, daardie sedelose . . .!"

"Stil, Elrina," sê Jean-Pierre en Sanet voel hoe sy arm verstyf van woede. "Een woord, net één woord teen Sanet, en ek daag jou vir laster voor die hof. Ek het die feite. Daarom weet ek Sanet is onskuldig en nou is jy ook gewaarsku. Nag, Elrina."

"Sê haar, boetie," kom dit vermakerig van tant Ellie. "Verbeel haar mos sy is ou Christina die Tweede en sê mos ek praat te veel. Dié keer het sy te veel gepraat en daarom is dit ék wat my ore van my kop af vir my eie dogter moet skaam. Jy moet haar maar vergewe, Sanet, maar dis haar ouma Christina wat haar so swak grootgemaak het."

"Ek sal, tant Ellie," antwoord Sanet en glimlag ondanks 'n onverklaarbare seer in haar binneste. "Tant Dassie is besig om vir die tweeling springmielies te maak. Is tannie nie ook lus vir springmielies nie?"

"Haai, ek het so pas geëet, hartjie, maar as jy nou so aandring . . . Ek dink ek het 'n wurm, want ek eet my gedaan, maar ek bly so maer en uitgeteer. Die dokter sê dis my skildklier, maar ek dink hy jok, want ons Steens van die onderdorp had nog nooit aan 'n kliersiekte gely nie," antwoord tant Ellie en drafstap die huis binne.

"En nou is dit eindelik net ek en jy," sê Jean-Pierre en draai haar om sodat hy haar gesig kan sien, sy hande sag, maar besitlik op haar arms.

"Jy het die hele tyd my storie geken? Jy het die waarheid by oom Lukas gehoor?" vra sy.

Hy het nie aan haar onskuld geglo nie. Dalk is sy onredelik, maar sy wou hê hy moes haar liefhê soos sy was en hy moes aan haar onskuld glo sonder om navraag te doen. Want liefde is om onvoorwaardelik in iemand te glo.

"Nee, Sanet, ek het nie. Ek het geweet eendag gaan ek met

jou trou. Maar jy wou nie, want jy het 'n geheim gehad en jy het my nie lief genoeg gehad om my daarmee te vertrou nie," sê hy sag.

"Dis nie waar nie! Ek was so gelukkig . . . so gelukkig, maar ek was bang . . . Jy het my 'n nuwe droom gegee, Jean-Pierre. Hoe kon ek dit weer in skerwe laat breek?"

"Toe kom tant Ellie Vrydagmiddag met die storie by die huis aan dat Nardus gebel het . . . Jy weet reeds dat ek voor middagete met oom Lukas en tant Dassie gesels het en hulle van my liefde vir jou vertel het. Oom Lukas het my 'n vergeelde koerantuitknipsel gegee en my beveel om dit te lees."

"En toe . . . toe lees jy dit?" vra sy deur droë lippe.

"Elke woord," beaam hy.

"En . . . toe? Het oom Lukas jou die ware storie . . .?"

"Nee, Sanet, want ek het geweet die berig was so vals soos Elrina se storie dat ek vir haar 'n verloofring gekoop het. Ek ken jou, Sanet, en ek het jou lief. Ek weet die koerantstorie is net feitelike beriggewing, maar nie die volle waarheid nie."

"Wil jy nie weet nie?" vra sy.

"As jy my wil vertel, maar nie andersins nie. Wie het jy beskerm, 'n man of 'n vrou?"

"Albei." Haar oë soek syne en nou tuimel haar woorde oor haar lippe. "Ek en Elna was van graad een af boesemvriendinne, en ons is saam universiteit toe. Sy was nog op skool toe sy Deon de Witt se nooientjie geword het en toe skielik, in haar eerste jaar, is sy en Deon getroud. Ons het eers 'n paar maande later gehoor dat Deon leukemie het en dat hy nie lank sou leef nie."

"Nogtans het hy met haar getrou?" vra Jean-Pierre fronsend.

"Ek dink dit was Deon se ma wat Elna oorreed het om met haar seun te trou, want in daardie stadium het Elna se belangstelling in Deon begin kwyn, moontlik omdat hulle ewe oud was. Aan die einde van ons derde jaar, pas nadat ons ons finale eksamen geskryf het, het Elna my in haar vertroue geneem. Sy het 'n ander man, Nick Frankenberg, reeds twee jaar vantevore ontmoet en hom liefgekry, en sy . . ."

"Het sy geweet hy was 'n getroude man?" val Jean-Pierre haar in die rede.

"Ja, maar moenie te kras oordeel nie, Jean-Pierre, want ook sy vrou het aan 'n ongeneeslike siekte gely. Ek glo hulle het mekaar eers probeer troos, en toe, mettertyd, het hulle mekaar liefgekry. Maar daardie aand toe ek saam met Nick uitgegaan het, het ek dit ter wille van Elna gedoen, want Deon se toestand het skielik verswak en sy is saam met hom hospitaal toe."

"En toe vergesel jy 'n getroude man?" vra hy ongelowig.

"'n Ongetroude man – so het ek geglo, want sy het my nie gesê wat sy regte naam is nie. Ek was onder die indruk ek gaan saam met Nico Fraser uit, want dis die naam wat hy by hotelle en vakansieoorde gebruik het wanneer hy en Elna saam kon uitgaan. En toe gly sy motor op die nat snelweg . . . Hy is op slag dood, maar ek het net 'n paar kneusplekke gehad."

"Maar hoe kon Elna jou toelaat om al die blaam op jouself te neem?" vra hy.

"Deon het daardie selfde nag gesterf . . . Hoe kon ek van Elna verwag om na vore te tree en te erken dat sy die vrou was wat die woonstel soms saam met Nick Frankenberg gedeel het . . . dat sy sy minnares was? Toevallig is ons albei blond en lank, en almal het geglo ek was die vrou in sy lewe. Ek kon haar nie ver-raai nie, selfs nadat Nardus dit as 'n vereiste gestel het as ons sou voortgaan met ons verlowing."

"En dis die enigste rede waarom jy nie my bruid wil word nie?" vra hy ongelowig. "My liewe Sanet, selfs tant Ellie het ge-noeg verstand om te weet dat jy nooit . . ."

"Ja, toe, soen nou maar die meisiekind en kry klaar, Jean-Pierre. Dis nie nodig dat julle my staan en beskinder nie. Toe,

toe, ons is haastig," beveel tant Ellie uit die voordeur en skakel die stoeplig aan.

"Hoe verwag tannie dat ek Sanet soen met 'n helder stoeplig wat ons oë verblind?" vra Jean-Pierre onthuts.

"Maak maar toe julle oë terwyl julle soen, want die lig kan ek nie afskakel nie. Gerrie . . . Peet! Kom, ons moet julle molslangetjie kry voordat hy dalk in die tuin verdwaal. Reken, die ou slangetjie het uit die buitekamer ontsnap en toe ons weer sien, was hy in die kombuis . . . Nou wat gil jy so? En wat klouter jy so teen Jean-Pierre op, Sanet? Nou kyk nou so . . . Jean-Pierre, dit lyk my tog die meisiekind het jou waarlik lief," sê tant Ellie verwonderd.

"As tannie so sê, wie is ek om te stry?" vra hy en buig sy kop nader en Sanet lees sy liefde vir haar in sy oë.

Sanet weet onwrikbaar seker dat sy nie langer hoef te vlug nie, want sy het veiligheid en liefde in sy arms gevind.

Êrens is daar liefde

1

Lara Wiese stamp die voordeur met haar heup agter haar toe, gooi haar handsak met 'n sierlike boog deur die lug en glimlag selftevrede toe dit netjies langs die blommerangskikking op die blad van die antieke kapstokkas land.

"Kind . . .!" kom dit berispend van Phoebe Wiese, wat met haar oë styf toegeknyp in die oop dubbeldeur van die sitkamer staan.

"Haal asem, my liewe professor Phoebe," terg Lara laggend. Sy soen haar tante speels op die wang. "Het jy vergeet ek was die beste krieketbouler in ons straat?"

Phoebe maak 'n ongeduldige handgebaar. "So vertel jy my graag, maar totdat Heilie die koperblompot begin gebruik het, moes ek elke maand 'n halfdosyn nuwe blompotte koop." Sy beduie na die eetkamer. "Kom ons gaan eet — koue vleis en slaaie vir so 'n warm dag. En probeer om 'n klein bietjie simpatie met jou middeljarige tante se oorspanne senuwees te hê, Lara. Ek is dertig jaar ouer as jy, maar soms voel dit soos sestig!"

"Dertig jaar," herhaal Lara kamma beïndruk terwyl sy aan die eetkamertafel plaasneem, maar haar oë vonkellag in dié van Phoebe. "Op drie-en-vyftig is jy eintlik al 'n antikwiteit, Phoebe, maar gelukkig lyk jy nog . . . e . . . jongerig. Jy is te blond om grys te wees, en blou oë lyk altyd vars, soos kropslaai. En jy is mooi, want jy het gelukkig my fyn gelaatstrekke geërf, anders

173

sou ek nooit my vriendinne kon oortuig jy het uit vrye wil 'n oujongnooi geword nie."

"Ongeskik én verwaand," sê Phoebe verpletterend, maar 'n glimlag huiwer om haar mondhoeke. Sy kyk met liefdevolle bewondering na Lara se skraal gesiggie: haar swartbruin oë met uitsonderlike lang, digte wimpers en fyn gevormde wenkbroue, die delikate skadu's onder haar hoë wangbene, en haar vol, ekspressiewe lippe wat gedetermineerd en terselfdertyd weerloos lyk. Haar digte, blouswart hare val met sagte krulle oor haar skouers, en enkele krulle omraam haar gesig en verleen 'n kinderlike onskuld aan haar. Lara het 'n ingebore statigheid en grasie wat 'n treffende kwaliteit aan haar skoonheid gee, dink sy goedkeurend.

"Wat kyk jy so na my, Phoebe? Ek het in oom Ryno se stoorkamer tussen die stowwerige lêers rondgekrap. Het ek 'n vuil streep oor my neus?" vra Lara toe sy bewus raak van Phoebe se ondersoekende blik.

"Jy het die afgelope jaar te veel gewig verloor – eet 'n bietjie aartappelslaai. Ek aanvaar ons is albei beeldskoon, aangesien ons dieselfde fyn gelaatstrekke het, maar met jou donker hare en donkerbruin oë lyk jy soos 'n koringkriek as jy te maer is."

"Ek sal kaas eet. Aartappelslaai lyk soos skaapharsings," mompel Lara misnoeg en ril. Sy peusel aan 'n stukkie rou wortel, kyk fronsend hoe Phoebe smaaklik eet, en laat dan haar vurk kletterend op haar bord val.

"Kind . . .!" roep Phoebe snakkend na haar asem uit. Sy sit oomblikke lank roerloos met haar oë styf toegeknyp en kyk dan ergerlik na haar niggie. "Jy doen dit opsetlik, Lara: plaas verdere spanning op my uitgerafelde senuwees. My studente sorg dat ek 'n wrak is aan die einde van elke akademiese jaar, en jy doen alles in jou vermoë om my toestand te vererger!"

"Jy soek daarna, Phoebe: jy het gesê ek lyk soos 'n koringkriek." Lara byt op haar onderlip, twyfel kolkend in haar oë. "Maritsa sê blonde meisies is meer gewild, want mans verkies blondines. Maar ek het nog altyd gehoop . . . e . . ."

Phoebe glimlag kopskuddend. "Jy is 'n gekwalifiseerde apteker, met jou jaar gemeenskapsdiens reeds agter die rug. Het jy sowaar nie genoeg intelligensie om self te kan sien jy is 'n pragtige meisie nie?"

"Dis onmoontlik om jouself objektief te beoordeel, Phoebe. As ek die dag gelukkig is, voel ek mooi, maar as iemand my afkraak . . . Wel, ek vóél soos 'n koringkriek as jy sê ek lyk soos een. En ek is doodbang ek gaan 'n oujongnooi soos jy word, want ek kan nie verlief raak op 'n man nie, selfs nie eens as ek dronk is nie!" erken Lara moedeloos.

"Het jy gereeld dronk geword toe jy op Helderbron jou gemeenskapsdiens gedoen het?" vra Phoebe ingehoue en staar met gedwonge konsentrasie na die koue ham op haar bord.

"Jy klink soos 'n agterdogtige ma, Phoebe," antwoord Lara vies. Sy sug verwese voordat sy vervolg: "Jy weet ek vergryp my nooit aan drank as ons wyn saam met ons etes drink nie, maar as ek op 'n partytjie is . . . Ná een glasie wyn is ek doodbang om te praat, net ingeval ek iets doms sê, daarom drink ek liewer koeldrank. En boonop: as ek die dag verlief raak op 'n man, wil ek in volle beheer van al my sintuie wees. Ek wil nie die volgende oggend wakker word en skielik besef ek was die vorige aand net dronk, nie verlief nie."

"My arme Lara . . ." Phoebe glimlag gerusstellend. "Ons het meer as net ons gelaatstrekke van ons Wiese-voorgeslag geërf. Jou pa, en selfs jou oupa Wiese, het net een maal liefgekry, maar dit het nie verhoed dat jou pa talle meisies uitgeneem het voordat hy en jou ma getroud is nie. Jy het tog ook dikwels gedurende jou studentedae saam met mansvriende uitgegaan?"

"Nie te dikwels nie, want ek moes dag en nag swot om my

graad te kry – aptekerswese is nie maklik nie. Maar selfs al het ek uitgegaan, het ek nooit 'n man ontmoet wat my voete onder my uitgeslaan het nie. Jy het my en Karl grootgemaak vandat ek 'n pap baba was, en my ouboet se vriende was altyd my vriende. Ek het nog altyd talle mansvriende gehad, maar daar was nog nooit iemand spesiaals nie." Lara swyg en vra dan huiwerig: "En jy, Phoebe? Het jy ooit 'n man liefgehad?"

Phoebe lag spontaan. "Ek wag sedert jou tienerjare dat jy my oor my liefdeslewe sal uitvra. Hoekom het jy tot vandag toe gewag?"

"Ek wou vandat ek tien jaar oud was, maar Karl het my gedwing om hom met my hand op my hart te beloof dat ek nooit so iets sal doen nie. Hy het gesê persoonlike vrae is 'n groter sonde as om mense deur 'n sleutelgat af te loer of privaat gesprekke af te luister. Ouer broers is bullebakke, veral as hulle vyf jaar ouer as jy is."

"Maar met Karl veilig in Londen is jy vry om jou belofte te verbreek?" vra Phoebe skertsend.

Lara maak 'n afwerende handgebaar. "Ek het lankal van die belofte vergeet, maar ek is drie-en-twintig en ek het raad nodig. Ek het net begin wonder of dit in ons gene is om nie lief te kry nie. Ek bedoel, jy lyk so gelukkig, Phoebe. Enigiemand kan sien jy het nie 'n man in jou lewe nodig om jou gelukkig te maak nie. Maar toe jy jonk was . . . het jy nie ook gewens, gehoop dat . . . Êrens is daar liefde, Phoebe, maar hoekom het jy dit nooit gevind nie?"

Phoebe glimlag stadig, haar oë starend in die verte van tyd. "Êrens is daar liefde," herhaal sy mymerend. Sy kyk na Lara en glimlag warm. "Ek was heelwat jonger as jy toe ek die verkeerde man liefgekry het. Nee, hy was nie getroud nie, maar hy was nie bereid om met my te trou nie. Moontlik het hy geglo ek was te jonk vir liefde en te onervare om tussen liefde en verliefdheid te kan onderskei. Maar ek was nie. Dalk het ek hom nog altyd lief, of dalk het sy verwerping my immuun gemaak teen die liefde. Ek wonder nie daaroor nie en ek wil ook nie weet nie."

"Dis so hartseer," sê Lara simpatiek.

"Geensins! Getroude vroue is dikwels . . ." Phoebe breek haar sin af en vra skerp: "Waarom werk jy nie vanmiddag nie? Dis Donderdag. Is Ryno se prokureurspraktyk nou so suksesvol dat hy kan bekostig om Woensdae én Donderdag gholf te speel?"

Lara lees die agterdog in Phoebe se oë en lag haar goedig uit. "Nou lyk jy weer nes my ou tant Phoebe wat vermoed ek het nie al my huiswerk gedoen nie!" koggel sy. Sy sien Phoebe be-kommerd frons en vervolg gerusstellend: "Oom Ryno moet die hele dag in die hof wees en hy het gesê ek kan ons kantoor om eenuur sluit en huis toe gaan. Sy ander sekretaresse, Elna, werk in elk geval net soggens. Ek draai darem nie stokkies nie, Phoe-be! Ek speel net ontvangsdame vir oom Ryno totdat sy nuwe ontvangsdame vroeg in Januarie by hom begin werk. Ek sukkel in elk geval nog om 'n permanente pos as apteker te kry."

Phoebe trek onsigbare strepies met haar wysvingernael op die tafeldoek, kyk eindelik op en vra hoorbaar onwillig: "Noem jy Ryno nog 'oom' vandat julle saam werk?"

"Wat anders? Hy is 'n stokou oom van agt-en-veertig. Of verwag jy dat ek hom ewe formeel as meneer Marx op kantoor moet aanspreek?" vra Lara onthuts.

"Nee . . . nee, maar ek is vyf jaar ouer as Ryno en jy noem my nooit tannie nie."

"Omdat jy en ta' Heilie nie vir my en Karl geleer het om jou tannie te noem nie. Jy is ons Phoebe, want ons het nie 'n pa of 'n ma gehad om ons groot te maak nie. Toe ek klein was, was ek so trots dat net ek 'n Phoebe het, nie 'n ma soos al my maats nie. Dit pla jou tog nie werklik dat ek jou nie 'tannie' noem nie, Phoebe?" vra Lara gekwel.

177

Phoebe sug met hoorbare ongeduld en skud haar kop. "Natuurlik nie. My naam is die eerste woord wat jy gesê het, en ek was so trots dat ek my siek gehuil het. Dis Ryno se vrou . . . Lynette is 'n verveelde, kinderlose huisvrou met te veel tyd tot haar beskikking . . . te veel tyd om te dink. Of dalk doen haar talle vriendinne haar dinkwerk vir haar, want hulle gereelde teepartytjies is niks anders as skinderpraatjies nie."

"Ek onthou. Die een keer toe ek haar moes help om tee en koek te bedien, het my ore nooit ophou gloei nie. Hulle bespreek hulle mans en hulle slaapkamerprobleme asof dit koekresepte is! En elke vrou wat groet en uitstap, word deur dié wat agterbly aan repies geskeur. Ek is bly jy hou nie teepartytjies nie, Phoebe."

"Natuurlik, dis net 'n gemors van tyd. Maar Lynette is my probleem. Sy het talle vriendinne, maar ek is haar vertroueling . . . of dalk haar biegmoeder." Phoebe huiwer 'n oomblik en vra dan: "Het jy geweet Lynette is Ryno se tweede vrou?"

Lara giggel onnutsig. "Hou op skuldig lyk, Phoebe: die waarheid is nie skinder nie. Maritsa het my lankal vertel Lynette was Ryno se ontvangsdame en dat hy van sy eerste vrou geskei het om met die jong Lynette te trou. Jonk? Ek wed sy is al veertig!"

"En op veertig is 'n vrou 'n dinosourus?" vra Phoebe wrang.

"Net as sy probeer om soos twintig te lyk en op te tree . . . A, nou verstaan ek! Tant Lynette het my verlede jaar op my gradeplegtigheid gevra om haar op haar voornaam te noem, maar ek is so gewoond om haar 'tannie' te noem . . . Het sy by jou daaroor gekla?"

"Nee, maar Lynette is 'n bekommerde vrou. Sy het besluit veertig is stokoud, en dat Ryno reeds vir hom 'n jong meisie gekies het of binnekort sal kies – heel waarskynlik sy nuwe ontvangsdame," antwoord Phoebe en kyk Lara deurdringend aan.

Lara gryp met haar hande na haar gloeiende wange. "Moenie

so na my kyk nie, Phoebe! Ek bloos van boosaardigheid, nie omdat ek skuldig is nie. Dink die stommerik van 'n vrou sowaar ék stel in haar stokou man belang?" vra sy verontwaardig.

"Lynette is te lafhartig om jou prontuit te beskuldig, maar sy bel gereeld teen sesuur saans om te hoor of jy al tuis is. Veral wanneer Ryno die aand laat werk of die een of ander vergadering moet bywoon," vertel Phoebe met opsigtelike ergernis.

"En vandat ek by oom Ryno werk, nooi sy my en ta' Heilie elke Woensdagmiddag om by haar tee te drink," sê Lara nadenkend en draai met blitsende oë na Phoebe. "Die ou heks! Sy nooi my net uit omdat sy wil seker maak ek rits nie saam met haar man rond terwyl hy veronderstel is om gholf te speel nie. Sien jy nou? Selfs Lynette glo ek is nie mooi genoeg om 'n jong man te kry nie, daarom is ek verplig om op haar stokou man verlief te raak!"

"Om liefdeswil!" Phoebe kom orent en vervolg ongeduldig: "Ek gaan nie herhaal wat ek oor jou voorkoms gesê het nie, want jy het self 'n spieël. Het jy al besluit of jy ná Nuwejaar saam met my Kaapstad toe vlieg?"

"Vlieg?" vra Lara, haar stem skril van paniek. "Jy weet ek sal nooit my lewe in 'n vliegtuig waag nie! Jy weet my pa is in 'n vliegtuigongeluk dood! Hoekom sê jy nie reguit jy wil alleen gaan vakansie hou nie, Phoebe? Ek en ta' Heilie sal die huis oppas en mekaar geselskap hou."

Phoebe sak met 'n sug terug op haar stoel. "Jou pa het in 'n klein, eenmotorige vliegtuigie verongeluk, Lara," sê sy paaiend. "Karl vlieg die wêreld vol en hy het nog elke vlug oorleef. Hoe weet jy jy is bang om te vlieg as jy nog nooit 'n vlug ervaar het nie?"

"Dis 'n simpel vraag. Ek het jou dit reeds gesê toe jy my gedwing het om 'n paspoort te kry: ek hoef nie in 'n vliegtuig te sit om uit te vind of ek bang is nie – ek ís bang. Hoekom wil jy skielik Kaapstad toe vlieg? Jy het gesê ons gaan langs die Weskus toer," antwoord Lara verwytend.

"Omdat ek Heilie ook saamgenooi het. Jy ken haar: ek moet op elke dorp en by elke vulstasie stilhou sodat sy kan tee drink en die ruskamers besoek. Ek gee nie om om kort-kort stil te hou wanneer ons langs die kus op toer nie, maar ek kan die pad Kaapstad toe al met toe oë ry. As ons afvlieg, kan ek 'n motor in Kaapstad huur vir ons toer. Asseblief, Lara, doen dit ter wille van my. As Heilie die moed het om op haar leeftyd te vlieg . . ."

"Dis nie moed nie!" val Lara haar boos in die rede. "Ta' Heilie het te min breinselle oor om helder te kan dink of bang te wees. Goeiste, sy is al vyf-en-sestig!"

"Wees dankbaar ons huishoudster het vanmiddag by 'n vriendin gaan kuier, anders het sy nou jou ore warm geklap," probeer Phoebe haar niggie betig, maar 'n moedswillige glimlaggie pluk aan haar mondhoeke. "Heilie het oorgenoeg breinselle om van haarself 'n oorlas te maak, maar haar liefde en groothartigheid vergoed vir alles. Sy is bereid om saam met jou in my motor Kaapstad toe te ry as jy werklik nie kans sien om te vlieg nie."

Lara lag verlig. "My liewe ta' Heilie! Sien jy nou, Phoebe? Ta' Heilie besef my vrees vir vliegtuie is nie iets soos aknee wat 'n mens as tiener ontgroei nie."

Phoebe byt op haar onderlip, haar blik nadenkend op Lara. "Ek wil dit nie sê nie, en dalk moet ek nie, maar miskien sal dit jou help, Laratjie. My broer . . . jou pa het alle belangstelling in die lewe verloor toe jou ma 'n paar uur ná jou geboorte gesterf het. Hy was altyd lief om te vlieg, maar ná jou ma se dood kon hy nie wegbly van sy vliegtuig af nie. Ek het hom verwyt, gesê dat hy jou en Karl afskeep omdat hy al sy vrye tyd in sy vliegtuig deurgebring het, en toe het hy iets vreemds gesê . . ."

"Wat, Phoebe?" por Lara toe haar tante stilbly.

"Dat hy nader aan jou ma voel as hy in sy vliegtuig is; dat hy soms voel dat as hy aanhou vlieg, hy by haar sal uitkom. Daardie dag toe hy verongeluk het . . . die brandstof van sy vliegtuig het opgeraak en sy vliegtuig het geval. Miskien was die instrumente-paneel foutief, of dalk het hy doodeenvoudig aanhou vlieg, na sy dood toe gevlieg, omdat dit die enigste manier vir hom was om met jou ma herenig te word," vertel Phoebe, haar stem sag van 'n ou hartseer.

"Glo jy my pa het selfmoord gepleeg?" wurg Lara die vrees-like vraag uit.

"Nee . . . want selfs al het hy dit beplan, twyfel ek of hy dit in sy gemoedstoestand as selfmoord sou beskou het. Moontlik was hy só verdiep in sy gedagtes oor jou ma dat hy nie ag geslaan het op die instrumentepaneel nie, of hy het tred verloor met die tyd. Maar ek raai net, Lara. Weet enigiemand waartoe intense hart-seer iemand kan dryf? Ek praat nie selfmoord goed nie, maar hoe kan ek oordeel? Soms voel ek dat ek onbewustelik aandadig was aan sy tragiese dood," antwoord Phoebe met 'n ondertoon van selfverwyt in haar stem.

"Hoe so? Ta' Heilie het my vertel jy het drie maande verlof geneem om my voltyds te versorg voordat sy my versorging oorgeneem het. En jy was daar om vir Karl liefde en aandag te gee toe my pa nie in staat was om dit te doen nie. Jy het my pa tyd gegee om sy hartseer oor my ma se dood te verwerk, maar hy was te selfsugtig om dit te doen."

"Die ongenaakbare oordeel van die jeug," spot Phoebe met 'n skaduglimlaggie. "Dis juis waarom ek soms skuldig voel: as ek nie so gretig was om al jou pa se verantwoordelikhede teenoor jou en Karl oor te neem nie, sou hy miskien sy hartseer gouer verwerk het. Hy het te veel tyd gehad om te dink en te rou oor sy vrou wat hy so innig liefgehad het. Maar ek sal nooit weet nie, want ek is 'n wetenskaplike, nie 'n psigiater nie. En jy raai ook, Lara, want ons sal nooit met sekerheid weet of dit 'n blote ongeluk of selfmoord was nie."

"Ek verkies om te glo dit was 'n ongeluk, anders moet ek aanvaar my pa was 'n lafaard," besluit Lara. Sy kyk op haar polshorlosie en spring vervaard op. "Goeiste, dis byna drie-uur! Ek het Maritsa beloof ek sal halfvier by haar wees, maar ek wil eers gaan stort. Dink jy dit gaan reën?" Sy stap vinnig na die venster en sê bekommerd: "Kyk hoe vinnig steek die wolke op, en dis skielik donker. Mag ek jou motor leen, Phoebe? My ou karretjie lek soos 'n sif in 'n stortbui."

"Jy oordryf, Lara. Jou motor het goeie remme en splinternuwe buitebande. Trek 'n reënjas aan as jou motor so buitensporig lek. En stuur vir Maritsa 'n SMS voordat die praatsieke meisiekind bel terwyl jy in die stort is. Ek kon nog nooit begryp waarom Maritsa my so graag oor haar bedrywige liefdeslewe inlig nie!"

"Maritsa dink jy is 'n preutse, Victoriaanse oujongnooi, Phoebe. Sy sê dis haar lewenstaak om jou uit jou inhibisies te skok – voordat ek saam met jou op die rak beland," terg Lara laggend en draf die eetkamer uit na die voorportaal waar sy haar handsak gelaat het.

"Selfrespek is nie preutsheid nie. Maritsa is 'n breinlose flerrie wat al sedert haar tienerjare 'n gebrek aan inhibisies het!" kom dit driftig van Phoebe terwyl sy Lara na die voorportaal volg. "Wat het sy vir vanaand beplan? Weer een van haar deurnagpartytjies van drank en dwelms?"

"Phoebe . . .!" probeer Lara haar verwyt, maar die afkeurende uitdrukking op haar tante se gesig laat haar gierend van die lag teen die kapstokkas aanleun. "Ek het jou gesê Maritsa geniet dit om jou te skok. Sy is gewild onder die mans en sy is dol op dans en partytjies, maar sy is net so bang vir drank en dwelms soos ek. Het jy geweet sy is 'n hoërskoolonderwyseres? Ek en sy het nie ons grade gekry met behulp van drank en dwelms nie. Ons is jonk en ons het vriende en kennisse wat wel misbruikers van drank en dwelms is, daarom is ons bewus van al die gevare."

"Ek hoop so!" Phoebe kyk fronsend hoe Lara eers in haar handsak rondvroetel en dan die inhoud daarvan op die blad van die kapstokkas omkeer. "Sal ek raai? Jy het weer jou selfoon by die kantoor laat lê."

Lara sug met oordrewe selfbejammering en pak die inhoud van haar handsak vinnig terug. "Ja, ek het, maar ek sal nie eens vra of ek net een ou oproepie van ons landlyn af kan maak nie. Jy is suinig, Phoebe – vrek suinig!"

"Nee, ek gebruik net my gesonde verstand. Die laaste keer toe jy van ons landlyn af gebel het, het jy en Maritsa drie uur lank gesels. Die foon is daar vir ons gerief, nie vir sosiale kuiertjies nie. Jy moet jou selfoon maar by die kantoor gaan haal, dis in elk geval gevaarlik om saans daarsonder uit te gaan. Ry versigtig, en dink na oor my voorstel om Kaap toe te vlieg."

"Ek vlieg nie!" roep Lara boos oor haar skouer en draf vinnig na haar motor toe die eerste swaar druppels reën begin val.

Dank die hemel my motor het goeie remme, dink Lara terwyl sy met intense konsentrasie haar voertuig deur die stortende reën stuur. Sy volg die dienspad langs die hoofweg en draai regs op in die rylaan na die groot privaat woning wat Ryno Marx in sy kantoor omskep het. Sy bring haar motor langs die stoeptrap tot stilstand, hou die sleutel gereed in haar hand en hardloop kop onderstebo die trap op na die voordeur.

"Is jy deel van die orgie?" vra 'n donker, grimmige manstem terwyl 'n groot hand soos 'n staalband om haar boarm sluit.

Skok smoor die vreesuitroep in Lara se keel en laat ruk haar kop werktuiglik op. Hy troon oor haar – 'n lang, breedgeskouerde man met silwer vlamme van woede in sy ligblou oë wat hulle soos vloeiende staal in die reënskemering laat glim. Sy digte, donkerbruin hare val oor sy voorkop en die kraag van sy hemp. Sy aristokratiese neus pas by die sterk beenstruktuur van sy gesig, sy hoekige ken en ferm mond, fokus haar gedagtes verward op die man voor haar.

Hy skud haar liggies aan die arm. "Antwoord my! Het jy by Marx en Monette kom aansluit?" rasper sy stem, sy oë geskreef onder sy saamgetrekte wenkbroue.

Sy probeer om te praat, maar haar tong voel bevrore van vrees. Wie is hierdie man wat uit die bloute voor haar verskyn het en haar vashou asof hy 'n wetsoortreder is? Hy lyk nie soos 'n misdadiger nie, maar hy is smoorkwaad. Sy het egter méér rede om kwaad te wees, want niemand het die reg om haar vas te gryp en soos 'n stuk vodde rond te ruk nie.

Sy klem haar hand in 'n vuis en skree uitdagend bo die gedruis van die reën op die dak: "Los my! Los my, of ek roep oom Ryno!"

Hy los haar arm vinnig en sy sien hoe die woede uit sy oë vlug. Dit maak plek vir verwarring. "Oom Ryno?" herhaal hy vraend.

"Ja! Hy is 'n oom van amper vyftig en sy vrou se naam is Lynette, nie Minette of Nanette nie. Maar wat soek tannie Lynette hier?"

'n Kwelgedagte laat rek haar oë wyd. "Het oom Ryno skielik siek geword? Ek weet hy gebruik medikasie vir sy hoë bloeddruk. Is jy 'n dokter?"

'n Flitsende glimlag verhelder die man se oë soos sonlig agter 'n reënwolk. "Allermins. Ek is Wiehahn. Werk jy hier?" vra hy, sy blik op die bos sleutels wat sy nog in haar hand vashou.

"Ja. Ek het my selfoon in my kantoor vergeet." Sy byt op haar onderlip en kyk hom met fronsende onbegrip aan. "Wat het jy van 'n orgie gesê? Glo jy oom Ryno en tant Lynette het kantoor toe gekom om dronk te word?"

"E . . . nee. Ek vermoed ek is verkeerd ingelig. Ek is jammer as ek jou laat skrik het, juffrou . . .?"

"Lara Wiese," sê sy dadelik, verbaas oor haar onvermoë om kwaad te wees vir hierdie vreemde man wat haar oomblikke gelede nog vir haar lewe laat vrees het. Nee, nou oordryf sy. Sy het aanvanklik geskrik, maar sy is nie bang vir hom nie, want sy oë straal 'n innerlike krag en integriteit uit.

"Lara," herhaal hy haar naam asof hy die woord op sy tong proe. "Dit klink soos musiek. Bly te kenne, Lara. Vra jou oom Ryno om 'n sekuriteitsheining op te rig. Die digte struike en bome in die voortuin maak 'n mooi vertoning, maar dis nie veilig nie. Tot siens," groet hy en draai weg.

"Tot siens, meneer Wiehahn," groet sy met 'n onverklaarbare gevoel van teleurstelling. Sy wou langer met hom gepraat het, besef sy. Dit laat voel haar soos 'n gek en sy sluit die voordeur haastig oop. Sy stoot die deur oop en tik die kode op die paneelbord in om die alarm af te skakel. Toe stap sy na haar lessenaar om haar selfoon te soek.

Die bekende klank van Ryno Marx se lag laat haar verras na sy toe kantoordeur kyk. Meneer Wiehahn het gelyk gehad: oom Ryno en tant Lynette is saam op kantoor. Sy ontdek haar selfoon in die boonste laai van haar lessenaar en stoot die laai vinnig toe. Sy sal net by oom Ryno se kantoor inloer om hom en tant Lynette te groet, besluit sy. Sy is tog reeds laat vir haar afspraak met Maritsa, en sy sien nie werklik kans vir haar terugtog huis toe deur die stortende reën nie.

Die druisende reën op die dak smoor die klank van die oopgaan van Ryno se kantoordeur, maar die helder elektriese lig versluier nie die realiteit van wat Lara voor haar sien nie: Ryno in 'n vurige omhelsing met 'n onbekende blonde meisie.

185

Lara staan versteen, haar hand nog op die deurknop, nie in staat om net vinnig agteruit te tree en die deur weer toe te maak nie.

'n Groot, warm hand glip oor haar mond en neus; nog 'n hand sluit om hare wat nog krampagtig die deurknop vasklou.

"Doodstil!" adem 'n manstem in haar ore, sy asem 'n warm streling op haar wang. Sy weet sonder om te kyk wie dit is, en sy tree gewillig onder die druk van sy hand agteruit sodat hy die deur geluidloos kan toemaak.

"Is jy 'n privaat speurder, meneer Wiehahn? Het tant Lynette jou gehuur?" vra Lara gedemp toe hy sy hande laat sak.

"Nee, op albei vrae. Ek doen net 'n guns vir my beste vriend." Wiehahn glimlag verskonend. "Ek is jammer ek moes jou deel maak daarvan, maar toe jy die voordeur agter jou laat oopstaan, was die versoeking te groot om te weerstaan. Dis makliker om die getuienis van jou eie oë te glo – en nou weet ek vir seker. Ek is dankbaar jy het nie gegil nie."

"Met jou yslike hand op my neus en mond? Ek het geskrik, totdat ek die geur van jou naskeermiddel herken het." Sy glimlag skeef. "In my werk is die geure van vloeistowwe soms lewensgevaarlik, veral as die bottel nie 'n etiket het nie."

Hy frons verwonderd, lyk asof hy haar wil uitvra, maar kyk vinnig na Ryno se kantoordeur toe Ryno se harde lag weer vanuit sy kantoor opklink.

"Ek sal vir jou 'n ruiker stuur om dankie te sê, Lara, maar nou . . ."

"Nee, wag!" val sy hom in die rede. Sy gryp hom impulsief aan sy baadjiemou vas en ruk dan haar hand met 'n gevoel van verleentheid weg. "Ek gaan nie hier bly nie. Wat oom Ryno agter tannie Lynette se rug doen . . ."

Sy swyg toe 'n meisiestem skielik aan die ander kant van die deur opklink. "Nee, Ryno! Ek het lank genoeg gekuier, jou kantoor bewonder en die drankies geniet, maar ons speel met vuur. Bespreek vir ons 'n kamer in ons gebruiklike hotel en ek sal môremiddag daar wees, maar nou moet ek gaan."

"Maar dit reën nog hard, my liefste. Ons motors staan ses straatblokke hiervandaan. Jy kan nie nou gaan nie. Toe, kom drink nog 'n drankie saam met my," protesteer Ryno, sy tong lomp.

"Jy het reeds te veel gedrink, Ryno-lief. Slaap 'n paar uur lank op daardie gerieflike rusbank voordat jy dit agter 'n stuurwiel waag. Maar ek loop nou," antwoord die meisiestem vasbeslote.

"Klop hard aan die deur, Lara – gou!" beveel Wiehahn sissend. Hy retireer na die oop voordeur en bly afwagtend staan, sy oë gebiedend op haar.

Lara klop met 'n gebalde vuis aan Ryno se kantoordeur. Sy sien Wiehahn met 'n haastige wuif van sy hand by die voordeur uitglip en roep hard: "Oom Ryno! Is jy hier, oom? Mag ek inkom?"

Dis onmoontlik om voetstappe op die sagte mat van Ryno se kantoorvloer bo die reëngedruis te hoor, maar sy kan haar voorstel watter geskarrel op haar woorde volg, dink Lara met 'n wrang glimlaggie. Sy het altyd geglo die buitedeur wat uit Ryno se privaatbadkamer lei, is daar ingeval hy 'n onredelike kliënt wil ontwyk, maar die deur het duidelik ander voordele: soos om van 'n geheime minnares ontslae te raak.

"Het iemand geklop? Wie is daar?" roep Ryno eindelik, sy stem verder weg as tevore.

"Dis ek, Lara! Het oom 'n kliënt? Sal ek vir julle tee maak?" Lara besef dat sy die situasie terdeë geniet en voel dan skuldig: tant Lynette sal beslis nie saam met haar lag oor oom Ryno se dislojaliteit nie.

" 'n Kliënt? Ja, ja, ek het 'n kliënt gehad!"

Ryno se stem kom vinnig nader. Dan gaan die kantoordeur

187

oop. Hy vervolg met gul hartlikheid: "Jy weet nie hoe bly ek is om jou te sien nie, Laratjie! Ou mevrou Scoombie wou haar testament vir die twintigste maal verander, en sy het daarop aangedring dat dit nog vandag gedoen moet word. Maar kom binne, kom binne! Sal jy 'n drankie saam met my drink? Jy is mos nou al mooi groot."

En dis hoe ek wil bly: mooi en groot, dink Lara en draai haar kop weg om nie deur die walms van Ryno se drankasem oorweldig te word nie.

"Nee, dankie, oom. Ek drink nie as ek moet bestuur nie." Sy kyk vraend rond. "Dan is mevrou Scoombie reeds weg?"

"Ja, ja . . . nou net. Sy woon mos in ons straat en sy is sommer by die buitedeur van die badkamer uit. 'n Komieklike ou mens, maar skatryk en glad nie suinig om te betaal vir my diens nie."

Ryno merk dat Lara na die twee gebruikte drankglase staar en borduur oortuigend voort: "Lief vir haar drankie ook, al sy is byna tagtig. Drink graag 'n glasie rooiwyn."

Tot 'n paar minute gelede was sy lief vir Ryno Marx, want hy was deel van haar lewe vanaf haar kinderjare, dink Lara ontnugter. Oom Ryno en tant Lynette was die vrygewige kinderlose egpaar wat vir haar en al die ander kinders in hulle straat geskenke gekoop het met hulle verjaardae en Kerstyd: wat nooit geweier het om mildelik by te dra as hulle geld moes insamel vir hulle skool se sportklub nie. Dis waarom sy nie eens gehuiwer het om die pos van ontvangsdame te aanvaar toe hy iemand nodig gehad het om hom 'n maand lank uit te help nie.

Sy kyk na die groot man met sy rooi gesig wat met lomp hande probeer om die glase en drankbottels weg te pak. Sy het nooit aan hom in terme van aantreklikheid gedink nie, maar toe sy klein was, het sy gedink hy is 'n mooi oom, moontlik omdat hy altyd vriendelik was. Miskien is hy aantreklik met sy koringblonde hare, diepblou oë en reëlmatige gelaatstrekke, maar sy

188

voorkoms, sy hele menswees vervul haar op hierdie oomblik met 'n gevoel van weersin. Hoe kan enige getroude man so veragtelik optree? Sy sal nooit trou nie, want sy sal nooit 'n man kan vertrou nie, dink sy en draai weg.

"Ek moet nou gaan, oom Ryno. Ek het net my selfoon kom haal. Ek sien jou môre weer," groet sy oor haar skouer.

"Ek ry saam, Laratjie, want ek moes my motor laat insleep – weer probleme met die petrolpomp." Hy kom op onvaste bene nader. "Waar het jy jou motor geparkeer?"

"Langs die stoeptrap. Klim solank in, oom. Ek sal die alarm stel en die deur sluit," antwoord Lara gelykmatig, verlig dat Ryno besef hy kan nie ná soveel drankies bestuur nie.

Sy sluit die voordeur, stap die stoeptrap af en frons onthuts toe sy Ryno agter die stuurwiel van haar motor sien sit, reeds besig om die enjin aan te skakel.

"Nee, ek sal bestuur, oom! Ek glo nie jy –"

"Ry jy of bly jy, Lara?" vra Ryno met 'n harde lag en trek vinnig weg.

"Dis mý motor, ek wil bestuur!" roep Lara boos uit. Maar Ryno lag harder en ry onverskillig in die rylaan af na die diens-pad.

Lara hardloop na die rylaan en steek dan verskrik in haar spore vas toe 'n luukse wit motor skielik tussen die digte struike van die voortuin verskyn en langs haar tot stilstand kom.

"Klim in, Lara!" roep Wiehahn uit die motor. "As ons geluk-kig is, kan ons 'n noodlottige ongeluk voorkom!"

2

Lara ruk die passasiersdeur van Wiehahn se motor oop, klim in en klap die deur toe.

"Ry, meneer Wiehahn! Ek vermoed oom Ryno het links gedraai, en daar is 'n gevaarlike kruising aan die onderpunt van die dienspad. Ons moet hom keer!" beveel sy, haar stem skril van vrees.

Wiehahn hou sy sakdoek na haar uit terwyl hy sy motor bekwaam in die rylaan af na die dienspad stuur. "Jy het 'n handdoek nodig, maar dit sal help," sê hy, sy blik turend deur die stortende reën.

"Dankie, meneer Wiehahn," sê sy, ineens oorbewus van haar druipnat klere en haar hare wat in nat slierte in haar oë hang. "Ek hoop nie ek beskadig die leersitplekke met my nat klere nie."

"Dis Wiehahn, Lara, nie meneer nie. En ons is albei deurnat. Vreemd, ek het altyd 'n reënjas byderhand as ek Europa besoek, maar ek het nie dié geelperskereën in Desember op die Hoëveld verwag nie."

Hy bring sy motor aan die onderpunt van die rylaan tot stilstand om links en regs in die dienspad te kyk. "Ryno moes soos 'n besetene gejaag het, want ek sien jou motor nêrens nie. Waarom het jy jou motorsleutels vir die beskonke man gegee?"

"Ek het nie!" ontken sy onthuts. "Ek het my sleutels in my motor gelos, want ek wou net my selfoon kry en dan weer ry. Oom Ryno het agter die stuurwiel ingeklim terwyl ek die voordeur gesluit het en sommer net weggery."

"Die sot! Dit reën so hard dat ek nouliks die pad kan sien. Vanselfsprekend het hy nie eens daaraan gedink om die motorligte aan te skakel nie. Maar waarheen nou, Lara? Is jy seker Ryno het links gedraai?" vra Wiehahn bekommerd.

"Nee. Dis die pad wat ons huis toe ry, maar ek weet nie waar hy sy eie motor geparkeer het nie. Draai links en ry, Wiehahn. Ek sal bid dat hy êrens stilgehou het om vir my te wag. Of dink jy hy was so dronk dat hy klaar vergeet het van my?" tob sy en tuur angstig deur die reën wat soos 'n soliede grys muur die pad anderkant die motorligte uitwis.

"Ek vermoed Ryno Marx het 'n hele paar drankies gelede die vermoë verloor om enigiets te onthou," antwoord Wiehahn wrang terwyl hy in die dienspad afry. Hy kyk flitsend na Lara, merk die spanning op haar gesig en sê gemoedelik: "Jou baas sal nie 'n mooi meisie soos jy so maklik vergeet nie. Ek is seker hy wag hier êrens op jou."

"As oom Ryno iets moet oorkom ... Ek ken hom en sy vrou my lewe lank, want ons woon in dieselfde straat. Hulle is huisvriende, amper soos familie ..."

Sy byt op haar onderlip toe hulle die onderpunt van die lang dienspad bereik en Wiehahn sy motor skerp links in die pad opdraai en dan weer vinnig regs tot by 'n stopteken. Voor hulle strek die besige snelweg. Die motors kruip soos twee lang, verligte treine in die derde en vierde baan verby, maar alle verkeer het in die twee bane voor hulle tot stilstand gekom.

"Nee ...! Nee!" krys Lara, haar stem 'n skor fluistering van ongeloof en skok. Sy staar asof gehipnotiseer na die grusame ongelukstoneel voor haar.

Wiehahn neem haar hand in syne. "Dit is ... dit was jou motortjie. Ek is jammer, Lara," sê hy, warm troos in die aanraking van sy hand en sy stemtoon.

"Die vragmotor het my motor opgefrommel, maar oom Ryno ... Hy ... hy is nie dood nie, Wiehahn? Hy kan nie sommer dood wees nie!" rasper haar stem oor haar lippe, wat ineens papierdroog voel.

"Kyk na jou motor, Lara. Die moontlikheid dat hy nog leef

". . . Ek is jammer, opreg jammer, maar as Ryno nie dood is nie, is hy vermink en moontlik sterwend." Hy druk haar hand bemoedigend.

"As ek net nie my sleutels in my motor gelos het nie . . . Dis alles my skuld! Oom Ryno is dood, en dis alles mý skuld!" roep sy met 'n gevoel van stygende histerie uit.

"Snert! Jy is definitief nie verantwoordelik vir die sotlike optrede van 'n beskonke man nie, Lara. Wees liewer dankbaar Ryno het teen 'n groot vragmotor gebots, want daar is 'n sterk moontlikheid dat die vragmotorbestuurder nie beseer is nie."

Hy luister saam met haar na die naderende geloei van sirenes en sê dan paaiend: "Jy kan niks verder vir Ryno doen nie, maar jy is self in 'n toestand van skok. Sal ek jou huis toe neem?"

"Nee! Los my hand, Wiehahn! Ek moet daar wees, ingeval oom Ryno my nodig het. En dis my motor – my handsak is nog in my motor. Ek moet met die polisie praat . . . verduidelik, anders dink hulle dalk oom Ryno het my motor gesteel," protesteer sy ontsteld en probeer haar hand losruk uit syne.

"Jy sal met die polisie moet praat, maar dis nie noodsaaklik dat jy dit nou doen nie, Lara. Is daar iemand tuis wat –"

"Jy verstaan nie!" val sy hom desperaat in die rede. "Oom Ryno het my nodig, want tant Lynette mag nooit weet dat hy saam met daardie meisie in sy kantoor gedrink het en so dronk was dat hy in my motor weggejaag het nie. Asseblief, Wiehahn, help my . . . help my . . ."

Sy kry nie koud nie, maar haar tande klap soos kastanjette opmekaar en haar tong is te moeg om die woorde te vorm, besef Lara en klou onwetend stywer aan Wiehahn se hand vas, haar oë pleitend in syne.

'n Ambulans hou skuins teenoor hulle stil, gevolg deur 'n polisievoertuig.

"Hoe kan ek weier nadat ek jou gedwing het om my te help?"

vra Wiehahn, 'n skuldige glimlag flitsend om sy lippe. "Ek veron-
derstel jy moet daar wees . . . óns moet daar wees om die polisie
se vrae te beantwoord. Maar ons sal eers moet besluit presies wat
om aan die polisie te sê," vervolg hy saaklik en ry oor die gras-
eiland om sy motor onder 'n digte kareeboom te parkeer.

Phoebe druk die voordeur agter Lara toe en neem haar in haar
arms. "My liewe, liewe kind," troetel haar stem sag, medely-
dend.

"Ek is sopnat, Phoebe," protesteer Lara halfhartig, maar koes-
ter haar in die warm veiligheid van Phoebe se arms.

"Deurnat en koud en half verkluim. Het die polisie jou huis
toe gebring?"

Lara knik stom. "Ek was só moeg. Vrae en vrae . . . dieself-
de vrae oor en oor. En beëdigde verklarings. Maar hy is dood,
Phoebe. Oom Ryno is dood. Hy het gelag en weggery en toe
. . . toe is hy dood. Sommer net dood."

Lara kyk op en Phoebe lees 'n ewigheid van pyn en onbegrip
in haar donker oë.

"Ek verstaan, kindjie. Toe jou pa verongeluk het . . . 'n Lang
siekbed laat 'n mens die dood inwag, dit maak van die dood 'n
bekende, maar 'n noodlottige ongeluk oorweldig 'n mens met
skok. Toe jy bel en sê —"

" 'n Kop propvol wetenskaplike feite, maar nie 'n enkelte
breinsel wat sorg vir gesonde verstand nie!" val 'n kwaai stem
Phoebe berispend in die rede. 'n Mollige ouer vrou stoomroller
die voorportaal binne, twee badhanddoeke, 'n winterkamerjas
en nagklere in haar arms. "Foei tog, jy lyk nes 'n verdrinkte kat,
my arme Laratjie. Maar noudat ek hier is, sal ek sôre," paai sy en
drapeer een van die handdoeke om Lara se skouers.

"Ek dink Lara het 'n warm bad nodig, Heilie," maak Phoebe
kapsie.

"Moenie met jou wetenskaplike breintjie dink as jy tuis is nie, Phoebe. Ék doen die dinkwerk hier," sê Heilie Geel ferm.

Sy slaan haar arm om Lara se skouers en lei haar in die rigting van die studeerkamer. "Ek het met my eie ou hande vuur in die kaggel gemaak, en daar is 'n termosfles vol lekker soet kakao, my lammetjie. Gemmerkoekies en melktert ook, as jy later honger voel."

"Dankie, ta' Heilie," sê Lara.

In die studeerkamer, waar die kaggelvuur reeds sy weldadige warmte versprei, laat sy Heilie toe om haar te help om van haar nat klere ontslae te raak en haar droog te vryf, voordat sy haar pajamas en kamerjas aantrek.

"Wat staan jy so handjies gevou hier rond, Phoebe?" vra Heilie ongeduldig. "Skink solank vir onse weeskind kakao in terwyl ek haar haartjies droogvryf. Sit hier op die rusbank, Laratjie. My ou arms kan dit nie hou as ek so opwaarts moet werk nie."

"Ek dink nog Lara moes liewer gebad het," kom dit afkeurend van Phoebe, wat geen poging aanwend om Heilie se bevel uit te voer nie.

"Ek het jou gewaarsku, Phoebe, ek doen die dinkwerk in hierdie huis. Ek meen Laratjie het oorgenoeg van water en haar eie gedagtes gehad. Sy wil by mense wees wat haar liefhet en verstaan. Dis mos reg, hartjie?"

Heilie vee 'n handvol donker krulle uit Lara se oë en streel dan vertroostend oor haar kop. "Sulke dom, hartseer ogies – amper soos toe ou Boel dood is. Ek kan nie meer onthou wie daardie dag die meeste gehuil het toe ons ou Boel onder die vyeboom begrawe het nie: ek of Karltjie."

"Heilie, hou op! Jy laat Lara huil," protesteer Phoebe onthuts.

Sy gaan sit op die rusbank langs Lara en neem die snikkende meisie in haar arms.

"Nes ek beplan het," kom dit ingenome van Heilie. "Ons het nie almal bakstene waar ons harte moet wees nie, Phoebe. Ons huil, want die hartseer moet uit voordat ons weer heel kan word. Huil tot jy moeg is, Laratjie. Ek dra solank jou nat kleertjies waskamer toe. Ek sal sommer jou haarborsel en pantoffels kry," vervolg sy, sit 'n boks snesies langs Lara op die rusbank neer en stap die vertrek uit.

Phoebe kyk Heilie met woordelose bewondering agterna. Dan soen sy die huilende Lara op haar voorkop en sê spytig: "Ek is jammer, Lara. Ek probeer so hard om 'n ma te wees, maar ek het nog nie geleer hoe nie."

"H–hou my net vas, Phoebe," snik Lara en huil met die troostelose wanhoop van 'n kind wat nie verstaan nie.

Phoebe fluister troetelwoorde totdat Lara se snikke eindelik bedaar en sy haar hand na die boks snesies uitsteek. Sy blaas haar neus, droog haar trane af en kyk met 'n halwe glimlaggie om haar lippe na Phoebe, wat haar besorg dophou.

"Ta' Heilie is slim, Phoebe. Ek het eers oor ou Boel en toe oor oom Ryno gehuil . . . sommer oor al die aakligheid van die dag. Maar jy is 'n goeie ma, want jy het my vasgehou. Ek . . . ek wil nie nou alleen wees nie."

'n Fronsie keep tussen Phoebe se wenkbroue. "Heilie verras my elke keer, want kyk ek na haar, sien ek 'n ronde, ouerige vrou met 'n stomp neusie, babablou oë en 'n groot mond wat woorde uitskiet soos 'n masjiengeweer. Sy lyk nie slim nie, maar sy slaag daarin om my grensloos dom te laat voel."

"Ta' Heilie sê dis haar nuuskierigheid wat haar so slim maak. Maar jy is nie dom nie, Phoebe. Ek het self nie geweet ek wil net huil en huil en nooit weer ophou nie. Het jy gehuil toe ek jou van die polisiekantoor af gebel het?"

Phoebe skud haar kop. "Dit was 'n geweldige skok om van die ongeluk en Ryno se dood te hoor, maar ek was só verlig en dankbaar dat jy nie saam met hom in jou motor was nie, dat ek nie aan trane gedink het nie. Ek het net aanhou dankie sê dat jy nog lewe, kindjie. Maar ek moes besef het dat jy in 'n toestand van skok sal wees. Sal ek ons huisdokter bel, of voel jy nou beter?"

"Leeg, nie beter of slegter nie." Lara glimlag halfhartig. "As ek enigiets voel, is dit skuldig."

"Waaroor? Jy het Ryno tog nie gedwing om jou motor te leen nie. Waarom kon hy in elk geval nie met sy eie motor gery het nie?" vra Phoebe onbegrypend.

"Nes ek gedink het!" sê Heilie boos agter hulle.

Sy plak Lara se pantoffels en haarborsel op die rusbank neer en loop na die lessenaar waarop 'n skinkbord met koffiebekers en 'n termosfles staan. "Dis nou tipies van jou, Phoebe: speel staatsaanklaer in plaas daarvan om vir die hartseer kind 'n warm drankie te gee. Hier, my lammetjie, drink dit. En as dit effens anders proe: ek het 'n sopie whisky by die kakao gegooi, net vir die skok, verstaan?"

"Drank . . ." sê Lara en byt hard op haar onderlip toe die trane opnuut oor haar wange loop. Sy vee ongeduldig met haar handrug oor haar oë, drink die kakao proe-proe en glimlag vir Heilie wat haar vraend dophou. "Dankie, ta' Heilie. Ek dink my neus is toe ná al die gehuil, want die kakao smaak net lekker soet en warm."

"Ook maar goed, Laratjie, want sterk drank is 'n slegte ge- woonte. Maar vertel ons nou: wat het Ryno besiel om in jou motortjie rond te rits as hy 'n luukse motor met lugsakke en al besit?" vra Heilie. Sy neem op 'n gemakstoel plaas en bly pen- orent sit, gereed om te luister.

"Dis 'n lang, aaklige storie . . ."

Lara kyk met 'n uitdrukking van onmag in haar oë na Phoe- be, haal sidderend asem en sê dan gespanne: "Ek wil nie daaroor praat nie, maar ek moet vir iemand vertel. Die polisie het geweet oom Ryno het gedrink, want hulle kon die drank aan hom ruik, maar ek kon met eerlikheid vir hulle sê dat ek hom nie sién drink het nie. Ek het in my verklaring gesê oom Ryno het my motor geleen omdat sy motor êrens bly staan het, en dat meneer Wiehahn aangebied het om my huis toe te neem. Hy sou ook, maar toe kom ons op die ongeluk af . . ."

"Is . . . was meneer Wiehahn een van Ryno se kliënte?" vra Phoebe aarselend.

"Dit was die eerste maal dat meneer Wiehahn ons kantoor besoek het. Ek het aan die polisie gesê meneer Wiehahn het op-gedaag net voordat oom Ryno weg is met my motor, en meneer Wiehahn het dit beaam. Die polisie het vir meneer Wiehahn gesê hy kan maar gaan, want ek sal oom Ryno kan uitken."

Lara sluit haar oë en byt hard op haar onderlip, haar stem 'n skor fluistering toe sy vervolg: "Dit was nie meer oom Ryno nie, want sy gesig . . . Ek het na sy pinkiering met die robynsteen gekyk en vir die polisie gesê dis hy, want . . . want sy gesig was byna onherkenbaar geskend."

"Wat 'n traumatiese ervaring," sê Phoebe sag, haar hand stre-lend oor Lara se skouer. "Dis jammer meneer Wiehahn kon Ryno nie uitken nie."

"Dis hoe ek voel: jammer dat ek my selfoon by die kantoor vergeet het, jammer dat oom Ryno dood is, jammer vir tant Lynette en jammer vir myself. Net jammer, jammer . . ."

Lara laat sak haar kop in haar hande toe die trane haar opnuut inhaal.

"Jy kan ons môre alles vertel, Lara. Wat van nog 'n beker ka-kao?" vra Phoebe paaiend.

"Nee, ek moet daaroor praat, anders gaan dit 'n nagmerrie bly," antwoord Lara met 'n desperate lig in haar oë. Sy haal diep asem en vervolg dringend, haar stem trillend van ontsteltenis:

"Tant Lynette mag nooit weet nie, maar oom Ryna was dronk en . . . en daar was 'n meisie saam met hom in sy kantoor."

"Die javel! Het ek jou nie lankal gesê Ryno – mag hy in vrede rus – knyp die kat in die donker nie, Phoebe?" Heilie probeer om vroom te lyk, maar sy glimlag tog triomfantelik.

"Jy het, Heilie, maar jy wantrou alle mans," antwoord Phoebe met 'n ongeduldige suggie en draai terug na Lara. "Dis 'n gevaarlike aantyging om teen enigiemand te maak, Lara. Was die meisie nie net een van Ryno se kliënte nie?"

Lara skud haar kop en vertel dan van die middag se gebeure terwyl Phoebe en Heilie stilswyend luister.

"Deur skande en skade word 'n mens wys – as jy nou nie ongelukkig is en voor die tyd doodgaan nie," lewer Heilie kommentaar toe Lara eindelik swyg.

"Die arme Lynette!" sê Phoebe geskok. "As sy van Ryno se ontrouheid moet hoor, sal dit haar verpletter. Ek is dankbaar jy en meneer Wiehahn het niks oor Ryno se private doen en late aan die polisie gesê nie, Lara. Ryno se drankmisbruik was in elk geval verantwoordelik vir die ongeluk, nie sy ontrouheid aan Lynette nie."

"Dis hoe ek ook gevoel het, en gelukkig het meneer Wiehahn saamgestem." Lara kyk met troebel oë na Phoebe. "Ek wens ek het dit nooit geweet nie, want ek sou oom Ryno liewer wou onthou het as die gawe oom van my kinderjare."

"Ag, bog met jou, hartjie! Ryno was al die jare 'n stoute man, maar net ek was slim genoeg om dit te weet. En nou gaan ons almal van die lekker whisky-kakao drink en melktert en gemmerkoekies eet. Sit julle maar. Ek sal alles aandra, want sit ek langer, kry ek eelte," kom dit onstuitbaar van Heilie, wat orent kom en vlugvoetig vir haar gesette figuur na die lessenaar toe beweeg.

"Lara, het jy gesê die meisie se naam was Sanette?" vra Phoebe nadenkend.

"Sanette of Nanette – ek kan nie onthou nie, of dalk wil ek nie. Sy is deel van iets wat ek bitter graag sal wil vergeet," antwoord Lara, maar sy weet dis nie die volle waarheid nie.

Sy sal die groot man met die besonderse silwerblou oë nooit kan of wil vergeet nie, selfs al weet sy hy sal nie sy belofte hou en vir haar 'n ruiker stuur nie.

Lara kom die kombuis binne, adem die geur van varsgebakte anysbeskuit in en kyk verras na Heilie, wat met 'n stomende beker koffie voor haar aan die kombuistafel sit en aan 'n groot stuk beskuit smul.

"Môre, ta' Heilie. Hoe kry jy dit reg? Ek sukkel nog om wakker te word, maar jy het klaar beskuit geknie en gebak," sê sy bedroë.

Heilie sit agteroor op haar stoel en kekkellag vermakerig. "Wat vra jy nog, hartjie? Julle arme wesies ruik net aan 'n sopie whisky en julle kap om! Selfs Phoebe was al voor nege-uur gisteraand in die bed en vas aan die slaap. En reken, nie een van julle twee het eens agtergekom dat ek nie saam met julle whisky-kakao gedrink het nie," vertel sy en lag weer skaterend.

"Jy is 'n skaamtelose ou sondaar, Heilie Geel," sê Phoebe met misnoeë agter Lara. Sy kom die kombuis binne en loop na die koffieperkoleerder. "Ek moes tien minute lank onder 'n koue stort staan om daardie wattegevoel uit my brein te spoel. Presies hoeveel whisky het jy in die kakao gegooi, Heilie?"

"Kef, kef, kef! Nee a, Phoebe, jy is 'n waardige professor met 'n kop propvol chemie en goeters, nie 'n dikmond kind wat met iemand anders rusie maak oor jou eie oortredinge nie," antwoord Heilie verontskuldigend en lag geluidloos dat haar skouers skud. Sy kug 'n paar maal agter haar hand toe Phoebe haar toornig aanstaar en vervolg met vrome selfverwyt: "Haai, nee, ek moenie jou uitlag nie, Phoebe, want jy was in 'n allerverskriklike toestand van skok, daarom kon jy nie die whisky ruik nie."

"Ek was vanselfsprekend ontsteld, maar daar skort niks met my reukorgane nie," sê Phoebe vies. Sy dra twee bekers koffie na die kombuistafel toe. "Kom sit en drink jou koffie, Laratjie. Ek neem aan jy het ook soos 'n klip geslaap, maar jou gesiggie is nog bleek."

" 'n Hele bottel whisky in die kakao en jy kon dit nie ruik nie, Phoebe? As ek jy is, mens, maak ek haastig 'n afspraak met my dokter," kom dit doodbekommerd van Heilie.

Phoebe sien die ondeunde vonkeling in haar oë en klik haar tong ergerlik. "Ek dink ek moet my koffie in die eetkamer gaan drink voordat Heilie my werklik tot drank dryf. Kom jy saam, Lara?"

"Klim van jou perdjie af, my skatlam," paai Heilie en stoot 'n bak met vars beskuit oor die tafelblad na Phoebe toe. "Sit en eet van my lekker anysbeskuit. Dalk was my hand 'n bietjie swaar toe ek die whisky by die kakao gegooi het, maar jy en Laratjie het dit nodig gehad. Twee sulke wit gesiggies en hartseer oë . . . Ek wou julle nie babelaas gee nie, maar ek moes iets doen om julle goed te laat slaap."

Phoebe glimlag ten spyte van haarself. "Jy het 'n wonderlike vermoë om my dankbaar te laat voel oor iets waaroor ek my eintlik moet vererg, Heilie. Maar dankie, in elk geval. Ek en Lara het 'n goeie . . ." Sy breek haar sin af toe die voordeurklokkie deur die huis klingel. "Ag nee! Ek sien allermins kans vir kuier-mense op my nugter maag."

"Ai toggie, dis my skuld, Phoebe," erken Heilie sugtend. "Maar jy weet mos al: ek kry so 'n aardige bedompigheid op my bors omdat ons agter hoë ystertralies moet leef, daarom sluit ek die tuinhek vroegdag oop. Is jy nou weer vies vir my?"

"Nee, Heilie. Laat ons besoekers maar op die klokkie lê – ek

200

drink nou eers rustig my oggendkoffie," antwoord Phoebe en neem by die tafel plaas.

"Ek sal van hulle ontslae raak, Phoebe," sê Lara en spring op.

"Nee, my lammetjie, sit jou sit en eet 'n stukkie vars anysbeskuit. Ek is die huishoudster en ek sal gaan oopmaak," kom dit beslis van Heilie terwyl sy orent kom en vinnig na die gangdeur toe skommel.

"Dankie, ta' Heilie. My mond water al van die lus," antwoord Lara met 'n onoortuigende glimlaggie en sak weer op haar stoel neer.

"Sien jy kans om later vanoggend saam met my by Lynette te gaan inloer?" vra Phoebe aarselend, haar blik ongerus op haar niggie wat lusteloos aan 'n stuk beskuit peusel.

Lara kyk sku op. "Seker maar . . . Ek wens ons kon sommer gebel het, maar ons is huisvriende en tant Lynette . . ."

"Sjuut!" Phoebe hou haar hand gebiedend op. "Dit klink soos Lynette se stem."

". . . vertel wat ek van haar dink! Ek het reeds met 'n joernalis gepraat. Ek sal sorg dat die hele land weet die listige Lara is verantwoordelik vir my man se dood!" klink Lynette se stem verwoed uit die gang op. Dan storm sy die kombuis binne, gevolg deur 'n verontwaardigde Heilie.

Phoebe staan op en loop Lynette tegemoet. "Ek is so jammer oor Ryno se dood, Lynette. Ek en Lara was van plan om later vanoggend oor te kom om ons simpatie te betuig. Wil jy saam met ons koffie drink?"

"Kon jy nie hoor wat ek vir Heilie gesê het nie?" vra Lynette, haar stem bewend van woede. Sy gluur Lara aan, verterende haat in haar groenbruin oë, en rig 'n beskuldigende vinger na haar. "Daar sit sy met haar mooi, onskuldige gesiggie — sy, die moordenares van my man!"

"Lynette! Om liefdeswil, moenie dinge sê waaroor jy later

berou gaan hê nie. Om watter rede sou Lara Ryno tot sy dood wou dryf?" vra Phoebe met ysere selfbeheersing.

"Vra háár waarom! Ek weet net sy het hom dronk gemaak en hom toe gevra om haar motor huis toe te bring, moontlik omdat sy geweet het hoe swak die remme is. Waarom wou jy my man dood hê, Lara? Wou hy my nie ter wille van jou los nie? Ryno het mý liefgehad, jou arme ding. Jy kon hom dronk maak, hom verlei met jou popgesiggie, maar hy was myne. Ryno sou my nooit ter wille van 'n goedkoop meisietjie gelos het nie!" tier Lynette en ontbloot haar tande in 'n smalende gryns.

Lara bly roerloos langs haar stoel staan. Tant Lynette lyk soos altyd, dink sy. 'n Deftige geklede, blonde vrou met groot, groenbruin oë, 'n hartvormige gesig en 'n klein neusie en mond. Maar dis 'n nuwe tant Lynette, besef sy. Die nuwe oom Ryno was 'n beskonke, ontroue man en hy is dood; die nuwe tant Lynette lewe, maar sy is 'n ongelukkige vrou wat van balans af gegooi is deur die skok van haar man se dood. Daarom soek sy na 'n rede om te haat – en sy het oorgenoeg rede daarvoor.

Lara trek haar asem bewerig in en slaan haar blik neer. Tant Lynette het gelyk, dink sy verslae. Sy voel só skuldig oor oom Ryno se dood asof sy hom met haar eie hande vermoor het.

Phoebe tree vorentoe en sê met 'n beheerste stemtoon: "Ek kan vir jou die rekening wys van die motorhawe wat Lara se motor onlangs versien het, Lynette. Haar motor het splinternuwe remme gehad. Glo jy ek sal Lara toelaat om met swak remme rond te ry?"

"Die polisie sê Ryno was dronk. Waarom het Lara hom toegelaat om haar motor te bestuur?" vra Lynette bitter.

Heilie druk haar gesig teen dié van Lynette en snuif hard. "Jy klínk dronk, Lynette, maar jy ruik nie na drank nie. As jy nugter is, vrou, kyk weer na onse Laratjie en kyk goed: lyk dit asof sy sterk genoeg is om Ryno te kon vasdruk om 'n bottel drank in sy keel af te gooi?"

"Moenie onsin praat nie, Heilie. Lara het my man verlei, hom drank gevoer en hom toe oorreed om haar motor in 'n reënstorm te bestuur." Lynette rig blitsende oë op Phoebe. "Ek het jou vertel van my vermoede dat Ryno en Lara 'n skelm verhouding het, Phoebe. Maar dit was nie net 'n vermoede nie: 'n vrou kan so iets aanvoel; 'n vrou wéét."

Sy glimlag humorloos en vervolg dan met venynige triomf: "Maar môre sal almal weet wat jou agterbakse Laratjie gedoen het, want ek het reeds my storie aan 'n verslaggewer vertel!"

"Ek hoop die joernalis het meer kennis van die wet as jy, Lynette, anders beland hy saam met jou in die hof vir laster," sê Phoebe met kille waardigheid.

"Die waarheid is nie laster nie!" snou Lynette haar toe. "Daar was niemand anders saam met Ryno en Lara op kantoor nie. Elna Ackerman het my vertel Ryno het gesê Lara moet die kantoor om eenuur sluit en huis toe gaan, want hy moes die hele dag in die hof wees. Sy het my ook vertel Ryno het Lara gevra om al sy afsprake vir die middag te kanselleer. Kan jy raai waarom?"

"Meneer Wiehahn was daar," praat Lara vir die eerste maal.

Lynette swaai soos 'n gewonde tierwyfie na haar. "Die geheimsinnige Wiehahn was ook saam met jou by die ongelukstoneel, maar sy naam staan nie in die afspraakboekie nie! Ek was gisteraand reeds by Ryno se kantoor om in die afspraakboek te kyk. Wie is hy? Nog een van jou geheime minnaars?" vra sy minagtend.

Heilie haal hard deur haar stomp neus asem, haar gesig rooi van ergernis. "Phoebe, ek meng nie graag met jou gaste in nie, maar as Lynette nog een maal onse Laratjie beledig, gaan ek vergeet sy is 'n gas en 'n weduvroutjie en haar 'n taai klap gee!" sê sy onstuimig en sug hoorbaar verlig toe die voordeurklokkie die tweede maal lui. "Laat ek drawwe voordat ek tot sonde gedryf word," vervolg sy mompelend en stoom die kombuis uit.

"As die polisie nagelaat het om aan jou te verduidelik, Lynette: Ryno het Lara se motor geleen omdat syne gaan staan het. Ek veronderstel hy wou gaan vasstel of sy motor nog veilig was. Het die polisie sy motor al opgespoor?" vra Phoebe rustig.

"Hulle het en die motor makeer niks nie," antwoord Lynette kortaf, haar oë nog nydig op Lara. "Ek waarsku jou, Lara: ek sal die beste advokaat in die land kry en jou laat boet vir my man se dood! Hoe lank het julle 'n verhouding gehad?"

Lara kyk stom na Lynette en pleit woordeloos om hulp met haar oë toe sy na Phoebe draai. Sy snak hard na haar asem toe Heilie met 'n ruiker bloedrooi rose in haar hande die kombuis binnestroom.

"Kyk, lammetjie, kyk!" roep Heilie jubelend uit en plak die ruiker op die kombuistafel neer. "En hier is die kaartjie en dit sê: *Baie dankie vir 'n onvergeetlike middag. Van Wiehahn.*"

Sy gooi haar kop terug op haar kort nekkie en skaterlag haar verligting uit. "En wat sê jy nou, jou agterdogtige buurvroutjie?" vra sy met 'n treiterende glimlaggie vir Lynette.

Lynette gryp die kaartjie uit Heilie se hand, lees dit en smyt dit langs die ruiker neer. "Ek sal met dié Wiehahn-man praat. Maar ek is nie klaar met jou nie, Lara. Die hele straat weet reeds dat jy agter my man aangeloop het, en binnekort sal die hele land weet!" dreig sy, gluur Lara aan en stap die kombuis kop omhoog uit.

"Die liederlike gifgogga!" brom Heilie. "Is jy met stomheid geslaan, Phoebe? Doen iets om Lynette se skinderbek te snoer!"

Phoebe luister na die toeklap van die voordeur en sê gelykmatig: "Dis reeds te laat, Heilie. Lynette het sedert gistermiddag tyd gehad om haar storie te versprei. Maar Lara het voor die

204

ouer inwoners van ons straat grootgeword en hulle ken haar. Hulle sal hulle nie aan Lynette se onsinnige stories steur nie."

Sy draai na Lara, wat haar met die oë van 'n gekweste wildsbokkie aanstaar. "Dis alles reg, kindjie. Selfs Lynette besef dat haar aantygings teenoor jou vals is."

Lara lig haar ken onbewustelik, 'n trotse lig in haar oë.

"Nee, Phoebe. Tant Retha het my verlede Sondag by die kerk gevra waarom ek ná my jaar gemeenskapsdiens nie liewer gaan vakansie hou as om by oom Ryno te werk nie. Ek het verduidelik ons gaan eers in Januarie toer, en toe knipoog sy vir tant Luzaan en sê sy verstaan baie goed, want Ryno is 'n alte aantreklike man. Ek het gedink die ou tannie yl, maar ek weet nou: tant Lynette het my naam beswadder nog voor oom Ryno se dood."

Sy blik vraend na Heilie, wat aamborstig kug. "Skinder hulle oor my, ta' Heilie?"

Heilie haal haar skouers op en antwoord onbesorg: "Aag, my lammetjie, mense skinder altyd as hulle niks anders het om te doen nie. Ou Retha lyk soos 'n stokou perd en Luzaan herinner my aan 'n honger likkewaan – hulle skinder oor jou omdat jy 'n prentjiemooi meisiekind is, en dan is jy nog slim en geleerd daarby! Ek steur my g'n niks aan hulle nie. Kom ons vergeet van die liederlike Lynette en drink nog koffie."

Phoebe loop na Lara toe en streel 'n donker krul uit haar oë. "Skoonheid is soms 'n straf, kindjie, want jaloerse mense sal altyd oor jou praat." Sy glimlag bedroë. "Ek woon my lewe lank in Jasmynlaan, en as ek die mense se stories oor my moet glo, het ek met elke getroude man in ons straat 'n geheime verhouding gehad."

"Nee." Lara skud haar kop, haar uitdrukking stroef. "Ek voel vuil . . . en voos. Ek wil nie Sondag in die kerk sit en almal se oë op my voel en hulle agter hulle hande sien fluister nie. Ek wil nie by die kafee instap en almal se koppe sien draai, of in hulle vals gesigte vaskyk nie. En ek kan nie vir myself jok nie: dis mý skuld dat oom Ryno dood is. Het jy nog my paspoort wat jy my gedwing het om te kry toe Karl drie jaar gelede in Londen begin werk het, Phoebe?"

"Vanselfsprekend. Wil jy hê ons moet die Kerstyd in Engeland saam met Karl gaan deurbring, Lara?" vra Phoebe verwonderd.

"Nie ons nie – net ek. Karl kuier van Sondag af in Sunderland. Ek sal sy woonstel gebruik. Ek wil net alleen wees, Phoebe. Kan jy dit verstaan?" vra Lara ingehoue.

Phoebe kyk haar stilswyend aan, sien die polsende pyn van skok en verwarring in haar oë en glimlag met begrip. "Ja, Laratjie. Bel dadelik, want jy sal nie tydens die Kersseisoen maklik plek op 'n vliegtuig kry nie. En dié keer mag jy die landlyn gebruik."

"Bog en nonsies!" bars Heilie onstuimig los toe Lara die kombuis uitstap. "Hoekom moet onse Laratjie weghol omdat 'n spul skinderbekke onware ..." Sy breek haar sin af toe die voordeurklokkie weer lui en skree boos: "Moenie die voordeur vir daai Lynette oopmaak nie, Laratjie! Ek sal om die huis drawwe en haar met my grasbesem oor die kop foeter!"

"Goed, ta' Heilie!" roep Lara.

Sy lig haar ken en stap die ontvangsportaal binne. Sy verdien elke belediging wat tant Lynette haar toevoeg. Miskien help dit tant Lynette om haar te haat omdat sy nie kan rou oor haar ontroue man nie.

Sy maak die deur oop – en kyk vas in Wiehahn se fronsende gelaat.

"My ruiker het nie gehelp nie, want jou gesig is nog witter as gister en jou oë huil sonder trane. Hoe kan ek jou help, Lara?" vra hy bekommerd en neem haar hand in syne.

Sy maak haar mond oop om hom te antwoord, maar haar

woorde stol op haar lippe toe sy Lynette uit die rigting van die oop tuinhek sien aankom. "Sê vir daardie vrou jy is dokter Pieter-Jan Malherbe en ons het vanjaar ons gemeenskapsdiens saam op Helderbron gedoen!" pleit sy en klou Wiehahn se hand met albei hare vas.

3

Wiehahn blik vlugtig oor sy skouer na Lynette Marx, wat met 'n nydige uitdrukking op haar gesig skuins oor die grasperk na die tuinpaadjie in die voortuin loop. Hy draai terug na Lara en vra gedemp: "Is jy dan 'n verpleegster?"

"Nee, 'n apteker. Dis oom Ryno se vrou, tant Lynette. Sy vermoed oom Ryno het 'n geheime verhouding met . . . e . . . met 'n meisie gehad en sy wil meneer Wiehahn ondervra. Moenie sê jy is Wiehahn nie . . . asseblief!" antwoord Lara, haar oë donker poele van vrees.

Wiehahn staar haar oomblikke lank met 'n onleesbare uitdrukking op sy gesig aan. Toe neem hy haar skielik in sy arms en soen haar vol op haar lippe. "Ek het gehoop jy sal ja sê, my liefling. Sal ons sommer nou dadelik ons verloofring gaan uitsoek?" vra hy hard genoeg sodat Lynette, wat reeds die onderpunt van die stoeptrap bereik het, hom kan hoor.

Lynette ruk in haar spore tot stilstand, haar uitdrukking verbysterd. Dan storm sy die trap op na die stoep. "Dan is jý die Wiehahn-man wat gistermiddag by my man se kantoor was?" vra sy, haar stemtoon skril en vyandig.

Wiehahn draai met trae onwilligheid weg van Lara, maar hou sy een arm nog beskermend om haar skouers. Hy betrag Lynette opsigtelik geïrriteerd en antwoord met 'n hooghartige lig

207

van sy regterwenkbrou: "Nee, mevrou. Ek is dokter Pieter-Jan Malherbe, en ek was gelukkig genoeg om vanjaar saam met Lara op Helderbron te werk. En jy is . . . ?"

"Lynette Marx, die ongelukkige weduwee van die prokureur wat so tragies –"

"Duiwelsvrou!" trompetter Heilie skielik agter hulle en swaai haar grasbesem sentimeters bokant die verskrikte Lynette se kop verby. "Hoe durf jy weer jou voete op ons werf sit, jou giftige slangwyfie? Skoert, Lynette! Luzaan Likkewaan het my so pas op die foon vertel jy sê ek kuier by haar man as sy saam met ou Retha rondflenter. Jy is 'n liederlike skinderbek, Lynette Marx, weduvroutjie ofte nie! Trap jy, of foeter ek jou van ons werf af?" vra sy en swaai die besem weer swiepend oor Lynette se kop.

"Jou onbeskofte ou takhaar!" skree Lynette kortasem van woede en vernedering, maar sy retireer vinnig voor Heilie se rakelingse besemhoue. "Ek sal 'n aanklag van aanranding teen jou lê, Heilie Geel! Jy sal binnekort van die polisie en my pro-kureur hoor!" dreig sy meer kordaat toe sy die grasperk bereik. Sy verdwyn op 'n drafstappie deur die tuinhek.

"Meer bek as binnegoed," mompel Heilie en draai met 'n selfvergenoegde glimlaggie na Lara. "Dís hoe ek van 'n giftige skinderbek ontslae raak, my lammetjie. Sommer so tjoef-tjaf!" Sy kyk nuuskierig na Wiehahn. "Jou vriend is 'n aantreklike jongetjieskind, soos my oorle ma sou gesê het, hartjie. Stel jy my nie voor nie?"

Wiehahn steek sy hand na Heilie uit. "Dokter Pieter-Jan Malherbe van Helderbron. Bly te kenne, mevrou."

Heilie skud sy hand en antwoord sonnig: "Sê sommer ta' Heilie, doktertjie. Ek voel soos eie familie, maar ek is professor Phoebe Wiese se huishoudster en waghond – nie dat ek kan byt nie, want ek dra net my valstande vir die ordentlikheid – maar my blaf is kwaai genoeg, soos jy self gesien het."

Sy sien Phoebe in die voordeur verskyn en vervolg tergend: "Jy kan maar waag om jou neus by die deur uit te steek, mens. Ek het die liederlike Lynette van ons werf af geboender – en kom sy weer, potjie ek myself en val haar plat! Maar kom ontmoet dokter Pieter-Jan Malherbe, wat die afgelope jaar saam met onse Laratjie op Helderbron gewerk het. Doktertjie, dis nou professor Phoebe Wiese, Lara se tante."

Phoebe rig 'n vraende blik na Lara en skud Wiehahn se hand, haar glimlaggie styf terwyl sy hom deurdringend aankyk. "Bly te kenne, dokter Malherbe. Het jy tyd om 'n koppie tee of koffie saam met ons te drink?" vra sy hoflik.

"Nie vandag nie, dankie, professor Wiese. Ek het dringende besigheid om af te handel," antwoord Wiehahn en kyk na Lara. "Stap asseblief saam met my na my motor toe, Lara. Ek het voor julle huis geparkeer, want ek was nie heeltemal seker van julle adres nie."

"Goed, Pieter-Jan. Ek is nou terug, Phoebe."

Lara begin die stoeptrap tydsaam afklim terwyl Wiehahn Phoebe en die spraaksame Heilie groet. Sy drentel solank in die tuinpaadjie af.

"Ta' Heilie het my byna oorreed om eers koffie te drink en van haar varsgebakte anysbeskuit te eet," sê Wiehahn toe hy by haar aansluit.

"Dit was nie nodig om jou identiteit vir Phoebe of ta' Heilie geheim te hou nie, Wiehahn. Ek het vir hulle vertel wat werklik gistermiddag in oom Ryno se kantoor gebeur het," sê Lara. Sy merk hoe 'n diep frons tussen sy donker wenkbroue keep en vervolg met intuïtiewe insig: "Jy wil nie oor gistermiddag praat nie. Jy wil vergeet, soos ek. Ek is jammer, Wiehahn. Ek was so behep met my eie ontsteltenis en skuldgevoelens dat ek vergeet het van die meisie wat saam met oom Ryno in sy kantoor was. Het jy jou beste vriend van haar ... e ... besoek aan oom Ryno vertel?"

"Hy weet, ja, maar ek het 'n vermoede hy is lankal bewus van sy meisie se ontrouheid. Maar jy het gelyk: ek wens ek kan die gebeure van gistermiddag uit my geheue wis." 'n Skaduglimlag flits oor sy lippe. "Dalk ontmoet ek jou op 'n ander dag en dan kan ons voorgee dat ons mekaar vir die eerste maal ontmoet. Reg, Lara?"

"Ja, op 'n ander dag . . . 'n ver dag," antwoord sy en wonder oor die stukke hartseer wat onverwags in haar hart kom nesskop. "As ek plek op 'n vliegtuig kan kry, vlieg ek nog vandag of môre Londen toe. Dis seker die optrede van 'n lafaard, maar ek wil wegkom van . . . van alles wat gistermiddag gebeur het."

"Alleen? Ken jy Londen?"

"Alleen, ja, selfs al ken ek nie Londen nie en is ek boonop doodbang om te vlieg. Phoebe wou saamkom, maar ek wil wegkom van alles en almal wat bekend is." Sy glimlag halfhartig. "Om my wonde te lek."

"Of om tyd te hê om te dink," beaam hy en sê waarskuwend: "Jy gaan nie maklik oor die Kerstyd verblyf in Londen kry nie – of is geld nie 'n kwessie nie?"

"Ek kan my broer se woonstel in Wembleypark gebruik, want dit sal van Sondag af leeg staan. As ek in die nuwe jaar terugkom, wag daar hopelik 'n pos op my – verkieslik êrens in die Karoo."

"Oor twee of drie weke sal die onaangename ervaring van gister vervaag het, veral ná 'n besoek aan die buiteland. Ek kan niks belowe nie, maar ek ken 'n paar reisagente. Ek sal hulle vra om jou te bel as daar 'n kansellasie op een van hulle vlugte is," bied hy aan.

"Dankie! My foonnommer is –"

Wiehahn hou sy hand op en glimlag vonkelend. "Jy was te ontsteld om dit agter te kom, maar ek het jou foonnommers en adres neergeskryf toe jy dit aan die polisie verstrek het. Hoe anders kon ek vir jou die beloofde ruiker stuur?"

"O . . ." sê sy, haar wange gloeiend van verleentheid. Wat het sy gistermiddag alles vir die polisie gesê? wonder sy bekommerd. Haar naam en adres en waar sy werk, maar hopelik niks oor die jaloerse tant Lynette wat glo elke mooi meisie het 'n geheime verhouding met oom Ryno gehad nie. Hoe kán tant Lynette haar van so iets verdink? Sy voel vuil en verneder en terselfdertyd volkome hulpeloos omdat sy tant Lynette nooit sal kan oortuig van haar onskuld nie, mits sy haar van die ander meisie vertel.

"Dink jy dit was onbedagsaam van my om 'n ruiker te stuur ná alles wat gebeur het?" onderbreek Wiehahn se stem haar malende gedagtes.

"Nee . . . nee, ek is baie bly oor die pragtige ruiker. En ek is dankbaar jy was gistermiddag daar, want dit was 'n nagmerrie wat ek nie alleen sou wou beleef het nie. Baie dankie," antwoord sy, sien hom glimlag en vervolg huiwerig: "E . . . wie is die meisie wat by oom Ryno gekuier het, Wiehahn?"

'n Masker van uitdrukkingloosheid skuif oor sy gelaat en maak ineens van hom 'n vreemdeling. "Ek verkies om haar naam te vergeet," antwoord hy kortaf. Hy merk haar teleurstelling en vervolg: "Is dit werklik belangrik vir jou om te weet, Lara?"

Lewensbelangrik, dink Lara, maar sy ontwyk sy oë. As Wiehahn bereid sal wees om tant Lynette van die meisie te vertel, sal dit 'n einde maak aan tant Lynette se agterdog en haat jeens haar. Maar as sy Wiehahn om hulp vra, sal sy moet erken dat tant Lynette glo sy het 'n verhouding met oom Ryno gehad. Sal hy glo dat sy onskuldig is, of sal hy soos tant Luzaan en tant Retha ook wonder waarom sy bereid was om by oom Ryno te werk as sy vakansie kon gehou het?

Nie dat Wiehahn se opinie van haar enigsins saak maak nie, want ná vandag sal sy hom nooit weer sien nie. Maar wanneer sy terugkeer van Londen af, sal sy nie terugkom na Phoebe en ta' Heilie toe nie, want tant Lynette sal nog hier wees. Sy kan die skinderstories en haatdraende kyke van die mense van Jasmynlaan ignoreer, maar sy wil nie elke dag herinner word aan oom Ryno se dood nie. As sy nie haar selfoon in die kantoor laat lê het nie, as sy nie aan oom Ryno se kantoordeur geklop het nie, sou hy nie verongeluk het nie. Dit maak nie saak hoe sy redeneer nie: diep in haar hart weet sy sy is verantwoordelik vir sy dood.

Wiehahn neem haar liggies aan die arm. "Hou op wegkruipertjie speel in jou gedagtes, Lara. Waarom is dit vir jou belangrik om te weet wie die meisie in die Ryno se lewe was?"

Sy kyk op na hom, sien die helder sonlig koper haal uit sy donker hare, en glimlag met gedwonge onverskilligheid toe sy antwoord: "Dis nie werklik van belang nie, net blote nuuskierigheid. Dis baie belangriker dat ek padgee ... e ... dat ek Londen toe gaan. As jy vir my plek op 'n vlug kan kry, stuur ek vir jóú 'n ruiker."

'n Glimlag verhelder sy silwerblou oë. "'n Ruiker vir my? Ek glo nie. Ek sal liewer weer die rol van die voortvarende dokter Pieter-Jan speel en my eie betaling eis," skerts hy en bly langs sy motor staan. "Dink jy die nuuskierige Lynette hou ons dop? Sal ek weer dokter Pieter-Jan wees en met 'n hartstogtelike omhelsing afskeid neem van jou, Lara?"

"Jy durf nie, nie eens ter wille van tant Lynette nie. Die hele straat weet my preutse tant Phoebe sal 'n toeval kry as ek mans hartstogtelik voor haar voordeur soen," terg sy halfhartig.

"In daardie geval ..." Hy steek sy hand uit, skud haar hand en buig dan nader om haar vlindersag op haar wang te soen. "Tot ons weer ontmoet – vir die eerste maal ontmoet. Tot siens, Lara," groet hy en maak sy motordeur oop.

"Tot siens, Wiehahn," groet sy, haar stemtoon yl en verlore in haar eie ore. Sy besef dat sy na aan trane is; is oorbewus van

212

haar emosionele uitreiking na hom wat 'n vloed van pynlike sensasies deur haar liggaam laat spoel.

Wiehahn moenie weggaan nie, want hy hoort by my, pols haar gedagtes saam met die seer gebons van haar hart in haar bors. Sy het hierdie groot man met die silwerblou oë nodig, want net hy kan haar ontnugtering en skok verstaan. Hoekom gaan hy weg as ek so bitter graag wil hê hy moet by my bly? wonder sy, en skrik dan vir haar eie gedagtes.

Wiehahn is 'n totale vreemdeling, moontlik 'n getroude man en die pa van vyf kinders, maar ná die ontstellende gebeure wat hulle saam beleef het, glo sy dat sy 'n aanspraak op hom het. Wat het van haar gesonde verstand geword? Sy het allermins die komplikasie van nog 'n man – moontlik 'n getroude man – in haar lewe nodig, dink sy wrang.

Sy lig haar hand in 'n groet toe Wiehahn vir haar wuif en slaag daarin om onbesorg vir hom te glimlag.

Lara loop die kombuis binne, kyk beurtelings na Phoebe en Heilie wat haar in afwagtende stilte aankyk en draai vinnig terug na die gangdeur. "Ek sal nie ontbyt eet nie, dankie, ta' Heilie, ek het te veel beskuit gehad. Ek het gedink ek sal solank 'n paar reisagente bel, Phoebe," sê sy gejaagd oor haar skouer.

"Staan, lammetjie!" bulder Heilie met 'n volume wat Lara snakkend na haar asem in haar spore laat omswaai.

"Ta' Heilie!" verwyt sy. Sy loop met knikkende knieë na die naaste kombuisstoel en sak daarop neer, bewus van die trane van onmag wat agter haar ooglede brand.

"Agge sies tog, ek het nie gemeen om jou jou asempie te laat wegskrik nie, hartjie, maar ek het 'n ewige hekel aan liegstories. Jok is jok, maar lieg is sonde, verstaan? Jy het net geproe-proe aan my lekker beskuit, maar jy lieg op jou nugter maag vir my en Phoebe sonder om te blik of te bloos. Hoekom lieg jy, my lammetjie?" vra Heilie en betrag haar met vraende kommer.

Lara sluk droog en antwoord skuldig: "Ek . . . ek is jammer, ta' Heilie. Ek hou van anysbeskuit, maar ek het so 'n aaklige nag van nagmerries oor . . . oor motorongelukke en oom Ryno gehad dat ek nie werklik honger is nie."

Heilie maak 'n afwerende handgebaar. "Nee, nee, jy jok jou lewe lank oor hoeveel jy eet, my skatlam, maar ons praat nou oor jou liegstorie oor daardie man wat nou hier was. 'n Aansienlike man, en nogal gaaf ok, al wou hy nie van my anysbeskuit eet nie. Maar as hy dokter Pieter-Jan Malherbe is, is ek oorle Jan van Riebeeck se oorle Maria!"

Lara voel haar wange vlam vat en kyk skuldig na Phoebe, wat haar met 'n moedelose glimlaggie betrag. "Dink jy ook ek het gejok, Phoebe?" vra sy verwytend.

"Wel . . . Jy het ons vertel dokter Pieter-Jan is 'n knorrige ou man met slordige grys hare en 'n groot grys hangsnor. O ja, hy was minstens sestig, oorgewig en een of twee sentimeter langer as jy – en jy is van gemiddelde lengte. As jou besoeker en dokter Pieter-Jan van Helderbron dieselfde persoon is, het hy oornag 'n eienaardige metamorfose ondergaan, kindjie," antwoord Phoebe ernstig, maar lag vonkel in haar oë.

Lara glimlag skuldig. "Ja, al word Wiehahn oornag sestig, sal hy nie soos dokter Pieter-Jan lyk nie," gee sy oorwonne toe. "Ek is jammer oor die leuen, maar ek het Wiehahn gevra om vir tant Lynette te sê hy is dokter Pieter-Jan toe sy so skielik op ons afstorm, want ek was bang sy vra hom uit oor oom Ryno en . . . en alles."

"Dit kom nou van my groothartigheid om die kind duur whisky te voer: sy is so babelaas dat sy al haar gesonde verstand verloor het!" merk Heilie gegrief op en snuif haar misnoeë. "Maar babelaas of nie, lammetjie, jy kan darem nog dink.

As Wiehahn met die agterdogtige Lynette kon praat en al haar nuuskierige vrae beantwoord het, sou haar skinderstories 'n vinnige dood gesterf het. En die giftonge van ons straat sou Lynette boonop in haar gesig uitgelag het, weduvroutjie ofte nie."

"Wag nou, Heilie," sê Phoebe ongeduldig en kyk deurdringend na Lara, wat strak voor haar uitstaar. "Jy en Wiehahn het albei gesien dat Ryno 'n meisie omhels het − 'n meisie wat bekend is aan Wiehahn. As alles wat jy ons vertel het oor die gebeure van gistermiddag die waarheid is, waarom was jy bang dat Lynette vir Wiehahn sou ondervra, Lara?" vra sy nadruklik.

Woede en hartseer voer 'n duidelike tweestryd in Lara se oë, maar wyk dan voor 'n uitdrukking van volslae wanhoop. "Verstaan jy nie, Phoebe? Al sien ek Wiehahn nooit weer nie, het ons iets deurgemaak wat ons vir 'n kort rukkie vriende gemaak het. Ek sal hom altyd onthou as die man wat my gehelp het toe . . . toe my lewe skielik in 'n nagmerrie verander het. Hy weet hoe geskok ek was oor oom Ryno se verhouding met die vreemde meisie, maar as hy met tant Lynette gepraat het . . . Sy sou Wiehahn oortuig het dat ek ook 'n geheime verhouding met oom Ryno gehad het," verduidelik Lara, haar oë onnatuurlik blink van ongestorte trane.

"Dis nie altemit nie!" beaam Heilie voordat Phoebe kan reageer. "Dink jy Lynette drink skelm, Phoebe? Ek meen te sê: Lynette is 'n splinternuwe weduvroutjie, maar pleks van om te huil en oor haar slegte oorle man te treur, draf sy straatop en straataf en beswadder onse Laratjie se goeie naam. En sy lieg so oortuigend dat dié Wiehahn-man haar moontlik sou geglo het." Heilie klik op haar tong afkeurend en blik met 'n tevrede glimlaggie na Lara. "Haai, my lammetjie, jy was toe slimmer as wat ek gedink het. Dis beter dat Wiehahn gespeel het hy is die befoeterde ou dokter Pieter-Jan."

"As Wiehahn so maklik 'n ongebalanseerde vrou se stories

sou kon glo, dink ek nie veel van hom of sy mensekennis nie," kom dit koel van Phoebe. "Enigiemand kan sien Lynette teer op haat en afguns omdat haar woede jeens Ryno haar verhoed om te rou."

"Ag toggie, Phoebe, wat sê jy nou eintlik in alledaagse Afrikaans?" vra Heilie verward. "Hoekom is Lynette nou kwaad vir Ryno?"

"Omdat Lynette al die jare bewus was van Ryno se geheime verhoudings met ander vroue, Heilie. Sy het soos enige ander vrou gesmag na die sekuriteit van haar man se liefde en lojaliteit, en moontlik gehoop dat hy tog volkome getrou aan haar sou wees, al het hy sy eerste vrou verkul met haar wat Lynette is Toe hy sterf, was dit die einde van haar hoop op sy liefde – en sy het nou nie eens die troos wat sy liefde haar sou kon gegee het nie. Sy is kwaad vir Ryno omdat hy haar nie liefgehad het nie, maar sy kan nie met hom rusie maak nie. Dis makliker om haar woede op iemand anders uit te haal, en ongelukkig het sy Lara gekies."

"Die arme, ongelukkige skepsel . . . Maar sit sy weer haar voete op ons werf om onse Laratjie te beledig, dam ek haar weer met my grasbesem by!" dreig Heilie en kom flink orent. "Moet ek ontbyt maak of drink ons nog 'n ronde koffie?"

Phoebe ignoreer Heilie se vraag, haar blik ondersoekend op Lara se waswit gelaat. "Sal Wiehahn bereis wees om aan Lynette te sê wie Ryno se minnares was, Lara?" vra sy ingehoue.

"Nee," antwoord Lara skor. "Ek het hom vanoggend gevra wie sy is, maar hy wou my nie vertel nie."

"So 'n skarminkel!" vaar Heilie boos uit. "Hoekom moet jou naam beswadder word as 'n ander meisie skuldig is, my skatlam? Gee my sy telefoonnommer, dan bel ek hom hier en nou en vertel hom –"

"Ek het nie sy foonnommer of adres nie, ta' Heilie," val Lara haar met 'n ongeduldige suggie in die rede. "Ek het nie geluister toe hy sy besonderhede aan die polisie verstrek het nie, want . . . want . . ."

"Wat is sy van, Lara? Wiehahn is tog seker sy voornaam?" vra Phoebe toe Lara verwese swyg.

Lara staar haar met dom oë aan. "Hy is Wiehahn – net Wie-hahn." Sy knip haar oë vinnig en sit meer regop. "Ekskuus, Phoebe, ek kan nie behoorlik dink nie. Ek het aanvaar Wiehahn is sy van. Ek onthou nou ek het hom as meneer Wiehahn aan-gespreek totdat hy my gevra het om hom Wiehahn te noem. Moontlik is dit sy voornaam, maar ek weet nie wat sy van is nie. Wou jy sy naam in die telefoongids opgespoor het?"

"Nee, maar hy herinner my aan 'n ou bekende," antwoord Phoebe gelykmatig. Sy steek haar hand uit en lê dit op Lara se skouer. "Gaan klim in jou bed en probeer om weer te slaap, kindjie. Heilie sal vir jou ontbyt bring, en ek sal intussen al wat reisagent is bel. Vir Karl ook, sodat hy weet van jou beplande kuiertjie en sy woonstelsleutels by die opsigter kan laat." Sy leun nader en soen Lara op die wang. "Ek beloof jou: die wêreld sal 'n mooier plek wees as jy wakker word."

"Oom Ryno sal nog dood wees," sê Lara bitter.

"Maar ons is jollie gelukkig, want ons leef!" sê Heilie met onstuitbare optimisme. "Die lewe is veels te kort om met 'n kerkhof op jou kop en 'n doodskis op jou rug rond te loop, my lammetjie. Toe, toe, gaan slaap, hartjie, en moenie opstaan voor-dat jy weer geleer het om te glimlag nie!" raas sy. Sy wuif Lara by die deur uit en gaan met kletterende potte en panne voort om ontbyt te berei.

Lara kyk beangs om haar in die vliegtuig rond, sien al die onbe-kende gesigte wat na haar kyk sonder om haar raak te sien, en gaan sit op die sitplek wat die lugwaardin vir haar aandui. Miskien moet sy afklim voordat dit te laat is, dink sy paniekerig. Sy kyk na die lang ry passasiers wat stadig in die gangetjie by haar verbybeweeg en besluit daarteen. Klim sy nou af, sal Maritsa nooit ophou lag nie. En Lynette Marx sal nie ophou skinder nie, dink sy bitter, gespe haar veiligheidsgordel vas en maak haar oë toe.

As sy haar oë toehou, is dit makliker om haar te verbeel sy is elders – in 'n fliek of 'n teater of selfs op die swaai aan die ou appelboom in die vrugteboord. Sy wens dit was drie dae gelede toe sy met Wiehahn op hulle voorstoep gesels het . . . Nee, sy het haarself beloof om nie aan hom te dink nie . . . Maar sy mag onthou dat hy gebel het terwyl sy Vrydagoggend geslaap het en vir Phoebe gesê het hy het vir haar plek gekry op 'n vliegtuig.

Sy wil nie op hierdie vliegtuig wees nie, want die vliegtuig gaan val – sy weet dit! Of dalk sal sy versmoor nog voordat die vliegtuig opgestyg het, want daar is te veel asems en te min lug in die beknopte ruimte. Sy wil nie na die afkondigings van die lugwaardin luister nie; sy wens die kaptein wil ophou praat en liewer sy werk doen. As sy dan moet doodgaan, laat dit so gou moontlik gebeur, dink sy, en wonder of dit makliker sal wees om dood te gaan as sy aan die slaap is.

Sy raak bewus van 'n onaardse klank en wonder of sy na die gefluit van bomme luister, maar vrees verhoed dat sy haar oë oopmaak en die naaste passasier vra. Haar maag voel asof dit op die vloer beland het en sy weet instinktief dat die vliegtuig in beweging gekom het. Sy klou die sitplekleunings met krampagtige hande vas, probeer om haar oë nog stywer toe te knyp en luister soos 'n ter dood veroordeelde na die loeiende gedreun van die vliegtuigmotore wat tot 'n sidderende crescendo styg. Die vliegtuig gaan ontplof nog voordat dit opgestyg het, skree die vrees in haar. Sy hou haar asem benoud op en wag vir die ontploffing.

218

"Haal asem! Ons is in die lug," praat 'n manstem in haar oor.

Haar oë vlieg oop en sy kyk vas in Wiehahn se gesig. Sy is klaar dood, want sy is op 'n plek waar Wiehahn is, dink Lara met aanvaarding. Maar hoekom is Wiehahn dood as hy nie saam met haar op die vliegtuig was nie? Sy kyk om haar rond en besef dat sy nog steeds in die vliegtuig is.

"Kyk deur die venster langs jou. Kan jy die stadsliggies sien?" vra Wiehahn en leun oor die leë sitplek langs haar.

Lara maak haar oë instinktief toe. "As ek afkyk, sal ek afval." Sy hoor hom lag en kyk hom gekrenk aan. "Ek is histeries bang vir vliegtuie. Dink jy dis snaaks?" vra sy gegrief.

"Nee, ek is bly, want dit het my 'n rede gegee om met jou 'n geselsie aan te knoop. Ek is Wiehahn, dertig jaar oud en ongetroud. Soms is ek 'n argitek en 'n sakeman, maar ek verkies om 'n boer te wees. En jy is . . .?" vra hy en steek sy hand uit na haar.

Die songloed in sy silwerblou oë spoel met 'n bevrydende warmte van geluk oor haar. Gister het nooit bestaan nie en môre is 'n goue belofte, maar hierdie oomblik is 'n kosbare juweel in die ewigheid van tyd – en dis hare, want sy kan daarmee maak wat sy wil.

Sy lag in sy oë op en antwoord skertsend: "Ek is Lara Wiese, drie-en-twintig, 'n apteker en werkloos. As jy vinnig vir jou 'n plaas koop, sal ek jou help om die koeie te melk en die skape te skeer."

Hy skud haar hand met plegtige erns. "Bly te kenne, Lara."

"Bly te kenne, Wiehahn," glimlag sy, intens bewus van sy groot hand wat hare heeltemal toevou. Sy staar hom verwonderd aan toe sy ineens besef dat sy al sedert hulle eerste ontmoeting aangetrokke voel tot hom – 'n emosie wat haar verontrus, maar wat terselfdertyd opwindend is. Haar glimlag word skugter en sy laat sak haar hand.

"Dan soek jy werk op 'n plaas? Is jy arm?" vra hy kamma besorg, maar sy oë vonkellag in hare.

"Ek dink so. Maar al was ek skatryk, sou ek moes gewerk het. Dis my tant Phoebe, sien. Sy is 'n kwaai oujongnooi en skatryk, maar sy glo dis 'n misdaad om nie jou gesonde breinselle te gebruik om jou daaglikse brood te verdien nie."

"Sy klink soos my pa. Wat dink jou ouers?"

"Hulle is dood voordat ek hulle kon leer ken het. Tant Phoebe het my grootgemaak en ta' Heilie het haar gehelp. Ta' Heilie is stokoud – wel, vyf-en-sestig is stokoud as 'n mens in jou twintigs is. Maar ta' Heilie sê sy voel nie 'n dag ouer as sestien nie en sy is dankbaar sy het vroeg grys geword, want muisvaal hare is nie werklik in die mode nie."

"Ek dink ek hou van jou ta' Heilie, Lara. Is sy klein en maer en saggeaard?"

Hulle gisters wat sy gevrees het, het skielik 'n prettige geheim geword, dink Lara opgetoë. "Nee, sy is korterig en ... e ... breed, en sy dam enigiemand wat met haar sukkel met haar grasbesem by – maar sy slaan altyd mis. Sy is ons huishoudster, maar sy voel soos eie familie."

"Arme ou tannie! Dring die hardvogtige Phoebe daarop aan dat die bejaarde Heilie vir haar daaglikse brood werk?" vra Wiehahn afkeurend.

"Moenie laf wees nie! Phoebe is 'n professor in chemie en sy lyk net trots en statig en vreeslik slim en waardig, maar sy is die beste peetma wat ek en my ouboet Karl ooit kon gehad het. Sy is baie lief vir ta' Heilie, maar toe sy 'n paar jaar gelede aangebied het om 'n jonger persoon as huishoudster aan te stel, het ta' Heilie haar met haar grasbesem uit die kombuis uit verwilder – en 'n hele drie uur lank geweier om met haar te praat. Dis 'n rekord vir ta' Heilie, want sy bly nie eens in die kerk stil nie."

"Ek dink ek is jaloers, want ek het nie 'n Phoebe of 'n ta' Heilie nie," sê Wiehahn afgehaal.

"Maar jy het 'n pa en 'n ma. Vertel my van hulle," versoek sy.

"My pa is sestig en befoeterd en ons praat gewoonlik net oor besigheid, maar ons is ook goeie vriende. Ek het nie my ma geken nie, daarom kan ek jou niks van haar vertel nie."

Hy kreun hoorbaar, swaai skuins op sy sitplek en strek sy lang bene in die gangetjie tussen die rye sitplekke uit. "Praat met my, Lara. Dit gaan die langste vlug van my lewe wees, want hier is geen ruimte vir 'n mens se bene nie."

"Jy kon besigheidsklas gevlieg het. Hoekom het jy nie?" vra Lara en betrag hom agterdogtig.

"Ek kon nie, want daar was nie 'n kansellasie nie. Ek het albei sitplekke langs joune bespreek in die hoop dat ek sal inpas, maar op die oomblik lyk dit onwaarskynlik. Dalk moes ek al drie sitplekke bespreek het," mor hy.

"Jy klink soos 'n befoeterde ou oom – seker maar omdat jy na jou pa aard. Foei tog," sê sy en klik haar tong bejammerend.

"Dryf jy die spot met my, snip?" vra hy onthuts.

"Ja, want as jou gerief vir jou so belangrik is, kon jy gewag het vir 'n kansellasie in die besigheidsklas. Hoekom moes jy juis hierdie vlug gehaal het?"

Hy glip in die sitplek langs hare en leun vertroulik nader aan haar kant. "Dis 'n geheim, daarom moet ek sag praat. Kan jy hoor wat ek sê?" vra hy gedemp in haar oor.

"Duidelik, maar jou asem kielie my oor en laat my gril," antwoord sy en beur rillend van hom weg.

Hy staar haar beledig aan. "Jy is so romanties soos 'n vonkprop, meisiekind! Ek wonder waarom mors ek my kosbare asem op jou. Kyk deur die venster en bly stil," sê hy misnoeg.

Sy kyk uit, besef waar sy is en draai vinnig terug, haar gesig ineens weer doodsbleek. "Ons vlieg!" snak sy, haar oë koeëlrond van vrees. Dan merk sy die glinstering van lag in sy oë en skel smoorkwaad: "Jy het geweet ek gaan my lam skrik! Hoekom het jy my daaraan herinner dat ons vlieg? Jy is die gemeenste man wat ek ken, Wiehahn . . . Wiehahn wat? Wat is jou van, Wiehahn?"

"Hoe bedoel jy? Is een van nie genoeg nie?" vra hy onbe-grypend.

"Dit is, maar wat is jou voornaam as Wiehahn jou van is?" vra sy nuuskierig.

"Moenie my skaam maak nie, Lara. Dalk het my pa my Pe-tronella Susanna gedoop, daarom verkies ek om net Wiehahn te wees. Of wil jy my Petronella noem?" vra hy verwytend.

"Nellatjie klink mooier," terg sy en ignoreer sy dreigende kyk. "Hoekom het jy hierdie vlug gehaal as jy geweet het dit gaan ongerieflik wees?"

"Dis die skuld van my romantiese hartjie," vertel hy beswaard. "Toe my reisagent vir my sê ek gaan langs 'n meisie sit met die naam Lara, kon ek net nie wegbly nie. Het iemand jou al vertel Lara klink soos musiek?"

"Net in 'n nagmerrie wat ek gelukkig vergeet het," antwoord sy ontwykend.

"'n Mens kry nie komplimente in 'n nagmerrie nie – of het jy nie van die man gehou nie?" vra hy belangstellend.

"Ek het hom nie goed genoeg geken om te kon besluit of hy gaaf of doodgewoon baasspelerig was nie," antwoord sy met gedwonge lighartigheid.

"Ek ken hom. Hy kan bedagsaam wees, daarom het hy my oorreed om hierdie vlug te haal en te sorg dat jy jou bestem-ming veilig bereik. Daarna sal ek jou nie weer lastig val nie, want ek het werk om te doen."

"Dankie, Wiehahn. Ek sou 'n senuweewrak gewees het as ek niemand gehad het om mee te praat nie. Ek dink nie ek is nie

222

meer so bang dat die vliegtuig sal . . ." Sy snak na haar asem toe die vliegtuig deur 'n lugholte beweeg en gryp Wiehahn se hand in albei hare vas. "Wat gaan nou aan? Val ons?" vra sy beangs.

"Lugholtes ruk selfs 'n groot passasiersvliegtuig rond, maar ek beloof jou: ons sal veilig op Heathrow land. A, en hier kom die waentjie met die drankies! Suiwer water vir jou, Lara, anders slaap jy nie vannag nie en is jy môre vlugflou."

"Ek sal in elk geval nie slaap nie," antwoord sy en los sy hand onwillig.

"O ja, jy sal, want ek gaan jou styf vashou en vir jou stories oor my kleintyd vertel," terg hy en glimlag treiterend in haar oë.

Elf uur later stoot Wiehahn 'n bagasietrollie deur Heathrow se aankomslokaal en kyk na Lara wat hom styf aan die arm vashou en met oë vol verwondering om haar rondkyk.

"Heelwat groter en besiger as Johannesburg se lughawe, nie waar nie? Is jy nou nie bly jou oom Wiehahn is hier om te sorg dat jy jou broer se woonstel veilig bereik nie?"

"Oneindig bly, maar nog blyer dat ons veilig geland het," antwoord sy en vervolg met 'n selfbewuste glimlag: "Ek is jammer ek het die hele nag met my kop teen jou skouer geslaap. Is jou skouer werklik seer?"

"Net lam, nie seer nie. Ek sal so gou moontlik 'n fisioterapeut moet besoek. Ek sal sommer die rekening vir jou laat stuur."

"Jy oordryf, Wiehahn! Jy het ons handbagasie uit die vliegtuig gedra en ons tasse op die trollie gepak – jou skouer kan nie lam wees nie," protesteer sy, maar lyk nogtans bekommerd.

Hy lag haar goedig uit. "My skouer makeer niks nie, goedgelowige Lara. Het jy reisigerstjeks om te wissel? Ons kan dit hier doen."

"Nee, my broer . . ."

"Wiehahn! Ek is só bly jy het tog maar besluit om Kersfees

saam met my te vier, my liefste!" sê 'n welluidende kontralto-
stem vlak agter hulle.

Lara swaai om en staar dan asof versteen na die meisie voor
haar. Dis dieselfde blondekop wat sy op daardie noodlottige
Donderdagmiddag in Ryno se arms sien staan het.

4

Wiehahn se stem spreek van woede toe hy na die meisie draai
en met ysige selfbeheersing vra: "Wie het vir jou gesê ek kom
Londen toe, Monette?"

Lara kyk vinnig na hom, maar haar gawe vriend van oom-
blikke gelede het in 'n koue, trotse vreemdeling verander. Sy
gelaat is graniethard, sy oë die kleur van gesmelte staal onder
sy saamgetrekte wenkbroue, sy lippe grimmig saamgestreep. Sy
is bang vir hierdie onbekende Wiehahn, dink sy en neem haar
hand vinnig weg van sy arm.

"Hou my arm vas, Lara! Ek wil jou nie boonop in hierdie
mensemassa verloor nie," beveel hy ongeduldig. Hy wag dat sy
hom gehoorsaam en rig dan weer sy smeulende blik op Mo-
nette.

"Het jou Lara jou laat vergeet dat ons reeds ses maande ge-
lede besluit het om vanjaar Kersfees saam met ons vriende in
Londen deur te bring, Wiehahn?" vra Monette en betrag Lara
met 'n neerhalende glimlaggie. "Jou smaak verbeter nie met die
ouderdom nie, my liefling. Die blonde loslappie wat tot twee
weke gelede aan jou arm gehang het, het 'n groter aanspraak op
skoonheid gehad."

"En die ouderdom is jou ook nie juis genadiger nie, Monette:
jy het die skerp tong van 'n gefrustreerde oujongnooi. Ek ver-

onderstel jou skielike besitlikheid jeens my en jou swak geheue is verdere tekens van hoe die ouderdom teen jou tel, want ek het nie Kersplanne saam met jou gemaak nie. Waar is julle tuis?" vra Wiehahn koud.

Monette diep 'n bos sleutels uit haar skouersak op en swaai dit uittartend aan haar wysvinger rond. "Julle luukse woning in Kensington – waar anders? Jou liewe pa kon nie wag om vir my sy sleutels te gee nadat jy hom Vrydagoggend gebel het om te sê jy sal vir Kersfees in Londen wees nie. Hy het geweet ek vlieg vandag, daarom het hy aanvaar ons het afgespreek om mekaar hier te ontmoet." Haar blik swiep weer minagtend oor Lara. "Of is die ou man bewus van jou nuwe speelding?"

"As ek aan 'n rede kan dink om hierdie onsmaaklike gesprek met jou voort te sit, sal ek weet waar om jou op te spoor, Monette. Verskoon ons, asseblief," sê Wiehahn met kille finaliteit en vervolg dan sagter: "Kom, Lara."

Wiehahn het nie namens 'n vriend op oom Ryno en Monette gespioeneer nie, dit was vir homself, dink Lara terwyl hulle in stilte na die uitgang van die lughawegebou stap. Hy het Monette lief, maar hy weet nou hy kan haar nie vertrou nie. Arme Wiehahn ... Voel hy verneder omdat sy nou sy geheim ken? wonder sy. Sy waag 'n skugter kykie na sy gesig, sien hom breed glimlag en bloos verleë.

"Ek ... ek het gedink jy is kwaad vir my," stamel sy.

"Het ek rede om vir jou kwaad te wees?" vra hy verwonderd.

"Monette ... Jy het nie namens 'n vriend op haar gespioeneer nie. Sy is jou meisie. Ek is so jammer, Wiehahn," antwoord sy en voel skuldig omdat sy nie werklik jammer voel nie.

Die lang, slanke Monette besit die volmaakte kurwes wat vroue met blindheid slaan en mans twee maal laat kyk, dink Lara afgehaal. Om nie te praat van Monette se purperblou oë en lang, rooiblonde hare nie. Sy kan nie vergeet dat Maritsa gesê

225

het mans verkies blondines nie – en dit sluit die beeldskone Monette in.

"Dit was net 'n halwe leuen, want ek het eintlik namens my én my pa spioen gespeel," korswel hy.

"Jou pa? Maar is hy nie te oud om met Monette te trou nie?" vra sy oorbluf.

"Moenie my laat wens dat my pa met die meisiekind sal trou nie," grom hy, glimlag dan flitsend en verduidelik: "My pa is destyds al op vier-en-twintig getroud, en hy het 'n paar jaar gelede besluit ek en Monette behoort te trou voordat ek 'n verstokte oujongkêrel word. Tot dusver was Monette dolgelukkig om met al wat 'n man is te flankeer, maar toe raak sy skielik ernstig oor ons trouplanne."

"Sy is een van die mooiste meisies wat ek al gesien het. Enige man sal haar kan liefhê," sê Lara, wat swaar sluk om die seer knop van teleurstelling en jaloesie in haar keel weg te kry.

"Ja . . . Monette is mooi, en sy was altyd beskikbaar. Ons het saam grootgeword en sy was in naam my meisie, maar ek weet al sedert ons tienerjare dat sy nooit lojaal aan my sal wees nie. Toe my pa aandring op 'n huwelik tussen ons, het ek besluit om hom te oortuig dat Monette nie die regte lewensmaat vir my is nie. Dis waarom ek haar gevolg het, veral toe sy skielik nooit op 'n Donderdagmiddag of -aand tuis was nie. En sommige naweke kon sy ook glad nie opgespoor word nie. Die res van die storie ken jy."

Hy druk haar hand wat sy arm vashou, teen sy sy vas. "Glimlag, Lara! Ons het daardie onaangename storie in Suid-Afrika agtergelaat. Kom ons kry vir ons 'n taxi, selfs al besit jy nie 'n pennie van 'n Britse pond nie."

"Ek het oorgenoeg geld, dankie! Ek bedoel, Phoebe het my broer gevra om minstens twee honderd pond onder sy kopkussing in sy woonstel vir my te los, totdat ek my reisigerstjeks kan wissel. Sal dit genoeg wees om vir 'n taxi te betaal?" vra sy bekommerd.

"Genoeg vir sowat twintig taxi's, maar dis my voorreg om te betaal," antwoord hy en stuur haar in die rigting van die taxistaanplek voor die lughawe.

Lara staan voor die kombuisvenster in Karl se woonstel en drink haar koppie tee proe-proe. Sy staar lusteloos na die blaarlose kastaiingbome wat met krom takvingers aan die loodgrys wolkehemel krap. Miskien kan sy vanmiddag in Regent-park gaan ronddwaal, want sy het nou oorgenoeg van museums gehad, besluit sy lafhartig.

Sy hou van Londen, dit voel asof sy op 'n stukkie geskiedenis trap elke maal as sy in die straat uitstap, maar ná 'n week van museums en katedrale en inkopies in Oxfordstraat, is sy moeg vir haar eie geselskap. Nee, sy jok vir haarself. Sy het die foonnommers van 'n halfdosyn vriende en vriendinne hier in Londen, maar sy het geen behoefte aan hulle geselskap nie. Selfs haar verpligte daaglikse oproep aan Phoebe is 'n irritasie, nie 'n plesier nie.

Wiehahn . . . As sy net by hom kan wees, dink sy, die seer verlange na hom reeds deel van haar hartklop. Sedert hy haar Maandagoggend gegroet en in die taxi vertrek het, ervaar sy hierdie gevoel van rustelose alleenheid. Dit het haar deur die woonstel en die stad laat dwaal asof sy na iemand soek, totdat sy besef het sy soek na hom.

Was sy dan so dwaas om verlief te raak op 'n vreemdeling? vra sy haarself ontsteld af. Maar Wiehahn is nie 'n vreemdeling nie, fluister haar hart. Hy was haar vriend toe hulle saam op die ongelukstoneel afgekom het; hy het haar teen Lynette beskerm toe hy voorgegee het hy is dokter Pieter-Jan. En hy was daar om haar geselskap te hou en haar van haar vrees vir vliegtuie te laat vergeet toe sy na Londen gevlug het.

Maar hy het weggegaan omdat iemand anders aanspraak op sy liefde het, waarsku haar verstand. Oom Ryno is dood en Monette is só 'n beeldskone meisie dat Wiehahn haar haar ontrouheid sal vergewe – want hy het haar lief.

En tog . . . dalk het sy Wiehahn onwetend liefgekry, dalk is dit nie net blote verliefdheid dié nie. Om watter ander rede het sy skielik so weerloos geword, haar emosies huiwerend tussen blydskap en hartseer sodat sy net wil huil? vra sy haarself af. Sy besef dat sy op haar onderlip byt om te verhoed dat sy in trane uitbars en sit haar leë teekoppie onnodig hard in die wasbak neer.

Sy het oorgenoeg van hierdie onbeantwoordbare vrae gehad! Sy trek haastig haar jas aan, sit haar serp om haar nek en 'n vrolike rooi mus op haar kop. Sy raap haar rugsak en handskoene op en raadpleeg die lysie van interessante plekke om te besoek wat Karl op sy lessenaar gelaat het. Sy het reeds Kensington-paleis, Trafalgar-plein, Piccadilly Circus en talle ander besienswaardighede gesien, daarom sal 'n klein stukkie platteland welkom wees. Sy sal die moltrein haal en na die St. Mary's-kerk en die oorspronklike Tudor-woning in Amersham gaan kyk – en bid dat sy nie verdwaal nie, besluit sy en raap die woonstelsleutels op.

'n Paar minute later klim sy die steil heuwel na die moltreinstasie uit, bly staan toe 'n koue ysreën onverwags uitsak en soek naarstig maar vergeefs na haar sambreel in haar handsak.

"Agge nee!" kreun sy haar frustrasie uit. Sy swaai om om haar sambreel tuis te gaan haal en loop haar in 'n grys reënjas vas. "Jammer!" mompel sy in Engels, vryf met haar hand oor haar neus wat sy geniepsig hard gestamp het en knip-knip haar oë wat traan ná die harde hou.

"Wonderlik! Ek was net op pad na jou woonstel toe, toe ek jou gewaar. Altans, ek het gehoop dis jy, want Londen is propvol jasse en tasse en busse en musse en almal is onherkenbaar. Hallo,

Lara-lief," groet Wiehahn skertsend. Hy hou haar aan haar skouers vas en kyk glimlaggend na haar, oënskynlik onbewus van die
slierte ysrëen wat oor hulle uitsak.

Daar is nêrens 'n mooier plek as Londen in 'n ysrëen nie,
dink Lara verruk, want haar liefde vir Wiehahn is 'n sonverligte
duisternis en 'n maanverligte ewigheid. Sy kyk op in sy sterk
gelaat en koester haar in die songloed van sy silwerblou oë.

"Ek is nat," sê sy, en wens dan sy kan haar tong afbyt. Wiehahn
sal dink sy is 'n kermende kind. Maar wat sê 'n mens as jy 'n
man liefgekry het? wonder sy verslae. Sy soek na woorde, maar
haar mond is ineens droog en sy bewe van 'n innerlike spanning
wat sy nie verstaan nie. Is hierdie ongewone mengeling van pyn
en verlange wat sy ervaar werklik liefde?

"Hier kom ons bus nou," onderbreek hy haar verwarde gedagtegang. Hy gryp haar hand en storm saam met haar na die
bushalte. Hulle kry sitplek op die agterste bank en hy leun oor
na haar. "Ek ken 'n ou Engelse kroeg in Oldstraat waar ons
Aberdeen-pastei, papgedrukte ertjies en lekker skyfies kan eet
en gellings Ierse bier kan drink. Of het jy reeds middagete gehad?"

"Nee. Ek het die hele oggend in die Victoria-en-Albert-museum rondgedwaal en later huis toe gekom vir middagete, maar
ek het net 'n koppie tee gedrink. Snaaks, ek word nie honger as
ek alleen is nie."

"Geen wonder jou oë lyk twee maal groter as agt dae gelede
nie!" sê hy onthuts. Hy tel haar hand op en kyk na haar gewrig.
"Wraggies dunner as my middelvinger. Hoekom eet jy nie,
Lara? Of het jy so na my verlang dat jy vergeet het om te eet?"

"Ja, ek het uitgeteer van verlange," antwoord sy doodernstig,
maar haar oë lag onnutsig in syne.

"Sê dit weer, maar dié keer sonder om my met jou oë uit te
lag," versoek hy met skielike erns.

"Hoekom? Repeteer ons vir 'n toneelopvoering?" vra sy kamma nuuskierig.

"Nee, dis belangriker as enige toneelopvoering, want jy moet my uitgeslape pa kan oortuig dat jy my liefhet," antwoord hy dringend.

"Ek moet wát?" vra sy, haar stem skerp van ongeloof.

Hy kyk na haar en sy glimlag is soos die fluisterende aanraking van sy lippe op haar wang, 'n warm troeteling wat haar wil verseker dat sy kosbaar is. Sy koester haar in die goue, droomverlore sirkel van stilte wat hulle insluit, en knip haar oë asof sy wakker skrik toe die bus by 'n halte stilhou en 'n passasier by hulle verbyskuur na die smal gang toe.

"Hoeveel gellings Ierse bier het jy al vanoggend gedrink, Wiehahn?" vra sy toe die bus weer in beweging kom.

"Al het ek die kroeg leeggedrink, sou niks aan my situasie verander het nie," antwoord hy gedemp. Hy hou haar hand in sy linkerhand vas en pluk-pluk gespanne met sy regterhand aan die vingers van haar handskoen, sy blik neergeslaan.

Sy streel met haar oë oor die vlakke van sy gelaat en bewonder sy lang, digte wimpers. Sy hoef nie langer te wonder nie – sy het hom lief, sypel die besef met onomwonde sekerheid deur haar. Wiehahn skeer die gek met haar, maar wat maak dit saak? Sy sal saamspeel, besluit sy. Maar sy sal sorg dat hy nooit weet van die ongelooflike betowering van haar liefde vir hom wat dreig om haar te oorweldig nie. Hy sal nooit kan raai van die knaende angs diep in haar dat haar liefde vir hom altyd onbeantwoord sal bly nie.

Hy kyk onverwags op, sy oë glansloos soos die loodgrys hemelkoepel oor Londen. "Ek het jou op die vliegtuig gevra of daar 'n spesifieke man is wat jy hierdie Kersfees sal mis, en jy het my verseker daar is nie. Was dit die waarheid, Lara?" vra hy pleitend.

Die erns van sy stemtoon verwar haar en sy antwoord ongemaklik: "Ja, dit was, maar dit beteken nie dat ek vir jou pa gaan jok nie."

"Nie eens nadat jy met jou eie oë vir Monette en Ryno in 'n vurige omhelsing gesien het nie?" vra hy fronsend.

"Jy het self erken jy het altyd geweet Monette is 'n flirt, nogtans het jy jou pa laat glo jy is bereid om met haar te trou. En jy het gesê Monette is mooi en sy was altyd beskikbaar. Ek sal nie toelaat dat jy my gebruik om weg te kom van jou verpligting teenoor haar nie, want dit was Maandag op die lughawe opsigtelik dat sy jou reeds as haar persoonlike eiendom beskou," antwoord sy met sekerheid, 'n trotse lig in haar oë. Innerlik weet sy dat haar woorde haar hart aan flarde skeur, maar sy ignoreer die hartseer wat in haar geskeurde hart sypel soos die koue ysrëen vroeër deur haar klere.

"Nee, Lara, jy het my verkeerd verstaan," sê hy met besliste erns. "Daar was nooit sprake van liefde of 'n ernstige verhouding tussen my en Monette nie. Sy het haar talle vriende gehad en ek het ander meisies uitgeneem. As my pa of haar ouers 'n onthaal gegee het, was dit vanselfsprekend dat ek Monette sou vergesel. Ek en Monette het dikwels gelag oor ons ouers se besluit dat ons eendag sou trou, want 'n huwelik tussen ons was nie vir een van ons aanvaarbaar nie."

"Wil jy vir my sê Monette wil nog stééds nie met jou trou nie?" vra sy, haar uitdrukking ongelowig.

Hy staan op toe die bus vir die soveelste maal by 'n bushalte stilhou en trek haar saam met hom orent. "Kom, ons klim hier af," beveel hy. "Ons moet 'n ander bus haal om by die kroeg uit te kom. Dank die hemel dit het opgehou reën."

Sy staan rillend in die ysige wind onder die afdakkie van die halte en kyk hoopvol rond. "Waar is al daardie beroemde Londense taxi's? Ek sien net busse en motors," klappertand sy

231

onvergenoeg, half verkluim ná die snoesige warmte van die bus.

Hy sit sy arm om haar skouers en trek haar teen sy sy aan. "Jou lippe is wraggies blou van die koue, my arme bevrore meisiekind," sê hy met 'n simpatieke glimlag. "Die taxi's is volop in die stad, maar nie in die buitewyke nie. Ons kan bel en wag dat 'n taxi opdaag, maar ons is binne loopafstand van die kroeg. Wag ons vir die regte bus of 'n taxi, of sien jy kans om te loop?"

"Kom ons loop. Dit sal sommer warmer wees as om doodstil te staan en te verkluim," antwoord sy en vat sy hand.

Hy lag haar goedig uit. "Gryp jy elke maal my hand of my arm vas omdat jy dink ek is jou pa, Lara, of hou jy darem so 'n klein bietjie van my?" koggel hy haar.

"Dis te koud vir lawwe praatjies, want my tong en my tande vries. Ek het in elk geval nie genoeg asem om te praat nie, want ek moet draf om by jou lang bene by te bly!" hyg sy en trek haar serp voor haar ken en mond om 'n einde aan sy geterg te maak.

Lara se oë rek toe die kelner 'n bord voor haar neersit.

"Liewe land, die Aberdeen-pastei is groot genoeg vir vier mense! En hierdie groen pappery van ertjies is genoeg om my my eetlus te laat verloor. Het die Engelse nie smaak nie?" vra sy onvergenoeg.

"Klakous! Jy sit in een van die bekende Weatherspoon-kroeë, ek bestel vir jou 'n tradisionele dis en jy trek wraggies jou neus op! Eet jou ertjies en wees dankbaar ek het nie vir jou harsings of afval bestel nie – of verkies jy harsings?"

"Is jy heeltemal . . ." begin sy onstuimig, kyk op en bloos toe sy die dansende lag in sy oë sien.

Waarom wil ek met Wiehahn rusie maak? wonder sy verward. Sy is so bly om by hom te wees dat sy haar geluk wil uitskater, maar sy voel terselfdertyd so grensloos hartseer dat sy in trane wil uitbars. As dít liefde is, wil sy nie liefhê nie, want sy ry 'n wipplank van emosies wat haar 'n vreemdeling vir haarself maak.

Sy sug beteuterd en begin traag eet. Dalk is sy net honger, maar die ete is werklik smaaklik, besef sy verras en geniet dit in stilte.

"Hmm . . . die meisiekind het sowaar haar fiemies gelos. Proe nou aan jou bier, Lara. Dis net 'n halfpint, en jy hoef nie alles te drink nie. Of is dit teen jou tante Phoebe se ingedrilde beginsels om drank saam met 'n ete te gebruik?" vra Wiehahn toe sy eindelik haar mes en vurk op haar bord neersit.

"Ons drink soms wyn, maar beslis nie bier nie." Sy drink 'n mondjievol bier en wriemel haar neusie. "Sjampanje is lekker, maar dit smaak soos . . . e . . . bier."

"A . . . sjampanje!" Hy druk met sy voorarm op die tafel en leun nader aan haar. "Raak verloof aan my, Lara-lief, en ek koop vir jou sjampanje by al jou etes," beloof hy gretig.

"Oulik. Jy bly saam met Monette in julle huis in Kensington en ek dra jou verloofring. Of is jy van plan om saam met my in my broer se woonstel te kom bly sodra ons verloof is?" vra sy met geveinsde belangstelling.

Hy staar haar in stilte aan en sy besef intuïtief dat sy hom in sy eer gekrenk het. Sy steek haar hand uit en lê dit paaiend op sy arm. "Ek is jammer as ek jou beledig het, Wiehahn, maar is jy seker Monette verwag nie van jou om met haar te trou nie? Ek bedoel, sy was onder die indruk dat jy Londen toe gekom het om saam met haar die Kersgety deur te bring. Het jy nie beloof om by haar aan te sluit nie?"

"Nee, ek het nie, Lara – nie ses dae of ses maande gelede soos sy beweer nie. Ek is ter wille van my werk in Engeland, om geen ander rede nie. Maar Monette is 'n oortuigende leuenaar, daarom kon sy my pa oortuig dat ons saam planne vir die Kerstyd gemaak het. Glo my, sy ken oorgenoeg mense in Londen om my nie op Kersdag te mis nie."

"Maar waar is jy tuis?" vra sy ongemaklik.

"Wil jy vir my slaapplek aanbied?" vra hy treiterend.

Sy voel haar wange gloei van verleentheid en antwoord ergerlik: "Jy kan in die vullisbakkamer langs die ingang van die woonstelgebou slaap. Dalk leen ek vir jou 'n duvet."

"En ek het gedink die meisie het 'n liewe hartjie!" korswel hy, maar verduidelik dan: "Die Jonkers – Christo Jonker werk vir ons en hy is vroeër vanjaar getroud – woon permanent in ons huis, maar daar is oorgenoeg slaapkamers as ek daar wou tuisgaan. Maar met Monette daar . . ." Wiehahn swyg en vervolg dan stroef: "Ek vermoed Monette en my pa konkel saam, want sy het maar onlangs besluit ek staan onder 'n verpligting om met haar te trou, aangesien sy haar hele lewe lank sogenaamd getrou gebly het aan my. Dis natuurlik die grootste snert, maar ek kon haar nie van ontrouheid beskuldig as ek nie bewyse gehad het nie, daarom het ek daardie Donderdag spioen gespeel."

"Nietemin. As jy haar opreg liefhet . . ." sê Lara en voel hoe haar woorde met ruwe stewels op die seer verlange in haar binneste trap.

Sy uitdrukking verhard. "Wie praat nog in ons moderne tyd van liefde en lojaliteit en 'n huwelik in dieselfde asem, Lara? Hier in Londen eindig nege uit elke tien huwelike in die egskeidingshof, en dit gaan nie veel beter in ons eie land nie. Glo jý aan onsterflike liefde, Lara? Kan jy nog aan lojaliteit en liefde glo nadat jy Ryno met Monette in sy arms betrap het?" vra hy ru.

Sy lig onbewustelik haar ken. "Ek is nie Monette nie, Wiehahn. Ek het nog nooit 'n ernstige liefdesverhouding met 'n man gehad nie, omdat ek nog nooit liefgekry het nie. As jy nie soveel veragting vir liefde en die huwelik gehad het nie, het ek jou van my ouers vertel. As ek eendag liefkry, sal ek soos hulle liefhê: vir altyd," antwoord sy, onbewus daarvan dat haar erns 'n bekoorlike waardigheid aan haar verleen.

Hulle kyk mekaar in stilte aan, totdat hy met 'n glimlag haar hand in albei syne neem. "Eendag, as jy nie meer kwaad is vir my nie, sal jy my van jou ouers vertel. En jy hoef dit nie te sê nie – ek weet jy is nie soos Monette nie. Dis daarom dat ek jou vra om voor te gee dat jy my meisie is en lief is vir my."

"Bloot om jou pa te bedrieg?" vra sy afkeurend.

"Hoekom moet jy elke maal my sonde by die naam noem, Lara? Dis net 'n onskuldige speletjie . . . Nee, ek jok. Dis 'n self-sugtige versoek omdat ek van Monette ontslae wil raak," erken hy bedroë.

"Ek verstaan nie, Wiehahn. Dring jou pa nog steeds daarop aan dat jy met Monette moet trou nadat jy hom van haar ver-houding met Ryno vertel het?"

'n Wrang laggie vertrek sy lippe. "Dis my probleem: ek sien nie kans om my pa van Monette en Ryno te vertel nie. Ryno is dood. Ek sal soos 'n skurk voel as ek sy geheime sonde moet gebruik om Monette uit my lewe te kry."

"Hoekom is jy nie net eerlik met jou pa nie, Wiehahn? Sê vir hom jy glo nie aan lojaliteit of liefde of die huwelik nie. Hy sal . . ."

"Nee!" val hy haar skor in die rede, sy uitdrukking ontsteld. "Ek neem aan jou ouers het mekaar liefgehad, Lara, maar my pa het my grootgemaak met die storie dat my ma dood is. Ons het by my oupa en ouma gewoon, want my pa was dikwels weke of maande lank weg ter wille van sy werk. Toe ek ouer word, het ek begin uitvra oor my ma en ek wou graag foto's van haar sien. My pa het my vertel al haar foto's is in 'n brand vernietig."

"En sy?" adem Lara. "Het . . . het sy in die brand gesterf?"

"Nee. My ouma het my die waarheid vertel: my pa het al my ma se foto's en besittings verbrand op die dag toe sy hom en haar baba van twee weke verlaat het vir 'n ander man." Hy leun weer nader aan haar en vra dringend: "Verstaan jy nou, Lara? 'n Huwelik is nie 'n heilige belofte van liefde en trou van twee mense aan mekaar nie; dis niks anders nie as 'n heidense fees wat mense die geleentheid gee om te veel te eet en te drink."

"Is dit wat jou pa glo?" vra sy, haar liefde vir Wiehahn ineens 'n grys landskap van verlatenheid en wanhoop. Hy sal haar nooit liefhê nie, want hy glo nie aan die liefde nie, pols die seer besef saam met elke klop van haar hart.

Hy glimlag skeef. "Ek sal nie weet nie, want liefde en lojaliteit is nie onderwerpe wat ons twee bespreek nie. Hy weet heel waarskynlik dat ek die waarheid oor my ma by my ouma of die dorpenaars gehoor het, maar ons praat nooit oor haar nie. Sou ek iets oor my ma wou weet, sal ek moet gaan kuier by my oupa en ouma op die klein kusdorpie waar hulle afgetree het. Nie dat ek werklik meer wil weet oor die vrou wat my verwerp het nie."

"Dis vreemd. As ek jou pa was, het ek jou afgeraai om te trou. Of is hy nou gelukkig getroud?"

"Nee, hy het ongetroud gebly. Maar hy glo ek is op dertig oud genoeg om te trou en te sorg dat hy 'n paar kleinkinders het om hom te vermaak as hy eendag daaraan sou dink om af te tree."

"Weet hy jy het Monette nie lief nie, Wiehahn?"

"Ek het jou gesê: ek en my pa praat nie oor liefde nie. Ek het eenkeer opgemerk dat Monette 'n flirt is, maar my pa het net gelag en gesê 'n huwelik sal haar verander. Ga! Soos dit my ma verander het." Hy kyk haar spytig aan. "Het ek nou al jou fantasieë en illusies inmekaar laat tuimel met my sinisme, Lara? Ek is jammer. Moenie alles glo wat ek sê nie. Dalk is daar êrens liefde vir die enkele gelukkiges."

"Dis wat ek verkies om te glo, daarom sal ek nie voorgee dat

236

ek die groot liefde in jou lewe is nie." Sy kyk na haar glas bier. "Mag ek 'n koppie koffie bestel, Wiehahn? Die ete was heerlik, maar ek hou nie van bitter bier nie."

"Ek wed jy hou ook nie van rugby en vleisbraaie nie," mor hy, en glimlag dan ineens entoesiasties. "Goed, Lara-lief. Ons gaan koffie drink en daarna gaan koop ons kos vir ons Kersete – ham en kalkoen en neute en 'n Kerskoek en Kerspoeding en 'n Kersboom en versierings en klappers. Môre vier ek en jy saam Kersfees!"

"Maar . . . verwag die Jonkers en Monette nie dat jy saam met hulle Kersfees sal vier nie?" vra sy aarselend.

"Het ek jou nog nie gesê nie? Ek was sedert verlede Maandag in Ierland en ek het eers gisteraand teruggevlieg. Ek kuier by ou vriende van my pa, maar hulle weet reeds ek sal nie môre tuis wees nie. Het jy gedink ek sal jou alleen laat op Kersdag, my Lara-lief?"

"Natuurlik nie! Jy het tog so 'n liewe hartjie, dankie, Wiehahn," antwoord sy en lag saam met hom.

Hy glo nie aan liefde nie, maar hy noem haar Lara-lief. En hy wil nie hê sy moet alleen wees op Kersdag nie. Hy het haar nie lief nie, maar hy is bedagsaam en hy is haar vriend. Daarom sal sy vasklou aan haar fantasieë en illusies en glo dat môre die gelukkigste Kersfees van haar lewe sal wees.

Hulle is saam op 'n trein en dit voel soos eeue later.

Lara weet nou daar is meer sand langs die vuilbruin Teemsrivier as op die klipperige seestrand van die bekende stranddorp Brighton. Die gidse van Buckingham-paleis, die toring van Londen en Somerset-huis vertel interessante brokkies geskiedenis, maar nie een van die besienswaardighede van Londen is so fassinerend soos die silwerblou oë van die donker man wat Kersdag saam met haar deurgebring het nie. Sy kyk na die oopgevoude kaart van die treinnetwerk op haar skoot en dan na die naam van die volgende stasie waar die trein sal stilhou.

Sy kan nie onthou wat sy op Kersdag geëet het en of daar tyd was om te eet nie, sy kan net die kosbare ure saam met Wiehahn onthou toe hulle op die rusbank gesit en herinneringe oor hulle kleintyd en studentejare gedeel het. Sy kon vergeet van oom Ryno se grusame dood en tant Lynette se gehate beskuldigings, selfs vergeet van die beeldskone Monette wat hoop om met Wiehahn te trou.

Maar vanaand vlieg hulle terug Suid-Afrika toe, sy en Wie-hahn. Die werklikheid is terug in haar lewe en al die mooi dinge begin hulle glans verloor ...

Sy is intelligent, sy weet sy is, anders sou sy nooit 'n apteker kon geword het nie – waarom kan sy dan nie aanvaar dat Wie-hahn binnekort vir goed uit haar lewe gaan wees nie? Hy was eerlik met haar, want hy het reguit vir haar gesê hy glo nie aan liefde en lojaliteit of die huwelik nie. Waarom het haar dwase hart hom dan liefgekry? vra sy haarself af.

"Dis Queensbury. Gou, ons moet uitklim," sê hy skielik ge-moedelik langs haar, raap haar rugsak op en help haar orent.

"My aandag was afgetrek," mompel sy en frons om haar ver-leentheid te verberg.

Wiehahn loop na 'n houtbank op die perron, gaan sit daarop en trek Lara langs hom neer. Hy buig nader aan haar en vra: "Dink jy daar is 'n kroeg op Amersham wat sjampanje bedien?"

"Hoekom wil jy weet? Wil jy dronk word?" vra sy agterdog-tig.

Hy kyk haar onthuts aan, stut sy elmboë op sy knieë en laat sak sy kop met 'n aandoenlike kreun in sy hande. "Hoekom doen jy dit aan my, Lara? Ek probeer om romanties te wees, maar jy laat my soos 'n dronklap voel. Lyk ek soos een?" vra hy kamma gekrenk.

"Nee, maar ek ken jou nie goed genoeg om te kan oordeel nie. Dalk drink jy skelm," antwoord sy genadeloos.

"Snip! As jy nie my Lara-lief was nie, het ek jou geld en jou treinkaartjie gevat en jou net hier gelos," dreig hy en betrag haar nadenkend. "Dink jy dis sonde om duisende rande te mors?"

"Natuurlik! Dobbel jy?" vra sy wantrouig en vermy sy oë sodat hy nie die lag in haar oë kan sien nie.

Hy steek sy hand in die binnesak van sy jas, haal 'n wit satyndosie uit en klap die dekseltjie oop. "Dis die mooiste diamantring wat ek kon kry. Sal jy aan my verloof raak, asseblief, my Lara-lief?" vra hy en kyk haar met 'n afwagtende glimlag aan.

5

Lara staar sprakeloos na die skitterende diamantring in Wiehahn se hande. Die dawerende geklop van haar hart in haar ore is soos die getik van 'n horlosie wat 'n ewigheid van teleurstelling en ontnugtering afmeet.

"Moenie bekommerd wees nie, my Lara-lief, die ring sal jou pas," vertolk hy haar stilswye verkeerd. "Onthou jy die oranje plastiekring wat jy op Kersdag in een van die klappers gekry het? Dit het jou gepas en ek het dit ongemerk in my sak gesteek toe jy vir ons koffie gaan maak het. Of wil jy liewer self 'n ring kies?"

Sy kom orent, haar gelaat 'n marmerwit masker waarin slegs haar groot, donker oë lewe. Sy staan onbewustelik meer regop en antwoord vyandig: "Ek is jammer as ek jou die indruk gegee het dat ek 'n naïewe kleuter is wat jy na willekeur kan manipuleer, Wiehahn. Ek dink ek het van jou gehou, maar nou weet ek jy is niks anders as 'n lafaard wat my wil gebruik om jouself teen

Monette en jou pa te beskerm nie. Oorreed 'n ander meisie om jou te help, want ek het te veel selfrespek om my eie mense óf jou pa te bedrieg met 'n verloofring wat niks beteken nie."

"Wie praat van bedrog?" vra hy bruusk, sy oë deurborend. Hy staan vinnig op.

"Ek glo dis wat jy beplan het – 'n onskadelike speletjie, soos jy daarna verwys het. Want as jy hoop ek sal glo jy is ernstig, is dit die grootste belediging wat enigiemand my nog ooit gegee het," antwoord sy, haar stemtoon ysig van afkeer.

'n Diep frons keep tussen sy wenkbroue. "As ek sou sê ek het jou lief en jou vra om my verloofring te dra, sal jy dit as 'n belediging beskou, Lara?" vra hy grimmig, sy uitdrukking stroef.

"Vanselfsprekend. Jy het met soveel veragting van liefde en lojaliteit gepraat, so 'n bespotting van 'n verlowing en die huwelik gemaak, dat net 'n breinlose meisie jou verloofring sal dra," antwoord sy verpletterend. Sy hoor die trein aankom, raap haar rugsak op en vervolg nadruklik: "Moenie weer met my praat nie, Wiehahn. Moenie eens na my kyk nie, want jy laat my klein en verneder voel."

Sy groot hand sluit om haar boarm terwyl hy saam met haar in die trein klim. "Ons is vriende en ons vlieg vanaand saam terug huis toe," sis hy in haar oor, bewus van die blikke van die ander reisigers in die passasierswa.

Woede laat haar die reaksie van haar liggaam en die klaagstem van haar hart ignoreer. "Nee! Ek sal wag totdat ek plek op 'n later vlug kan kry, al wag ek 'n maand. Bly net weg van my af, Wiehahn – hoe verder, hoe beter!"

Hulle kyk vir 'n tydlose oomblik in mekaar se oë en dan los Wiehahn haar arm. "Is dit 'n belofte? Sal jy wegbly van my af?" vra hy skor.

"Ja," antwoord sy kortaf.

"Vlieg vanaand huis toe. Dis makliker vir my om 'n ander

240

vlug te haal," sê hy gelykmatig, draai om en stap weg na die laaste ry sitplekke.

En dis die einde van my kinderagtige droom van liefde, dink Lara terwyl sy op die naaste sitplek neersak. As sy nie so kwaad en beledig gevoel het nie, het sy nou in trane uitgebars. Nee, sy is te kwaad, te verneder om te huil. Sy haat en verag hierdie donker man wat haar tydelik betower het met sy glimlag en sy besonderse silwerblou oë. Ja, dit was net tydelik, want op hierdie oomblik kan sy nie aan 'n enkele rede dink om 'n man soos Wiehahn lief te hê nie.

Phoebe wag Lara in die ontvangsaal van Buitelandse Vlugte op die Johannesburgse lughawe in. Toe sy Lara met haar bagasie-trollie tydsaam sien naderkom, loop sy haar met 'n blye glimlag tegemoet.

"My liefste kind, ek is so dankbaar jy is veilig terug," sê Phoebe. Sy hou Lara troetelend in haar arms vas en soen haar op die wang.

Lara klou instinktief aan haar tante vas. In die bekende veilig-heid van haar arms voel sy vir die eerste maal nie meer alleen nie. Sy veg teen die begeerte om in trane uit te bars weens die hartseer wat haar woede jeens Wiehahn reeds ure gelede uitge-wis het.

Sy beur weg van Phoebe en antwoord met 'n troostelose glimlaggie: "Ek sukkel nog self om te glo ek het die vlug oor-leef. Hallo, Phoebe. Ek is baie bly om terug te wees."

Phoebe betrag haar met 'n bekommerde blik. "Ek hoef nie te vra of jy op die vliegtuig geslaap het nie — jou bleek gesig-gie en die donker vlekke onder jou oë beantwoord al my vrae. Wiehahn het gistermiddag gebel om te sê hy kan ongelukkig nie saam met jou terugkeer nie, want hy is nog besig met sake-onderhandelings in Ierland. My arme kind, ek kan sien jy is pootuit. Was jy baie bang om alleen te vlieg?" vra sy simpatiek.

"Nee . . . nie nadat die vliegtuig opgestyg het nie. Maar ek kon nie slaap nie, en daar was niemand om mee te praat nie. Die man langs my het net geëet en die een drankie ná die ander gedrink en toe die hele nag gesit en snork. Ek het na simpel rolprente op die piepklein skermpie in die rugleuning van die sitplek voor my gekyk, maar selfs dit kon my nie laat slaap nie. Ek kan nie wag om te bad en in my eie bed te klim nie." Lara probeer om gerusstellend te glimlag, bewus van die kommer op Phoebe se gelaat.

"Nou kom ons loop. Nee, ek sal die bagasietrollie stoot, want ek weet waar ek my motor geparkeer het. Ek sal jou nie nog moeër maak met vrae nie, Laratjie. As jy geslaap het, sal daar oorgenoeg tyd wees om te gesels," sê Phoebe gemoedelik terwyl hulle begin aanstap na die uitgang.

"Ek het jou elke dag gebel om al my nuus te vertel, daar is niks meer om te vertel nie," sê Lara geïrriteerd en byt dan spytig op haar onderlip. "Ekskuus, Phoebe. Ek wil seker net rusie maak omdat ek oormoeg en dood van die honger is."

"Het jy nie ontbyt op die vliegtuig gehad nie?" vra Phoebe ontsteld.

"Nee, want jy het gesê as ek net water drink en niks eet tydens die vlug nie, sal ek nie vlugflou wees nie. Ek het gisteroggend laas geëet . . . nee, eergisteraand, want gisteroggend wou ek op Amersham ontbyt eet, maar toe verdwaal ek," vertel Lara onwillig. Sy knip haar oë toe hulle in die helder somerson uitstap. "Ek het vergeet die son is so verblindend helder hier!"

"Dit moet die koue winterklimaat van Engeland wees wat jou soveel dinge laat vergeet het," merk Phoebe met 'n betekenisvolle glimlaggie op.

"Gister was so 'n holderstebolder dag dat ek nie tyd gehad

242

het om aan etes te dink nie, maar ek het niks anders vergeet nie," mompel Lara misnoeg.

"Ook weer waar. Soms vergeet ek dat jy vry is om soos Maritsa in jou eie woonstel te woon en dat jy nie jou vriende met my en Heilie hoef te deel nie. Dit was seker nie nodig dat ek en Heilie moes weet dat Wiehahn Kersdag saam met jou deurgebring het nie," beaam Phoebe met 'n neutrale stem.

Lara gryp die handvatsel van die bagasietrollie vas en ruk tot stilstand, sodat Phoebe verplig is om te bly staan. "Hoe weet jy daarvan? Het daardie skinderbek van 'n man jou gebel?" vra Lara, haar stem gesmoord van verontwaardiging.

"My liewe kind . . ." Phoebe staar haar onbegrypend aan. "Was dit so 'n verskriklike geheim? Ná alles wat jy en Wiehahn saam beleef het, is dit byna vanselfsprekend dat julle vriende sal wees. Ek was dankbaar toe hy my op Oukersaand bel en vir my sê dat jy nie Kersdag alleen sal deurbring nie. Was jy nie ook bly om nie alleen te wees nie?"

"Ek verkies my eie geselskap," antwoord Lara, haar kakebeen styf van woede. "Ek wil nie oor daardie Wiehahn-man praat nie, Phoebe. Hy is niks anders nie as 'n arrogante ryk sakeman wat glo hy kan mense omkoop en tot sy eie voordeel gebruik."

"Ek sal nie met jou daaroor verskil nie, want ek aanvaar jy ken Wiehahn beter as ek. Maar ek verstaan nie. Toe Wiehahn my gebel het om te sê hy kan nie saam met jou terugvlieg nie, het hy oor jou gepraat asof julle nog goeie vriende is. Wat het hy gedoen om jou so kwaad te maak?" vra Phoebe bekommerd.

"Ek het reeds gesê: ek wil nie oor hom praat nie!" stik Lara.

"Dan hoef jy nie, kindjie. Ek beloof om nie weer oor hom te praat nie," antwoord Phoebe gelate.

Dis maklik om nie oor Wiehahn te praat nie, dink Lara tam, maar hoe leer sy haarself om nie aan hom te dink nie? Sy het die hele nag probeer om haar woede jeens hom met goeie redes te voed, maar sy het hopeloos misluk. Sy is nie meer kwaad vir hom omdat hy nie aan liefde en lojaliteit glo nie; net grensloos hartseer omdat haar liefde vir hom altyd vergeefs sal wees.

Heilie staan met haar kop effens skeef gedraai en haar pofferhande op haar maag saamgevat in Lara se kamerdeur, en kyk met 'n innige glimlaggie hoe Lara haar koffie en beskuit geniet. "Ag, my hart, is dit nou nie wonderlik om jou terug te hê onder ons eie dak en jou so lekker te sien eet nie, my lammetjie? Ek kan nie onthou wanneer laas jy twee groot stukke anysbeskuit geëet het nie," sê sy vergenoeg.

"Ek is so honger dat ek die koffiebeker en teelepel sou eet as ek kon, ta' Heilie. Ek was gister te moeg om ná die lang vlug te eet en ek het tot laatmiddag wakker gelê voordat ek eindelik aan die slaap geraak het. Die beskuit was heerlik, maar nou is ek éérs honger! Is dit te vroeg vir ontbyt, ta' Heilie?"

"Veels te vroeg," sê Phoebe, wat met Lara se tas in haar hand die kamer binnekom. Sy plaas die tas op die voetenent van Lara se bed en vervolg: "Môre, kindjie. Ek het gisteraand reeds jou tas uitgepak en jou winterklere weggepak. Staan nou op en trek aan. Sodra ons ontbyt gehad het, kan jy jou tas pak vir ons somervakansie."

"Jy bedoel ons gaan vandag wéér vlieg?" vra Lara gegrief. "Agge nee, Phoebe. Ek weet jy beplan lankal die toer langs die Weskus en dis vandag die derde Januarie, maar ek het oorgenoeg van vliegtuie gehad. Kan ek nie maar hier bly nie?"

Sy byt op haar onderlip en gaan dan gejaag voort: "Nee, vergeet van my vraag. As tant Lynette agterkom ek is terug . . . Hoe laat is ons vlug Kaapstad toe, Phoebe? Vat my skinkbord, asseblief, ta' Heilie. Ek moet opstaan."

'n Borrellaggie stoot oor Heilie se lippe terwyl sy die skinkbord optel en dit op die lessenaar voor die kamervenster neersit.

"Daar is g'n haas nie, my hartjie. Onse Phoebe verbeel haar net ons is twee van haar balhorige studente, daarom blaf sy so bevele uit." Sy kyk afwagtend na Phoebe. "Toe nou, my skatlam, vertel vir Laratjie van die stomme Lynette."

"Ek weier om te glo tant Lynette is werklik stom," sê Lara bitter.

"Nee, maar sy het iemand anders gekry om te haat," antwoord Phoebe en neem op die kant van Lara se bed plaas. "En ons gaan nie vlieg nie, ons ry met die motor."

"Iemand anders? Net ek en Wiehahn weet van oom Ryno se minnares. Wiehahn sou nooit vir tant Lynette vertel het wie oom Ryno se minnares was nie. Of het hy vir jou gesê wie die meisie is, Phoebe?" vra Lara ongelowig.

"Nee, kindjie, maar laat my toe om te praat," antwoord Phoebe. Sy gaan rustig voort: "Dit het alles begin toe Elna Ackerman my op Kersdag gebel het om ons almal 'n geseënde Kersfees toe te wens. Elna was verbaas om te hoor dat jy Londen toe is en was hoorbaar ontsteld toe ek vir haar sê dat jy verplig gevoel het om weg te gaan omdat Lynette jou lewe ondraaglik gemaak het."

"Die tweegesig! Elna het vir tant Lynette vertel ek moes op die dag van die ongeluk die kantoor om eenuur gesluit het omdat oom Ryno die hele dag in die hof sou wees. Ek wed sy het boonop geïnsinueer dat daar 'n vurige liefdesverhouding tussen my en oom Ryno was," sê Lara verontwaardig.

"Elna het net die waarheid gepraat oor Ryno se reëlings met jou, Lara. Sy het nie geweet Lynette gaan haar eie afleidings maak en valse aantygings teen jou maak nie. Maar Elna het die afgelope elf jaar — vandat sy agttien jaar oud en nog ongetroud was — by Ryno gewerk," vertel Phoebe.

"Ja, ek weet. Elna praat graag oor hoe gelukkig sy was om so 'n goeie werk by oom Ryno te kry, want sy het net matriek.

245

Was sý ook een van die groot liefdes in oom Ryno se lewe?" vra Lara agterdogtig.

"Nee a, my lammetjie!" probeer Heilie betig, maar haar glimlag verloën haar woorde. "Foei tog, die goeie Elna is maar dikkerig soos ek, en haar ou gesiggie lyk 'n bietjie afdraande. Oorle Ryno het altyd 'n oog vir mooi meisies gehad, nie liewe vroue soos ek en Elna nie."

"Heilie, as jy nie kan stilbly nie, gaan maak solank ons ontbyt. Ek praat nou," kom dit ongeduldig van Phoebe.

"Jy het darem deesdae 'n vreeslike kort humeurtjie aan jou, Phoebe-mens. As ek jou nie so goed geken het nie, het ek geglo jy's verlief," tart Heilie en wend geen poging aan om te loop nie.

Phoebe gee haar 'n vernietigende kyk en draai terug na Lara. "Elna is nie uiterlik die aantreklikste vrou wat ek ken nie, maar sy is die saggeaarde, moederlike tipe wat mense maklik vertrou. Ryno het haar vertrou, want hy het van haar verwag om boodskappe aan sy minnaresse te gee as hulle sou bel, ruikers vir hulle te bestel en te laat aflewer, en selfs om hotelkamers vir hom te bespreek."

"Maar . . . hoe kón sy, Phoebe? Elna lyk so goed en dierbaar, en ek weet sy is gelukkig getroud en baie lief vir haar twee seuntjies, maar dat sy oom Ryno kon help om ontrou te wees aan tant Lynette . . . Ek sal nooit so iets vir my baas doen nie!" sê Lara geskok.

"Jy was gelukkig nooit in Elna se skoene nie, Lara. Toe Elna agttien was, het sy 'n sieklike ma en 'n jonger broer wat nog op skool was gehad om te versorg. Ryno het haar 'n goeie salaris betaal en sy het elke sent nodig gehad. Selfs toe haar broer begin werk het en sy getroud is, moes sy en haar man nog na haar ma omsien."

"Dan praat jy Elna se gekonkel saam met oom Ryno goed,

246

Phoebe? Glo jý ook nie aan liefde en lojaliteit nie?" vra Lara met onverwagse bitterheid.

"Jy oordeel te haastig, kindjie," sê Phoebe paaiend. "Elna het pas haar matriekeksamen afgelê toe haar pa skielik aan 'n hart-aanval gesterf het. Op agttien was sy 'n onvolwasse kind met weinig mensekennis of lewenservaring. Omstandighede het haar gedwing om werk te kry om haar ma en haar broer te on-derhou, en toe sy die pos by Ryno kry, was sy in die wolke. Sy was bereid om enigiets vir haar wonderlike baas te doen sonder om vrae te stel."

"Selfs om kamers in hotelle vir hom en sy minnaresse te be-spreek?" vra Lara veroordelend.

"Ryno het Elna altyd gevra om 'n kamer vir een van sy kliën-te van elders, of soms vir vriende uit die buiteland, te bespreek. Elna het hom vanselfsprekend geglo, soos sy geglo het dat die meisies wat hom gebel het of aan wie sy ruikers moes stuur, almal sy kliënte was. Wees eerlik, Lara: sou jy op agttien kon raai jou wonderlike baas bespreek hotelkamers vir hom en een van sy minnaresse?"

Lara glimlag bedroë. "Heel waarskynlik nie, want ek weet niks van prokureurswerk nie – nie eens nou nie. Ek veronderstel ek sou net so goedgelowig soos Elna gewees het. Maar Elna het nie agttien gebly nie."

"Nee, maar sy het taamlik gou besef dat ontrouheid aan Ly-nette vir Ryno 'n aanvaarde deel van sy huwelik was. Elna het toe reeds vir Lynette leer ken en het haar as 'n goeie vriendin beskou, want Lynette is altyd gaaf teenoor vroue wat nie aan-spraak op skoonheid het nie. Jy ken Lynette: sy is 'n vrygewige mens en sy oorlaai haar vriende met geskenke. Lynette het selfs geskenke vir Elna se ma en broer gekoop toe sy agterkom hoe moeilik Elna se finansiële situasie was."

"Sonde is nes boeke en klere wat jy op jou kamervloer laat

rondlê: later sien jy hulle nie meer raak nie," kom dit vroom van Heilie.

"Ja, ta' Heilie, ja, maar ek laat lê nie meer my boeke en klere op my vloer rond nie," sê Lara geraak en vra afkeurend: "Het dit Elna nie gepla dat oom Ryno tant Lynette bedrieg nie, Phoebe?"

"Vanselfsprekend. Elna het beslis nie Ryno se ontrouheid goedgekeur nie, maar sy het ook nie kans gesien om Lynette te ontnugter nie. Elna sê sy het dit oorweeg om 'n ander pos te kry, maar sy het besef dit sou nie 'n einde aan Ryno se ontrouheid maak nie. Solank as wat sy Ryno se sekretaresse was, kon sy pro-beer verhoed dat Lynette ooit die waarheid hoor. Ek twyfel of enige getroude vrou wil weet dat haar man ontrou is aan haar."

"Maar noudat oom Ryno dood is ... Was Elna bereid om die waarheid aan tant Lynette te vertel?" vra Lara gespanne.

"Ja, kindjie. Dit was nie maklik vir Elna nie, want sy was bit-ter jammer vir Lynette wat so pas haar man verloor het. Maar Elna voel skuldig omdat sy al die jare oor Ryno se ontrouheid geswyg het, want sy glo sy kon sy dood voorkom het as sy Lynette lankal daarvan vertel het. Ek glo dit was 'n verligting vir Elna om eindelik die volle waarheid oor Ryno te vertel en terselfdertyd vir jou te help."

"Weet tant Lynette nou ek was nie een van oom Ryno se meisies nie, Phoebe?" vra Lara wantrouig.

"Lynette weet, ja, want sy het my die volgende dag gebel om my om verskoning te vra vir al die onaangename aantygings wat sy jeens jou gemaak het."

Heilie snuif minagtend deur haar neus. "Te versigtig vir my en my grasbesem om haar voete op ons werf te sit, toe bel die bang weduvroutjie maar. As ek haar Sondag by die kerk gesien het, het ek haar trompop geloop en haar vertel wat ek van haar dink. Maar Luzaan Likkewaan sê Lynette het by haar suster op Knysna gaan kuier."

"Glo tant Luzaan en die res van die straat nog steeds ek was oom Ryno se minnares, tant Heilie?" vra Lara ongemaklik.

"Vra jy nog, hartjie? Nadat Lynette van haar laat hoor het, het ek die foon warm gebel en een en almal goed op hulle plek gesit omdat hulle Lynette se liederlike leuens geglo het. Sies tog, dalk het ek dit 'n bietjie oordryf, want ek het ou Luzaan Likkewaan en Retha in trane van skaamte en berou gehad omdat hulle jou goeie naam beswadder het. Maar nou ja, trane is goed vir die sinusse, soos onse huisdoktertjie altyd sê."

"Hoe kry jy dit reg, ta' Heilie? Ons praat oor oom Ryno en Elna, en jy praat oor sinusse," sê Lara vies en kyk spytig na Phoebe. "Ek wens ek het daaraan gedink om met Elna te praat toe tant Lynette my vals beskuldig het. Dan sou dit nie vir my nodig gewees het om Londen toe te vlug nie."

"Ek is jollie bly jy het, my lammetjie!" kom dit onstuitbaar van Heilie. "Jy is nou nie meer so bang om te vlieg nie en ons gaan op Adendorp kuier. Ek hoor die skoon lug van die platteland is alte goed vir 'n mens se sinusse."

"Heilie . . . asseblief!" pleit Phoebe moedeloos en draai terug na Lara toe Heilie haar met 'n liewe glimlaggie aankyk. "Ek is ook nie spyt oor al die dinge wat gebeur het nie, Lara," erken Phoebe, haar glimlag verskonend. "Ek was so bekommerd oor jou gemoedstoestand dat ek jou peetpa se uitnodiging dat ons by hom op Adendorp moet kom kuier, aanvaar het. Hy woon –"

"Ek het nie 'n peetpa nie, Phoebe," val Lara haar in die rede. "Onthou jy nie toe Maritsa jare gelede by my kom spog het met die goue armband wat haar peetpa vir haar verjaardag gekoop het nie? Ek het jou gevra wie is my peetpa, en my oë rooi gehuil toe jy sê ek het nie een nie."

"Jou sonde het jou ingehaal, Phoebe, nes die arme Elna!" kom dit met 'n vermakerige kekkellaggie van Heilie.

"Om liefdeswil, Heilie! Hoe kon ek aan 'n agtjarige kind

verduidelik dat ek en haar peetpa geswore vyande was?" vra Phoebe met ergerlike ongeduld. Sy kyk met 'n skuldige glimlaggie na Lara. "Ek is jammer ek moes vir jou jok, kindjie, maar 'n . . . 'n misverstand het my en Herman Adendorf van mekaar vervreem. Jou pa en Herman was boesemvriende, maar ná jou ouers se dood het ek alle kontak met Herman verloor."

"Julle rusie raak my nie, Phoebe, maar hoe kan jy van my verwag om by 'n wildvreemde oom te gaan kuier?" vra Lara beledig.

"Herman het my gebel kort nadat jy Londen toe is en ons het ons misverstand uit die weg geruim. Hy het oor jou navraag gedoen, en toe ek hom van jou dilemma vertel, het hy daarop aangedring dat ons kom kuier sodat hy jou kan leer ken. Wie weet, dalk is daar werk vir jou in die apteek op Adendorp," antwoord Phoebe geduldig.

"Wil jy van my ontslae raak, Phoebe? Ek weet Adendorp is êrens in die gramadoelas, kilometers hiervandaan. Hoekom moet ek nou daar gaan werk?" vra Lara gegrief.

"Pure nonsies!" beaam Heilie verontwaardig. "Het jy my nie vertel onse Laratjie het genoeg van haar ryk ouers geërf sodat dit nooit vir haar nodig sal wees om te werk nie, Phoebe? Of wil jy hê die kind moet sterwe van eensaamheid sodat jy haar erfporsie kan inpalm?"

"Sê jy opsetlik sulke dom dinge, Heilie, of is jy dom gebore?" vra Phoebe boos.

Lara leun hulpeloos van die lag terug teen haar kussings. "Dalk is jý die domme, Phoebe, want selfs ek weet ta' Heilie speel net dom sodat sy mense lag-lag kan beledig!"

Heilie glimlag minsaam toe Phoebe haar toornig aankyk. "Moenie eens probeer om my domheid te verstaan nie, my skatlam. Jou wetenskaplike breintjie verstaan net chemie en goeters, nie mense en hulle manewales nie. En Laratjie, moenie skrik as

250

Phoebe ekstra befoeterd en verstrooid is nie – dit gebeur net elke maal as Herman Adendorf bel, en dis minstens twee maal per dag!"

"Dis reg, Heilie," beaam Phoebe, haar gesig uitdrukkingloos. "Op vier-en-vyftig is ek só desperaat om 'n man te kry dat ek kilometers ver agter 'n stokou man gaan aanry. Sal jy my bruidsmeisie wees?"

"Dit hang af, my skatlam. As die ou man my ouderdom is, is ék dalk nog sy bruid," antwoord Heilie sedig. Sy tel die skinkbord van die lessenaar af op en loop skaterend van die lag by Lara se slaapkamer uit.

"Hoe goed ken jy oom Herman Adendorf, Phoebe?" vra Lara onrustig, ineens bang dat Phoebe werklik sal trou en haar en Heilie alleen agterlaat.

"Jou pa en Herman het as studente bevriend geraak omdat hulle albei vlugbal gespeel het. Herman was in die koshuis tuis en dit het 'n gewoonte geword dat hy sy naweke hier by ons deurgebring het, moontlik omdat ons kos lekkerder gesmaak het. Ek kan nie veel van hom onthou nie, want hy en jou pa was dieselfde ouderdom; hy's so ses of sewe jaar ouer as ek," vertel Phoebe belangeloos.

"Het hy medies geswot soos my pa?"

"Nee, ek dink dit was eers ingenieurswese en toe later landbou, maar ek is nie seker nie. Al wat my destyds geïnteresseer het, was die feit dat Adendorp vernoem is na die Adendorfs en hulle plaas, Aden. Om 'n dorp na jou vernoem te hê, het Herman in my oë verhef tot die adelstand," vertel Phoebe en glimlag geamuseerd.

"Het oom Herman soos 'n prins in 'n sprokie gelyk?"

"Beslis nie in my elfjarige oë nie! Hy het definitief nie soos 'n prins geëet nie, want as niemand die laaste stukkie koek of tert wou eet nie, het dit altyd op sy bord beland. Maar ek . . . ons

251

het almal ouer geword en ek het mettertyd besef Herman en jou pa is albei aantreklike jong mans wat, as hulle nie die koekblikke leeggeëet het nie, met hulle neuse in hul boeke gesit het. Herman het my soos 'n jonger suster behandel en vir my was hy soos nog 'n ouer broer, totdat hy teruggekeer het na sy tuisdorp. Nadat jou pa en ma getroud is, het Herman nog gereeld by jou ouers gekuier, maar ek het hom nie weer gesien nie."

"Is oom Herman nooit getroud nie?" vra Lara geïnteresseerd.

"Hy was, maar ek het sy vrou nie goed geken nie. Herman het sy meisie voor sy verlowing aan my ouers kom voorstel, maar ek het die gevoel gekry dat Selma nie van my gehou het nie. Omdat ek 'n skaam en teruggetrokke tiener was, het mense dikwels die indruk gekry dat ek trots en onvriendelik was. Miskien het Selma besluit ek is 'n aanstellerige rykmansdogter, want ná die enkele besoek het hulle nooit weer by my ouers kom kuier nie."

"Maar as oom Herman my peetpa is – hoekom het hy my nooit gebel of net 'n verjaardagkaartjie gestuur nie, Phoebe?"

Phoebe huiwer, herinneringe soos donker skadu's in haar oë. "Ná jou pa se vliegongeluk . . . My ouers was in só 'n toestand dat ek al jou pa se vriende moes bel. Ek het Herman se huisnommer herhaalde male geskakel, maar daar was niemand tuis nie. Herman het my ouers 'n paar maande later besoek om met hulle verlies te simpatiseer, want hy was in die buiteland tydens jou pa se dood."

"Maar oom Herman was nog steeds my peetpa, al was my pa dood. Of was hy te suinig om vir my geskenke te koop?" vra Lara afgehaal.

Phoebe lag haar goedig uit. "Hoekom vra jy hom nie self nie, Lara? Ons ry vroeg môreoggend Adendorp toe. Ek glo Herman sal, ná sy hartlike uitnodiging, gretig wees om al jou vrae te beantwoord," antwoord sy tergend en staan op.

'n Tikkie hoop sluip Lara se bewussyn binne. As sy weggaan en Wiehahn kom dalk, net dálk weer kuier . . . Dit laat haar onvergenoeg sê: "Ek wil nie by 'n suinige oom gaan kuier nie, Phoebe. Lynette skinder nie meer oor my nie. Hoekom gaan toer ons nie liewer langs die Weskus nie?"

"Omdat ons goeie maniere het, Lara. Toe ek desperaat was om jou te help om hier weg te kom, was Herman Adendorf bereid om jou in sy huis te verwelkom. Hy weet reeds Lynette het die waarheid oor Ryno gehoor, maar hy sien uit na ons kuiertjie, want hy het jare laas gaste in sy huis onthaal. Ek gaan hom nie teleurstel nie – gaan jy?" vra Phoebe streng.

Lara glimlag traag. "Nou speel jy weer jy is my nare stiefma pleks van my liewe peetma. Goed, Phoebe, ek en my goeie maniere sal by die suinige ou oom gaan kuier," antwoord sy laggend en klim uit die bed.

Lara leun tussen die twee voorste sitplekke van Phoebe se motor deur en staar verdwaas na die imposante ou woning teen die heuwel aan die bopunt van die hoofstraat van Adendorp.

"Dis 'n kasteel, nie 'n huis nie, Phoebe! Kyk, dit het selfs 'n kloktoring en allerlei ander torinkies. Die Adendorfs verbeel hulle werklik hulle is van die adel."

Heilie gee 'n kekkellaggie. "Lyk vir my soos 'n kruising tussen 'n kerk en 'n ou hotel, of 'n allemintige troukoek met al daardie torings en fieterjasies. Is jy seker dis die regte plek, Phoebe?"

"Herman het dit beskryf as 'n eksperiment van vyf geslagte Adendorfs om hulle boumeesterskap te bevestig. A, daar staan die naam op die sierboog van die ingang: *Huis Aden*. Sien jy kans om huishoudster in so 'n kasarm van 'n plek te wees, Heilie?" vra Phoebe aan Heilie, wat teen wil en dank deur die groot woning beïndruk is.

Heilie haal haar skouers sorgeloos op. "Bouers, sê jy? Ag, in

253

daardie geval sal dit kinderspeletjies wees. My oorle man was ook 'n bouer, totdat hy die dag van die hoë steier afgefoeter het en sy nek gebreek het. Alte lief vir sy brandewyntjie, dit was my oorle Jopie. Nie dat hy vir my 'n huis of selfs een baksteen nagelaat het nie, nie my Jopie nie. Net 'n spul skuld by ses drankwinkels en agterstallige huurgeld."

"Praat jy die waarheid, ta' Heilie?" vra Lara ontsteld en sit haar hand vertroostend op Heilie se skouer.

"Nou waarom sal ek oor my slegte Jopie by jou skinder, hartjie? Hy is dood en begrawe en ek het vandag geld in die bank. Jy kan amper sê ek is ryk – ryk soos ons gewone arbeiders, nie soos julle spul Wieses nie – omdat jou pa so 'n goeie hart gehad het."

"Het my pa jou laat erf, ta' Heilie?" vra Lara verward.

"Nee, nee, my skatlam. Jou pa was nog 'n jong doktertjie, nie 'n chirurg nie, en hy is uitgeroep toe Jopie van die steier afgefoeter het. Hy het die nuus van Jopie se dood aan my kom oordra, en 'n paar dae later weer by my skakelhuisie ingeloer – en daar sit ek toe in trane tussen al die rekeninge en skuld en grens my oë uit. En wat doen jou liewe pa toe? Laai my in sy kar en gaan laai my by jou oupa en ouma af omdat hy besluit het hulle het 'n huishoudster nodig. Reken, jou pa het nooit geweet dat ek jare later sou help om sy enigste ooilammetjie groot te maak nie," sug Heilie bewoë.

"As jy dit waag om nou te huil, knyp ek jou, Heilie!" dreig Phoebe en bring haar motor op die geplaveide parkeerterrein voor die Adendorf-woning tot stilstand.

"Sien jy 'n enkele traan in my oë, Phoebe?" vra Heilie gekrenk.

"Nee, maar jy huil gereeld as jy oor jou oorlede Jopie praat. Hoe jy kan huil oor 'n man wat jou elke Vrydagaand blou-oog geslaan het, gaan my verstand te bowe."

"Phoebe! Moenie sommerso in ta' Heilie se gesig oor haar oorlede Jopie skinder nie," sê Lara berispend.

"Maak julle drie rusie oor wie eerste sal uitklim?" vra 'n welluidende manstem naas Phoebe se oop motorvenster.

"Nee, Phoebe skinder, Lara raas en ek wonder of ek Phoebe nou of later sal klap," antwoord Heilie en klim steunend uit die motor. "Oe, eina toggie! Ek het my blikners gesit. Dag, meneer Adendorf... Adendorp... aag, vervlaks! Dag, meneer Herman. Ek is Heilie Geel en my oorle Jopie was 'n bouer nes jy en jou grootjies – nie dat my Jopie ooit so 'n heidense tempel vir my gebou het nie."

Herman lag hartlik terwyl hy Heilie se hand skud. "Dag, Heilie! Noem my Herman, want ons bouers hou nie van aanstellerigheid nie."

Hy draai terug na die motor en maak Phoebe se deur oop, help haar uit en neem albei haar hande in syne. "Welkom in Huis Aden, Phoebe. Ek onthou 'n mooi dogtertjie, maar jy is 'n mooier vrou," sê hy, sy blik waarderend op haar gesig.

"Op sewentien was ek lankal nie meer 'n dogtertjie nie, Herman, maar ek aanvaar die ouderdom het ons albei se geheue aangetas," spot Phoebe en draai na Lara. "Ontmoet jou peetpa, Lara – dis is Herman Adendorf."

Oom Herman is stokoud, dink Lara, maar hy is lank en breedgeskouer, sy liggaam nog gespierd en lenig. Sy donker hare is grys langs sy slape en om sy oë en mond lê lagplooie diep ingekerf, maar sy kakebeen en lippe is ferm. Sy hou van die warmte van sy glimlag wat sy grysblou oë verhelder en lagplooitjies om sy oë laat uitwaaier.

"Bly te kenne, oom Herman," groet sy en skud sy groot hand.

"Dis 'n vreugde om jou eintlik te ontmoet, Lara. Welkom in Huis Aden. Noudat Phoebe jou eindelik hierheen gebring het,

255

gaan ek sorg dat jy hier bly, al moet ek spesiaal vir jou 'n nuwe apteek op die dorp bou," korswel hy.

"Hierdie tas is swaarder as 'n speenvark," kla Heilie van die agterkant van die motor af.

"Niklaas sal vir julle bagasie sorg, Heilie. Kom ons gaan soek iets te drinke," nooi Herman en neem Phoebe aan die arm.

Lara bly staan om die indrukwekkende ou woning te bewonder en draai tydsaam om na die tuin. Toe kyk sy vas in Wiehahn se glimlaggende gesig.

6

Sy staar Wiehahn in stilte aan, bewus van 'n intense begeerte wat haar innerlik verteer: 'n gloeiende behoefte wat van nêrens kom nie, maar wat haar intuïtief laat besef dat sy nooit gelukkig sal kan wees sonder sy liefde nie, want hy sal altyd deel wees van haar. Want sy het hom so grensloos lief, luister haar hart. Nee, sy was 'n dwaas om hom lief te kry! waarsku haar verstand en sy dwing haarself om sy glimlag met 'n hooghartige lig van haar ken te begroet.

Sy het heeltemal vergeet van haar woede en vernedering toe hy sy verloofring aan haar wou opdwing, want sedert daardie oggend op die stasie ervaar sy net 'n skrynende verlange, 'n verwarrende rusteloosheid omdat sy gevrees het sy sal hom nooit weer sien nie.

"Wat soek jy hier, Wiehahn? Speel jy al weer spioen? Vermoed jy ek het geweier om jou verloofring te dra omdat ek 'n verhouding met Herman Adendorf het?" vra sy vyandig.

"Geitjie!" koggel hy, lag dansend in sy silwerblou oë. "Jy is pragtig as jy kwaad is, maar as ek jou vrae beantwoord, klap jy my dalk." Hy neem haar hande onverwags in albei syne en vervolg triomfantelik: "Dis beter! As jy beloof om my te vergewe, sal ek jou die waarheid vertel. Beloof jy, Lara-lief?"

Sy trek haar asem stadig in, bewus van die dolle vaart van haar hart in haar bors. Sy durf nie in Wiehahn se oë kyk nie, want sy kan sy bedekte viriliteit aanvoel in die greep van sy hande, sy onweerstaanbare manlikheid betowerend naby haar. Kan hy die dawerende gebons van haar hart hoor? Verraai haar gesigsuitdrukking haar bandelose begeerte om haar styf teen hom aan te vlei en sy brandende soene op haar lippe te voel?

"Haai, julle twee tortelduifies!" roep Heilie skril van die voordeur af. "Hou op koer, Wiehahn, en kom help my om van daardie seningrige asempie in my kombuis ontslae te raak! Toe, toe, broertjie, roer jou litte!"

"Ons kom, korporaal Heilie!" roep Wiehahn skertsend. Hy kyk af na Lara en vervolg gedemp: "Glimlag, Lara, anders dink ta' Heilie ek het jou gesoen!"

Sy ruk haar hande uit syne en draf vinnig na Heilie toe. "Het jy en Phoebe geweet Wiehahn gaan hier wees, ta' Heilie?" vra sy driftig.

Heilie staar haar verwonderd aan. "Nou hoe dan anders, my lammetjie? Is onse Wiehahn dan nie Herman Adendorf se enigste seun nie?"

Lara se kop ruk om na Wiehahn, haar uitdrukking wisselend tussen verbystering en woede. "Konkelaar! Bedrieër! Leuenaar! Jy is –" skel sy, totdat Heilie 'n pofferhand op haar mond druk.

"Sjuut tog, hartjie! Wil jy hê Herman moet hoor hoeveel vloekwoorde ek jou in jou kleintyd geleer het?" vra Heilie met oortuigende kommer.

Lara tree boos agteruit. "As vloek sou gehelp het, het ek nou soos 'n matroos gevloek! Jy en Phoebe en Wiehahn: julle is al drie ewe skuldig, want julle het saam gejok, ta' Heilie." Haar blik rus verwytend op Wiehahn. "Wie het jou eintlik gevra om op oom Ryno te spioeneer – Phoebe en ta' Heilie?"

"Nie een van die twee nie. Ek het nie geweet wie jy is toe ek jou die dag in Ryno se kantoor ontmoet het nie. Maar toe jy my vertel jy is Lara Wiese . . ." 'n Glimlag speel flitsend om sy mondhoeke. "My pa het soms oor sy jeugvriend Wynand Wiese gepraat en my vertel van sy onbekende peetdogter, Lara Wiese. Ek het geweet jou ouers is dood en dat Phoebe jou grootge-maak het, maar my pa wou nooit praat oor die rede waarom ons nie vriende is met julle nie. Adendorf is nie 'n van wat jy dik-wels teëkom nie, daarom het ek jou laat glo my van is Wiehahn die dag toe ons ontmoet het, want ek was bang jy is dalk my pa se peetdogter."

"Watter verskil sou dit gemaak het? Ek het nie eens geweet ek het 'n peetpa, óf dat hy 'n seun het nie," sê Lara misnoeg.

"Hoe moes ek dit geweet het? Ek het aanvaar Phoebe het jou van my pa vertel," antwoord Wiehahn verontskuldigend. Hy glimlag sonnig. "Kom nou, Lara, hou op om my aan te gluur asof –"

"Hoe het ta' Heilie en Phoebe geweet jy is Wiehahn Aden-dorf?" val Lara hom kwaad in die rede. "Hoekom kon jy húlle vertel wie jy is, as dit so 'n verskriklike geheim was?"

Wiehahn se oë vernou van erns. "Phoebe was van plan om jou te vertel ná jou kuiertjie in Londen, maar ek het haar gevra om dit nie te doen nie. Sou jy my pa se uitnodiging om by ons te kuier aanvaar het as jy geweet het ek is sy seun, Lara?"

"Nee! En as ek 'n eie motor gehad het, was ek nou op pad terug huis toe!" tier Lara en ignoreer die ontkenning van haar hart.

"Kef, kef, kef!" kom dit vies van Heilie, wat rondtrap van on-geduld. "Ek en Phoebe het g'n niks van die kwajong geweet nie, Laratjie. Herman het Phoebe 'n paar dae nadat jy Londen toe is gebel en haar vertel Wiehahn is sy seun. As jy nou klaar rusie gemaak het, my lammetjie: ek het Wiehahn bitter nodig om van daardie seningrige skarminkel in my kombuis ontslae te raak."

"Maar dis nie jou kombuis nie, ta' Heilie. Oom Herman het seker sy eie kok," verweer Lara toe Heilie Wiehahn aan die hand beetkry en saam met haar die huis in sleep.

"Herman het Phoebe uitdruklik gevra om my saam te bring hierheen. Hy sê hy bly in 'n huis propvol onbeholpe mans en hy is hoeka moeg van rys en vleis, want dis al wat daardie sening-asempie elke dag opdis. Verbeel jou: 'n paleis van 'n huis, maar nie een enkelte vrou om smaaklike etes te kook en lekker koek te bak nie," vertel Heilie hygend en bly uitasem in die ruim voorportaal staan. Sy kyk kwaai na Wiehahn. "Geeftig, broertjie, jy's veels te swaar om te sleep. Toe, toe, loop met jou eie voete en loop reguit kombuis toe. As jy vir my 'n grasbesem kan opdiep, dam ek daardie skarminkel sommer self by, want ek sterf al van die dors."

"Kom, my Lara-lief," nooi Wiehahn gedemp, sy glimlag ter-gend. Hy ignoreer haar ysige blik, vat haar hand en volg die strydlustige Heilie, wat reeds in die gang af skommel.

Lara is gewoond aan weelde, maar daar is geen gebrek aan weelde in Huis Aden nie. Sy kyk waarderend na die oorspronk-like skilderye wat teen die houtpanele van die voorportaal hang en die Oosterse matte op die houtvloere. Die meubels is groot en swaar en moontlik almal antikwiteite, maar hulle pas in hier-die huis vol ruimte. Haar oë streel bewonderend oor die breë geelhouttrap wat na 'n trapportaal lei, waar dit in twee deel en oos en wes uitvleuel. Sy merk dat die lang gang wat na die kombuis lei, breed genoeg is vir gemaksstoele en 'n rusbank – 'n halfwegstasie vir 'n siek of bejaarde persoon wat nie die afstand sonder 'n ruskansie kan bemeester nie.

Heilie stoot die swaaideur van die kombuis oop en wys met

'n beskuldigende vinger na 'n rietskraal man wat met sy arms oor sy bors gekruis op 'n stoel langs die groot kombuistafel sit.

Dis die maerste ou oom wat sy nog gesien het, maar sy songebruinde arms wat onder sy kortmouhemp uitsteek, is die ene spiere, dink Lara beïndruk. Die man balanseer homself op die agterpote van die kombuisstoel, sy skraal, benerige gesig gedeeltelik bedek deur die lang punt van sy rooi pet, en kou-kou aan 'n dun stokkie. Sy voete rus teen die tafelrand.

"Daar sit die ou seningasempie, Wiehahn. Foeter hom uit my kombuis uit sodat ek kan tee maak," versoek Heilie en bulder kortasem van verontwaardiging: "Haai, jy, skarminkel! Haal jou vuil skoene van my kombuistafel af voordat ek jou met my grasbesem bykom!"

"Jy het nie 'n grasbesem nie, ta' Heilie," fluister Lara benoud en kry Heilie aan die arm beet. "Kom ons loop voordat die oom hom vererg en ons hier uitboender."

Niklaas Bothma draai sy pet sodat die punt agter sy nek is en betrag Heilie met kwaai ligbruin oë van onder sy ruie grys wenkbroue. "Wiehahn, ek dink ek gaan my effentjies vererg. Vat jou vet vriendin uit my kombuis uit voordat ek haar in die wasbak versuip," grom hy met 'n diep basstem, elke woord 'n trae gerammel, asof die poging om te praat hom fisiek uitput.

"Vet!" skril Heilie, haar gesig rooi van verleentheid. "Onbeskofte ou javel! As ek soos 'n seningrige stuk biltong gelyk het, het ek nie 'n gesonde liggaam soos myne gekritiseer nie. Ek is 'n aansienlike vrou, verstaan jy?"

Wiehahn kug sy lag agter sy hand weg en sê taktvol: "Oom Niklaas, ek en jy hou ewe min van kook. Ta' Heilie sal vir ons kook so lank as wat sy by ons kuier. Is dit nie wat ons afgespreek het nie?"

Niklaas gluur Heilie aan. "Kan jy soetpatats en Nagmaalrys kook, Heilie Geel?" vra hy bot.

Heilie vat haar pofferhande op haar maag saam. "Ek praat nie met vreemde mans nie," antwoord sy waardig en kyk vraend na Wiehahn.

Wiehahn lyk 'n oomblik onkant gevang en glimlag dan begrypend. "Jammer, ta' Heilie. Dis oom Niklaas Bothma. Oom Niklaas, dis ta' Heilie Geel en Lara Wiese, my pa se peetdogter."

"Bly te kenne, oom Niklaas," groet Lara hoflik en pomp Heilie met haar elmboog in die sy. "Groet nou, ta' Heilie!" beveel sy fluisterend.

Heilie gluur Niklaas aan en sê: "Uitgeteer, stokoud en boonop doof soos 'n kwartel – dis 'n wonder iemand het die ou seningnek nie lankal begrawe nie."

Lara hou haar asem op, oortuig daarvan dat Niklaas hom op die beledigende Heilie gaan wreek, maar Niklaas bly sit en vra wantrouig: "Kan jy karringmelkbeskuit en melktert bak, Heilie Geel?"

"Van kook en bak kan niemand my leer nie, Niklaas Bothma. Maar as jou ma jou nie geleer het nie, of as jy nooit geluister het nie: 'n man bly nie sit as 'n vrou aan hom voorgestel word nie, en hy dra ook nie 'n hoed in die huis nie," sê Heilie berispend.

"My ma was nie bles nie," kom dit vies van Niklaas.

Hy plaas sy voete met onverwagte ratsheid op die vloer en rank orent, kom nader en steek 'n geëelte hand uit na Heilie. "Dag, Heilie Geel. As jy my sal herinner om elke maal my pet op te sit as ek uitgaan in die warm son, sal ek my pet afhaal. 'n Man van my jare kan nie bekostig om sonstraal te kry nie."

"Bly te kenne, Niklaas," groet Heilie. Sy betrag hom simpatiek en vervolg groothartig: "Bles, sê jy? In daardie geval: dra maar jou pet, Niklaas, want 'n man van jou jare kan nie te versigtig wees nie."

"Wat meen jy: 'n man van my jare? Ek is nege-en-sestig, nie

negentig nie, Heilie Geel. Jy is spierwitgrys," sê Niklaas beledig en pluk sy pet van sy kop af.

Heilie kyk na sy glansende bleskop en 'n borrellaggie stoot oor haar lippe. "Liewer spierwitgrys as blink bles, Niklaas Bothma! Maar as ons mekaar nou klaar beledig het: sit jy solank die koppies reg terwyl ek vir ons tee maak."

"Ek laat my nie rondstoot deur 'n baasspelerige vrou nie," knor Niklaas waarskuwend.

"Dis soos ek jou opgesom het, Niklaas: jy laat jou nie rondstoot nie. Maar ek het jou hulp nodig, want ek weet nie waar wat is in hierdie skuur van 'n kombuis nie. Gee jy om om my 'n bietjie touwys te maak?" vra Heilie met 'n dierbare glimlaggie.

Niklaas swyg oomblikke lank terwyl hy Heilie takserend betrag. "Tja, dit sal seker nie seermaak om jou te help nie – nie as jy so 'n uitmuntende kok is soos wat Herman my vertel het nie. Ons begin by die teekoppies," antwoord hy eindelik en stap na die naaste kombuiskas.

"Mak soos 'n lammetjie!" fluister Wiehahn oorbluf langs Lara. Hy vat weer haar hand. "Kom ons glip by die agterdeur uit. Ek en jy het nog nie klaar rusie gemaak nie – of het ons?"

"Los my hand! Ek haat dit om vasgeklou te word," sis Lara, weer eens bewus van die verwarrende emosies wat sy aanraking in haar binneste opwek. Sy ruk haar hand los uit syne.

"Jammer," adem hy en stap met lang hale na die agterdeur.

Lara volg hom en bly onwillekeurig staan. Sy staar beïndruk na die geplaveide agterplaas, die reuse-sederbome en die talle stalle, skure en pakkamers wat 'n paar honderd meter van die agterdeur af staan.

"Kom ek gaan wys jou die perdestalle. Of verkies jy Phoebe en my pa se geselskap?" vra Wiehahn, sy stemtoon afgetrokke.

Sy kyk vinnig op na hom, soek na die tergende lag in sy oë,

maar sy uitdrukking is stroef, sy blik op die perdestalle regs van die huis.

"Nee, ek sal graag die perdestalle wil sien, dankie, Wiehahn. Ek en Phoebe hou van perdry," antwoord sy gelykmatig, verbaas oor haar gevoel van teleurstelling omdat Wiehahn haar met die hoflikheid van 'n onwillige gasheer behandel. Maar waarom sal sy haar aan hom steur?

Sy het oorgenoeg rede om Wiehahn Adendorf te haat, herinner sy haarself. Hy het haar vanuit die staanspoor bedrieg, sy ware identiteit geheim gehou en agter haar rug saam met Phoebe en sy pa gekonkel. En hy het boonop verwag dat sy sy verloofring moet dra. Hy is niks anders as 'n lafaard nie, want hy het nie die moed om reguit vir sy pa te sê dat hy nie met Monette wil trou nie.

En hy glo liefde en lojaliteit is 'n blote illusie – en dít maak seerder as al sy bedrog.

Sy wil met hom rusie maak, maar daar is 'n elektriese spanning tussen hulle, 'n storm wat nie meer woede is nie, maar iets veel sterker – iets wat nie geïgnoreer kan word nie. Sy waag 'n versigtige kykie na sy profiel en weet met onbetwisbare sekerheid: die skreiende verlange wat in haar binneste smeul, laat 'n leemte in haar wat net hy sal kan vul.

Êrens is daar liefde . . . Is hierdie gevoel dat sy meegesleur word in 'n bandeloosheid wat sy nog nooit ervaar het nie, deel van liefde? vra sy haarself verward af. Maar haar hart ken reeds die antwoord, fluister kennis oor 'n emosie ouer as die wêreld self.

Hulle loop in stilte tussen die twee rye perdestalle deur en Wiehahn bly voor die deur van een van die stalle staan. "Dis Venus, die vosperd wat ek en my pa vir jou uitgekies het. Links van haar is my ryperd, Mars. Die perde wei gewoonlik hierdie tyd van die dag in 'n kamp hoër teen die bult, maar oom Niklaas het Venus en Mars spesiaal op stal gehou, ingeval jy lus voel om te gaan ry," vertel hy, sy stemtoon staccato. Hy kyk vlugtig na Lara en dan weer na Venus. "Dis hoe geslagte Adendorf-kinders die name van die planete geleer het: ons vernoem ons perde na hulle."

"Hier is baie meer stalle as planete," sê sy, haar stemtoon onseker, haar blik vraend op die nuwe Wiehahn, wat ineens 'n vreemdeling vir haar geword het.

"Daar is nog altyd Ster en Donkermaan of Maanskyn, maar ons het deesdae nooit meer as 'n halfdosyn perde op stal nie. Die perdestalle is deur een van my oorgrootjies gebou; hy het perde geteel. Sal ons teruggaan huis toe? Ek vermoed ta' Heilie sal nou die tee gereed hê," stel hy hoflik voor.

Sy ignoreer hom en tree nader aan Venus, wat saggies runnik en haar nek uitrek na Lara asof sy na 'n smulhappie soek. "My mooi ou pêre. Volgende keer bring ek vir jou 'n appel of 'n suikerklontjie, Venus," beloof sy en streel met haar hand oor die perd se glimmende neusbrug.

"Is my vatterigheid die rede waarom jy my ignoreer, Lara?" vra Wiehahn ongeduldig langs haar.

Sy draai stadig na hom en slaag daarin om haar ware gevoelens agter 'n uitdrukkinglose masker te verskuil. "Nee, Wiehahn. Ek het op Queensbury-stasie vir jou gesê ek wil jou nooit weer sien nie, want ek weier om vriende te wees met 'n man wat ek verag."

"Verag? Genugtig, Lara, ons was vriende wat saam kon gekskeer en pret hê. As ek jou vandag as my verloofde aan my pa kon voorstel, sou ek wat wou gee om die uitdrukking op sy gesig te kon sien!"

"En jou daarna 'n boggel lag as jy hom vertel ons verlowing was net 'n bedrogspul? Of raak dit jou nie dat jou pa weet jy is te lafhartig om vir hom te sê jy het nie vir Monette lief nie?

264

Of was dit ook 'n stukkie bedrog? Wil jy Monette in eie munt terugbetaal en voorgee dat ons 'n verhouding het omdat sy oom Ryno se minnares was? Is dít die volle waarheid, Wiehahn?" vra sy, haar stem skor van ingehoue woede.

"Lara . . . nee! Hoe kan jy so iets van my dink? Ek is bereid om my pa nie van Ryno te vertel nie omdat ek Monette wil beskerm, maar 'n meisie soos jy . . . Ek het soveel meer rede om jou te beskerm. Glo my, Lara, ek sal nooit opsetlik enigiets doen om jou te verneder of seer te maak nie. Ek is bitter jammer oor my voortvarendheid om jou te vra om aan my verloof te raak. Ek's jammer dat ek jou nie vertel het van my pa se uitnodiging aan Phoebe en ta' Heilie om te kom kuier nie, jammer oor alles wat ek verbrou het," antwoord hy, sy blik pleitend in hare.

"Hoekom was jou ware identiteit so 'n verskriklike geheim? Toe jy Phoebe en ta' Heilie daardie oggend ná die ongeluk ontmoet het, kon jy eerlik gewees het met my," verwyt sy.

"Dit was nie so eenvoudig nie, Lara. Ek het professor Phoebe Wiese ontmoet, maar hoe moes ek weet sy is die Phoebe wat my pa geken het? Ek het nie gedink dit sou goeie maniere wees as ek Phoebe daardie dag trompop geloop het met vrae oor jou pa of oor die verhouding tussen haar en my pa nie," verduidelik hy geduldig.

Lara se oë rek ongelowig. "Het jou pa en Phoebe 'n verhouding gehad?"

"Allermins! Maar my pa het my vertel daar was 'n misverstand tussen hulle, daarom was ek nie gretig om myself voor te stel as Herman Adendorf se seun nie. Maar ek het later die dag hierheen gekom en my pa vertel van alles wat gebeur het . . . e . . . wel, nie alles nie. Omdat ek Monette wou beskerm, het ek voorgegee dat ek namens 'n vriend op sy denkbeeldige verloofde en Ryno gespioeneer het, maar gelukkig was die res van my storie die reine waarheid. Of dink jy dit was lafhartig van my om Monette se naam uit die storie te hou?"

"Nee . . . Ek hou nie van haar nie, maar ek het ook nie vir Phoebe en ta' Heilie vertel dat ek weet wie oom Ryno se minnares is nie," erken Lara. "Het jou pa toe vir Phoebe gebel?"

"Nee, eers nadat jy Londen toe is. Ek het hom uit Londen gebel en vertel dat jy as gevolg van Lynette se ongure beskuldigings op die vlug geslaan het." 'n Glimlag pluk aan sy linkermondhoek. "My pa was behoorlik die duiwel in omdat ek hom nie eerder oor jou besluit ingelig het nie. Hy het gesê hy sal Phoebe dadelik bel en julle almal uitnooi vir 'n lang vakansie sodra jy terug is by die huis – en dis presies wat gebeur het."

"Nee, dit is nie. Jy het vergeet om my van jou pa se planne te vertel, net soos jy vergeet het om my te sê dat Phoebe gereeld uit Londen gebel het. Ek het haar nie vertel dat ons Kersdag saam deurgebring het nie en het soos 'n yslike gek gevoel toe sy daarna verwys het."

Wiehahn betrag haar met dansende lag in sy oë. "Is dit die eintlike rede waarom jy vir my kwaad is, meisiekind? Was jy skaam oor ons skelm verhouding?" vra hy tartend.

Sy verkyk haar aan die silwerblou glans van sy oë en voel blydskap in haar binneste oprank: haar Wiehahn is terug. Sy glimlag met die vryheid van haar liefde vir hom en antwoord kamma vies: "Ja, ek was, want tot dusver kon ek my talle flirtasies vir Phoebe geheim hou. Dis jammer jy het my nie gewaarsku jy's 'n klikbek nie."

"Snip! Ons het 'n kwaai varksog – is jy nie bang ek voer jou vir haar nie?" dreig hy en steek sy hande uit asof hy haar wil vasgryp.

"Nee, want jy het self gesê jy wil my beskerm," skerts sy en vervolg dan ernstig: "Ons hét pret gehad in Londen, veral op Kersdag. Dankie dat jy daar was, Wiehahn."

Hy steek sy hand uit na hare, maar laat sak dit weer vinnig. "As jy kan vergeet van my voortvarendheid om 'n verloofring te koop, kan ons elke dag weer saam geniet, Lara. Sal ons probeer?"

Die erns in sy stemtoon vind weerklank in sy oë en sy vat impulsief sy hand. "Ek dink ons sal sukkel om nie vriende te wees nie," antwoord sy, intens bewus van die warmte van sy groot hand wat hare styf vashou terwyl hulle saam terugstap na die agterdeur.

Wiehahn en Lara kyk verras na Heilie en Niklaas wat met 'n bord varsgebakte botterbroodjies en plaatkoekies tussen hulle saam aan die kombuistafel sit en tee drink.

Wiehahn adem die geur van vars gebak waarderend in en loop gretig nader. "Wie verjaar? Kom sit, Lara. Ek en jy gaan nie hierdie fees misloop nie," nooi hy en trek vir haar 'n stoel uit.

"Sien jy nou, Niklaas? Ek het jou gewaarsku jy moet vinnig eet, want ek het geweet die aasvoëls gaan op ons toesak. Hoe kry ek ooit 'n stukkie vet aan jou seningliggaampie as jy so proe-proe eet?" vra Heilie gegrief.

"Dis sonde om sulke lekker kos heel in te sluk, dis hoekom ek so proe-proe eet, Heilie," antwoord Niklaas met sy diep basstem, sy woorde soos loodswaar haelkorrels wat op 'n sinkdak val.

"Ek sal net tee drink, ta' Heilie. Ons het al die pad hierheen padkos geëet," sê Lara taktvol.

"Ag, my lammetjie, jy weet van peusel, maar 'eet' is 'n woord wat jy in 'n verklarende woordeboek moet naslaan. Foei tog, g'n wonder Phoebe sê nog al die jare jy lyk soos 'n uitgehongerde koringkriek nie," sê Heilie simpatiek en draai na Wiehahn, wat uit die rigting van die spens aangestap kom. "Wiehahn, bring nou julle bekers en kleinbordjies. Hier is oorgenoeg botterbroodjies en plaatkoekies vir ons almal."

"Skaam jou, ta' Heilie! Hoe durf jy my meisie 'n koringkriek noem?" vra Wiehahn kamma verontwaardig en plak 'n blik koekies voor Lara neer. "Daar is blikke vol winkelkoekies in die spens, maar nie een van ons sien kans om hulle te eet nie. As jy winkelkoekies eet, kan ek jou deel van die botterbroodjies en plaatkoekies kry, of hoe, Lara?" vra hy hoopvol.

"Met liefde," lag sy spontaan. Sy besef wat sy gesê het toe Wiehahn sy linkerwenkbrou vraend lig, sy oë vonkelend van lag, en voel hoe sy bloos.

"Dankie, my Lara-lief," terg hy en hou sy bordjie na Heilie uit. "Pak op, asseblief, ta' Heilie, want as ek myself help, bly daar niks oor vir julle nie."

"Nes 'n sprinkaanplaag," mompel Heilie terwyl sy die bordjie vol pak. "Toe, dis nou genoeg, Wiehahn, want as hierdie nuwe soort griep langer aanhou, sal ek nie kan voorbly om te kook en te bak nie."

"Watter nuwe griep?" vra Niklaas rammelend.

Lara kyk bekommerd na hom. Die arme ou oom se diep stem is te groot vir sy arme liggaam, want dit klink asof sy hele borskas vibreer as hy praat. Dis seker waarom hy so stadig praat, asof elke woord wat hy sê 'n gewigtige waarheid is, dink sy simpatiek.

"Waar is jou ore, Niklaas? Maak Wiehahn en Lara hulle monde oop, peul die liefde as 't ware uit. En toe ons vir Herman en Phoebe tee sitkamer toe vat, sit die tweetjies saam en koer op 'n rusbank. Ek sê jou, Niklaas, hierdie huis gons van liefde – en dis gevaarliker as griep!" waarsku Heilie bekommerd.

"Jy speel weer dom, ta' Heilie," sê Lara misnoeg. "Jy noem my dan 'lammetjie' en 'hartjie'. Wiehahn noem my 'Lara-lief', maar dis net alliterasie, nie 'n liefdesnaam nie. En Phoebe is veels te waardig om te koer. Sy sal in elk geval nie weet hoe om te koer nie. Weet jou pa hoe om te koer, Wiehahn?" vra sy en kyk hom met gedwonge erns aan.

268

"Ek glo nie. Hy is die soort wat eers goed kyk en dan gryp. Wat dink jy, oom Niklaas? Lyk my pa soos 'n duif wat kan pronk en koer?" verneem Wiehahn sonder 'n sweem van 'n glimlag.

Niklaas kou en sluk tydsaam en antwoord eindelik: "Dit hang af." Hy hap weer aan sy botterbroodjie en begin opnuut kou.

"Hang af van wat, Niklaas?" vra Heilie nuuskierig. "Ag, liefdetjies, mens, kou en sluk en kry klaar! As jy 'n grammofoon was, het ek jou lankal opgewen!"

"Brei of hekel, Heilie. My oorle vrou het genoeg truie vir al die wesies op Adendorp gebrei omdat sy geleer het om geduldig te wees," antwoord Niklaas ongesteurd.

"Ek, Niklaas Bothma, is nie jou oorle vrou nie. Die dag as ek begin hekel en brei, sal Phoebe weet ek het oornag kinds geword en my in 'n kliniek stop," vaar Heilie toornig uit, sien dat Niklaas nog rustig kou en gryp sy bordjie voor hom weg. "Jy kry nie 'n krummeltjie om te eet voordat jy Wiehahn se vraag beantwoord het nie. Toe, sê nou: wanneer sal Herman pronk en koer?"

"As jy die dag begin hekel en brei, Heilie Geel."

"Jy bedoel die dag as Herman kinds is?" vra Heilie onthuts.

"Ja. Ek en hy kom al jare lank sonder vroue klaar. Maar ons het waardering vir 'n baasbakster soos jy," antwoord Niklaas en glimlag onverwags.

Oom Niklaas is 'n aantreklike man vir sy jare, dink Lara verras. Sy glimlag verander die kleur van sy ligbruin oë na vloeiende goud en beklemtoon die sterk lyne van sy hoekige kakebeen. Sy Romeinse neus pas by sy hoë voorkop en gee aan hom die voorkoms van 'n waardige staatsman.

Heilie knik haar kop nadenkend. "Dan moet julle my waardeer terwyl ek hier is, want ek sal Phoebe oorreed om huis toe te gaan voordat ek begin brei en Herman begin koer. Maar aangesien ek nog my gesonde verstand het..." Sy druk met haar pofferhande op die tafelblad en staan op. "Kom, Laratjie, ek sal jou na jou kamer neem sodat jy jou tas kan uitpak, want hier is niemand om dit vir jou te doen nie. Verbeel jou: hierdie pragtige, moderne kombuis, maar niemand om te kook en te bak nie; en 'n paleis van 'n huis, maar 'n span vroue kom net twee maal per week om die ou plek skoon te maak."

"Ons mans mors nie," brom Niklaas, wat reeds weer begin eet het.

"Julle het niks om te mors nie, jou arme man, want julle koop wegneemetes of eet blikkieskos sommer uit die blikke uit. En het klaar in die vullisbak gekyk, want as jy wil weet hoe mense leef, kyk jy net in hulle vullisbakke. G'n wonder jy lyk soos 'n gespierde besemstok nie, Niklasie," antwoord Heilie simpatiek.

"Ta' Heilie! Jy beledig die arme oom!" fluister Lara. Sy gryp Heilie aan die arm en help haar vinnig die kombuis uit.

"Dis my spiere wat saak maak, Heilie Geel!" volg Niklaas se rammelende stem hulle in die gang af.

"Stadig soos 'n stokou skilpad met rumatiek, maar glad nie op sy mond geval nie," sê Heilie met 'n geamuseerde laggie.

"Hou jy van oom Niklaas, ta' Heilie?" vra Lara nuuskierig.

"Nie om mee te gesels nie, hartjie, want kort-kort moet ek my hande styf vashou om te verhoed dat ek hom skud as hy nie gou genoeg my vrae beantwoord nie. Maar skud ek die man . . . Ek dink al wat uit sy hoenderborsie sal uitval, is sy yslike stem. Maar hy is vinnig met sy hande, want hy het my alte fluks gehelp om die bestanddele vir die botterbroodjies en plaatkoekies aan te dra en alles te meng."

"Was hy al die jare oom Herman se kok?"

Heilie bly aan die voet van 'n smal trap staan, leun teen die trappilaar om haarself met haar hande koel te waai en sê: "Wat praat jy, hartjie? Die brandmaer Niklaas is so min 'n kok as wat ek 'n plaasbestuurder is. Maar dis wat hy was, so vertel hy my, totdat hy vier jaar gelede afgetree het sodat sy enigste seun, Marnus, die plaasbestuurder van Aden kon word. Sien, hierdie ou huis is eintlik deel van Herman se plaas. Grond en eiendomme, hier en oorsee – dis wat die Adendorfs ryk gemaak het, vertel Niklaas my. Maar duidelik vrek suinig, want 'n ryk man soos Herman kan 'n kok en 'n halfdosyn helpers bekostig."

"Miskien hou oom Herman nie van vroue in sy huis nie," sê Lara gemoedelik en kyk na die steil trap. "Is ons slaapkamers bo, ta' Heilie?"

"Net jou en Phoebe s'n, my lammetjie. Die trap in die voorportaal is heelwat breër en minder steil, maar ek het Herman duidelik laat verstaan: ek klouter nie soos 'n wafferse bobbejaan trappe op en af om in my kamer of in die kombuis te kom nie. Gelukkig is daar langs die kombuis 'n hele paar slaapkamers en 'n sitkamer wat altyd deur die ouer mense in die huis gebruik is. Nie dat ek ouer is nie, maar ek is 'n bietjie dikker. Jou tas sal in jou kamer wees. Ek hoef mos nie saam te kom nie, nè, hartjie?"

"Nee, dankie, ta' Heilie. Ek sal dit geniet om in so 'n interessante ou huis na my kamer te soek," antwoord Lara gerusstellend en draf die trap op na die boonste verdieping.

Terwyl Lara haar laaste kledingstukke in die laaikas pak, hoor sy stemme deur haar oop venster. Sy loop vinnig daarheen en kniel op die breë, gestoffeerde vensterbank. Sy leun by die venster uit en sien Heilie en Phoebe, vergesel van Herman, na hulle motor stap.

"Mag ek saamkom, Phoebe?" roep sy.

"Nee, Lara, ek en jy het nog nie gesels nie!" antwoord Herman namens Phoebe en kyk glimlaggend op na haar. "Phoebe en Heilie gaan die winkels leeg koop, want Heilie sê daar is net blikkieskos in my huis. Ek en jy kan mekaar intussen leer ken."

"Goed, ek is nou daar, oom Herman," antwoord Lara, maar bly staan om te sien hoe Herman die motordeur vir Phoebe oopmaak. Met sy kop digby hare gesels hy gedemp met haar voordat sy glimlaggend in die motor klim en dit aanskakel.

Oom Herman koer, en nog erger: Phoebe koer saam met hom, dink Lara en frons misnoeg terwyl sy tydsaam haar kamer verlaat. Liefde is vir jong mense, nie vir 'n stokou oom en tannie nie . . . Nee, nou is sy gemeen. Oor dertig jaar sal sy en Wiehahn so oud soos Phoebe en oom Herman wees, en sy weet vir seker sy sal Wiehahn nog steeds liefhê, al is dit met die hartseer liefde van vergeefse verlange. Maar Wiehahn het gesê sy pa is nooit geskei nie . . .

"Nie juis gretig om my geselskap te hou nie," begroet Herman haar tergend toe sy die trap afloop na die voorportaal.

"Jammer, ek was net ingedagte," sê sy met 'n verskonende glimlaggie. "Dis die grootste huis wat ek al gesien het. Het my pa en ma soms hier gekuier?"

"Gereeld, ja. Ek het jou ouers dikwels gespot oor hulle huwelik wat soos 'n lewenslange wittebrood was, want selfs ná jou broer Karl se geboorte was hulle soos 'n jong, verliefde paartjie. Ons het ons naweke en vakansies saam geniet, want ons was jonk en . . . toe nog gelukkig." Herman plaas sy hand onder haar elmboog terwyl hulle saam die enkele trappe na die voortuin afstap. "Dis koeler onder die groot ou seders hier in die tuin. Of verkies jy om binne te sit?"

"Nee, oom, ek hou van die tuin." Lara gaan in die koelte van 'n sederboom staan en kyk Herman deurdringend aan.

"Jy wou vra, Lara?" sê hy asof hy haar gedagtes kan peil.

"Dis persoonlik, maar . . . is jy 'n geskeide man, oom Herman?" vra sy huiwerig.

272

"Beslis nie. Egskeiding is teen my beginsels," antwoord hy afkeurend.

"Phoebe weet dit nie. Is jy dan soos Monette wat nie omgee om buite-egtelike verhoudings te hê nie?"

7

Lara sien die uitdrukking van skok op Herman se gelaat, hoor die eggo van haar woorde in haar ore en trek haar asem snakkend in. 'n Gloed van verleentheid sprei oor haar gesig en sy sê vinnig: "Ek is jammer as ek jou beledig het, oom Herman, maar my vriendin Nanette is –"

"Monette of Nanette?" val hy haar bruusk in die rede.

"Nanette. Het ek Monette gesê?" vra sy met oortuigende onskuld, maar sy durf nie na hom kyk nie.

"Jy het Monette Wiegand in Londen ontmoet. Is jy seker jy het nie na haar verwys nie, Lara? En kyk my in die oë as jy my antwoord," beveel Herman met die gesag van 'n man wat gewoond is om gehoorsaam te word.

Geen wonder Wiehahn se arrogansie het hom laat glo dat sy bereid sal wees om sy verloofring te dra nie – hy aard na sy aanmatigende pa! dink Lara, ineens smoorkwaad. Maar vir Wiehahn was die verlowing net 'n onskuldige speletjie, nie 'n opsetlike poging om haar te verneder nie. En oom Herman is eintlik die skuldige, want dis hý wat daarop aandring dat Wiehahn met Monette trou.

"Is jy bang om die waarheid te praat, Lara?" ruk Herman se vraag haar terug na die hede.

Sy lig haar ken en kyk met blitsende oë op na hom. "Ek sien niemand vir wie ek bang is nie. Ek het Monette op die lughawe

273

gesien, maar ek is nie aan haar voorgestel nie. Inteendeel, sy het beledigende aanmerkings oor my gemaak asof ek nie teenwoordig was nie. Ek dink sy is 'n onbeskofte meisie, hoewel sy beeldskoon is, en ek stel hoegenaamd nie in haar doen en late belang nie. Kan ons nou oor iets anders praat, asseblief?"

Herman staar haar oomblikke lank oorbluf aan en kug dan agter sy hand. "Wat 'n opperste klein snip!" sê hy met 'n geamuseerde laggie. "Dis duidelik dat jy meer na Phoebe aard as na jou eie ouers. Het jy jou astrantheid by haar geleer?"

"Phoebe is veels te waardig om astrant te wees," antwoord Lara koel, maar sy voel haar woede wyk voor die vonkellag in sy oë. "Is jy vies omdat ek en Wiehahn Kersdag saam deurgebring het, oom Herman? Ek weet jy het die sleutels van jou huis in Kensington vir Monette geleen sodat sy en Wiehahn saam kon wees vir die Kersgety."

"Stadig, Lara, stadig," versoek Herman fronsend. "Waarom sou ek my huissleutels aan Monette geleen het as Christo Jonker se vrou gewoonlik tuis is? Het Monette beweer dat –"

"Sy het, en sy het 'n bos sleutels by haar gehad, maar ek wil nie oor haar praat nie," val Lara hom beslis in die rede. "Weet Phoebe dat jy nie geskei is nie, oom?"

"Ek neem so aan, want jou pa of ma sou haar vertel het. Maar dis iets waaroor ek nie wil praat nie." Herman staar stil uit oor die terrasse van die tuin, sy uitdrukking stroef.

"Ek veronderstel Phoebe kuier ter wille van my hier. Ek bedoel, sy sal nooit onder normale omstandighede by 'n getroude man kuier nie. Sy dink aan oom as my voogpa, nie as 'n man nie," probeer Lara om die situasie taktvol op te som.

Herman staar haar aan. Hy bars uit van die lag en smoor dan haastig sy lag agter sy hand. Sy skouers ruk nog 'n paar oomblikke lank en hy kug verskonend. "Ek sou nooit kon glo ek sal uitbars van die lag as 'n snipperige dogter my vertel ek is nie 'n man nie, Lara, maar hierdie hele situasie is skreeusnaaks. Dink jy ek is 'n gevaarlike ou oom wat Phoebe probeer verlei terwyl ek nog getroud is?"

"Jy het erken jy sal nie skei nie, oom Herman. Wiehahn glo 'n huwelik is niks anders as 'n heidense fees wat mense die geleentheid gee om te veel te eet en te drink nie, want hy glo nie aan liefde en lojaliteit nie. As jy ook dink 'n huwelik is waardeloos . . . Ek is baie lief vir Phoebe, want sy is al wat ek het," antwoord Lara, haar stem hees van die intensiteit van haar erns.

"My liewe kind . . ." Hy kyk haar reguit aan, sy hand rustend op haar skouer, 'n deernisvolle uitdrukking op sy gelaat. "My vrou het nouliks ses weke nadat sy hierdie huis verlaat het, in 'n motorbootongeluk in Miami gesterf. Ek is al jare lank 'n wewenaar, maar ek kon nooit die nodigheid sien om dit uit te basuin nie." Hy glimlag bedroë. "Ek is 'n ryk man, daarom vergemaklik ek my lewe as ek vroue laat glo ek is 'n getroude man."

"Weet Wiehahn dat sy ma dood is, oom Herman?"

Hy frons en antwoord met 'n ondertoon van ongeduld in sy stem: "Ek glo nie. Ek het dit aan my ouers oorgelaat om Wiehahn oor sy ma in te lig. Die dag toe my vrou ons baba van twee weke soos 'n ou vadoek weggesmyt het en die huis verlaat het, het sy in my oë opgehou om te bestaan. Ek het myself nie toegelaat om aan haar te dink of om te tob oor herinneringe aan ons gelukkige dae saam nie. Werk is die beste geneesheer, en dis wat ek gedoen het. Ek het myself in my werk begrawe, sodat ek nie die tyd of energie gehad het om aan my ontroue vrou te dink nie. Tot vandag toe." Hy kyk na haar en 'n glimlag glans in sy oë voordat dit sy mondhoeke bereik. "Wat wil jy nog weet, Lara?"

"Hoekom het jy nooit vir my 'n verjaardagkaartjie of 'n ge-skenkie gestuur nie? Ek het dit nooit vir Phoebe vertel nie, maar toe sy die dag vir my sê ek het nie 'n peetpa soos my beste vriendin Maritsa nie, het ek geweet ek is arm."

"Arm?" vra hy onbegrypend. "Genugtig, Lara, jou pa en ma het oorgenoeg geld aan jou nagelaat."

"Gel maak 'n mens nie ryk nie, oom Herman. As jy 'n agtjarige kind is, het jy net 'n dak oor jou kop, klere en genoeg kos nodig. Maar jy is ryk as jy 'n pa en 'n ma en broers en susters en baie ander familie het. Ek het nie gehuil omdat Maritsa se peetpa vir haar 'n goue armband vir haar verjaardag gegee het nie, want ek het twee goue armbande gehad. Ek het gehuil omdat Maritsa 'n pa en 'n ma en 'n peetpa en 'n peetma en broers en 'n suster gehad het, mense wat haar liefhet – want liefde maak 'n mens ryk."

"Die lewe het my geleer dat eensaamheid 'n fisieke pyn is, maar dat liefde rykdom is . . . dis 'n waarheid waaroor ek nog nooit gedink het nie," sê Herman nadenkend. "Ek en Phoebe het toegelaat dat 'n misverstand tussen ons 'n arm kind van jou gemaak het, Lara. Maar dalk troos dit as ek vir jou sê ek het nooit vergeet dat jy my peetkind is nie. Glo jy my?"

Sy glimlag sorgeloos. "Ek is lankal nie meer agt nie, oom Herman. Ek glo nog steeds liefde maak 'n mens ryk, maar ek besef nou hoe gelukkig ek was om deur Phoebe en ta' Heilie grootgemaak te word. Hulle het my meer liefde gegee as wat sommige ouers aan hulle kinders gee. En Karl is 'n liewe ouboet."

"Sê jy op 'n mooi manier vir my jy het nie 'n peetpa nodig nie?" vra Herman onthuts.

"Nee, ek het jou nodig, daarom is ek nou hier," glimlag sy.

"Gaaf! Dan het ek nie net vir my eie plesier elke jaar op jou verjaardag geld in jou bankrekening inbetaal nie."

"My bankrekening?" vra sy verras.

"Moet wees, want ek het dit 'n week ná jou geboorte in jou naam geopen. Ek sou dit op jou geboorte gedoen het, maar ek moes wag om jou identiteitsnommer te kry. Ons kan môre of oormôre 'n draai by die bank op die dorp maak en vir jou 'n bankkaart kry, net ingeval jy geld vir 'n nuwe motor nodig het."

Lara se oë rek ongelowig. "'n Splinternuwe motor kos derduisende rande!"

"Daar sal oorgenoeg wees vir 'n motor of twee. Miskien het ek onwetend die liefde wat ek van 'n peetdogter in my lewe gemis het met geld probeer koop. Maar kom ons loop om die huis na die agterplaas toe. Ek wil jou die ou skuur wat byna tweehonderd jaar oud is en die ander geboue wys, en later by die koeistalle inloer. As ek tuis is, geniet ek dit om smiddae daar te wees as die koeie gemelk word," vertel hy.

"'n Splinternuwe motor . . ." herhaal Lara. Sy gryp Herman aan die arm en gee hom 'n impulsiewe drukkie. "Vreeslik dankie, oom Herman! Ek erf eers as ek vyf-en-twintig is, en Phoebe het gesê ek moet werk en spaar vir 'n nuwe motor, anders sal ek nooit die waarde van geld ken nie. Jippie! Ek kry 'n splinternuwe motor!" jubel sy en draf uitgelate na die hoek van die huis, voordat sy besef dat Herman nie langs haar is nie.

Sy bly staan en wag hom glimlaggend in.

"Dis die verskil tussen ouderdom en jeug, Lara: jy draf van blydskap en ek draf soggens omdat ek fiks wil bly. Dis goed om jou so gelukkig te sien, maar kan jy stap en bly wees?" vra Herman skertsend toe hy haar bereik.

"Al die pad Kaap toe as dit nodig is, oom. Ek kan nie wag om vir Phoebe en ta' Heilie te vertel nie!"

En vir Wiehahn. Veral vir Wiehahn. Dis nog 'n rede waarom sy so bly is om oom Herman as haar peetpa te hê: hy is Wiehahn se pa en sy sal altyd 'n rede hê om te kom kuier in die hoop dat Wiehahn tuis sal wees, dink sy. Dan dwing sy haarself om na Herman se relaas oor die kenmerke van goeie melkkoeie te luister.

Niklaas tel 'n kan melk op en kyk na Lara, wat opsigtelik verveeld in die deur van die melkkamer staan. "Kom saam. Ek kan sien jy is moeg gekyk," nooi hy.

"Ekskuus, oom Niklaas?" vra sy onbegrypend terwyl hulle aanstap huis toe.

Niklaas haal die stokkie waaraan hy kou uit sy mond en beduie daarmee na die koeistal en die melkery. "As jy nie 'n boer is nie, lyk alle koeie eenders. Die kalwers ook. En jy stel sekerlik meer belang in 'n rekenaar en die internet as 'n spul melkmasjiene en roomafskeiers. Ek sien Herman praat en praat, maar jy het lankal ophou luister. Of het Herman jou iets nuuts geleer?"

Lara glimlag sonnig. "Hy het, oom Niklaas. Ek weet nou koeie het mooi oë en langer en digter wimpers as ek."

"Uhm . . . dis goed so. Ek vervies my vir die meisiemense wat so graag aan Marnus se arms hang. Hulle gee voor hulle stel in die boerdery belang, maar hulle ken nie die verskil tussen 'n hanslam en 'n speenvark nie. Jy sal nie vir Marnus lieg nie," sê Niklaas goedkeurend.

"Wiehahn het my vertel Marnus is oom se seun en die plaasbestuurder van Aden. Maar sê my, het oom 'n rekenaar?" vra Lara nuuskierig.

"Hoe anders? As jy nie wil doodgaan nie, moet jy aanhou leer. Het Heilie Geel 'n rekenaar?" vra hy, sy stem só diep gerammel dat dit klink asof hy kwaad is.

"O ja, oom! Sy het minstens twintig e-posvriende dwarsoor die wêreld vir wie sy gereeld skryf. As ons teruggaan huis toe, kan oom vir haar skryf."

"Tydmors!" snork Niklaas minagtend deur sy geboë neus. Hy bly staan en kyk haar stip aan van onder sy ruie wenkbroue. "Marnus is lank soos ek, maar nie so skraal nie. Die mense sê hy trek op my, maar ek is verrinneweer. Kan jy kook en bak soos Heilie Geel?"

"Nee, oom Niklaas. Ek kan kook en bak, maar nie naastenby so goed soos ta' Heilie nie," antwoord Lara, verwonderd oor sy vraag.

"Jy kan leer. Marnus bly saam met ons in die groot huis, maar Klein Aden is die plaasbestuurder se huis. Ook groot, met goeie meubels. Maar julle kan nuwe meubels koop as julle geld het om te mors. Ek sal nie omgee nie."

"Ekskuus, oom Niklaas, maar nou verstaan ek net mooi niks! Wil jy hê ek en Phoebe en ta' Heilie moet in Klein Aden gaan woon?" vra Lara verward.

"Jy is nie dom nie, Lara," spreek hy haar die eerste maal op haar voornaam aan. "Jy is mooi en jonk, en Heilie Geel sê jy is geleerd en jy het jou eie geld. Ek gee om vir Marnus, want hy is al kind wat ek het. Kyk na my – amper sewentig en nie een kleinkind nie. Dis nie reg nie. Marnus is geleerd soos jy, en hy verdien goed. Het geld in die bank en sal myne ook eendag erf. Marnus speel met meisies soos 'n kind met albasters – smyt hulle weg as hy moeg word vir die speletjie. Ek het nou lank genoeg gewag; ek soek 'n vrou vir Marnus. Ek het jou goed deurgekyk en nou weet ek: jy is die regte vrou. Wanneer kan jy met Marnus trou?"

Sal oom Niklaas haar klap as sy in sy gesig uitbars van die lag? wonder Lara. Sy kyk na sy ruwe, songebruinde gelaatstrekke, lees die hoopvolle afwagting in sy oë en hou haarself in. Sy kan haar nie eens vererg nie, want oom Niklaas se rammelende, donker stem het haar verseker van sy erns. Maar sy voel beledig, want oom Niklaas het haar deurgekyk soos wat hy na 'n goeie slagskaap sou kyk en toe besluit sy val in sy smaak. Maar sy sal onthou sy is Phoebe se peetdogter en taktvol wees, dink sy en glimlag huiwerig.

"Hoekom dink jy so lank? Dink jy Marnus is nie goed genoeg vir jou nie?" vra Niklaas ergerlik.

"E . . . nee, oom Niklaas, maar jou vraag was 'n bietjie onver-
wags. Ek bedoel, ek ken jou nie werklik nie, en ek het Marnus
nog nooit gesien nie. Dink jy nie dit sal beter wees as jy hom
eers aan my voorstel nie, oom?" vra Lara en gee haarself vol-
punte vir haar diplomatiese hantering van hierdie ongewone
situasie.

"Tydmors!" snork Niklaas met minagting. "Ek het vir Mar-
nus gesê: ek sal kies en jy moet vat. Dis klaar afgespreek. Ek het
jou gekies en hy sal met jou trou. Is dit reg so?"

"E . . . e . . . nee, oom Niklaas. Ek voel geëerd dat jy so 'n
goeie opinie van my het, maar ek sien nie kans om met 'n
wildvreemde man te trou nie, selfs al is hy jou enigste seun,"
antwoord Lara onwillig, bang vir Niklaas se reaksie. Sy neem
versigtig 'n treetjie agteruit.

Niklaas kou-kou aan die stokkie in sy hand en kyk haar met
geskreefde oë aan. "Dis daardie swernoter Wiehahn. Jy kyk na
hom soos 'n sonneblom na die son kyk. Maar jy het verloor
voordat jy begin het."

Lara voel 'n blos van verleentheid oor haar nek en gesig kruip.
Sy is sommer kwaad vir Niklaas oor sy skerp waarnemingsver-
moë en lig haar ken onwetend terwyl sy hom trots in die oë
kyk. "Jy raai, oom Niklaas. Ek en Wiehahn is goeie vriende,
daarom weet ek hy glo nie aan liefde of lojaliteit of 'n huwelik
nie. Ek sal dwaas wees om 'n man soos hy lief te kry," antwoord
sy koel.

"Dis goed so. Jy gebruik jou kop, nie jou hart nie." Niklaas
knik sy kop goedkeurend. "Wiehahn en Monette Wiegand van
Rivierplaas sal trou. Hulle is enigste kinders, en Rivierplaas
grens aan Aden. Die plase hoort saam, Wiehahn en Monette
ook. Hulle glo nie aan liefde nie, maar hulle weet grond is ryk-
dom. Dis wat Herman wil hê, en hulle sal maak soos hy sê. Jy
kan met Marnus trou. Ek sal vir hom so sê."

Lara kyk ontsteld hoe Niklaas begin wegstap na die agterdeur. Sy storm agter hom aan en ruk hom aan sy arm tot stilstand. Hy skud haar hand van sy arm af en swaai ongeduldig om na haar. "Heilie Geel het gesê ek moet die melk gou bring. Ek en jy het klaar gepraat," knor hy.

"Ons het beslis nie klaar gepraat nie, oom! As jy durf waag om vir jou seun te sê ek sal met hom trou, pak ek nou my tasse en gaan terug huis toe, selfs al moet ek Phoebe se motor steel om hier weg te kom!" waarsku Lara, haar oë blitsend van verontwaardiging.

Niklaas maak sy mond oop, laat sak sy kop en maak diep, grommende geluide wat sy smal skouers en arms laat ruk.

Die aaklige oom Niklaas het 'n aanval van boosaardigheid . . . of is dit 'n hartaanval? wonder Lara paniekerig. Sy kyk hulpeloos om haar rond en sien Wiehahn met lang treë naderkom.

"Help hom, Wiehahn! Hy het 'n aanval of iets," pleit sy desperaat en beweeg vinnig na Wiehahn se sy, haar oë benoud op die rukkende Niklaas.

"Of iets," beaam Wiehahn plegtig. Hy plaas sy arm om Lara om haar digter teen hom aan te trek. "Hoe het jy dit reggekry, Lara?" vra hy belangstellend.

"Ek het niks gedoen nie! Ek dink oom Niklaas is ylend of . . . of koorsig of iets, want hy het die vreemdste simptome. Hy praat soos iemand wat . . . e . . . siekerig is. Hy het besluit ek moet met sy seun trou net omdat hy kleinkinders wil hê. Ek ken nie eens sy seun nie!" vertel Lara gedemp, haar blik wisselend tussen ergernis en kommer op Niklaas wat met hernude geweld begin ruk.

"A . . ." kom dit met onverwagte begrip van Wiehahn. "Jy was nie dalk so onbeskof om oom Niklaas se aanbod te verwerp nie, Lara?" vra hy bekommerd.

Sy snak onthuts na haar asem, gluur Wiehahn aan en sien dan

281

die songloed van ingehoue lag in sy silwerblou oë. "Jou . . . jou gemene . . . ding! Los my, Wiehahn! As jy kan lag oor 'n ylende ou oom wat aanvalle kry, wil ek . . ."

Sy verstik in haar eie woorde toe 'n bulderende gelag soos donderweer teen haar oortromme klap. Sy swaai om na Niklaas en sien hom met sy kop agteroor gegooi, terwyl sy diep, dreunende lag oor die werf dawer.

"Hy lag! Wiehahn, oom Niklaas lag," sê sy verslae.

"Dis 'n rare verskynsel, want oom Niklaas kan nie bekostig om te dikwels te lag nie. Soos ta' Heilie sal sê: sy ou spookasemliggaampie sal uitmekaar ruk as hy daarvan 'n gewoonte maak. Moenie oom Niklaas weer laat lag nie, asseblief, Lara," versoek Wiehahn met doodse erns.

"Jy het net so 'n skewe sin vir humor soos oom Niklaas," maak Lara rusie, lighoofdig van geluk om so styf deur Wiehahn vasgehou te word. Sy sien hoe Niklaas 'n spierwit sakdoek uit sy linkerbroeksak opdiep om sy lagtrane af te droog.

"'n Apteker, het Heilie gesê, 'n slim en geleerde meisiekind. Maar sy het my bogstorie net so maklik geglo soos al die dom dorpsmeisietjies wat kamma eiers of melk kom koop in die hoop om jou of Marnus te sien, Wiehahn." Niklaas kug-lag 'n paar maal, sy blik goedkeurend op Lara. "Jy is 'n goeie kind, Lara. Goeie maniere. Party meisies het my lelik uitgeskel, en een of twee het 'n paar knope gelos. Maar Heilie wag vir die melk." Hy draai om en stap sonder meer weg.

"Is jy nie meer vies vir oom Niklaas nie?" vra Wiehahn toe hy Lara sien glimlag.

"Nee. Ek is te verlig dat hy net gelag het, want ek was bang hy is sterwende toe hy skielik sulke vreemde stuiptrekkings kry." 'n Onkeerbare laggie glip oor haar lippe. "Ek hou van hom, want hy is die komieklikste . . . e . . . die interessantste ou oom wat ek al ontmoet het."

"En jy is die pragtigste meisie wat ek al ooit ontmoet het, my Lara-lief," sê Wiehahn met onverwagte erns. Hy neem haar liggies aan haar boarms en kyk diep in haar oë. "Is jy nie eens 'n klein bietjie jammer vir my omdat ek verplig is om ter wille van Rivierplaas met Monette te trou nie? Of het oom Niklaas nie die kans gehad om sy storie klaar te vertel nie?"

"O, hy het, maar ek kry jou nie jammer nie. Jy en Monette is gemaak vir mekaar. Jy glo nie aan die erns van die huwelik of aan liefde en lojaliteit nie, en sy ook nie. Julle kan ter wille van Rivierplaas trou en al twee julle geluk elders soek," antwoord sy met oortuigende onverskilligheid.

"Sommerso?" vra hy onthuts.

"Sommerso. Dis wat jou huwelik sal wees: sommerso," spot sy. Sy besef skielik dat sy nie eens omgee om oor sy huwelik met Monette te praat nie, omdat sy nie die intieme aanraking van sy hande op haar boarms of die belangstelling in sy oë wil verloor nie. En sy weet waarom: omdat hy die aantreklikste man is wat sy al ooit ontmoet het en 'n aura van opwinding uitstraal – 'n opwinding wat deel is van hom. Die byna aanvoelbare magnetisme van sy persoonlikheid hou haar gevange, want daar is staal onder sy gesofistikeerde sjarme wat haar altyd veilig sal laat voel by hom.

Want sy het hom lief.

Nee, jy speel met vuur, waarsku haar verstand, want haar liefde vir hom is 'n doodloopstraat van trane. Maar dis eers môre en môre is nog nie hier nie, fluister haar hart. Pluk 'n bossie veldblomme van geluk vandag, selfs al weet jy hulle sal môre verlep wees en in die vullisblik beland. Maar is liefde so onbelangrik soos verlepte veldblomme? vra sy haarself hartseer af en stoot 'n bewerige suggie oor haar lippe.

"Jy kyk na my, maar jy sien my nie raak nie en hoor nie my vrae nie," dring Wiehahn se stem tot haar deur toe hy haar skouers liggies skud. "Waaraan dink jy, Lara? Jou oë is vol lig en skadu, asof jy tegelykertyd bly en hartseer is."

"Ek dink aan jou pa en jou ma," antwoord sy ontwykend. "As jou ma nog leef . . ."

"Kan dit ons nie raak nie. Of dink jy my ma sal ná dertig jaar skielik opdaag om te sien hoe haar enigste seun lyk? Of dalk is ek nie haar enigste nie. Dalk het sy besluit om haar minnaar se kinders te hê." Sy lag is 'n wanklank van sinisme. "Haar liefde vir haar minnaar was ongetwyfeld sterker as 'n huwelikskontrak."

"Nee, Wiehahn. Ek weet ek praat uit my beurt, en ek hoop jy sal nie jou pa verkwalik nie, maar hy het my vanmiddag vertel dat jou ma in 'n motorbootongeluk in Miami gesterf het nou-liks ses weke nadat sy hom verlaat het. Wie weet, as sy langer geleef het . . ."

"Moenie, Lara," pleit hy sag. "Die dood het nie van my ma 'n heilige gemaak nie. Sy het nooit vir my bestaan nie, want ek het haar nooit geken nie. Dood of lewend, sy het my verwerp omdat sy 'n ander man liefgehad het."

"Soos my pa," sê Lara mymerend en stap gewillig saam met hom toe hy haar hand vat en koers kies na die perdestalle.

"Wat bedoel jy? Jou ouers is albei dood, maar hulle het jou liefgehad."

"Ek glo my pa sou my liefgehad het as my ma nie 'n paar uur ná my geboorte dood is nie. Maar toe my ma sterf . . . Phoebe en ta' Heilie het dit nooit reguit gesê nie, maar hulle het ook nooit gesê dat my pa wel bly was om 'n dogtertjie te hê nie. Phoebe het my vertel dat my pa ná my ma se dood alle belangstelling in die lewe verloor het. Sy het hom verwyt omdat hy my en Karl afgeskeep het, want hy het elke vry oomblik wat hy gehad het in sy vliegtuig deurgebring."

"Heel waarskynlik om aan sy hartseer oor jou ma te ontvlug. Jy kan dit tog verstaan?" vra hy en druk haar hand vertroostend.

"Nee, Wiehahn. Hy het vir Phoebe gesê hy voel nader aan my ma as hy vlieg; dat hy wonder of hy haar sal vind as hy aanhou vlieg. Op 'n dag hét hy aanhou vlieg, totdat die brandstof in sy vliegtuig opgeraak het. Dalk het die brandstofmeter onklaar geraak, of miskien het hy net aanhou vlieg omdat hy by my ma wou wees. Sy liefde vir haar was so allesoorheersend dat sy kinders nie vir hom saak gemaak het nie, nie so kort ná haar dood nie. En Phoebe en ta' Heilie was daar om my en Karl te versorg. As my pa na ons versorging moes omsien, het hy miskien gouer oor my ma se dood gekom," vertel sy.

"Glo jy jou pa het jou en jou broer opsetlik verwerp?" vra Wiehahn en bly voor die ingang van die perdestalle staan.

"Glad nie. Ek bewonder my ouers se liefde vir mekaar, want selfs die dood kon nie 'n einde daaraan maak nie. Ek glo nie hulle huwelik was bloot 'n heidense fees nie," antwoord sy met 'n tikkie uitdaging in haar oë toe sy hom vas aankyk.

Hy glimlag stadig, onwillig. "Jy geniet dit om my dom te laat voel, snip! Goed, ek sal toegee: daar is enkele gelukkige mense soos jou pa en ma en my oupa en ouma Adendorf, wat vir altyd kan liefhê, maar dis 'n rare verskynsel." Die songloed in sy oë verloën die erns van sy woorde toe hy vra: "Sal jy my eendag net so lief kan hê, Lara-lief?"

"Wat 'n dom vraag van 'n man wat klaar dom voel! Nee, Wiehahn, ek beloof jou plegtig ek sal jou nie eendag liefhê nie," antwoord sy eerlik. Want sy het hom reeds lief, fluister haar hart. Want die warmte van sy hand is soos 'n sagte liefkosing, en die effense hardheid van sy vingers veroorsaak 'n darteling van sensasie wat haar asemhaling bemoeilik en haar innerlik laat bewe.

Sy los sy hand vinnig en vra met gedwonge belangstelling: "Wat het ons hier kom doen? Is die perde nie reeds versorg nie?"

"Hulle is, maar perde het ook liefde nodig," terg hy. Hy haal twee appels uit sy broeksak en gee een vir haar. "Dis vir Venus. Kom ons gaan bederf ons perde, want môreoggend kom maak ek jou voor dagbreek wakker sodat ons kan gaan perdry."

"Ek sal voor dagbreek hier by die stalle wees," beloof sy en lag met die blydskap wat 'n goue môre bring.

Heilie pak die laaste gebruikte skottelgoed wat Lara op 'n skinkbord aangedra het in die opwasmasjien en kom steunend orent. "Oe-oe, my seer ou liggaampie! Nee kyk, genoeg is genoeg, my lammetjie. Dis sowaar al nege-uur en die ou spulletjie drink nog steeds koffie en gesels asof die dag nooit 'n einde gaan hê nie. Dit was 'n dag der dae en ek gaan nou my tam ou liggaampie bed toe vat, maar ek maak eers vir ons 'n lekker beker kakao."

"Ek gaan ook nou slaap, ta' Heilie. Ek gaan my selfoon se wekker stel, want Wiehahn het gesê ons gaan teen dagbreek perdry," antwoord Lara en haal haar selfoon uit haar slenterbroek se sak. "Hoe laat kom die son op, ta' Heilie? So teen vyfuur?"

"Sterre en pienk wolkies net waar ek kyk," sê Heilie tongklikkend terwyl sy melk in 'n houer gooi om dit vinnig in die mikrogolfoond warm te maak. "Die mans eet asof hulle uit 'n konsentrasiekamp ontsnap het, en jy en Phoebe jaag ertjies en ryskorrels met julle vurke op julle borde rond. Is jy siek, my skatlam?"

"Vyfuur," sê Lara terwyl sy die wekker stel. Sy kyk fronsend op na Heilie. "Nee, ta' Heilie, maar as jy sterre en pienk wolkies voor jou oë sien, is jý siek of oormoeg. Foei tog, jy het veels te hard gewerk, en ek het jou nie eens gehelp om groente te skil nie. Gaan klim solank in die bed, ta' Heilie. Ek sal die kakao maak en na jou kamer toe bring."

Heilie plant haar hande op haar heupe en kyk toornig na Lara. "Kyk in my oë, hartjie, en kyk goed. Sien jy sterre?"

"Nee. Hulle lyk net so befoeterd soos altyd. Maar hoekom is

jy vies, ta' Heilie? Ek het nie my klere op my kamervloer laat rondlê nie."

"Ek is doodbekommerd, nie vies nie, Laratjie. Want jy en Phoebe loop op pienk wolkies en julle het meer sterre in julle oë as 'n Karoonag. Herman Adendorf en sy seun het oorgenoeg geld om elkeen 'n dosyn of twee vroue te onderhou, maar hulle woon stoksielalleen in hierdie ou kasarm van 'n huis. Hoekom, vra ek jou, hartjie? Hulle is geldaanbidders, daarom bly hulle ongetroud. Of hoop jy die aansienlike Wiehahn sal jou liefkry?" vra Heilie kwaai.

"Nee, ta' Heilie. Wiehahn gaan met Monette Wiegand trou. Het oom Niklaas jou nie vertel nie?" vra Lara met oortuigende onskuld.

Heilie lyk vir 'n oomblik van stryk gebring en kry dan gloede van ergernis. "So 'n swernoter! Wat het die wonderlike Monette wat jy nie het nie, my lammetjie? Nee a, maar intussen het hy trouplanne met 'n ander meisiemens. Jy gaan ry nie saam met hom perd nie, hartjie. En ek sal hom waarsku: raak hy weer aan jou hand, dam ek hom met my grasbesem by!"

"Nee, ta' Heilie, nee! Wiehahn is my vriend, 'n ouer broer soos Karl, en . . . en ek geniet ons vriendskap. Moet asseblief nie vir hom sê ek het jou van Monette vertel nie, want dan sy hy dink ek is jaloers op haar. Ek is nie! Ek sal nooit met 'n man soos Wiehahn trou nie," antwoord Lara ontsteld en hoop sy klink oortuigend.

"Kyk na my, my lammetjie: ek is ouerig en dikkerig, maar ek is nie blind of dom nie. Jy hang nooit aan Karl se hand nie; kyk ook nie met sulke hartseer oë na hom as jy dink hy sien nie. As jou hart vir jou jok, sal ék jou die waarheid vertel: jy, my arme skatlam, het Wiehahn lief . . . agge foei tog," sê Heilie met tong-klikkende simpatie.

Lara staar haar in stilte aan. Sy besef dat 'n verdere ontkenning ta' Heilie nie sal oortuig nie en sê ingehoue: "Wat ek vir Wie-hahn voel, is onbelangrik, ta' Heilie. Hy glo nie aan liefde nie omdat sy ouers se huwelik 'n mislukking was. Hy sal ter wille van 'n plaas met Monette trou, nie omdat hy haar liefhet nie."

"Nou vir wat foeter die mansmens met jou?" vra Heilie boos. "Vlieg al die pad saam met jou Londen toe, vier Kersfees saam met jou, en kom soek jou kort-kort in my kombuis as hy jou nie kan opspoor nie. Niks anders as 'n joljantjie nie, soos my oorle ma sou gesê het. Maar die vent het klaar met jou gejol, Laratjie, want net môre stel ek jou aan al die ongetroude mans op Adendorp voor."

"Jy ken niemand op Adendorp nie, ta' Heilie," sê Lara met 'n moedelose glimlaggie.

"Sê wie? Ek en Phoebe het vanmiddag 'n draai by die apteek gemaak en die apteker ontmoet. 'n Gawe jongman, ongetroud ook, en glad nie onaansienlik nie. Ek het hom breedvoerig van jou vertel en hy kan nie wag om jou te ontmoet nie. En toe kom die jong doktertjie ook daar ingestap en toe moes ek my storie van voor af vertel, want sien, hy is ook ongetroud." 'n Moedswillige laggie glip oor Heilie se lippe. "Die arme Phoebe het haar morsdood vir my geskaam, veral toe ek 'n paar foto's van jou uit my handsak haal en vir die jongman wys."

"Ta' Heilie! Ek sal te skaam wees om my voete op die dorp te sit," verwyt Lara haar onvergenoeg.

"Hoekom? Dit maak my gelukkig om . . ." Heilie swyg toe die agterdeur oopgaan en 'n lang, lenige man, geklee in 'n kort-broek en kortmouhemp en 'n paar sterk stewels, die vertrek binnekom.

Dit kan net Marnus Bothma, oom Niklaas se seun, wees, dink Lara, want hy is 'n jonger en aantrekliker weergawe van sy pa, sy skouers breed in kontras met sy smal heupe, en spiere bultend op sy fris arms en lang bene. En Marnus is beslis nie bles nie, want sy vlasblonde hare is dig en effens krullerig en versag sy sterk, songebruinde gelaatstrekke.

Marnus fluit sag deur sy tande toe hy na Lara kyk, sy glimlag sprekend van openlike bewondering. Met sy oë nog steeds op Lara, beweeg hy tot langs Heilie, buig sy kop nader aan haar en sê vertroulik: "Ek is Marnus Bothma, tannie. Sy is die mooiste meisie wat ek nog gesien het. Stel my asseblief voor, tannie, want toe ek haar sien, toe weet ek: dis die meisie met wie ek gaan trou!"

8

Lara kyk verwytend na Heilie, wat met haar pofferhande op haar maag saamgevat en haar kop agteroor gegooi skaterend uitbars van die lag.

Heilie klad die lagtrane met die punt van haar wit voorskoot van haar wange af toe haar lagbui eindelik bedaar. Sy lê haar hand op Marnus se skouer. "Broertjie, jy is 'n jongman so na my hart!" sê sy goedkeurend. "Ek is ta' Heilie Geel, en hierdie mooi meisie is Lara Wiese. En as jy nie Marnus Bothma is nie, het jy 'n tweelingbroer. Bly te kenne, kind."

"Hallo, ta' Heilie," groet Marnus. Hy skud Heilie se hand en loop dan gretig na Lara, wat hom agterdogtig aanstaar. "Jammer, Lara. My pa praat te min en ek praat te veel. Gee jy om om my hand te skud?"

"Aangesien jy erken dat jy te veel praat . . . hallo, Marnus," groet sy styf. Sy ignoreer sy intieme glimlag, skud sy hand en trek hare vinnig uit syne.

"Kom sit, julle tweetjies," nooi Heilie hartlik. "Jou pa het my vertel die Wiegands het jou vir aandete genooi, Marnus, maar as jy nog honger is, sê net. En Laratjie, hou op om die arme Marnus aan te gluur en kom drink jou kakao. Nee a, Marnus het jou 'n alte mooi kompliment gegee. Dis nie elke dag dat 'n jongman in 'n meisie se oë kyk en weet sy is sy aanstaande vrou nie. Dít, my lammetjie, is ware liefde."

"Dít, my liewe ta' Heilie, is die Bothma-streek," antwoord Lara met nadruk. Sy kyk uitdagend na Marnus, wat bedroë glimlag, en neem dan aan die kombuistafel plaas.

"Nou wat vir 'n streek is dit, hartjie?" vra Heilie gekwel. "Hier, Marnus, drink my kakao, dan maak ek solank vir jou kos warm."

Marnus hou sy hand afwerend op. "Ek het 'n groot aandete gehad, dankie, ta' Heilie, maar die kakao sal lekker smaak." Hy gaan sit op die stoel langs Lara en vra bedruk: "Dan het my pa een van sy aanvalle gehad?"

"Aanvalle?" vra Heilie ontsteld. "Haai, noudat jy dit noem, broertjie: toe jou pa laatmiddag vir my die vars melk bring, het hy die aardigste stuiptrekkings gekry. Nie dat hy op die vloer neergeval het nie, maar hy het kort-kort sy kop laat sak en dan skud die aanval sy maer ou liggaampie. Ek dag eers hy verstik, maar ek het nie gedurf waag om hom op die rug te slaan nie, want 'n mens weet nooit met so 'n spookasem-liggaampie nie – ek kon al sy ou ribbetjies gebreek het, of sy laaste asem uit sy ou hoenderborsie geslaan het. Ek het 'n swaar hand."

Marnus pers sy lippe saam, maar Lara merk die ingehoue lag wat in sy oë glinster. Hy pluk haastig sy sakdoek uit en antwoord gesmoord: "Ja, ta' Heilie . . . 'n mens kan nie te versigtig wees nie."

"Foei, hartjie, ek het jou skoon in trane . . . 'n Man met 'n klein hartjie – dis belangrik, Laratjie. Maar moenie kwel nie, Marnussie: jou pa het vinnig herstel, want hy het 'n groot aandete geëet. Kan die dokter hom nie 'n ietsie gee vir sy aanvalle nie?" vra Heilie goedig.

"Nee . . . nee, ta' Heilie. Want die aanvalle is heeltemal onskadelik," verseker Marnus haar met gedwonge erns.

"Ek is nie so seker daarvan nie," kom dit misnoeg van Lara.

"Lara sal weet, want sy is 'n apteker, Marnus. Vertel haar van jou pa se aardige simptome, broertjie, want ek gaan nou inkruip. En Laratjie, moenie neusoptrekkerig wees omdat Marnus nie soveel geld soos Wiehahn het nie. Hy lyk soos 'n eerlike jongetjieskind, nie 'n pierewaaier soos Wiehahn wat met jou flankeer en met sy Monette gaan trou nie. Nag, kinders," groet Heilie en skommel by die kombuis uit.

"Nag, ta' Heilie!" roep hulle en kyk dan oomblikke lank in stilte na mekaar, albei se uitdrukking onseker.

"Ek neem aan my pa het jou vertel hy het besluit jy is die regte vrou vir my. Het jy hom geklap?" vra Marnus en glimlag skrams.

"Nee, ek het goeie maniere," antwoord sy koel.

"En te veel skoonheid. Ek bedoel dit, Lara. Ek is jammer dat ek gesê het ek gaan met jou trou, maar dit het 'n speletjie geword: my pa kies die meisies en daarna vertel ek hulle ek het hulle met die eerste oogopslag liefgekry."

"En as een dom genoeg is om jou te glo?" vra sy afkeurend.

Twee kuiltjies keep diep in sy wange toe hy glimlaggend antwoord: "Ek is slimmer as wat ek lyk – ek weet 'n intelligente meisie sal haar nie aan my steur nadat my pa sy lagstuiptrekkings gekry het nie."

"Dit wás snaaks," gee sy met 'n halfhartige glimlaggie toe. "En ta' Heilie is nie minder snaaks nie. Sy het my teen Wiehahn gewaarsku, maar toe ek haar vertel hy gaan met Monette trou, het sy dit as 'n persoonlike belediging beskou. Dis uit ergernis met Wiehahn dat sy so gretig was om my aan jou uit te veil."

"Hou jy van Wiehahn?"

Lara kyk hom swygend aan. Sy hou van die diep timbre van

sy stem en die warmte in sy oë, en sy glimlag met gedwonge onverskilligheid. "Hy is 'n goeie vriend en ons geniet mekaar se geselskap," antwoord sy argeloos.

"Julle was saam in Londen, julle het saam Kersfees gevier en nou kuier jy hier," sê hy, sy stem ineens skor van spanning.

"Het Wiehahn jou van Londen vertel?" vra sy verras.

"Nee. Ek het op Monette se uitnodiging vanaand by die Wiegands geëet. Omdat sy my oor jou en Wiehahn wou uitvra – en omdat haar pa nie tuis was nie." Sy lippe vertrek sinies. "Monette is 'n bekommerde meisie."

"Stel haar dan gerus, Marnus. Ek kuier saam met my mense hier omdat oom Herman my peetpa is. Ek weet Wiehahn gaan met Monette trou, en dit traak my nie in die minste nie," sê Lara met 'n koel glimlaggie.

"Dis jammer . . . bitter jammer," sê Marnus half vir homself.

"Jammer? Waarom?" vra sy onbegrypend.

Hy proe aan sy kakao, pers sy lippe hard saam en antwoord met stroewe sekerheid: "Ek en Monette het mekaar lief vandat ons tieners is – waaragtig lief, maar ons weet ons durf nie trou nie."

"Onsin! Monette is 'n opperste . . ."

Marnus se geëelte hand sluit in 'n staalgreep om haar gewrig en sy breek haar sin vinnig af. Sy kyk skuldig op in sy grimmige gelaat.

"Ek is jammer, Marnus. Ek het rede om nie van Monette te hou nie: sy het 'n verhouding met 'n getroude man gehad, maar ék is daarvan verdink. Dit . . . dit was uiters onsmaaklik," verduidelik sy verskonend.

"Daar is niks wat jy my oor Monette kan vertel wat ek nie reeds weet nie – niks waaraan ek self nie moontlik skuldig is nie. Die verskil is dat ek weet waarom Monette 'n beginsellose flirt is, maar jy weet nie."

"Is dit omdat julle mekaar liefhet, maar nie kan trou nie?" Lara frons ongelowig. "Maar dis belaglik! Monette is dertig, lankal oud genoeg om haar eie lewe te lei."

"En ek is twee-en-dertig, maar omdat ek haar liefhet, is ek net so 'n gevangene van omstandighede soos sy."

"Watter omstandighede?" vra Lara onbegrypend.

"Haar pa, Hans Wiegand, kan sterf van afguns op oom Herman en die finansiële sukses van die Adendorfs. Dit het Hans se lewensdoel geword om Aden en al die Adendorf-miljoene in te palm vir die Wiegands, en daar is net een manier om dit te doen: Monette en Wiehahn moet trou, sodat hulle kinders kan erf," vertel Marnus grimmig.

"Dan deel Monette haar pa se jaloesie? Is sy bereid om ter wille van rykdom met Wiehahn te trou?" vra Lara afkeurend.

"Nee, maar haar ma, tant Natasha, glo dat Monette en Wiehahn mekaar liefhet. Tant Natasha is 'n liefdevolle, saggeaarde vrou, wat al die afgelope dertien jaar in 'n rystoel gekluister is. Sy is ernstig beseer in 'n motorongeluk toe Monette in matriek was, en sedertdien klou sy net om een rede aan die lewe vas: om Monette en Wiehahn gelukkig getroud te sien en haar eerste kleinkind in haar arms te hou. Om die situasie te vererger, het tant Natasha verlede jaar kanker gekry en moet sy gereeld vir bestraling gaan. Dis wat so bitter tragies is: tant Natasha se droom is die belangrikste rede wat verhoed dat ek en Monette trou."

"Dit ís tragies," beaam Lara sag. "As Phoebe iets moet oorkom . . . Ek is so lief vir haar dat ek selfs nou niks sal wil doen om haar seer te maak nie. Nogtans . . ." Sy kyk fronsend op na hom. "As tant Natasha werklik so 'n saggeaarde, liewe mens is, sal sy mos begrip hê vir Monette se liefde vir jou."

"Sy sou, as ons jare gelede eerlik was met haar. Maar ek was agttien en Monette sestien toe ons mekaar liefgekry het. En wat was ek? Die seun van 'n plaasbestuurder, wat deur die trotse

Hans Wiegand geïgnoreer is en wat sku was vir sy vriendelike vrou. Ek sou nooit die moed of vermetelheid gehad het om in daardie stadium vir oom Hans of tant Natasha van my liefde vir hulle dogter te vertel nie."

"Maar jy het nie agttien gebly nie, Marnus," herinner sy hom.

"Nee. Oom Herman het my universiteit toe gestuur en ek het 'n landbou-ingenieur geword. Ek het vier jaar gelede as plaasbestuurder van Aden oorgeneem, maar ek is en bly net 'n goed betaalde plaasarbeider. Oom Hans is 'n ryk man, wat Monette kon help om 'n klereboetiek in 'n gegoede voorstad in Johannesburg te begin." Marnus glimlag skeef. "Oom Hans se geld pla my nie, maar ek en Monette durf nie 'n sterwende vrou se droom vernietig nie. Ons wil nie haar dood op ons gewete hê nie."

"Is Monette nie bereid om op jou salaris te leef nie?" vra Lara aarselend.

"My salaris is groot genoeg vir ons. En as jy oom Herman van jongs af ken, leer jy baie vinnig wat die voordeel van die aandelemark is. Nee, geld is nie werklik 'n kwessie nie, maar as Monette haar erfenis ter wille van my moet verloor . . . En sy sal, as Wiehahn haar nie verwerp en met 'n ander meisie trou nie." Marnus kyk na haar, sy oë pleitend. "Hoekom help jy ons nie, Lara?" vra hy terwyl sy glimlag die kuiltjies in sy wange laat verdiep.

"As ek werklik kan glo Monette het jou lief . . ." huiwer Lara. Sy sien weer voor haar geestesoog die beeld van Monette in Ryno se arms.

Hy buig nader aan haar en sê dringend: "Ek weet wie en wat Monette is, Lara. Haar tallose verhoudings met mans is haar verset teen haar pa se gierigheid en haar ma se siekte. Dis haar uitdaging aan die lewe self omdat sy nie vry is om lief te hê nie. In jou oë is sy 'n veragtelike sedelose meisie, maar het jy die reg om te oordeel? Het jy ooit 'n kilometer in haar skoene geloop? Jy was nog nooit die mens Monette nie. Wil jy in haar skoene wees?"

"Nee! Ek . . . ek kan haar amper jammer kry."

"Kry haar . . . kry óns jammer, Lara, en help ons," pleit hy en neem haar hand in albei syne.

"Is jy seker Monette wil met jou trou, Marnus?" vra sy wan-trouig. "Wiehahn het my vertel Monette dring sedert haar der-tigste verjaardag daarop aan dat hulle moet trou. Moontlik het sy besluit die Adendorf-miljoene is aanlokliker as haar liefde vir jou."

"Nee, Lara, nee. Monette hoop dat haar desperate jagmakery op Wiehahn hom daartoe sal dryf om haar openlik te verwerp. Want weier hý om met haar te trou, sal haar pa en ma dit moet aanvaar – en ek en Monette sal vry wees om te kan trou."

"As dit waar is . . . hoe kan ek julle help?"

Hy aarsel slegs 'n oomblik en sê dan dringend: "Ek het jou nie net gevlei toe ek gesê het jy is die mooiste meisie wat ek nog gesien het nie. Wiehahn sal met Monette trou omdat dit van hom verwag word, nie omdat hy haar liefhet nie, want hy maak geen geheim daarvan dat hy geen gevoel vir haar het nie. Maar hy is 'n man en jy is 'n beeldskone meisie. As jy Wiehahn kan oorreed om aan jou verloof te raak . . . Jy hoef nie met hom te trou nie, maar as julle verloof is, sal ek en Monette vry wees om te trou. Asseblief, Lara, help ons!"

'n Flenterglimlaggie bewe om Lara se lippe, maar sy skud haar kop. "As ek kon, sou ek. Ek en Wiehahn is vriende, maar daar is geen sprake van liefde in ons verhouding nie. Nee, ek is jammer, Marnus, maar ek sal nie weet hoe om hom te oor-reed om aan my verloof te raak nie," antwoord sy, ineens weer bewus van haar wanhopige verlange na 'n liefde wat nooit hare sal wees nie.

Sy kon nou Wiehahn se verloofring aan haar vinger gedra het as sy daardie oggend op Queensbury ingestem het om aan hom verloof te raak, herinner sy haarself. Maar 'n verlowing sonder liefde is 'n betekenislose klug. Dit sal die skrynende seer in haar net soveel groter maak.

"En as ek jou help?" dring Marnus se stem tot haar deur.

"Hoe?" vra sy wantrouig.

'n Glimlag glans in sy oë. "Kompetisie, my liewe meisie – niks is so goed soos 'n klein kompetisie nie. Kom ons gaan groet die mense en begin met ons speletjie." Hy vat haar hand en help haar orent. "Dis reël nommer een, Lara: as jy my sien, gryp jy my hand en klou ma vas asof jy 'n drenkeling is."

"Bedoel jy ek moet voorgee ek is verlief op jou?"

"Hoe anders? En moenie so geskok lyk nie, meisiekind. Jy het net 'n bietjie té hard probeer om my te oortuig dat jy en Wiehahn net vriende is. Ek was eerlik met jou, Lara. Wees nou eerlik met my en erken dat jy tog 'n klein bietjie in Wiehahn belang stel."

Sy probeer om haar te vererg, maar die warmte van sy glimlag laat haar oorwonne sug. "Ek sal dit in die hof ontken, maar dalk . . . net dalk . . . sal ek graag die selfversekerde Wiehahn van sy troontjie wil laat aftuimel. Hoe kan enige man so dom wees om te ontken dat liefde bestaan?"

"Veral 'n man soos Wiehahn?" terg hy.

"Veral 'n man soos Wiehahn," antwoord sy en glimlag terug.

"In daardie geval . . ." begin hy. Hy sien die kombuisdeur oopswaai en trek Lara teen hom aan, sy arms om haar. "Nog net een soentjie, my liefste, en dan kan jy my aan jou Phoebe gaan voorstel," sê hy en soen haar op haar lippe.

"Wat de duiwel vang jy aan, Marnus?" vra Wiehahn snerpend uit die oop deur. Hy kom die kombuis met lang, driftige hale binne.

Lara ruk van die skrik. Sy probeer wegbeur van Marnus, maar sy arms is soos bande van staal wat haar teen sy bors gevange hou. Hy lig sy kop tydsaam, kyk haar in die oë en knipoog vir haar voordat hy sy regterarm laat sak en saam met haar na Wiehahn draai, sy linkerarm nog besitlik om haar.

Wiehahn is smoorkwaad, besef Lara, haar emosies huiwerend tussen verleentheid en genoegdoening. Dis aaklig om betrap te word in die arms van 'n man wat sy nooit sal liefhê nie, maar as Wiehahn wil glo dat sy op Marnus verlief is, laat hom! Wiehahn is haar vriend, maar hy het nie alleenreg op haar nie. En geen reg op haar liefde wat hy onwetend versmaai nie, dink sy en nestel met haar kop teen Marnus se bors.

"Hoe lyk dit vir jou, Wiehahn? Ek soen die meisie met wie ek gaan trou," antwoord Marnus, sy stemtoon lui, uittartend.

"Moenie my laat lag nie! Jy is die grootste vrouejagter in die kontrei, en jy het nie die vaagste benul wat liefde is nie!" snou Wiehahn. Hy rig sy verwoede blik op Lara, wat hom met 'n droomverlore glimlaggie aanstaar. "Het jy gehoor wat ek gesê het, Lara? En hou op om teen die man te leun asof jy skielik nie op jou eie voete kan staan nie!"

"Is ons nie almal volwassenes nie?" vra Lara met 'n hooghartige lig van haar kop. "Ta' Heilie het reeds gaan slaap. Wil jy haar wakker skree?"

"Ja! Dis duidelik dat jy nie alleen vertrou kan word nie!" bulder Wiehahn.

"Ta' Heilie het spesiaal vroeg gaan slaap om my en Marnus die geleentheid te gee om mekaar beter te leer ken. Gaan vra haar as jy my nie glo nie. Jy is . . ."

"Waar is die brand?" vra Heilie verskrik. Sy skommel die kombuis uitasem binne, toegewikkel in haar wye, geblomde kamerjas en met pantoffels aan die voete.

Sy sien Marnus met sy arm styf om Lara staan, draai haar kop skeef en glimlag innig. "Ag, my hart, is dit nou nie 'n pragtige prentjie nie? Haai, ek raak skoon bewoë . . . Glo my, Wiehahn, daar is niks so mooi soos ware liefde nie."

"Liefde!" bulder Wiehahn oorverdowend. Hy besef dat hy skree toe Heilie haar hande op haar ore druk en vervolg sagter: "Ek is jammer, ta' Heilie. Ek het nie besef ek skree nie. Maar dis 'n ernstige situasie."

Heilie knik haar kop. "Ja, Wiehahn, liefde is 'n saak van erns vir normale jongmense soos Lara en Marnus. Nie dat jy sal weet nie, broertjie. Ek het eers gesukkel om te verstaan, maar Lara-tjie het mooi aan my verduidelik jy glo nie aan die huwelik en liefde nie . . . jou arme bloedjie. Dis wat met 'n kind gebeur as sy ma hom wegsmyt – smyt sy vermoë om lief te hê saam weg. Maar waarom het jy so geskree, Wiehahn? Het jy jou vinger in die swaaideur vasgeknyp?"

Wiehahn kyk na Lara en Marnus, wat hom met onskuldige glimlaggies betrag. Hy draai fronsend weg na die elektriese ke-tel. "Nee, ta' Heilie, ek het onwetend te hard gepraat. En nou gaan ek vir my koffie maak," antwoord hy kortaf.

"Sit jy, broertjie," dan maak ek vir ons almal koffie," bied Heilie aan. "Ek wou-wou net slaap, maar toe skrou jy my wak-ker, en nou sal ek weer tot dagbreek oopoog lê. Marnus, wil jy en Laratjie saam koffie drink, of wil julle liewer 'n bietjie buite gaan loop? Dis so 'n pragtige maanlignag . . . tog te romanties."

"Nie koffie vir my nie, dankie, ta' Heilie," antwoord Lara. "Marnus, ek sal jou môre aan Phoebe voorstel, want ek wil nou gaan slaap. Ek moet môreoggend vroeg opstaan, want ek gaan perdry."

Marnus soen Lara op haar lippe. "Nag, my liefling. Sien jou môreoggend by die stalle," sê hy en los haar onwillig.

"Lara gaan saam met mý perdry, Marnus, maar jy is welkom om saam te kom," nooi Wiehahn hoorbaar onwillig.

"In daardie geval sal ek nie saamkom nie. Sien, ek kan my meisie vertrou," antwoord Marnus met 'n selfversekerde glimlag. Hy knipoog weer ongemerk vir Lara en loop sonder meer die kombuis uit.

"Pretbederwer!" skel Heilie toornig en plak koffiebekers op die tafelblad neer. "Ek dag jy is 'n slim man, Wiehahn. Kan jy nie sien die tweetjies wil alleen wees nie?"

"Jy ís gemeen, Wiehahn. Hoe kan ek Marnus beter leer ken as jy die hele tyd derdemannetjie speel?" vra Lara.

"Hoe lank het jy hom geken voordat jy soos 'n nat waslap in sy arms geval het, Lara?" vra Wiehahn boos.

"'n Ryp perske, broertjie," korrigeer Heilie, en verduidelik gemoedelik toe hy haar geïrriteerd aankyk: "Lara het soos 'n ryp perske in Marnus se arms geval, nie soos 'n nat waslap nie."

"Perskes of pampoene – ons praat nie nou oor groente en vrugte nie, ta' Heilie," sê Wiehahn ongeduldig. "Ek ken Marnus my lewe lank. Die vent het nog nooit 'n ernstige verhouding met 'n meisie gehad nie, want hy ken nie die betekenis van die woord 'lojaliteit' nie. Lara, asseblief, ek is doodernstig: jy gaan seerkry as jy oorhaastig is om 'n ernstige verhouding met Marnus te hê. Hy kan doodeenvoudig nie lojaal bly aan een meisie nie. Of is jy nie werklik verlief op hom nie?"

Lara kyk hom in stilte aan en glimlag dan stadig. "Ek weet hoe dit voel om in 'n oogknip lief te kry. 'n Mens soek nie daarna nie, dit gebeur net. En daarna . . . elke oomblik wat jy saam met die man deurbring, is soos 'n kosbare juweel." En nou gaan sy huil as sy aanhou praat, want sy beskryf haar gevoel vir Wiehahn, besef sy. Sy draai haastig na Heilie. "Dit ís mos liefde, nè, ta' Heilie?"

"Weergalose liefde," sug Heilie aangedaan en kyk dan verskrik op. "Ek het my so verluister aan jou dat ek nou maklik tien lepels suiker in my koffie gegooi het! Nee wat, my ou verstandjie is te moeg om helder te dink. Ek gaan slaap."

"Wag, Lara!" beveel Wiehahn toe sy Heilie wil volg en hou haar aan haar arm terug.

Sy kyk af na sy groot hand en wonder skugter of hy haar bonsende hartklop kan hoor. Hy laat sak sy hand, en haar asemhaling word meer egalig. "As jy Marnus se naam verder wil beswadder: ek glo jou nie, Wiehahn," sê sy beheers.

"Het jy hom dan onherroeplik liefgekry, Lara?"

Sy ontwyk sy blik, bang dat hy die waarheid in haar oë sal lees. "Ek weet nie, en ek sal nooit weet as jy ons nie die geleentheid gee om mekaar beter te leer ken nie. Ek sou dit geniet het om môreoggend saam met hom perd te ry."

"Ek kan dit my voorstel! Maar jy is ons kuiergas, Lara, en Venus is my perd. As jy perdry, doen jy dit saam met my," sê hy met kille finaliteit.

"Elke oggend?" vra sy kamma afgehaal.

"Oggend, middag of aand – en dis 'n belofte! Nag, Lara," groet hy bot en draai na die kombuisdeur.

"Nag, Wiehahn," groet sy oënskynlik bedruk, en glimlag haar blydskap oor sy belofte toe die deur agter hom toeswaai.

Lara kyk met 'n rebelse uitdrukking na Wiehahn, wat oor 'n tafeltjie voor die kaggel in die woonkamer buk, besig om skaakstukke op die skaakbord uit te pak.

"Kom sit, Lara. Jy is 'n skrander leerling, en kort voor lank wen jy elke potjie," nooi hy glimlaggend. Hy ignoreer haar frons en vryf sy hande teen mekaar. "Kom nou, meisiekind. Ek is bitter jammer die reën bederf jou kuiertjies saam met Marnus, maar dis snoesig warm hier voor die kaggelvuur, en ta' Heilie het beloof om later vanmiddag vir ons pannekoek te bak."

"Huigelaar! Ek het net één middag vir Marnus 'n piekniekmandjie met sy middagete rivier toe geneem, en sedertdien reën dit elke dag. Elf dae van reën! Ek is keelvol vir skaak speel. Ek hou nie van die spel nie, en as jy nie kamma ongemerk my skaakstukke geskuif het nie, sou ek nog nie een maal gewen het nie. Jou pa en Phoebe het gaan perdry. Hoekom kon ek en jy nie saamgegaan het nie?" vra sy omgekrap.

"Omdat ek geweet het dit gaan binnekort weer reën en ek jammer is vir my perde. En omdat ons taktvol is. Of het jy nog nie agtergekom dat my pa en Phoebe verkies om alleen saam te wees nie?" vra hy gemoedelik.

"Soos wat ek verkies om saam met Marnus te wees, maar ek speel dag en nag skaak. Ek kry al nagmerries oor skaak! Kan jy aan niks interessanters dink om te doen nie, Wiehahn?" vra sy misnoeg.

Sy uitdrukking word stroef. "Ek sal verkies om met jou te gesels soos wat ons vroeër gesels het, maar aangesien jy deesdae net oor Marnus kan praat . . ." Hy swyg betekenisvol, draai weg na die kaggel en tuur met geskreefde oë in die vlamme.

"Hoekom is jy so gemeen teenoor my en Marnus? Jy kritiseer nie jou pa en Phoebe se vriendskap nie, maar as Marnus net aan my hand raak, gluur jy my aan. Het ek nie ook die reg op liefde nie?" verwyt sy. Sy weet dat sy met elke woord haar liefde vir Wiehahn verloën, maar besef dat daar geen ander uitweg is nie.

"My pa en Phoebe het 'n volwasse vriendskap. Jy en Marnus klou soos twee verliefde tieners aan mekaar en maak van julleself 'n belaglike skouspel, selfs al is ek en ta' Heilie of oom Niklaas by. Ek moet seker dankbaar wees dat julle weet hoe om julle voor my pa en Phoebe te gedra, want ek twyfel of jou peetma so gelukkig soos ta' Heilie sal wees oor jou verspotte verliefdheid op Marnus," antwoord hy met toornige afkeer.

"En nou is jy skielik 'n deskundige wat ewe gesaghebbend oor die liefde kan praat? Moenie my laat lag nie, Wiehahn! Jy sal nie weet wat liefde is nie, selfs al loop jy jou bloedneus daarteen

301

vas!" tier sy, kwaad omdat dit die waarheid is, maar nog kwater oor die onmag van haar liefde vir hom.

"Dink jy ek is minder ervare as jou Marnus?" vra hy en loop met lang treë op haar af. Sy stemtoon verander, is dieper, ruwer, toe hy voor haar bly staan en vra: "Sal ek jou wys wat liefde is, Lara?"

Hy wag nie op 'n antwoord nie, maar neem haar aan die skouers, trek haar nader en buig sy kop af na hare. Sy het nouliks tyd om te besef dat hy haar gaan soen, of dat sy wil hê dat hy haar moet soen, toe sy lippe hare vind. Sag en seker, asof sy soene nog altyd deel was van haar.

Die aanraking van sy lippe maak haar bewus van ontwakende reaksies in haar binneste waarvan sy tot dusver geen kennis gedra het nie. Haar intense verlange na sy liefde laat haar liggaam akute sensasies ervaar wat 'n gevoel van ekstase deur haar hele wese stuur. Haar polsende bloed vervul haar met 'n hartstogtelike begeerte om hom gelukkig te maak, om volkome aan hom te behoort. Sy smelt in sy arms teen sy bors aan, gereed om saam met hom die hooggety van haar liefde te ervaar.

Hy lig sy kop onverwags, sy hande soos staalklemme op haar skouers toe hy haar effens wegstoot van hom.

Sy oë is die kleur van gesmelte staal, smeulend met boodskappe van dreigende gevaar. Waarom is hy so kwaad? wonder sy, nog huiwerend tussen bandelose begeerte en die ongenaakbare werklikheid. Sy staar hom onbegrypend aan. Dan lees sy die antwoord in die koue uitdrukking op sy gesig en voel hoe die gesmelte staal van sy oë verterende pyn in die rou wonde van haar hart giet.

Trots is soos 'n witwarm vuur wat deur haar innerlike skroei en donker vlamme in haar oë laat brand. "Nie sleg nie, Wiehahn," vorm haar lippe woorde van veragting, en dan vlug sy vervaard by die woonkamer uit.

"Lara . . . wag!" roep hy, maar sy stem raak verlore in die dawerende tromslae van haar hart.

Stommerik! Gek! skel sy haarself terwyl sy na haar slaapkamer toe vlug. Hoe kom sy so 'n opperste dwaas gewees het om haar ware gevoelens aan Wiehahn te verraai? 'n Ervare man soos Wiehahn sal weet dat as 'n meisie hom soen . . . maar sy het hom nie teruggesoen nie, onthou sy, en loop onwillekeurig stadiger. Sy was só oorweldig deur die wonder van die oomblik, oor die reaksie van haar eie liggaam, dat sy willoos toegelaat het dat hy haar soen, maar dis al.

Of het sy haar liefde onwetend aan hom verraai? vra die vrees in haar.

Sy weet nie en sy sal nooit weet nie, want sy sal voortaan uit sy pad bly, maak nie saak of dit reën of sneeu nie, besluit sy. Sy gaan haar slaapkamer binne en neem 'n boek uit die boekrak. Ta' Heilie rus gewoonlik smiddae, daarom sal sy ongemerk by die agterdeur kan uitsluip en op die hooisolder in die ou skuur gaan lees. Dis die enigste plek waar Wiehahn haar nog nie kom soek het as sy die afgelope dae spoorloos verdwyn het nie, dink sy wrang en draf die trap ligvoets af.

Oomblikke later stoot sy die swaaideur van die kombuis oop, loer versigtig om die kosyn en sluip dan op haar tone na die agterdeur toe.

"Staan, my lammetjie!" roep Heilie skel uit die deur van die spens.

Lara ruk snakkend na haar asem in haar spore tot stilstand en gluur Heilie aan. "Sjuut!" sis sy en beduie met haar hand na die kombuisdeur.

"Ek sjuut vir niemand nie, hartjie. En ek verstaan g'n niks van jou gebarespel nie. Praat, my skatlam, praat. Of het jy laringitis?" vra Heilie besorg en skommel nader, 'n houer met koekmeel en 'n blikkie bakpoeier in haar hande.

Lara kreun haar frustrasie uit. "Nee, ta' Heilie, my stembande makeer niks nie. Ek het net probeer om ongemerk by die agterdeur uit te sluip, maar ek kon net sowel die kerkklok gelui het. Kon jy nie sien ek sluip nie?"

"Ja, ja, Laratjie, ek het oë in my kop, maar dit sous nog buite. Trek jou reënjassie aan en dan kan jy sluip tot jy moeg is." 'n Borrellaggie glip oor haar lippe. "Foei tog, dat jy nou wegkruipertjie met die stomme Wiehahn moet speel. Het hy jou weer gevra om teen hom skaak te speel, my skatlam?"

"Hy vra nie; hy sê. Ek maak die domste foute, maar hoe dommer ek is, hoe verdraagsamer is hy. Asseblief, ta' Heilie, moenie elke keer sê jy het my nie nodig om in die kombuis te help nie. Ek gaan skree as ek nog 'n potjie skaak teen Wiehahn moet speel," pleit Lara desperaat.

"Maar dis sonde om te lieg, my lammetjie. Ek het jou nie nodig om my in die kombuis te help nie, want vandat dit reën, help Niklaas my alte fluks." Heilie draai haar kop na die spens en roep ongeduldig: "Bring nou die suiker en die pypkaneel, Niklaas! Of steel jy weer rosyntjies?"

"Speserykoekies – nes my oorle ma hulle gebak het," kom dit kouend van Niklaas toe hy by die spens uitstap. "Hier is die suiker, Heilie Geel. Ek bring nou die pypkaneel. Ek sien jy het gemmerkoekies ook gebak. Ek gaan net 'n paartjies proe."

"'n Spookasem-liggaampie, maar die man is erger as 'n sprinkaanplaag," sê Heilie misnoeg en glimlag dan groothartig. "Nie dat ek omgee nie. Dis 'n plesier om vir twee honger mans te bak."

"Vier honger mans, ta' Heilie," korrigeer Lara, haar blik wantrouig op die gangdeur.

"Twee, my lammetjie: Niklaas en Marnus. Die goeie Herman verkyk hom só aan Phoebe dat hy nie weet of hy melkkos of mieliepitte eet nie. En Wiehahn knor net vir sy bord kos, maar ek het hom nog niks sien byt nie."

Lara kyk Heilie onthuts aan. "Oom Herman is te oud om verlief te wees, ta' Heilie! Hy en Phoebe is ou vriende en hulle gesels oor allerlei oninteressante dinge, kyk na die aandelepryse en landboumarkte op die internet of lees saam koerant, maar hulle lyk nie verlief nie. Hulle is net twee ouerige mense wat mekaar se geselskap geniet."

"Jy meen te sê jy hou die tweetjies dop?" vra Heilie met 'n liewe glimlaggie.

"Ja! Wel, nie te dikwels nie, want . . . e . . . ek speel skaak teen Wiehahn of kruip vir hom weg of . . . of ek slaap," antwoord Lara ontwykend.

"Hmm. En as julle saam aan tafel eet, hou jy jou Marnus dop. Ag, my hartjie, ek kan nie wag dat Marnussie vir jou 'n ver-loofring koop nie." Sy sien Niklaas weer kouend by die spens-deur uitkom en vra gretig: "Het Marnus jou al gesê wanneer hy van plan is om aan Lara verloof te raak, Niklaas?"

"Dit het ophou reën, ta' Heilie!" roep Lara onnodig hard en storm met haar boek onder haar trui by die agterdeur uit, doof vir Heilie se luide besware.

Sy hardloop deur die stortende reën, merk dat een van die swaar deure van die skuur effens oop staan en glip die veilige skemering binne. Haar oë dwaal oor die ou kakebeenwa, skots-kar, spaider, perdekar en ander antieke rytuie wat Herman in die ruim skuur hou, maar sy sien hulle nie raak nie.

Wiehahn . . . Ná daardie aand toe hy haar in Marnus se om-helsing betrap en met haar rusie gemaak het, het hy in 'n hoflike gasheer verander. Hulle het 'n paar maal gaan perdry – in stilte. Selfs hulle potjie skaak word meestal in stilte gespeel, asof hulle twee vreemdelinge is wat verplig is om mekaar te vermaak.

Lara hoor vinnige voetstappe buite en sak op haar knieë langs 'n wiel van die ou kakebeenwa neer. Sy trek haar asem stadig in toe Phoebe en Herman hand aan hand die skuur binnedraf.

"Ek is natter as 'n kar!" lag Phoebe en ril van die koue. "En dis glad nie warm hier in die skuur nie."

"Dis warm in my arms, Phoebe," sê Herman, sy stemtoon vreemd skor. "Of het jy my nog nie vergewe omdat ek jou in ons jeug verwerp het nie?"

9

Lara byt hard op haar onderlip. Sy oorweeg dit om op te spring en haar teenwoordigheid aan Herman en Phoebe bekend te maak, maar besef dan dis reeds te laat: Phoebe sal allermins wil hê dat enigiemand anders ooit weet dat sy in haar jeug deur Herman verwerp is.

Phoebe vee 'n nat sliert hare uit haar oë, 'n sweem van 'n glimlag om haar lippe. "Dis 'n leeftyd gelede, Herman, in die jare toe die meeste tieners nog onervare kinders was. Op sewentien het ek niks van liefde geweet nie. O, ek het my verbeel ek het jou lief vandat ek 'n dogtertjie van elf was en nog gereeld sprokies gelees het. Jy was my prins Herman Adendorf van Adendorp, want my broer het my vertel dat julle in 'n kasteel woon en dat jy gereeld perdry. Jy was my prins op 'n wit perd toe ek 'n kind was ... maar gelukkig het ons albei grootgeword."

"Jy het gelyk, Phoebe: jy was 'n elfjarige dogtertjie toe ek jou leer ken het – 'n mooi dogtertjie met digte blonde hare en blou-blou oë. In my oë het jy ongelukkig 'n dogtertjie gebly, tot op daardie onvergeetlike dag. Onthou jy? Jy het op die swaai onder die ou appelboom in julle boord agter die huis gesit en ek het spesiaal na jou toe gekom met my wonderlike nuus dat ek aan Selma verloof is," sê Herman, sy stem donker van herinneringe.

"Is dit nodig dat ons daaroor praat?" vra Phoebe, 'n tikkie verwyt in haar stemtoon, en draai weg van Herman.

Hy neem haar liggies aan haar boarms en draai haar terug na hom. "Dis nodig, ja, want wat daardie dag gebeur het . . . Ek het jou van my en Selma se verlowing vertel en jy het van die swaai af opgespring en skielik . . . skielik was jy nie meer die mooi, blonde dogtertjie nie. Die wind het deur die goue sy van jou hare gespeel en jou oë was die besonderse blou van 'n wolklose hemel. Jy was 'n beeldskone meisie, nee, 'n begeerlike vrou, en ek onthou elke woord wat jy vir my gesê het: 'Jy is die domste man wat ek ken! Kan jy nie sien Selma het jou nie lief nie? Trou met mý, Herman, want ek het jou so lank al lief.' Ek het op daardie oomblik die omvang van my dwaasheid besef, maar jy het omgeswaai en weggevlug huis toe."

"Dwaasheid?" vra Phoebe onbegrypend.

"Wat anders kan ek dit noem, Phoebe? Ek het te laat besef dat ek jou liefhet. Want hoe hard ek ook al probeer het, het jy my daarna nooit die kans gegee om weer met jou te praat nie. Ek het julle huis herhaalde male gebel, maar die enkele keer toe jy die foon beantwoord het, het jy met 'n yskoue stem gesê: 'Moet asseblief nie weer bel nie, Herman. Jy stel my in die verleentheid,' en die gehoorstuk in my oor neergesit. En as ek 'n naweek kom kuier het, het jy by 'n vriendin oorgebly. Ek het uiteindelik aanvaar dat jy nie ernstig was oor jou gevoel vir my nie; dat jy daardie dag soos 'n ondeunde kind met my gekgeskeer het – en ek het voortgegaan met my huwelik met Selma."

"Selfs al het jy skielik besef jy het my lief?" vra Phoebe skepties.

"Ja, want ek was 'n verloofde man wat reeds trou gesweer het aan 'n meisie, en ek het geen rede gehad om te glo dat jy my wel liefhet nie. Ek ontken dit nie: jy was aanvanklik voortdurend in my gedagtes, selfs al het ek my wysgemaak dat jou woorde net die impulsiewe optrede van 'n kind was en dat ek oorreageer het. Maar nogtans ... Ek en Selma was redelik gelukkig, maar jou beeld het altyd op die rand van my bewussyn gehuiwer – 'n onmoontlike droom wat altyd net buite my bereik sou wees. Maar nou, Phoebe ..."

Sy plaas haar wysvinger op sy lippe en lê hom die swye op. "Nee, Herman. Jou vrou is reeds dertig jaar gelede dood. Moet ek glo jy het al die jare oor jou gevoel vir my geswyg omdat jy bang was ek sou jou verwerp soos wat jy my verwerp het?"

"Ek het nooit jou liefde verwerp nie, Phoebe! Het jy nie geluister na wat ek gesê het nie? Ek het destyds nie besef dat jy nie meer 'n kind is nie – so min as wat ek besef het dat ek jou liefgekry het. Jy het op die vlug geslaan voordat ek jou van my gevoel kon vertel, en my daarna soos die pes vermy."

"Selma is dertig jaar dood, Herman," herinner sy hom weer.

"Dood? Ja, toevallig dood, maar toe my vrou my en ons baba verwerp het ... Dit doen iets aan 'n man se selfbeeld. Watter soort man word so goedsmoeds deur sy vrou verwerp? Selfs al sou ek in daardie stadium aan 'n ander vrou kon dink, sou ek die moed gehad het om liefde te wen? Kan jy begryp hoe ek gevoel het?" vra hy met dringende erns.

"Ja ... Maar jy het 'n paar jaar ná Selma se dood na ons huis toe gebel en boodskappe op die bandmasjien gelaat as Heilie nie die foon beantwoord het nie," onthou Phoebe en kyk skuldig op na hom. "Ek het aangeneem jy bel my ouers omdat jy nie my broer in die hande kon kry nie, want jy het altyd net navraag oor hom gedoen."

Herman lag bedroë. "Ek het nooit die moed gehad om jou pa of ma te vra dat jy my bel nie. In hulle oë was ek nog 'n getroude man wat nie in staat was om 'n sukses van sy huwelik te maak nie. En jy was jonk en suksesvol in jou loopbaan. Dis waarom ek my in my werk begrawe het. En ek het Wiehahn gehad om die leemte in my lewe te vul. As ek my eensaamheid kon vergeet, was ek gelukkig – totdat Wiehahn my die dag van jou en Lara vertel het. Toe ek ná al die jare weer jou stem op die foon hoor . . ."

"My stem, oud en krakerig van ouderdom," spot sy.

"Oud? Ek is sewe jaar ouer as jy, Phoebe, maar as jy dink ek is nie te oud nie . . . as jy dink dis nie te laat vir my om jou vraag van ses-en-dertig jaar gelede te beantwoord nie . . . Ek het in 'n oogknip besef dat ek jou liefhet toe ek vier-en-twintig was, maar ná soveel jare het ek jou soveel liewer. Het jy my ook lief, Phoebe, of . . .?" Hy swyg onseker.

"Of het ek jou liewer?" help sy hom. "Om watter ander rede dink jy het ek ongetroud gebly? Ja, Herman, ek het jou lief – baie liewer as ses-en-dertig jaar gelede."

"Lief genoeg om op dieselfde dag aan my verloof te raak en te trou, Phoebe?"

"Ongetwyfeld, maar waarom soveel haas?"

"Omdat daar te veel verspeelde jare agter ons lê en elke oomblik saam met jou kosbaar is, my liefling," antwoord hy en neem haar in sy arms.

"Lara!" roep Wiehahn bulderend voor die skuurdeur en laat Phoebe vinnig wegtree van Herman af.

"Waar de joos kruip . . .?" skree Wiehahn saam met die oopstamp van die deur. Hy gewaar Herman en Phoebe en frons ongeduldig. "O, dis julle. Is die meisiekind nie hier nie?"

Dankie toggie vir die druisende reën op die sinkdak, anders het almal nou die benoude gedawer van my hart gehoor, dink Lara. Sy bly roerloos agter die groot wiel van die kakebeenwa sit, te bang om asem te haal.

"Wat laat jou dink Lara kruip in die skuur weg?" vra Herman onkant gevang.

"As Lara hier was, het sy lankal genies, want sy kry hooikoors

309

van stof," sê Phoebe en lê haar hand gerusstellend op Herman se arm. "Dankie dat jy vir my al die ou rytuie gewys het, Herman. Sal ons dit waag om deur die reën huis toe te draf?"

Herman glimlag stadig. Hy slaan 'n besitlike arm om haar en kyk met die trots van 'n heerser na Wiehahn. "Nie voordat ek die beste nuus van my lewe met my seun gedeel het nie. Ek moes ses-en-dertig jaar wag om die groot vraag te stel en 'n antwoord te kry, Wiehahn, maar Phoebe het ingestem om met my te trou. Jy mag my gelukwens, maar jy soen nie my aanstaande vrou nie, want jy het verhoed dat ek haar kon soen nadat ek die jawoord gekry het."

Wiehahn glimlag bly en skud Herman se hand hartlik. "Geluk, Pa! Ek het my weddenskap met oom Niklaas gewen, want hy het gesê Pa sal minstens ses maande wag voordat Pa vir Phoebe vra om te trou," sê hy tergend en gee vir Phoebe 'n drukkie. "Welkom in Huis Aden, Phoebe. My pa het onverbeterlike smaak!"

"Die ou blikskottel! Wie van julle twee het eerste geraai dat ek Phoebe gaan vra om te trou — ou Niklaas?" vra Herman onthuts.

"Ta' Heilie het geraai, en ek en oom Niklaas het saamgestem. Maar ta' Heilie wou nie wed nie, want sy sê dis sonde," vertel Wiehahn.

"Ek moes geweet het ek kan niks geheim hou vir Heilie nie," sê Phoebe droog, haar blik op die vallende reën voor die halfoop deur van die skuur. "Sal jy onverbeterlike maniere hê en vir ons 'n sambreel gaan haal, Wiehahn?"

"Nee, jy moet so gou moontlik uit jou nat klere kom, Phoebe. Gee asseblief jou reënjas vir haar, Wiehahn. Jy kan vinniger as ons terugdraf huis toe," versoek Herman.

"Die opofferinge wat ek nie ter wille van my pa se aanstaande bruid moet maak nie," mor Wiehahn kamma terwyl hy sy reënjas uittrek en oor Phoebe se skouers hang.

"Dankie, Wiehahn. Jou reënjas is snoesig warm," glimlag Phoebe en stap saam met Herman by die skuur uit.

Wiehahn bly onseker staan, sy blik op die houtleer wat na die hooisolder lei. "Waar kruip jy weg, Lara? As jy op die solder is, klim af – voordat ek jou kom haal!" roep hy dreigend. Hy wag 'n paar oomblikke en begin dan aanstap na die solderleer toe.

Ek gaan nies, dink Lara paniekerig en knyp haar neusbrug tussen haar duim en wysvinger vas. Waarom het Phoebe haar tog herinner dat stof haar hooikoors gee? Sy wou glad nie nies terwyl oom Herman sy liefdesverklaring . . .

"A- . . . a- . . . tieshoe!" nies sy haar gedagtes weg. Sy probeer opstaan, maar hou aan nies, totdat sy 'n paar groot manstewels voor haar sien staan. As sy blitsvinnig onder die kakebeenwa deurrol, kan sy moontlik by die deur kom voordat Wiehahn haar inhaal, dink sy en kyk flitsend oor haar skouer.

"Luistervink!" sê hy, sy stem donker van afkeer. Hy gryp haar aan die arm en help haar vinnig orent.

"Moenie aan my raak nie!" krys sy en probeer haar arm losruk uit sy greep, haar gesig vlamrooi van verleentheid. "Los my, Wiehahn, of ek skree dat ta' Heilie my in die kombuis kan hoor!"

Sy greep op haar arm verstewig. "Waag dit, klein pes, en ek hang jou aan die naaste balk op!" dreig hy weer en skud haar liggies aan die arm. Daar is hoorbare ongeduld in sy stem toe hy vervolg: "Genugtig, Lara, besef jy nie hoe groot my pa en Phoebe se verleentheid sal wees as hulle besef dat jy hulle gesprek afgeluister het nie? Storm jy nou by die skuur uit, sal hulle weet jy was die hele tyd hier."

"Ek sal hier wag, maar moenie aan my raak nie. Moenie ooit weer aan my raak nie!" antwoord sy, haar stem effens hees, haar wange vlammend en haar blik neergeslaan.

"Is jy bang ek sal jou weer soen?" vra hy stroef.

311

"Ek wil nie daaroor praat nie," antwoord sy, haar oë steeds vasgenael op sy stewels.

"Ek is jammer," sê hy styf en los haar arm. "Nee, dis 'n leuen: ek is nie jammer dat ek jou gesoen het nie, maar ek is jammer dat my soen vir jou 'n vernedering was. Solank jy net onthou dat Marnus se soene nie onsterflike liefde beteken nie."

Ergernis laat haar kop trots oplig, haar blik koud in syne. "Ek weet wat Marnus se soene beteken, dis nie nodig om in jou al-wetendheid alles vir my uit te spel nie. En ek het nie opsetlik jou pa en Phoebe se gesprek afgeluister nie. Hulle het die skuur bin-negestorm en voordat ek iets kon sê, het jou pa Phoebe gevra of sy hom al vergewe het omdat hy haar in haar jeug verwerp het."

"Wát?" vra hy oorbluf.

"Dis hoe ek ook gevoel het: ek kon my eie ore nie glo nie. As ek toe gepraat het . . . Ek kon nie, want dit sou vir Phoebe 'n verskriklike vernedering gewees het. Dis waarom ek doodstil agter die kakebeenwa bly sit het. Sou jy anders opgetree het?"

"Natuurlik nie!" 'n Glimlag lig sy mondhoeke. "Hoekom het my pa Phoebe verwerp? Ek weet jy is vies vir my, Lara, maar as jy net 'n rukkie lank kan vergeet ek irriteer jou omdat ek jou teen Marnus wil beskerm, sal ek graag die storie wil hoor. Asse-blief?"

Sy kyk in die skemering van die skuur na hom, bewus van die skreiende verlange wat in haar binneste smeul, 'n leemte in haar wat net hý kan vul, en begin hom vinnig van Herman en Phoebe se gesprek vertel, asof sy met haar gejaagde woorde aan die klaende stem van haar hart kan ontvlug.

"Dan is daar tog liefde . . . vir die enkele gelukkiges," merk hy ingedagte op toe sy haar vertelling beëindig.

"En lojaliteit, want Phoebe het oorgenoeg bewonderaars ge-had, maar sy het al die jare lojaal gebly aan jou pa. Of dink jy Phoebe was altyd oud?" vra sy vyandig.

312

Wiehahn lag onthuts. "Oud? Die middeljare begin deesdae op sestig, my piepjong Lara. Phoebe lyk jonger as haar jare, en sy het 'n skoonheid wat nooit sal verouder nie. My pa is ongetwyfeld 'n gelukkige man – en jy is ook gelukkig, want jy het Phoebe se besonderse skoonheid geërf."

"As dit 'n halfhartige kompliment is: dankie. Mag ek nou huis toe gaan, of glo jy Phoebe en jou pa hou die skuur deur 'n venster dop?" vra sy sarkasties.

"Wag, Lara." Hy neem haar hand in syne, sien die uitdrukking op haar gesig en los dit dadelik weer. "As ek beloof om nie weer jou groot . . . e . . . jou verhouding met Marnus te kritiseer nie, kan ons nie weer net vriende wees nie?"

"Is jy moeg van skaak speel?" vra sy spottend.

"Tot die dood toe," erken hy.

"Klim dan in jou motor en gaan kuier by jou Monette. Dis nie nodig dat jy haar ter wille van kuiergaste afskeep nie," sê sy onverskillig.

"Monette het 'n klereboetiek in Johannesburg en sy kom net naweke huis toe. En dan bestee sy al haar tyd saam met haar ma. Haar ma is –"

"Ek weet reeds tant Natasha is 'n baie siek vrou, maar jy kan Monette in Johannesburg gaan besoek. Dit sal interessanter wees as om skaak te speel," val sy hom in die rede.

"Ek dink ek verkies skaak," antwoord hy bruusk. Hy gryp haar hand in syne en trek haar agter hom aan na die skuurdeur toe. "Draf, meisiekind! Ek sal sorg dat jy nie gly of val nie. En ons glip by 'n sydeur in sodat niemand ons kan sien nie."

Sy draf saam met hom deur die reën en ervaar 'n heerlike warmte in haar binneste wat die koue van die vallende reën en die bytende wind kanselleer. Dié wonderlike gevoel van veiligheid kom van hom, besef sy, want hy is by haar, hierdie groot, selfversekerde man. En sy aanraking, sy beskermende hand om

313

hare, is so intiem soos 'n liefkosing. Dit sê duideliker as woorde dat hy omgee vir haar, selfs al is hy 'n stiefkind van die liefde.

Lara is besig om haar hare met 'n handdoek droog te vryf toe Phoebe haar kamer ná 'n vinnige klop binnekom.

"Ek kon nie langer wag om jou my ... ons nuus te vertel nie, Lara," sê sy, blydskap in haar glimlag en liefde in haar diepblou oë.

Phoebe is mooi, en sy lyk skielik niks ouer as dertig nie, merk Lara verbaas op. Sy laat sak haar handdoek en vra met oortuigende onskuld: "Het jy 'n goeie wins op een van jou beleggings gemaak? Geluk, Phoebe. Ek gaan eendag skatryk erf, soos ta' Heilie gereeld sê."

"Is dit werklik hoe jy my sien — 'n vrou wat net geluk in haar geld vind?" vra Phoebe afgehaal.

"Natuurlik nie. Jy vertel my graag ek is die beste gelukspakkie wat die lewe jou ooit kon gee. Ek het net geterg," antwoord Lara en raap haar haarborsel op.

"Wag eers, Lara." Phoebe loop na haar, haar glimlag ineens skugter. "Herman het my gevra om met hom te trou," vertel sy, 'n sagte blos op haar wange, en kyk Lara afwagtend aan.

"En het jy ja gesê?" vra Lara met net genoeg gretigheid in haar stemtoon.

"Ek het nie 'n keuse gehad nie, want ek het hom liefgekry toe ek nog 'n blote kind was," erken Phoebe, haar glimlag verleë.

"Ek is só bly, Phoebe, so vreeslik baie bly!" Lara gooi haar arms spontaan om haar tante om haar 'n drukkie te gee en haar op die wang te soen. "Ek weet julle gaan gelukkig wees. Maar is oom Herman werklik die rede waarom jy nooit getroud is nie?"

"Ek sou op sewentien met Herman getrou het as hy my gevra het. Maar hy het nie. Inteendeel, ek het hóm gevra — en my morsdood geskaam toe ek besef wat ek gedoen het. Daarna het ek uit sy pad gebly en my saans aan die slaap gehuil omdat ek geglo het hy en sy verloofde lag hulle slap oor my tienerliefde. Maar ek het nog meer gehuil omdat ek geglo het Herman sal my nooit liefhê nie."

"Maar oom Herman hét jou lief en dis al wat saak maak, Phoebe. Wanneer trou julle? O nee, wat van jou werk?" vra Lara teleurgesteld.

"Ek sal die dekaan van ons fakulteit so gou moontlik bel en kyk of ons nie iets kan uitsorteer nie. Maar of ek nou werk of nié, Herman het 'n ruim woonstel in Johannesburg, want hy is dikwels in die stad vir sake. Ons het reeds besluit om Saterdag oor twee weke te trou."

"Maar . . . maar wat van my en ta' Heilie?" vra Lara afgehaal. "As jy en oom Herman in sy woonstel gaan woon . . ."

"Nee, nee, kindjie," val Phoebe haar laggend in die rede. "Ek en Herman sal vanselfsprekend in die Wiese-woning tuisgaan as ons in die stad is. My probleem is Heilie."

"Jy gaan haar nie afdank nie, Phoebe? Jy kan nie, want sy is soos eie familie," maak Lara ontsteld beswaar.

"Dis nie eens ter sprake nie. Maar Heilie het besluit sy hou meer van die platteland as die stad, daarom is sy van plan om hier te bly en die huishouding waar te neem. Maar jy het 'n eie toekoms, Lara, 'n loopbaan wat vir jou belangrik is. Ek twyfel of jy jou hier op Adendorp sal wil begrawe – of is jou verhouding met Marnus werklik ernstig?" vra Phoebe gekwel.

"Wie het gesê ek en Marnus het 'n verhouding?" vra Lara driftig.

"Heilie. Moenie haar verkwalik nie, kindjie. Jou geluk is van die grootste belang vir haar, want jy is nie net my kind nie, maar hare ook. Ons het jou immers saam grootgemaak," antwoord Phoebe paaiend.

Lara glimlag teësinnig. "Ek veronderstel ek moes verwag het dat ta' Heilie alles sal uitblaker." Sy frons agterdogtig. "Het Wiehahn nie ook stories aangedra nie?"

"Nee. Maar ek het ongelukkig gevoel omdat jy niks oor jou verhouding met Marnus vir my gesê het nie. Ek het Herman en daarna vir Wiehahn uitgevra oor Marnus, en hulle het my albei verseker hy is 'n intelligente, hardwerkende man."

"En?" por Lara toe Phoebe swyg en haar blik neerslaan.

"En sy verhoudings duur nooit langer as 'n maand of twee nie. En dis die uitsonderings, want gewoonlik neem hy nooit dieselfde meisie meer as een keer uit nie," antwoord Phoebe met opsigtelike onwilligheid. Sy lê haar hand op Lara se skouer. "Ek weet jy dink ek is 'n inmengerige ou heks, maar ek is so lief vir jou, kindjie, so bang dat jy sal seerkry, dat ek moes praat. Verkwalik jy my?"

Lara glimlag sonnig. "Geensins! Maar as jy beloof om my nie uit te vra nie: ek weet presies wie en wat Marnus is, maar ek is dolgelukkig om verlief te wees op hom. As jy my nog gelukkiger wil maak, vertel vir die nuuskierige Wiehahn jy dink ek en Marnus is die volmaakte paartjie. Reg, Phoebe?"

Phoebe betrag haar oomblikke lank in stilte en glimlag dan stadig, begrypend. "Hoe kan ek jou enigiets weier? Ek is so gelukkig dat ek Kersmoeder vir die hele wêreld wil speel. Kom saam, Lara. Jou hare sal verder voor die kaggelvuur droog word. Ons gaan 'n glasie sjampanje saam drink en daarna gaan ons pannekoek eet."

"Vonkelwyn of sjampanje?" vra Lara tergend.

"Sjampanje. Net die beste en die duurste is goed genoeg as 'n mens ses-en-dertig jaar moes wag op die man wat jy as tiener reeds liefgekry het," antwoord Phoebe laggend. Sy haak by Lara in en stap saam met haar in die gang af na die trap.

Lara kyk misnoeg na Heilie, wat besig is om deeg op die groot tafelblad uit te rol. "Ons bak al van dagbreek af koekies, ta' Heilie. Al die blikke en houers is propvol. Begin ons met 'n nuwe tuisnywerheid, of bak ons vir al die kindertehuise in die land?" vra sy vies.

Heilie druk haar een hand op haar heup en beduie wild met die koekroller. "Daar is nie tyd vir klets en kla nie, my lammetjie. Herman het 'n groot klomp werkers met hulle gesinne wat op Aden woon, en vanselfsprekend moet hulle almal saam met ons bruilof vier. Of dink jy winkelkoekies is goed genoeg vir ons bruilofgaste?"

"Ons kan die tuisnywerheid op die dorp vra om –"

"Sê wie?" val Heilie haar geraak in die rede. "Dink Phoebe en Herman die baasbakster van die kontrei kan beter bak as ek?"

Lara sug moedeloos. "Nee, ta' Heilie, ons weet niemand kan lekkerder kook of bak as jy nie. Maar is dit nodig dat ons al die koekies vandag bak? Dis die eerste sonskyndag ná weke van reën en ek het Marnus –"

"Dis die lekkerste konfyttertjies wat ek nog geëet het, ta' Heilie," val Wiehahn haar in die rede en kom kou-kou uit die spens gestap, konfyttertjies in albei sy hande. "Hier, vat vir jou 'n paar tertjies, meisiekind, dan vergeet ons van middagete en gaan ry perd. Ek weet jy hou nie veel van my geselskap nie, maar jy hou darem van Venus."

"Vraatsige seunskind!" raas Heilie. "Ek het jou spens toe gestuur om vir my nog vanielje te bring, Wiehahn, nie om my hele baksel skilferkorstertjies te verslind nie. Hoeveel tertjies is daar nog oor?"

"Nie genoeg nie, ta' Heilie – definitief nie genoeg nie," antwoord hy met 'n liewe glimlaggie en slaan sy arm om haar skouers. "As jy Lara kan oorreed om saam met my te gaan perdry, beloof ek om jou vir die res van die dag te help koekies bak.

Toe nou, my tannie, hou op om my met jou oë te vloek en help my."

"Jy krap in 'n ander man se slaai, Wiehahn," sê Heilie berispend. "Marnus moet werk om in die sweet van sy aangesig sy brood te verdien, maar jy lê vir kwaadgeld by die huis rond. Hoekom werk jy nie? Selfs jou pa en Phoebe moes vandag stad toe ry omdat jou pa dringende sake het om af te handel."

"My pa delegeer sy pligte al jare lank, ta' Heilie. Die dringende sake wat hy moet afhandel, is om saam met Phoebe 'n verloof- en trouring uit te kies. En ek hou vakansie, want toe julle almal die Kersgety gevier het, was ek in die koue Ierland om van vroegoggend tot laatnag te werk. Het tannie vergeet ons is bouers? Ons bou nie net hier nie, maar in verskeie lande oorsee – rig nuwe geboue op of restoureer ou woonhuise of hotelle of enige ander gebou."

"Meen jy jy bou met jou eie paar verkluimde handjies in al daardie reën en sneeu in Ierland, broertjie? Agge foei tog," kom dit simpatiek van Heilie.

Wiehahn glimlag skuldig. "Nee, ta' Heilie, ek bou nie self nie, want ek is 'n beter argitek as 'n bouer. Maar dis vir my 'n rariteit om tuis rond te lê, want ek en my pa het baie jare laas werklik vakansie gehou. En beslis nie in hierdie leë huis nie. Maar solank jy hier is, ta' Heilie, sal die huis nooit weer leeg voel nie."

"Jy het 'n mooi hartjie, Wiehahn, al weet jy niks van liefde nie. En eet maar al die tertjies, my lammetjie, want jy moes oor die Kerstyd werk," sê Heilie goedhartig.

"Dankie, ta' Heilie. Mag Lara nou saam met my kom perdry?" versoek hy met sy dierbaarste glimlag.

"Hierdie Lara gaan beslis nie perdry nie," kom dit ferm van Lara wat met 'n piekniekmandjie in haar hand uit die spens gestap kom. "Ek gaan vir Marnus middagete neem na Klein Aden, ta' Heilie. Ons het afgespreek dat hy daar vir my sal wag. Mag ek asseblief van die koue skaapboud en hoender vir hom inpak?"

"Natuurlik, my skatlam. Daar is lekker groente en gebakte poeding ook. Phoebe het my vertel die plaasbestuurdershuis het 'n moderne kombuis met 'n mikrogolfoond en als. Marnus sal meer van 'n warm ete hou."

"Hoe gaan jy by Klein Aden uitkom, Lara – voetslaan?" vra Wiehahn agterdogtig.

"Ek ry met Phoebe se motor. Of het jy geglo ek gaan een van julle perde steel?" vra sy geraak.

"Nee, ek het nie, maar dit sal minder gevaarlik wees as jy te perd gaan. Toe ons vanoggend gaan perdry het, het jy self gesien die aarde is deurnat ná byna twee weke van reën. Die grootpad na Klein Aden is 'n onbegaanbare moeras, selfs met 'n groot motor soos Phoebe s'n. Ek sal jou met my viertrek daarheen neem," antwoord hy, sy woorde 'n bevel.

"Nee, dankie! Ek sal uitklim en loop as die pad werklik in 'n moeras verander het," antwoord sy koppig en pak haastig kos in die mandjie.

"Jammer. Ek wou net help," sê hy skouerophalend en sak op die naaste kombuisstoel neer.

"Is jy seker jy sal veilig wees, hartjie?" vra Heilie bekommerd.

"Wiehahn is net weer baasspelerig soos gewoonlik, ta' Heilie. Ek sal niks oorkom nie. Ek sal oor 'n uur of twee terug wees," antwoord sy gerusstellend en stap die kombuis uit sonder om na Wiehahn te kyk.

Die pad ís letterlik 'n moeras, en as Phoebe ooit weer haar motor wil gebruik, sal dit met 'n trekker uitgesleep moet word, dink Lara, kwaad genoeg om in trane uit te bars. Dis alles Wiehahn se skuld, want as hy nooit deel van haar lewe geword het nie, as sy hom nooit liefgekry het nie . . .

319

Hoekom kan sy hom nie haat nie? Sy wil hom haat . . . Nee, sy jok vir haarself. Sy is te oud vir selfbedrog, en veels te oud om te huil omdat haar motor in die modder vasgeval het. Sy is fiks genoeg om na Klein Aden te loop en Marnus met sy middagete te verras.

Sy maak die motordeur oop, die piekniekmandjie in haar linkerhand, klim uit en trap skeef op 'n klip wat onder die modderwater versteek was. Haar regterenkel swik pynlik en gee mee onder haar gewig. Sy probeer om haar balans te herwin, maar die swaar mandjie maak dit onmoontlik en sy land plassend in die modderpoel.

As ek nie bang was om te verdrink nie, het ek net hier bly lê, dink Lara, te koud om langer kwaad te wees ná haar onverwagse modderbad. Sy druk op haar hande, beur orent en roep uit van pyn toe sy op haar regtervoet probeer trap. Sy kruip handeviervoet na die grondwal langs die pad, vroetel haar selfoon uit haar slenterbroek se sak en staar ontsteld daarna: sy sal nooit weer 'n oproep met haar sopnat selfoon kan maak nie.

En nou kan sy maar hier sit en hoop ta' Heilie raak bekommerd oor haar en stuur Wiehahn om na haar te kom soek, dink sy wrang. Marnus sal haar nie mis nie, want sy het gejok toe sy gesê het hulle het 'n ete-afspraak gemaak. En al wil sy, kan sy hom nie bel nie.

Die son skyn, maar die grond is nat en sy is natter, en die windjie is ysig, nie verkoelend nie, dink sy en kyk verlig op toe sy die gedreun van 'n naderende voertuig hoor. Marnus . . .

Nee, dis vanselfsprekend die beterweterige Wiehahn. Sy kan haar net indink hoe hy hom in haar miserabele situasie gaan verlustig. Nie dat sy omgee nie. Dis maklik om van haar nat, modderbesmeerde voorkoms en haar pynlike enkel te vergeet solank as wat Wiehahn by haar is.

Sy hoor sy viertrek tot stilstand kom, luister na die oopgaan van sy deur en sy vinnig naderende voetstappe, maar kyk nie op nie.

"As jy klaar gelag het, Wiehahn: ek kan nie in jou viertrek klim nie, want ek is sopwaternat en die ene modder. Ek kan ook nie agterop die bak klim nie, want ek het my enkel verstuit," sê sy toonloos en durf nie na hom kyk nie.

Hy drapeer swygend 'n ligte reisdeken om haar skouers en hurk langs haar. "Eendag, in 'n ysige sliertreën in Londen, het 'n meisie in my vasgeloop," praat hy rustig langs haar. "Sy was druipnat, nes jy, maar sy was bly om my te sien. Ons het saam bus gery en Aberdeen-pastei en papgedrukte ertjies in 'n Londense kroeg geëet en daarna gaan Kersinkopies doen. Sy het my hand vasgehou en in my oë gelag. Ek dink ek het meer saam met haar gelag as enige ander tyd in my lewe."

"Hoekom het sy ophou lag?" vra Lara, en die effense heesheid van haar stem gee dit 'n intieme, vertroulike timbre.

"Sy het 'n ander man liefgekry," vertel hy. "Ta' Heilie sê ek moet my kop laat lees, want die meisie is vry om Marnus lief te hê en met hom te trou, soos wat ek vry is om met Monette te trou."

"Toe jy vanoggend dorp toe is om ekstra meel en suiker te koop, het Monette kom kuier. Ta' Heilie het my vertel, want ek het haar nie gesien nie," onthou Lara.

"Ek weet, maar ek praat nou oor my Lara-lief. Dalk sou sy nog my Lara-lief gewees het as ek nie so dwaas was om haar te vra om aan my verloof te raak nie. Ek het geglo ons is vriende en dat sy bereid sou wees om my te help, maar sy het gesê ek het haar beledig en verneder. Weet jy hoekom?" vra hy, sy asem 'n warm liefkosing teen haar wang.

"Ja. Jy lyk so groot en selfversekerd, 'n man van integriteit en innerlike krag, maar jy wou haar deel maak van jou bedrog, omdat jy nie die moed het om reguit vir Monette te sê dat jy nie aan 'n huwelik glo nie en nie bereid is om met haar te trou nie. Ek dink jy het soos 'n lafaard opgetree, en jy wou haar deel maak van jou lafhartigheid. Ek sou sê sy was teleurgesteld in jou," antwoord Lara, maar kyk nog steeds nie na hom nie.

"'n Lafaard . . . Ja, ek kan dit verstaan, want ek het nagelaat om die hele prentjie aan die meisie te skilder. As sy al die feite geken het, sou sy moontlik ingestem het om my verloofring te dra."

"Sy is nou hier om te luister, Wiehahn."

Lara kyk op na hom, soek na die waarheid in sy oë, maar sy uitdrukking is onleesbaar.

"Ek wens ek kon . . . ek wens met my hele hart ek kon, Lara, maar omstandighede het verander. Selfs al vertel ek jou nou die volle waarheid, sal jy my nie kan of wil glo nie. Want jy het Marnus liefgekry, en jy glo dat hy jou liefhet," antwoord hy, sy stem donker van erns.

Sy lig haar ken onwillekeurig en antwoord uitdagend: "Ek wéét Marnus het my lief, ek dink nie net so nie. En as jy agter my aangery het net om sy naam verder te beswadder, kan jy jou reisdeken vat en loop!"

Wiehahn haal 'n wit satyndosie uit sy hempsak en klap die dekseltjie oop om die leë binnekant te toon. "Ek sal loop sodra jy my ring aan my teruggegee het, Lara. Of moet ek aanvaar Marnus het dit gesteel?"

10

Die bloed dreineer uit Lara se gelaat, haar oë donker poele van vlammende woede en veragting toe sy na Wiehahn kyk. "Jou . . . jou beledigende sot! Waarom sou ek die verloofring gesteel het?

Ek kan nie aan 'n groter vernedering dink as om jou ring te dra nie. En Marnus het te veel trots om vir my 'n tweedehandse ring te gee, want hy het my lief!" vaar sy verwoed uit, haar stem gesmoord van ontsteltenis.

Wiehahn betrag haar in stilte, die uitdrukking op sy gesig koud en oorwegend. "As ek jou beledig het, is ek jammer, maar net jy was bewus van die bestaan van die ring – en jy kon Marnus daarvan vertel het. Ek kan my nie voorstel dat Phoebe of ta' Heilie in my kamer sou rondkrap en die ring sonder my kennis sou verwyder nie."

"Wat van die span werkers wat gereeld julle huis kom skoonmaak?" vra sy met blitsende oë.

"Hulle het nog nooit 'n kopspeld gesteel nie – waarom sou hulle nou begin? Die ring was in my boonste lessenaarlaai en as iemand die laai oopgetrek het, sou hy of sy dit gesien het. Het jy Marnus van die ring vertel?" vra hy grimmig.

"Nee!" krys sy. Sy ruk die reisdeken van haar skouers af en smyt dit na hom. "Vat die ding voordat jy my van verdere diefstal beskuldig, jou haatlike man. Loop, Wiehahn! Gee net pad, voordat ek jou kop met 'n klip oopkloof!"

"Ek kan jou nie hier in die vlakte los nie. Ek sal jou na my viertrek toe dra en –"

"Nee! Moenie aan my raak nie! Los my! Los my!" skree sy kortasem van woede en ontsteltenis, slaan wild na hom en bars in trane uit.

"Wat de duiwel is hier aan die gang?" roep Herman uit saam met die toeklap van sy viertrek se deur en stap vinnig nader. Hy kyk na die snikkende Lara en draai dreigend na Wiehahn. "Wat het jy aan haar gedoem om haar so bitterlik te laat huil?"

Wiehahn kom orent, sy uitdrukking stroef. "Ek het Lara met my viertrek gevolg, want ek het geweet sy gaan met Phoebe se motor vasval. Ek het haar oor iets uitgevra en sy het haar humeur verloor. Dis al, Pa." Hy buk af na Lara, sy arms uitgestrek na haar. "Kom nou, Lara, jy kan nie op jou enkel trap nie. Ek sal jou na my viertrek toe dra."

"Nee . . .!" Lara stamp sy hande weg en kyk met 'n traanbevlekte gesig op na Herman. "Moenie toelaat dat hy aan my raak nie, oom Herman! Ek . . . ek haat hom! Help my net om huis toe te gaan," versoek sy tussen droë snikke deur.

"Jy het Lara gehoor, Wiehahn: trap! Ek sal sorg dat sy by die huis kom," sê Herman gebiedend. Hy wag dat Wiehahn met 'n toornige uitdrukking op sy gesig omswaai en wegloop, en hurk dan langs Lara. "Hier, laat my toe om die reisdeken om jou te sit, ou kleintjie. Jy is druipnat en die ene modder," sê hy paaiend.

"Ek wil nie Wiehahn se reisdeken om my hê nie. Ek wil niks van hom hê nie!" protesteer sy, onbewus daarvan dat sy opnuut begin huil het.

"Ek het elke reisdeken in my huis gekoop, Lara. Kom, ek help jou orent," sê hy, sy stemtoon troetelend. "Kan jy op jou enkel trap, of sal ek jou dra?"

Lara skud haar kop. "Dis seer, maar ek kan loop," snik sy en hinkepink na die voertuig toe, Herman se arm beskermend om haar skouers.

Hy help haar in sy viertrek en skuif agter die stuurwiel in, kyk bekommerd na die huilende Lara en frons besorg. Hy druk 'n sakdoek in haar hand en bring die voertuig in beweging, maar kyk kort-kort gekwel na Lara, wat huil asof daar geen einde aan haar trane is nie.

"Dis nou genoeg!" sê hy half aan homself, bring sy viertrek tot stilstand en lê sy linkerhand op Lara se rukkende skouers. "Ek wil nie eens raai wat Wiehahn jou aangedoen het om jou so bitterlik te laat huil nie, Lara, maar ek is sy pa en ek moet weet. Wat het hy gesê of gedoen om jou so hartseer te maak?"

Lara kyk na hom en haar donker oë blits ten spyte van haar

trane. "Ek is woedend, nie hartseer nie, oom! Geen man het my nog ooit so verneder soos hy nie!"

Herman trek sy asem hoorbaar geskok in. "Het hy hom aan jou opgedring, kind?" vra hy ontsteld.

"Nee! Hy glo ek het my simpel verloofring gesteel," stik sy die woorde uit.

Herman lyk verwilderd. "Ek dink jy is my 'n behoorlike verduideliking skuldig, Lara. Het jy en Marnus verloof geraak? Nee, nee, dit maak nie sin nie. Jy hét gesê jou verloofring is gesteel. Waarom sal jy van jouself steel?"

Lara kyk na Herman en vergeet van haar trane. Sy het nie gehuil van woede jeens Wiehahn nie, besef sy nou, want selfs al wil sy, kan sy nie kwaad bly vir hom nie. Sy het gehuil omdat Wiehahn haar vir 'n kort rukkie laat onthou het van haar grenslose geluk toe sy saam met hom in Londen was en sy sy Lara-lief was. En as dit nie vir oom Herman was nie, kon Wiehahn haar dalk liefgekry het.

"Dis alles jóú skuld, oom Herman! Jy het Wiehahn geleer dat 'n huwelik net 'n heidense fees is en dat liefde en lojaliteit nie bestaan nie. As Phoebe dit hoor, sal sy nooit met jou trou nie! En ek sal bly wees, want jy dink Wiehahn is net nog 'n eiendom wat jy kan verkoop," vaar sy teenoor hom uit.

"Stadig, Laratjie, stadig," paai Herman, sy uitdrukking sprekend van volkome onbegrip. "Jy vertel my dinge oor my seun waarvan ek nooit bewus was nie. Ek gee toe: nadat my vrou my verlaat het, het ek verkies om nie liefde en lojaliteit in 'n huwelik met Wiehahn te bespreek nie, maar hy het my ouers gehad om vir hom 'n goeie voorbeeld te stel. Wat laat jou dink dat ek Wiehahn soos net nog 'n eiendom wil gebruik?"

"Jy verwag dat Wiehahn met Monette moet trou," antwoord sy beskuldigend.

Herman frons. "Dis waar, maar dis omdat die twee van jongs

af gesê het hulle is van plan om te trou." Hy lag bedroë. "Ek twyfel of een van hulle in hierdie stadium gedwing kan word om te trou."

"Het Wiehahn ooit in soveel woorde gesê hy wil met Monette trou?" hou Lara haar ondervraging vol.

Herman swyg nadenkend en skud dan sy kop ontkennend. "Nee, nie hy of Monette nie. Maar hulle het van jongs af saam partytjies of ander sosiale funksies bygewoon, en veral Natasha, Monette se ma, kan nie wag om hulle getroud te sien nie."

"En Rivierplaas grens aan Aden," sê Lara wrang.

Herman kyk haar aan. "Genugtig, kind, ek sal nie weet wat om met Rivierplaas te doen nie. Ek besit meer plase en eiendomme as wat ek kan onthou. Wiehahn gaan met Monette trou omdat die twee mekaar liefhet en om geen ander rede nie."

"Sowaar? Waarom het Wiehahn dan vir my 'n verloofring in Londen gekoop en my gevra om net kamma aan hom verloof te raak omdat hy nie bereid is om met Monette te trou nie?" vra sy en kyk hom vas in die oë.

Herman vee-vee met sy hand oor sy mond, sy grysblou oë deurdringend op haar. "Ek weet nie, Lara. Het jy geweier om sy verloofring te dra?"

"Vanselfsprekend, want 'n verlowing is nie 'n klug nie. Hy het die ring in sy lessenaarlaai gebêre en iemand het dit uit die satyndosie verwyder – en nou glo hy ek of Marnus het dit gesteel. Dis waarom ons rusie gemaak het: oor 'n ring wat ek nie wou hê nie," vertel sy bitter.

"Dis 'n blote misverstand, Lara. Ek glo die hele situasie is 'n misverstand, maar ek sal eers met Wiehahn moet praat. Bygesê, as hy bereid sal wees om met mý te praat. Hy kon my tog lankal gesê het dat hy nie kans sien om met Monette te trou nie."

"Moenie, oom Herman, want dan sal Wiehahn dink ek is 'n storiedraer. Oom het self gesê Wiehahn en Monette kan nie gedwing word om met mekaar te trou nie. Maar . . . hou oom van Monette?" vra sy met 'n tikkie afkeer in haar stemtoon.

"Monette is Monette, 'n onskadelike flerrie. Sy sal verander as sy eers gelukkig getroud is."

"As sy so onskadelik was, was ek nie nou hier nie," sê Lara bedroë. Sy merk Herman se deurdringende blik en vervolg gejaagd, bewus van die verraderlike blos op haar wange: "Ek praat deurmekaar omdat ek suf gehuil en oormoeg is. Ek is jammer ek het met jou rusie gemaak, oom Herman. Ek was net kwaad en ontsteld."

"Goed dan, Lara, ons ry huis toe. Ek is seker jy en Wiehahn sal self julle probleme uitstryk," antwoord hy gemoedelik. Maar die frons keep dieper tussen sy wenkbroue terwyl hy in stilte verder bestuur.

Lara sit-lê op die breë opgestopte vensterbank in haar kamer, 'n boek op haar skoot, en kyk gesteurd op toe daar aan die deur geklop word.

"Dis ekke, my lammetjie!" roep Heilie hartlik en vervolg ongeduldig: "Niklaas, los nou jou manewales en maak oop die deur!"

Die kamerdeur gaan oop en Niklaas kom die vertrek met kort, versigtige treetjies binne, 'n groot silwerskinkbord soos 'n skild voor hom uitgehou. " 'n Man kan nie te versigtig wees nie, Heilie Geel. Sy gooi goeters," sê hy waarskuwend met sy diep basstem.

"Komieklike skepsel!" Heilie klik haar tong ergerlik en loop die tydsame Niklaas byna uit die aarde. "Asof ek die beskerming van so 'n ou spookasempie nodig het! Ek het jou hoeveel maal gesê, Niklaas: Lara gooi net skoene en boeke en blompotte na Wiehahn, nie na ons ander huismense nie."

"Komieklik, sê jy? Spookasempie, sê jy? Heilie Geel, ek het

meer spiere in my pinkies as jy in jou dik arms. 'n Magtige man, dis ek."

"Dis wat elke muskiet ook glo, Niklasie," sê Heilie droog. Sy vat die skinkbord by Niklaas, sit dit op die lessenaar neer en draai na die geamuseerde Lara. "Ag, my hart, dis goed om jou weer te sien glimlag, Laratjie. Foei tog, jy sit nou al drie dae vasgekluister in jou kamer, en ek is so besig dat ek nie anders kan as om jou af te skeep nie. Hoe voel jou seer enkeltjie?"

"Dis heeltemal gesond, dankie, ta' Heilie. En baie dankie vir my middagete. Maar moenie my etes agter my aandra nie, ek weet jy hou nie van die trappe nie. Ek sal vir my kos in die kombuis gaan haal as ek honger is," antwoord Lara skuldig.

Heilie stoot 'n genoeglike borrellaggie oor haar lippe. "Is daar nie ook trappe in die Wiese-huis nie, my skatlam? Ek het net 'n slaapkamer naas die kombuis gekies omdat dit geriefliker is, veral as ek snags wil opstaan en 'n drink- of peuseldingetjie gaan soek."

"Of 'n geselsie met my. Gerieflik saam, ek en jy," beaam Niklaas.

"Jy is 'n stuitige stokmannetjie met albasterspiertjies, Niklaas. Bly nou stil, want ek is Wiehahn se afgevaardigde," sê Heilie gewigtig. Sy vat haar hande op haar maag saam en vervolg plegtig: "Wiehahn sê hy het tot in sy siel berou oor elke verkeerde woord wat hy vir jou gesê het, Laratjie. Hy staan in sak en as en hy pleit dat jy hom sal vergewe en weer met hom praat." Sy byt op haar onderlip en dink 'n paar oomblikke na. "Ek dink dit was al, hartjie, behalwe dat hy sê jy sou 'n goeie krieketbouler gewees het, want jy gooi raak."

"Ek het nie 'n woord gehoor nie, ta' Heilie," antwoord Lara, haar stemtoon uitdrukkingloos.

Heilie sit Lara se bord kos en eetgerei op haar skoot neer. "Dis wat ek vir die jongetjieskind gesê het: jy raak wonderbaarlik doof as ek sy naam noem. Maar eet nou jou kos, my skatlam, anders sal jy nie môre die krag hê om weer perd te ry nie."

"Ek sal nie môre perdry nie, ta' Heilie. Ek het vir Phoebe gesê ek bly in my kamer totdat sy instem om my terug te neem huis toe – en ek bedoel dit," sê Lara koppig.

"Maar hoe praat jy nou, hartjie? Herman en Phoebe trou oor minder as twee weke en hierdie huis is voortaan jou ouerhuis. Speel ek en Phoebe nie al ons lewe lank ma vir jou nie?" vra Heilie verwytend.

"Trou is goed, Heilie Geel," grom Niklaas, wat met sy hande in sy broeksakke op sy tone staan en wieg. "Ek is te lank en te maer. Jy is te kort en te dik. Ons is pasmaats."

Heilie swaai toornig om en stoom wiegend op Niklaas af. Sy rek haar kort nekkie so lank moontlik uit en snuif hoorbaar.

"Jy is 'n haastige vrou, Heilie Geel. Ons praat nog. Die soenery kom later," sê Niklaas en tree vinnig agteruit.

"Ek kan nie ruik watter soort drank jy gedrink het nie, Niklaas, maar as jý nugter is, is ek smoordronk. En as jy nie nou stilbly nie, breek ek 'n blompot oor jou kop!" dreig Heilie onstuimig.

"Dis goed so, Heilie Geel. Jy praat te veel, maar jy is nie vrypostig nie. 'n Goeie vrou. Die beste kok in die kontrei." Hy voel-voel aan sy boarm. "Ek word vet."

"Wil jy met ta' Heilie trou, oom Niklaas?" vra Lara nuuskierig.

"Weet nie. Het haar nog nie gevra nie. Gaan nog," antwoord hy met sy diep, dreunende stem.

"Sal jy instem om met oom Niklaas te trou, ta' Heilie?" vra Lara en byt op haar onderlip om nie te lag nie toe sy die verontwaardigde uitdrukking op Heilie se gesig sien.

"Kan jy jou iets komieklikers voorstel, hartjie: ek met my ronde liggaampie en hierdie besemstok met spiertjies en sy pet op sy kop langs mekaar voor die kansel? Ek sê jou, Laratjie, die mense sal toustaan vir kaartjies om so 'n sirkus te aanskou. Nee a, ek is veels te oud en te waardig vir sulke lawwigheid!"

"Jy het my nodig, Heilie Geel," rammel Niklaas. "Jy kan kook en ek kan eet. Jy is klaar vet, kos is sleg vir jou. Ek is te maer, ek moet eet. Ons trou vir ons gesondheid."

"Ek is dikkerig, nie vet nie, Niklaas Bothma," sê Heilie geraak. "En trou ek die dag, sal dit wees omdat ek en my aanstaande man mekaar liefhet, nie ter wille van my of sy gesondheid nie."

"Jy is te haastig, ek kom nog by die liefde," protesteer Niklaas.

"O nee, Niklasie, jy kom nie – jy gaan. Uit, Niklaas! En praat jy ooit weer oor trou, dam ek jou met my grasbesem by en breek elke been in jou seningliggaampie!" tier Heilie en gryp na die leeslamp op Lara se lessenaar, asof sy van plan is om hom daarmee te gooi.

"Dan is dit goed so, Heilie Geel," antwoord Niklaas sonder 'n teken van ergernis of haas, tel die skinkbord op en loop tydsaam by die kamer uit.

"Arme oom Niklaas," sê Lara simpatiek. "Kry jy hom nie eens 'n bietjie jammer omdat jy sy hart gebreek het nie, ta' Heilie?"

"Hart? Wat hy waar kry? Daardie spookasempie het net 'n mond en 'n maag, want hy eet meer as wat hy praat. Hy het my so min lief as wat Marnus . . ."

Heilie verstik aan haar eie woorde en kug onnodig lank agter haar hand voordat sy skuldig na Lara kyk. "Ekskuus, hartjie, ek het my verspreek."

"Jy het nie, ta' Heilie. Jy weet lankal ek en Marnus het mekaar nie lief nie," sê Lara gelate.

"Ja, lammetjie, ek weet. Ek weet ook waarom jy in jou kamer wegkruip. Jy is nie kwaad vir Wiehahn nie; jy is hartseer omdat hy jou nie kan liefhê nie," kom dit met simpatieke begrip van Heilie.

"Ek is nog banger dat ek my gevoelens aan hom sal verraai, ta' Heilie. Dit sal die grootste vernedering van my lewe wees," sê Lara moedeloos.

"Bog en nonsies!" Heilie staan meer regop. "Is jy nie 'n Wiese nie, my lammetjie? Is jy nie een van geslagte slim doktors en professore nie? Nee a, waar is jou Wiese-trots? En as jou trots jou nie kan help nie, lag vir jouself en maak 'n grap van alles. Glo my, Laratjie, lag is die beste masker wat jy kan dra as jou hart bloei van die seer."

Lara kyk haar in stilte aan en knik dan haar kop stadig. "Ja, ta' Heilie. Ek onthou nou: dit was makliker toe ek gelag en geskerts het. Dankie, ta' Heilie. Ek sal dit doen."

Lara hoor die huiwerige klop aan haar oop kamerdeur. Sy kyk op en glimlag geamuseerd toe sy in 'n reuseruiker bloedrooi rose vaskyk.

"Asseblief, Lara, moenie iets gooi nie. Ek moes 'n lening van my bank kry om vir hierdie ruiker te betaal," pleit Wiehahn, sy kop en bors nog verskuil agter die ruiker.

"Oulik. Die ruiker dra 'n kortbroek en stewels en dit praat. Kom binne, ruiker," nooi sy met gedwonge erns, haar blik be-wonderend op sy lang, gespierde bene.

Wiehahn laat sak die ruiker stadig, sien die vonkelende lag in Lara se oë en slaak 'n oordrewe sug van verligting. "Eindelik! Ta' Heilie het gesê jy is nie meer vies vir my nie, maar ek was nie seker of ek haar kan glo nie. Ek is jammer oor my gemene aan-tyging, Lara. Ek was net . . . e . . . dom. En ek is bitter jammer dat ek jou laat huil het. Sal ek die ruiker op jou lessenaar neersit?"

"Ja, dankie, Wiehahn."

Wiehahn . . . eggo sy naam in haar gedagtes. Dis die mooiste naam wat sy nog ooit gehoor het, die enigste woord van die manjifieke melodie van die liefde wat haar hart sing, dink sy. Sy verkyk haar aan die ruiker, omdat sy bang is haar oë sal haar gevoelens aan hom verraai.

"Dis sulke pragtige blomme," sê sy gelykmatig en raak met strelende vingerpunte aan van die roosknoppe. "Ek is jammer jy moes jou spaarvarkie oopbreek om daarvoor te betaal."

"Toe maar, ek het nog 'n paar spaarvarkies," antwoord hy speels. Hy raak sag aan haar arm en kyk haar gespanne aan. "Is ons rêrig weer vriende, Lara? Sal jy môreoggend weer saam met my gaan perdry?"

"Môre en elke môre wanneer jy tuis is. Phoebe het my vertel julle is meesterbouers en eiendomsmagnate en dat julle talle sakebelange in die buiteland het. Wanneer gaan jy weer weg?" Sy besef dat sy ook gespanne is en staar deur haar kamervenster na die fluweelagtige donker vorms van die seders teen die hemelkoepel, intens bewus van die warmte van sy hand op haar arm.

"Wanneer ek sekerheid het," antwoord hy raaiselagtig. "Ek en my pa het lank gesels. Hy weet van my planne en hy keur dit goed – nie dat sy goedkeuring my besluit enigsins sou beïnvloed het nie."

"'n Besluit oor jou toekoms?" vra sy aarselend.

"Ja . . . die belangrikste besluit van my lewe," antwoord hy, en sy innerlike spanning verdiep die timbre van sy stemtoon.

"Solank jy seker is dat dit die regte besluit is, Wiehahn," sê sy, haar stem nouliks harder as 'n fluistering. Sy voel oorweldig deur die verraderlike emosies wat sy nabyheid in haar binneste laat ontwaak. Die aanraking van sy hand op haar arm vul haar hele liggaam met sensasie, met 'n pynlike, byna ondraaglike behoefte aan hom wat haar op die vlug wil laat slaan, maar wat haar terselfdertyd sy gewillige gevangene maak.

"Ek is seker, maar ek het die samewerking van 'n betroubare vennoot nodig."

Sy kyk vinnig op na hom, maar hy staar na die maanlig anderkant die vensterruit, sy gesig 'n onleesbare masker.

"Is jou vennoot betroubaar?"

"Dis my grootste probleem in hierdie stadium: ek weet nie. As ek nou moet oordeel, is my antwoord 'n besliste nee, maar ek kan aanhou hoop," antwoord hy met grimmige erns.

"Kan jy niemand anders vra nie, iemand wat jy volkome kan vertrou? Jy het tog oorgenoeg ervaring van die sakewêreld," protesteer sy.

"Kry ek nie my gekose vennoot nie, gaan ek alleen voort. Of wil jý my vennoot wees, Lara?" vra hy en kyk vir die eerste maal na haar.

"Allermins! Soos Phoebe altyd sê: dank die hemel vir betroubare finansiële adviseurs, want wat ek van finansies weet, is gevaarlik. Nee, soek vir jou 'n ander sakevennoot, Wiehahn," antwoord sy glimlaggend, vreemd verontrus deur die enigmatiese uitdrukking in sy oë.

"Ek sal wag en hoop. Maar voor ek vergeet: my pa en Phoebe is deur vriende genooi vir 'n vleisbraai môreaand. Ek en jy en Marnus kan ons eie vleisbraai hou. Monette sal ook hier wees. Gee jy om, Lara?"

Sy en Marnus; hy en Monette. En oom Herman keur sy planne goed om 'n nuwe vennoot te kry. Nie 'n sakevennoot nie, maar huweliksvennoot, want vir Wiehahn sal 'n huwelik 'n blote vennootskap wees, besef sy ineens. Wiehahn gaan Monette vra om te trou, en sy sal ter wille van tant Natasha instem – of moontlik omdat haar liefde vir Marnus nie werklik so onsterflik is nie.

Lara kyk op na hom en glimlag met sorgelose onverskilligheid, selfs al weet sy dat daar onder die helderkleurige opper-

333

vlak waarop sy dryf, 'n koue, donker diepte van hartseer lê en wag om haar te oorweldig.

"Met Marnus daar sal ek elke oomblik geniet, dankie, Wiehahn. En ek sal my bes doen om vriendelik te wees met jou Monette," antwoord sy met geveinsde lighartigheid.

Hy staar haar oomblikke lank onseker aan. "Blameer jy Monette vir Ryno se dood?" vra hy ingehoue.

"Nee. Ek probeer om nooit aan daardie dag te dink nie. Monette het my op Heathrow geïgnoreer. Dink jy sy sal nou kans sien om my raak te sien?" vra sy skepties.

"Sy het nie 'n keuse nie, want sy sal 'n gas in ons huis wees. Maar as jy haar nie hier wil hê nie . . ."

"Het sy nie meer reg as ek in Huis Aden nie?" Sy wag nie op 'n antwoord nie en draai vinnig weg van hom. "Ek is lus vir 'n koppie tee. Kom jy saam kombuis toe?"

"Nee, nie nou nie," antwoord hy afsydig en loop met lang hale by haar kamer uit.

Lag nar, lag, herhaal Lara die woorde oor en oor in haar gedagtes terwyl sy langs Marnus in die lapa regs van Huis Aden sit. Sy luister gespanne na Wiehahn en Monette se geskerts. Sy blik sydelings na Marnus, sien die grimmige saamstreep van sy lippe en die donker frons wat tussen sy wenkbroue keep. Sy lê haar hand vertroostend op syne. Hy kyk vinnig, half verskrik na haar en glimlag gedwonge.

"Dis niks makliker vir my nie, Marnus," fluister sy.

"Ek weet – en ek is jammer. Maar ek kan moor as sy . . ." Hy sug die res van sy woorde weg, trek haar orent en slaan 'n besitlike arm om haar. "Kom ons gaan kuier vir ons perde, my liefling," nooi hy, sy woorde hard genoeg dat Wiehahn en Monette hom kan hoor. "Ek en jy was nou lank genoeg sosiaal. Ons verdien 'n bietjie privaatheid, nè?"

334

"Jy het beloof om vir my die hooisolder in die maanlig te wys, my skat," pruil Lara en hoop vuriglik sy sal nie uitbars van die lag nie.

"A . . . die hooisolder! Ons sal 'n wye draai om die huis moet loop sodat ta' Heilie ons nie gewaar nie. Ek is in elk geval nie honger nie. Is jy?" vra Marnus en neem haar in sy arms asof hy van plan is om haar te soen.

"Net vir jou soene, jou onweerstaanbare man," sug Lara en leun gewillig teen sy bors aan terwyl hy soene op haar donker krulhare druk.

"Jy is die begeerlikste, die —"

"Julle is nog nie op die hooisolder nie, Marnus!" kom dit bulderend van Wiehahn. Hy smyt die bak gebraaide vleis en wors op die tafel in die lapa neer en gluur hulle aan. "Kom sit en eet. Ek en Monette het nie vir ons plesier al hierdie vleis gebraai nie," vervolg hy gebiedend en kyk hulle afwagtend aan.

Lara sug teatraal. "Het ons 'n keuse ná Wiehahn se vriendelike uitnodiging, my skat?"

"Ongelukkig nie, maar die hooisolder sal gelukkig ná ete nog steeds daar wees," antwoord Marnus en soen haar op die wang.

"Wat van Monette?" fluister Lara in sy oor.

"Sy weet," adem hy. Hy soen haar weer en begelei haar dan na die tafel toe.

Monette wag totdat almal hulle aan die vleis en slaai gehelp het, draai dan die ring aan haar linkerpinkie sodat 'n skitterende diamant sigbaar is, en hou haar hand na Wiehahn uit. "Ek is dol op die verloofring wat jy vir my gekoop het, my liefling, maar dis te klein vir my ringvinger. Ek sal dit by my juwelier in die stad laat groter maak."

Haar ring! Dieselfde ring wat Wiehahn vir haar in Londen gekoop het, dolksteek die besef in Lara se hart. Hoe groot is

335

Wiehahn se veragting vir die liefde, en hoe onmeetbaar haar pyn en vernedering? wonder sy en sit asof versteen.

Maar waarom is sy verbaas? vra sy haarself wrang af. Die ring wat Wiehahn vir haar gekoop het, was nooit 'n pand van liefde en trou nie, net 'n betekenislose stukkie juweliersware wat sy moes dra om deel te wees van 'n skynverlowing. Laat Monette die ring dra, want haar huwelik met Wiehahn sal net nog 'n klugspel wees, dink sy bitter en gryp soos 'n drenkeling na Marnus se hand.

Marnus draai na haar en sy glimlag verseker haar sonder woorde dat hy haar ontsteltenis verstaan.

"Het jy die ring uit my lessenaarlaai verwyder, Monette?" sweepslag Wiehahn se stem.

Lara kyk vinnig na hom en merk verwonderd die uitdrukking van woede op sy gesig terwyl hy na Monette kyk.

"Ja, my liefste. Is jy kwaad? Wou jy my vanaand verras het met die ring, my kwaai man?" Monette trek 'n pruilmondjie. "Kom nou, my liefling. Vergewe my en soen my. Later vanaand sal ek en jy 'n romantieser plek as die hooisolder uitsoek – dis 'n belofte."

"Jy weet wat ek van jou uitnodigings en beloftes dink, Monette: ek stel nie belang nie," antwoord hy minagtend. Hy gooi sy servet op die tafel neer en begin ontspan.

Monette gryp vinnig sy arm vas. "Moenie kinderagtig wees nie, Wiehahn. Ek is jammer ek het jou verrassing bederf, maar die ring is in elk geval te klein. Ek sal dit groter laat maak voordat ek dit aan my ouers wys. Dink net hoe bly sal hulle wees! Hulle wag al so lank op ons verlowing en ons huwelik."

"Dis reg, Monette: hulle wag en ons speel saam. Maar nie meer nie," antwoord hy nadruklik, sy oë brandend in hare.

"Jy oordryf, Wiehahn! Goed, goed, ek is skuldig. Ek het in jou lessenaarlaai gekrap en op die verloofring afgekom. Ek het geweet dis myne, daarom het ek dit gevat. Jy weet ek glo nie aan romantiese liefdesverklarings en beloftes van ewige trou nie – so min as wat jy daaraan glo. Ons huwelik is 'n blote vennootskap wat my ma gelukkig sal laat sterf."

Wiehahn staar haar oomblikke lank in stilte aan en skud dan sy kop. "Nee, Monette, jy ken my nie. Ek het nie daardie ring vir jou gekoop nie, maar hou dit in elk geval. Jy het dit gedra en dis nou tweedehands en van geen waarde vir my nie. En soek vir jou 'n ander man, want ek sien nie kans om 'n sterwende vrou te bedrieg nie." Hy skud haar hand van sy arm af en kyk na Lara. "Kom asseblief saam met my, Lara. Ek glo ek is jou 'n verskoning verskuldig."

Lara kyk vraend na Marnus en hy knipoog stadig, 'n glimlag soos vloeiende goud in sy taankleurige oë.

Sy drafstap om die huis agter Wiehahn aan, besef dat hy koers kies na die klompie seders naas die skuur, en gaan sit kruisbeen op die geplaveide agterplaas.

Hy kyk om, sien haar sit en vra skuldig: "Pla jou enkel jou weer?"

"Nee, sersant-majoor, maar hierdie troepie staak. Hoekom moet ek agter jou aandraf as ek nie eens weet waarom ek draf nie?"

Hy kyk oomblikke lank na haar uitdagende gesiggie, glimlag flitsend en kom tot by haar. "Snip! Ek kou klippe, maar jy laat my altyd glimlag." Hy steek sy hand na haar uit, help haar orent en stap saam met haar na die bank onder die grootste seder-boom.

"Jy hoef my nie weer om verskoning te vra omdat jy my van diefstal beskuldig het nie, Wiehahn. As jy nog wil klippe kou, sal ek jou alleen laat."

"Die ring . . ." begin hy, maar sy lê hom met 'n ongeduldige handgebaar die swye op.

"Vergeet van die ring. Ek is bly Monette het die aaklige ding gesteel."

"Het jy dan nie van die ring gehou nie?" vra hy verras.

"Nee, want dit was deel van 'n betekenislose klug. Monette het dit in soveel woorde gesê: jy glo nie aan romantiese liefdesverklarings en beloftes van ewige trou nie. As jy eendag trou, sal jou huwelik 'n vennootskap wees. Vennote het nie ringe nodig nie. En nou gaan ek by ta' Heilie in die kombuis kuier. Jou Monette het gesorg dat ek nie aandete kry nie en ek is honger."

"Ons sal nou-nou gaan kos soek, maar ons moet eers praat." Hy hou haar hand stywer vas en kyk haar dringend aan. "Moenie my uitskel voordat ek klaar gepraat het nie, Lara, want wat ek gaan sê, is die waarheid. Sy is en was nooit 'my Monette' nie – so min as wat Marnus ooit 'jou Marnus' is of sal wees." Hy swyg en hou haar onseker dop. "Het jy niks daarop te sê nie?"

"Jy het gesê ek moet wag totdat jy klaar gepraat het. Is jy klaar?" vra sy gelykmatig.

"Nee. Marnus en Monette het mekaar al baie jare lank lief. Hulle dink ek weet dit nie, maar ons het saam grootgeword – ek ken hulle te goed om deur hulle bedrieg te word. Ek is jammer as ek jou seermaak, Lara, maar dis beter dat jy dit nou weet: Marnus het jou nie lief nie."

"Ek weet," antwoord sy en staar stip na sy groot hand wat hare gevange hou.

"Jy weet?" vra hy verwonderd.

"Ja. Marnus kan nie trou nie en ek . . ." Sy lag gedwonge en kyk op na hom. "Ek was so 'n naïewe kind toe ek jou ontmoet het, Wiehahn. Ek het aan liefde en lojaliteit geglo, maar nou . . . Marnus is 'n goeie minnaar."

"Nee!" krys hy ingehoue en gryp haar met geweld aan haar skouers vas. "Moenie dit sê nie, Lara! Onthou jy nie die tyd in Londen toe jy my Lara-lief was nie?"

"Ek onthou wat jy gesê het oor liefde en die huwelik, en nou –"

"Nou, Lara," val hy haar ferm in die rede, "sal ek erken waarom ek met soveel veragting van liefde en die huwelik gepraat het. Dit het so ongemerk gebeur: ek het in 'n beeldskone meisie se oë gekyk en sy het gesê haar naam is Lara . . . 'n Naam soos musiek, het ek gesê en geweet ek het haar lief."

"Maar jy glo nie aan liefde nie!" herinner sy hom.

"Ek het nie en ek wou nie, daarom het ek daardie dag in die kroeg in Londen met soveel veragting oor liefde en lojaliteit gepraat. Maar ek was magteloos, want selfs toe jy kwaad was vir my, het ek jou met elke klop van my hart net liewer gekry. En toe jy voorgee jy het Marnus lief, kon ek sterf van jaloesie. Lara . . . dink jy . . . sal jy . . .?" Hy kelk haar ken in sy hand en fluister skor: "Ek het jou lief, Lara, liewer as die lewe self. As ons trou, sal dit vir altyd wees. Kan jy my ook vir altyd liefhê, my Lara-lief?"

Sy woorde stuur 'n trilling van ekstase juigend deur haar liggaam. Dis byna asof hy haar reeds soen, dink sy en glimlag met die euforie van haar liefde op in sy silwerblou oë. "Vir altyd en nog 'n dag," fluister sy en sluit haar oë onwillekeurig, haar lippe tintelend van afwagting.

Sy lippe begin streel stadig oor hare, sag en troetelend, leer ken hulle vorm en weerloosheid. Dan sluit sy arms haar in veiligheid teen sy bors en soen hy haar met 'n volkome sensuele meesterskap wat vlamme van sidderende begeerte deur haar liggaam stuur.

Liefde is nie êrens nie; liefde is in Wiehahn se arms, dink sy tevrede. Sy kruip digter teen hom aan, haar vingers strengelend deur sy hare, en word saam met hom weggevoer op 'n hooggety van brandende ekstase na daar waar die eindelose wonder van die liefde wag.

Vlam van verlange

1

Carli van Eeden sit opgekrul op 'n gemakstoel in die ruim sit-kamer van haar ouerhuis, haar arms om haar opgetrekte bene saamgevat, haar ken rustend op haar knieë. Sy staar stom na die lang, soepel Mariska Viviers wat met glyende balletbewegings die vertrek binnedans, sierlik op die punte van haar tone pi-rouetteer en 'n elegante buiging maak voordat sy haar balans verloor en op die naaste rusbank neerplof.

"Geen applous nie?" vra Mariska meer uitasem as beledig en vervolg agterdogtig: "Of is dit 'n sameswering tussen jou en my ma? Sy sê ek mag nie balletklasse gee nie, want sy en my pa het 'n fortuin betaal sodat ek my graad in ekonomie kon kry. Dis glo nou my plig en voorreg om soos my pa 'n effektemakelaar te word. Ek, Mariska Viviers, die wêreld se grootste ballerina – groot in talent en nog groter in bou!" 'n Onkeerbare laggie glip oor haar lippe en dan leun sy terug op die rusbank en lag haarself skaterend uit.

Carli glimlag halfhartig. Sy voel gemeen toe Mariska ophou lag en haar bekommerd aankyk en sê waarderend: "Dankie dat jy my probeer opbeur, Mariska, maar dis glad nie nodig nie. Ek bedoel, ek is nie 'n treurende wesie of ... of hartseer nie."

"O, ek glo jou. Ons was gistermiddag op jou ma se begraf-nis, maar niks het verander nie. Jy jok vir die Schoemans en jy jok vir my, jou beste vriendin. Jy slaap stoksielalleen in hierdie vistenk van 'n huis – terwyl ek glo jy oornag by die Schoemans en hulle glo jy oornag by ons. Toe daardie lastige Vincent my nou-nou bel om te hoor hoe jy geslaap het, moes ek soos 'n tandetrekker lieg om aan verskonings te dink waarom ek jou nie na die foon kon roep om met hom te praat nie," verwyt Mariska kamma gegrief.

"Ek is jammer, Mariska, maar ek wou net alleen wees. Al daardie mense op my ma se begrafnis . . . Almal praat en simpatiseer en huil – net ek huil nie, want ek wil net alleen wees. Is dit só moeilik om te verstaan?" vra Carli pleitend.

"Ek sou probeer het om te verstaan as jy my vertel het hoe jy voel. En jy antwoord nie jou selfoon of julle huistelefoon nie. Ek was so bekommerd oor jou dat ek byna 'n fietsryer uit die aarde gehardloop het toe ek die straat oorsteek om hier te kom. As ek nie 'n afstandbeheer vir julle motorhek en 'n voordeursleutel gehad het nie, het ek lankal die polisie en die brandweer gebel!" vaar Mariska verwytend uit.

Sy merk hoe Carli op haar onderlip byt en sê skuldig: "Skuus, Carli. Ek kyf nes my ma as my pa gaan gholf speel wanneer my ouma die naweek kom kuier."

Carli glimlag ten spyte van haarself en betrag Mariska met 'n gevoel van warmte en dankbaarheid. Wat sou sy al die jare sonder Mariska se lojale vriendskap gedoen het? vra sy haarself af. Mariska, die lang, blonde meisie met die hemelblou oë wat altyd 'n kop langer as sy was, selfs al is hulle dieselfde ouderdom. Net Mariska kon haar troos toe haar pa twaalf jaar gelede dood is, want haar vriendin beskik oor die rare talent om humor in hartseer en teleurstelling raak te sien. Maar sy was hartseer toe haar pa dood is, onthou Carli, hartseer met die skrynende seer van 'n tienjarige kind se onbegrip, want die groot man met die sterk arms en die warm lag in sy stem was skielik nie meer daar om haar styf vas te hou teen sy bors en te troos nie. Om haar stukkende wêreldjie heel te maak nie.

"Ek is jammer jy moes ter wille van my vir Vincent jok, maar as jy geweet het ek wou gisternag alleen in ons huis slaap, sou jy my nooit met rus gelaat het nie. Jy was hier toe die polisie my oor my ma se noodlottige motorongeluk ingelig het, Mariska. Ek het vyf nagte in julle huis geslaap en . . . en jy het my getroos. Julle was almal so goed vir my, maar gister ná die begrafnis moes ek net terugkom huis toe om alleen te wees. Dis waarom ek vir jou gejok het toe ek gesê het ek sou gisteraand by die Schoemans slaap," verduidelik Carli skuldig.

Mariska kyk Carli agterdogtig aan, skreef haar oë en sê verpletterend: "Jy is ydel, Carli van Eeden! Ek besef in sprokies is die prinsesse altyd blond met blou oë, en die hekse het rooi hare en groen oë, maar dis loutere bog. Ek is blond en gebou om te hou, terwyl jy met jou koperbruin hare en groen oë en jou pieperige . . . e . . . fyn liggaamsbou soos een van my ma se Dresdenbeeldjies lyk. Vandat ons tieners was, skouer Vincent Schoeman my uit die pad as hy my raakloop, maar sien hy jou aankom, gaan lê hy op die grond sodat jy bo-oor hom kan loop. Jy, meisiekind, is só ydel oor jou skoonheid dat jy nie voor my wou huil nie, daarom het jy in julle huis kom wegkruip. Toe, erken dit en lyk berouvol!"

Carli sien die vonkelende lag in Mariska se oë, probeer vergeefs om te glimlag en druk haar voorkop met 'n kreunsuggie op haar knieë. Sy lig haar kop eindelik op, haar oë die onstuimige donkergroen van 'n stormsee. "Ek het gedink ek sal kan huil as ek terug is hier in my ma se glaspaleis . . . huis . . . maar ek kan nie, Mariska, ek kan nie! Ek onthou hoe verskriklik ek gehuil het ná my pa se dood – dae, weke, maande aanmekaar. Ek kon nie aanvaar hy is vir altyd weg nie, want ek wou altyd net nog iets vir hom gesê of gevra het."

Haar stem word sagter toe sy aarselend voortgaan: "Ek het selfs gewens dat my ma liewer gesterf het, as ek net my pa kon terughê. Dalk . . . dalk is dit waarom ek nie nou kan huil nie; dalk het ek haar al die jare doodgewens."

Mariska lyk oomblikke lank onkant gevang en sê dan met oordrewe erns: "My liewe Carli, jy is toe nooit ydel nie, net doodgewoon dom."

Sy glimlag met sigbare verligting en vervolg vertroulik: "My ma sê dis my onstuitbare optimisme wat my, ten spyte van my groot beenstruktuur, al die jare laat ballet neem het. My optimisme het my laat glo ek kan 'n professionele ballerina word, maar gelukkig is ek met insig en intelligensie geseën – dis wat my ma sê – en daarom het ek universiteit toe gegaan en my graad gekry sodat ek vir my pa se firma kan werk."

Carli staar haar verward aan toe sy selfvoldaan swyg en vra onthuts: "Hoe raak jou onstuitbare optimisme en intelligensie mý, Mariska? Of gee dit jou die reg om te sê ek is dom?"

"Ek dink insig is die sleutelwoord," antwoord Mariska met 'n selftevrede glimlaggie.

"Net ou mense het insig, Mariska. Jy is twee-en-twintig en jy weet net so min soos ek!" protesteer Carli ongeduldig.

"Nee, ek weet baie meer, want ek is daaraan gewoond om op die kantlyn te staan en toeskouer te speel. Jy weet self wat het op skool en universiteit gebeur, wat nou nog gebeur as ons partytjies toe gaan of doodgewoon by die bure kuier: jy kry al die aandag, en ek is net toevallig daar omdat ek jou vriendin is. Reg?"

Carli byt op haar onderlip en antwoord ongemaklik: "Vincent se ma gee net voor dat sy van my hou omdat sy nie met hom wil rusie maak nie. Ek vermoed sy hou meer van jou. En my ma het van jou gehou."

"Leuenaar!" roep Mariska treiterend uit en skaterlag toe Carli skuldig bloos. "Ek twyfel of jou ma ooit besef het sy het 'n dogter, of dat ek haar dogter se vriendin is. My ma is my ma, maar

346

sy is terselfdertyd my vriendin en vertroueling. Ek dryf haar gewoonlik tot raserny omdat ek so lomp is dat ek altyd klein tafeltjies omstamp of kosbare ornamente breek, maar ek weet sy is lief vir my. Ek weet ek kan op haar skouer huil as ek hartseer is en ek weet sy sal my troos. My ma deel beurtelings drukkies en soentjies en preke en dreigemente uit, maar dis alles deel van haar liefde. Jou ma was 'n glasvrou wat in 'n glaspaleis gewoon het. As daar liefde in haar glashart was, was dit nie vir jou nie. Of is ek nou te blatant eerlik, Carli?"

Carli stoot 'n bewerige suggie oor haar lippe en skud haar kop ontkennend: "Nee . . . My ma het net een kind gehad: my broer, Arnold. Dalk was dit omdat hy sestien jaar ouer as ek was dat hy nooit soos my broer gevoel het nie, of dalk het hy te hard gewerk om notisie van my te neem. Hy én my ma was altyd so besig met ons maatskappye en om vriende te onthaal of saam oorsee te gaan. My ma het hom haar kroonprins genoem. En toe hy vyf maande gelede in die vliegongeluk dood is . . ." Carli swyg en kyk met 'n bodemlose leegheid in haar oë na Mariska voordat sy effens skor voortgaan: "Ek dink ná Arnold se dood het my ma vir die eerste maal besef ek bestaan; dat ek leef terwyl Arnold dood is. Soms . . . soms het sy met 'n uitdrukking van haat na my gekyk, asof sy gewonder het waarom ek durf leef terwyl Arnold moes sterf. Of miskien was dit net my verbeelding, omdat ek skuldig gevoel het dat ek nooit enigiets in haar lewe sou kon beteken nie."

"Ek het jou gesê jy is dom, my liewe vriendin," spot Mariska goedig. "Ná Arnold se dood het jou ma na ons almal gekyk asof sy ons haat – asof sy die hele wêreld en haarself haat omdat ons nie almal saam met Arnold dood is nie. Maar ons praat oor die rede waarom jy nie oor jou ma kan rou nie: hoe kán jy, as sy nooit eens probeer het om jou lief te hê nie? Erken dit, Carli: jou ma se gehuurde huispersoneel het jou grootgemaak en die enigste liefde wat jy in julle huis gekry het, was die liefde wat jou pa jou gegee het. Is dit die waarheid of oordryf ek?"

Carli haal haar skouers met gedwonge onverskilligheid op. "Jy weet dis die waarheid — of dalk oordeel ons my ma te kras omdat ons haar nie goed genoeg geken het nie. Sy was nooit 'n demonstratiewe mens nie."

"Nie teenoor jou nie, maar ek kan onthou hoe liefdevol sy teenoor jou pa was. My ma sê jou ouers se huwelik was soos 'n lewenslange wittebrood, want hulle liefde vir mekaar het jonk gebly. Arnold is vyf jaar ná hulle huwelik gebore, en vir jou ma was hy 'n seël op hulle volmaakte liefde, want hy was die ewebeeld van jou pa — uiterlik, in elk geval."

"Lank en blond en 'n briljante sakeman soos my pa, en met 'n glashart soos my ma," beaam Carli en vervolg bedroë: "En toe daag ek sestien jaar later onverwags op. Moontlik het my ma aanvanklik gehoop ek sou 'n tweede kroonprins wees, maar in plaas daarvan het sy 'n pieperige dogter met rooi hare en ertjiegroen oë gekry. Ek lyk nie soos my pa óf my ma nie — ek wens amper ek kon glo ek is 'n aangenome kind."

"Moenie jok nie. Jou pa het jou sy prinsessie genoem en jou soos een behandel. Ek weet ek kan maklik praat, want ek het nog albei my ouers en twee lastige jonger broers. Maar jy het die troos dat jy, en nie Arnold nie, jou pa se lieflingkind was."

Mariska hou haar kop skeef en betrag die swygende Carli. "Wil jy nou steeds alleen wees, of sien jy kans vir meer geselskap?"

"Wie?" vra Carli agterdogtig. "Die Schoemans is gawe bure, maar tant Renette lyk geïrriteerd as oom Wim kort-kort met my simpatiseer en my oor die kop streel asof ek 'n driejarige kleuter is. En as Vincent my nog een maal vra om in sy arms troos te soek, skree ek hard en lank."

"Jy ly aan vertraagde skok, mens. Het jou ma en tant Renette nie reeds die dag van jou geboorte besluit jy is Vincent se toe-komstige bruid nie?" vra Mariska tergend.

"Ek en Vincent sal eendag trou," antwoord Carli onverskillig en glimlag skrams toe sy vervolg: "Eendag as ons groot is. Of wanneer ek kan vergeet dat my ma dood is voordat ek haar kon leer ken het; of as ek kan glo tant Renette dink werklik ek is die regte vrou vir haar enigste seun. Ek geniet dit meer om by julle te kuier, want jou pa praat gewoonlik oor finansies of gholf. En jou ma is altyd besig om óf kos te maak óf jou broers uit die spens te boender. Of sy dreig om 'n senu-instorting te kry om-dat jy ballet in die sitkamer doen en al haar meubels omstamp en haar antieke ornamente breek."

"Ek weet. My ma sê haar moederliefde word al twee-en-twintig jaar deur my beproef . . . en toe kom Monster." Mariska sug aandoenlik en vervolg verwese: "Arme Monster. Hy is soos ek. Hy sondig sonder om te sukkel, maar sy enigste sonde is dat hy groot en lomp is, nes ek. Soms het my ma ook 'n glashart, want sy het Monster met 'n vleismes en 'n bloederige einde gedreig. Kan jy glo dat my liewe, geduldige ma so harteloos en bloeddorstig kan wees, Carli?"

"Ek kan, want jy en jou broers sal enige ma na 'n vleismes laat gryp!" lag Carli en vra nuuskierig: "Maar wie is Monster? Of is dit 'n nuwe bynaam vir een van jou broers?"

"Kom kyk," nooi Mariska. Sy spring op en beweeg met gly-ende en springende balletbewegings na die noordelike glaswand van die sitkamer.

"Mariska! Ek bewonder jou elegante bewegings, maar eendag pirouetteer jy nog dwarsdeur die mure van my ma se glaspaleis!" roep Carli ontsteld uit en ruk Mariska tot stilstand net voordat sy teen die glaswand bots.

"Gnng!" peul 'n geamuseerde laggie deur Mariska se neus en lig haar mondhoeke in 'n breë glimlag. "Jy hoef nie eens te oefen nie, my liewe mens: jy klink al soos my ma! Dankie vir jou hand van beskerming, Carli, maar jou pa het my in ons kleintyd verseker dat glas sterker as beton is. Dis hoekom Monster hier so veilig sal voel: jou ma het nie allerlei kosbare beeldjies en ornamente en onnodige tafeltjies en voetstoeltjies versamel nie. Julle het nie eens 'n voortuin met 'n grasperk en blombeddings nie – net 'n halfakker geplaveide parkeerterrein en yslike potplante."

Carli staar antagonisties na die geplaveide parkeerterrein wat tot teen die veiligheidsheining om die erf strek en antwoord misnoeg: "Dis so onpersoonlik soos die parkeerarea van 'n inkopiesentrum. Ek is my lewe lank jaloers op jou ma se pragtige blomtuin en julle immergroen grasperk."

"Ek is weer jaloers op julle voortuin wat nie 'n tuin is nie. Dis waarom my ma my en Monster hierheen verban het. Sy het gesê ek moet jou oorreed om Monster hier te hou, anders bel sy die beenmeelfabriek. Kyk net hoe soet lê hy daar in die koelte van daardie groot pot met die palmboom en slaap. Is hy nie die oulikste hondjie wat jy nog gesien het nie, Carli?" vra Mariska met 'n hoopvolle glimlaggie.

Carli snak verbysterd na haar asem. "Hondjie? Liewe land, ek het gedink dis 'n kalf of 'n kameel!"

"Sien jy nou?" vra Mariska bitter. "Dis waarom ek aan 'n minderwaardigheidskompleks ly. As mense my vir die eerste maal ontmoet, sien hulle nie 'n taamlik aantreklike blonde meisie met 'n innemende glimlag en 'n sprankelende persoonlikheid nie. O nee, hulle kyk net een maal en besluit ek is 'n natuurfrats of iets wat uit 'n sirkus ontsnap het. Goed, ek weet nou wat jy van my en Monster dink, Carli. Ek sal Monster in my motortjie laai en ons sal êrens gaan plak."

"Wag nou, Mariska!" protesteer Carli. Sy probeer om Mariska aan haar arm terug te hou, maar haar vriendin sleep haar saam deur die ontvangsportaal na die voordeur toe. "Mariska, staan stil! Of gaan jy my al die pad saam met jou sleep?"

Mariska bly staan, haar glimlag sonnig. "Jou liewe ding! Dan kan Monster maar hier by jou bly? Hy is 'n Deense hond en . . . en groterig, maar hy het die liefdevolste geaardheid. My ma is net vyf sentimeter korter as ek, maar sy sê ek en Monster lyk soos twee uitroeptekens as ons saam in die straat afstap – veels te groot om misgekyk te word. Maar jy is klein en sonder 'n enkele familielid om jou liefde te gee, my arme vriendin. Jy het 'n groot hond nodig om jou op te pas en lief te hê, veral noudat jy besluit het om soos 'n kluisenaar in hierdie glaspaleis te woon."

"Jy praat my dom, Mariska! Voordat ek Monster op hierdie werf toelaat, wil ek eers weet: wanneer het jy hom gekoop? En hoekom het jy my nooit vertel jy wil graag 'n hond hê nie? Jy het altyd gesê jy hou meer van katte," sê Carli wantrouig.

"My ma het my van kleins af gebreinspoel, daarom het ek ingestem dat sy vir my 'n kat koop. Maar toe Hilda se ouma besluit om haar huis te verkoop . . . Dis 'n ellelange storie, Carli, maar die uiteinde was dat ek ingestem het om Monster te vat. Maar toe besluit my ma Monster is nie welkom in haar blomtuin nie. Hy het al haar hiasinte uitgegrawe en die satynblomme opgevreet – gelukkig het hy die roosbome met rus gelaat. As ek Monster met al die liefde in my hart en . . . en uit loutere desperaatheid vir jou present gee, sal jy hom asseblief vat, my beste vriendin?" pleit Mariska vurig.

"As jy langer op my gevoel speel, sal jy my in trane laat uitbars, my agterbakse vriendin. Goed, Monster kan die glaspaleis met my deel. Hy sal minstens 'n bietjie lewe in hierdie leë kasarm bring," willig Carli glimlaggend in.

"Jou dierbare mens!" jubel Mariska. Sy maak die voordeur oop en roep: "Monster, kom!"

Dit lyk asof die groot hond in segmente orent kom en dan

met wapperende ore, 'n uithangende tong en 'n oop bek wat die indruk skep dat hy permanent glimlag, op hulle afpyl – in 'n warreling van swaaiende stert en lang bene, 'n leiband slepend agterna.

"Staan, Monster!" beveel Mariska en glimlag ingenome toe die hond viervoet in sy spore vassteek. "Soet Monster. Dis Carli, jou nuwe baas. Monster . . . groet Carli!" beveel Mariska weer en wys met haar hand na Carli.

Monster spring op sy agterpote, plaas sy voorpote op Carli se skouers en lek met 'n lang, nat tong oor haar linkeroor.

"Jig!" ril Carli. Sy probeer agteruit tree, maar verloor haar balans en beland op die naat van haar rug.

"Waf!" blaf Monster uitgelate, spring op Carli se maag en bly met 'n selftevrede uitdrukking op sy gesig sit.

Carli kreun onder Monster se gewig. Sy staar vreesbevange in sy groot, oop bek en fluister benoud: "Gryp sy leiband, Mariska! As hy dink ek is 'n dahlia, vreet hy my net hier op!"

"Gngg!" glip 'n hulpelose laggie uit Mariska se neus en dan sak sy skaterend op haar knieë neer. Sy poog herhaalde male om te praat, maar word elke maal deur 'n hernude lagbui oorval.

"Gevoellose ruspe!" skel Carli haar uit, smoorkwaad toe sy die lagtrane oor Mariska se wange sien rol. "Dit kan jou nie raak dat hierdie kameel van 'n Monster my onderstebo . . . Jig! Hou op om my te lek, ellendige hond! Af, Monster! Klim af!"

Monster klim gehoorsaam van Carli se maag af en bly afwagtend staan, sy regteroor gespits soos 'n vraagteken.

"Hy het sowaar na my geluister," sê Carli verdwaas.

"Ekskuus dat ek gelag het, Carli," maak Mariska verskoning. Sy probeer nederig klink, maar kan nie ophou glimlag nie. "Dit was skreeusnaaks. Monster sit op jou maag en kwispel sy stert ewe vriendelik, maar jy glo hy gaan jou lewend opvreet! O gansie toggie, die uitdrukking op jou gesig . . ."

Carli ignoreer die giggelende Mariska, beveel Monster om te sit en dan weer om te staan, en tel sy leiband op. "Ek en Monster gaan na die park toe sodat hy van sy oortollige energie ontslae kan raak. Kom jy saam, of wil jy liewer hier bly en klaar lag?" vra sy, reeds op pad na die voordeur.

Mariska rank orent en sluit haastig by Carli aan. "Nee, ek moet sorg dat ek by die huis kom, my ma het gesê sy wil my winkel toe stuur. Ek is bly jy hou van Monster. Hy sal jou help om nie jou ma te mis nie."

"Ek mis haar nie," sê Carli met sekerheid, en lyk dan verbaas oor haar eie woorde. "Ek wens ek het haar gemis, maar ek mis haar nie," herhaal sy sag, half aan haarself.

Is dit moontlik dat sy liewer kan wees vir 'n groot, lomp hond as vir haar eie ma? wonder Carli skuldig terwyl sy die voordeur agter haar sluit. Haar blik rus peinsend op Monster wat met sy leiband in sy bek baldadig om haar rondspring, uitgelate wegstorm na die motorhek en dan op volle galop terugkeer na haar toe.

Nee, sy is laf om 'n hond met haar ma te vergelyk. Monster is soos 'n uitbundige kleuter wat enigiets sal doen om liefde te kry en haar met 'n stertswaai bedank vir elke tikkie aandag wat sy aan hom gee. Selfs al sit sy en lees, lê hy met sy groot kop op sy voorpote en staar haar met oënskynlike aanbidding aan totdat die slaap hom oorval.

Haar ma was altyd so volkome in beheer van haar werk en haar lewe, en veral van haar emosies, dat sy haarself nie die tyd gegun het om demonstratief te wees nie, dink sy. Nee, sy jok vir haarself. Haar ma kon liefde gee aan die mense wat saak gemaak het in haar lewe – soos haar pa en Arnold. Vreemd, sy was nooit jaloers op haar ma se liefde vir Arnold nie, want sy het van kleins af aanvaar Arnold behoort aan haar ma soos wat sy aan haar pa behoort het, besef sy nou.

Sy skuif die motorhek met haar afstandbeheer oop en steek op die sypaadjie vas toe sy oor Monster se leiband struikel.

"Monster?" roep sy, raap die leiband op en kyk bekommerd om haar rond, maar sy gewaar geen teken van haar hond nie.

"Kom, Monster! Kom ons stap gou kafee toe. Monster!" roep sy weer. Sy hoor die paniek in haar eie stem en kyk soekend oor die verlate Sondagoggend-straat.

'n Geskuifel trek haar aandag en sy draai agterdogtig na die ou, verroeste rooi bakkie wat regs van die ingang na hulle erf teen die sypaadjie geparkeer staan. Sagte tjankgeluidjies laat haar haastig voor die bakkie kniel. Sy sien Monster op sy maag onder die voertuig lê, sy stert kwispelend, sy volle aandag op Mariska se kat, Floorsie, wat onder die bak van die voertuig sit, houtgerus besig om sy een voorpoot te lek en sy gesig te was.

"Monster, kom uit! Daardie geniepsige Floorsie sal jou neus flenters krap!" waarsku Carli en wens sy het iets gehad om na die vermakerige kat te gooi.

Monster kwispel sy stert met groter energie, draai sy kop met 'n gesukkel in Carli se rigting en tjank aandoenlik.

"Jou arme, dom ding! Jy sit vas. Maar moenie bekommerd wees nie, my ou Monster, ek sal jou help om uit te kom," gesels Carli paaiend en seil op haar maag onder die bakkie in. "Dis jou kop wat te groot is," vervolg sy toe sy langs die tjankende hond lê. "Buig jou nek as jy wil uitkruip. Toe nou, Monster, jy sal net jou kop aanhou stamp as jy nie jou nek buig nie."

"Stadskinders! Wat de duiwel soek julle snuiters onder my bakkie? Het julle ma julle nie geleer dis gevaarlik om onder motors te speel nie?" sweepslag 'n diep, ergerlike manstem uit die rigting van Carli se voete.

Die kwaai, donker stem skok Carli se asem weg en laat haar momenteel roekeloos langs Monster lê, maar dan laat verontwaardiging haar na haar asem snak. Sy is Carli van Eeden, die

354

enigste, skatryk erfgenaam van die magtige Van Eeden Eien-
domstrust, sy het haar graad in fisioterapie en sy is slim genoeg
om te besef sy is mooi, selfs al voel sy meer alleen as mooi. Geen
sukkelaar van 'n man wat met 'n verroeste ou bakkie rondry en
die vermetelheid het om voor haar huis te parkeer, het die reg
om net ná agtuur op 'n Sondagoggend in hulle vooraanstaande
woonbuurt op haar te skree nie.

"Jy!" bulder die man en skop liggies teen die sool van Carli
se sandaal. "Kruip onder my bakkie uit, voordat ek jou aan jou
enkels uitsleep!"

Carli rol onder die bakkie uit en skiet orent, haar oë blit-
sende groen weerligstrale onder haar koperbruin krulle, haar
gesig strak van nouliks beteuelde woorde, haar ken trots gelig.
Haar oë soek en vind die voorwerp van haar woede . . . en die
oomblik word 'n ewigheid.

Sy ken hom, besef sy met 'n vreemde sekerheid, selfs al weet
sy sy het hom nog nooit tevore ontmoet nie. Hy is nie gewoon
aantreklik nie; hy is volmaakte skoonheid, dink sy en staar asof
betower na die man se lang, breedgeskouerde gestalte. Sy be-
wonder die elegante wyse waarop hy aanmekaargesit is, soos
'n standbeeld van 'n Griekse god, sy liggaam lenig en gespierd.
Sy digte, swart hare vertoon net 'n sweem van 'n krul en groei
slordig oor sy kraag, maar dit gee aan hom 'n romantiese voor-
koms. Sy hoë wangbene, die strak vlakke van sy gelaat en sy
vierkantige ken beklemtoon die selfversekerdheid wat sy don-
ker oë uitstraal. Sy neus het 'n tikkie van 'n Romeinse boog
en sy effens voller onderlip gee 'n sensuele uitdrukking aan sy
wye, ferm mond. Selfs sy vuil T-hemp en vuiler kortbroek doen
geen afbreuk aan die ingebore outoriteit wat uit sy hele hou-
ding straal nie.

"Ek het gedink ék is vuil, maar jy is die vuilste klein mei-
sietjie wat ek nog gesien het," skerts die man. Hy haal 'n wit

sakdoek met ghrieskolle uit sy broeksak, maar prop dit dadelik terug. "Jammer, ek wou aangebied het om die stofstrepe van jou gesig af te vee, maar my sakdoek is te vuil. Sal ek jou help om jou maatjie onder my bakkie uit te kry?"

Wat makeer haar? wonder Carli onthuts. Sy sweef op 'n pienk wolkie êrens in Kammaland rond en intussen laat sy hierdie wildvreemde man toe om haar soos 'n hulpelose kind te behandel. Eintlik voel en lyk sy soos 'n verwaarloosde straatkind, dink sy wrang, want haar liggroen bloesie en appelgroen langbroek is die ene stof en olie, afkomstig van die vreemdeling se wrak van 'n ou bakkie.

Sy vee met haar hand haar hare uit haar oë, besef dat haar stowwerige palm heel waarskynlik nog 'n stofstreep op haar gesig gelaat het en sê met saamgeskraapte flentertjies waarheid: "Ek maak nie 'n gewoonte daarvan om onder geparkeerde voertuie te speel nie. Monster het onder jou bakkie ingekruip om Floorsie by te kom, maar nou sit hy vas. Ek het hom net probeer help om uit te kom."

"Is Monster en Floorsie jou boeties? Ek hoop nie dis hulle doopname nie," sê die man en lyk opreg bekommerd.

Sy sien die dansende lag soos gesmelte sjokolade in sy donkerbruin oë en kry gloede van verontwaardiging. "Niemand kan Monster miskyk nie! Jy moes gesien het toe my yslike Deense hond by ons hek uitgestorm het, of het jy agter 'n boom weggekruip?" vra sy boos. Sy besef dat sy met 'n wildvreemde man in die straat staan en rusie maak, maar sy geniet elke oomblik daarvan.

Sy was so alleen die afgelope tyd, dink sy. Sy voel tuis in Mariska-hulle se huis, want die Viviers's voel soos haar eie mense, maar niks kan hulle haar bloedeie maak nie. Sy sal eendag met Vincent Schoeman trou, maar op die oomblik is hy nog tant Renette se seun en tant Renette hou nie werklik van haar nie.

Die afgelope twee weke het Monster haar geselskap gehou, maar Monster kan net luister, nie gesels of rusie maak nie. Dit voel goed om met iemand wat haar nie oor haar ma se dood bejammer nie rusie te maak, dink sy en gluur die man agterdogtig aan.

"Was dit 'n hond?" vra die man verbaas. Hy stoot sy vuil hand deur sy hare en skud sy kop ongelowig. "Ek kon sweer dit was 'n kalf. Ek onthou hoe verras ek was om kalwers in so 'n spoggerige woonbuurt te sien."

"Monster is eintlik 'n kameel," antwoord Carli kil en gaan met haar ysigste stemtoon voort: "As jy heeltemal klaar gelag het, meneer, sal ek dit waardeer as jy Monster onder jou ou bakkie kan uitkry."

"Loop soos 'n droom," sê die man ingenome en klop-klop met die trots van eienaarskap teen die deur van die bakkie. "Drie-en-sewentig jaar oud, en byna net 'n leë dop toe ek dit in die hande gekry het. Ek het op agttien begin met die enjin, elke oomblik van my kosbare vrye tyd en kosbaarder spaargeld gebruik, en hier staan hy, twaalf jaar later: 'n droom van 'n bakkie, beter as nuut. Ek het sonder enige teëspoed al die pad van Henningshoogte af tot hier met Disselboom gery – dis nou behalwe vir 'n klein probleempie met 'n oliepypie. Goed, nè?"

"Verbysterend goed en verbysterend vuil. Het julle nie stofsuiers en water en seep op Henningshoogte nie?" vra Carli sarkasties. Sy maak vinnig sommetjies en besef dat die man dertig jaar oud is en moontlik 'n motorwerktuigkundige.

"As ek die stof en die roes afskrop, val ou Disselboom uitmekaar. Ek sal die bakwerk stuk-stuk vervang, maar dit sal nog 'n hele paar jaar duur voordat ek daarmee klaar is," verduidelik hy en vee-vee met sy hand oor die dak van die bakkie asof hy dit liefkoos.

"Hoekom het jou bakkie so 'n lawwe naam? Is 'n disselboom

nie deel van 'n ossewa nie?" vra Carli kortaf, sommer geïrriteerd omdat die man met soveel deernis na sy verroeste ou bakkie kyk.

"Dis reg, maar tant Emma het besluit dis 'n gepaste naam, want my bakkie kom uit die dae toe ossewaens en disselbome nog iets alledaags was," antwoord hy. Hy vee sy regterhand aan sy broek af en steek dit na haar uit. "Ek is Meyer Feldtmann. Sal ons aangename kennis sê voordat ons jou kameel onder my bakkie uitgrawe?"

Daar is olie onder sy naels, maar hy het die hande van 'n kunstenaar, 'n pianis, dink sy en kyk na sy breë, vierkantige palm en lang, byna delikate vingers wat uitloop in plat, halfmaanvormige naels.

"Is my hand vuiler as joune?" vra hy tergend.

"Nee!" antwoord sy gejaagd en gryp sy hand in hare, verleentheid vlammend op haar wange. "Bly te kenne, meneer Feldmann. Ek is Carli van Eeden."

Sy los sy hand vinnig en beduie na haar ouerhuis. "Ek woon in die glaspaleis . . . die huis wat soos 'n spieël lyk. Maar dis darem net die noordelike muur wat van glas gebou is. My pa het dit die glaspaleis genoem, maar my ma was dol op glas en moderne meubels en skilderye en hy was so lief vir haar dat hy haar niks kon weier nie. My ma is . . ." Sy kyk flitsend na hom, merk sy luisterende houding, die rustige, bemoedigende uitdrukking in sy oë, en voel haar woorde opdroog. Sy lek oor haar lippe en vervolg verskonend: "Ek praat te veel, maar dis omdat ek eintlik nie wil praat nie . . . Nee, dit klink dom."

"Nie werklik nie. Soms praat ek ure lank met tant Emma oor die weer as ek eintlik net wil weet wat sy vir my verjaardag gekoop het. Woorde kan mure bou tussen jou en jou nuuskierigheid . . . of jou hartseer."

"Ek is nie hartseer nie!" ontken sy met onnodige drif.

"Dalk nie, maar jy is eensaam. Dis waarom ek hier is: tant Emma het gesê ek moet jou kom haal. Kom jy saam met my, Carli?"

"Na 'n onbekende ou tannie wat . . ." begin sy onthuts, kyk in sy warm oë en voel asof sy in 'n diep, donker stroom van 'n ongekende euforie verdrink. Sy wil saam met hom gaan, maak nie saak waarheen nie, maak nie saak waarom nie, besef sy en vra huiwerig: "Wie is tant Emma?"

"Dokter Emma de Winter, jou ma se jonger suster," lig hy haar glimlaggend in.

"Leuenaar!" krys sy, storm terug na die motorhek en weet dat die sout smaak op haar lippe trane van teleurstelling is omdat hierdie man wat haar so maklik betower het, 'n laakbare bedrieër is.

2

Carli voel Meyer se groot hand ferm en warm om haar boarm sluit. Sy ruk tot stilstand in haar spore, intens bewus van haar asemhaling wat ineens vlak en gejaagd is. Sy hoor die onverklaarbare sang van haar hart en luister betowerd na die lied wat haar polsende bloed deur haar are sing, 'n onbekende lied sonder oorsprong of woorde.

Sy is bang, dink sy, bang vir die verwarrende emosies wat sy ervaar sedert sy Meyer Feldtmann voor haar sien staan het. Net om na hom te kyk, het haar laat voel asof sy saam met die sterre deur die naghemel tol en kantel. Nou rus sy hand met 'n warm intimiteit op haar arm en word sy oorweldig deur 'n ekstatiese gevoel wat haar vreemd kragteloos laat voel.

Nee, haar gevoelens het niks met die koms van Meyer Feldtmann te doen nie, besluit sy koppig en haal diep asem om haar selfbeheersing te herwin. Haar hart klop so onstuimig omdat sy hierdie vreemde man wat sy verroeste ou bakkie in hulle spogbuurt geparkeer het en ewe vrypostig met haar 'n geselsie aangeknoop het, vrees en wantrou. Miskien was sy oorgretig om met hom te praat, maar dit was bloot omdat sy so uitgehonger was vir 'n normale geselsie met iemand. Dit was voordat sy besef het hy is 'n leuenaar en 'n bedrieër – dalk 'n gevaarlike misdadiger wat haar wil ontvoer omdat sy die erfgenaam is van die Van Eeden Eiendomstrust!

Sy oorweeg dit om Meyer op sy maermerrie te skop en na Mariska-hulle toe te hardloop, maar besluit daarteen. Skop sy hom, val haar sandaal heel waarskynlik uit en moontlik breek sy al haar tone. Hy is ongetwyfeld vuil en moontlik arm, maar hy lyk nie soos 'n misdadiger nie – en sy enkele leuen oor haar kamtige tant Emma is nie 'n onvergeeflike sonde nie. Dalk soek hy net soos sy 'n bietjie geselskap omdat hy ook alleen hier in die stad is. Sy is Carli van Eeden en sy kan enige situasie met waardigheid hanteer, herinner sy haarself en staan onwillekeurig regopper.

"Mag ek nou maar praat, Carli, of huil jy nog?" vra Meyer geduldig langs haar.

Sy ruk haar kop beledig op en gluur hom aan. "Ek huil nie!" ontken sy verneder, besef dan dat sy skree en onthou gegrief dat sy van haar waardigheid vergeet het.

"Dan moet jy so spoedig moontlik 'n oogarts raadpleeg, want jou trane het spierwit paadjies oor jou vuil gesig geloop. Of dalk sal tant Emma vir jou oogdruppels vir jou tranende oë kan voorskryf. Sy is 'n goeie dokter," antwoord hy en kyk haar soos 'n besorgde pa aan.

"Luister mooi, Meyer Feldtmann: jou tant Emma is nie my tant Emma nie, want ek het nie 'n enkele tante, oom, neef of niggie nie. My ma was 'n enigste kind en reeds vier-en-sestig toe sy verlede week dood is. En haar ouers is dood toe ek nog op skool was. My pa was ook 'n enigste kind, en sy ouers is lankal dood. Klim in jou verroeste bakkie, ry terug na waar jy vandaan kom en moenie terugkom nie!"

Dit was beter, dink sy vergenoegd, want sy het haar waardigheid onthou. Sy lig haar ken trots, probeer om weg te beweeg van hom en besef dat hy nog haar arm vashou. "As jy my arm los, sal ek nie omval nie, meneer Feldtmann," sê sy met kille meerderwaardigheid en kyk na sy groot hand asof dit iets is wat in 'n vullisblik hoort.

"Klein snob! Jy is 'n vuil klein trens, maar jy dink my pragtige Disselboom is nie goed genoeg vir jou nie. Jy, Carli van Eeden, kan jouself bevoorreg ag as ek jou ooit toelaat om in my bakkie te ry," sê hy onthuts, maar los nie haar arm nie.

"Wat is 'n trens?" vra sy agterdogtig, seker dat hy haar beledig het, maar veels te gelukkig omdat hy nog haar arm vashou om werklik kwaad te wees vir hom.

" 'n Liederlike vuil meisie soos jy." Lag klim in sy oë en steek vuurtjies in die donkerbruin dieptes aan. "As ek tant Emma vertel jy was selfs vuiler as ek met ons eerste ontmoeting, sal sy my nie glo nie. Maar jy is darem mooier. En jy sal nog mooier wees as jy skoon is. Hoekom gaan bad jy nie eers voordat ek jou na tant Emma toe neem nie?"

Sy wil hom vertrou, wil hom so graag vertrou omdat sy so baie van hom hou, dans die verraderlike waarheid soos 'n speelse sonstraaltjie deur haar gedagtes en laat haar selfbewus haar blik neerslaan. Staar sy hom soos 'n verliefde tiener aan? wonder sy, sluk droog en vra met gedwonge saaklikheid: "As ek 'n tant Emma het – ek bedoel, as tant Emma werklik bestaan en my ma se jonger suster is – waarom het sy jóú gestuur om my te kom haal? Hoekom het sy nie self gekom nie? En waarom was sy nie op my ma se begrafnis nie? En hoekom het my ma nooit oor haar gepraat nie?" Carli se oë vernou agterdogtig. "Het my tant Emma 'n . . . 'n onsmaaklike verlede?"

"Gebruik jy altyd jou verbeelding om vir jouself bangmaakstories te vertel, Carli?" vra hy en lag kopskuddend. "Ek verseker jou: dokter Emma de Winter is 'n gesiene persoon in ons klein gemeenskappie, nie 'n krimineel met 'n duistere verlede nie. Ek weet sy en jou ma het in hulle jeug rusie gehad en hulle het nooit versoen geraak nie. Tant Emma het in 'n koerant van jou ma se begrafnis gelees, maar sy het my eers gisteraand daarvan vertel. Ek twyfel of sy jou ma se begrafnis sou bygewoon het, want tant Emma doen niks vir die skyn nie. Hoeveel vrae het ek nou al beantwoord?"

"Drie. Hoekom het tant Emma jou met 'n ou flenterbakkie gestuur om my te kom haal? Ek wed sy ry in 'n blink motor rond as sy 'n dokter is. Is haar blink motor nie goed genoeg vir my nie omdat sy en my ma rusie gehad het?"

Meyer maak sy mond oop asof hy haar wil antwoord, besluit dan daarteen en vryf met sy regterhand oor sy linkerwang. Hy frons en sug oorwonne. "As ek nou lieg, sit ek in 'n groter verknorsing, daarom sal ek dit ruiterlik erken: ek wou tant Emma verras het."

"Hoe?" vra sy onbegrypend.

"Met jou, natuurlik. Tant Emma is my voog, 'n nuuskierige en besitlike ou mens . . . e . . . ouerige persoon van sestig. Ek is 'n man van dertig, maar in tant Emma se oë is ek nog die een week oue baba wat my ma in haar sorg gelaat het. As ek tuis is, wil sy altyd weet wat ek doen of waarheen ek op pad is. Veral naweke, want gedurende die week hou haar praktyk haar besig. Sy sou nooit kon glo dat ek al die pad hierheen in ou Disselboom kon ry nie, daarom sal ek haar behoorlik verras as ek met jou in my ou bakkie by die huis opdaag."

Carli lees die erns in Meyer se oë, weet dat hy die waarheid praat en sê met 'n gevoel van intense teleurstelling: "Tant Emma het jou nie gestuur om my te kom haal nie. Jy weet nie eens of sy my wil ken nie."

"Tant Emma sal vanselfsprekend bly wees as ek jou –"

"Nee, Meyer," val sy hom beslis in die rede, bewus van 'n nuwe hartseer wat in haar binneste knaag. "Tant Emma het haar eie lewe, haar man en kinders en haar praktyk om haar besig te hou. Erken dit maar: sy sou my nooit kom haal het nie. En daag ek ongenooid op haar drumpel op, sal ek net 'n verleentheid vir haar wees."

Hy frons nadenkend, sy lippe saamgepers, en skud dan sy kop. "Ek kan nie met sekerheid sê wat tant Emma van jou sal dink nie, Carli, want ek en sy het nooit jou ma of hulle rusie bespreek nie. Ek weet net tant Emma is alleen soos jy, want anders as wat jy dink, is sy nooit getroud nie. Sy en jou ma was kwaaivriende, maar jy en sy het nie rusie gehad nie, daarom is dit moontlik dat julle vriende kan wees, en julle is mekaar se enigste familie. Is jy nie net 'n klein bietjie nuuskierig om jou tant Emma te ontmoet nie?"

"As tant Emma soos my ma is . . . Tant Emma ken my nie. Sy het my nie nodig nie." Hartseer en verwyt voer 'n tweestryd in Carli se binneste voordat sy met hoorbare bitterheid sê: "Ek veronderstel jy is tant Emma se uitverkose kroonprins, soos wat my oorlede broer my ma se kroonprins was. Dankie vir jou moeite en die uitnodiging, Meyer, maar nee dankie. Ek sien nie kans vir nog 'n vrou met 'n yskoue glashart soos my ma nie."

"Kroonprins se voet! Carli . . . wag!" roep Meyer toe sy haar arm onverwags losruk uit sy greep. Hy tree vinnig nader aan haar, plaas sy hande op haar skouers en vervolg met dringende erns: "Ek het nooit geweet tant Emma het 'n ouer suster gehad nie – nie voor gistermiddag toe sy my van jou ma se dood ver-

363

tel het nie. Dis toe dat sy my ook van jou vertel het. Ek het nie jou ma geken nie, Carli, maar ek ken tant Emma. Ek erken: sy is die ene draadwerk, maar haar hart is so groot soos 'n Karoonag. Kom kuier net vir 'n uur of wat saam met my by haar. Dalk hou julle van mekaar: dalk hou jy genoeg van haar om weer te kom." 'n Glimlag laat lig sy mondhoeke. "En volgende keer sal ek jou met 'n effens nuwer voertuig kom haal."

Sy verkyk haar aan die volmaaktheid van sy digte, geboë wenkbroue, bewonder die fyn lagplooitjies langs sy oë en raak bewus van 'n opwellende golf van verlies wat dreig om haar te oorspoel, want sy weet reeds sy kan nie aan sy versoek voldoen nie. Haar ma het haar twee-en-twintig jaar lank laat voel asof sy 'n aangelaste lap is, onbelangriker as die kleingeld in haar beursie, en nou vra Meyer haar om dieselfde rol in haar tant Emma se lewe te speel.

"Tant Emma sal nie van my hou nie, Meyer, maak nie saak hoe goed of lief sy teenoor jou is nie. My eie ma kon nie eens van my hou nie." Onrus werp 'n skadu in haar oë toe sy aarselend vervolg: "Dalk skort daar iets met my, want Vincent se ma is ook nie lief vir my nie."

"Vincent wie?" vra Meyer saaklik.

"Vincent Schoeman." Sy beduie na 'n dubbelverdiepingwoning links van hulle. "Die Schoemans is ons bure, en my ma en tant Renette het besluit ek en Vincent moet eendag trou."

"Is dit wat jy van Vincent wil hê?" vra hy, sy stemtoon gelykmatig.

Carli haal haar skouers op. "Ja, wat. Ons ken mekaar so goed, want ons het saam grootgeword. En ons hou van mekaar. Almal sê ek en Vincent is 'n volmaakte paartjie."

"Selfs Vincent se ma wat nie lief is vir jou nie?" vra hy skepties.

"My beste vriendin, Mariska, sê alle ma's dink geen meisie

is goed genoeg vir hulle seuns nie, maar dis gelukkig net totdat hulle oumas word," antwoord Carli met 'n onbesorgde glimlaggie, besef dat sy haarself nie glo nie, en sug ongeduldig. "Ek dink tant Renette — sy is Vincent se ma — weet self nie wat sy wil hê nie. Sy sê altyd ek is haar aanstaande skoondogter, maar sy vertel my en Vincent in dieselfde asem dat ons nog veels te jonk is om te trou. My ma is getroud toe sy mondig was."

"En jy was al mondig, klein Carli?" vra hy met oordrewe verbasing, sien die blos van verleentheid oor haar gesig kruip en lag haar goedig uit. "Tant Emma het my vertel hoe oud jy is — jonk genoeg om nie oorhaastig te trou nie. Of is jy en Vincent gretig om huis-huis te speel?"

Sy woorde laat haar beledig voel, want dis te na aan die waarheid: haar en Vincent se toekomstige huwelik is in haar oë net 'n voortsetting van die huis-huis-speletjie van hulle kleintyd, dink sy en vermy Meyer se ondersoekende blik.

"'n Mens trou nie net ná 'n begrafnis nie," antwoord sy ongemaklik.

"Nee, 'n mens trou net as jy seker is van jou liefde," sê Meyer doodluiters. Hy wag totdat sy fronsend opkyk na hom en vra ernstig: "Is jy baie, baie seker jy wil nie by tant Emma gaan kuier nie, Carli? Jy kan selfs jou Monster saambring. Tant Emma hou van kinders en honde."

"Arme Monster! Hy sit nog al die tyd onder jou bakkie vas. Hoe gaan ons hom daar uitkry?" vra Carli ontsteld.

"Jy en Monster het 'n baas nodig, want julle is ewe hulpeloos," antwoord hy treiterend en loop na die agterkant van sy bakkie. Hy hurk, kom orent met die protesterende Floorsie in sy regterhand en sit die kat in die mik van die naaste skaduboom neer.

"Waf!" blaf Monster en skiet soos 'n pyl uit 'n boog onder die bakkie uit, om stertswaaiend onder die boom waarin Floorsie sit stelling in te neem.

"Monster het nooit vasgesit nie," sê Carli bedroë en blik met 'n verleë glimlaggie na Meyer. "Baie dankie vir jou hulp, Meyer. Ek . . . e . . . sal met Vincent se ma praat. Sy was my ma se beste vriendin en sy sal weet of ek . . . e . . . sy sal my alles oor tant Emma kan vertel."

"Met ander woorde: jy dink nog steeds ek is 'n vuil, armoedige leuenaar," spot hy.

Hy is ongetwyfeld vuil, maar hy is en bly die aantreklikste man wat sy nog gesien het. Sy selfversekerdheid is nie verwaandheid nie, en daar is 'n unieke warmte en teerheid in hom wat haar soos 'n magneet trek, dink sy en kyk haastig weg, bang dat hy die bewondering in haar oë sal lees.

"Ek sal graag meer oor tant Emma wil weet voordat ek haar ontmoet," antwoord sy ontwykend.

"Gaaf! Dan kom haal ek jou op 'n ander dag as ons albei skoner is. Of sien jy kans om —"

"Hier kom Mariska!" val Carli hom gedemp in die rede.

"Tot siens, Carli. Ek sal vir jou tante sê jy stuur liefde," sê Meyer hard genoeg dat Mariska hom kan hoor. Hy buig nader aan Carli en vir 'n toweroomblik raak sy lippe sysag aan hare.

Carli sluit haar oë onwillekeurig en bly roerloos staan. Maar dan, voordat sy die wonder van die oomblik kan indrink, beweeg hy weg van haar.

Haar oë vlieg oop toe sy die deur van die bakkie hoor toeklap, en sy sien Mariska nuuskierig nader draf terwyl Meyer sy bakkie vinnig trustoot en wegry.

"Wie is daardie ou boemelaar? Hoekom het hy jou gesoen? Goeiste, Carli, het jy vir jou 'n geheime minnaar aangeskaf? Is hy darem ongetroud, of het hy 'n vrou en 'n spul kinders? Ek kan nie glo jy kan so 'n vuil man wat in 'n ou flenterbakkie rondry, soen nie!" kom dit uitasem van Mariska, lam geskok deur haar eie vrugbare verbeelding.

"Het jy die man sowaar gesoen, Carli?" vra Vincent Schoeman afkeurend. Hy gaap lank agter sy hand en sluit by die meisies op die sypaadjie aan.

Vincent is nie mooi nie, dink Carli en kyk krities na die lang, skraal jong man wat eendag haar bruidegom sal wees. Vincent is doodgewoon aantreklik met sy digte, heuningblonde hare, ligbruin wenkbroue en koringblou oë, omraam met lang wimpers. Sy neus is kort en reguit en sy gesig lank en hoekig. Sy mond is groot, sy lippe vol en sensueel, en as hy glimlag, keep diep kuiltjies in sy wange. Vreemd, sy en Mariska glo sedert hulle kleintyd dat Vincent die aantreklikste ou in die wêreld is, maar vandag lyk hy soos 'n vaak skoolseun met sy ongeskeerde gesig, deurmekaar hare en 'n T-hemp wat hy agterstevoor aangetrek het.

"Het jy nie gesien Carli soen die man nie, Vincent?" dring Mariska se verontwaardigde stem tot haar deur. "Ek kon my oë nie glo nie! Carli, wat het jou besiel om die vuil ou boemelaar te soen?"

"Dis wat my ma ook wil weet, Carli," sê Vincent en gaap weer agter sy hand. "Ekskuus. Ek slaap nog. Ek het tot halfdrie vanoggend DVD's saam met Peet-hulle gekyk. En toe kom boender my ma my uit die bed omdat jy 'n uur lank met 'n vuil boemelaar in die straat staan en praat. Wat het hy verkoop? Kompos, kraalmis of waatlemoene?"

Carli kyk hom geïrriteerd aan. "Is jy regtig drie maande ouer as ek, Vincent?"

"Dis wat op my geboortesertifikaat staan. Hoekom vra jy?" Hy vryf die slaap uit sy oë en gaap weer.

"Omdat ek skielik twintig jaar ouer as jy voel," antwoord Carli en voel dan gemeen. Dis nie Vincent se skuld dat hy minder manlik as die dertigjarige Meyer Feldtmann lyk nie, of dat hy op twee-en-twintig nie die innerlike krag en selfversekerdheid van Meyer uitstraal nie. Oor agt jaar sal Vincent ook manlik wees – as tant Renette intussen ophou om hom soos 'n hulpelose kleuter te behandel. "Jy het jou T-hemp agterstevoor aan, Vincent. Gaan klim in jou bed en slaap klaar."

"Moenie katterig wees nie, Carli," sê Mariska partydig. "Vincent is minstens skoon, maar daardie boemelaar wat jy gesoen het . . . Hoekom hét jy hom gesoen?"

"Ek het nie," ontken Carli. Sy voel hartseer. As sy geweet het Meyer gaan haar soen, het sy hom teruggesoen, dink sy, ervaar 'n oomblik van bandelose begeerte en bloos dan vuurrooi oor die intensiteit van haar emosies.

"Jy jok! Kyk hoe bloos sy, Vincent. Carli bloos altyd as sy jok." Mariska kyk ontsteld na Vincent en dan weer na die blosende Carli.

"Dis haar ma se dood," sê Vincent vertroulik en staan nader aan Mariska. "My ma sê die dood van 'n ouer is 'n traumatiese ervaring, daarom moet ons nie verbaas wees as Carli skielik vreemd optree nie. Dis waarom sy haar simpel hond se geselskap bo myne en joune verkies."

"Ek het nooit so daaraan gedink nie," sê Mariska en staar bewonderend na Vincent. "Arme Carli het niks en niemand wat sy haar eie kan noem nie, daarom het sy 'n wildvreemde boemelaar gesoen."

"Dis reg," beaam Vincent. "Maar haar soen was sonder bybedoelings, want sy het hom in die straat gesoen waar almal haar kon sien. Ek wed sy weet nie eens sy het hom gesoen nie. Dis haar gemoedstoestand, verstaan?"

"Ja, Vincent, maar wat –"

"Hy het mý gesoen, julle twee pampoene!" val Carli die ander meisie boos in die rede. "Glo julle ek het skielik doof en stom geword omdat my ma dood is? Julle staan my gemoedstoestand en ontleed soos twee ou professore, en intussen het julle nie die vaagste benul waaroor julle praat nie! Ek kan nie glo julle is my vriende nie!"

"Sy is histeries, Vincent. Wat doen ons nou?" vra Mariska gedemp en hou Carli besorg dop.

"Ons moet kalm bly," antwoord hy en waag 'n versigtige glimlaggie toe hy na Carli draai. "Moenie jou vir ons vererg nie, Carli. Ek en Mariska probeer jou net help, want ons het begrip vir jou ... e ... situasie. Hoekom het die boemelaar jou gesoen?"

"Omdat hy wou," antwoord Carli kamma bedees, blik beurtelings na Mariska en Vincent en bars in 'n onkeerbare giggelbui uit. "Julle is snaaks – julle weet net nie hoe snaaks nie! Die man het my gesoen omdat ... e ... omdat hy my neef is."

"Jy het nie 'n neef nie, want jou tant ..." begin Vincent. Hy pers sy lippe hard saam en kyk betekenisvol na Mariska, wat hom met groot, geskokte oë aanstaar en probeer om haar kop ongemerk te skud.

"Dan weet julle van my tant Emma de Winter?" vra Carli met onskuldige belangstelling.

"Het my ma jou vertel?" vra Vincent ongelowig.

"Dis 'n dom vraag, Vincent," sê Mariska misnoeg. "Jou ma sou nooit so 'n persoonlike saak met Carli bespreek het nie, en ek en jy bewaar al jare ons geheim. Wanneer het jou ma jou van haar suster Emma vertel, Carli?"

Carli ignoreer Mariska se vraag en vra ingehoue: "Hoe lank weet jy en Vincent al van my tant Emma?"

Mariska en Vincent kyk na mekaar en lyk albei skuldig. Dan antwoord Mariska teësinnig: "Vandat ons twaalf was. Jy het daardie wintervakansie masels gehad en ek en Vincent het mekaar geselskap gehou. Ons het moeg geword van televisiespeletjies en toe gaan krap ons op die solder rond en kom op 'n ou album van tant Renette af."

"Daar was foto's van jou in die album, Carli!" sit Vincent die vertelling gretig voort. "Ek bedoel, die meisie op die foto's het soos jy gelyk – stokou foto's van my ma en jou ma en die meisie wat soos jy gelyk het. Ek en Mariska was so opgewonde dat ons my ma gaan vra het of ons die album vir jou kon wys. Sy het nie juis 'n keuse gehad nie: sy moes ons toe van jou tant Emma vertel. Maar sy het ons laat beloof dat ons nooit enigiets oor tant Emma en die foto's vir jou sal sê nie. Verkwalik jy ons dat ons stilgebly het?"

"Nee, Vincent. Het jou ma julle vertel waaroor my ma en tant Emma rusie gehad het?" vra Carli gelykmatig en hoop sy verraai nie haar gebrek aan inligting oor haar onbekende tant Emma aan die ander twee nie.

"Nee. Weet jy?" kom dit tegelykertyd van Vincent en Mariska.

Carli glimlag sonnig. "Jammer, julle twee, maar dis 'n De Winter-geheim. Maar ek kan julle vertel dat tant Emma 'n pleegseun het – Meyer Feldtmann."

"Die boemelaar?" vra Mariska ongelowig.

"Moenie oordryf nie, Mariska!" sê Carli onthuts. "Meyer het twaalf jaar lank in sy vrye tyd aan daardie antieke bakkie gewerk om dit weer in 'n lopende toestand te kry. Hy het al die pad van Henningshoogte af gery en op pad hierheen het die oliepypie van die bakkie gelek of gebreek. Hy moes seker onder die bakkie inkruip om dit reg te maak, want hy was die ene stof en olie, maar sy klere was nie oud of flenters nie. Sy gesig was in elk geval skoon."

"Ja, hy het die aantreklikste gesig wat . . ." begin Mariska entoesiasties, kyk na Vincent en lyk skuldig. "Ek persoonlik verkies blonde mans, maar as 'n mens van donker mans hou, is jou neef nogal aantreklik, Carli."

Vincent vee sy deurmekaar kuif uit sy oë, kyk ongemaklik na Carli en vra onwillig: "Is die Meyer-vent getroud?"

Is Meyer getroud? wonder sy, ineens smoorkwaad vir Vincent oor sy nuuskierigheid. Tot op hierdie oomblik het sy nie aan die moontlikheid gedink dat Meyer 'n getroude man met 'n vrou en 'n huis vol kinders is nie, maar nou sal sy vir die res van haar lewe daaroor wonder – en dis alles Vincent se skuld.

"Ja, hy is getroud en die pa van ses kinders, maar ek weet nie wat hy vir ontbyt eet nie. Enige verdere vrae kan skriftelik en in triplikaat aan my gepos word."

"E-pos of slakkepos?" vra Mariska, haar oë vonkelend.

Carli kyk na haar vriendin en lees 'n boodskap van woordelose begrip in haar oë. Dis wat Mariska nog al die jare doen, besef sy: stuur met haar oë boodskappe van begrip as Vincent haar met sy nuuskierige vrae irriteer. Mariska is wyser as sy en Vincent, want sy speel altyd die rol van 'n goedige ouer suster wat die vrede tussen hulle bewaar. As sy en Vincent die dag trou, sal sy Mariska moet vra om by hulle in te trek, dink sy en glimlag vir haar.

"Jy praat in jou slaap, Vincent," terg Mariska en stoot hom liggies teen die skouer. "Gaan stel jou nuuskierige ma gerus en gaan slaap klaar. Jy is altyd effens dommerig as jy nie genoeg geslaap het nie."

Vincent knik. Hy gaap tot sy oë traan en draai terug huis toe. "Ek is selfs te vaak om dom te voel," mompel hy. "Bel my as jy moeg is van jou hond se geselskap, Carli, maar eers teen vanmiddag," vervolg hy en drentel weg.

"Arme drommel. Tant Renette gaan hom onder die stort druk en hom saam kerk toe sleep," sê Mariska simpatiek.

"Dis sy eie skuld. Vincent is 'n man onder die manne, maar stap hy by hulle huis in, is hy skielik drie jaar oud. Verbeel jou, tant Renette kyk elke oggend of sy hare netjies gekam en sy naels skoon is voordat hy universiteit toe gaan!" sê Carli misnoeg.

"Jou ma en tant Renette was albei twee-en-veertig toe jy en

Vincent gebore is. My ma sê tant Renette het besluit sy is 'n ouma, daarom behandel sy Vincent soos 'n oulike kleinkind."

"Jou ma is 'n slim vrou," sê Carli met 'n skraal glimlaggie. "My ma het doodgewoon besluit ek bestaan nie. Dit was nie baie aangenaam vir my nie, maar dit het my selfstandig gemaak. Wat doen ek met tant Renette as ek en Vincent die dag trou?"

Mariska kyk haar onthuts aan en bars skaterend uit van die lag. "Stommerik! Het jy vergeet jy besit nou hotelle en ander eiendom in byna elke land in Europa, Amerika en Asië? My ma sê jy is nou so ryk dat sy jou eintlik jammer kry."

"Dankie. Ek het myself jammer gekry nadat my prokureur . . . e . . . oom Wim my ma se testament voorgelees het. Hy het my verseker ek hoef my nie oor die bestuur van die trust te bekommer nie, want hy en die ander direkteure sorg daarvoor. Maar ons praat nie nou oor my erfenis nie. Wat doen ek met tant Renette as ek en Vincent eendag trou?" vra sy weer.

"Ignoreer haar, klim saam met Vincent op 'n vliegtuig en hou vir die res van jou lewe vakansie in jou eie hotelle," stel Mariska met 'n ondeunde glimlag voor.

"Dis presies wat ek sal doen! Ek dink ek is vir die eerste maal bly ek het ryk geërf," sê Carli verlig.

Mariska sug verlangend. "Dit moet hemels wees om soveel geld te hê dat jy nooit hoef te werk nie."

"Dit is nie. Ek wil net baie kinders en kleinkinders en agterkleinkinders hê – hope van hulle, sodat my huis altyd propvol van my eie mense is." Carli frons spytig. "Ek wens ek en Vincent kon sommer môre trou, maar tant Renette sal ons nie toelaat nie."

"Julle is albei mondig, Carli. Niks verhoed julle om môre te trou nie," sê Mariska ingehoue, haar stem effens hees.

Die beeld van 'n lang, donker man met spatsels sonlig in sy diepbruin oë verskyn onverhoeds voor Carli se geestesoog. Sy ervaar weer die tintelende warmte van sy groot hand op haar arm, hoor die diep timbre van sy stem in haar ore en wens hy was by haar. Vreemd hoe veilig en gelukkig sy in sy geselskap gevoel het, selfs toe hulle rusie gemaak het . . .

"Waf!" blaf Monster haar onverklaarbare verlange na Meyer aan skerwe en kom sit voor haar, sy leiband in sy bek, sy regteroor gespits.

"Jou liewe ding! Het jy moeg geword daarvoor om Floorsie dop te hou?" vra Carli vir die groot hond, knip die leiband aan sy halsband vas en draai na Mariska. "Tant Renette het Vincent oortuig ek en hy is veels te jonk om te trou, daarom moet ons wag. Ek en Monster was op pad kafee toe. Kom jy saam?"

"Jy is te vuil om kafee toe te loop," sê Mariska, 'n troebel uitdrukking in haar oë.

"Goeiste, ek het vergeet ek is die ene stof en olie! Maar ek kan nie vir Monster teleurstel nie. Ons sal om die blok loop. Toe, kom saam."

"Nee, ons gaan kerk toe. Sien jou!" roep Mariska en draf weg oor die straat.

"Tot later!" roep Carli, verlig dat Mariska haar alleen gelaat het. Sy wil ongesteurd aan Meyer dink, want sy beeld bring 'n ongekende warmte diep in haar. Sy voel hoe dié warmte deur haar liggaam tintel met 'n sensasie wat sy teësinnig as begeerte herken. Sy wil hê dat Meyer haar styf in sy arms vashou en . . . Nee! Sy is 'n opperste dwaas, want sy droom oor 'n man wat sy moontlik nie weer sal sien nie. Sy gaan met Vincent trou, want sy het hom lief – so lief as wat sy Mariska het.

Carli bly staan, geskok deur die besef. Is sy werklik lief genoeg vir Vincent om met hom te trou? vra sy haarself ontsteld af. Tant Renette sê liefde is iets wat stadig moet groei, gevoed deur kennis van mekaar en die waardering van gesamentlike ervaringe. Sy het 'n deeglike kennis van Vincent, het haar hele jeug saam met hom ervaar, maar miskien het tant Renette gelyk: sy is nog nie oud genoeg om Vincent met die volwasse liefde van 'n vrou lief te hê nie, besluit sy en begin draf saam met Monster om aan haar twyfelgedagtes te ontsnap.

Dis tipies van tant Renette, 'n besige prokureur en een van oom Wim se talle vennote in sy groot prokureursfirma, dink Carli en volg die kelner wat haar na Renette se tafel toe lei. In plaas daarvan om haar wat Carli is tuis te besoek, nooi sy haar vir 'n peperduur middagete in 'n gewilde hotelrestaurant.

Renette glimlag verwelkomend – 'n glimlag wat soos gewoonlik nie haar oë bereik nie, merk Carli op. Sy wag totdat Carli aan haar tafel sit en haar bestelling aan die kelner gegee het voordat sy vleiend sê: "Jy lyk pragtig, Carli – werklik sjiek! Ek besef jy is nog besig om jou ma se dood te verwerk, maar dis vir my ontstellend dat jy jouself in jou ouerhuis toesluit en meestal in verbleikte denims rondloop en met daardie aaklige gedierte in julle agterplaas speel. Jy is my aanstaande skoondogter, en vanselfsprekend bekommer ek my oor jou. Jy moet wegkom uit daardie huis van rou, daarom het ek jou hierheen genooi vir middagete."

"Ons huis rou nie," antwoord Carli impulsief, wonder of sy onhoflik was en besluit dan met 'n onverklaarbare gevoel van vryheid dat dit haar nie kan traak of sy goeie maniere het of nie. Sy het toegelaat dat tant Renette twee-en-twintig jaar lank aan haar voorskryf wat om te dink of te doen. Nee, dit was erger: tant Renette kon haar so maklik met 'n skerp antwoord of 'n meerderwaardige glimlaggie klein en dom laat voel. Haar eie ma het haar bloot geïgnoreer, maar tant Renette het altyd stekies ingekry. Nie langer nie, besluit Carli en lig haar ken onbewustelik.

"Dit was figuurlik gesproke, Carli," sê Renette, haar glimlag simpatiek toe sy vervolg: "Ek was verstom om te hoor jy het julle getroue huispersoneel afgedank. Wat het jou besiel om dit te doen, my liewe meisie?"

"Ek wil my eie tee maak, self vir my koeldrank skink en my hond voer, tant Renette. Ek het vir elkeen van ons huispersoneel 'n groot Kersfeesbonus gegee, en 'n personeelfirma het gesorg dat hulle almal nuwe poste kry. 'n Skoonmaakdiens maak nou die huis twee maal per week skoon. Dit pas my," antwoord sy met saaklike erns.

"Solank jy nie eensaam is nie." Renette probeer om begrypend te klink, maar Carli merk die oorwegende lig in haar oë.

"As ek eensaam is, is dit omdat ek dit verkies, tant Renette. My vriende bel my gereeld, en Mariska boer by my."

"Ja . . . Mariska beskik oor die besonderse talent om by 'n mens te wees sonder om lastig te wees," beaam Renette en vra met oordrewe belangeloosheid: "Is jy van plan om die Kerstyd saam met jou tant Emma en haar pleegseun deur te bring? Is dit waarom hy by jou was? Het hy jou uitgenooi vir 'n kuiertjie?"

Die nuuskierige ou heks! dink Carli briesend en staar stip na die tafelblad, haar gelaat uitdrukkingloos. Dan is dít die rede vir tant Renette se uitnodiging: om oor tant Emma en Meyer Feldtmann uit te vis, nie omdat sy haar oor haar toekomstige skoondogter bekommer nie.

Carli glimlag dierbaar en antwoord stroopsoet: "Ja, die liewe Meyer! Hy het so mooi gevra dat ek nie anders kon as om te beloof dat ek Kersfees saam met hulle sal deurbring nie."

Renette kry kleur op kleur, glimlag met onoortuigende blydskap en sê gul: "Dis wonderlike nuus, Carli. Ek het Emma goed geken toe ons jonk was, en sy het so 'n minsame geaardheid. Ek is seker sy sal jou en Vincent met ope arms verwelkom."

"My en Vincent?" vra Carli onkant, onthou dat sy eendag met Vincent gaan trou en glimlag sonnig. "Ja, natuurlik. Vincent is nog besig met sy LL.M.-graad, maar as hy eindelik klaar –"

Renette lê Carli met 'n handgebaar die swye op. "Waarom so lank wag, Carli? Ek het besluit julle tweetjies kan voor Kersfees verloof raak en vroeg aanstaande jaar trou. Is jy nie bly nie, my meisie?"

3

Carli staar Renette in verbysterde stilte aan. Afgesien van die skok is daar 'n ander, hinderlike emosie wat in haar binneste tob. Sy is bang, besef sy, doodbang vir so 'n ernstige stap soos 'n verlowing of 'n huwelik. Sy is veels te jonk . . . Nee, Vincent is te jonk. Vincent lyk nie net soos sy pa nie, hy aard ook na hom. Eendag as hy ouer is, sal Vincent 'n man soos oom Wim wees en 'n stille sekerheid en integriteit uitstraal, maar dit sal nie môre of volgende week wees nie. Sy is vanselfsprekend lief vir Vincent, maar hulle liefde is nog te onvolwasse vir 'n huwelik.

"Jy is só oorstelp van vreugde dat jy nie 'n woord kan uitkry nie, my liewe Carli," vertolk Renette haar stilswye verkeerd en glimlag ingenome, 'n tikkie triomf in haar oë. "Ek het geweet my besluit sal jou onuitspreeklik gelukkig maak."

Tant Renette het klein, wit tandjies soos 'n meerkat, dink Carli, en wonder dan traag of meerkatte wel klein, wit tandjies het. Meerkatte het beslis nie gitswart gekleurde hare, kleinerige groenbruin oë en spits neusies nie. Nee, sy ly aan skok, daarom vergelyk sy tant Renette met 'n meerkat. Tant Renette is 'n lang, elegante vrou, rietskraal en altyd modieus geklee, en lank gelede moes sy 'n mooi meisie gewees het.

Sterk drank is goed vir skok – sy het nou eintlik drank no-dig, dink Carli, gryp haar glas water en drink dit met een teug leeg. Sy klad haar lippe met haar servet en glimlag skrams toe sy na Renette kyk. "My ma is nouliks tien dae gelede dood, tant Renette. Ek sien nie kans vir 'n groot verlowingspartytjie en 'n spul gaste nie."

"Vanselfsprekend nie!" stem Renette entoesiasties saam. "Ek het besluit ons sal die partytjie in hierdie hotel hou en nie meer as 'n honderd gaste nooi nie – baie eksklusief. En die pers sal genooi móét word. Jy besef natuurlik dat jou doen en late voortaan altyd nuus sal wees, nè, Carli?"

"Hoekom? My ma se doen en late was nooit voorbladnuus nie."

"Haar foto het gereeld in die sosiale blaaie verskyn, maar die mooi jong erfgenaam van die Van Eeden Eiendomstrust sal veel meer aandag van die pers geniet. Jou ouers het altyd volstrek geweier om onderhoude oor hulle privaatlewe aan die pers toe te staan, want hulle wou hulle kinders nie aan onnodige publisiteit blootstel nie," vertel Renette vertroulik.

Tant Renette het sowaar vir haar 'n kompliment gegee, gesê sy is mooi, en sy gesels nie met haar asof sy 'n dommerige kind is nie, dink Carli verslae. Kry tant Renette haar jammer oor haar ma se dood? wonder sy en voel soos 'n verslae idioot toe die besef haar tref: dit gaan alles oor die Van Eeden Eiendomstrust.

Sy, Carli van Eeden, haar ma se onsigbare dogter, het oornag die erfgenaam van biljoene geword, daarom is sy nie meer te jonk om aan Vincent verloof te raak of met hom te trou nie. Selfs die besitlike tant Renette kan nie anders as om in te sien dat Vincent nêrens 'n ryker bruid as sy sal kry nie. Goeie, opofferende tant Renette: sy is bereid om haar besitlikheid jeens Vincent op die altaar te lê, solank sy indirek haar vingers in die bodemlose geldtrommel van die Van Eedens kan kry, dink Carli sinies. Sy leun ontnugter terug op haar stoel toe die kelner 'n bord garnale en slaai voor haar neersit.

"Dit lyk smullekker. Sal ek vir ons sjampanje bestel om die

377

geleentheid te vier, Carli? Net een glasie, want ek moet terug-gaan kantoor toe," stel Renette voor.

"Daar is niks om te vier nie, tant Renette," antwoord Carli beheers. "Al wag ek en Vincent tot die Saterdag voor Kersfees, is dit nog te kort ná my ma se dood om 'n verlowingspartytjie in 'n hotel te hou."

"Ek het nie besef jy was so geheg aan jou ma nie," sê Renette, haar uitdrukking skepties.

"Ek was nie, want jy weet so goed soos ek dat ek nooit vir Margot van Eeden bestaan het nie, tant Renette," sê Carli reguit en kyk Renette met 'n tikkie uitdaging in haar uitdrukking aan. "Maar ek dink aan my familie – my tant Emma. Ek sal haar in die verleentheid stel as ek nie 'n klein bietjie respek vir my ma se dood toon nie."

"Ek twyfel of Emma . . ." Renette maak 'n afwerende hand-gebaar en glimlag gedwonge. "Ek veronderstel daar is 'n hegter band tussen jou en Emma as wat daar tussen haar en jou ma was."

"Daar is," antwoord Carli en besef dat sy en haar onbekende tant Emma ongetwyfeld iets gemeen het: haar ma het hulle albei geïgnoreer.

"In daardie geval . . . Waarom raak jy en Vincent nie privaat verloof nie? Ons kan altyd julle amptelike verlowingspartytjie volgende jaar hou – miskien drie maande ná jou ma se dood, Carli?" versoek Renette, die hoop onmiskenbaar in haar oë.

"Ek en Vincent sal daaroor besluit, tant Renette," antwoord Carli met nuutgevonde selfvertroue.

Geld is mag, sê die ou spreekwoord, maar nou weet sy dis waar, want dis die mag van haar erfgeld wat tant Renette ge-dwing het om te aanvaar dat sy en Vincent oud genoeg is om hulle eie besluite te neem.

Mariska stap die sitkamer van die Van Eeden-huis binne en kyk na Vincent wat met sy lang bene oor 'n stoelleuning gedrapeer en sy kop op die sitplek van die stoel lê. Dan kyk sy na Carli, wat op die mat sit en met albei hande aan die stertkwispelende Monster se halsband vasklou sodat hy nie kan opspring nie.

"Sit, Monster!" beveel Mariska streng en ignoreer die hond, wat met 'n sagte tjankgeluidjie sy groot kop op sy voorpote neerlê, sy sielvolle oë verwytend op haar. "Is julle kwaad vir mekaar of dink julle? Carli? Vincent? Koe-ie! Dis ek, Mariska. Kan iemand my hoor?"

"Ons is besluiteloos," antwoord Vincent lusteloos.

"Dikmond," som Carli die situasie kripties op.

"Maar julle maak al dae lank rusie! Of liewer, julle maak nie rusie nie, julle lê rond soos twee nat vadoeke. En kom kuier ek, ignoreer julle my. Wat is aan die gang, julle twee? Of is ek nie meer een van die driemanskap nie?" vra Mariska verwytend.

Met blitssnelle bewegings van sy lang arms en bene sit Vincent skielik penorent op sy stoel. "Natuurlik is jy! Ek het al gewonder of ek en Carli jou nie moet raadpleeg nie."

"Ja, jy het altyd 'n oplossing vir alles, Mariska," beaam Carli met opsigtelike verligting. "Ek wou lankal jou raad gevra het, maar die simpel Vincent het besluit ons is oud genoeg om ons eie probleme op te los."

"Dis nie 'n probleem nie, Carli, dis ons verlowing," sê Vincent fronsend.

Mariska sak vinnig op die naaste rusbank neer. "Is . . . is julle van plan om verloof te raak?" vra sy, haar stemtoon ongewoon yl. Sy skraap haar keel en glimlag dan hartlik. "Wanneer vier ons julle verlowing? Sommer nog vanaand?"

Vincent kreun gevoelvol en stut sy voorkop in sy hande.

"Het tant Renette jou omgekoop om my en Vincent in 'n verlowing in te praat, Mariska?" vra Carli agterdogtig.

"Nee!" ontken Mariska heftig. "Ek het vermoed julle sal binnekort verloof raak, want . . . e . . . jy kan nie vir altyd stoksielalleen in hierdie vistenk bly nie, Carli, selfs nie met die sekuriteitswagte wat snags diens doen nie. My ma sê dis onnatuurlik om soos 'n non te leef as jy vry is om lief te hê en gelukkig te wees."

"Ek is 'n goudvis in 'n vistenk, nie 'n non in 'n klooster nie. En ek geniet my eie en Monster se geselskap," sê Carli bot.

Maar sy jok vir haar vriendin, dink Carli skuldig. Sy geniet nie haar eensaamheid nie, maar sy is bang om uit te gaan, want dalk kom kuier Meyer Feldtmann weer; of dalk bel hy. Sy het reeds die foongids geraadpleeg en sy weet sy kan haar tant Emma bel en vra om met Meyer te praat, maar sê nou hy is getroud? Sy het dit selfs oorweeg om die twee motorhawens op Henningshoogte te skakel om te hoor of hy daar werk, maar haar moed het haar telkens begewe. Dalk het Meyer besluit dis nie meer so 'n goeie plan om haar aan tant Emma voor te stel nie . . . Of miskien het hy tant Emma vertel van sy ontmoeting met haar en het tant Emma geweier om haar te ontmoet. Dit sal so bitter hartseer wees as sy Meyer nooit . . . as sy haar tant Emma nooit leer ken nie.

"Carli, ek praat met jou!" bulder Vincent met só 'n oorverdowende volume dat Monster tjankend skuiling soek agter die rusbank.

"Ag nee, Vincent, man. Jou geskree maak van Monster 'n senuweewrak," verwyt Carli hom. "Ek was net ingedagte. Wat het jy gesê?"

"Sien jy nou?" vra Vincent met hulpelose handgebare aan Mariska. "Ek wil ernstig gesels, maar Carli hoor meestal nie wat ek sê nie. Dis wat ek vir my ma ook sê: Carli is swaarder deur haar ma se onverwagte dood getref as wat ons almal vermoed, want sy kan op niks konsentreer nie."

"Ek verstaan nie, Vincent," sê Mariska onbegrypend. "Hoeveel konsentrasie verg dit om verloof te raak? Steek jy nie net 'n ring aan die meisie se vinger en vra haar om met jou te trou nie?"

"Maar almal weet reeds ek en Carli gaan eendag trou! Ek en sy weet dit vandat ons ons verstand het. Hoekom moet ek haar vrá om te trou as sy weet ons gaan trou?" vra hy met ongewone drif.

"Nou hoekom gee jy nie vir haar 'n verloofring nie?" vra Mariska prakties.

"Omdat ek weier dat my ma vir my meisie se verloofring betaal!" bulder hy, stoot sy vingers deur sy hare en vervolg meer bedaard: "Ek is nog 'n student, en elke sent wat ek deur die jare present gekry het, is deur my ma belê vir my troudag of my oudag – ek kan nie onthou nie. Ek kan nie 'n verloofring bekostig nie. My ma sê dit moet 'n peperduur ring wees, want die koerante sal daaroor wil skryf. Ek is arm en Carli is ryk en dis my probleem."

"Nie werklik nie, Vincent," sê Mariska paaiend. Sy wend haar tot Carli, wat daarin geslaag het om Monster agter die rusbank uit te lok en met haar arms om die groot hond se nek kruisbeen op die mat sit. "Jou ma het mos hope diamantringe gehad. Hoekom gebruik jy nie een van haar ringe nie?"

"Ek sal nooit my ma se ringe dra nie. My baie kinders en kleinkinders kan eendag al haar juwele erf, want ek sal vir hulle vertel sy was 'n dierbare ma. Moenie na my kyk asof ek jok nie, Mariska: my ma was 'n dierbare ma – vir my broer, maar my kinders en kleinkinders hoef dit nie te weet nie. Ek kan in elk geval nie so kort ná my ma se dood verloof raak nie," antwoord Carli en streel met haar hand oor Monster se kop, haar blik neergeslaan.

"Hoekom nie? Ek is jammer as ek onsimpatiek klink, Carli,

maar jy treur nie eens 'n klein bietjie oor jou ma nie," sê Mariska reguit.

Carli se hand raak stil en sy kyk vinnig op na Mariska, haar uitdrukking ontsteld toe sy antwoord: "Dit gaan nie oor my ma nie, maar . . . Jy spot altyd oor ons huis wat soos 'n vistenk lyk, maar dit voel asof ek werklik in 'n vistenk woon, want tant Renette sê die pers sal alles oor my en Vincent se verlowingspartytjie wil weet. Wat moet ek vir hulle sê? Dat ek skielik verloof geraak het omdat die arme ryk wesie moeg is om alleen in 'n vistenk te woon?"

"Ek verstaan nie," sê Mariska verward. "Gaan 'n verlowing nie om liefde nie? Sê vir die nuuskierige joernaliste jy en Vincent het mekaar lief, daarom het julle verloof geraak."

"Ja, almal weet ek en Carli is lief vir mekaar," antwoord Vincent met 'n selfversekerdheid wat Mariska se hande laat jeuk om hom hard te skud.

"Ja, ons is lief vir mekaar," sê Carli werktuiglik en streel weer Monster se kop. Lief soos dit hoort, probeer sy haarself wysmaak, maar sy weet dis selfbedrog. Meyer, en die aanraking van sy hand op haar arm . . . Daar is 'n ander soort liefde, besef sy. Twee mense kyk na mekaar en woorde is nie nodig nie, want hulle herken mekaar, weet dat hulle mekaar altyd geken het in 'n realiteit anderkant tyd. En op daardie toweroomblik van herkenning ervaar hulle 'n vlam van verlange wat aanhou brand, maak nie saak hoeveel tyd verloop het of hoe groot die afstand is wat hulle van mekaar skei nie.

Maar . . . Meyer Feldtmann is moontlik 'n getroude man. En selfs al is hy ongetroud, het hy haar nie lief nie, dink sy en voel hoe sy wegtuimel in 'n nagdonker duisternis van wanhoop en hartseer. Sy het Meyer so oneindig lief . . .

Dié besef laat Carli na haar asem snak en sy kyk verskrik op na Mariska en Vincent, bang dat hulle haar gedagtes gelees het.

Sy merk verlig dat Vincent langs Mariska op die bank sit en ernstig met haar gesels, en keer gretig terug na haar eie gedagtes.

Haar ma het geglo emosies moet met nugtere denke ontleed word, onthou Carli. As sy met haar ma se glashart en glasbrein na haar situasie kyk, bestaan daar nie 'n enkele rede waarom sy kan glo dat sy 'n wildvreemde man liefgekry het nie. En tog ...

Sedert sy Meyer Feldtmann ontmoet het, vul 'n ongekende rusteloosheid haar dae, en dit maak haar nagte eindelose ure van herinneringe aan hom. Sy sien weer eens sy breedgeskouerde gestalte voor haar geestesoog en haar hart pyn in haar bors. Huiwerig, teen haar wil, erken sy teenoor haarself: sy wou nie, maar sy het Meyer liefgekry. Dís die rede vir die skrynende verlange wat in haar binneste klop, want sonder hom is haar lewe leeg en doelloos.

Maar sy het Vincent haar lewe lank lief; sy en Vincent gaan eendag trou, protesteer haar verstand. Sy kyk ongemerk na hom, sien dat hy en Mariska steeds ernstig gesels en kyk met nuwe oë na hom. Vincent is ongetwyfeld aantreklik, maar sy uiterlike het niks met haar gevoel vir hom te doen nie. Sy hou van sy rustige geaardheid, want Vincent is meestal kalm en bedaard soos sy pa. Oom Wim sê hy gebruik al sy innerlike vuur en energie in sy werk, daarom kan hy ontspan as hy tuis is. As sy en Vincent trou ...

Nee, hulle kan nie trou nie, want hulle het mekaar met die naïewe liefde van kinders lief, skril die waarheid soos die geluid van 'n skeidsregter se fluit deur haar. Sy het geglo sy het Vincent lief, maar dis Meyer wat haar met 'n vreemde opwinding vul, wat 'n bandelose begeerte in haar laat opvlam om in sy arms te loop, om die gespierde hardheid van sy liggaam teen hare te voel en om sy brandende soene te ervaar.

Maar dis hartstog, nie liefde nie! maan sy haarself. En tog ... sy sal dolgelukkig wees om net by Meyer te wees, om met hom te gesels, want sy mis sy glimlag, sy speelse geterg, die diep, warm klank van sy stem . . . Selfs al is dit nie liefde nie, is haar nuutgevonde gevoel vir Meyer so onbeskryflik groot dat Vincent nie langer 'n plek in haar hart het nie – nie as die man met wie sy wil trou nie, besef sy met sekerheid.

"Carli!" skreeu Vincent en Mariska in haar ore.

Sy ruk van die skrik en sien die twee voor haar op die mat kniel. Sy kyk in hulle verontwaardigde gesigte en glimlag stralend. Sy het Meyer lief, sing haar hart, en dié wete vul haar met 'n goue warmte, vul haar met die skaterende blydskap van 'n kind op Kersoggend.

"Hoekom grinnik jy? Het jy gehoor wat ek en Vincent bespreek het?" vra Mariska agterdogtig.

"Nie 'n enkele woord nie. Ek kan nie tegelykertyd dink en luister nie. Wat het julle bespreek?" vra Carli en probeer nie eens om ernstig te lyk nie, want haar lippe glimlag vanself.

"Jou verloofring en ons verlowing," antwoord Vincent. Hy slaak 'n hoorbare sug van verligting en kyk dankbaar na Mariska voordat hy vervolg: "Ons moes lankal met Mariska gepraat het. Sy het oplossings vir al ons probleme."

"Het ons probleme?" vra Carli onbesorg.

"Ék het, want ek kan nie 'n duur ring vir jou koop nie," antwoord Vincent afgehaal.

"Maar ek het die oplossing, Carli," snel Mariska hom te hulp toe hy hoopvol na haar kyk. "Jy het my vertel dat jy jou ouma Van Eeden se juwele geërf het toe jy mondig geword het. Jy kan een van háár ringe gebruik as jy en Vincent verloof wil raak."

"Net tydelik, totdat ek werk en vir jou 'n peperduur verloofring kan koop. Jy gee mos nie om nie, of hoe?" vra Vincent en lyk beurtelings skuldig en selfbewus.

"Ek sal met 'n gordynring verloof raak, solank ek die man liefhet," antwoord Carli droomverlore en dink aan Meyer.

"Wonderlik!" sê Mariska entoesiasties, maar haar glimlag misluk. Sy vroetel 'n snesie uit die sak van haar slenterbroek en vee haastig oor haar oë en neus. "Ekskuus, julle twee. My ma sê ek is 'n sentimentele sot, want ek huil altyd as ek bly is. Ek is so bly julle gaan eindelik trou . . ."

Carli sien hoe Mariska se snesie verkrummel onder haar stortvloed trane, spring op en raap 'n boks snesies van 'n tafeltjie af op. "Hier, dis snesies vir mans. Jou ma het dit vir my gebring toe my ma dood is, maar ek gebruik hulle net as Monster my oor lek."

"Ek het ook 'n sakdoek . . . êrens," mompel Vincent, voel in sy broeksakke en sê dan afgehaal: "Nee, ek het nie. Ek het dit gebruik om die koeldrank op te droog toe die simpel Monster weer my glas omgestamp het."

"Omdat jy nie kan onthou jy moenie jou glas op die koffietafel neersit nie," sê Carli partydig. "Ek het jou gewaarsku Monster swaai sy stert en klap alles van die koffietafel af."

"Kom ons bespreek nou julle verlowing," sê Mariska, maar sy klink so desperaat dat Carli haar verwonderd aankyk.

Mariska se oë is rooi gehuil en sy lyk so ontroosbaar hartseer dat enigiemand kan sien sy is bitter ongelukkig, besef Carli. Nee, nie enigiemand nie, maar iemand wat liefhet. Sy moes Meyer liefkry voordat sy met oop oë na Mariska kon kyk, want sy het al die jare geglo Mariska is 'n dierbare, moederlike meisie wat altyd almal gelukkig wil maak. Moontlik hét Mariska 'n moederlike geaardheid, maar sy is terselfdertyd 'n jong meisie wat kan liefkry en droom en die hartseer van teleurstelling kan ervaar.

Ons is drie onvolwasse kleuters van twee-en-twintig, dink Carli wrang. As twee mense mekaar liefhet, wil hulle alleen wees, maar sy en Vincent doen niks en gaan nêrens sonder Mariska nie. As sy eerlik moet wees: sy het nog nooit ure omgedroom oor haar toekoms saam met Vincent nie, of rillings van ekstase ervaar as hy haar hand vat nie. Dit het haar nooit verbaas dat hulle mekaar nie soen of in vurige omhelsings betrokke raak nie, want hulle is so gewoond aan mekaar. Hulle het immers altyd geweet hulle het mekaar lief en hulle sal eendag trou, want dis wat hulle ma's gesê het. En hartstog is eintlik net 'n sprokie, iets waaroor 'n mens in boeke en tydskrifte lees en wat jy in rolprente sien – iets wat vanself gebeur as mense getroud is.

"Pla jou sinusse jou, Mariska?" vra Vincent bedagsaam. "Dalk is jy allergies vir die mat of hondehare. Sal ons op die bank gaan sit?"

"Moenie simpel wees nie, Vincent!" bars Mariska met ongewone drif uit. "In ons huis word mense met fiemies nie toegelaat nie. Dis net jou ma wat glo vars lug gee jou sinusaandoenings, sodat sy jou kan pamperlang."

"Rissiepit! Dink jy ek geniet dit om soos 'n kleuter behandel te word?" skree Vincent met 'n ergernis wat hare ewenaar.

Hulle kyk na mekaar, lag in mekaar se oë en draai dan na Carli, wat hulle met 'n uitdrukkinglose gelaat dophou.

"Het jy besluit wanneer ek en Vincent verloof moet raak, Mariska?" vra sy en hoop sy klink geïnteresseerd.

"Ja, maar dis net 'n voorstel," antwoord Mariska ongemaklik. "Ek het gedink . . . gewonder of jy 'n klompie vriende vir 'n partytjie op Oukersaand gaan oornooi soos jou ma altyd gedoen het. Jy hoef nie 'n orkes te huur nie, want jy sal seker nie wil hê jou gaste moet dans nie, maar as jy jou ma se spyseniers huur om net 'n ete te bedien, kan Vincent julle verlowing dan aankondig."

"Voor of ná die visgereg? Of sal ons tot ná die nagereg wag?" vra Carli en lag skitterend in haar oë.

"Net na afloop van die ete," sê Vincent en sluk dat sy adamsappel op en af wip. Hy kyk Carli onseker aan. "Ons hoef niks

386

oorhaastigs te doen nie, Carli. Ek besef jy is eensaam vandat jou ma dood is, maar as jy nie wil hê ons moet nou verloof raak nie, kan ek en jy en Mariska saam vakansie gaan hou. Sommer in een van julle strandhuise, want ek het nie genoeg geld vir 'n hotelvakansie nie."

Carli betrag hom oomblikke lank oorwegend en glimlag dan stadig, begrypend. "Jy wil nie verloof raak nie, Vincent," sê sy reguit.

"Ek wil! Ek wil! Genugtig, Carli, ek was nog nooit dislojaal aan jou nie. Ek bedoel, daar was hope meisies wat . . . e . . . Ek kon ander meisies uitgeneem het, maar ek was altyd doodgelukkig om jou en Mariska uit te neem," protesteer hy.

"Moenie bloos nie, Vincent," sê Mariska paaiend, terug in haar moederlike rol. "Daar was talle mans wat jag gemaak het op Carli. Maar net soos jy, het sy verkies om saam met ons twee uit te gaan."

"Dan weet julle waarvan ek praat," sê Vincent hoorbaar verlig. "Ek weet ek en jy sal eendag trou, Carli, maar ek wil nie hê jy moet met my trou bloot omdat jy alleen voel nie."

"Het jou ma gesê ek is haastig om te trou om 'n einde aan my eensaamheid te maak?" vra Carli, haar glimlag argeloos.

"E . . . eintlik is ek nie veronderstel om te weet dat my ma jou uitgenooi het vir ete, of wat julle alles daardie dag bespreek het nie, maar . . . e . . . ek weet," erken Vincent aarselend.

Vincent is so dom soos wat sy was voordat sy Meyer liefgekry het, dink Carli. Hy glo hy was al die jare lojaal aan haar, maar hy was nie – hy was lojaal aan Mariska, maar hy besef dit nie. Noudat hulle verlowing binnekort 'n werklikheid gaan word, weet hy intuïtief dat hy nie kans sien om aan haar verloof te raak nie. Maar hy wil haar ook nie seermaak nie, want hy glo sy het hom lief. Arme verwarde Vincent.

"Aangesien dit 'n Van Eeden-tradisie is . . . Ek sal 'n dineedansparty vir Oukersaand reël, en as ons wil, kan ons dan verloof raak, Vincent. Maar as jy één woord oor ons beplande verlowing laat uitlek, sal ek nie hier wees op Oukersaand nie," sê Carli saaklik en staan op. "En nou gaan ek met Monster stap. Mariska, kyk of daar iets vir ons middagete in die yskas is, anders kan jy etes laat aflewer. Jy weet waar my beursie is."

"Al die yskaste is propvol, Mariska. Kom ons gaan kies wat ons wil hê," sê Vincent. Hy help Mariska orent en stap saam met haar die sitkamer uit, terwyl Carli hulle met 'n geamuseerde glimlaggie agternakyk.

Carli loop soos 'n outomaat na die voordeur, haar brein nog effens benewel van die slaap, 'n opgewonde Monster springend om haar. Vyftien dae gelede het sy net ná agtuur die oggend by die motorhek uitgestap en 'n ou, verroeste bakkie langs die sypaadjie sien staan – en haar lewe het in 'n oogwink verander, want sy het in Meyer Feldtmann se oë gekyk en hom onher-roeplik liefgekry, dink sy.

Vyftien dae ... en Meyer het nie die moeite gedoen om haar een maal te bel nie. Sy probeer so hard om van hom te vergeet, maar telkens spoel herinneringe aan hom deur haar gedagtes soos stukkies dryfhout: die donker dieptes van sy oë, die warmte van sy hand op haar arm, die sysagte aanraking van sy lippe op hare ...

Sy trek die voordeur met 'n ongeduldige suggie agter haar toe en kyk gesteurd na waar Monster met groeiende volume voor die motorhek staan en blaf. "Stil, Mon- ..."

Blydskap smyt haar woorde weg, die hamerslae van haar hart soos 'n verwoestende donderstorm in haar ore. Die ou, verroeste rooi bakkie staan langs die sypaadjie geparkeer en haar hart sing 'n borrelende lied van vreugde, want Meyer het teruggekom.

Sy besef eers dat sy doodstil voor die deur staan en glimlag toe Monster terughardloop na haar en die punt van sy leiband wat sy in haar hand vashou, met sy bek gryp.

"Waf!" blaf die groot hond ongeduldig en spits sy regteroor vraend.

"Dankie, Monster," gesels Carli sag terwyl sy die leiband aan sy halsband vasknip. "As jy my nie herinner het ons gaan stap nie, het ek vir die res van die dag soos 'n idioot voor my eie voordeur gestaan en glimlag."

Sy sien Meyer teen 'n boomstam op die sypaadjie aanleun, 'n koerant oopgevou in sy hande. Ignoreer hy opsetlik die blaffende Monster wat nie kan wag om hom te groet nie? Nee, dis 'n lawwe gedagte. Meyer het teruggekom na haar toe. Dalk is hy nog nie getroud nie.

"Sit, Monster!" beveel Carli en merk verlig dat Monster haar dadelik gehoorsaam en onmiddellik ophou blaf.

Meyer vou sy koerant met 'n hoorbare sug van verligting toe en gooi dit in sy bakkie. "Dank die hemel! Jou hele woonbuurt weet nou ek het weer by jou kom kuier," sê hy knorrig.

"Maak dit saak? Of weet jou vrou en kinders nie van jou kuiertjies by my nie?" vra sy en klink net so onvriendelik soos hy.

Sy glimlag steek dansende vuurtjies in sy donker oë aan. "My baie vrouens en nog meer kinders maak nie saak nie, maar ek het aan jóú goeie naam gedink. Dis hoekom ek sedert sesuur vanoggend voor jou deur sit en wag: ek het gehoop jy sal vroegoggend met Monster gaan stap sodat jou bure nie my ou bakkie gewaar nie. Dis gelukkig nou eers twintig voor agt. Hallo, Carli. Kon jy toe jou nuuskierige vriendin se vrae oor my bevredigend beantwoord?"

"Ja. Ek het gesê jy is my tant Emma se pleegseun en my neef. En toe Vincent my uitvra, het ek hom van jou vrou en ses kinders vertel. Wat eet jy vir ontbyt?" vra sy ongeërg en wens sy kan liggies met haar vingers oor sy songebruinde gelaat streel.

Sy wil aan hom raak, die tekstuur van sy vel voel en weet dat sy vir altyd net syne sal wees, dink sy en kyk vinnig af na Monster, bang dat haar oë haar emosies aan Meyer sal verraai.

"Hawermoutpap of muesli, want tant Emma hou my cholesterol dop. Tant Emma is erger as die matrone van 'n weeshuis: sy maak jou siek met haar onsmaaklike kos, sodat jy nooit siek sal word nie," antwoord hy skertsend en vra dan sober: "Hoekom het jy gewig verloor? Mis jy jou ma?"

"Nee!" antwoord sy skerp en weet dat sy bloos. Sy peusel aan haar kos en droom haar nagte om oor die man wat haar nou soos 'n besorgde pa aankyk, dink sy en verduidelik vinnig: "Ek en Vincent gaan op Oukersaand verloof raak. Daar is soveel reëlings om te tref vir ons verlowingspartytjie."

'n Ligte frons keep tussen Meyer se wenkbroue en werp 'n skadu oor sy oë. "Jou ma is 'n paar weke gelede dood en Kersfees is om die draai. Is jy en Vincent nie 'n bietjie haastig om sjampanje te drink nie?" vra hy, 'n tikkie afkeer in sy stemtoon.

"Kom by, Meyer. Jongmense klou nie aan die ou, konserwatiewe gewoontes vas nie. Dood is dood en niks wat jy doen, kan die finaliteit daarvan verander nie," antwoord sy met oortuigende onverskilligheid, maar sy weet haar woorde is vals. Selfs ná twaalf jaar kan sy haar hartseer oor haar pa se dood nie vergeet nie. Die eerste Kersfees ná sy dood was 'n fiasko, want sy het geweier om met die versiering van die Kersboom te help of haar geskenke oop te maak. Dit was die enigste maal dat sy en haar ma en haar broer saam gehuil het ...

"Ek wens ek was 'n normale jongmens," sê Meyer kamma afgehaal en sug selfbejammerend. "Maar dis tant Emma se skuld: sy het my konserwatief, ouderwets en verkramp grootgemaak. Of dink jy nog steeds tant Emma bestaan net in my verbeelding?" vra hy en lig sy regterwenkbrou vraend.

Hy is mooi, selfs mooier as wat sy onthou het, baie mooier as aantreklik, dink sy, besef dan dat sy hom bewonderend aanstaar en sê kortaf: "Jou gesig is skoon. Ek bedoel, jy is skoon."

"Ons is albei silwerskoon," korswel hy. "Het Vincent se ma jou van tant Emma vertel?"

"Nee. Ek het voorgegee my ma het my van tant Emma vertel, en toe vertel Mariska en Vincent my alles wat hulle van haar weet. Ek weet sy is my ma se jonger suster en dat ek soos sy lyk, maar dis al."

"Ja, jy ís 'n jonger uitgawe van tant Emma, maar ek dink jy is . . . e . . . maerder. Ek het my bakkie spesiaal aan die binnekant skoongemaak. Kom jy saam?" vra hy en kyk haar afwagtend aan.

"Is Henningshoogte nie baie ver nie?" huiwer sy.

"Die rit sal nie langer as twee uur duur nie. Kom nou, Carli. Ek is vieruur vanoggend van die huis af weg, maar ry ons nou, kan ek voor tien my ontbyt eet," nooi hy en steek sy hand uit na haar.

"Nee!" Sy tree vinnig weg van hom, haar hartklop dawerend in haar ore. Sy is skielik bang vir hierdie groot, donker man, dink sy, maar besef onmiddellik dat sy vir haarself jok. Sy is nie bang vir Meyer nie, maar sy vrees die verraderlikheid van haar gevoelens. Om twee uur lank saam met hom in sy bakkie te ry, langs hom te sit en na die warm klank van sy stem te luister . . . Sy durf nie, want die wete van haar liefde vir hom is so nuut en oorweldigend dat sy haarself sal verraai.

"Te trots om in my ou bakkie te ry?" vra hy uittartend.

"Allermins!" antwoord sy geraak. "Ek sal wag totdat ek en Vincent verloof is en tant Emma dan bel en . . ." Sy vergeet dat sy kwaad is vir hom en erken hulpeloos: "Ek is bang om onge-nooid by haar huis op te daag. Dalk wil sy my nie ken nie."

"Het jy vergeet wat ek oor tant Emma gesê het, Carli? Sy het niemand behalwe vir my nie, maar ek is nie haar bloedeie nie. Glo my, sy sal jou soos 'n eie kind behandel."

"Soos my ma my behandel het?" Sy vermy sy oë en verkyk haar aan sy songebruinde hande.

"Is my naels vuil?" vra hy en lag haar goedig uit toe sy blosend van verleentheid opkyk na hom. "Tant Emma sê sy het in die skinderkolomme gelees jy is die oorbeskermde erfgenaam van die Van Eeden Eiendomstrust, wat weier om enige onderhoude aan joernaliste toe te staan – so vertel jou publisiteitsagent die koerante. Is jy bang om mense te ontmoet, Carli?"

Die blos op haar wange verdiep en sy antwoord gesmoord: "Ek het nie 'n publisiteitsagent nie. Juffrou Theron was my ma se privaat sekretaresse en sy praat namens my met die media. Ek sal in elk geval nie weet wat om vir 'n joernalis te sê nie."

"Hulle sal jou net oor jou sosiale lewe en jou toekomsplanne uitvra," sê hy, sy stemtoon neutraal.

Sy kyk hom agterdogtig aan. "Hoekom praat jy oor my sosiale lewe? Het jy vir enige joernalis gesê jy kom hier kuier?"

"Beslis nie! Ek probeer net agterkom waarom jy weier om jou tant Emma te ontmoet. Die koerante skryf jy het nie 'n sosiale lewe nie, want jy woon nooit partytjies en ander geleenthede van die rykes by nie. Was dit jou ma se beleid om . . .?"

Hy breek sy sin af en hou sy hand op toe sy selfoon lui. Hy kyk na die naam wat op die skermpie verskyn, tree tot langs haar en sit sy arm om haar skouers. "Dis tant Emma. Ek sal die luidspreker aansit sodat jy haar stem kan hoor. Luister!" beveel hy.

Carli staan roerloos, intens bewus van die intimiteit van Meyer se liggaamshitte. Sy hoor hoe Emma groet en luister na haar onbekende tante se stem: "Hoe durf jy 'n lêplek maak van Carli van Eeden se huis, Meyer? Ek sal die vernedering nooit oorleef nie! Klim in jou bakkie en kom huis toe – nou!"

4

Carli krimp innerlik ineen by die aanhoor van haar onbekende tant Emma se woorde. Sy probeer om weg te beweeg van Meyer, maar sy arm glip om haar lyf en hou haar gevange.

"Hallo! Hallo! Die vervlakste sein! Jammer, tant Emma, ek kan jou nie hoor nie. Ek sal terugbel!" Meyer prop sy selfoon haastig in sy broeksak. Hy draai sy kop stadig na links, kyk oor sy skouer en draai dan tydsaam terug na Carli.

"Jy lyk soos een wat 'n dwarsklap gekry het, maar dis onnodig, meisiekind. Kyk oor my skouer na die Schoemans se huis. Sien jy 'n vrou voor die venster van die hoekkamer op die boonste verdieping staan?" vra hy grimmig.

Carli doen wat hy sê en snak hoorbaar na haar asem. "Dis tant Renette, Vincent se ma," adem sy verslae. "Dink jy sy het tant Emma gebel om stories oor jou aan te dra? Nee, sy sou nie, Meyer. Sy en tant Emma ken mekaar nie eens nie."

"Sy het tant Emma in hulle jeug geken, want sy en jou ma was boesemvriendinne. En dink net wat tant Renette alles kan verloor as ek jou voor Vincent se neus wegraap: genoeg geld om 'n normale mens nagmerries te gee," antwoord hy stroef.

Waarom is hy so kwaad? wonder sy. Sy oë is die kleur van swart vlamme en laat haar haar laaste tikkie selfvertroue verloor.

"Ek is jammer dat ek die rede is dat tant Emma nou kwaad is vir jou, Meyer. Ek sal vir haar 'n briefie skryf en verduidelik jy het alles goed bedoel en . . . en dat tant Renette 'n aaklige ou skinderbek is. En ek het nie regtig baie geld nie. Ek bedoel, ek het 'n bankrekening, maar oom Wim betaal al my rekeninge en . . . en eintlik weet ek net ek het ryk geërf, maar ek voel nie ryk nie. Dankie dat jy my wou gehelp het, maar ek het geweet tant Emma sal my nie wil hê nie. As jy my nou sal los, sal ek en Monster dadelik loop."

Lag klim in sy oë en word skitterende sterre in die duisternis van sy diepbruin kykers. "Kom ons gee die ou skinderbek nog 'n rede om stories aan te dra," sê hy sag.

Voordat sy kan reageer, neem sy arms haar gevange en sy mond vind hare, sy lippe sag en soekend. Vir 'n onmeetlike oomblik klou sy hom vas, adem sy die speserygeur van sy vel in, voel die prikkeling van sy baardstoppels op haar gesig, die gespierde krag van sy liggaam en die warmte van sy hande op haar rug – 'n gloeiende warmte wat vlamme van verlange deur haar laat skroei. Die opvlamming van haar emosies word 'n polsende pyn, maar dan lig hy sy kop op en sê ferm: "Ek dink dit was oortuigend genoeg. Dankie vir jou samewerking, Carli. Kom ons gaan stap met jou tjankende Monster."

"Het jy baie T-hemde?" vra sy nuuskierig, geïnteresseerd in die kleinste brokkie inligting wat sy lewe raak.

"Nee," antwoord hy laggend. "Ek gebruik T-hemde soos stoflappe as ek aan motors werk, daarom het ek altyd nuwes nodig."

"Dan het ek reg geraai: jy is 'n motorwerktuigkundige. Geniet jy dit om aan motors te werk?" vra sy belangstellend.

Hy glimlag breër en druk haar hand. "Elke oomblik! Tant Emma verstaan dit nie, maar motors is soos pasiënte: ek moet hulle gesond maak."

"Ek kan sien dit maak jou gelukkig. Werk jy vir 'n goeie baas?"

"Die beste baas. Ek dink nie my bankrekening is so groot soos joune nie, maar ek sukkel nie om vir my talle vroue en kinders te sorg nie," antwoord hy tergend.

'n Selfbewuste blos kruip oor haar wange en sy frons lig. "Dit was nie aspris nie," sê sy ongemaklik. Sy lees die uitdrukking van onbegrip op sy gelaat en verduidelik teësinnig: "Ek bedoel: niemand het my gevra of ek ryk wou erf nie. Arnold, my ouer broer, was die kroonprins. Sy hele lewe het om ons maatskappye gedraai, want daar was nie tyd vir 'n huwelik of kinders in sy lewe nie. Hy was agt-en-dertig toe hy dood is, oud genoeg om die pa van kinders te wees."

"Was jou ma nie gretig dat jou broer moet trou nie?" vra Meyer verwonderd.

"Ek glo nie, want sy en Arnold het alles saam gedoen. Soos Mariska sê: ek en een van ons personeel is oorsee gepos vir my vakansies, want my ma en Arnold het altyd saam vakansie gehou."

"Het Arnold nooit besware geopper nie? Of was daar nie meisies in sy lewe nie?" vra Meyer ongelowig.

"Honderde!" antwoord Carli wrang. "Hy was besonder aantreklik, en hy het geweet dat hy met 'n glimlag of 'n spesiale kyk in sy oë meisies se aandag kon trek. Ek vermoed talle meisies sou maar te gretig gewees het om sy gewillige slavinne te wees. Soms het ek die indruk gekry dat Arnold verwag het dat vroue hom moet bewonder, want hy was so seker van sy eie onweerstaanbaarheid – maar dalk was dit die onweerstaanbaarheid van die Van Eeden Eiendomstrust. Te veel geld laat 'n mens wonder of ander mense werklik van jou hou."

"Maak jou rykdom jou bang?"

Sy kyk vinnig na hom, soek 'n teken van spot in sy oë, maar lees net belangstelling in sy blik. "Nee, want my erfenis is nie werklik deel van my nie. As 'n mens ryk grootgeword het, as al jou vriende ryk is, is rykdom iets alledaags. Ek weet my lewe lank ons het meer geld as Mariska-hulle of die Schoemans, want my ma het 'n groot huispersoneel en duurder motors as hulle ouers gehad, en ek het meer dikwels as Mariska en Vincent my vakansies oorsee deurgebring, maar dis al."

"Dan is jy nie 'n lid van die stralerkliek nie?" terg Meyer haar.

"Beslis nie! Ek en Mariska het nie eens dikwels partytjies

bygewoon toe ons studente was nie, want ons ouers het geglo ons studie was belangriker." Sy byt op haar onderlip en vervolg ingedagte: "Eintlik hou ek van dans, maar Vincent hou nie van nagklubs of danspartytjies nie, en Mariska hou net van ballet. Ons doen altyd alles saam."

"Toe maar, ek sal jou na die Oujaarsdans in ons stadsaal neem," beloof hy en druk haar hand vertroostend.

Sy hoef nie in sy oë te kyk om te weet dat hy haar terg nie en antwoord met gedwonge erns: "Jy is dierbaar, dankie, Meyer, maar as ek 'n verloofring dra —"

"Haal dit af en bêre dit vir die aand," val hy haar in die rede. "Ek het jou reeds gesê: jy kan nie 'n verlowingspartytjie so kort ná jou ma se dood hou nie. Wat sal tant Emma sê? En van tant Emma gepraat: dis jou plig om Vincent aan haar voor te stel, voordat jy aan hom verloof raak. Of is jy te modern om 'n ou tannie se opinie in ag te neem?"

"Is jy simpel, Meyer?" vra sy, buitensporig kwaad omdat sy eintlik wil huil. Sy ruk haar hand los uit syne om hom te konfronteer. Ná vandag sal sy hom nooit weer sien nie, want tant Emma wil haar nie hê nie, skryn die besef deur haar binneste. Dit laat haar verwoed voortgaan: "Het jy nie gehoor wat sy netnou gesê het nie? Jy boer by my en ek is 'n vernedering vir haar. Jy kan maar vir haar sê: ék voel verneder, want ek het my nie aan haar opgedring nie en ek sal ook nie!"

Meyer bly staan en staar haar aan. "Arme dom kind. Jou oë traan nie net wanneer hulle wil nie, maar jy ervaar boonop oomblikke van doofheid. Foei tog," sê hy besorg en klik sy tong.

"Jou beledigende . . . e . . . man! My oë en ore makeer niks nie. Ek het gehoor wat tant Emma gesê het," tier sy, bang dat haar trane haar sal oorweldig.

"Jy het gehoor, maar het jy geluister, Carli?" vra hy, sy stem donker van erns. "Tant Emma is vies omdat tant Renette aan haar gesê het ek maak 'n lêplek van jou huis. Ek kan verstaan dit was 'n vernedering vir tant Emma om so 'n onsmaaklike brokkie nuus oor my te hoor. Ek en jy weet dis nie die waarheid nie, en sodra ek met tant Emma gesels het, sal sy ook weet. Glo my, Carli, tant Emma is nie kwaad vir jou nie."

Sy verluister haar aan die diep klank van sy stem, streel met haar oë oor sy sterk gelaatstrekke en wens hierdie oomblik was 'n ewigheid.

Maar tant Emma het haar verwerp, onthou sy en gryp in haar gedagtes na haar rafeltjies woede. "Verwag jy werklik dat ek jou moet glo? My ma is 'n paar weke gelede dood, maar tant Emma het nog nie 'n enkele poging aangewend om my te bel of net 'n kaartjie van simpatie te stuur nie. Jy kan my nie met jou leuens troos nie, Meyer. As tant Emma my wou ken, het sy lankal na my toe gekom."

Hy vat haar hand in syne en begin weer aanstap om 'n einde aan Monster se tjankende protes te maak. "Jy en tant Emma is ewe trots – of ewe bang. Ek het haar gevra of sy jou gebel het om met jou ma se dood te simpatiseer, en sy het presies soos jy gereageer: op my geskree en gevra of ek breinloos gebore is. Tant Emma is so 'n waardige vrou en 'n bekwame dokter, maar as sy hartseer of onseker is, skree sy nes jy. Maar sy skree darem net op my, nie op haar pasiënte nie."

"Ek skree nie," mompel Carli en verwens die warm blos van verleentheid wat oor haar gesig kruip. "Maar dit bevestig net wat ek reeds gesê het: tant Emma wil my nie ken nie."

"Sy wil, maar toe sy die dag begin skree het, het sy my duidelik laat verstaan dat sy nie weet watter stories jou ma oor haar vertel het en of jy haar wíl ken nie. Sy bekommer haar omdat jy alleen in die wêreld is, maar sy wil nie toenadering soek nie, want dalk is jy 'n hooghartige, aanstellerige, bedorwe brokkie. Sy het besluit sy sal wag totdat jy met haar in verbinding tree, want sy het haarself oortuig dis jou plig omdat jy die jonger familielid is. Dis waarom ek daardie Sondag en vandag by jou kom kuier het."

Carli snuif ongelowig en kyk hom gegrief aan. "Jy het nie daardie oggend by my kom kuier nie. Jy het my ingewag en my behandel asof ek 'n straatkind is." Haar oë vernou vyandig. "Jy het my net vir die gek gehou, want jy het die hele tyd geweet wie ek is!"

Hy glimlag sonnig in haar oë en druk haar hand. "Hoe anders? As ek na jou voordeur toe gekom het en my aan jou voorgestel het as jou tant Emma se afgevaardigde . . . Jy sou die deur in my gesig toegeklap het, want jy het nie aanvanklik geglo jy het 'n tant Emma nie. Ek dink ons ontmoeting in die straat was meer . . . e . . . ontspanne. Ons was albei so vuil dat ons net onsself kon wees. Ek wed jy het daardie oggend nie een maal aan jou rykdom gedink nie."

Sy is ineens weer bewus van sy groot hand wat hare vashou, van die gevoel dat dit is waar sy hoort: altyd aan sy sy, haar hand veilig in syne. Maar hy mag nooit weet dat hy die middelpunt van haar heelal geword het nie, waarsku sy haarself en glimlag onbesorg. "Ek dink nooit aan my rykdom nie, maar dit wás 'n koddige ontmoeting. Sal jy vir tant Emma sê ek is eintlik een van die armes?"

Meyer kyk haar onthuts aan en lag dan geluidloos tot sy skouers skud en lagtrane oor sy wange vloei. Hy word bewus van die gekwetste uitdrukking op haar gesig en gryp haar aan haar skouers, Monster se halsband om sy regtergewrig. "Jy is 'n pragtige meisie, letterlik en figuurlik, Carli. Ek is byna bly dat jou . . ." Hy swyg toe sy selfoon 'n geluid maak, haal dit uit sy broeksak en sê gerusstellend: "Dis net 'n boodskap."

"Van tant Emma?" vra sy ingehoue terwyl hy die boodskap lees.

Hy trek haar met sy regterhand teen hom aan en versoek saaklik: "Lees, want dit gaan oor jou."

Carli sluk hoorbaar, neem sy selfoon en lees Emma se boodskap: *Bel my! Renette dreig met koerante toe gaan. Ons moet Carli se goeie naam beskerm, sy moenie seerkry nie.*

Sy kyk op na hom, wil in sy oë lag, maar sy beeld verdwyn agter 'n gordyn van trane wat silwer stroompies op haar wange verf. "Het jy dit gelees, Meyer? Tant Emma gee om vir my!" snik sy onkeerbaar.

"Moenie op my selfoon huil nie, Carli. Die ding het 'n fortuin gekos," sê hy gelykmatig. Hy vat dit by haar en gebruik sy sakdoek om haar trane af te droog. "Het jy fonteintjies in jou oë? Wanneer gaan jy ophou huil?" vra hy bot.

Die koue ondertoon in sy stem laat haar trane vanself opdroog en sy staar hom verwonderd aan. "Hoekom is jy kwaad vir my?" vra sy verward.

"Ek is nie kwaad vir jou nie," antwoord hy kortaf.

Sy sien hoe hy sy selfoon in sy sak steek en byt ontsteld op haar onderlip. "Dis tant Emma se boodskap. Jy wil haar nie met my deel nie," sê sy verwytend.

"Genugtig, Carli, ek deel tant Emma my lewe lank met elke sieke op Henningshoogte! Jy is haar enigste bloedfamilie. Ek is dankbaar dat julle vriende sal wees." Hy draai ongeduldig terug in die rigting van haar huis. "Kom ons stap terug. Ek moet huis toe ry en tant Emma gerusstel."

"Nee!" roep sy, kry hom aan sy hemp beet en rem terug, sodat hy verplig is om te bly staan.

"Jy wou sê?" vra hy, maar draai nie om na haar nie.

Carli skarrel om hom en gaan vlak voor hom staan, strydlus in haar oë toe sy opkyk na hom. "Jy het netnou gesê tant Renette is bang jy raap die Van Eeden-geld onder Vincent se neus weg, en toe het jy kwaad gelyk. Nou lyk jy nog kwater. Die joernaliste sal nie onware stories oor jou publiseer bloot om tant Renette te plesier nie, Meyer. Ek weet jy het na my toe gekom omdat jy tant Emma gelukkig wou maak, nie omdat jy met my geld wil trou nie." Sy betrag hom opsommend en glimlag tevrede. "Ek wed daar is baie ryk meisies wat met jou sal wil trou, maar jy is te trots om jou te laat omkoop."

"Wel . . ." Die lag is soos sonlig wat die donker erns uit sy oë vee. "Ek kan dalk besluit om my op 'n openbare veiling aan te bied. Sal jy my koop, Carli?"

"Ek sal moet, want jy is een van ons en tant Emma het jou nodig," antwoord sy speels.

"En jy het mý nodig," sê hy met sekerheid en beveel dan skerp: "Staan stil, Carli! Jy het nie eens agtergekom Monster het sy leiband om jou bene gevleg nie. Of wou jy oor sy leiband struikel en in my arms val?"

"Ja, ek wou," antwoord sy, haar stemtoon neutraal, en doen haar bes om die blos van verleentheid op haar wange te ignoreer.

"Jy is pragtig as jy bloos," terg hy en vat weer haar hand.

"Dis waarom ek jou op 'n veiling sal koop: jy is ook pragtig, Meyer," antwoord sy en lag saam met hom terwyl hulle terugloop. En die klank van hulle voetstappe is die ritme van die oeroue lied van die liefde wat haar hart jubelend sing.

Mariska wag hulle trippelend van ongeduld langs Meyer se bakkie in, gluur hulle beurtelings aan en sê verpletterend: "Ek hoop julle het 'n baie goeie rede om te glimlag, want as julle weet wat ek weet, lag julle nie gou weer nie."

Meyer en Carli kyk na mekaar en sug met aanvaarding.

"Tant Renette het 'n joernalis gebel," sê Carli.

"'n Dosyn joernaliste," sê Meyer met oortuigende selfbejammering en sug weer. "Arme ek. Tant Emma gaan my vir die res van haar lewe haat. Sy sal nooit weer vir my 'n T-hemp koop nie – nie eens vir Kersfees of my verjaarsdag nie."

"Toe maar, ek en Mariska sal vir jou elkeen 'n T-hemp vir Kersfees koop," troos Carli hom en draai terug na Mariska. "Dis my neef, Meyer Feldtmann. En Meyer, jy weet al van my beste vriendin, Mariska Viviers."

"Hallo," groet Mariska gejaagd, haar oë rond van nuuskierigheid. "Hoe het julle geweet tant Renette was netnou daar by ons en dat sy gedreig het om die koerante te bel?"

"Bly te kenne, Mariska," sê Meyer rustig. Hy gee Monster se halsband vir Carli en sit sy arm met 'n besitlike gebaar om haar skouers. "Mense wat so maklik dreig, soek eintlik net aandag. Het sy nog nie haar dreigement uitgevoer nie?"

"Nee, maar hou op om Carli vas te klou! Jy weet net nie hoe my arme ma moes bontstaan om tant Renette tot bedaring te bring nie. Ek en Vincent wou die vroeë oggenddiens bygewoon het, maar tant Renette het my beveel om julle in te wag en te sorg dat ek julle nie 'n oomblik alleen laat in die huis nie."

Sy betrag Meyer, wat nog sy arm om Carli se skouers hou, met openlike misnoeë. "Ek weet Carli se tant Emma het jou grootgemaak, maar jy het regtig nie goeie maniere nie. Tant Renette sê jy het die arme Carli vasgeklou en . . . en gesoen. Tant Renette kon sien Carli spartel om los te kom, maar jy wou haar nie ophou soen nie."

"Ja, dit was 'n lang soen," erken Meyer en lyk bedruk.

Carli merk die glinstering van lag in sy oë en erken skuldig: "Dis ék wat Meyer vasgeklou het, Mariska. Tant Renette is te ydel om 'n bril te dra, en ons weet sy kan nie verder as haar neus sien as sy nie haar kontaklense inhet nie. As sy haar lense gedra het, sou sy gesien het dit was Meyer wat gespartel het om los te kom."

Mariska kyk Carli agterdogtig aan en maak 'n ergerlike handgebaar. "Jy jok vir my, want jou gesig is bloedrooi. Jy bloos altyd as jy jok." Sy gluur Meyer onvergenoegd aan en vervolg onwillig: "Solank jy jou gedra en onthou dat jy jou tussen ordentlike mense bevind, sal ek vir ons almal koffie en ontbyt maak. Ek het nog nie ontbyt gehad nie en ek is halfdood van die dors."

"Jy kul jouself, Mariska. Jy is baasspelerig en befoeterd, glad nie ordentlik nie," sê Meyer doodluiters en draai na Carli. "Ek sal jou laat weet hoe sake verloop, Carli. Sien jou," groet hy. Hy buk nader en streel vlindersag met sy lippe oor hare, voordat hy vinnig wegdraai en in sy bakkie klim.

"Onbeskofte lummel! Ek is bly hy is nie familie van my nie," sis Mariska langs Carli toe hy sy voertuig aanskakel.

"Tot siens, Mariska!" roep Meyer, sy glimlag spottend. Hy knipoog vir Carli en ry vinnig weg.

"Dis nie 'n sonde om jou familie te soengroet nie, Mariska," sê Carli terwyl sy die motorhek met haar afstandbeheer oopskuif en saam met Mariska aanstap na die voordeur toe. "Julle spul Viviers's is die soenerigste familie wat ek ken, maar ek kritiseer julle nooit nie."

"Tant Renette sê Meyer het jou omhels," sê Mariska beskuldigend.

"Ja, soos jy jou pa omhels as hy vir jou ekstra sakgeld gee," spot Carli. Sy haak by Mariska in en gee haar 'n waarderende drukkie. "Dankie dat jy my en Meyer probeer help. Ek weet presies hoe gemeen tant Renette kan wees."

"Sy het soos 'n waansinnige tekere gegaan en aanmekaar getier oor jou tant Emma wat ná al die jare probeer wraak neem op jou ma," vertel Mariska, 'n ondertoon van skok in haar stem.

"Wraak? Tant Renette klink werklik asof sy haar varkies verloor het. Hoe op aarde kan tant Emma wraak neem op my?" vra Carli oorbluf.

Mariska volg Carli die huis binne en vra ongemaklik: "Vergeet jy dat jy skatryk is?"

Carli draai met 'n ergerlike rukbeweging van haar kop na haar. "As enigiemand – en dit sluit my beste vriendin in – weer oor my rykdom praat, gil ek!" dreig sy. Sy merk Mariska se uitdrukking van verwarring en sê moedeloos: "Ek wens ek was arm – nie so arm dat ek sal doodgaan van die honger nie, maar net arm genoeg om 'n normale mens te wees."

"Normaal soos ek? Van Januarie af moet ek by my pa se firma begin werk, selfs al wil ek liewer balletlesse gee," sê Mariska en lyk rebels.

"Nee, jou ouers is ryk en jy sal eendag ryk erf. Ek het my graad in fisioterapie en ek sal werk kan kry, maar ek is te bang om te werk, want dit sal my net ryker maak."

"Ja, jou arme ding, jou rykdom is jou grootste probleem," sê Mariska met opregte medelye. "Tant Renette sê dis waarom jou tant Emma haar pleegseun na jou toe gestuur het: sy wil hê jy en Meyer moet trou sodat sy haar lang vingers op jou baie geld kan kry."

"En dís tant Emma se kamtige wraak?" vra Carli verslae.

"Dis nie so vergesog nie, Carli," kom dit merkbaar gespanne van Mariska, haar oë rond van erns. "Jy en Vincent het mekaar julle lewe lank lief, maar ek het nie tant Renette se bril of lense nodig om te kan sien dat Meyer Feldtmann 'n uiters aantreklike man is nie. As Meyer jou verlief maak op hom en jou oorreed om met hom te trou, sal jy volkome in sy en jou tante se mag wees!"

"Wat 'n heerlike gedagte," sug Carli droomverlore. Sy kyk in Mariska se geskokte gesig en bars uit van die lag. "Jammer, Mariska, maar tant Renette se storie is so vergesog dat dit skreeusnaaks is," maak sy verskoning en hoop sy klink oortuigend.

"Is dit so vergesog, Carli? Enige ma sal graag wil hê haar enigste seun moet met 'n skatryk meisie trou."

"Nie enige ma nie, maar 'n koue, slinkse vrou soos tant Renette. Nee, Mariska, moenie na my kyk asof ek vloek nie. Jy ken tant Renette: sy het tot kort voor my ma se dood gesê Vincent moet eers sy studie voltooi en finansieel onafhanklik wees voordat hy aan 'n huwelik met my kan dink. Toe verongeluk my ma en ek is oornag ongelooflik ryk – en ek word vir middagete na 'n deftige restaurant genooi en aangesê om voor Kersfees verloof te raak en vroeg aanstaande jaar te trou."

Mariska sug net en skud haar kop. "My ma is omgekrap oor jou en Vincent se besluit om so kort ná jou ma se dood verloof te raak. En moenie waag om te sê sy is ouderwets nie, want sy is net vier-en-veertig, nie 'n stokou tannie soos tant Renette nie."

"Ek is my lewe lank jaloers omdat jy so 'n gawe, jong ma het. Ek dink sy is modern en dierbaar," glimlag Carli.

"Sy is, maar sy het nog nooit van tant Renette gehou nie. My ma het van die begin af gesê dis tant Renette wat nie kan wag dat haar enigste seun met jou groot erfenis trou nie. Klink dit vreeslik gemeen, Carli?" vra Mariska ongemaklik.

"Nee, dit klink soos die waarheid. Jou ma is mooi en modern en boonop baie slimmer as jy, want sy het tant Renette lankal deurgekyk." Carli bly in die ruim kombuis staan en kyk haar vriendin oomblikke lank stilswyend aan. "Niemand ken my en Vincent beter as jy nie, Mariska. Glo jy dat ons mekaar liefhet?"

Mariska staan voor 'n groot yskas en trek onsigbare strepies met haar wysvinger op die deur, haar oë versluier. "Julle het mekaar van kleins af lief," antwoord sy eindelik, haar woorde 'n sagte eggo wat uit die eindelose donker tonnel van haar hartseer weergalm.

"Leuenaar!" snou Carli haar met kille afkeer toe, stamp haar ru uit die pad en maak die yskasdeur oop. "Wat drink jy, Mariska? Wyn of bier?" vra sy kortaf, besig om in die yskas rond te krap.

"Is jy van jou sinne beroof, Carli? Jy het nog nooit op jou nugter maag drank gedrink nie!" kom dit ontsteld van Mariska. Sy lê haar hand besorg op Carli se skouer en vervolg paaiend: "Jy is net senuweeagtig oor julle verlowing, daarom twyfel jy skielik oor jou gevoel vir Vincent. En jy hou nie van tant Renette nie, want sy kan 'n konkelaar wees. Asseblief, Carli, drank is nie die oplossing vir jou probleme nie."

"Moontlik nie, maar koffie sal lekker smaak," antwoord sy en glimlag gerusstellend toe sy met 'n bottel melk in haar hand terugdraai na Mariska. "Ek het nie skielik 'n drankprobleem nie. Ek het glad nie 'n probleem met my gevoel vir Vincent nie, maar dit was 'n eenvoudige vraag en ek verwag net 'n eerlike antwoord. Lyk dit asof ek en Vincent mekaar grensloos liefhet?"

"Ek . . . ek dink julle ken mekaar te lank om soos verliefde tieners op te tree," antwoord Mariska ingehoue. "Ek sal solank die ketel aanskakel."

"Hou op om weg te hardloop, Mariska!" sê Carli geïrriteerd. Sy vervolg vinnig toe Mariska met 'n gekwetste uitdrukking op haar gesig omdraai na haar: "Ek praat nie oor tieners nie. Jou ouers is meer as twintig jaar getroud, maar soms kyk hulle na mekaar en enigiemand kan sien dat hulle mekaar nog altyd liefhet. Dis waarvan ek praat: 'n volwasse liefde. Dis 'n woordelose band tussen twee mense, maar buitestanders is bewus daarvan. Is daar so 'n band tussen my en Vincent?"

Mariska sluk droog en lyk asof sy in trane gaan uitbars. Sy antwoord ontwykend: "Ek ken julle te goed om . . . om te kan oordeel. Ek aanvaar maar net dat julle mekaar liefhet."

"O, ons ís is lief vir mekaar. Ek is net so lief vir Vincent as wat ek vir jou is, maar nie lief genoeg om met hom of jou te trou nie," antwoord Carli en glimlag onverskillig.

Mariska staar haar oopmond aan, beweeg haar lippe, maar haar stem laat haar in die steek.

"Dit gaan nie om die agterbakse tant Renette nie, Mariska," gaan Carli ongesteurd voort. "Goed, ek hou nie van haar nie en sy hou nie van my nie, maar as ek Vincent liefgehad het, sou ek met hom getrou en iewers oorsee gaan woon het, veilig buite tant Renette se bereik. Solank jy net verstaan: ek is nie van plan om ooit met Vincent te trou nie."

Mariska soek weer vergeefs na woorde en bars in trane uit.

"Snesies! Gryp die boks langs die mikrogolfoond, anders spoel ons almal weg," waarsku Carli kamma bekommerd.

"Jou gevoellose insek!" skel Mariska haar huilend uit. "Jy is dolgelukkig omdat jy Vincent nie liefhet nie, maar wat van hom? Hy het jou sy lewe lank lief, maar dit kan jou nie traak dat jy sy hart gaan breek nie. Ek kan nie glo jy kan so selfsugtig wees nie!"

Carli dra swygend die boks snesies aan, wag totdat Mariska se stortvloed trane net droë snikke is en sê met opregte empatie: "Niks is hartseerder as 'n vergeefse liefde nie, maar ek gaan nie Vincent se hart breek nie. Hy is tant Renette se papegaai, want hy herhaal alles wat sy sê, maar as hy eerlik met homself is, sal hy erken dat hy my nie liefhet nie."

"Hoe . . . hoe kan jy so seker wees?" twyfel Mariska.

"Omdat ek jou en Vincent dophou soos wat ek jou pa en ma dophou. Jy het Vincent lief, Mariska — só onselfsugtig lief dat jy nie omgee dat hy jou hart sal breek as hy met my trou nie, solank as wat hy gelukkig is," antwoord Carli sag.

Mariska bloos vuurrooi, slaan haar blik selfbewus neer en peuter met haar vingernaels. Sy kyk eindelik op, haar uitdrukking verleë. "Dis tipies van my: ek is selfs lomp in my liefde, want ek verraai my gevoelens. Dink jy almal weet ek het Vincent lief?"

"Jou ma sal weet, maar sy is te wys om enigiets te sê," antwoord Carli gerusstellend.

"En Vincent? Hy weet nie, nè, Carli? Dit sal my grootste vernedering wees as hy weet ek het hom lief. Dis so pateties as 'n meisie 'n man vergeefs liefhet."

"Ek dink dis hartseer, nie pateties nie, maar ek is nie bekommerd oor Vincent nie: hy het jou lankal lief, maar hy besef dit nog nie." Toe Mariska haar ongelowig aanstaar, gaan sy met sekerheid voort: "Gebruik jou gesonde verstand, Mariska: van kleins af maak ek altyd planne, en Vincent wag totdat jy my planne goedkeur voordat hy hulle uitvoer. Sedert ons studentejare praat jy en Vincent oor finansies en beleggings en ek gaap my kakebeen lam. En as ons nie praat nie, staar Vincent jou bewonderend aan, selfs al weet hy nie waarom hy so graag na jou kyk nie."

"As . . . as dit waar is . . . Gee jy werklik nie om nie, Carli? Ek bedoel, dis amper soos 'n egskeiding," sê Mariska skuldig.

"Nee, dis 'n bevryding. Ek sal voortgaan met my plan om 'n partytjie op Oukersaand te hou, net om die vrede tussen my en tant Renette te bewaar. Maar ná die partytjie ry ek en Monster Henningshoogte toe om by my tant Emma te gaan kuier." Carli glimlag haar blydskap. "Kersdag saam met Meyer . . . e . . . saam met tant Emma, klink soos 'n heerlike droom."

"Jy is verlief op hom," sê Mariska reguit.

"Glad nie. Ek het hom lief, maar ek voel soos jy: ek sal sterf van vernedering as hy dit ooit raai," antwoord Carli reguit.

Hulle kyk na mekaar, begin saam te giggel en bars dan uit van die lag – lag oor die blydskap van hulle liefde en die hartseer oor die onsekerheid van hulle môres, want hulle weet trane is vergeefs.

"Ek hoop jy lag nog as jy jou kuiergas ontmoet het, Carli," sê Vincent vies en kom vinnig die kombuis binne.

Carli se lagbui bedaar onmiddellik. "Wie? Het jy hom binne-genooi, Vincent?"

"Jou onbeskofte gas het my aangegluur asof ek 'n dooie brom-mer is toe ek myself ewe vriendelik voorstel. Sy het my byna uit die pad uit geloop en julle voorste sitkamer binnegevaar. Sy wag vir jou, Carli, en ek wens jou sterkte toe. Ek is dankbaar sy is nie mý tant Emma nie!"

5

Die bloed dreineer uit Carli se gesig terwyl sy Vincent met stomme ongeloof aanstaar. Sy hou haar kop effens skeef en hoor ver weg in haar verbeelding die klokkespel van vreugde, voel geluk soos die warm strale van die son deur die donker wolke van haar eensaamheid breek en glimlag met stralende blydskap.

"My tant Emma het kom kuier!" jubel sy, storm op Mariska af en gee haar 'n spontane drukkie. "Is dit nie wonderlik nie, Mariska? Kom ons gaan groet haar!"

"Nee, Mariska bly by my," sê Vincent met finaliteit en sit sy arm met 'n beskermende gebaar om haar skouers. "Luister jy nooit as ek met jou praat nie, Carli? Jou tant Emma is 'n be-konkelde ou tannie, nie 'n liewe mens soos my ma nie." Hy kyk af na Mariska en vervolg gebelg: "Sy is 'n aanstellerige ou heks! Geen wonder Carli se ma wou haar nie geken het nie, want sy is 'n koue, hooghartige vrou. Verbeel jou, sy wou nie eens my hand skud nie."

"Dalk is tant Emma net gespanne of skaam, Vincent," sê Ma-riska diplomaties. "Teruggetrokke mense skep dikwels die in-druk dat hulle hooghartig of verwaand is."

"Al wat ek weet, is dat sy nie 'n liewe tannie soos my ma of jou ma is nie," hou Vincent koppig vol. "Kom ons glip by die agterdeur uit en draf na julle huis toe, Mariska. Jou ma-hulle is kerk toe en ons kan tee maak en melktert eet. My ma is weer in 'n bui, want sy het haarself in haar studeerkamer toegesluit.'

Carli glimlag ondeund toe Mariska vraend na haar kyk. "Draf, Mariska! En laat die agterdeur oopstaan, ingeval ek Monster nodig het om my te beskerm as tant Emma werklik 'n draak is," sê sy met gedwonge lighartigheid en voel vreemd verlore toe hulle gretig wegdraf na die agterdeur.

Meyer het met liefde van tant Emma gepraat, maar Vincent glo ook sy ma is 'n liewe mens, selfs al weet sy wat Carli is uit eie ervaring dis anders. Dit was pas tienuur: tant Emma moes net ná haar gesprek met tant Renette in haar motor geklim en hierheen gejaag het. Hoekom? Is tant Emma net nog 'n vrou soos tant Renette, wat nie kans sien om haar pleegseun met 'n ander vrou te deel nie? kwel Carli se gedagtes terwyl sy tydsaam in die lang gang af na die ontvangsportaal loop, nie meer gretig om haar onbekende tant Emma te ontmoet nie.

Sy bly in die deur van die sitkamer staan, haar oë nuuskierig op haar tante, wat onbewus van haar teenwoordigheid die moderne skilderye teen die suidelike muur van die vertrek bestudeer. Dokter Emma de Winter is klein en fyn gebou soos Carli, haar voorkoms jeugdig ten spyte van die grys tussen haar koperbruin hare en die fyn plooitjies om haar mond en oë. Sy is slank en regop en beweeg met die ingebore grasie van 'n ballerina, 'n grasie wat Mariska haar sal beny, dink Carli. Sy wonder of sy moet kug om haar tante se aandag te trek, en versteen toe Emma skielik na haar toe draai.

Tant Emma se oë is die diepgroen van 'n stormagtige see, nes haar eie, merk sy op en hoor haarself sê: "Tant Renette het gejok. Meyer het nie saam met my in ons glaspaleis rondgelê nie – hy was nog nooit eens in ons huis nie. En hy het my aspris op die

409

sypaadjie gesoen omdat hy tant Renette rede wou gee om te skinder. Dis al."

"Is Meyer darem 'n bekwame soener?" vra Emma belangstellend.

Dis 'n vreemde gesprek dié, dink Carli: hulle bespreek Meyer se soenvernuf en hulle het mekaar nog nie eens gegroet nie. Sy byt op haar onderlip, oorweeg Emma se vraag en antwoord eerlik: "Ek weet nie. Dit was haastige soene, net om tant Renette te laat skinder."

"Dan sal ek Meyer moet vra om jou weer te soen," sê Emma ernstig. Sy glimlag onverwags en maak haar arms oop. "Kom groet my, my liewe kind. Ek wag al só lank op hierdie dag."

Daar is warmte in haar glimlag, maar dis die tikkie hartseer in haar stem wat Carli se voete oor die mat laat vlieg na Emma toe. Emma soen haar op albei wange en vou haar in haar arms toe.

"Ek is so bly . . . so vreeslik bly tant Emma het gekom," sê Carli. Sy hoor haar trane krake in haar stem maak en besef dat sy huil. Sy het nie een maal gehuil ná haar ma se dood nie, maar nou huil sy asof haar hart wil breek, besef sy en snik troosteloos.

"Toe nou maar, toe nou maar . . . Jy is nie meer alleen nie, kindjie," sê Emma paaiend. "Jy het nie vir Meyer gesê hoe groot jou hartseer oor jou ma se dood is nie. As ek net geweet het . . . Ek moes lankal gekom het."

"Ek . . . ek is nie hartseer oor my ma se dood nie," ontken Carli. Sy beur weg van Emma en vertel snikkend: "Ek was nooit hartseer oor haar dood nie. Sy het my gewoonlik geïgnoreer, maar ná Arnold se dood was ek in haar oë ook dood. Selfs as sy die aand tuis was, het sy haar in Arnold se slaapkamer toegesluit, want sy wou nie met my praat nie. As jy iemand nooit geken het nie, hoe kan jy die persoon liefhê?"

"Ek dink nie dis moontlik nie. Maar as jy nie hartseer is oor jou ma se dood nie, hoekom huil jy so?" vra Emma onbegrypend.

Carli staar haar stom aan, onbewus van die trane wat nog onverpoosd oor haar wange loop en antwoord verwytend: "Omdat ek nie hartseer was oor haar dood nie; omdat ek altyd so alleen was."

"Nie meer nie – nie solank ek gespaar bly nie. Sal jy sorg dat ék nooit alleen is nie, Carli?"

"Altyd, tant Emma," beloof sy. Sy vee met haar handrug oor haar wange en sê verskonend: "Ek is jammer ek het so vreeslik gehuil."

"Aangesien jy nie 'n bloedrooi neus en toegeswelde oë van jou trane kry nie, mag jy maar weer huil," terg Emma. Sy raap die boks snesies van 'n tafeltjie af op en hou dit uit na Carli. "Blaas jou neus en droog af jou trane, my kind. Jy was te hartseer om dit op te merk, maar ek het saam met jou gehuil."

Carli gebruik 'n paar snesies en staar met honger oë na Emma. "Ek is só bly tannie het na my toe gekom en dat . . . e . . . dat tannie gaaf is."

Emma glimlag geamuseerd en maak haar op 'n rusbank tuis. "Ek was effens onvriendelik met die snuiter wat die hek en die voordeur vir my oopgemaak het. Ek moes myself net keer, anders het ek hom op sy maermerrie geskop toe hy my ewe grootdoenerig versoek om in die sitkamer te wag terwyl hy sy aanstaande verloofde gaan roep."

Emma swyg en byt spytig op haar onderlip. "Jammer, dit was onvergeeflik van my om so krities oor jou vriend te praat. As jy Vincent opreg liefhet, raak aan hom verloof, Carli, want niks is kosbaarder as liefde nie."

"Meyer het gesê tannie het hom konserwatief en verkramp grootgemaak en dat tannie nie daarvan sal hou dat ek so gou ná my ma se dood verloof raak nie. Ek en Vincent het beplan om

411

op Oukersaand verloof te raak," antwoord Carli en kyk met 'n tikkie uitdaging in haar oë na Emma.

"Die dooies is dood, Carli, en wat ons doen, kan hulle nie raak nie. Jy het eerlik erken dat jy nie oor jou ma treur nie. Waarom dan vir die skyn wag met jou verlowing? Raak verloof, kindjie, maar as ek die rol van 'n inmengerige ou tannie mag speel: moenie oorhaastig trou nie."

Carli weet dat sy bloos en vra skuldig: "Kon tannie hoor wat Vincent . . . wat ons in die kombuis gesê het?"

"Nee, maar as Vincent oor my geskinder het, wil ek elke woord hoor. Kom sit hier langs my," nooi Emma. Sy steek haar hand uit en trek Carli langs haar op die bank neer. "Toe, vertel, Carli, vertel!" versoek sy, lag dansend in haar oë.

Tant Emma is soos Mariska se ma: sy onthou nie om voortdurend oud en waardig te wees nie, dink Carli goedkeurend. Sy waarsku onseker: "Vincent was kwaad, tant Emma. Hy was nie baie vleiend nie."

"Op my ouderdom het ek al meer beledigings in my lewe gehad as wat ek hare op my kop het, my liewe kind. Het jy vergeet ek is 'n huisdokter? Pasiënte wat half waansinnig is van pyn, en ander wat te diep in die bottel gekyk het, soek verligting in die skeldname wat hulle my toevoeg. Ek twyfel of jou Vincent oor hulle woordeskat beskik, maar ek wil nogtans weet: wat presies het die knaap oor my gesê?" vra Emma, haar glimlag geamuseerd.

"Hy . . . e . . . hy het gesê tant Emma is 'n bekonkelde ou tannie, 'n aanstellerige heks en 'n koue, hooghartige vrou. Hy het só kwaad en beledig gelyk dat ek doodbang was om sitkamer toe te kom. Was tannie werklik so onaangenaam teenoor hom?" vra Carli aarselend, haar blik wantrouig op Emma.

"Wel . . ." Emma frons swygend, kyk in Carli se benoude gesig en lag sag, genotvol. "Sal ons sê dit was my wraak?" vra sy met 'n skuldige glimlaggie. "Renette Schoeman het my só ontstel met haar ongevraagde oproep en haar spul onsmaaklike leuens oor jou en Meyer, dat ek beslis nie bereid was om oorvriendelik met haar seun te wees nie. En ek was gespanne, want selfs ná my en Meyer se lang selfoongesprek was ek nie seker dat jy my in jou huis sou verwelkom nie. Maar noudat ek weet dat ons vriende gaan wees, beloof ek om ter wille van jou lief te wees vir jou Vincent."

"Vincent is net grootdoenerig as hy op sy senuwees is, maar dis maklik om lief te wees vir hom. Het Meyer tannie gebel nadat hy hier weg is?"

"Gelukkig, ja, want ek was toe reeds op pad hierheen, en ek het nie kans gesien om langs die pad stil te hou en hom oor jou uit te vra nie. Ná Renette se foonoproep het ek geweet ek wil so spoedig moontlik met jou praat."

Emma swyg en staar Carli deurdringend aan voordat sy vra: "Het Margot . . . het jou ma werklik nooit oor my gepraat nie, kindjie?"

"Nee, tannie." Carli frons verwonderd. "My pa het ook nie. Het tannie hom nooit ontmoet nie?"

"Toe ek sewentien was, ja, net voordat ek daardie Februarie universiteit toe is. Hy en jou ma het die naweek verloof geraak en hulle is drie maande later getroud. Hy was 'n gawe, innemende man, en selfs die hiperkritiese ek kon sien hy en my flirt van 'n suster het mekaar werklik lief."

"Was my ma sowaar 'n flerrie?" vra Carli ongelowig.

Emma lag oor haar verbasing. "As dit haar gepas het, ja. Maar ek en sy het die naweek van hulle verlowing rusie gehad en onvergeeflike dinge vir mekaar gesê. Ons ouers het my verplig om jou pa en ma se huwelik by te woon, maar daarna was ek en Margot vry om te sorg dat ons paaie nooit weer kruis nie. Ek glo nie jou pa het ooit geweet waarom ons rusie gehad het nie,

413

maar vanselfsprekend het hy uit lojaliteit aan Margot nie met my in verbinding getree nie. Maar toe jy 'n dogtertjie van tien was, het hy vir my 'n foto van jou gestuur."

Emma pers haar lippe 'n oomblik hard saam en kyk na Carli, 'n flenterglimlaggie bewend om haar lippe. "Ek was so bly ... én hartseer, want jy lyk so baie na my dat jy my kind kon gewees het."

"Het tannie my pa liefgehad?"

"As ek hom nie liefgehad het nie, het ek hom liefgekry die dag toe ek jou foto ontvang het," antwoord Emma glimlaggend. "Hy het net 'n kort briefie ingesluit, gesê dat die lewe onvoorspelbaar is en dat jy my dalk eendag nodig sal hê. Dit was al, maar dit was profetiese woorde, want 'n paar maande later is hy dood."

"My pa was die liefste mens in my hele lewe," sê Carli sag, hartseer troebel in haar oë. Sy haal diep asem, stoot haar herinneringe na die rand van haar bewussyn en vra nuuskierig: "My ouma De Winter het 'n album vol foto's van my en Arnold gehad. Sy het dié album vir my gewys, want ons het soms by haar en Oupa in hulle strandhuis op Hermanus gaan kuier. Het tannie nooit die album gesien nie?"

"My ma was te wys om in te meng in haar hardkoppige dogters se rusie. Sy het ook talle foto-albums van my en Margot gehad, maar ek twyfel of jy hulle ooit gesien het."

"Nee, nooit nie," sê Carli verras.

"Dit was jou ouma: 'n gebore diplomaat." Emma glimlag onnutsig. "Of dalk het Margot haar met 'n broodmes gedreig as sy ooit 'n woord oor my sou rep. Ná my ouers se dood het Margot alles waarin sy belang gestel het uit hulle strandhuis verwyder, en ek het die huis en die res van die inhoud geërf. Maar dit was sowat ses jaar gelede, en toe het ek nie meer die album nodig gehad om te weet Margot se dogter is my ewebeeld nie."

"Ek gaan ook eendag mooi wees as ek oud is," dink Carli hardop, haar blik bewonderend op Emma. Sy sien die vonkelende lag in Emma se oë, besef wat sy gesê het en bloos verleë: "Ek bedoel: eendag as ek ouer is. Sal . . . sal ek vir ons tee gaan maak, tannie?"

"Verkieslik kruietee, maar voordat ons gaan tee maak . . ." Emma skuif effens nader, neem Carli se hande in hare en kyk haar met dringende erns aan. "Meyer was die kosbaarste geskenk wat die lewe my ooit gegee het, Carli, en sy geluk is vir my van die allergrootste belang. Hy is 'n intelligente, hardwerkende man en hy het te veel trots en integriteit om ter wille van geld met 'n meisie te trou. Hy is besonder aantreklik, en daar is oorgenoeg ryk meisies in sy lewe, maar as hy trou, sal dit wees omdat hy die meisie liefhet en seker is van haar liefde. Jy kan hom as 'n vriend aanvaar sonder om ooit te vrees dat hy jou van Vincent sal wil afrokkel."

Carli besef dat sy Emma mistroostig aanstaar en slaan haar blik haastig neer. Sy sal 'n gek van haarself maak as sy haar gevoel vir Meyer aan haar tante verraai, dink sy en glimlag onverskillig. "Ek en Meyer is reeds vriende, tannie. Ek weet hy stel nie in my erfenis belang nie, want hy was kwaad en beledig nadat hy tannie se boodskap op sy selfoon gekry het. Hy het my vertel hy is 'n motorwerktuigkundige en dat hy 'n goeie baas het. Sal ons nou gaan tee maak?"

"Ja . . . ja, tee sal lekker smaak," antwoord Emma en staan op. "Maar Meyer het jou nie die volle waarheid vertel nie."

Carli, wat reeds op pad was na die ontvangsportaal, swaai om en vra ontsteld: "Is hy getroud?"

Emma onderdruk met moeite 'n glimlag. "Nee, dis nie só erg nie, kindjie. Meyer het nagelaat om vir jou te sê hy is sy eie baas."

"O . . ." Tant Emma lag haar met haar oë uit, besef Carli en vervolg vinnig: "Ek is bly, want tant Renette sou nog meer kon skinder as 'n getroude man my in die straat omhels het."

"Nogtans . . . Ek sal Meyer moet vra om sy omhelsings en gesoen te staak, want Vincent sal nie daarvan hou nie," sê Emma terwyl hulle deur die ontvangsportaal na die gang toe loop.

"O, Vincent sal nie omgee nie, want hy weet Meyer is my neef," antwoord Carli en wens Emma wil ophou om haar met 'n alwetende glimlaggie aan te kyk.

"Dan sal ek Meyer gerusstel. Ek het 'n vermoede hy geniet dit om mooi meisies te soen."

Carli steek langs die trapleuning aan die onderpunt van die ontvangsportaal vas en vra teleurgesteld: "Soen Meyer dan elke mooi meisie wat hy ken?"

"Maak dit saak, Carli?" vra Emma sag.

"Nee . . . nee, ek is maar net nuuskierig."

"Ek ook, maar Meyer vertel my nie al sy geheime nie." Emma haak by haar in en begin weer aanstap. "Sal jy en Vincent Kersdag saam met my en Meyer deurbring, Carli?"

"Ek veronderstel tant Renette sal daarop aandring dat Vincent Kersfees saam met hulle vier, maar ek sal na julle toe kom. En baie dankie vir die uitnodiging."

Sy ignoreer die vrae in Emma se oë en begin praat entoesiasties oor Monster en al die groot hond se kaskenades.

Carli kyk Emma se luukse wit motor verlangend agterna en wens dat sy saam met haar tante op pad was na Henningshoogte en Meyer.

Sy ruk van die skrik toe Vincent skielik langs die groot pot met die palmboom verskyn.

"Hoe kan jy van die ou heks hou, Carli? Ek wed julle het twintig keer tot siens gesê en meer gesoen as wat ek my ma in my hele lewe gesoen het! Ek wag al ure lank hier, maar julle lag en gesels asof julle beste vriende is. Het jy klaar vergeet ek bestaan?" vra Vincent gegrief.

"Wat het jy nou weer verbrou, Vincent?" vra Carli agterdogtig.

"Hoekom dink jy het ek iets verkeerd gedoen?" vra hy stug en bly kop onderstebo staan.

"As jy 'n skuldige gewete het, maak jy altyd met my rusie, maar jy kyk my nie in die oë nie. Bely jou sondes en glimlag, Vincent. Maar kom ons gaan soek eers koelte. Die son brand my flenters," antwoord Carli en kies koers swembad toe.

"Nee!" Vincent gryp haar hand en kyk sku na sy ouerhuis, links van hulle. "My ma kan ons sien asemhaal as ons hier buite is. Kom ons klouter met die sytrap af na julle kelder toe. Ons kan privaat in julle speletjiekamer gesels, want selfs my ma sal ons nie kan bekruip sonder dat ons haar hoor nie."

"Jy klink soos 'n desperate ontvoerder! Maar as jy kan wag dat ek die sleutel van die buitedeur —" begin Carli tergend.

"Ek het die sleutel wat jou ma jare gelede vir my gegee het. Onthou jy nie sy het my toegelaat om julle oefenkamer en die speletjiekamer te gebruik toe ek sestien geword het nie?" vra hy en rek sy treë, gretig om onder Renette se bespiedende oë uit te kom.

"Ek het vergeet, want ek en jy en Mariska gebruik gewoonlik die huistrap na die kelder toe – nie dat ek sal weet as jy die oefenkamer gebruik nie, want dis klankdig."

Vincent frons dieper, sy gelaat onnatuurlik bleek, en staar strak voor hom uit. Carli kry hom skielik jammer. "Ek weet nie wat jou pla nie, Vincent, maar solank niemand dood is nie, sal ons dit saam oorleef."

"Sommige dinge moet 'n mens alleen oorleef," antwoord hy kripties, los haar hand en sluit die buitedeur na die keldertrap oop. Hy wag totdat sy die trap begin afklim en sluit die deur agter hom toe voordat hy haar volg.

417

Carli sak in die naaste hoek van die lang leerbank neer, swaai haar bene op die bank en kyk afwagtend na Vincent, wat besluiteloos voor haar bly staan. Hy begin skielik heen en weer in die vertrek loop, met sy hande wat hy beurtelings deur sy hare trek of in sy broeksakke prop.

"Hoekom het jy nie gesê jy wil gaan draf nie, Vincent?" vra Carli met droë humor.

Hy steek voor haar vas, sy uitdrukking tegelykertyd gekrenk en kwaad. "Jy sal nie wil grappies maak as ek jou . . . as jy weet hoe verskriklik die situasie werklik is nie," bars hy uit, blaas soos 'n geprikte ballon af en staar haar beteuterd aan. "Ek dink ek haat myself omdat ek . . ." begin hy skuldig, swaai weg van haar en vervolg gesmoord: "Dis die moeilikste ding wat ek ooit moes doen. Ek wil hê jy moet dit vooraf weet, Carli."

"Sal Mariska jou nie beter as ek kan help nie? Ons bespreek al die jare ons probleme met haar," stel Carli rustig voor.

"Nee, Mariska ís die probleem." Hy skud sy kop verward en verduidelik gejaagd: "Mariska het aangebied om met jou te praat, maar dis 'n saak tussen my en jou. Ek is skuldig, nie sy nie. Onthou dit, asseblief, Carli. Mariska dra geen skuld nie."

Arme, onbeholpe Vincent, dink Carli en onderdruk met moeite 'n glimlag. Nee, Vincent is 'n eerbare man wat besluit het om self aan haar te sê dat hy nie kans sien om aan haar verloof te raak nie. Hy het gesê Mariska is sy probleem – het hy eindelik besef hy het Mariska lief?

Sy glimlag gerusstellend in sy oë. "As jy na ons beplande verlowing verwys, Vincent: ek wil nie verloof raak aan jou nie."

"Sowaar nie?" vra Vincent, sy gesig stralend van verligting.

"Ja, sowaar nie. Ek wil nooit aan jou verloof raak of met jou trou nie."

"Sowaar nie?" herhaal Vincent en kan nie ophou glimlag nie.

'n Hulpelose laggie bars oor Carli se lippe. "Ek lag jou nie uit nie, Vincent, maar jy is snaaks – rêrig snaaks. Hoekom het jy so ontsettend skuldig gelyk? Dis tog nie 'n sonde om iemand nie lief te hê nie."

"Is dit nie?" Hy frons onseker. "Moenie vir my of vir jouself jok nie, Carli. Is jy heeltemal seker jy het my nie lief nie? Ons is soveel jare lank gebreinspoel . . . voorgesê deur ons ma's, dat ons vergeet het om self te dink en besluite te neem."

"Hulle kon ons net breinspoel omdat dit ons gepas het, Vincent. Ek en jy en Mariska was altyd saam, en 'n verlowing en huwelik was iets baie ver in die toekoms, iets wat sou gebeur as ons eendag groot is."

"Ja. En toe word ek oornag volwasse." Hy leun teen die biljarttafel en gaan ernstig voort: "Ek het altyd geglo ek het jou lief, Carli. Ek was eerlik van plan om met jou te trou, maar toe my ma skielik besluit ons moet sommer nou verloof raak . . . Ek erken ek sien nie kans vir so 'n ernstige stap in my lewe nie."

"Ek sou nie aan jou verloof geraak het nie, Vincent, want ek het toe reeds geweet ek het jou nie met die volwasse liefde van 'n vrou lief nie. Wanneer het jy besef dat jy Mariska liefhet?"

"Dan weet jy?" Vincent lyk oorbluf en dan verlig. Hy vertel gretig: "Dis alles aan jou tant Emma te danke. Mariska was briesend toe ek en sy so haastig hier weg is. Sy het gesê ek is 'n lafaard, want aangesien jou tant Emma so 'n ou heks is, was dit my plig om by jou te bly en jou te beskerm. En toe besef ek: ek wou háár teen jou kwaai tant Emma beskerm, omdat ek haar liefhet. Ek praat van 'n volwasse liefde, Carli, want ek gee nie om of my pa my onterf en my ma my die huis belet nie: ek gaan aan Mariska verloof raak. Ons sal moet wag totdat ek my studie voltooi het en 'n salaris verdien voordat ons kan trou, maar Mariska is bereid om twee jaar te wag."

"Jou gelukkige man! Ek hoop jy besef ek sal geen ander man toelaat om met my beste vriendin te trou nie. Geluk, Vincent," sê Carli. Sy spring op en gee Vincent 'n drukkie van gelukwensing.

Hy hou haar styf vas en sê hees: "Ek het nie geweet liefde kan so wonderlik wees nie, Carli. En die feit dat Mariska my ook liefhet . . . Dis soos 'n wonderwerk. Dit laat my terselfdertyd so magtig soos 'n koning en so nederig soos 'n bedelaar voel. Niemand is vir my kosbaarder as Mariska nie."

"Ek is só bly, Vincent. Maak my gelukkig en raak op my partytjie op Oukersaand verloof."

"Dis presies wat ek jou wou gevra het, want Mariska sê haar ma sal te bang wees vir rusie met my ma om vir ons 'n verlowingspartytjie te hou." Hy kyk na die deur wat na die gang van die kelder lei en roep: "Mariska!"

"Ta-da!" kondig Mariska haar eie binnekoms aan en beweeg met glyende dansbewegings tot in Vincent se arms. "Sien jy nou, Carli? Ek is so verlief dat ek skielik nie meer lomp is nie!"

"Ek is stom van verbasing," terg Carli laggend. "Het jy my en Vincent se gesprek in die gang staan en afluister?"

"Hoe anders?" vra Mariska onskuldig. "Ek het al my naels afgekou toe Vincent so bloed gesweet het toe hy jou van ons liefde vertel het, want ek het nie vir hom gesê jy het hom nie lief nie."

"Verraaier!" verwyt Vincent kamma boos. Hy soen Mariska en vra ongelowig: "Het jy sowaar geweet Carli het my nie lief nie?"

"Ja, maar liefde is 'n persoonlike saak. Carli het lankal besef ek en jy het mekaar lief, maar sy het niks gesê nie, want sy weet ook dis 'n persoonlike saak," antwoord Mariska en soen Vincent toe hy wil protesteer.

"Sal ons Carli vra om te loop?" terg hy en trek Mariska stywer teen hom aan.

"Nee, ons het haar hulp en haar partytjie nodig om verloof te raak," antwoord Mariska en draai hoopvol na Carli. "Ek weet ek is selfsugtig en 'n lafaard, Carli, maar dit sal soveel makliker wees as jý vir tant Renette kan sê jy wil nie met Vincent trou nie. As jy Oukersaand net ná die ete met tant Renette kan praat . . ."

"Nee, ek sien nie kans vir 'n openlike konfrontasie met tant Renette nie, want dalk sê ek dinge wat kon gebly het. Die gaste sal van sewe-uur af opdaag en die ete sal om agtuur bedien word. Ek sal net voor agtuur ongemerk wegglip, in my motor klim en Henningshoogte toe ry. Vincent, jy kan vir jou ma sê ek is na my tant Emma toe, want ek het jou nie lief nie. En daarna kan jy en Mariska as gasheer en gasvrou oorneem, en onthou om my huis te sluit ná die partytjie."

Vincent en Mariska kyk in mekaar se oë, draai na Carli en knik bevestigend.

"Goed, dan maak ons so," sê Carli en kyk ernstig na Vincent. "Ek sal môre met jou pa praat en vir hom sê dat ek en jy nie van plan is om te trou nie. Hy is 'n rustige, verstandige man, Vincent. Vertel hom vertroulik van jou liefde vir Mariska. Ek weet hy sal nooit van jou verwag om ter wille van . . . e . . . van jou ma met my te trou nie."

"Of ter wille van jou rykdom nie," spot Vincent. "My ma se sondes is nie bedek nie, Carli – ek ken hulle almal. Ek sal later vanmiddag met my pa praat wanneer ons met die honde park toe gaan. Maar ek is honger. Carli gaan ons nie alleen laat nie, Mariska. Kom ons gaan eet haar yskas leeg."

"Vincent se hart sit beslis nie in sy maag nie, Mariska, want selfs die groot liefde in sy lewe kan hom nie van kos laat vergeet nie," spot Carli.

"Hy is net 'n groeiende seun," terg Mariska. Sy word deur Vincent gesoen en vervolg blosend en uitasem: "Maar ek verseker jou, Carli, hy soen soos 'n man!"

Carli sit agter die stuurwiel van haar motor en staar misnoeg na die reën wat in 'n soliede muur teen die windskerm val en die plattelandse landskap om haar uitwis. Nouliks tien minute gelede kon sy reeds die kerktoring van Henningshoogte sien, maar toe tref die ongeluk en dié onverwagte wolkbreuk haar, dink sy gefrustreerd. Sy kyk na Monster wat op die passasiersitplek sit en kort-kort sy kop by die oop venster uitsteek om gretig reëndruppels op te lek.

"Jy is 'n lawwe hond, Monster. Jou kop reën sopnat, en 'n nat hond . . ." begin sy uit verveeldheid met hom rusie maak, en swyg hoopvol toe die skerp ligte van 'n naderende voertuig in haar truspieëltjie sigbaar word. Die voertuig kom agter haar motor tot stilstand en sy hoor dofweg bo die gedruis van die stortende reën 'n motordeur toeklap.

"Kan ek . . ." vra 'n manstem wat sy onmiddellik herken.

"Wa-ief!" blaf Monster doodsbenoud toe Meyer so onverwags langs hom praat. Hy skiet met 'n verblindende beweging uit die sitplek en land in 'n bewende bondel op Carli se skoot.

"Oeff!" kreun Carli, half versmoor deur die groot hond. "Is jy simpel, Monster? Jy is veronderstel om my te beskerm! Eina! Klim af, Monster! Jy sit my plat!" skel sy steunend en wonder of Monster skielik meer as vier pote ontwikkel het.

Meyer pluk die passasiersdeur oop, kry die hond aan sy halsband beet en bevel streng: "Kom, Monster!" Hy lig hom van Carli se skoot af en help hom oor die sitplekleuning na die agtersitplek toe.

"Sit, Monster!" beveel hy, neem op die sitplek naas Carli plaas en maak die deur langs hom toe. Hy betrag haar met 'n geamuseerde glimlaggie en sê tergend: "Ek glo dit nie! Jy is wraggies vuiler as toe ek jou die eerste maal ontmoet het. Hoe het jy dit reggekry?"

Carli kyk na hom, bewus van die vreugdevolle gepols van haar bloed in haar are en die jubellied wat haar hart sing, want Meyer is terug by haar. Sy nabyheid laat 'n tintelende warmte deur haar hele liggaam vloei, 'n warmte van blydskap en verlange, en sy dwing haarself om byna toonloos te antwoord: "Dit was maklik. My motor het skielik klapgeluide gemaak en vanself uit die pad gery. Dit het toe nog sag gereën, maar toe ek uitklim om te kyk wat fout is, het Monster besluit om my te help."

"En jou omgespring?" Hy probeer om simpatiek te klink, maar sy oë vonkellag in hare.

"Ja. Ek het in 'n modderplas geval, en dit het skielik baie hard begin reën. My klere is die ene modder en my hare was sopnat, maar ek het die verwarmer van die motor aangeskakel en dit help 'n bietjie. Ek het in die truspieëltjie gekyk: my gesig is taamlik skoon," sê sy afgehaal.

"Silwerskoon," verseker hy haar en staar haar oomblikke lank stilswyend aan, die uitdrukking in sy donker oë enigmaties. "Het jy teen jou oorhaastige verlowing met Vincent besluit? Het jy by my kom kuier?"

"By jou?" vra sy onthuts.

"Ja. Ek weet dis oor vyf dae Kersfees, maar die siek mense van ons dorpie weet dit nie. Tant Emma het gesê dis my voorreg om jou geselskap te hou terwyl sy haar pasiënte besoek of as sy vir 'n noodgeval uitgeroep word. Is jy nie bly nie?"

Sy lees die ingehoue lag in sy oë en wil haar vererg, maar haar blydskap om by hom te wees, oortref haar ergernis. Sy het haarself wysgemaak sy wil by tant Emma kuier, maar Meyer is die rede vir haar impulsiewe besluit om Henningshoogte toe te ry, want sy het sy glimlag, sy warmte, selfs sy geterg gemis.

"Jy is nie bly nie," sê Meyer met 'n oordrewe selfbejammerende sug langs haar.

"O, ek is! Ek is so oorstelp van vreugde dat ek nie 'n woord kan uitkry nie," spot sy.

423

"Snip!" sê hy kamma vies. "Wat nou van jou en Vincent se verlowingspartytjie?"

"Mariska en tant Renette het aangebied om my met die reëlings vir die partytjie te help, maar toe neem hulle alles oor. Ek het gevoel ek is net in hulle pad, daarom het ek en Monster vroegoggend besluit ons kuier vandag op Henningshoogte. Ek was nog nooit hier nie en as ek die aand . . . e . . . as ek Kersoggend 'n vreemde pad moet ry, verdwaal ek dalk en daag nooit by julle op nie," antwoord sy en hoop haar verduideliking klink aanvaarbaar.

Hy frons afkeurend. "Ek hou nie daarvan dat jy die ver pad hierheen . . ." begin hy en swyg toe die deur langs Carli oopgeruk word.

"Wat de joos draai jy so, Meyer?" vra 'n bulderende manstem. "Komaan! Ons moet ry!"

Carli kyk verskrik na die kwaai, bejaarde man en draai vraend na Meyer.

Meyer glimlag onbesorg, neem haar linkerhand in syne en druk dit bemoedigend. "Ry sonder my, Pa. Maar laat ek Pa eers voorstel aan tant Emma se susterskind, Carli van Eeden. Carli, ontmoet my pa, Heinrich Feldtmann."

Carli draai nuuskierig terug na die grimmige Heinrich. Sy merk dat hy dieselfde sterk gelaatstrekke as Meyer het, maar ouderdom het spierwit vleuels in die donker hare langs sy slape geverf.

"Margot de Winter se dogter?" vra Heinrich bars, sy oë gloeiend onder sy saamgetrekte wenkbroue toe hy afkyk na haar.

"Ja, oom. Bly te kenne," sê Carli huiwerig.

"Nee, meisie, daar is geen blydskap in ons ontmoeting nie. En jy, Meyer, bly uit hierdie meisiemens se pad, of ek onterf jou summier!"

6

Heinrich Feldtmann se woorde laat stoot 'n gloed van verleent-
heid oor Carli se gesig. Sy voel 'n oomblik lank klein en ver-
neder, maar dan kom haar trots haar tot hulp en sy lig haar
ken uitdagend, haar oë blitsend van ergernis. Meyer druk haar
hand, sodat sy onwillekeurig na hom kyk. Sy lees die woor-
delose waarskuwing in sy oë en knik haar kop met 'n klein
beweginkie.

Meyer kyk na sy pa en lag sinies. "Pa dreig al van my der-
tiende verjaardag af om my te onterf. Het Pa dit nog nie gedoen
nie?" vra hy spottend.

"Op dertien was jy 'n bang seuntjie wat deur Emma de Win-
ter gepamperlang en bederf is. Ek was nie gelukkig toe jy ge-
weier het om my huis met my te deel nie, maar ek het begrip
gehad vir jou situasie. Maar ons praat nou oor Margot de Winter
se dogter. Sy lyk soos Emma, en ek vermoed sy aard na haar. Ek
is keelvol vir die De Winters se inmenging in my lewe. Ek praat
nie weer nie, Meyer: bly weg van die meisiemens, of jy erf nie
'n sent van my nie!"

Heinrich klap die deur langs Carli só hard toe dat sy na haar
regteroor gryp.

"Waf!" blaf Monster, lek met sy nat tong oor die rillende
Carli se oor en lê sy kop op haar skouer asof hy haar wil troos.

"Dankie, Monster," sê Carli en streel die hond oor sy kop. "As
jy dié kwaai ou oom weer sien, byt hom flenters!"

"Maar nie dood nie, Monster, want die kwaai ou oom is my
pa," praat Meyer met die groot hond, wat sy kop oplig en stert-
kwispelend luister. "Eendag, Monster, as jy 'n eensame ou we-
wenaar is, is jy dalk net so befoeterd."

"Soek jy verskonings vir jou pa se onbeskofte optrede, Meyer?"
vra Carli geraak, maar weet dat sy nie werklik wil rusie maak nie.

Sy sit roerloos en voel die aarselende hoop dat Meyer haar eendag sal liefkry diep in haar sterf. Heinrich Feldtmann haat haar sonder rede, maar hy is Meyer se pa, en sy wil nie die oorsaak wees dat Meyer onterf word of in vyandskap met sy pa lewe nie.

Sy raak bewus van Meyer wat haar in stilte betrag, kyk vinnig na hom en word met 'n breë glimlag begroet. "Is jy so kwaad vir my pa dat jy nie meer vriende met my wil wees nie, kwaai meisie?" vra hy skertsend.

"Ja. Dit sal makliker wees. Ek wil nie die rede wees dat jy onterf word nie," antwoord sy ingehoue. Sy probeer haar hand uit syne neem, maar hy hou dit net stywer vas.

"Het jy vergeet ek is 'n hardwerkende man wat my eie geld verdien? My pa is vyf-en-sestig en so blakend gesond dat hy lag-lag honderd sal word. Ek weier om vir die volgende vyf-en-der-tig jaar te wag om 'n paar rand te erf," antwoord hy onbesorg.

"Maar om in vyandskap met jou eie pa te leef . . . Hoekom haat hy ons De Winters so?" vra sy, nog steeds beledig deur Heinrich se woorde.

"Ek vermoed hy haat homself, maar dis makliker om ander mense te blameer vir die foute wat jy begaan," antwoord hy mymerend.

"Ek verstaan nie," sê Carli verward.

"My ma het geweet sy gaan sterf, daarom het sy tant Emma, haar beste vriendin en terselfdertyd haar dokter, gevra om my groot te maak. En my pa was meer as gretig om van sy week oue kind ontslae te raak, daarom het hy al die dokumente wat my ma se prokureur opgestel het gewillig geteken," vertel Meyer, sy stemtoon neutraal, sy blik op die reën wat nog sag val.

"Jy kan hom nie verkwalik nie, Meyer. 'n Man kan tog nie sonder hulp 'n baba grootmaak nie."

"Hy kon hulp gehuur het, maar ek neem aan hy het meer in sy bankrekening as in sy babaseun belang gestel," antwoord

426

Meyer bruusk. Hy sien die uitdrukking op haar gesig en glimlag skuldig. "Ek knor en blaf nes my pa as ek oor dinge praat wat aan my hart en emosies krap. Ek is jammer, Carli. En ek vra om verskoning vir my pa se buffelagtige optrede. Hy is nie gewoonlik so onbeskof nie, behalwe as . . ." 'n Glimlag tower songlans in sy oë toe hy vervolg: "Behalwe as hy met tant Emma praat."

"Dan is hy onredelik. Tant Emma is 'n liewe mens. Ek wens sy het mý grootgemaak, want my ma . . ." Carli byt skuldig op haar onderlip. "Ek moet ophou om my ma te verwyt. Sy was 'n goeie ma vir my broer, en sy het ons huispersoneel betaal om my groot te maak."

"Selfs toe jy 'n baba was?" vra Meyer ongelowig.

"Toe was daar twee voltydse verpleegsters om my te versorg. Tant Renette sê my geboorte het my ma fisiek en psigies gedreineer – dalk het jou geboorte dieselfde uitwerking op jou pa gehad," antwoord sy en kyk hom met gedwonge onskuld aan.

"Klein pes!" skel hy kamma. "Jou ma het jou minstens toegelaat om in haar huis groot te word, maar my pa het gewag totdat ek dertien was om vir my my eerste verjaardaggeskenk te koop. Terselfdertyd het hy tant Emma ingelig dat ek oud genoeg was om in sy huis by hom te woon."

"Wat het tant Emma gedoen? Hom met bomme en kanonne verdryf?" vra Carli nuuskierig.

"My pa kies bomme en kanonne, maar tant Emma is te waardig. Sy word stokstyf, lyk asof sy skielik twee meter lank is en praat met ysblokkies in haar stem. Sy het my pa met haar koue stem ingelig dat hy met haar prokureur kan praat en die voordeur vir hom oopgehou. Sy was só indrukwekkend dat ek daarna nooit weer bang was vir my pa nie."

"Was jy bang vir hom toe jy klein was?"

"Doodbang," erken Meyer. "Hy het byna elke dag by my en tant Emma kom kuier, maar dit het my nie gepla nie, want tant

427

Emma was by my. Ek was ses toe hy my die eerste maal na sy huis geneem het – en toe weet ek en hy nie wat om met mekaar aan te vang nie. Hy het nie geweet waaroor hy met 'n sesjarige kan praat nie, en ek was te bang om my mond oop te maak. Ek het altyd geweet hy is my pa, maar daardie dag het ek besef hy is nie – nie werklik nie. Hy was 'n vreemdeling, en ek het gehuil totdat hy my teruggeneem het na tant Emma toe."

Ander mense ken ook hartseer, dink Carli en vra simpatiek: "Is julle nou vriende? Of herstel jy net sy voertuie?"

"Kry jy my so wraggies jammer, meisiekind?" vra Meyer en lag haar goedig uit toe sy bloos.

"Ek het Meyer die klein, bang seuntjie jammer gekry, nie vir jou nie," antwoord sy en gluur hom aan.

"Ja . . . ek kry hom ook jammer, maar gelukkig het hy grootgeword. Ek deel nie al my pa se belangstellings nie, maar soms speel ons 'n potjie gholf saam, of gesels oor sport terwyl ek een van sy voertuie sommer op sy werf herstel. Ons sal dit nooit hardop sê nie, maar die onsigbare band is daar: ons weet ons is deel van mekaar."

"En lief vir mekaar," sê Carli tevrede, bly dat Meyer so maklik oor sy persoonlike lewe met haar kan praat.

"Is 'n familieband vanselfsprekend liefde? Ek is trots op my pa omdat hy 'n suksesvolle sakeman is. Ek vermoed hy is trots op my ook, en ek hoop hy sal nog baie lank deel van my lewe wees, maar as ek voor die keuse gestel word, sal ek altyd tant Emma kies. Ek twyfel nie daaraan dat ek haar liefhet nie, want sy was en is nog steeds vir my 'n ma, 'n vriendin en 'n vertroueling. Dís waarom ek en my pa soms rusie maak: ek kan nie verdra dat hy tant Emma te na kom nie." Hy glimlag tergend. "En van nou af gaan ek en my pa nog meer rusie maak, want jy is reeds een van ons."

"Ek sal eers met tant Emma praat en . . ." begin Carli en knip haar oë toe die helder oggendson deur die wolke breek. "Die son skyn! My motor staan met 'n pap band. Sal jy my asseblief help om dit om te ruil, Meyer? Of moet jy dadelik na jou pa toe gaan?"

"Ek kan nêrens gaan sonder vervoer nie. Kom ek leer jou hoe om 'n band om te ruil." Hy neem haar motorsleutels en klim uit die motor uit.

"Ek is klaar vuil en nou gaan ek nog vuiler wees," mor Carli terwyl sy deur die modder na die agterkant van die motor plas, die uitgelate Monster springend om haar. "Hou op spring, Monster! Jy spat my vol modder."

"Kermkous!" jou Meyer haar uit terwyl hy in die bagasiebak rondkrap. "'n Tennisraket, twee blikke tennisballe, 'n flitslig en 'n noodwiel. Waar, klein Carli, bêre jy jou domkrag, wielsleutel en bandligter? Onder jou kopkussing?"

"My wát?" vra sy verward, loop vinnig om die agterkant van haar motor, gly in die modder en val teen sy bors toe hy net betyds omswaai en haar gryp.

"Eina!" krys sy en vat-vat versigtig aan haar neus, haar blik beskuldigend op hom. "Wat dra jy in jou hempsak? Klippe?"

"E . . . nee, net 'n klompie moertjies en skroewe." Lag voer 'n sondans in sy donker oë uit. Hy neem haar aan die skouer, voel met die wysvinger en duim van sy regterhand aan haar neus en sê dan gerusstellend: "Dis nie gebreek nie, en die seer sal netnou weg wees."

"Jy kan maklik praat, want dis nie jou neus nie," maak sy rusie met hom, bang vir die intense emosies wat sy aanraking in haar binneste laat opvlam. "En hoekom het ek 'n lig vir my band nodig? Daar is mos 'n flitslig."

Hy byt hard op sy onderlip en verduidelik geduldig: "'n Bandligter is 'n spesiale voorwerp wat gebruik word om die motorband van die naaf te verwyder."

Sy staar hom met volslae onbegrip aan en snak na haar asem

429

toe hy haar skielik ru in sy arms vasgryp en skaterend uitbars van die lag.

"Jy versmoor my, Meyer! Los my! En hou op om my uit te lag!" skree sy beledig en spartel om uit sy arms te ontsnap, te kwaad om die warmte van sy bors en die krag van sy gespierde arms om haar te geniet.

Hy lag net harder en hou haar stywer vas.

Sy staan met haar wang teen sy bors, luister na die rammelende klank van sy lag en die ritmiese geklop van sy hart, en ervaar 'n ekstatiese geluk wat haar laat vergeet van haar woede. Dís waar sy hoort: in Meyer se arms, waar sy deel kan voel van sy hartklop, deel van hom kan wees.

Maar hy het haar nie lief nie, dolksteek die besef deur haar. Hy behandel haar soos 'n jonger suster wat hom amuseer, want hy hou haar styf in sy arms vas sonder om 'n sprankie begeerte te ervaar. Sy besoeke aan haar was nie romantiese kuiertjies nie, nie eens werklike belangstelling nie, dink sy verneder. Hy wou net vir tant Emma verras, daarom het hy die moeite gedoen om haar te leer ken. En nou lag hy haar uit oor haar onkunde sonder om haar gevoelens in ag te neem.

"Ek is nie 'n vervlakste teddiebeer nie, Meyer Feldtmann! Los my!" skree sy en weet sy skuil agter 'n skans van woede om te verhoed dat sy in trane van teleurstelling uitbars.

"Nee, jy is nie 'n teddiebeer nie," sê hy ingehoue. Hy los haar vinnig en draai fronsend terug na die bagasiebak. "Daar is net een uitweg: ons sal moet voetslaan dorp toe, want sonder 'n domkrag en 'n wielsleutel kan ek nie die band omruil nie."

"Moenie kwaad wees nie, Meyer. Ek het werklik nie geweet ek het al daardie goeters . . . e . . . gereedskap nodig nie. My ma se chauffeur het altyd gesorg dat ons motors versien word," sê sy verskonend. "Kan ek nie die garage op Henningshoogte bel nie? Ek het my selfoon."

"Net om 'n band om te ruil? Genugtig, Carli, die dorpenaars sal nooit ophou lag as ek 'n motorhawe bel om so 'n klein werkie vir my te doen nie. En ingeval jy daaraan dink om 'n taxi te bel: ons dorp het nie 'n voltydse taxidiens nie, want kom kuier jy per trein, gaan haal jou vriende of familie jou op die stasie. Tant Emma het ook nie 'n chauffeur nie. Sy is 'n besige dokter en ek durf haar nie bel om ons te kom haal nie. Sorg dat al jou motorvensters toe en jou deure gesluit is. Het jy jou handsak, selfoon en Monster se leiband?" vra hy afgetrokke, sy houding onverklaarbaar afsydig.

"Hou op om kwaad te wees omdat ek ryk grootgeword het, Meyer. Dit was nie nodig vir my ma om te werk nie, maar haar loopbaan was haar eerste prioriteit. Sy het nie die tyd gehad om my rond te karwei toe ek 'n kind was nie, daarom het ons 'n chauffeur gehad vandat ek my verstand het. Ek het nie verwag dat tant Emma 'n chauffeur sal hê nie," sê Carli styf, gekrenk deur sy onverklaarbare vyandigheid.

Hy antwoord nie dadelik nie, maar kyk na haar met ernstige belangstelling, asof hy haar onder 'n mikroskoop betrag. Dan glimlag hy onverwags, sy tande wit teen sy songebruinde vel.

"Jou rykdom pla my nie, klein Carli, want jy is die armste ryk meisie wat ek ken, maar darem so . . . oulik. Jy het net vir my en tant Emma om jou werklik ryk te maak, want ons het jou aangeneem en ons is lief vir jou. Ek was nie kwaad nie, net bekommerd."

"Oor wat jou pa sal sê as jy so lank draai? Dink jy hy sal na jou kom soek?" vra Carli, maar weet dat Heinrich Feldtmann se optrede haar nie meer traak nie – nie nadat Meyer gesê het hy en tant Emma is lief vir haar nie. Meyer is lief vir haar, sing haar hart 'n melodie van hartseer, want haar verstand weet dis net die liefde van 'n broer. Dalk kry hy haar eendag werklik lief . . . 'n ver eendag as hy besef sy is nie 'n oulike jonger suster nie.

"My pa is te besig om agter my aan te ry. Maar dis jy . . ." Sy blik rus vonkelend op haar. "Jou klere is . . . e . . . effens vuil en jou sandale lyk nie soos gemaklike stapskoene nie. As ek so 'n vuil klein meisietjie op my rug deur ons dorpie se strate dra, kry my pa én ons waardige tant Emma 'n toeval!"

"Ek is gewoond om met hierdie sandale te loop, en my klere . . ." Carli swyg en kyk onwillig af na haar bloesie en langbroek, waarvan die sagte geel en ligbruin nou die kleur van rooibruin modder is. "Ek het op my maag geval en toe ek probeer opstaan, het Monster my omgespring. Ek lyk soos 'n watsenaam . . . e . . . 'n trens."

"Maar darem 'n mooi klein trens," terg hy, buk onverwags af en soen haar speels op die punt van haar neus. "Moenie so beteuterd lyk nie, Carli: ek ken 'n ompad huis toe, al met die ag-terstraatjies langs. Haal solank jou goed uit jou motor," vervolg hy gerusstellend en roep Monster nader.

"Waf!" blaf Monster, draf nader en wag stertkwispelend dat Carli sy leiband aan sy halsband vasknip.

"Soet honne. Slim ou Monster," prys Carli hom. Sy wag tot Meyer die motor gesluit het en stel dan onseker voor: "As jy my die pad beduie, kan jy vooruit stap, Meyer. Ek wil nie 'n verleentheid vir jou wees nie."

Hy vat haar hand en begin aanstap, lig sy kop en adem die geur van die reënnat grond in. "A, dit ruik sommer somer! En jy is deel van 'n sonskyndag in die somer, mooi Carli, en ek is bly jy is hier. Ek is veels te verwaand om selfbewus te voel om-dat my meisie effens modderig is. Oor vyf dae is dit Kersfees en jy gaan vir my 'n nuwe selfoon koop, want ek het myne per ongeluk in 'n bak olie laat val toe ek my pa se viertrek versien het."

"Jou werk!" onthou sy skuldig. "Ek het vergeet jy is 'n besige motorwerktuigkundige. Ek is jammer ek hou jou uit die werk."

"Wat van my nuwe selfoon? En 'n nuwe T-hemp. Toe, Carli, ons is mos familie," pleit hy.

Sy kyk hom skerp aan, sien die treiterende lag in sy oë en klik haar tong ergerlik. "Dalk 'n T-hemp, maar jy kan jou eie selfoon koop. Nie dat ek jou storie oor —"

"Dis sy!" val Meyer haar in die rede en sleep haar en die opgewonde Monster saam met hom oor die teerpad toe 'n wit motor skuins oorkant hulle tot stilstand kom.

"Carli, jy is verstommend vuil," sê Emma deur die oop venster van haar motor. "As een van die dorp se skinderbekke jou nou sien, hoor ek nooit die einde van die storie nie. Toe, hardloop, julle twee!"

Carli steek 'n paar treë van Emma se motorvenster vas en sê dreigend: "Ek is veels te ryk en verwaand om my aan 'n klomp ledige skinderbekke se stories te steur, tant Emma. Ek wéét ek is vuil, maar as iemand dit nog 'n maal sê, skree ek!"

"Dis my meisie, tant Emma: astrant en verwaand nes ek," sê Meyer hoorbaar trots en plaas sy regterarm besitlik om Carli se skouers.

Emma betrag hulle oomblikke lank swygend en klim dan uit haar motor uit. "Het ek soos 'n heks geklink?" vra sy spytig en soen Carli op albei wange. "Dag, kindjie. Ek is so bly jy het kom kuier. Ek is jammer as ek jou beledig het, maar die man slaag altyd daarin om my my humeur te laat verloor – die onbeskofte bullebak!"

"Dis my pa," verduidelik Meyer vertroulik, sy asem warm teen Carli se oor.

"Wie anders?" vra Emma nydig. "Carli, sit voor langs my. Meyer, jy en Monster sit agter. Sorg dat Monster nie op my spring of my opvreet nie. Of het jy jou gedierte gewoond gemaak aan 'n veiligheidsgordel, Carli?"

"Ja, tannie, ek gespe Monster altyd vas op die sitplek," antwoord Carli bedees en kyk onseker na Emma, wat nog hewig frons.

"Tant Emma haat ons, Monster. Sy haat honde uit beginsel, en sy haat my omdat Heinrich Feldtmann my onbeskofte pa is," vertel Meyer aan die hond en maak die motordeur vir hom oop.

"Hou tannie nie van honde nie?" vra Carli ongemaklik toe sy langs Emma in die motor sit.

"Ek het 'n klein brakkie, maar Meyer sê sy is 'n gekef met pote, nie 'n hond nie. Hy het haar Blaffie gedoop," antwoord Emma terwyl sy haar motor terugdraai dorp toe.

Sy kyk in haar truspieëltjie na Meyer, wat haar met 'n treiterende glimlag aankyk. "Jy is amper so irriterend soos jou pa, Meyer. Ons huis is voortaan Carli se ouerhuis en Monster is vanselfsprekend welkom. Maar ons praat nog oor jou pa: hy is net befoeterd genoeg om jou dié keer werklik te onterf. Wat gaan jy doen, seun?"

"Wat ek in die verlede gedoen het, my fronsende tannie: onthou dat ek eendag as ek spierwitgrys is al tannie se katte gaan erf."

"Tant Emma sal nooit doodgaan nie!" sê Carli vinnig en lê haar hand op Emma se arm, onbewus van die byna tasbare vrees in haar oë.

Emma kyk na haar en glimlag gerusstellend. "Ja, raak aan my, kindjie, want ek is werklik hier, en ek hoop om nog hier te wees as jou kinders eendag groot is. Meyer, ek weet dit verg inspanning, maar dink asseblief voordat jy praat."

"Sien jy nou wat doen my pa agter my rug, Carli? Hy verander my liewe tant Emma in 'n heks, sodat sy al haar wrewel op my uithaal," sê Meyer kamma afgehaal en vra fronsend: "Tant Emma, was my pa by die spreekkamer? Het hy voor jou pasiënte met jou rusie gemaak?"

434

"Hy sal dit nie waag nie! Hy het my op my selfoon gebel en ek het badkamer toe gevlug toe hy in my ore begin bulder. Verbeel jou, die man beskuldig my van 'n agterbakse knoeiery agter sy rug om sy enigste seun met my susterskind te laat trou. Die ou skobbejak! Noem my 'n gewetenlose slawehandelaar wat met jong meisies smous! Ek was so kwaad dat –"

"Jou bloeddruk, tant Emma – onthou van jou bloeddruk en my en Carli se kosbare lewens. Jy ry te vinnig, my tannie," val Meyer haar paaiend in die rede.

Emma kyk vinnig na die spoedmeter en ry stadiger. "Jou pa is my probleem, nie my bloeddruk nie, Meyer," antwoord sy meer bedaard terwyl hulle die dorp binnery. "Maar jou pa het my 'n guns bewys, want hy het my vertel Carli se motor het 'n pap band. Ek het haastig van my gereelde, gesonde pasiënte ontslae geraak en kom kyk of ek kan help."

"Wat is gereelde, gesonde pasiënte, tant Emma?" vra Carli geïnteresseerd.

"Mense wat doodgewoon verveeld of net eensaam is. Eensame oumense wat die nodige geld het om te mors, kuier graag in my spreekkamer, want hulle weet ek is 'n geduldige luisteraar en hulle kan my met hulle geheime vertrou."

"En wat doen die eensame oumense wat arm is?" vra Carli bekommerd.

Emma glimlag flitsend. "Hulle nooi my vir 'n koppie tee in hulle huurkamertjies. As ek die dag die tyd het, aanvaar ek hulle uitnodigings."

"Kyk, Carli!" sê Meyer en leun tussen die voorste sitplekke deur. "Sien jy daardie sandsteenhuis teen die heuwel? Dis Huis De Winter, wat deur jou oupagrootjie gebou is net ná die Tweede Vryheidsoorlog. Toe ek klein was, het ek geglo dis 'n kasteel, selfs al het dit net talle skoorstene, nie torinkies nie."

Carli verkyk haar aan die imposante drieverdiepingwoning

wat oor die dorp troon. Sy bewonder die warm, goue kleur van die sandsteen en adem verruk: "Dit lyk soos 'n herehuis op 'n landgoed!" Sy draai na Emma en vervolg verlig: "Ek is so bly tannie woon nie in 'n glaspaleis nie."

"Tant Emma hou van alles wat oud en tweedehands is," spot Meyer.

"Meyer, moenie my humeur verder beproef nie: ek het nog nie jou pa se beledigings vergeet nie," waarsku Emma. "Carli, ek is dol op antieke meubels – enige antikwiteit behalwe Meyer se verroeste ou bakkie. Gelukkig is daar oorgenoeg ruimte in die groot vertrekke om die huis nie soos 'n oorvol tweedehandse meubelwinkel te laat lyk nie."

"Ons huis het ook oorgenoeg ruimte, maar niks anders nie," sê Carli misnoeg. "Ons sit- en eetkamer en selfs die ontvangsportaal is so groot soos sale omdat my ma graag onthaal het. Maar die vertrekke lyk koud en leeg, want my ma was net lief vir koue goed: alles moes van glas of staal en verkieslik wit of silwer of swart wees. Ek wed 'n waenhuis lyk geselliger as ons sitkamer."

"Die moderne skilderye teen die mure en die kussings op die rusbanke en stoele het kleurvol genoeg vir my gelyk. Margot – jou ma – het altyd goeie smaak gehad," sê Emma taktvol en ry deur die boogingang, toegerank met wit rose, van Huis De Winter.

"Ek sal in die agterplaas parkeer sodat jy ongemerk by 'n sy-deur kan inglip, Carli. Ek verkies dat Natie jou later ontmoet."

"Wie is Natie?" vra Carli.

"'n Ou tannie sonder nate," korswel Meyer en hou Monster stewig vas toe Emma die motor in die agterplaas tot stilstand bring. "Draf, Carli! As ek Monster nou los, blaf hy Natie uit die kombuis uit."

Emma vat Carli aan haar boarm en stap vinnig saam met haar na 'n ingang met 'n klein stoepie terwyl sy gedemp vertel: "Natie Els is my huishoudster, en haar ma en haar ouma was voor haar huishoudsters vir ons De Winters. As Natie net makliker gekommunikeer het, sou sy 'n uitstekende verpleegster gewees het, maar sy het verkies om my huishoudster te word. Sy glo dis 'n familietradisie wat nie verbreek mag word nie."

"Is sy oud en kwaai soos Meyer se pa, tannie?"

Emma glimlag geamuseerd. "Natie is twee-en-veertig, maar aangesien sy ongetroud is, beskou sy haarself as 'n jong meisie. Moet haar om liefdeswil nie as tannie aanspreek nie, want dan het sy stilstuipe dwarsdeur die Kersgety."

Carli volg Emma deur die sydeur en kyk verras om haar rond. "Dis 'n sitkamer! En kyk net al die antieke meubels! Dis Franse meubels, nè, tant Emma?"

"Die stoele met die armleunings is van die Louis XV-tydperk en die tweesitplekbankies is William-en-Mary-rusbanke. Stel jy in antikwiteite belang, Carli?"

"O ja! Ek het ses kosbare Dresden-beeldjies van my ouma Van Eeden geërf – of liewer, my ma het hulle vir my gegee, want sy wou hulle nie gehad het nie. As ek in Europa kuier, besoek ek graag ou paleise en kastele om na die antieke meubels te kyk. Dis waarom ek die Franse meubels herken het." Sy staar bewonderend na 'n Sheraton-skryftafel en gaan afgehaal voort: "Houtmeubels is so warm, maar antieke meubels pas nie in my ma se haatlike glaspaleis nie."

"Moenie kwaad wees vir julle huis nie, kindjie. Jou pa was gelukkig daar," sê Emma sag.

Carli kyk haar skerp aan en glimlag dan. "Ja . . . Ek veronderstel vir my pa en ma was ons huis 'n sprokiespaleis, want hulle was gelukkig daar. Ek was ook, totdat my pa dood is, maar daarna was die huis so koud en leeg . . ." Sy kyk Emma nadenkend aan. "Ek dink ek verstaan nou: dis mense wat mekaar liefhet wat warmte aan 'n huis gee, want huise is net huise."

437

"Maar huise is gelukkiger as die inwoners skoon is," terg Emma. "Kom saam na my slaapkamer toe, kind. Jy is 'n paar kilogram ligter as ek, maar ek is seker my klere sal vir jou pas."

Natie is nie vet nie, Natie is rond, dink Carli en probeer om nie die vrou wat die hoofsitkamer binnegekom het aan te staar nie. Die huishoudster se donkerbruin hare is kort en krul om haar koeëlronde kop, en haar mooi, grys oë is nog ronder. Selfs haar kort neusie en klein mondjie lyk rond, rond soos haar gesig, dink Carli. Sy besef dat Meyer haar met laggende oë dophou en kyk haastig weg toe hy vir haar knipoog.

Emma wag totdat haar huishoudster die skinkbord met tee op die teewaentjie neergesit het voordat sy gemoedelik sê: "Dankie, Natie. Dis Carli van Eeden, my susterskind. Sy sal hier wees vir middagete, en sy sal ook die Kerstyd by ons deurbring. Carli, dis my bekwame huishoudster, Natie Els."

"Bly te kenne, Natie," groet Carli gelykmatig, te bang om vir die ernstige huishoudster te glimlag.

Natie staar na Carli asof sy 'n rare groentespesie is, kyk na Emma en sê kortaf: "Selle."

"Ja, ons lyk dieselfde, Natie, ek is net 'n baie ouer uitgawe," gesels Emma terwyl sy vir hulle tee skink. "Wou jy iets gevra het?" vra sy toe Natie langs die teewaentjie bly staan.

Natie kyk 'n paar maal beurtelings na Carli en Meyer en vra: "Saam?"

"Ja, Natie, ek en Carli woon saam," antwoord Meyer met engelagtige onskuld.

"Moenie so kort voor Kersfees skoor soek met my nie, Meyer," waarsku Emma, haar blik streng op die glimlaggende Meyer. Sy wend haar tot Natie toe sy verduidelik: "Nee, Carli en Meyer het nie trouplanne nie, want Meyer is te onverantwoordelik om aan 'n huwelik te dink, en Carli wil hom in elk geval nie hê nie."

Natie kyk grimmig na Meyer en sê verpletterend: "Mooi gesig, niks verstand nie." Sy kyk na Carli, glimlag onverwags en marsjeer die sitkamer uit.

"Sjoe! Ek het nie geweet sy kan glimlag nie. Hoekom praat Natie so ... e ... in morsekode, tant Emma? Het sy 'n spraakgebrek?" vra Carli simpatiek.

Meyer bars bulderend uit van die lag. Hy sien nie eens toe Emma hom berispend aankyk nie, maar lag totdat hy verplig is om sy sakdoek te gebruik om sy lagtrane af te droog.

Carli merk dat Emma hard op haar onderlip byt om te verhoed dat sy ook lag en vra verward: "Is Natie se spraakgebrek 'n grap?"

"Nee, Carli," antwoord Emma toe Meyer hulpeloos van die lag terugleun op sy stoel. "Natie praat net met mense as sy seker is sy kan hulle vertrou. Wat jy so pas ervaar het, is Natie se idee van 'n professionele huishoudster. Toe ek haar aanvanklik in diens geneem het, het sy my gaste geïgnoreer, maar aanmekaar met my gesels wanneer sy ons bedien het. Ek het aan haar verduidelik dat 'n professionele huishoudster nie met haar werkgewer of die kuiergaste gesels nie en toe kom sy met haar morsekode vorendag. Ná meer as twintig jaar verstaan ek gewoonlik wat sy vra, maar soms is dit selfs vir my onmoontlik."

"En kan Natie skinder! Ek hoop jy het jou vuil klere in die bagasiebak gaan toesluit, anders weet die hele dorp voor middagete jy het in die modder geval, Carli," terg Meyer haar.

"Natie skinder nooit oor ..." begin Emma partydig en swyg toe Carli se selfoon lui.

Meyer spring op uit sy stoel en sak langs Carli op die rusbank neer terwyl sy nog haar selfoon uit haar slenterbroek se sak haal. "As dit die lastige Vincent is, sal ek met hom praat! Hy moet mooi verstaan hy het my goedkeuring nodig voordat julle verloof kan raak."

Carli ignoreer hom, kyk na die naam op die selfoon se skerm-pie en sê ontsteld: "O nee, dis tant Renette! Ek het skoon ver-geet van ons afspraak vir middagete in 'n restaurant. Sy dink ek speel saam met Alexa tennis, maar ek sal nooit om eenuur terug kan wees by ons huis nie. Dis byna halftwaalf!"

Meyer gryp onverwags die selfoon uit Carli se hand en sê doodluiters: "Hallo! Henno Reyneke hier! Carli het haar sel-foon hier laat lê. Sy is so verlief op haar Vincent dat sy aan niks anders kan dink nie. Sê asseblief vir haar Alexa sal haar foon vir haar hou. Tot later, Renette!"

Hy beëindig die oproep sonder om op Renette se reaksie te wag en glimlag selfvoldaan toe hy die foon vir Carli teruggee. "Sê dit maar, meisiekind: ek is 'n vindingryke man."

"Waar ek vandaan kom, noem ons mense soos jy oortuigende leuenaars," reageer Carli blitsig, ontsteld dat Meyer haar liefde vir Vincent as 'n voldonge feit aanvaar. As hy net 'n klein bietjie vir haar omgegee het, sou sy nie op hierdie oomblik so grens-loos hartseer en alleen gevoel het nie, dink sy en staar trooste-loos voor haar uit.

"Moenie toelaat dat Renette se oproep ons kuiertjie bederf nie, kindjie," sê Emma paaiend. "Natie weet reeds jy eet van-middag saam met ons, en wanneer jy later terugry huis toe, sal Meyer jou in sy motor volg. Hy moet in elk geval môre in die stad wees."

"Om presentjies vir tant Emma en Natie en Blaffie te koop," verduidelik Meyer met 'n liewe glimlag. "En vir jou en Monster. Of dalk moet ek vir Blaffie in geskenkpapier toedraai en haar vir Monster vir ontbyt gee."

"My motor! Dit staan nog op die vlak. Dalk is ek so verlief op Vincent dat ek alles vergeet," sê Carli omgekrap en staan vinnig op.

"Sit, meisiekind!" Meyer gryp haar aan die arm en trek haar

weer op die rusbank langs hom neer. "Terwyl jy gestort en skoon klere aangetrek het, het ek jou motorsleutels vir 'n vriend gegee. Hy sal sorg dat jou motor se band omgeruil word en die pap band herstel word voordat jou motor hier afgelewer word. Wat, my verliefde Carli, sou jy sonder my gedoen het?"

Makliker asemgehaal het, dink Carli bedroë en probeer om van Meyer se hand op haar arm te vergeet.

Carli lê op die Wilton-vloermat in die ontvangsportaal van haar ouerhuis en kyk hoe Vincent en Mariska van elke geleentheid gebruik maak om aan mekaar te raak terwyl hulle die Kersboom langs die trap versier.

"Die misteltakkie!" roep Vincent ingenome uit, balanseer die versiering op een van die takke van die Kersboom bokant Mariska se kop en neem haar in sy arms. "En nou mag ek jou soen, my liefste Mariska, want ek en jy hou van enige tradisie, solank ons mekaar mag soen," sê hy en soen haar met oorgawe.

"En dít?" krys Renette kortasem van skok en woede uit die oopstaande voordeur. "Het jy geen skaamte nie, Mariska? Hoe durf jy my seun soen, terwyl almal weet hy en Carli sal oor drie maande getroud wees?"

7

Carli sien hoe Vincent en Mariska uitmekaarspat asof hulle deur 'n weerligstraal getref is. 'n Vlammende blos van verleentheid sprei oor Mariska se gesig terwyl Vincent, sy gelaat waswit, soos 'n gehipnotiseerde veldmuis na Renette staar. Carli spring vinnig op.

"Hoe durf tannie my huis ongenooid binnestorm?" vra sy

met ysige afkeer in haar stem en kyk langs haar neus af na Renette, wat met 'n verontwaardigde uitdrukking op haar gesig omswaai na haar.

"Dan het jy nie gesien wat gebeur het nie?" vra Renette hoogs ontsteld. Sy werp Mariska 'n verpletterende blik toe en sê: "Jy kan dankbaar wees Vincent het julle huissleutels en die afstandbeheer tuis gelaat, want ek kon by julle motorhek inkom sonder dat die agterbakse Mariska daarvan bewus was."

"En sonder dat ék daarvan bewus was!" reën Carli se woorde soos ysblokkies op Renette neer. "Dis mý huis, tant Renette, en my privaatheid is vir my van die allergrootste belang. Tannie se gedrag is onvergeeflik, want ek het die afstandbeheer en huissleutels aan Vincent gegee, nie aan die res van sy gesin nie. My sleutels, asseblief, tant Renette," versoek sy hooghartig en hou haar hand gebiedend uit na Renette.

"Jy verstaan nie, Carli! Terwyl jy elders besig was, het Mariska my seun verlei! Ek kan nie glo dat 'n dogter wat ek altyd vertrou en liefgehad het so 'n beginsellose meisie kan wees nie. Mariska, jou boesemvriendin, het Vincent omhels en hartstogtelik gesoen! Ek het nie woorde om my skok en teleurstelling uit te spreek nie," sê Renette gebroke en sug aandoenlik.

Tant Renette geniet elke oomblik van dié drama, dink Carli, want sy sien haarself in die rol van die heldin wat net betyds opgedaag het om die Van Eeden-skatte vir haar enigste seun te red.

"Moenie oordryf nie, tant Renette. Ek het daar op die mat gelê en gesien toe tannie ongenooid my huis binnestorm en Mariska beledig," kom dit afkeurend van Carli terwyl sy haar huissleutels by Renette vat en op 'n glastafeltjie neersit.

Renette staar haar ongelowig aan. "Het jy gesien hoe soen Mariska my seun?"

"Ja, tannie. Vincent het Mariska gesoen, want dis 'n stokou

442

gebruik om 'n meisie onder die misteltakkie te soen. Of het die tradisie nie in jou jeug bestaan nie, tant Renette?" vra Carli met onskuldige belangstelling.

"Ek het Mariska gesoen, Ma, want ek . . ." begin Vincent ergerlik, maar swyg toe Carli haar kop skud.

"En jy mag haar weer soen, Vincent, want die mistel hang nog skuins bokant Mariska se kop. Liewe land, ons soen mekaar nog al die jare onder die mistel! Hoekom het 'n onskuldige soen nou skielik 'n misdaad geword?" vra Carli en kyk Renette onvergenoegd aan.

"Ek gaan huis toe, Carli," sê Mariska ingehoue.

"Ek loop saam met jou. Ek skaam my vir my ma wat oornag verkramp geword het," sê Vincent koud. Hy kyk veroordelend na Renette en vat Mariska se hand.

"Jy is Mariska 'n verskoning verskuldig, tant Renette," kom dit verwytend van Carli. "Sy is my beste vriendin, en ek weet sy is nie 'n beginsellose meisie wat haar aan Vincent of enige ander man sal opdring nie."

Renette kry gloede van verleentheid, intens bewus van drie paar oë wat haar beskuldigend aanstaar. Sy haal haar skouers met gedwonge onverskilligheid op. "Ek veronderstel julle moderne jongmense is . . . e . . . nie so nougeset soos toe ek jonk was nie. Ek is jammer ek het oorgereageer en jou beledig, Mariska. Jy weet ek is lief vir jou, want jy is die dogter wat ek graag sou wou gehad het – 'n liewe, spontane en hulpvaardige kind." Sy besef wat sy gesê het en draai met 'n selfbewuste glimlaggie na Carli. "Jy ook, Carli. Julle is soos my eie kinders."

"Ja, tant Renette. Waaraan het ons eintlik jou besoekie te danke?" vra Carli met neutrale hoflikheid.

"Dit was net iets oor die gastelys wat ek met Mariska wou bespreek het. Het jy al van die Lombards gehoor, Mariska?" vra Renette, nog merkbaar ongemaklik.

"Ja, tannie. Hulle en al die ander direkteure en hulle metgeselle het die uitnodiging aanvaar. Ons eie vriende kom ook almal," antwoord Mariska afgetrokke.

"Gaaf! En vergeet nou maar van ons misverstand, Mariska. Ek is werklik jammer dat ek jou beledig het, my skat. Ons sal later weer gesels," maak Renette weer verskoning. Sy glimlag spytig en stap haastig by die voordeur uit.

"Maak asseblief die motorhek oop, Vincent," versoek Carli, wat Renette deur die glaswand van die ontvangsportaal dophou. "Met jou ma op my werf is ek te benoud om hard asem te haal."

Vincent druk die afstandbeheer langs die interkom en blaas sy asem hoorbaar uit toe Carli met 'n verligte glimlaggie omdraai.

"Ek dink nie meer ek het 'n liewe ma nie," sê hy en neem Mariska in sy arms. "Ek is só bitter jammer, my liefste. Ek het nooit geweet my ma het so 'n vlymskerp tong nie. En ek durf jou nie eens verdedig nie. Ek voel soos 'n ruggraatlose wurm."

"En ék voel skuldig en gemeen omdat ons jou ma bedrieg. Liefde is 'n wonderwerk, nie iets waaroor 'n mens jou hoef te skaam nie. Jou ma gaan my vir ewig en altyd haat as ek aan jou verloof raak, Vincent," sê Mariska na aan trane.

"Onsin!" kom dit skerp van Carli voordat Vincent kan reageer. "Saterdagaand gaan ék die beginsellose meisie wees wat weier om aan tant Renette se enigste seun verloof te raak. Jy, Mariska, gaan die heldin in die drama wees, want jy gaan arme Vincent se gebroke hartjie heelmaak."

"Net een meisie kan my hart breek, en sy staan veilig in my arms," verseker Vincent Mariska en glimlag gerusstellend in haar oë. "Het jy vergeet my pa is dolgelukkig oor ons verlowingsplanne? Ek vermoed hy voel twintig jaar jonger omdat hy deel is van ons drie se komplot, want vandat hy die nuus weet, kan hy nie ophou glimlag nie."

"Ja, hy was dierbaar toe ek en hy gistermiddag gesels het," antwoord Mariska en lyk meer ontspanne.

"Gistermiddag? Ek was toe by tant Emma. Jy het niks van jou kuiertjie saam met oom Wim gesê nie," verwyt Carli.

"Hoe kon ek? Jy het eers laataand huis toe gekom, en toe kuier jy en Meyer nog tot ná middernag saam. Waaroor praat jy en jou neef, Carli? Ou motors?" vra Mariska tergend.

"Ja. Ek weet nou alles van 'n domkrag en 'n wielsleutel en ... en 'n naaf. Maar wat nou van oom Wim?" vra Carli nuuskierig.

"Hy het my vir middagete in 'n klein Italiaanse restaurantjie genooi," vertel Mariska en glimlag onnutsig. "Hy het gesê tant Renette hou nie van Italiaanse disse nie, daarom sal ons nie onverhoeds betrap word nie. Ek vergeet altyd hy is 'n uitgeslape prokureur, selfs al lyk hy so gaaf en onskadelik. Hy sê hy het in ons kleintyd reeds besef dat Vincent my bo jou verkies, want Vincent was altyd partydig vir my." Sy frons bekommerd en vra aarselend: "Klink ek nou gemeen, Carli?"

Carli lag borrelend. "Nee, jou domkop, jy klink net baie verlig dat Vincent jou lankal liefgekry het. En dis waar: Vincent het altyd kant gekies vir jou, en dan het jy jou vir hom vererg en kant gekies vir my. Jy is 'n gebore ma, Mariska, want jy wou my altyd beskerm omdat ek die kleinste was."

"Ek onthou," sê Vincent en lyk vies. "Ek wou liewer net met Mariska speel, want sy was groot en sterk soos ek en kon saam met my boomklim en rugby speel. Maar jy, pieperige Carli, moes altyd opgetel word, en as jy eers in die boom was, was jy te bang om af te klim."

"Ek hoop nie jy is net lief vir Mariska omdat sy kan boomklim nie, Vincent," sê Carli kamma bekommerd.

"Ek, liewe Carli, is ouer as ses," terg Vincent en soen Mariska op haar wang. "Vertel haar van ons verloofring, Mariska."

"Jy moet dit sien, Carli! Dis 'n pragtige antieke ring wat aan oom Wim se ouma behoort het. Dit het 'n groot diamant wat omring is met klein robyne. Oom Wim het gesê ons kan net die diamant en die robyne gebruik en ons eie ring laat maak — hy sal daarvoor betaal. Maar ek en Vincent hou van die ring soos dit is. Niemand anders het so 'n ring nie, en dit laat my deel voel van die Schoeman-familie," vertel sy met skitterende oë.

"Dis nie al nie," kom dit geesdriftig van Vincent. "My pa het jare gelede 'n woonstel naby die universiteit gekoop met die bedoeling dat ek eendag daar sal intrek wanneer ek met my studie begin, maar my ma het volstrek geweier dat ek daar gaan woon. Sy het my pa oortuig dat ek as student nog die sekuriteit van 'n ouerhuis nodig het, daarom het hy my nooit van die woonstel vertel nie."

"Maar nou is dit ons s'n!" jubel Mariska. "Oom Wim sê ons kan oor drie of vier maande trou, want ons ken mekaar ons lewe lank. Ek sal 'n goeie salaris verdien, en oom Wim sal Vincent se toelae betaal totdat hy sy M-graad behaal het. Dink jy nie dis wonderlik, fantasties en ongelooflik nie, Carli?"

Carli kyk in hulle stralende gesigte en sê afkeurend: "Julle maak my siek! Gaan julle die Kersboom klaar versier, of moet ek dit doen?"

"Ons sal!" antwoord hulle tegelykertyd en begin ywerig die res van die versierings uitpak en aan die Kersboom hang.

Monster sal my geselskap hou, dink Carli en loop tydsaam in die lang gang af na die kombuis toe, want 'n paartjie wat liefhet, het nie 'n toeskouer nodig nie.

Soos wanneer sy by Meyer is. Sy is lief vir tant Emma en sy het elke oomblik van haar kuiertjie op Henningshoogte geniet, maar niks kon haar gelukkiger maak as Meyer se besluit om gisteraand eers saam met haar koffie te drink voordat hy na sy vriende toe is nie.

Elke oomblik saam met hom weef nuwe sydrade van vriendskap tussen hulle, dink sy, onbewus daarvan dat sy met 'n glimlag op haar lippe langs die yskas gaan staan het. Sy het langs hom op 'n rusbank in die sitkamer gesit terwyl hulle deur ou foto-albums geblaai het, en sy kon die warmte van sy arm teen hare voel en duiselende oomblikke van euforie ervaar.

Maar 'n alleen-liefde is 'n doodloopstraat, dink sy met 'n gevoel van onmag. Sy hoor Monster in die agterplaas blaf, en hardloop na hom toe om aan haar vergeefse drome te ontsnap.

Carli gaan haar prokureur, Wim Schoeman, se luukse kantoor binne en glimlag verras toe hy om sy groot lessenaar loop en haar tegemoet kom.

Hy neem albei haar hande in syne en sê opreg: "Baie dankie vir dit wat jy vir Vincent en Mariska gedoen het, Carli."

Sy lag spontaan. "Ek het niks vir hulle gedoen nie, oom Wim. Vincent en Mariska het mekaar lief, en die liefde kom vanself."

"Jou onselfsugtigheid het hulle gehelp. As jy so vasbeslote soos my vrou was dat jy en Vincent moet trou, sou hy voor julle gesamentlike aanslag geswig het. Vincent aard na my: hy bekommer hom nie oor sy geluk nie, solank as wat hy almal om hom gelukkig kan maak. Maar julle huwelik sou 'n fatale fout gewees het, want dis vir my al jare lank duidelik dat Vincent Mariska liefhet. Jy, aan die ander kant, was soos 'n kind in 'n droom-wêreld – of moontlik was jy net jou ma se willose marionet," sê Wim, sy blik peinsend op haar.

Carli glimlag bedroë. "Ek was, oom Wim, want as ek . . ."

Sy breek haar sin af toe Meyer se breedgeskouerde gestalte voor haar geestesoog verskyn. Die ridder wat haar uit haar droomwêreld van kinderlike gehoorsaamheid laat wakker skrik het, is 'n man met oliekolle en stofstrepe op sy T-hemp en kort-broek. Sy wit perd is 'n verroeste rooi bakkie en in plaas van om haar te soen, het hy op haar geskree asof sy 'n verslonste

447

straatkind is. Maar sy het opgekyk na hom en in die nagduisternis van sy oë verdrink.

"Is jy nog ontsteld oor jou ma se dood, Carli?" roep Wim se simpatieke vraag haar terug na die werklikheid.

"Nee, oom. My enigste hartseer is dat my ma my nooit kon liefhê soos wat sy vir Arnold liefgehad het nie. Sy het altyd aan Arnold geraak, sy das reggetrek of speels by hom ingehaak en saam met hom gelag en gesels. Vandat ek kan onthou, het sy altyd tyd gehad om met my pa en Arnold te praat, maar sy het my nooit raakgesien nie. Toe ek klein was, het ek gewonder of ek onsigbaar was vir haar en Arnold, want net my pa kon my raaksien en met my praat."

Sy sien die simpatieke uitdrukking op Wim se gelaat en glimlag verleë. "Ek is jammer, oom Wim. Ek voel skatryk vandat ek my tant Emma de Winter leer ken het, maar dis hartseer dat my ma se dood nie 'n leemte in my lewe laat nie."

"Maar jy het tog mooi herinneringe aan haar?" vra hy huiwerig.

"Nee, oom. My pa het gesorg vir al my mooi herinneringe, maar my ma se privaat sekretaresse moes haar selfs aan my verjaardag herinner – ek weet, want ek het twee weke voor my mondigwording by haar studeerkamer verbygestap en haar vir Arnold hoor sê dat sy my verjaarsdag elke jaar vergeet, maar gelukkig betaal sy juffrou Theron om al haar sleurwerkies te doen."

"Jou ma se liefde vir Arnold was opsigtelik," beaam Wim, te eerlik om haar te weerspreek.

Die pyn van haar ma se verwerping is soos 'n soliede voorwerp, iets waaraan sy vasklou, wat sy styf in haar arms teen haar bors vasdruk soos die ou lappop van haar kleintyd, besef Carli. Dis kinderagtig en selfbejammerend om aan haar seer en vernedering vas te klou, want die lewe het haar iets kosbaarders gegee: tant Emma, wat haar onvoorwaardelik liefhet. En Meyer Feldtmann – die man wat haar so lig soos 'n maanligstraal tussen die sterre laat sweef as hy net haar hand vat of in haar oë glimlag.

"My ma kon my nie liefhê nie, omdat ek soos my tant Emma lyk," sê Carli onverskillig, en besef ineens dat daar moontlik meer waarheid in haar woorde steek as wat sy vermoed het. Sy lag met 'n gevoel van vryheid en vra: "Waarom het oom my gevra om hierheen te kom? Moet ons voor ons partytjie op Oukersaand vir tant Renette sê ek wil nie met Vincent trou nie?"

Wim hou sy hand afwerend op. "Asseblief nie, Carli! Gun my nog 'n dag of wat van rus en vrede voordat die bom bars." Hy glimlag skrams en beweeg weg van haar om op die stoel agter sy lessenaar plaas te neem. "Kom sit, Carli. Ek het jou nog nie van jou aandele in Hoff Staal vertel nie."

Carli gaan sit op 'n stoel voor sy lessenaar, 'n ligte frons van onbegrip tussen haar wenkbroue. "Oom weet wat dink ek van maatskappye en aandele en enigiets wat met finansies te doen het. Vincent het my en Mariska geleer hoe om finansiële verslae te lees, maar ek verkies om enigiets wat met finansies te make het in oom se bekwame hande te laat."

"En ek doen dit graag in medewerking met talle ander bekwame mense, maar Hoff Staal is 'n uitsondering, want dit raak jou en jou tant Emma," verduidelik hy en slaan 'n lêer met dokumente voor hom oop.

"Gee my aandele vir tant Emma, oom Wim. Sy sal weet wat om daarmee te doen," stel Carli voor en glimlag ingenome. "Sê vir haar dis haar Kersgeskenk van my."

"My liewe kind . . ." Wim lag en skud sy kop. "Jou aandele in Hoff Staal is nie deel van die Van Eeden Eiendomstrust nie, maar volgens jou oupa De Winter se testament mag die aandele slegs deur een van sy afstammelinge geërf word. Jy kan Emma jou

449

erfgenaam maak, maar jy kan nie jou aandele verkoop of present weggee nie. Verstaan jy dit?"

"O . . . Dan sal ek aan 'n ander geskenk vir tant Emma moet dink," antwoord Carli teleurgesteld.

"Ja, maar jou keuse is wyd, want jou bankrekening is groot genoeg," terg hy. Hy stut sy elmboë op die lessenaarblad, sy hande saamgevat, leun nader aan haar en vertel: "In die negentiende eeu, toe die staalbedryf nog baie jonk was in ons land, is Hoff Staal begin deur vier broers, Heinrich, Otto, Friedrich en Ferdinand, op die klein dorpie Henningshoogte. Die vier Feldtmann-broers het die voorletters van hulle voorname gebruik om die naam van hulle maatskappy . . . Wat makeer, Carli? Jy is skielik bleek. Sal 'n glas water help?" vra Wim besorg, reeds begin om water uit 'n kraffie in 'n glas te skink.

Sy maak 'n afwerende handgebaar. "Nee . . . nee, ek makeer niks nie, oom Wim. Dis net vreemd . . . Ek het toevallig 'n meneer Heinrich Feldtmann ontmoet toe ek by tant Emma gekuier het, en hy was uiters onvriendelik. Hy is nie dalk een van die vier Feldtmann-broers nie?" vra sy bekommerd.

"Nee, maar hy is die kleinseun van die ou Heinrich Feldtmann. Die ou Heinrich was 'n vernuftige sakeman, of moontlik 'n knoeier, want hy het binne tien jaar sy broers se aandele uitgekoop, totdat hy nege-en-veertig persent van die aandele in Hoff Staal besit het." Wim swyg en vra dan met hoorbare ongeloof in sy stem: "Het jy Heinrich Feldtmann in Emma de Winter se huis ontmoet, Carli?"

"Nee, oom. Tant Emma en die kwaai ou oom is aartsvyande, want hy is werklik 'n onaangename ou man," antwoord sy afkeurend.

'n Kort suggie ontsnap oor Wim se lippe. "Dís wat ek gevrees het – dat jy deel sal word van die jare lange vete tussen Heinrich en Emma. Persoonlike gevoelens moet nooit voorkeur kry wanneer die sukses van 'n maatskappy ter sprake is nie, Carli. Dis waarom ek hoop dat jy jou ma se voorbeeld sal volg en my sal toelaat om jou belange in Hoff Staal te behartig."

"Mý belange, oom Wim?" vra sy onbegrypend.

"Ja, Carli. Die Feldtmann-broers het oor die kennis en sakevernuf beskik om 'n sukses van hul staalfabriek te maak, maar hulle het nie die nodige kapitaal gehad om met so 'n groot onderneming te begin nie. Dis hoe die De Winters betrokke geraak het: jou ma en Emma se oupa was 'n ryk man en hy het ingestem om die Feldtmann-broers die nodige geld te gee, op voorwaarde dat hy een-en-vyftig persent van die aandele in Hoff Staal kry. Die De Winters het net in goeie winste op hul belegging belang gestel, en tot nou toe het Hoff Staal gefloreer."

"Wat het nou verander, oom?" vra Carli toe Wim fronsend swyg.

"Dit hang van jou af, Carli. Emma het vyf-en-twintig persent van die aandele geërf, en jou ma het ses-en-twintig persent gehad. Jy het haar aandele geërf, en jy is nou een van die direksielede van Hoff Staal. Dit beteken jy en Emma is in die posisie om enige besluit wat Heinrich neem, teen te staan en te veto. Dit kan rampspoedige gevolge vir die maatskappy hê," waarsku Wim ernstig.

"Het my ma oom toestemming gegee om altyd teen my arme tant Emma te stem?" vra Carli omgekrap.

"Ja en nee. As Heinrich Feldtmann my kon oortuig dat sy planne tot die voordeel van die maatskappy was, het ek vanselfsprekend daarvoor gestem, terwyl Emma uit beginsel al sy voorstelle teëgestaan het. As jy toelaat dat jou lojaliteit aan Emma en jou persoonlike gevoelens jeens Heinrich jou beïnvloed, sal jy net jouself benadeel."

"Nogtans . . ." huiwer Carli. Sy wens dat sy Wim in haar vertroue kan neem, maar sy durf nie. Sy sal nooit enigiets doen wat Meyer se erfenis tot nadeel sal strek nie – mits die gemene oom Heinrich werklik vir Meyer onterf. Intussen kan sy Meyer deel maak van sy toekomstige erfenis, dink sy ingenome en vra hoopvol: "Kan ek, soos my ma, iemand vra om namens my die direksievergaderings by te woon en namens my te stem?"

"Ja, solank Heinrich en Emma jou afgevaardigde goedkeur. Gaan jy Emma toestemming gee om namens jou te stem?" vra Wim gekweld.

Carli glimlag liefies. "Nee, oom, want ek besef tant Emma sal uit beginsel teen oom Heinrich stem. Ek dink dis belangrik dat Hoff Staal 'n winsgewende maatskappy bly. Ek het iemand in gedagte, iemand wat my kan help, maar as dit nie kan werk nie, sal ek terugkom na oom toe."

"Jy het tóg iets van jou ouers se belangstelling in die sake-wêreld geërf," sê Wim goedkeurend en stoot die lêer oor die lessenaarblad na haar toe. "Lees hierdie dokumente noukeurig deur, en teken en parafeer waar ek met 'n potloodkruisie aan-gedui het, asseblief."

Carli sug opstandig, maar begin lees, want sy het in die afgelo-pe maand geleer dat Wim haar nie toelaat om enigiets te onder-teken mits sy bewus is van die inhoud van die dokument nie.

Carli en Vincent kyk hoe Mariska met elegante balletbewegings deur die sitkamer dans – en oor 'n glastafeltjie struikel toe die interkom in die ontvangsportaal onverwags lui. Mariska kom kreunend orent en swaai om na die noordelike glaswand van die vertrek, haar blik op die motorhek.

"Nes ek gedink het!" sê sy onthuts aan Vincent, wat haas-tig opgespring het om haar op te help. "Van gisteroggend af snuffel jou ma soos 'n agterdogtige privaat speurder hier rond. Al die reëlings vir die partytjie môreaand is gefinaliseer, maar nee, jou ma moet kort-kort kom navraag doen oor iets wat ons kamtig vergeet het. Sy glo nog steeds ek is 'n bose verleidster, Vincent."

"My ma se senuwees vreet haar op, Mariska. Carli is 'n baie groot vis en –"

"Vis!" val Carli hom beledig in die rede. "Ek hoop jy het 'n oulike goudvissie in gedagte, nie 'n liederlike moddervis nie! Kom sit hier langs my, my romantiese vriend, hou my hand vas en lyk verlief. Mariska, maak asseblief die motorhek vir die lastige tant Renette oop."

"Ek voel al soos 'n deurwag," mor Mariska, maar sy voldoen aan Carli se versoek.

Oomblikke later kom Renette die sitkamer glimlaggend binne, gevolg deur 'n bedeesde Mariska. Renette betrag Vincent en Carli met stralende goedkeuring. "Julle tweetjies is die volmaakte paartjie! Dink jy nie ook so nie, Mariska?"

"Ongetwyfeld, tannie," stem Mariska hartlik saam. Sy sorg dat sy skuins agter Renette bly staan en trek aaklige gesigte, wat Vincent en Carli breed laat glimlag.

Renette sak op 'n stoel neer en gaan bekommerd voort: "Ek het gisternag byna nie 'n oog toegemaak nie, want ek verwag probleme met die pers."

"Ons het geen joernaliste na ons partytjie toe genooi nie, tant Renette," sê Carli gelykmatig, maar hou Renette wantrouig dop.

"O, ek is bewus daarvan, Carli, maar ná jou en Vincent se verlowing sal julle oorval word deur die media. En hoe anders? Jy is fabelagtig ryk, en jou verlowing sal voorbladnuus wees," antwoord Renette handewringend.

"Carli hoef nie met die joernaliste te praat nie, Ma," kom dit ongeduldig van Vincent. "Ek hoop Ma sal haar voorbeeld volg en stilbly."

"O, ek sal stilbly, maar wat gaan die gaste vir die media sê oor die stokou verloofring wat jy aan Carli se vinger gaan steek? Ek kan dit nie toelaat nie, Vincent. Jy is my enigste seun, en ek het jou pa se toestemming om saam met jou en Carli vir haar 'n ring van haar keuse by my juwelier te gaan uitsoek. Ek hoop . . ."

Carli raap haar selfoon wat op die koffietafel lê gretig op toe dit begin lui. Sy lees die boodskap: *Kom DRINGEND na koffiekroeg oorkant ingang van Groenpark Hospitaal. LEWENS-BELANGRIK! Meyer.*

"Is dit jou tant Emma?" vra Mariska hoopvol.

"Ja! Ek is verskriklik jammer, tant Renette, maar ek moet tant Emma dringend in die stad ontmoet. Ons kan vanmiddag die ring bespreek," antwoord Carli terwyl sy die sitkamer uitdraf en haar handsak en motorsleutels van die muurtafel in die ontvangsportaal opraap. Sy glip by die voordeur uit, doof vir Renette se luide protes.

Meyer het haar dringend nodig: oor 'n kwartier sal sy by hom wees, want hy het haar nodig, dink sy. En sy het hom lief, want die verlange wat in haar binneste smeul, is 'n leemte wat net hy kan vul . . .

Nee, sy dink met haar hart en vergeet van die erns van Meyer se boodskap, waarsku sy haarself terwyl sy by die motorhek uitry en links draai in die straat. Het Meyer se dringende boodskap betrekking op tant Emma? Sestig jaar is al ouerig, selfs al lyk tant Emma nog so jonk en energiek. 'n Mens kan selfs in 'n koffiekroeg 'n hartaanval kry, tob sy en voel vrees in 'n seer knop op haar maag saambondel.

Gelukkig is die koffiekroeg oorkant die ingang van die Groenpark Hospitaal. As tant Emma mediese hulp nodig het, is dit byderhand — of lê tant Emma reeds sterwend in die waak-eenheid van die hospitaal? wonder sy beangs.

Nee, sy moet ophou om haarself bang te maak en op die bestuur van haar motor konsentreer. En intussen sal sy dankbaar wees tant Emma is naby, nie ure ver op Henningshoogte nie, besluit sy en dwing haarself om slegs aan die verkeer te dink.

Carli loop die besige koffiekroeg binne en sien byna onmiddellik toe Meyer opstaan van sy stoel by 'n tafeltjie wat hy met 'n swartkopmeisie deel.

Wie is dié meisie? wonder Carli en voel die pynsteek in haar hart van 'n emosie wat sy teësinnig as jaloesie herken. Die meisie het daardie misterieuse, sensuele skoonheid waarop net donkerkoppe kan aanspraak maak: digte swart hare en groot amandelvormige donkerbruin oë. Haar lippe is vol en verleidelik, en haar vleklose olyfkleurige vel gee aan haar 'n Spaanse voorkoms. Selfs haar sittende posisie verbloem nie haar slanke lengte en volmaakte kurwes nie, dink Carli afgunstig.

"Eindelik!" verwelkom Meyer haar hartlik, met so 'n oortuigende warmte en intimiteit in sy stemtoon dat Carli hom verslae aanstaar. Hy neem haar met die besitlikheid van 'n minnaar in sy arms en sy lippe streel rakelings oor hare voordat hy byna onhoorbaar fluister: "Speel saam!"

Sy hoef nie voor te gee nie, sy kan net haarself wees, dink Carli. Sy raak met sagte vingers aan sy ken, staan op haar tone en soen hom op die wang. "Ek is só jammer ek het jou laat wag, my liefling, maar ek verseker jou: ek het elke oomblik na jou verlang."

"My liefste meisie," sê hy, sy stem teer. Hy soen haar op haar voorkop voordat hy met sy hand om haar lyf na die swartkopmeisie toe draai. "Maar ek moenie my goeie maniere vergeet nie, my lief. Ontmoet Ursula Wilkens, my pa se persoonlike assistent. Ursula, ek stel jou graag voor aan my toekomstige bruid, Carli van Eeden."

"Hallo, Ursula," groet Carli met 'n gedwonge glimlaggie, bewus van die opsommende, byna beledigende blik wat Ursula haar toewerp. Sy voel vreemd getroos om te sien dat Ursula 'n hele paar jaar ouer as sy is.

"Hallo daar," groet Ursula met 'n lui, dralende stemtoon wat die indruk skep dat die situasie haar verveel. "Moenie te veel waarde heg aan Meyer se belofte dat jy sy aanstaande bruid is nie – hy vertel dieselfde storie aan elke domkoppie wat gewillig is om hom sy sin te gee. Vra my: ek het persoonlike ondervinding van sy metodes."

Carli kyk vinnig na Meyer en sien woede soos 'n donker vuur in sy oë opvlam, sy gelaat ineens 'n koue masker. Sy verwonder haar oor haar onverwagte en byna fanatiese gevoel dat sy hom teen die swartkopmeisie moet beskerm.

Sy het Meyer lief, daarom is sy deel van sy woede, besef sy, en antwoord met 'n geamuseerde laggie: "Ek kan nie glo jy was so naïef nie, Ursula. Ek hoef nie te wonder oor Meyer se liefde nie: ek koop alles wat ek wil hê." Sy kyk op na Meyer, lees die flikkering van verbasing in sy oë en vervolg met 'n stroopsoet stem: "Kom, my liefling. Ek het nog nie vir jou 'n Kersgeskenk gekoop nie. O, ek gaan dit geniet om jou te bederf!"

"Verskoon ons, asseblief, Ursula," sê Meyer sonder om na haar te kyk. Hy vat Carli se hand in syne en wag totdat hulle voor die koffiekroeg staan voordat hy gedemp skel: "Klein pes! Ek wou ontslae raak van Ursula, maar nou sal my pa en die res van Henningshoogte se skinderbekke voor sononder weet jy het my gekoop!"

"Jy, Meyer, het daarna gesoek, want jy het hard genoeg gepraat dat die mense by die tafeltjies om ons elke woord kon hoor. Wat sal gebeur as een van hulle tant Renette ken? En jy hét my gevra om saam te speel – dis presies wat ek gedoen het," antwoord sy verontskuldigend, bly dat hy nie haar hand los nie.

Hy staar haar in stilte aan, sy oë ineens 'n nagdonker hemel waarin klein sterretjies vreugdevol vonkel, asof hy innerlik bly is.

Die uitdrukking in sy oë is soos 'n stekie in die ragfyn materiaal van hoop wat sy in haar hart weef, maar die strak uitdrukking op sy gelaat stamp haar ru terug in die realiteit van haar eensame verlange.

"Steur jy jou werklik aan wat mense sê?" vra sy, spyt oor haar woorde aan Ursula.

Hy glimlag tergend. "Het ek jou nie reeds verseker ek is te verwaand om my aan mense te steur nie? Kom help my om tant Emma se Kersgeskenk te koop. Sy hou van anti-rome."

"Antie-wát?" vra sy onbegrypend.

"Anti-ouderdom, anti-rimpels, anti-plooie – gesigrome wat verbysterend duur is en niemand help nie, maar darem troos," spot hy.

"Ek gaan vir tant Emma sê jy skinder oor haar plooie," dreig Carli en lag saam met hom; lag oor die blydskap van die oomblik en die wonder van haar liefde vir hierdie groot, donker man wat haar hand so styf vashou asof sy werklik syne is.

Die sagte beligting van die ruim ontvangsportaal, die kleurvolle Kersboom en Kersversierings, die strelende agtergrondmusiek wat deur 'n orkes verskaf word, die gaste met kristalglasies in hulle hande en almal in formele aanddrag – iets waarop haar ma altyd aangedring het – verander haar ma se koue glaspaleis in 'n plek vol warmte en gelukkige samesyn, dink Carli. Sy besef nou eers waarom haar ma so lief vir die huis was.

"Ek voel asof ek in 'n sprokie leef," fluister Mariska langs haar. "Ek hou van mans in aanddrag, want die ooms lyk waardig en die jong mans lyk belangrik. Vincent is so onbeskryflik aantreklik dat ek my moet dwing om hom nie aan te staar nie."

"Jy is vanaand die prinses in die sprokie, Mariska, en jy lýk soos 'n prinses in jou lang ligblou aandrok. Ek wed jy het dit nie met jou spaargeld gekoop nie," terg Carli haar.

"Nee, my ma het besluit aangesien jy vir ons . . . jou partytjie betaal, kan sy nuwe aandrokke vir my en haar bekostig. Maar jy lyk werklik soos 'n prinses in jou rok wat die een oomblik groen en die volgende oomblik turkooisgroen is, Carli. Jou prins moet net nog opdaag," skerts Mariska.

"Waar is jou ma?" vra Carli en kyk soekend rond.

"Sy en my pa kruip agter die Kersboom weg," antwoord Mariska gedemp. "My pa sê hy is seker hy ly skielik aan hipertensie, en my arme ma het al haar naels afgekou. Hulle is net so gespanne soos ek oor vanaand."

"Carli, ek dink al ons gaste is nou hier," sê Renette skielik skuins agter Carli. "Sal ons hulle vra om eetkamer toe te gaan vir die aandete? Dis byna agtuur. Of verwag jy nog iemand?"

Die murmelende stemme in die ontvangsportaal verstil skielik, terwyl die gaste die een ná die ander na die oopstaande voordeur draai.

"Jou prins het opgedaag," sê Mariska sag aan Carli en kyk na die voordeur.

Carli draai om en sien Meyer, onberispelik geklee in aanddrag, lank en breedgeskouer in die voordeur staan.

Dis nie net sy aantreklike voorkoms wat haar gaste na hom laat staar nie, besef Carli, bewus van die jubelende lied in haar hart. Meyer besit 'n beheerste waaksaamheid wat die indruk skep dat hy alles om hom waarneem en in beheer is van elke situasie. Sy is intens bewus van die magnetiese energie en vitaliteit, die ingehoue manlikheid en sensualiteit wat hy uitstraal, en bly asof betower staan toe hy na haar kyk en glimlag met 'n sjarme wat hom onweerstaanbaar maak.

Die gaste tree gewillig uit Meyer se pad en hy loop na Carli. Hy neem haar hande in syne, buk nader en laat sy lippe, sag en warm soos sonlig, 'n oomblik aan hare raak.

Toe lig hy sy kop en sê net hard genoeg dat die klein groepie

458

om hulle sy woorde kan hoor: "Ek is jammer ek is laat, Carli, maar ek het nie ons verloofring vergeet nie."

8

Meyer se woorde skok soos 'n elektriese stroom deur Carli se binneste en laat haar hande ontsteld in syne ruk, 'n uitdrukking van algehele verdwasing op haar gelaat. Realiteit kantel en vervaag toe sy opkyk in die donker gloed van sy oë en die onweerstaanbare sjarme van sy glimlag sien. Sy wil aan die waarheid van sy woorde glo, maar dan herroep haar verstand sy fluisterende versoek in die koffiekroeg: "Speel saam!" Nee, liefde is te kosbaar om op 'n betekenislose speletjie te verkwis, dink sy opstandig, onbewus van die trotse afsydigheid in die blik wat sy hom toewerp.

"Júlle verloofring?" vra Renette, haar stem gesmoord van nouliks beteuelde woede.

Meyer lig sy regterwenkbrou, kyk Renette met ysige meerderwaardigheid aan en sê berispend: "Sagter, asseblief! Ons Feldtmanns en De Winters is trotse mense, daarom het ons 'n verloofring vir Carli gekoop. Ons besef Vincent Schoeman is nog 'n sentlose student, maar dis nie nodig dat die res van die gaste van sy gebrek aan geld weet nie. Ek hoop ek kan op jou stilswye staatmaak."

Renette stik en stotter hygend van verontwaardiging en soek nog na woorde toe Vincent sy linkerhand ferm om haar boarm sluit en sy regterhand na Meyer uitsteek. "Ek neem aan jy is Meyer Feldtmann. Ek is Vincent Schoeman. Aangename kennis, Meyer. Baie dankie dat jy ons uitnodiging aanvaar het," sê hy gemoedelik en skud Meyer se hand.

459

"Dis my voorreg, Vincent. Bly te kenne. Maar waar is Mariska?" vra Meyer en kyk om hom rond.

"Hier!" Mariska glip om Vincent, 'n triomfantelike glimlaggie om haar lippe toe sy met Meyer hande skud. "Hallo, Meyer. Ek kan jou nie sê hoe bly ek is om jou te sien nie. Ek en . . . ons het net begin glo jy sal nie Carli se partytjie kan bywoon nie."

"Dan is Meyer jóú vriend, Mariska?" vra Renette, haar stem nog yl van skok. Sy glimlag met opsigtelike verligting.

"Ja, tannie," antwoord Mariska sonnig.

Mariska is 'n uitgelate klein konkelaar, dink Carli onthuts, maar terselfdertyd die dierbaarste vriendin wat sy ooit sal hê. Mariska het Meyer genooi om haar Oukersaand-partytjie in 'n sprokiesaand te verander, selfs al weet hy nie dat hy haar droomprins is nie.

Carli blik beurtelings na Meyer en Vincent. Albei is uiters aantreklik, maar die donker Meyer straal 'n dominerende selfversekerdheid uit asof heerserskap sy geboortereg is. Of dalk het sy hom net lief . . . só lief dat hy in alle opsigte volmaak is in haar oë, gee sy halfhartig toe.

Is Meyer werklik 'n motorwerktuigkundige? vra sy haarself twyfelend af. Hy lyk so tuis in sy aanddrag en tree met soveel gesag en selfvertroue op dat hy die indruk laat van 'n suksesvolle man soos wat haar oorlede pa was.

Die harde gelag van 'n meisie maak Carli bewus van die talle meisies wat Meyer ongemerk én openlik aanstaar, selfs met 'n geforseerde kuggie of 'n entoesiastiese gesprek sy aandag probeer trek. Pynprikkies van jaloesie krap in haar binneste.

Waarom stel Mariska en Vincent haar Meyer so gretig voor aan al wat meisie is? wonder sy misnoeg, weer eens bewus van die hinderlike gevoel van afguns. Sy wil nie Meyer met haar gaste deel nie, besef sy. Sy wil langs hom staan en aan hom raak;

460

sy wil sy hand vat, die tekstuur van sy vel voel en weet hy is hare . . .

Haar intense besitlikheid jeens Meyer laat haar skuldig ruk toe Renette haar aan die arm vat.

"Julle stoute kinders!" Renette probeer geamuseerd klink, maar sy kan die ergernis in haar oë nie verbloem nie. "Ek sien myself vanaand as jou ma se verteenwoordiger, die gasvrou wat verantwoordelik is vir al die reëlings van die partytjie. Julle kon my darem gewaarsku het dat julle een van jou eie mense uitgenooi het, Carli."

"Ons was nie seker of Meyer vanaand hier sou kon wees nie, tannie," antwoord Carli met 'n neutrale stem.

" 'n Uiters onaangename man, dié Meyer. Ek hoop jy sal hom en jou tant Emma vertel dat ek en my man gretig was om 'n duur verloofring vir jou te koop. Wim is so 'n gemoedelike mens dat niks hom ontstel nie, maar ek voel diep beledig dat Emma en Meyer vir julle verloofring betaal het. Is dit 'n baie duur ring?" vra Renette, uitdrukkings van ergernis en gekrenkte trots afwisselend op haar gesig.

Carli lyk geskok. "Ons Van Eedens vra nooit wat enige geskenk gekos het nie – dit klink so ongemanierd en geldgierig. Verskoon my, asseblief, tant Renette. Ek moet met Mariska praat." Sy beweeg vinnig weg na waar Mariska en Vincent saam met Wim en Meyer staan en gesels.

"As jy my knyp, stort ek my glasie wyn oor jou mooi aandrok uit," dreig Mariska gedemp toe sy die onstuimige uitdrukking op Carli se gesig sien en beweeg effens weg van die geselsende mans.

"Net tant Renette kry dit reg om my met 'n enkele vraag vies te maak," antwoord Carli bedroë en vra nuuskierig: "Hoe het jy Meyer se selfoonnommer in die hande gekry, my agterbakse vriendin?"

461

"Maklik! Ek het dokter Emma de Winter gebel, verduidelik wie ek is, en haar en Meyer hartlik uitgenooi na ons partytjie toe. Sy is 'n skat van 'n mens, Carli! Ons het begin gesels, en ek het haar alles van my en ... e ... die situasie vertel."

Mariska kyk vlugtig rond om vas te stel waar Renette is en staan nog nader aan Carli toe sy gedemp voortgaan: "Tant Emma weet wie vanaand verloof gaan raak, en sy het voorgestel dat ek Meyer persoonlik bel en hom uitnooi na ons partytjie toe. Sy sou self ook graag hier wou gewees het, maar sy is vanaand aan diens. Sy het Meyer se selnommer vir my gegee."

"Weet hy dan ook dat jy, en nie ek ...?" aarsel Carli.

Mariska knik heftig, haar oë sterblink van geluk. "Hy het dadelik ingestem om te kom en gesê ons moet alles in sy bekwame hande oorlaat. Ek kan sien waarom jy hom liefhet, Carli. Hy is –"

"Ek het nie!" val Carli haar ontsteld in die rede. "Ek bedoel, ek het my net tydelik verbeel dat ek ... gedink ek ..." Sy frons onvergenoegd toe sy die selftevrede uitdrukking op Mariska se gesig sien en vervolg verdedigend: "Hou op om so alwetend te glimlag, Mariska. Net ek weet hoe ek voel."

"Moenie eens probeer om so 'n ooglopende waarheid te ontken nie, Carli. Ek ken jou lank genoeg om te kan sien wat jy dink," antwoord Mariska ongesteurd. "Maar ek weet ook hoekom jy hom bo Vincent verkies: Meyer is soos jou pa, selfversekerd en altyd in beheer. Dis maklik om hom te vertrou."

"My pá? Liewe land, Mariska, my pa was blond en stokoud! Hy was die wonderlikste pa in die wêreld, maar hy ..." ontken Carli geïrriteerd, maar Mariska se alwetende glimlaggie laat haar protes uitrafel en sy gee teësinnig toe: "Ek veronderstel my pa was 'n man wat innerlike krag uitgestraal het, want ek het altyd veilig by hom gevoel. Solank jy nie dink ek is op soek na 'n pa nie."

"Nee, want daar is ook in Vincent se persoonlikheid sekere fasette wat my aan mý pa herinner – sy gemoedelike geaardheid en selfs sy kamtige hulpeloosheid, net omdat hy daarvan hou om gepamperlang te word. En ek geniet dit natuurlik om hom te bederf."

"Wanneer het jy Meyer uitgenooi na ons partytjie toe?" vra Carli gespanne.

"Verlede Maandag, net nadat ek met tant Emma gepraat het. Is dit belangrik?"

Carli kreun sag en staar Mariska verwytend aan. "Dit is, want toe ek by tant Emma gekuier het, het ek nog kliphard voorgegee dat ek en Vincent . . ." Sy laat haar sin onvoltooid en sug oorwonne. "Wat gebeur nou? Glip ek en Meyer ongemerk weg terwyl die gaste eetkamer toe gaan?"

"Nee, mooi Carli," sê Meyer skielik langs haar, sy glimlag treiterend. "Ek is 'n groot man en half flou van die honger – en ek het nie verniet my mooi pikkewynkleertjies aangetrek nie. Die hoofkelner het so pas in die eetkamerdeur verskyn. Gryp Vincent se hand en sleep hom eetkamer toe. Ek sal die pragtige blondine vergesel."

"Die lomp balletdanseres is vanaand 'n pragtige blondine. Het jy mooi geluister, Vincent?" vra Mariska, tergende liefde in haar glimlag.

"Meyer bevestig net wat ek weet," brom Vincent en lê sy hand onder Carli se elmboog. "Glimlag en lyk verlief, my arme ryk prinsessie. Ek verseker jou: daar is goud in jou hare en 'n donkergroen oseaan in jou oë. Net 'n dom man sal jou nie liefkry nie. Ek is dom."

"Ek is slim," sê Meyer en lag Carli tergend uit toe sy hom met moord in haar blik aankyk, voordat sy saam met Vincent wegstap na die eetkamer, waar die hoofkelner met gestyfde waardigheid wag.

Dis 'n aand van betowering solank sy haarself kan wysmaak dat die sjarmante donker man wat links van haar sit haar liefhet, dink Carli. Haar blik gly oor die laggende en geselsende gaste. Die lang tafels is in 'n reghoek geskuif sodat die gaste oor en weer met mekaar kan gesels, en dit dra by tot die intieme, gesellige atmosfeer van die ete. Die kelners is professioneel, werk vinnig en byna onsigbaar, en die spyseniers wat soveel jare deur haar ma gebruik is, sorg weer eens vir smaaklike disse wat terdeë deur die gaste geniet word.

"Ek het jou gesê dis 'n sprokie," sê Mariska en leun voor Vincent verby om met Carli te praat. "Verbeel jou: net kristalglase en silwer eetgerei! My ma dreig om 'n paar messe en vurke te steel sodat sy darem 'n trougeskenk vir my het."

"Wat 'n skitterende plan!" reageer Vincent voordat Carli kan praat. "Ek sal 'n halfdosyn borde steel – dis Royal Stafford. Sal jy 'n paar kleinbordjies gaps, Mariska? Net genoeg vir ons woonstel."

Meyer leun nader aan Carli sodat hy deel vorm van die groepie, sy arm om Carli se skouers asof dit hom help om beter te balanseer. "Toe maar, julle twee armes, ek en Carli sal sorg dat julle nie uit blikkies hoef te eet nie. Ek sal alles kies, want ek het goeie smaak, en Carli sal betaal."

"Vat weg jou arm, Meyer!" sê Carli vinnig, intens bewus van die verraderlike emosies wat die aanraking van sy hand op haar skouer in haar binneste laat opvlam. "Tant Renette hou ons met valkoë dop."

"Moenie kwel nie, Carli. Tant Renette het te veel respek vir geld om my met 'n duur kristalglas te gooi," korswel hy en gee haar skouer 'n drukkie. "Die kwaai ou tannie sal glo ek het te veel wyn gedrink, daarom raak ek so vatterig."

"Jy proe net aan jou wyn, maar jy drink nie. Hou jy nie van wyn nie?" vra Carli en probeer om Renette se bespiedende oë en die warmte van Meyer se hand op haar skouer te ignoreer.

"Het jy vergeet ek en jy moet nog vannag Henningshoogte toe ry? Of gaan jý my motor bestuur?"

"Nee," sê hy beslis, sy uitdrukking so onverbiddelik dat Carli swyg. Hy glimlag stadig, treiterend. "Dis reg, Carli. Net vir vanaand is ek baas en jy speel saam – ter wille van jou twee vriende se geluk."

Carli sien die pleitende uitdrukking op Vincent en Mariska se gesigte en glimlag bemoedigend. "Ontspan, julle twee! Julle lyk asof julle op 'n begrafnis is. Ek beloof plegtig: ek sal niks doen om julle aand te bederf nie," sê sy opreg.

Sy blik na Renette wat reg teenoor haar aan die onderpunt van die reghoek sit en sug dankbaar: "Dit was die slimste besluit wat ek nog geneem het toe ek daarop aangedring het dat ons jongmense aan die bopunt van die tafel sit, met die oueres aan die onderpunt. Ek hoef nou minstens nie te fluister nie."

"Nee," sê Vincent knorrig, "maar ek is te bang om te eet met my ma wat ons die hele tyd dophou. My hande bewe sodat ek die vurk in my oor sal druk as ek die kos in my mond probeer kry."

"Gng!" glip 'n half histeriese laggie deur Mariska se neus. Sy gee voor dat sy verstik het en lag hulpeloos toe Vincent haar met onnodige geweld op die rug slaan. "Hou op, Vincent! Jy breek my rug!" maak sy giggelend beswaar.

"Ek is jammer. Dis my senuwees," sê hy verskonend. Hy vergeet van Renette se waaksame oë en begin gesels entoesiasties met Mariska.

"Toe ek die dag by jou en tant Emma deurgebring het . . . hoekom het julle nie gesê julle weet wie vanaand verloof gaan raak nie, Meyer?" vra Carli en probeer vergeefs onthou wat presies sy oor haar gevoel vir Vincent gesê het.

"Tant Emma wou, maar ek het haar gewaarsku om stil te bly. Jy, klein Carli, was net . . . e . . . taktvol genoeg om te besluit dat 'n doodgewone arbeider soos ek nie tuis sal voel tussen jou skatryk vriende nie."

"Glo jy ek is snobisties?" vra sy gekwets, 'n blos van ergernis vlammend op haar wange. "Jy is 'n uiters onaangename mansmens, nes tant Renette gesê het, Meyer Feldtmann! Jy is gelukkig om werk te kan doen wat jy werklik geniet. Ek wou 'n dokter of 'n verpleegster geword het, maar my ma het beslis geweier, daarom het ek 'n fisioterapeut geword – nog steeds teen haar sin. Sy het gesê sy sal my nie toelaat om die bediende van siek mense te wees nie – sý was snobisties."

"Of doodgewoon onwillig dat jy dieselfde loopbaan as jou tant Emma kies," herinner hy haar.

"Ja . . . ja, ek het vergeet. Om 'n dogter te hê wat nes haar gehate suster lyk en boonop dieselfde loopbaan wou volg – ek kan my ma byna jammer kry," antwoord Carli begrypend en peusel ingedagte aan haar kos.

"Hoekom het jy nie daaraan gedink om my en tant Emma na jou partytjie toe te nooi nie?" onderbreek hy haar gedagtegang.

"Omdat ek geweet het tant Emma is 'n besige dokter en omdat ek aanvaar het jy sou vanaand liewer saam met haar wou deurbring," antwoord sy met gedwonge lighartigheid. Sy staar stip na haar bord, want haar hart ken die waarheid: sy kon dit nie waag om Meyer te nooi nie. Sy wou nie die indruk skep dat sy haar opdring aan hom nie, en terselfdertyd leef sy met die voortdurende vrees dat sy haar geheime liefde aan hom sal verraai.

"Vincent en Mariska het elkeen al drie glasies wyn gedrink en hulle eet nie," praat Meyer langs haar, sy stemtoon onrustig.

Carli kyk na hulle en antwoord onbesorg: "Moenie jou oor hulle bekommer nie. Hulle is beslis nie dronk nie; hulle ontspan net vir die eerste maal vanaand. Ek sal Vincent knyp as hy te liefdevol teenoor Mariska optree."

Meyer knik die hoofkelner nader, praat gedemp met hom en sê saaklik aan Carli: "Nee, jou vriende is nie dronk nie, maar hulle raak onverskillig, en die frons op tant Renette se gesig keep amper tot op haar bolip. Die kelners is besig om die borde van die hoofdis te verwyder. Ek dink dis die regte oomblik om 'n paar aankondigings te doen." Hy kyk stip na haar, sy donkerbruin oë byna swart van erns toe hy dringend voortgaan: "Onthou, ons doen dit ter wille van Vincent en Mariska se geluk."

Hy wag dat sy stom knik, tel 'n dessertlepel op en tik daarmee teen die kant van sy leë glas voordat hy opstaan. Hy wag geduldig terwyl die gaste almal ophou gesels en afwagtend na hom kyk. Daar is 'n byna tasbare sjarme in sy glimlag toe hy begin praat, sy stemtoon ontspanne.

"Dames en here, jonger en ouer vriende van Carli: voordat die nagereg bedien word en die dans begin, is daar 'n paar kort aankondigings wat ek moet doen. Die eerste is na my mening die belangrikste: ek het Carli gevra om met my trou, en sy het tot my verbasing en blydskap ingestem. Die Oukersaand-partytjie is vanjaar nie net 'n Van Eeden-tradisie nie, maar terselfdertyd 'n geleentheid om my en Carli se verlowing te vier."

Hy vroetel in sy sak, draai na Carli, buk nader en steek 'n skitterende diamantring aan haar vinger. Hy kyk haar afwagtend aan en fluister: "Glimlag, meisiekind, of ek . . ."

Carli se sinne duisel. Die een oomblik het sy haar nog verluister aan die diep timbre van Meyer se stem en liefdevol met haar blik oor sy profiel gestreel, en toe steek hy 'n ring aan haar vinger, pluk haar orent en soen haar voor al die gaste.

"Glimlag!" brom hy en draai na die gaste, Carli se hand in syne. "Carli, my aanstaande bruid!" sê hy met die oortuigende trots van 'n man wat die liefde van 'n meisie verower het.

Die spontane toejuiging en gelukwensings van die gaste laat Carli finaal besef dat sy haar nie misgis het nie: Meyer hét gesê sy is sy aanstaande bruid. Wat hy vooraf gesê het, sal sy nooit weet nie, want sy het na die klank van sy stem en nie die betekenis van sy woorde geluister nie. Maar dis ter wille van Vincent en Mariska, daarom sal sy glimlag totdat haar mondhoeke lam is, dink sy met gedwonge aanvaarding.

Meyer klop weer met die dessertlepel teen sy wynglas en hou sy hand gebiedend op. "Asseblief, vriende! Ek sien die kelners is besig om sjampanje te skink, maar voordat ons ons glasies lig, is daar 'n tweede, uiters belangrike aankondiging."

Die stilte in die sitkamer is volkome, maar Meyer wag totdat die kelners terugtree voordat hy voortgaan: "Ek weet julle mans kan nie wag om Carli 'n soen van gelukwensing te gee nie, maar ek het nog beter nuus vir julle: julle mag Mariska ook soen, want sy het ná baie jare uiteindelik ingestem om met Vincent te trou. Mense, drink saam met my 'n glasie op Vincent Schoeman en Mariska Viviers se verlowing!"

"Geluk, my seun! Dankie dat jy hom liefhet, Mariska!" roep Wim se dreunende stem bokant die toejuiging en handegeklap van die gaste.

Carli kyk na Wim, sien sy onverbloemde trots en vreugde, en wens haar pa was hier om deel te wees van haar eie sprokiesaand.

"Genugtig, klein Carli, jy huil! Is jy so vies vir my dat jy huil?" vra Meyer verslae.

"Jy verstaan niks van hartseer en liefde nie, Meyer. Jy is net 'n dom man," antwoord Carli en probeer om verpletterend te klink. Maar haar snikke maak dit onmoontlik en sy soek dankbaar vertroosting in die tranerige Mariska se arms.

"Ek is s-so gelukkig," snik Mariska en klou haar vriendin vas.

"Jy huil Carli se hare sopnat, Mariska," kom dit onthuts van Meyer. "Vincent, gee vir jou verloofde jou sakdoek."

"Jy moet nog baie leer, Meyer. Meisies huil altyd as hulle

468

dolgelukkig is," verduidelik Vincent met rustige wysheid. Hy glimlag skielik breed en skud Meyer se hand. "Dankie, Meyer. Jy was onverbeterlik!"

"Was ek?" vra Meyer, sy blik op Renette wat met 'n gul glimlag en haar arms uitgestrek op Vincent afstap. "Gryp jou meisie voordat jou ma jou gryp!" waarsku hy, gaan staan agter Carli en sit sy hande op haar skouers. "Kom, Carli, ons moet wegglip voordat die gaste ons stormloop, want ons het nog 'n lang pad voor. Jy en Mariska kan op 'n ander dag verder huil omdat julle dolgelukkig is."

"Is jy simpel, Meyer? Ek het gehuil omdat ek hartseer was," antwoord Carli vies en ignoreer die vreugdevolle gesing van haar bloed deur haar are omdat Meyer haar hand so styf in syne vashou.

Hy trek haar die gang binne en bly staan. "Is ék die rede vir jou hartseer, Carli? Ek is jammer as ek jou beledig het, maar –"

"Nee, nee, jou spul leuens was nodig. Dis my pa. Toe ek sien hoe gelukkig Vincent en Mariska se verlowing oom Wim gemaak het . . . Ek het gewens dit was my pa wat ek so gelukkig kon sien – maar ek kan nie." Sy glimlag skrams. "My tas is reeds in my motor. Ek sal net iets anders aantrek en –"

"Nee, jy lyk soos 'n beeldskone prinses en dis hoe tant Emma jou ook moet sien," sê hy beslis.

"'n Prinses in 'n sprokie?" spot sy.

"Ja . . . Dis ons Kerssprokie, en ek is vanaand jou prins," antwoord hy, die uitdrukking in sy donker oë enigmaties.

Sy lag hom tergend uit. "Toe ons mekaar ontmoet het, het ek soos 'n vuil straatkind en jy soos 'n vuiler boemelaar gelyk. Maar nou . . . jy pas vanaand in die rol van 'n prins."

"Jy was die vuilste, mooiste meisie wat ek nog gesien het. Vanaand is jy nog steeds die mooiste meisie, maar gelukkig het jy skoon klere aan," antwoord hy skertsend. "Ek gaan solank vir Monster in my motor laai. Gaan gryp jou selfoon en jou handsak, mooi Carli, want ons vertrek gouer as nou!"

Vanaand is 'n tydlose sprokie, dink Carli terwyl die kopligte van Meyer se motor 'n ligtonnel deur die donker klief. Selfs die stilte tussen hulle is gevul met sagte fluisteringe van geluk, vreemd opwindend en terselfdertyd rustig, want net vir vanaand is hy hare; net vir vanaand kan sy glo hy sal altyd hare wees. Sy sal die herinnerings aan hulle sprokiesaand vir altyd in haar hart bewaar, vir altyd onthou dat haar sprokiesprins haar op 'n Ou-kersnag liefgehad het . . .

Sy gaap lank agter haar hand, dwing haar oë oop en kyk na Meyer se hande op die stuurwiel. As sy nie praat nie, gaan sy aan die slaap raak ná al haar slapelose nagte sedert sy hom ontmoet het, dink sy en vra nuuskierig: "Hoekom het jy nie ghries onder jou vingernaels nie, Meyer?"

"Het jy die visie van 'n nagapie?" vra hy onthuts. "Jy kan onmoontlik sien of my naels vuil of skoon is."

"Hulle is skoon, want ek het dit opgemerk terwyl ons geëet het."

"Doen jy dit gereeld – kyk of jou gaste se naels skoon is? Of kyk jy net as jou gas 'n motorwerktuigkundige is?"

"Moenie laf wees nie, Meyer. Ek het net toevallig na jou hande gekyk. Jou hande lyk soos dié van 'n . . . 'n pianis," antwoord sy ongemaklik.

"En nou hoop jy jy is aan 'n beroemde pianis verloof, my snobistiese Carli?" vra hy tergend, warmte en lag in sy stem.

"As ek werklik 'n snob was, sou ek gekyk het of jy darem weet hoe om 'n mes en vurk te gebruik. Ek is nie 'n snob nie – ek weet nie hoe om een te wees nie. En ek is nie jou verloofde nie, maar ons praat nou oor jou hande," antwoord sy geraak.

Sy hoor die glimlag toe hy antwoord: "Jy is vanaand my verloofde, kwaai meisietjie. Maar my lang vingers het 'n langer geskiedenis, want tant Emma het ook besluit ek het die hande van 'n gebore pianis. Toe ek sewe was, het sy my klavierlesse laat neem. Ek het só aanhoudend en entoesiasties my klavierstukke geoefen dat tant Emma ná drie weke tussen haar gehoor en my briljante toekoms as 'n konsertpianis moes kies, want ek het gesorg dat ek altyd die verkeerde note druk. Sy is 'n verstandige vrou en sy het haar gehoor gekies. Is jy teleurgesteld omdat ek nie 'n beroemde pianis is nie, Carli?"

"Glad nie, aangesien ek 'n klein bietjie talent het. Jou gebrek aan talent sal my meerderwaardig laat voel," spot sy. Sy huiwer 'n oomblik en vervolg dan: "Ek weet van Hoff Staal en . . . en dat jou pa 'n ingenieur is, Meyer. Wou jy nooit universiteit toe gaan nie?"

"Om 'n slim ingenieur en 'n slimmer sakeman soos my pa te word?" Hy lag sag. "Dis wat my pa wou gehad het – ek en hy saam, manne van staal. Hy glo tot vandag toe tant Emma het my opgesteek om te weier om vir hom te werk, maar dis nie die geval nie. Ek hou van motors en ek geniet dit om in 'n motor se binnegoed te krap. Stel my gebrek aan ambisie jou teleur?"

"Nee, so min as wat Monster my teleurstel omdat hy nie 'n ingenieur of 'n sakeman is nie," antwoord sy onverskillig. "Het tant Emma vir jou hierdie duur ring geleen om vanaand kamtig aan my verloof te raak?"

"Ek leen nie kosbare juwele nie. Ek het vir jou ring betaal," antwoord hy bruusk.

"Maar dis 'n yslike diamant! Het jy soveel geld om te mors? Of het jy dit op skuld gekoop? Ons sal dit net ná die Kersgety terugvat na die juwelier toe sodat jy jou geld kan terugkry," sê sy ontsteld.

Die diep klank van sy geamuseerde lag vul die motor se binne-ruimte. "Dis nie nodig nie, my verloofde. Ek kon jou nie gou genoeg uit julle eetkamer kry nadat ons verloof geraak het nie, want ek kon nie toelaat dat die gaste na jou ring kyk nie. Sien, ek het 'n goeie vriend wat die bestuurder van sy eie toneelgeselskap is. Hy het my vertel waar ek hope goedkoop juwele wat toneelspelers op die verhoog gebruik, kan koop. Jou ring is net 'n pragtige stukkie glas, Carli. Gee jy om?"

"Nee, die waarde van die ring is onbelangrik," antwoord sy verlig, en weet dat sy elke woord bedoel. Sy het Meyer die man lief, daarom maak dit sy ring kosbaar, maak nie saak of dit 'n stukkie geslypte glas of 'n kosbare diamant is nie. Maar die ring is deel van 'n sprokie wat hulle reeds agtergelaat het, onthou sy hartseer en probeer die ring van haar vinger afhaal.

"Die ring wil nie afkom nie," mor sy.

Sy groot linkerhand gryp albei haar hande vas. "Moenie, Carli!" beveel hy streng en vervolg dan sagter: "Dis óns ring en deel van ons Kerssprokie. Het jy klaar vergeet jy is my sprokiesprinses?"

"Maar . . . dit was net ter wille van Vincent en Mariska," protesteer sy halfhartig, bewus van die baldadige geklop van haar hart omdat hy nie haastig is om 'n einde aan hulle sprokie te maak nie.

"Dit was. Ek en jy was bereid om jou beste vriende te help. Is ek jou vriend, Carli?" vra hy aarselend.

Sy betrag hom agterdogtig, wens sy kon die uitdrukking op sy gesig sien en vra wantrouig: "Jy klink nie soos die Meyer wat ek ken nie. Wat wil jy my eintlik vra?"

"Nog 'n slim vroumens wat dwarsdeur my kyk asof my kop van glas gemaak is! Ek wens jy het nie na jou skerpsinnige tant Emma geaard nie," brom hy onvergenoegd.

"Hou jy net van dom meisies?" vra sy met liewe onskuld.

Hy lag teësinnig. "Nee, ek hou van slim meisies, maar ek verpes geslepe vroumense soos Ursula Wilkens. Jy het haar ontmoet toe jy so dierbaar was om na die koffiekroeg oorkant die Groenpark Hospitaal toe te kom. Onthou jy?"

Haar vreugde van oomblikke gelede verdwyn agter 'n wolk van onsekerheid. "Ja. Sy besit 'n skoonheid wat niemand kan miskyk nie. Het julle twee rusie gehad? Is dit waarom jy my as jou aanstaande bruid voorgestel het? Wou jy haar net jaloers gemaak het?" Dit voel asof haar woorde op hulle tone moet loop oor die polsende pyn van teleurstelling in haar binneste. Sy was naïef om te glo Ursula is 'n jaloerse meisie wat deur Meyer verwerp is, want sy was so onuitspreeklik bly om net by Meyer te wees, om saam met hom geskenke vir tant Emma te koop, dat sy nie weer aan Ursula gedink het nie. Ursula – die ongenooide heks wat haar sprokiesaand in 'n nag van flenterdrome verander, dink sy ontnugter en staar nikssiende deur die windskerm.

"Ek en Ursula maak rusie vandat ons saam ons skoolloopbaan op Henningshoogte begin het. Sy was 'n baasspelerige dogtertjie wat altyd die middelpunt van belangstelling moes wees. Sy kon skelmpies draaiknype uitdeel aan enigiemand wat haar teë-gegaan het, en met oortuigende hartseer huil as sy een van ons ander vals beskuldig dat ons haar afgeknou het," vertel Meyer en lag wrang. "Sy is 'n vrou van dertig en uiterlik gesofistikeerd, maar sy speel nog steeds die rol van die agterbakse dogtertjie."

"H-hou jy nie van haar nie?" stamel Carli ongelowig, te bang om bly te wees.

"Ek het nog nooit van haar gehou nie, en in Ursula se oë is dit 'n onvergeeflike oortreding. Sy gebruik haar uiterlike skoonheid om haar sin te kry, en tot dusver was sy suksesvol. Daardie dag toe jou motor in die reënstorm bly staan het . . ." Sy stem is 'n donker gerammel toe hy ná 'n oomblik vervolg: "Ek en my pa het 'n hewige rusie gehad, want Ursula het hom oortuig dat ek haar jare lank aan 'n lyntjie gehou het, haar gebruik het, en dat ek nou weier om met haar te trou. Ek het alles ontken, maar my galante pa het besluit Ursula is 'n hulpelose meisie wat deur sy hartelose seun in die steek gelaat is – dit sou 'n melodramatiese grap gewees het as dit nie my verhouding met my pa soveel geraak het nie."

"Maar . . . maar as ek jou verloofring dra en voorgee ek is aan jou verloof, sal jou pa net kwater wees," maak sy halfhartig beswaar. Sy weet sy wil hom graag help, maar voel onwillig om deel te wees van 'n skynverlowing.

"My pa haat jou uit beginsel, want jy is familie van tant Emma. Dit gaan om Ursula: selfs sý sal besef sy kan nie kompeteer met jeug, skoonheid en die Van Eeden-biljoene nie." Sy hand vou haar regterhand op haar skoot toe. "Jammer, Carli, dit klink aaklig, maar jy weet geld kan my nie beïndruk of omkoop nie. Ek moes op dertien tussen my pa se geld en my liefde vir tant Emma kies. Niks is belangriker as liefde nie."

"Ja . . ." adem sy en vra ongemaklik: "Hoe lank moet ons verloof wees?"

Hy draai sy kop skerp na haar, asof hy haar uitdrukking in die donker wil peil, en antwoord skuldig: "Ek is onredelik. Ek wil jou deel maak van iets wat niks anders as loutere bedrog is nie. Die sukses . . . die triomf van vanaand het my laat hoop dat jy . . . dat ons . . . dat ons deel is van 'n sprokie waarin hekse soos tant Renette en Ursula maklik uitoorlê kan word."

"Dan máák ons dit 'n sprokie, Meyer. Jy het my en Vincent gehelp en gesorg dat hy en Mariska verloof kon raak, daarom is ek dit aan jou verskuldig." Sy lag met borrelende onnutsigheid. "Ek kan net so katterig soos enige ander meisie wees. Ek sal dit geniet om my glasdiamant onder die meerderwaardige Ursula se neus rond te wuif."

"En sal jy onthou om my hand styf vas te hou en verlief te lyk, my sprokiesprinses?" vra hy tergend.

"Elke keer as ek Ursula gewaar," beloof sy plegtig.

"Dan hoop ek sy kom kuier dikwels," terg hy en lag saam met haar totdat Monster opgewonde begin blaf, asof hy ook wil deel in hulle vreugde.

Carli leun gretig vorentoe op haar sitplek toe hulle deur die hoofstraat van Henningshoogte ry, haar blik op die indrukwek-kende Huis De Winter teen die heuwel. "Dis ongelooflik mooi, Meyer. Kyk, tant Emma het ligte in al die vertrekke aange-skakel," sê sy bewonderend.

"Nee, tant Emma is te omgewingsbewus om soveel krag te mors. Kyk weer, Carli: dis kandelare met kerse in al die vensters. 'n Oukersaand-tradisie waarmee jou oumagrootjie begin het. Arme Natie gaan die res van die naweek oor haar seer rug kla omdat sy soveel trappe moes klim om te sorg dat daar kerse in elke venster brand."

"Kandelare met kerse in al die vensters – dit maak ons sprokie net mooier," sê Carli verruk.

"Kom ons hoop vuriglik dat tant Emma ons towertante sal wees en nie nog 'n heks in ons sprokie nie," skerts hy, ry deur die boogingang van Huis De Winter en bring sy motor voor die sandsteenwoning tot stilstand.

Emma wag hulle in die oopstaande voordeur in, soen Carli op albei wange en hou haar oomblikke lank styf in haar arms vas.

"Ná al die jare . . . Kindjie, jy weet nie hoe gelukkig ek op hierdie oomblik is nie," sê Emma sag, die trane blink in haar oë.

"Tannie mag maar huil," sê Meyer. "Meisies huil glo as hulle dolgelukkig is."

"Jou astrante seunskind!" raas Emma kamma kwaai. Sy neem Carli se linkerhand in hare en kyk verras na haar verloofring voordat sy haar blik op Meyer rig. "Hoe kon jy dit bekostig om so 'n duur ring te koop?" vra sy agterdogtig.

"Toe maar, tannie, Meyer sê dis net geslypte glas," stel Carli haar haastig gerus.

"Glas? My liewe kind . . ." Emma verbleek merkbaar en vra grimmig aan Meyer: "Het jy jou pa se tjek vir Ursula se ring gewissel om Carli se ring te koop?"

9

As 'n Oukersaand-sprokie breek, spat dit aan skerwe soos 'n kristalglas, dink Carli. Want as sy nou afkyk, sal sy die skerwe van haar geluk aan haar voete sien lê, met Emma se woorde soos 'n eggo in haar ore. Meyer het die geld waarmee hy 'n verloofring vir Ursula moes koop, gebruik om vir haar 'n ring te koop — met sy pa se geld.

"Ek wens dit was net geslypte glas," spreek sy haar gedagtes hardop uit, en besef dan dat sy soos 'n hartseer kind klink. Sy lig haar kop trots en vervolg met gedwonge kilheid: "Want 'n sprokie is onskuldige pret, Meyer, maar ek wil nie deel wees van jou bedrog nie."

Meyer betrag haar in stilte, 'n woordelose aanklag in sy oë, voordat hy na Emma draai.

"Hoekom beledig jy my voor my verloofde, tant Emma? Goed, ek erken: ek het in my kleintyd my pienk spaarvarkie flenters gebreek, maar nie om my eie spaargeld te steel nie. Ek het die spaarvarkie gehaat, want Natie se ma het gesê net meisies hou van pienk. Is dit my spaarvarkie wat jou laat glo ek is so 'n geharde misdadiger, my tannie?" vra hy verwytend, lag vonkelend in sy swartbruin oë.

"Dan ís dit glas? O, ek is so bly!" kom dit verlig van Carli. Sy lê haar hand met 'n pleitende gebaar op Meyer se arm en sê verskonend: "Ek is jammer ek het jou gewantrou, Meyer. Ek sal jou nie weer so maklik veroordeel nie."

"Dís my prinsessie," sê Meyer trots, 'n sagte gloed in sy oë toe hy sy arm om Carli sit en haar teen hom aantrek. "Sal jy nou asseblief ophou om oor geld te praat, tant Emma, en my gelukwens met my verlowing?"

Emma maak 'n afwerende gebaar met haar regterhand. "Ek stel nie belang in jou redes waarom jy wil hê Carli moet glo sy dra 'n stukkie glas aan haar vinger nie, maar ek wag nog op 'n eerlike antwoord: hoe kon jy bekostig om vir die ring te betaal?" Haar oë vernou agterdogtig toe sy vra: "Het jy van jou —"

"Ek het nie!" val hy haar vinnig in die rede. "Ek het iets verkoop — iets wat ek van my ma geërf het. Onthou jy nie, tant Emma? My pa was te suinig om vir my 'n geskenk vir my mondigwording te koop, toe bring hy vir my die ou juweelkissie vol liederlike halssnoere en borsspelde en ringe — stokou juwele wat my aan 'n begrafnis herinner. Ek was so beledig dat ek die spul in 'n vullisblik sou gegooi het as tannie my nie verseker het die goud en edelstene is 'n klein fortuintjie werd nie." Hy glimlag ingenome. "Tannie het nie gejok nie. Ek kon vir Carli 'n ring koop én nog hope geld in die bank sit."

"En jou pa se tjek?" hou Emma vol.

"Het ek teruggepos aan hom," antwoord hy met 'n ongeduldige suggie.

"In daardie geval . . . Kom skink vir ons sjampanje om julle sprokiesverlowing te vier, en hou duim vas dat 'n pasiënt my nie skielik nodig kry nie," nooi Emma en haak by Carli in.

Carli bly staan toe Meyer die sitkamer binnekom en vra gedemp vir Emma: "Gaan Meyer se pa baie kwaad wees as hy hoor ek en Meyer is kamma verloof, tannie?"

"Ongetwyfeld, maar nie ek óf Meyer bewe as Heinrich blaf nie. Moenie weer na julle kamma-verlowing verwys nie, Carli:

solank jy by my tuis is, is jy en Meyer verloof, anders laat daardie bloedsuier van 'n Ursula hom nooit met rus nie," waarsku Emma.

"Maar as oom Heinrich haar as sy skoondogter verkies . . ." twyfel Carli en vervolg bekommerd: "Ek weet nou van Hoff Staal, tant Emma. Meyer sal eendag ryk erf, maar dan sal hy met Ursula moet trou. Ursula kan nie net sleg wees nie – soos my ma. Sy was nie lief vir my nie, maar sy was 'n wonderlike ma vir Arnold. Dalk sal Ursula 'n goeie vrou wees vir Meyer."

"Ek sal nie weet hoe goed of sleg Ursula is nie, maar sy kan met 'n twintigtal duur verloofringe spog. Dis waarom ek haar 'n bloedsuier noem: sy raak aan 'n man verloof, eis 'n duur verloofring, en verbreek dan die verlowing. En die stommerik van 'n man sit met 'n gebroke hart en pleit dat sy sy ring hou omdat hy haar nog liefhet. Kom ons gaan drink ons sjampanje en vergeet van . . ."

Emma snak hoorbaar na haar asem toe Monster in 'n warrelwind van stert en pote die ontvangsportaal binnestorm, uitbundig blaf en dan op sy maag gaan lê, sy groot kop rustend op Carli se voete. "Moenie roer nie, Carli," waarsku Emma gedemp. "Jou gediertе is welkom in my agterplaas, maar beslis nie in my huis nie. Hy sal my kosbare vase en ornamente met die swaai van sy stert aan skerwe laat spat!"

Meyer verskyn in die oopstaande sitkamerdeur, kom vinnig nader en tel Monster se leiband op. "Kom, Monster!" beveel hy en stap met die hond na die gangdeur.

"Dankie, Meyer," roep Emma gedemp, nog steeds bang dat 'n harde geluid Monster sal laat moles maak onder haar kosbare antikwiteite.

"Arme ou Monster," sê Carli skuldig. "Ek het vanaand bitter min aandag aan hom gegee."

"Hoe kan jy, in jou pragtige aandrok?" Emma betrag haar met

liefde in haar oë. "Jy lyk vanaand soos 'n beeldskone prinses, kindjie. As ek my verbeelding gebruik, kan ek glo ek het eenmaal soos jy gelyk."

"As ek mooi is, is tannie ook mooi," sê Carli en kyk na Emma, 'n donker skadu van vrees in haar oë. "Ons sal altyd saam mooi wees."

"Ons is vanaand saam, kindjie. Ons kan net op hierdie oomblik gelukkig wees, want môre is nog nie hier nie. Hoe weet ons of ons môre gelukkig sal wees?"

"Ek wíl weet, tannie! Ek wil met sekerheid weet dat ek môre en al my môres daarna my hand sal kan uitsteek en aan tannie sal kan raak. Ek . . . ek wil nie altyd bang wees dat ek môre weer alleen sal wees nie," antwoord Carli, 'n desperate ondertoon in haar stem.

"Nare meisiekind!" skel Meyer kamma verontwaardig en kom met lang treë nader. "As ek my rug draai om jou Monster te versorg, vergeet jy dat ek jou lojale prins is. Ék, my prinses, sal altyd by jou wees. Tant Emma, is ek nie die lojaalste, aantreklikste en liefste seun wat jy ooit gehad het nie?"

Emma laat haar blik rustig oor sy breedgeskouerde gestalte dwaal, en sê reguit: "Ongetwyfeld lojaal, soms nogal lief, maar altyd verwaand."

"Het jy mooi geluister, Carli? Ek is lojaal en lief en só aantreklik dat tant Emma bang is om dit hardop te sê. Kom ons gaan drink ons sjampanje voor middernag, want hoor Natie ons drink –"

"Moenie oor my skinder waar ek jou kan hoor nie, Meyer," sê Natie Els geraak terwyl sy uit die gang die ontvangsportaal binnekom. Sy steek in haar spore vas en knip-knip haar oë ongelowig. "Hoekom het jy nie gesê ons hou vanaand 'n partytjie nie, dokter Emma? Ek wil darem ook fatsoenlik aantrek as almal so deftig uitgevat is. Haai, kyk net, ek het my ou beertjie-pantoffels aan. Ek is seker ek lyk soos 'n spektakel," sê sy afgehaal.

Die ronde Natie lyk regtig soos 'n koddige beertjie in haar donkerbruin japon en bruin beertjie-pantoffels, dink Carli en tree om Meyer om Natie te groet. Sy sien hoe die vrou onmiddellik op aandag spring en sê onseker: "Goeienaand, Natie."

Natie ignoreer haar groet, haar grys oë beskuldigend op Emma. "Gaste," sê sy verwytend.

"Nee, Natie, jy kan maar ontspan. Ek het jou vertel Carli is eie familie, nie 'n kuiergas nie. Sy en Meyer het aanddrag aan omdat hulle saam op 'n partytjie was," verduidelik Emma gemoedelik.

"En nou gaan ons van voor af partytjie hou, Natie!" sê Meyer. Hy plaas sy arm met 'n besitlike gebaar om Carli en vervolg trots: "Ek en Carli het vanaand verloof geraak. Kom drink saam met ons 'n glasie sjampanje."

Natie drafstap agter hulle aan die sitkamer binne, pluk-pluk aan Emma se arm en fluister ongeduldig: "Wanneer gaan sy haar ring vir my wys, dokter Emma?"

Carli hoor haar vraag en hou haar linkerhand glimlaggend na Natie uit. "Ek dink dis die mooiste ring wat ek nog gesien het, Natie. Hou jy daarvan?"

Natie staar met ontsag na die vonkelende diamantring. "Blaas my siel! So 'n knewel van 'n diamant moes 'n plaas se geld gekos het. As ek jy was, Carli, het ek met my hand in dokter Emma se kluis geslaap. En jy, Meyer, gaan vir die res van jou lewe aan daardie ring betaal. Foei tog, julle sal nooit kindertjies kan bekostig nie, behalwe as dokter Emma haar oor julle ontferm en vir die bloedjies sorg."

"Tant Emma het klaar beloof om vir my en Carli se baie bloedjies te sorg, Natie," stel Meyer haar met 'n onskuldige glimlaggie gerus en hou 'n glas sjampanje na haar uit. "Hier, vat jou glasie sjampanje en drink op my en Carli se verlowing."

480

"Op julle geluk, kinders," sê Emma toe hulle glasies klink.

"En al julle baie bloedjies wat ek en dokter Emma saam-saam sal moet grootmaak," sug Natie. Sy drink haar glas sjampanje met een teug leeg en plak die glas rillend op die naaste tafeltjie neer. "Gril my morsdood vir goed wat soos medisyne smaak. Gee jy om as ek een van jou blikkies bier drink, Meyer?"

Meyer frons bekommerd. "Bier is duur, Natie," kla hy.

"Ek sal nie weet nie, want ek drink altyd joune," sê die huishoudster skuldig. "Sal jy nou nie meer kan bekostig om elke dag vir my 'n bier te gee nie?"

"Dit sal broekskeur gaan, maar aangesien dit my en Carli se verlowing is . . ." Hy frons gekweld en antwoord dan groothartig: "Ja, wat, een bier sal my nie armer maak nie."

"Moenie jou aan Meyer steur nie. Julle twee drink gereeld bier wat op my rekening gekoop word, daarom geld my goue reël: net een bier per dag, Natie," sê Emma streng.

"Ja, dokter Emma," kom dit gehoorsaam van Natie voordat sy nydig na Meyer draai. "Jy is 'n leuenaar en 'n vrek, Meyer, want jy laat my al die jare glo jy koop ons bier. En al die tyd is jy te suinig om vir my één ou biertjie te koop!"

"Meyer is nie werklik suinig nie, Natie. Hy het al die jare gespaar om my ring vir my te koop," sê Carli partydig.

"Haai, ja, ek het vergeet van die duur ring. Ek sal my biertjie sommer in die kombuis drink, dokter Emma, want ek gaan nou vir al my mense boodskappe op my selfoon stuur sodat hulle darem weet dokter se seunskind is eindelik verloof," sê Natie en slof-slof haastig in haar beertjie-pantoffels die sitkamer uit.

"Is Natie so rond omdat sy elke dag 'n bier drink, tant Emma?" vra Carli nuuskierig.

Emma glimlag onwillekeurig. "Nee, kindjie. Die Els-vroue van Waterstraat is almal volgens dieselfde patroon gemaak: rond, maar nie werklik oorgewig nie. Natie het 'n paar jaar gelede

481

gehoor 'n glas rooiwyn per dag is goed vir 'n mens se hart, maar aangesien sy nie van wyn hou nie, het sy besluit 'n blikkie bier sal net so goed vir haar gesondheid wees. Ek gun haar haar biertjie."

"Tant Emma is suinig, Carli," korswel Meyer. "Natie se ma het van wyn gehou. Natie se bier is goedkoper, nè, my tannie?"

"Ja, Meyer. Maar nou weet jy uiteindelik waarom ek al die jare so suinig is: ek sal jou en Carli se arme bloedjies moet grootmaak. Ek hoop jy besef dat Natie op hierdie oomblik jou grap as die reine waarheid aan haar hele familie uitblaker," antwoord Emma berispend.

"Toe maar, tannie, ek en Carli gee nie om as die dorpenaars oor ons skinder nie, solank ons weet tannie sal ons baie kindertjies grootmaak," antwoord hy dierbaar en glimlag vir die blosende Carli.

"Stuitige mansmens!" sê Emma kamma vies en haak by Carli in. "Kom ons loop saam na jou slaapkamer toe, Carli. Ek wil alles oor julle partytjie hoor. En Meyer, bring asseblief Carli se bagasie na haar suite, voordat jy die bottel sjampanje leeg drink."

"Hoekom laat tannie my altyd soos 'n vraat voel? Daar is net genoeg sjampanje oor vir een ou glasie," verwyt hy. Hy knipoog vir Carli en fluister met 'n deurdringende verhoogstem: "Ek sal jou kom nag soen sodra tant Emma slaap, my verloofde!"

"Ek slaap met 'n knopkierie langs my bed, Meyer, en ek slaap lig," waarsku Emma streng toe sy en Carli saam die sitkamer uitstap.

Carli bly in die oop dubbeldeur van die noordelike sitkamer staan, haar blik strelend oor Meyer, wat onbewus van haar teenwoordigheid voor 'n oop venster staan en oor die voortuin uitkyk.

Sy het hierdie groot, donker man so grensloos lief, maar hy

482

beskou haar net as 'n gawe vriendin wat bereid is om sy ver-
loofring te dra sodat hy van Ursula ontslae kan raak, herinner sy
haarself. Vandag is egter 25 Desember en sy is nog deel van Meyer
se Kerssprokie, daarom sal sy elke oomblik geniet, in plaas van om
te tob oor haar hartseer as hy haar nie langer nodig het nie.

Sy loop geluidloos oor die mat en bly skuins agter hom staan,
haar blik op die sonverligte tuin, die flikkerende skadu's op die
groen grasperke en die huiwerende vlinders en bye oor die
blomme. Sy draai haar kop effens skeef en luister na die fluiste-
ring van die spuitfontein op die boonste terras en die hartseer
gekoer van 'n tortelduif in 'n yslike ou sederboom.

"'n Sondag-simfonie," praat Meyer onverwags langs haar, sit
sy hand op haar skouer en soen haar liggies op die voorkop.
"Geseënde Kersfees, Carli." Hy los haar skouer vinnig en glim-
lag met die onnutsigheid van 'n skoolseun toe hy vra: "Wat het
jy vir my gekoop? 'n T-hemp?"

"Nee, net 'n boks snesies. Geseënde Kersfees, Meyer," hoor sy
haarself sê, nog verlore in die toweroomblik toe sy groot hand
op haar skouer gerus het en sy lippe oor haar voorkop gestreel
het. Ervaar hy geen emosies as hy haar aanraak nie? wonder sy
afgehaal. Is sy net 'n dooie voorwerp, leweloos soos 'n teddie-
beer, in sy oë – of voel hy oor haar soos sy oor Vincent voel?

Sy kyk vraend op na hom en besef dat hy haar dophou, maar
die enigmatiese uitdrukking in sy oë is soos 'n ondeurdringbare
skans wat sy ware gevoelens verberg.

"So 'n vrekkerige meisiekind," mompel hy, gryp haar hand en
trek haar op die naaste rusbank langs hom neer. "Hoekom het
jy so laat geslaap? Natie is so kwaad dat sy ons gestopte kalkoen
gaan verbrand, want sy het verwag dat die twee verloofdes van-
oggend saam met haar die vroeë Kersdiens sou bywoon."

"Hoekom het Natie my nie betyds kom wakker maak nie?"
vra Carli skuldig.

"Omdat tant Emma gedreig het om ons met haar knopkierie aan te rand as ons jou wakker maak. Net omdat jy soos sy lyk, word jy natuurlik voorgetrek," antwoord hy met oortuigende jaloesie.

"Waar is tant Emma?"

"By een van haar pasiënte, maar sy het beloof om nie te lank weg te bly nie. Sy was vies omdat sy nie kerk toe kon gaan nie, en sy het my beveel om tuis te bly en jou op te pas — asof ek dit sou waag om vandag kerk toe te gaan," antwoord hy wrang.

"Is jy skaam oor ons verlowing?" vra sy geraak.

"Skaam? Genugtig, Carli, het ek jou nie oor en oor van my verwaandheid verseker nie?" terg hy en vervolg dan grimmig: "Dis my pa. Ek aard nie na my oorlede ma nie. As hy my by die kerk sou gekonfronteer het, sou ek moontlik dinge gesê het wat nie vir die dorpenaars se ore bedoel was nie."

"Het jou pa met jou ma rusie gemaak voor ander mense?" vra Carli ongelowig.

"Nee, hy het haar doodeenvoudig geïgnoreer," antwoord hy, sy uitdrukking stroef. "Daar was 'n kind saam met my op skool wat deur sy pa grootgemaak is — darem met die hulp van 'n familielid of soms net die huishulp. Dit het my laat wonder waarom my pa my so goedsmoeds weggegee het, so asof ek 'n lastige brakkie was."

"Het jy nie tant Emma daaroor uitgevra nie?" aarsel Carli, empatie in haar stem.

"Ja, maar sy het my direkte vrae oor my pa se onwilligheid om my groot te maak ontwykend beantwoord. Sy het altyd met liefde oor my ma gepraat en gesê dit was my ma se wens dat sy my grootmaak. Ek het intuïtief geweet daar moet 'n rede wees waarom my ma nie wou gehad het dat my pa my grootmaak nie."

"Dalk het jou ma geweet jou pa is ... e ... 'n besige sakeman," sê Carli onseker.

Meyer glimlag flitsend, steek sy hand uit en streel 'n koper-bruin krul uit haar oë. "Jy klink so onoortuigend soos tant Emma. Maar kinders het hulle eie manier om agter die waarheid te kom: ek het grootmensgesprekke afgeluister. Destyds was Natie se ma ons huishoudster, en soos Natie die grootste skinderbek op die dorp. Sy het gereeld haar vriendinne in die kombuis op koek en tee getrakteer, en ek het ure lank geduldig in 'n kombuiskas of selfs onder die groot kombuistafel gesit en hulle gesprekke afgeluister."

"Maar kan jy hulle skinderstories glo?" vra Carli skepties.

"Ja, ek kan. Toe ek genoeg gehoor het, het ek weer met tant Emma gepraat en sy was verplig om my die waarheid te vertel. Ma Hannah was tien jaar ouer as my pa, 'n liewe, saggeaarde vrou met geen aanspraak op skoonheid nie. Haar ouers was bejaarde mense, en toe hulle kort ná mekaar sterf, het sy 'n pragtige plaas, Elandslaagte, en oorgenoeg kontant geërf. Ma Hannah het geweet die aantreklike, ryk Heinrich Feldtmann het haar nie lief nie, maar sy het hom liefgehad en sy het nie omgegee om hom met haar erfenis te koop nie," vertel hy bitter.

"Sy het vir jou pa 'n erfgenaam gegee, Meyer. Hy moes haar liefgehad het," probeer Carli hom troos.

"Nee, Carli. Ma Hannah het hart- en bloeddrukprobleme gehad en tant Emma het haar gewaarsku teen 'n swangerskap, maar sy het gehoop dat sy my pa se liefde met 'n erfgenaam sou kon wen. Hy het my egter nog voor my geboorte verwerp, gesê hy wil nie haar kind hê nie . . . Dis waarom sy en tant Emma met 'n prokureur gereël het dat tant Emma my sou grootmaak as my ma sou sterf."

Carli raak bewus van die trane op haar wange, van 'n emosionele uitreiking na hom wat soos 'n vloed van pynlike sensasie deur haar liggaam vloei. Sy hou sy groot hand in haar hande vas en soek vergeefs na woorde om hom te troos.

"Klein tjankbalie!" terg hy, 'n ongekende teerheid in sy stem, en klad haar trane met sy sakdoek. "Toe ek 'n kind was, het ek ook oor my ma se hartseer gehuil, maar nou . . . Tant Emma verseker my my pa is trots op my, dat hy my liefhet en selfs jaloers is op my liefde vir haar, maar ek kan nie my ma se hartseer vergeet nie."

"Ek verstaan, en . . . ek kry jou ma en die klein Meyer jammer. Dankie dat jy my vertel het."

Hy kyk na haar, sy glimlag so intiem soos 'n soen, en trek haar saam met hom orent.

"Kom ons gaan maak tee en eet die koekblikke leeg. Dis byna elfuur, en Natie skinder natuurlik nog so —"

"Hallo daar!" roep 'n verleidelike, heserige vrouestem uit die rigting van die ontvangsportaal en dan kom Ursula Wilkens met 'n uitlokkende, heupswaaiende stap die sitkamer binne.

Ursula is bewus van elke faset van haar skoonheid en stal haar ware soos 'n smous op 'n vlooimark uit, dink Carli, haar gevoelens wisselend tussen bewondering en afkeer.

"Hallo, Ursula. Het jy my en Carli kom gelukwens met ons verlowing?" vra Meyer, sy arm beskermend om Carli, wat langs hom staan.

"Julle Kersete sal laat wees, my ding, want ou Natie sit voor die kerk en blaker alles oor julle verlowing uit. 'n Paar vrouens wat oorkant die kerk woon, het selfs al stoele en koek en tee aangedra. Ek twyfel of Natie se geskinder die hooghartige dokter Emma se goedkeuring sal wegdra," antwoord Ursula met nydige vermakerigheid.

Meyer en Carli kyk na mekaar en bars spontaan uit van die lag.

"Dankie vir die waarskuwing, Ursula, maar gelukkig is Natie 'n lojale skinderbek: sy sal net mooi dinge oor my en Carli sê," kom dit laggend van Meyer.

"Dis goed om te weet, want nou kan ek jou pa gerusstel." Ursula kyk met 'n sweem van minagting op haar gelaat na Carli se linkerhand. "Natie het nie oordryf nie: die diamant in jou verloofring is 'n klein fortuintjie werd. Of het jý daarvoor betaal, Carli?"

Carli glimlag geamuseerd. "Wat 'n lawwe vraag! Ek het dosyne diamantringe van my ma en oumas en oumagrootjies geërf, Ursula. Hoekom sal ek vir my nog 'n ring koop?" Sy kyk liefdevol op na Meyer, dankbaar dat hy sal glo sy speel toneel. "Maar ek sal vir die res van my lewe net hierdie ring dra, want die man wat my liefhet, het dit vir my gekoop."

"Liewer as lief," beaam Meyer, sy stem skor, en soen haar op haar lippe.

"Ek is bly julle tweetjies is so gelukkig, want nou sal julle groter begrip hê vir mý liefde. Kyk, ek dra ook 'n verloofring," sê Ursula en hou haar linkerhand uit sodat hulle na haar skitterende verloofring kan kyk.

"Dis 'n mooi ring," sê Carli groothartig. "Ek hou van die ametissteentjies wat die diamant omring."

"Wie is jou jongste slagoffer?" vra Meyer sinies.

"Moenie kleinlik wees nie, Meyer. Ek en Heinrich – jou pa – is verloof," antwoord Ursula met 'n trotse lig van haar ken, haar glimlag triomfantelik.

Carli voel Meyer se liggaam ruk. Sy kyk op na hom, maar sy gesig is 'n koue, onleesbare masker.

"Geluk, Ursula! Meyer, dink jy nie Ursula sal 'n beeldskone stiefma vir ons twee wees nie?" sê Carli hartlik en knyp Meyer liggies in die sy. Hy knip sy oë vinnig en kyk haar onthuts aan, maar sy gaan onstuitbaar voort: "Wat sal ons Ursula noem wanneer sy en jou pa getroud is – Ma Ursula, of sommer net Stiefma?"

Innerlike lag steek vuurtjies in die duisternis van sy oë aan.

"Nee, Ursula is nou een van die ouer geslag, daarom moet ons haar die nodige respek betoon. Ons sal haar Stiefmoeder noem, en al ons baie kinders sal haar Stiefgrootmoeder noem."

"Stiefgrootmoeder is darem te veel van 'n mondvol vir 'n kleuter, Meyer," kwel Carli en byt bekommerd op haar onder-lip.

"Dink jy so, my liefste? O, wel, dan kan hulle Ursula sommer Stiefie noem, net totdat hulle begin skoolgaan," sê Meyer toe-geeflik. "Pas dit jou, Ursula?" vra hy met doodse erns.

Ursula kry kleur op kleur en bars venynig uit: "Vrééslik snaaks, Meyer Feldtmann, maar moenie te gou lag nie, want ek sal sorg dat Heinrich jou onterf! Ek hoop jou ryk meisietjie sien kans om met 'n sentlose man te trou, want as ek en Heinrich trou, sal ek sy enigste erfgenaam wees."

"Jou bloeddruk, Ursula," sê Emma ongeduldig, kom die ver-trek binne en vervolg waarskuwend: "Julle Wilkense ly gewoon-lik aan hoë bloeddruk. Het ek my net verbeel, of het jy gesê jy en Heinrich gaan trou?"

"Ek dra Heinrich se verloofring," antwoord Ursula, nog op-sigtelik kwaad oor Meyer en Carli se gespot. Sy druk haar linker-hand onder Emma se neus. "Hy het gisteraand die ring vir my gegee en my gevra om sy vrou te word . . . die liewe man."

Emma hou Ursula se hand vas, betrag die ring deeglik, kyk in Ursula se toornige gesig en bars skaterend uit van die lag.

"Tant Emma . . ." begin Meyer onseker.

Emma probeer praat, maar 'n hernude lagbui oorval haar en sy maak 'n hulpelose handgebaar. Sy strompel na die naaste stoel, gryp die rugleuning vas en lag totdat trane oor haar wange vloei.

"Julle tant Emma is histeries. Doen iets, Meyer, voordat die ou mens 'n toeval kry!" beveel Ursula en kyk Emma met haat in haar oë aan.

Emma se lagbui bedaar onmiddellik, haar uitdrukking ineens yskoud. "Dink voordat jy in my huis praat, Ursula. Ek is nie 'n histeriese ou mens nie. Ek is 'n intelligente vrou wat 'n ring kan herken as ek dit in die verlede gesien het. Jou verloofring het jare lank aan Bessie Neethling se vinger gepryk, en nouliks 'n jaar ná haar dood het die stomme Krisjan Neethling gedink jy het hom lief en met Bessie se ring aan jou verloof geraak. Is Heinrich Feldtmann te suinig om vir jou 'n verloofring te koop?"

"Bespreek jy my agter my rug, Emma?" vra Heinrich afkeurend en tree die sitkamer binne. Hy kyk na Ursula en sê onverskillig. "O, jy kuier ook hier. Maar ek praat met jou, Emma. Wat is dit van 'n verloofring wat ek moet koop?"

"Tot siens, almal," groet Ursula haastig en vlug die sitkamer uit.

"Vang haar, oom!" roep Carli.

"Vang wie? Wat?" vra Heinrich verward.

"Ursula, oom. Hoekom hardloop oom se verloofde weg?" vra Carli met grootoog-onskuld.

"Dogter, moenie my vir die gek hou nie!" snou Heinrich haar ongeduldig toe.

"Jy is ongeskik, Heinrich," sê Emma bestraffend. "Ursula het ons almal verseker jy en sy is verloof."

"Dan is sy 'n infame leuenaar!" vaar Heinrich verwoed uit en roep bulderend: "Ursula! Kom hier, ellendige vroumens!"

"Uit, Heinrich!" beveel Emma, haar stemtoon ysig maar sag. "Dis Kersdag en jy is ongenooid in my huis. As jy en jou verloofde probleme het, los dit elders op."

"Maar Emma . . ." Heinrich streep sy lippe saam en vervolg sagter: "Ek weet jy glo ek is 'n skurk, maar ek was nog nooit 'n leuenaar nie. Ek is ook nie seniel nie. Watter man met 'n gesonde verstand sal met Ursula trou?"

"As jy werklik so oor Ursula voel, waarom het jy die afgelope weke daarop aangedring dat jou eie seun met haar trou?" vra Emma, 'n tikkie minagting in haar stem.

"My pa glo ek het nie 'n gesonde verstand nie, tant Emma," spot Meyer en kyk af na Carli, wat nog in die veiligheid van sy arm staan. "Gelukkig weet my verloofde ek is 'n slim man," vervolg hy en soen haar op die punt van haar neus.

"Die slimste, liefste man in die wêreld," speel sy gewillig saam.

Heinrich kug agter sy hand, 'n frons tussen sy wenkbroue, en gee teësinnig toe: "Ek ... e ... ek moet seker aanvaar dat Ursula oortuigend kan lieg, want sy het my verseker van ... van jou beloftes aan haar, Meyer. Ek is jammer oor die misverstand, my seun."

"Dit was nie 'n misverstand nie. Dit was my woord teen dié van Ursula, en Pa het verkies om haar te glo. En terselfdertyd verkies om te glo ek is 'n leuenaar," antwoord Meyer bedees, sy stemtoon koud.

Die mans staar mekaar in stilte aan en dan glimlag Heinrich stram.

"Goed, Meyer, ek gee toe: ek was beledigend omdat ek jou woord in twyfel getrek het. Maar genugtig, kêrel, as jy so jammerlik kon huil oor jou gebroke hart en jou onsterflike liefde, sou ek dalk besluit het om jou te glo."

"Vergewe jou pa en kry klaar, Meyer. Ek wil my voordeur sluit, voordat nog 'n ongenooide gas ons bekruip," sê Emma ongeduldig.

"Ek het gekom om die kinders met hulle verlowing geluk te wens, Emma," sê Heinrich geraak.

Emma rek haar oë ongelowig. "Sowaar? Ek kan nie glo dat 'n meisie met De Winter-bloed in haar are skielik vir die trotse Heinrich Feldtmann aanvaarbaar kan wees nie."

Carli sien woede soos 'n donker vuur in Heinrich se oë brand en staar verstom na Emma wat hom met kille hooghartigheid aanstaar.

"Dalk moet ek my seun waarsku: De Winter-vroue vergeef nooit nie," antwoord Heinrich eindelik. Hy kyk na Meyer en Carli en sê saaklik: "Dis julle lewe en julle besluit. Ek hoop julle trou om die regte redes." Hy aarsel 'n oomblik en vervolg dan: "Geluk, Meyer. Ek het eenkeer 'n meisie geken wat soos Carli gelyk het. Sy was ook 'n mooi meisie."

"Dankie, Pa," sê Meyer toe Heinrich wegdraai na die deur. "Ek sal saam met Pa motor toe stap."

Carli wag totdat die mans se voetstappe oor die marmervloer van die ontvangsportaal wegsterf en vra nuuskierig: "Wou oom Heinrich met tannie getrou het ná die dood van sy vrou? Het tannie geweier? Is dit waarom julle nog steeds rusie maak, tant Emma?"

Emma hou haar hande laggend omhoog. "Nee en nogmaals nee, klein agie. Kom ons sit op die rusbank. Ek voel soos 'n kuiergas as ek in my eie sitkamer rondstaan."

"Meyer het my alles van sy ma Hannah vertel . . . hoe bitter ongelukkig sy was. Is sy die rede waarom tannie oom Heinrich haat?" vra Carli toe sy haar op die rusbank langs Emma tuis maak.

"Nee . . ." Emma huiwer 'n oomblik en vertel dan: "Heinrich is vyf jaar ouer as ek, maar ek het hom liefgekry toe ek nog op hoërskool was. Hy was 'n student en reeds twee-en-twintig en ek was sewentien, pas klaar met my matriekeksamen, toe ons daardie Desember ure in mekaar se geselskap deurgebring het. Ons het saam gaan perdry en piekniek langs die rivier gehou; soms het hy hier kom kuier om saam met my tennis te speel of in ons swembad te swem, of om net te gesels. Dit was onver- geetlike goue somerdae, want ek was só lief vir dié groot, don- ker man wat so graag by my wou wees. Hy het nooit my hand

491

vasgehou of my probeer soen nie, maar ek het my wysgemaak dat hy met liefde in sy oë na my gekyk het . . ."

"Was . . . was hy lief vir tannie?" aarsel Carli.

"Ek weet nie, Carli, want op Nuwejaarsdag het Margot huis toe gekom ná 'n jaar lange besoek aan Europa, en daarna het ek nie meer vir Heinrich bestaan nie."

"Het my ma en oom Heinrich 'n verhouding gehad? Maar sy was so lief vir my pa, tant Emma!" protesteer Carli ontsteld.

"Jou ma is dood, kindjie, maar wat ek nou sê, is die waarheid. Ek was 'n skugter, teruggetrokke tiener wat Margot bewonder het vir haar donker skoonheid en selfvertroue. Maar my bewondering was nie genoeg vir haar nie: sy moes altyd alles vat wat myne was. Ek was 'n blote kind, maar Margot was reeds mondig, beeldskoon en ervare in die kuns om slawe van mans te maak. Sy het Heinrich so maklik betower en van my afgerokkel – en al my hartseer trane en patetiese pleidooie het haar net meerderwaardig laat glimlag."

"So sy en oom Heinrich het toe 'n verhouding gehad?" vra Carli.

"Ek aanvaar hulle was net goeie vriende, want aan die begin van Februarie het jou pa kom kuier en hy en jou ma het verloof geraak. Kort daarna het ek met my mediese studie begin, vasbeslote om nooit weer 'n slagoffer van die liefde te wees nie." Emma glimlag skrams. "Terwyl ek gestudeer het, was daar nie tyd vir mans in my lewe nie, en vakansies het ek oorsee of saam met my ouers deurgebring, behalwe as Margot en haar gesin kom kuier het."

"En oom Heinrich?"

"Ek het hom geïgnoreer of met hom rusie gemaak as dit nodig was," antwoord Emma en swyg toe die huisfoon lui. "Kom ons hoop dis nie 'n pasiënt nie. Ek het jou nog nie eens 'n geseënde Kersfees toegewens nie," vervolg sy spytig. Sy kom orent en bly staan toe sy Meyer se stem in die ontvangsportaal hoor.

"'n Ongeluk met 'n trekker en 'n sleepwa vol plaaswerkers wat in 'n sloot beland het, tant Emma. 'n Hele paar het seergekry. Jy sal dadelik moet ry," sê Meyer saaklik toe hy die vertrek binnekom, haastig gevolg deur Natie.

"Jy ook, dokter Meyer. Arme dokter Emma kan nie . . ." Natie klap haar hand oor haar mond, haar oë groot van skok, en sê skuldig: "Ag, ekskuus, Meyer. Ek het vergeet ek mag nie vir Carli sê dat jy 'n chirurg is nie."

Meyer is 'n mediese dokter, eggo die waarheid deur Carli se binneste en word die doodsvonnis van haar ragfyn drome oor die groot, donker man wat sy vertrou het. Meyer is nie 'n motorwerktuigkundige of haar sprokiesprins nie; hy is 'n veragtelike bedrieër wat haar met sy leuens betower het en haar in die geheim uitgelag het oor haar gretigheid om hom te glo. Sy háát Meyer Feldtmann, en ná vandag sal hy nooit weer deel wees van haar lewe nie.

10

Meyer tree vinnig nader, vat Carli aan haar skouers en sê met dringende erns: "Ek sal alles later verduidelik. Moenie kwaad wees nie, my prinsessie." Sy lippe rus teer op haar wang en dan los hy haar en volg Emma met lang hale die sitkamer uit.

Meyer se bedrog het haar in marmer laat verander, dink Carli, want sy kon nie die aanraking van sy hande op haar skouers voel nie en sy soen het haar hart en emosies koud en dood gelaat. Miskien is sy dood in hierdie nuwe eensaamheid wat haar laat voel asof sy alleen en verdwaal op 'n hoë bergpiek staan, met net die ysige bergwind as haar geselskap.

"Carli? Mens, wat lyk jy so bleek en bewerig?" vra Natie besorg, kry Carli aan die boarm beet en skud haar liggies. "Moenie jou oor die ongeluk kwel nie, want niemand is dood nie, en 'n paar gebreekte bene is ou nuus gedurende die Kerstyd." Sy betrag die swygende Carli bekommerd en vra huiwerig: "Meen jy jy is babelaas ná al die sjampanje van gisteraand? Ek het gehoor julle rykes raak moederloos dronk as julle partytjies hou."

"E . . . nee, Natie, as mense drank wil misbruik, kyk hulle nie na hulle bankrekenings nie. Ek is net bekommerd, want ek . . . e . . . het tant Emma se Kersgeskenk tuis vergeet en . . . en ek het nie vervoer nie." Carli voel skuldig oor haar leuen, maar weet dat sy dadelik moet wegkom as sy hoop om Meyer ooit weer te sien.

Natie lag met opsigtelike verligting, 'n ronde, rollende klank wat Carli haar verwonderd laat aanstaar. Hoe kan Natie so gelukkig lyk as haar hart en drome, haar hele wêreld in skerwe aan haar voete lê? wonder sy stom.

"Dis mos nie 'n probleem nie, ou kintatjie! My ou karretjie is nie nuut nie, maar Meyer sorg dat sy binnegoed eksieperfeksie is. As jy nou nie sal omgee om met my ou karretjie te ry nie, kan jy hom met liefde leen," bied Natie groothartig aan.

Carli glimlag met gedwonge blydskap. "Dis wonderlik gaaf van jou, Natie. Baie, baie dankie," antwoord sy en hoop Natie sien haar verligting as dankbaarheid aan.

"Dis 'n groot plesier, ou kintatjie. Gryp jou handsak, dan gaan haal ek solank my motorsleutels. Moenie jaag nie, Carli, want met dokter Emma en Meyer uit, sal ons eers vanaand ons Kersmaal eet."

Hoe kon sy so dwaas gewees het om Meyer te vertrou? vra Carli haarself wrang af terwyl sy die breë houttrap opdraf na haar suite toe. Sy moes besef het dat 'n volwasse, selfversekerde man soos hy nie haar vriendskap nodig het nie. In sy oë is sy net 'n naïewe meisietjie wat hom tydelik geamuseer het.

494

Sy durf nie direk teruggaan huis toe nie, want dis die eerste plek waar tant Emma na haar sal soek. Sy kan na hulle strandhuis aan die noordkus ry – of iewers in 'n hotel tuisgaan. Maar wat dan van Natie se motor? kwel sy haar en draf met haar handsak in haar hand kombuis toe.

"A, hier is jy nou! Moenie jou oor Monster bekommer nie: ek en hy is lankal maats. Hier, vat my sleutels, en ry tog versigtig, Carli," maan Natie haar.

"Dankie, Natie." Sy speel senuweeagtig met die motorsleutels en vra huiwerig: "Wil jy nie jou my motor aan my verkoop nie, Natie? Ek sal vir jou 'n tjek vir 'n splinternuwe motor gee en . . . en jy kan dit as 'n Kersgeskenk beskou."

"So nooit as te nimmer nie, mens! Het Meyer nie met sy eie hande my ou karretjie splinternuut gemaak nie? Nee, kyk, dis nou om hom in die gesig te vat as ek ná al sy harde werk my karretjie sommer goedsmoeds verkoop. Of is jy 'n roekelose bestuurder? Haai, Carli, nou gaan ek my mos siek bekommer totdat my ou karretjie veilig terug is."

"Ek . . . ek sal baie versigtig ry, Natie. Sorg mooi vir my ou Monster," versoek Carli. Sy voel trane agter haar ooglede brand en vlug die kombuis uit, Natie se luide groet en waarskuwings oor spoed en beskonke bestuurders in haar ore.

Sy wens sy kan haar voet op die brandstofpedaal neersit en teen die hoogste snelheid jaag om weg te kom van haar gevoel van vernedering, dink Carli toe sy die dorpsgrens bereik, maar Natie se bekommerde gesig speel die rol van haar gewete en sy ry onwillekeurig stadiger.

Sy sien glad nie die viertrekvoertuig wat by 'n smal plaaspad uitjaag nie. Toe dit haar motor teen die voorste passasiersdeur tref, hoor sy nouliks die slag, want pyn ontplof in haar kop en sy voel haarself wegtuimel in 'n nagduisternis van niks.

'n Manstem praat; 'n manstem pleit. Sy kan hom hoor, maar haar kop is so seer dat sy bang is om te beweeg of haar oë oop te maak. Hoekom gaan hy nie weg nie? Hoe lank gaan hy nog praat en praat?

". . . so bitter jammer! Carli, as jy my kan hoor, maak asseblief jou oë oop," pleit die manstem weer.

Dis oom Heinrich se stem, dring die besef traag tot Carli deur. Maar hoekom wil hy haar wakker maak? Kan hy nie sien haar kop pyn en sy wil net doodstil sit nie? Maar hoekom sit sy regop en slaap? wonder sy verward.

"Carli?" Heinrich se stem is nader. "Ek kan sien jy haal nog asem, maar ek durf nie aan jou raak of die venster langs jou oopskuif nie, want dit stut jou kop. Ek . . . ek het waaragtig nie 'n keuse nie – ek sal Emma moet bel. Solank jy weet, Carli: dit was 'n ongeluk . . . Die bome staan so na aan die pad, ek het jou motor nie gesien nie. Kind, sê vir jou tant Emma dit was 'n blote ongeluk, want sy sal my nooit glo nie!'

Sy sit in haar motor en oom Heinrich is bang, dwarrel gedagtes soos herfsblare in 'n trae najaarswindjie deur haar bewussyn. Sy vrees maak sy diep stem so grof soos gruis wat onder jou skoensole knars.

"Meyer sal my haat . . . Hy sal my ook nie glo nie."

Oom Heinrich se stem is sagter, verder weg, en hy klink moedeloos, selfs hartseer, dink Carli en kry hom jammer. As sy net behoorlik kan wakker skrik, sal sy hom gerusstel. Meyer is net kwaad omdat oom Heinrich nie sy ma liefgehad het nie – arme ma Hannah. Arme oom Heinrich. Hoekom is almal hartseer of dood?

"Emma? Ja, dis Heinrich hier. Kan jy my hoor?"

Oom Heinrich skree, want hy praat op sy selfoon en hy is bang vir tant Emma, dink Carli. Sy voel die donker sluiers van skok die een ná die ander wegskuif voor haar bewussyn.

"Asseblief, Emma, jy moet dadelik kom, want Carli het jou nodig . . . dringend nodig. Dit was 'n ongeluk, Emma, want ek sou nooit . . .! Wat? Nee, nie by jou huis nie. Hier by die ingang na Elandslaagte, op pad na . . . Ja, 'n motorongeluk. Carli het met Natie se motor gery en ek het . . . Verduiwels! Sy gee my waaragtig nie kans om klaar te praat nie!"

Oom Heinrich is nie werklik kwaad nie, net bang, dink Carli en bly bewegingloos sit, haar kop rustend teen die motorruit langs haar. Sy is ook nie kwaad nie, selfs al laat Meyer se optrede haar klein en verneder voel. Sy is net hartseer omdat hy haar nie kan liefhê nie, omdat hy glo sy is 'n dom dogtertjie wat aan sprokies glo. Sy weet sy het Meyer lief, maar sy wil nie meer weggaan nie. Haar kop pyn en sy wil net by haar tant Emma wees. Tant Emma sal die pyn wegneem en haar liefhet. Sy wil vir altyd net by tant Emma wees . . .

"Carli? Haal jy nog asem, kind?" vra Heinrich se stem weer digby haar.

Sy weet hy leun by die venster van die passasiersdeur in en sy haal diep asem om hom gerus te stel, maar sy hou haar oë toe, nie seker of sy hulle ooit weer wil oopmaak nie. Miskien sal sy eendag as haar kop ophou pyn.

"Om te wag en te wag . . . Ek sal gek word! Dalk kan jy my hoor, Carli . . . nie dat dit saak maak nie. Ek wil nie dink nie, want as Emma hier opdaag . . ." Heinrich blaas sy asem bewerig uit en vervolg: "Ek is bly jy en Meyer gaan trou, Carli; nie omdat jy ryk en 'n Van Eeden is nie, maar omdat jy 'n De Winter soos Emma is. Emma is . . ." Heinrich kug en vra selfbewus: "Kan jy my hoor, Carli? Carli!" Vrees verdonker weer sy stem. "Solank jy nie verlam is nie . . . Mag die hemel ons help!" Hy draai weg en begin gespanne heen en weer loop, sy voetstappe knarsend op die klipperige sandgrond langs die teerpad.

Carli beweeg ongemerk haar voete en hande. Sy lig haar kop

weg van die motorruit en sug dankbaar: haar kop pyn minder en sy is nie verlam nie. As sy en Meyer nog vriende was, sou sy hom gevra het of hy die arme Natie se motortjie sal regmaak. Maar sy wil nooit weer enigiets met die Feldtmanns te doen hê nie, dink sy en leun weer teen die motorruit.

Carli wonder of sy aan die slaap geraak het, want die toeklap van 'n motordeur laat haar oë oopflikker. Sy maak haar oë weer haastig toe, ingeval Heinrich haar dophou.

"Emma! Dank die hemel jy het so gou gekom!" roep Heinrich verlig uit.

"Omdat ek soos 'n besetene gejaag het! As ek verongeluk het, sou jy op een dag van al die De Winters ontslae geraak het, jou . . . jou gewetenlose moordenaar!" tier Emma. "Gee pad voor my, Heinrich! My kind het my nodig."

Carli hoor Emma se asemhaling digby haar en ruik die geur van haar parfuum. Dit laat haar veilig voel.

"Carli . . .?" aarsel Emma, haar stem week van liefde, en lê haar vingers op Carli se nek. "Jou pols is sterk . . . Kan jy jou oë oopmaak?"

"Ek is bang vir die oom," fluister Carli, kyk vinnig na Emma en maak weer haar oë toe.

"Kan jy jou nek beweeg?" vra Emma gedemp.

"Ja, alles. Net my kop pyn nog," fluister Carli weer.

"Help my. Ek kan nie behoorlik bykom nie," beveel Emma sag en beweeg Carli se kop na die kopstut van haar sitplek. "Is jy gemaklik?"

"Ja," adem Carli en sien deur haar wimpers hoe Emma haar kop en skouers by die stukkende venster van die passasiersdeur uittrek.

"Het . . . het sy haar bewussyn herwin, Emma?" vra Heinrich stamelend van vrees.

"Hoe raak dit jou, Heinrich Feldtmann? Jy het jou seun verwerp toe hy gebore is en 'n De Winter het hom grootgemaak. Op jou oudag besef jy jy het Meyer nodig, daarom kon jy nie toelaat dat 'n tweede De Winter hom van jou wegneem nie. Erken dit, Heinrich! Met my en Carli dood, sal Meyer eindelik joune wees!"

"Nee!" Daar is pyn in sy ontkenning, pyn in sy donker-bruin oë toe hy voortgaan: "Ek ontken nie dat ek Hannah nie liefgehad het nie, maar sy het dit geweet toe ons die dag getroud is. Ek het nooit vir haar gelieg oor my gevoel vir haar nie – nooit nie. Sy het geweet ek het iemand anders lief, maar sy het geglo haar liefde was voldoende vir ons albei se geluk – dit was egter nie."

"Niemand het jou gedwing om met Hannah te trou nie, Heinrich. Of het sy jou met Elandslaagte gekoop?" vra Emma sinies.

"Nee! Jy, Emma . . . jy is die oorsaak van Hannah se hartseer," antwoord hy, sy stem donker van verwyt.

Carli sien die bloed uit Emma se gesig dreineer, haar hand grypend na die motor, asof haar bene nie haar gewig kan dra nie. "Ék? Ek het nooit enige rol in jou lewe gespeel nie!"

"Nooit, Emma? Jy was sewentien daardie somer toe ek vir die vakansie teruggekom het huis toe. Sewentien . . . en asem-rowend mooi en begeerlik; uiterlik was jy 'n vrou, maar jy het die onskuld en onvoorwaardelike vertroue van 'n kind gehad. Ek het myself wysgemaak jy is lief vir my, maar ek was 'n man van twee-en-twintig, te ervare vir jou, en jy het my vertrou. Ons was dikwels alleen saam daardie somer toe ek jou liefgekry het – maar ek het jou te innig liefgehad om jou aan die hartstog van 'n volwasse liefde bloot te stel. Ek het oor my liefde geswyg – en dit vir die res van my lewe berou!"

"Jy . . . jy yl, Heinrich. Jy was 'n gawe vriend, maar jy het my behandel asof ek 'n oulike kind was. En toe Margot terugkeer van haar oorsese vakansie . . ." Haar oë blits in syne. "Jy kon nie wag om my gesofistikeerde suster in jou arms te kry nie!"

"Ek het Margot nooit in my arms gehou nie, maar ek dank die hemel sy het opgedaag voordat ek vergeet het dat jy 'n onskuldige kind was! Ek is en was 'n man van vlees en bloed, nie 'n prentjieprins in 'n feeverhaal nie, Emma. Jy was te jonk vir my liefde – en ek was 'n galante gek, want ná daardie somer het jy my om 'n duistere rede soos die pes vermy. Hoekom, Emma?"

Emma antwoord nie dadelik nie, maar kyk net na Heinrich; kyk na hom asof sy hom vir die eerste maal werklik weer sien ná 'n leeftyd van vyandskap.

"As dit waar is, waarom het jy dan met Hannah getrou?" vra sy sag.

"Ek het jou gebel, maar jy het die foon in my oor neergesit; ek het briewe geskryf, maar hulle is teruggepos aan my. Ek het ruikers en juwele aan jou gestuur wanneer jy vakansies tuis was, en jy het alles teruggestuur. Ek het twaalf jaar geduldig gewag, en toe ek vier-en-dertig was, het ek uit woede en wanhoop met Hannah getrou. Ek het gehoop jy sou tot jou sinne kom, besef dat jy my liefhet soos wat ek jou liefhet, maar jou en Hannah se vriendskap het net hegter geword. En toe het ek besef: die herinneringe aan daardie somer was net 'n hallusinasie, so tydelik soos 'n hand vol grassade wat deur die ligste wind verstrooi word. Ek het jou 'n leeftyd lank lief, Emma, maar jy . . . Ek sal liewer my hand afkap as om die dogter wat soos jy lyk seer te maak."

Emma snak hoorbaar na haar asem. "Carli! Ek het skoon vergeet van die kind. Dis jou skuld, Heinrich! Hoe kan jy so 'n onvanpaste tyd kies om oor ons liefde te praat?"

"Óns liefde, Emma?" vra Heinrich, sy stem ineens so jonk soos Meyer s'n.

"Dit was 'n onvergeetlike somer, Heinrich, maar . . . dis weer somer." Emma glimlag flitsend en vervolg dan saaklik: "Help my om Carli op die agtersitplek van my motor te laai, want ek moet so spoedig moontlik x-strale van haar kop by my spreekkamers neem. Jou voertuig is nie erg beskadig nie. Sorg dat Natie se motor weggesleep word, en daarna kan jy Kersete saam met ons kom eet."

"'n Kersete saam met jou, Emma? Durf ek glo dat ons somer teruggekom het?" vra hy, verwondering in sy stem.

"Dit was altyd daar, maar ek het dit nooit raakgesien nie." Sy staan op haar tone en soen die oorblufte Heinrich op sy mond, voordat sy haastig omdraai en die motordeur langs Carli oopmaak.

"Speel saam!" fluister sy toe sy oor Carli buk om weer haar pols te voel.

Carli merk die sagte blos op Emma se wange, lees die onmiskenbare blydskap van haar liefde vir Heinrich in haar oë en antwoord sag: "Ek sal."

Carli kyk opstandig na Emma, wat die laken en beddeken van haar bed terugvou en afwagtend opkyk. "Tannie behandel my soos 'n kleuter! Trek my nagklere vir my aan en wil my in die bed prop – en ek makeer niks nie!" protesteer sy misnoeg.

"Ek, kind, moes jou uit jou klere worstel en in jou nagklere in worstel. Gaan jy in die bed klim, of sal ek Meyer vra om my te kom help?" vra Emma dreigend.

Carli duik met verrassende spoed onder die beddeken in.

"Stadig, kind!" roep Emma ontsteld uit. "Dis presies waarom ek wil hê jy moet in die bed bly: ons was nouliks tuis, toe baljaar jy saam met jou hond op die grasperk! Jy het 'n harde stamp teen jou kop gekry, en selfs al toon die x-strale geen bloeding op jou brein nie, kan 'n mens nie te versigtig wees nie. Is jou visie nog normaal?"

Carli kyk met liefde na Emma en glimlag waarderend. "Ek is so bly om terug te wees by tannie. Ek sien nie dubbeld of . . ." Sy breek haar sin af, haar uitdrukking strak. "Sê asseblief vir Meyer ek moet onder geen omstandighede gesteur word nie, tant Emma. Ek weet hy het tannie knaend gebel om te hoor hoe dit met my gaan, maar ek . . . ek wens hy het nie hier gebly of saam met tannie gewerk nie."

"Meyer is 'n voltydse chirurg in die Groenpark Hospitaal, kind. Sy spreekkamers is ook daar, en hy besit 'n huis in Groen- park. As dit moontlik is, kom kuier hy naweke by my. Ek is dankbaar hy kan sy Kerstyd saam met ons deurbring, want dis nie elke jaar moontlik nie," antwoord Emma en neem op die kant van Carli se bed plaas.

"Hy is 'n laakbare leuenaar! Waarom het hy my laat glo hy is 'n motorwerktuigkundige? Mariska en Vincent . . . selfs tant Renette glo hy is 'n motorwerktuigkundige. Ek . . . ek sal hulle nooit vertel hy is 'n dokter nie, want ek sal nooit weer oor hom praat nie," sê Carli driftig.

"Ek is seker Meyer sal al jou vrae persoonlik kan beantwoord." Emma hou haar hand gebiedend op toe Carli wil protesteer. "Nee, kind, ek is nie deel van julle rusie nie, net 'n onpartydige toeskouer."

"Tannie is nie! Tannie het gesê Meyer werk sommer in die agterplaas. Hoekom het tannie my nie die waarheid vertel nie?" verwyt Carli.

"Omdat ek nie oor my eie mense skinder nie," antwoord Emma met finaliteit. 'n Glimlag kruip in haar oë. "Maar ek is verplig om jou 'n guns te vra: Heinrich weet nie dat jy elke woord van ons gesprek by die ongelukstoneel gehoor het nie. Hy is 'n trotse man – ek hoop hy sal nooit weet nie."

"Hy sal nie, want ek skinder ook nie oor my eie mense nie," sê Carli dadelik. "Het tannie hom al die jare liefgehad?"

"Met die hartseerste liefde in die wêreld, veral nadat hy met Hannah getroud is. Maar Hannah het my vertrou as haar dokter en haar boesemvriendin – soms dink ek haar vergeefse liefde vir Heinrich was 'n swaarder las as myne."

"Was tannie jaloers op tant Hannah?" vra Carli huiwerig.

"Hoe kon ek wees terwyl ek al Hannah se hartsgeheime geken het? Haar wanhoop was my wanhoop, veral toe sy Meyer verwag het. 'n Hartspesialis het met Meyer se geboorte gehelp, maar dit was vergeefs . . . En Meyer het my kind geword – die kind wat ek nooit self kon hê nie," vertel Emma mymerend en staan vinnig op toe die voordeurklokkie lui. "Ek vermoed dis Heinrich. Probeer om 'n rukkie te slaap, kindjie. Ek sal later weer kom inloer."

Oom Heinrich het tant Emma lief en dis die onregverdigste ding in die wêreld, dink Carli bitter. Ou mense behoort nie so gelukkig te kan wees terwyl sy op die ashoop van die liefde sit nie. Dis Kersdag, en vanoggend was sy nog deel van 'n betowerende Kerssprokie . . . Nee, sy jok vir haarself. Sy het geweet sy en Meyer was besig met 'n kortstondige speletjie om Vincent en Mariska se geluk te verseker. Meyer het nooit beloftes aan haar gemaak nie – nie eens een maal in haar oë gekyk en haar vertel dat hy haar liefhet nie.

Maar hy hét vir haar gejok oor sy loopbaan. Meyer Feldtmann is 'n bedrieër en 'n leuenaar en sy haat hom . . . háát hom, selfs al is elke asemteug pyn, omdat al haar haat nie die vlam van verlange in haar hart kan blus nie.

Carli skrik wakker toe Meyer haar slaapkamer binnekom, 'n skinkbord in sy hande.

"As jy skel en skree, moet ek jou op tant Emma se bevel 'n slaapinspuiting gee, meisiekind. Natie sê sy kan nie die trappe klim nie, want haar maag is te vol en haar bene te lam ná al die

503

sjampanje en bier wat sy gedrink het om my pa en tant Emma se verlowing te vier, daarom moet ek jou Kerskoek en tee bring. Ek hou van jou mooi nagkleertjies – sulke oulike pienk hasies."

Carli pluk haar laken tot onder haar ken op, gluur hom met moord in haar oë aan en pers haar lippe hard saam, vasbeslote om nie met hom te praat nie.

"Aangesien die motorongeluk jou stemloos gelaat het . . ." Meyer klik sy tong spytig, plak die skinkbord met koek en tee op haar skoot neer en waarsku: "Hou vas en sit stil, want stort jy die warm tee op jou, sal ek jou onder 'n koue stort moet druk om brandwonde te voorkom."

Dis maar goed sy het besluit om nie te praat nie, want maak sy nou haar mond oop, vloek sy soos 'n matroos, dink Carli. Sy kyk na die silwer teepot, melkbeker en suikerpot en 'n yslike silwer koekstaander propvol Kerskoek op die swaarder silwer skinkbord en wonder hoe sy so 'n swaar vrag op haar bene kan balanseer en terselfdertyd vir haar tee inskink.

Meyer gaan sit ongenooid op die kant van die bed, leun nader oor die skinkbord en sê vies: "So wraggies 'n spul kakkerlakke!"

"Waar?" vra Carli rillend, die skinkbord rukkend in haar hande. "Vat die ding weg, voordat hulle op my klim! Maak gou!"

"A, jy het jou stem teruggekry!" terg hy, sit die skinkbord op 'n tafeltjie neer en skink vir haar tee. " 'n Seun wat op die sleepwa was en sy enkel verstuit het, het 'n hele vuurhoutjieboksie vol kakkerlakke in sy broeksak gehad – sê hy boer met voëls," vertel hy doodluiters en hou 'n koppie tee na haar uit.

Carli kyk na sy groot hand, laat haar blik oor sy gespierde voorarm streel en maak haar oë vinnig toe. Sy wil nie na hom kyk nie, wil nie onthou hoe vergeefs haar liefde vir hom is nie, dink sy en wag gespanne dat hy moet loop.

"Gaan jy my vir die res van jou lewe ignoreer, Carli?" vra hy gedemp, sy asem soos 'n intieme aanraking teen haar wang.

Haar liggaam verstyf van vrees – vrees vir die verraderlike gevoelens wat sy nabyheid in haar binneste laat opvlam. As sy nou haar oë oopmaak . . . Nee, sy durf nie, want sy sal nooit net 'n waardelose speelbal in Meyer se hande wees nie, dink sy en hoor verlig haar kamerdeur agter hom toegaan.

En dan kom die trane, en sy weet met sekerheid dat haat eintlik net hartseer is, want liefde is 'n onmoontlike sprokie vir goedgelowige kinders.

Carli sit verwilderd regop in haar bed toe daar aan haar kamerdeur gehamer word.

"Carli! Sluit jou kamerdeur onmiddellik oop! Carli, is jy daar?" roep Emma bekommerd uit die gang.

"My deur is nie . . ." begin Carli en skrik haar stom toe sy Meyer langs haar gewaar.

"Ek kom, tant Emma! Ek trek net gou my skoene aan!" roep hy.

Carli vlieg uit haar bed, draai die sleutel in die slot en ruk haar kamerdeur oop. "D-dis hy! Ek . . . het nie ge-geweet hy is b-by my nie!" stotter sy, haar oë koeëlrond van skok in haar wasbleek gelaat. Sy staar in Emma se besorgde gesig en bars in trane uit.

"My liewe kind! Toe nou maar . . . Toe nou maar . . ." sê Emma vertroostend en streel oor die snikkende Carli se rug. "Ons was bekommerd toe jy gisteraand nie wakker skrik nie, daarom het Meyer aangebied om in die gemakstoel langs jou bed te waak. 'n Nag kan oneindig lank wees. Ek skop ook soms my skoene uit en laat rus my voete op 'n pasiënt se bed."

"Ek het seker ingedagte die kamerdeur gesluit. Jammer, tant Emma," sê Meyer verskonend. Hy kyk na Carli, wat snuiwend

505

haar trane met haar hande probeer afdroog en vra belangstellend:"Trek jy altyd jou mooi hasie-nagrokkie oor 'n denim aan, Carli?"

Sy swaai om na hom en bars drifftig uit: "Dis my enigste hasie-nagrok wat Mariska vir my gekoop het, jou nuuskierige vent! En ja, ek dra my langbroek onder my nagklere, want jy kom tydig en ontydig my kamer binne. Tant Emma, sê vir . . ."

Carli swyg toe sy terugdraai na die gang en besef Emma het haar ongemerk uit die voete gemaak.

"Tant Emma is te verstandig om deel te word van ons rusie," sê Meyer en gee haar kamerjas vir haar aan. "Maar ons kan nie aanhou rusie maak nie – nie as ons wil hê my pa en tant Emma moet gelukkig getroud wees nie. Tant Emma het my verseker jy ken hulle storie, daarom sal jy weet hulle het mekaar 'n leeftyd lank lief. Is jy nie ook bly hulle somersprokie het 'n gelukkige einde nie?"

"Ek is bly, want ek is lief vir tant Emma, maar jy . . . Hoe kan jy bly wees oor hulle liefde as jou ma so bitter ongelukkig was?" vra Carli veroordelend. "Of is dit net nog 'n leuen, Meyer? Dink jy ek is so jonk en naïef dat ek vir die res van my lewe jou leuens sal glo?"

Meyer staar haar in stilte aan en sy kyk uitdagend op in sy oë, verbeel haar dat sy 'n uitdrukking van spot daar lees en draai vinnig weg na die venster. Meyer hoef nie haar vraag te beantwoord nie, want sy weet sy is jonk en naïef. Sy gee voor dat sy hom haat, maar raak hy aan haar, word haar asemhaling vlak en slaan haar hart tamboer teen haar ribbes. Hoeveel maal sedert hulle eerste ontmoeting het sy al haar gevoelens aan hom verraai? Meyer is 'n ervare man. Hy weet dat sy hom liefhet, en hy lag haar met sy oë uit . . .

"Dis so maklik om te oordeel as 'n mens nie die volle waarheid ken nie," praat Meyer agter haar, sy stemtoon neutraal. "Ek kry my ma met my hele hart jammer oor haar vergeefse liefde vir my pa, maar ek weet nou sy was self verantwoordelik vir haar liefdelose huwelik. Sy het geweet my pa het haar nie lief nie – sy het dit selfs aan tant Emma erken, maar sy het geglo my geboorte sou my pa so gelukkig maak dat hy haar sou liefkry. Miskien was haar dood 'n stukkie genade, want hy kon net vir tant Emma liefhê."

"Het jy jou pa vergewe omdat hy jou nie wou gehad het nie?" vra Carli ongelowig.

'n Klein glimlaggie klim in sy oë. "Daar is niks om te vergewe nie. My pa het my altyd liefgehad, daarom het hy my gegee aan die vrou wat hy met sy hele hart liefhet. Hy kon gereeld kom kuier en tant Emma tydig en ontydig bel om te hoor hoe dit met my gaan. Toe ek klein was, het hy opsetlik nie my vertroue probeer wen nie, want ek wou altyd teruggaan na tant Emma toe – en dit het beteken dat hy haar nog steeds kon sien terwyl hy by my gekuier het. Al sy rusies met haar het hy as verskonings gebruik om met haar te praat." Hy lag sag. "Soos my pa sê: liewer 'n rusie as om geïgnoreer te word. Amper soos ek en jy."

"Ek . . . ek verkies dat ons mekaar ignoreer," sê Carli koud.

"Die dag toe ek jou ontmoet het, Carli . . . Jy het self besluit ek is 'n motorwerktuigkundige," herinner hy haar.

"Jy het dit nie ontken nie!" sê sy bitsig.

"Nee, want ek het geweet jy is 'n skatryk meisie, en ek het nooit verwag dat jy 'n motorwerktuigkundige as 'n vriend sal aanvaar nie."

"Jy het gedink ek is 'n snob en jy dink dit nog steeds," sê sy, gluur hom aan en draai haastig weg toe sy besef sy verkyk haar aan sy lang, donker wimpers.

"Ek geniet dit om jou te terg, maar ek weet jy is . . . jy is net

Carli. Ek sê soms speels ek is verwaand, maar ek is nie. Terselfdertyd is ek intelligent genoeg om te besef wie en wat ek is en om ..." Hy maak 'n ongeduldige gebaar met sy regterhand. "Vervlaks, meisiekind, hoekom moet ek oor myself praat?"

"Omdat jy 'n leuenaar is," antwoord sy onsimpatiek.

"Goed, ek is 'n leuenaar," erken hy, sy stemtoon selfversekerd en 'n tikkie uitdagend. "Ek wou nie hê jy moes weet ek is 'n suksesvolle chirurg en 'n man wat meer besit as net 'n maandelikse salaris nie. Ek wou 'n arm man wees en weet jy hou van my omdat ek net ek is. Ek het jou bedrieg omdat ek gelukkig wou wees. En ek is nie spyt nie."

"Omdat jy gelukkig wou wees?" vra sy verward.

"Ja. Daar is baie meisies soos Ursula. Ek sê nie alle meisies is ... e ... bloedsuiers, soos tant Emma hulle noem, nie. Maar as te veel meisies gaaf is met jou ... Het jy nie ook talle mans ontmoet wat meer in julle geld as in jou belang gestel het nie?" vra hy ongeduldig.

Sy kyk hom met oë vol glansende lag aan en druk haar hand hard op haar mond. "Arme jy. Is jy sowaar bang vir die meisies wat jag maak op jou?"

"Nee, maar ek verkies om die jagter te wees – en ek kies self my prooi ... of my sprokie," antwoord hy nadruklik.

Die lag vlug uit haar oë en sy lig haar ken. "Moenie, Meyer. Goed, ons kan vriende wees, maar moenie ooit weer na ons belaglike Kerssprokie verwys nie," waarsku sy, haar stemtoon ysig

"Jy verstaan nie, Carli. Daardie dag toe ons mekaar ontmoet het ... Ek was 'n vuil boemelaar en jy was 'n vuil straatkind wat op jou maag onder my verroeste ou bakkie ingekruip het agter jou hond aan. Ek het op jou geskree en toe jy opstaan ... Jy het die vuilste gesiggie gehad wat ek nog gesien het, maar ek het in jou oë gekyk en ... en my sprokie het begin, want jy was die mooiste meisie wat ek nog ooit gesien het," sê hy, sy stem donker van erns.

Sý sprokie? wonder sy ongelowig. Toe sy die eerste maal na hom gekyk het, het sy hom herken asof hy altyd deel was van haar – iemand wat sy geken het in 'n wêreld anderkant die ewigheid. Sy het hom onherroeplik liefgekry, maar hy . . . hy leef in 'n sprokie met 'n prentjieprins en 'n prentjieprinses, waar liefde net woorde is.

"Ek is bly jy geniet ons vriendskap, Meyer," sê sy met gedwonge lighartigheid. Sy blik sku op na hom en voel haar hart pyn in haar bors, want hy kyk na haar met 'n uitdrukking in sy oë wat haar hele liggaam verwarm en 'n sagte gloed op haar wange laat brand . . . en sy weet met 'n intuïsie so oud soos tyd dat hy haar begeerlik vind.

Maar hartstog is nie liefde nie, waarsku haar verstand. Sy wil hê dat hy haar in sy arms neem en syne maak, maar terselfdertyd wil sy soveel meer van hom hê. Sy smag na sy onvoorwaardelike liefde; wil weet dat sy liefde vir haar vir altyd sal wees.

Sy sluk droog, begin gejaagd praat: "Ek is nie jou prinses –"

"O, maar jy is, my liefste Carli," val hy haar in die rede en neem haar met die sekerheid van 'n heerser in sy arms. "Ek het daardie eerste dag in jou oë gekyk en gehoop, en gisteraand het ek in jou oë gekyk en geweet. Jy is lief vir my, my Carli, maar al wil jy, sal jy my nooit liewer kan hê as wat ek jou het nie. Sal jy met my trou sodra tant Emma ons bruilof kan reël?"

"Jy weet ek sal, my verwaande Meyer," fluister sy en sien vreugdevuurtjies van liefde in sy oë brand toe hy sy kop stadig nader bring aan haar.

Haar arms kruip vanself om sy nek en sy leun stywer teen sy gespierde bors aan, innerlik week van liefde. Sy soene streel sysag oor haar hare, haar oë, haar wange en die kuiltjie in haar nek en steek verterende vlamme van verlange in haar binneste aan. Met 'n sagte kreun neem sy lippe besit van hare en sy laat haar gewillig wegvoer na die nimmereindigende euforie van 'n liefde wat tot anderkant tyd bestaan.